W0109313

Von Victoria Holt sind außerdem erschienen:

»Der Teufel zu Pferde« (Band 0679)
»Der Schloßherr« (Band 0776)
»Meine Feindin, die Königin« (Band 0790)
»Die Ashington-Perlen« (Band 1087)
»Tanz der Masken« (Band 1328)
»Verlorene Spur« (Band 1403)
»Die Lady und der Dämon« (Band 1455)
»Unter dem Herbstmond« (Band 1510)
»Das Vermächtnis des Landowers« (Band 1583)
»Die Insel Eden« (Band 2084)
»Geheimnis einer Nachtigall« (Band 3006)
»Fluch der Seide« (Band 3116)

Dieses Buch wurde auf chlor- und säurefreiem Papier gedruckt.

Vollständige Taschenbuchausgabe Dezember 1991
Droemersche Verlagsanstalt Th. Knaur Nachf., München
© 1990 Droemersche Verlagsanstalt Th. Knaur Nachf., München
Titel der Originalausgabe »The India Fan«
© 1988 Victoria Holt
Originalverlag William Collins Sons & Co. Ltd., London
Umschlaggestaltung Atelier ZERO, München
Umschlagfoto IFA-Bilderteam/F. Prenzel
Druck und Bindung Ebner Ulm
Printed in Germany   5   4   3   2   1
ISBN 3-426-03261-9

Victoria Holt

DER INDISCHE FÄCHER

Roman

Aus dem Englischen übersetzt von
Margarete Längsfeld

INHALT

—

ENGLAND UND FRANKREICH

Das große Haus

Das große Haus Framling hatte schon immer eine starke Anziehungskraft auf mich ausgeübt. Vielleicht begann es damit, daß ich mit zwei Jahren von Fabian Framling entführt und zwei Wochen dort festgehalten worden war. Daß das Haus voller Schatten und Geheimnisse steckte, erfuhr ich später, als ich den Pfauenfederfächer entdeckte. In den langen Fluren, auf der Galerie, in den stillen Räumen schien einen die Vergangenheit aus allen Winkeln anzugrinsen, als wolle sie sich heimtückisch der Gegenwart bemächtigen, um sie auszulöschen, was ihr allerdings niemals vollends gelang.

Solange ich zurückdenken kann, hatte Lady Harriet Framling über unser Dorf geherrscht. Die Landarbeiter, die respektvoll an den Straßenrand traten, wenn die Kutsche mit dem majestätischen Wappen der Familie vorüberrollte, berührten grüßend die Stirn, und die Frauen versanken in einen ehrerbietigen Knicks. Sie sprachen im Flüsterton von ihr, als fürchteten sie, ihren Namen zu beschmutzen. In meinem kindlichen Gemüt kam sie der Königin gleich und hatte nur Gott über sich. Kein Wunder, daß ich, als ihr Sohn Fabian mir befahl, seine Sklavin zu sein – ich war damals erst sechs Jahre alt –, nicht widersprach. Es schien nur natürlich, daß wir Leute von niederem Stande dem großen Haus auf jede Weise dienten.

Das große Haus – allgemein »das Haus« genannt, als seien die Behausungen, die wir übrigen bewohnten, etwas anderes – hieß Framling; nicht Framling Hall oder Framling Manor, sondern schlicht Framling. Es war seit hundert Jahren im Besitz dieser Familie. Lady Harriet hatte sich gnädig herabgelassen, in die Familie einzuheiraten, war sie doch die Tochter eines Grafen. Das durfte man niemals vergessen; sie hatte wahrhaftig unter ihrem Stande geheiratet, als sie die Gemahlin eines bloßen Barons wurde. Er war längst tot, der Ärmste, aber ich hörte erzählen, daß sie ihn stets an ihren höheren Rang erinnert hatte, und obwohl sie erst als Braut ins Dorf gekommen war, hielt sie es seitdem für ihre Pflicht, über uns zu herrschen.

Die Ehe war jahrelang unfruchtbar geblieben — sehr zum Leidwesen Lady Harriets. Ich nehme an, sie beklagte sich unentwegt bei Gott dem Allmächtigen bitterlich über ein solches Versehen; doch selbst der Himmel konnte Lady Harriet nicht ewig übergehen, und mit vierzig Jahren, fünfzehn Jahre nach ihrem Hochzeitstag, schenkte sie Fabian das Leben.

Ihre Freude war grenzenlos. Sie betete den Knaben an. Es war nur logisch, daß *ihr* Sohn vollkommen war. Allen seinen Launen mußten die Bediensteten stattgeben, und die Dienerschaft der Framlings verbreitete, daß Lady Harriet nachsichtig über jede kindliche Missetat lächelte.

Vier Jahre nach Fabian wurde Lavinia geboren. Obwohl sie als Mädchen ihrem Bruder im Range etwas nachstand, war sie als Lady Harriets Tochter dem Rest der Gemeinde weit überlegen.

Es amüsierte mich stets, Lady Harriet die Kirche betreten und durch den Mittelgang schreiten zu sehen, gefolgt von Fabian, hinter dem wiederum Lavinia ging. Ehrfürchtig beobachtet, nahmen sie ihre Plätze ein und knieten auf den rot-schwarzen, mit dem Buchstaben F bestickten Polstern nieder; und die Leute hinter ihnen durften Zeugen des erstaunlichen Schauspiels sein, wie Lady Harriet vor einer höheren Macht kniete — ein Erlebnis, das alles wettmachte, woran es dem Gottesdienst ansonsten mangeln mochte.

Ich starrte die drei verwundert an und vergaß, daß ich in der Kirche kniete, bis ich mich, durch einen Stups von Polly Green ermahnt, auf die Andacht besann.

Das Haus Framling beherrschte das Dorf. Es war über den Häusern auf einem sanften Hang errichtet, so daß es einem das Gefühl gab, es stehe Wache und achte auf jegliche Sünde, die wir begehen mochten. Schon zu Zeiten Wilhelms des Eroberers hatte dort ein Gebäude gestanden, das allerdings im Laufe der Jahrhunderte immer wieder umgebaut wurde, so daß von dem Bau aus der Vor-Tudor-Zeit fast nichts mehr geblieben war. An einem Pförtnerhaus mit Zinnentürmen vorbei gelangte man in einen Innenhof, wo Pflanzen zwischen dem Mauerwerk wuchsen und Sträucher in künstlerischer Üppigkeit in reifengefaßten Kübeln wucherten. In diesem Hof standen Bänke, auf die bleigefaßte Fenster herabblickten – dunkel und geheimnisvoll. Ich bildete mir immer ein, daß hinter diesen Fenstern jemand lauerte und Lady Harriet alles berichtete.

Durch eine schwer beschlagene Tür trat man in einen Bankettsaal, an dessen Wänden die Porträts etlicher längst verblichener Framlings hingen – einige blickten grimmig drein, andere gütig. Die Decke war hoch und gewölbt; der lange, blankpolierte Tisch roch nach Bienenwachs und Terpentin. Über dem großen Kamin verzweigte sich der Familienstammbaum in alle Richtungen. Am einen Ende des Saales führte eine Treppe zur Kapelle, und am anderen Ende befand sich die Tür zum Altar.

Im zarten Kindesalter schien es mir, daß wir im Dorf wie Planeten um die strahlende Sonne namens Framling kreisten.

Unser Haus gleich neben der Kirche war weitläufig und zugig; ich hatte oft sagen hören, es zu heizen koste ein Vermögen. Verglichen mit Framling war es freilich winzig. Obwohl im Wohnzimmer ein großes Feuer brannte und es in der Küche schön warm war, glich im Winter der Gang zu den oberen Räumlichkeiten in meiner Vorstellung einer Expedition zum nördlichen Polarkreis. Mein Vater merkte nichts davon. Er merkte sehr wenig von praktischen Dingen. Sein Herz weilte im alten Griechenland, und Alexander der Große und Homer waren ihm vertrauter als seine Pfarrkinder.

Von meiner Mutter wußte ich wenig, denn sie war gestorben, als ich zwei Monate alt war. Polly Green war als Ersatz gekommen, aber das war erst, als ich meinen zweiten Geburtstag schon hinter mir und meine erste Bekanntschaft mit dem Gebaren der Framlings gemacht hatte.

Polly mußte ungefähr achtundzwanzig gewesen sein, als sie zu uns kam. Sie war Witwe und hatte sich immer ein Kind ge-

wünscht, und als sie bei mir Mutterstelle vertrat, wurde ich für
sie das Kind, das sie nie bekommen hatte. Wir verstanden uns
bestens. Ich liebte Polly, und es gab nicht den geringsten Zweifel,
daß Polly mich liebte. In die Geborgenheit ihrer Arme flüchtete
ich in kritischen Momenten. Wenn der heiße Reispudding in
meinen Schoß rann, wenn ich hinfiel und mir die Knie auf-
schürfte, wenn ich nachts aus Träumen von Kobolden und bösen Riesen erwachte, suchte ich bei Polly Trost. Ein Leben ohne
Polly Green konnte ich mir nicht vorstellen.

Sie kam aus London – einer Stadt, die ihrer Meinung nach jeder
anderen überlegen war. »Hab' mich auf dem Land vergraben,
alles deinetwegen«, pflegte sie zu sagen. Wenn ich sie darauf hin-
wies, daß man, um begraben zu sein, unter die Erde auf den
Friedhof gehörte, zog sie ein Gesicht und sagte: »Das ist fast dasselbe.« Sie verachtete das Landleben. »Ein Haufen Felder und
nichts los. Wär' ich bloß in London!« Dann erzählte sie von den
Straßen der Großstadt, wo immer »was los« war, von den
Märkten, die abends von Petroleumlichtern erhellt waren, von
den Ständen, wo sich Obst und Gemüse türmten, alte Kleider
und »alles, was man sich denken kann«, und von den vielen
Händlern, die auf ihre unnachahmliche Weise ihre Waren feil-
boten. »Eines schönen Tages nehm' ich dich mit, dann kannst
du's selbst sehen.«

Polly war die einzige von uns, die wenig Respekt vor Lady Harriet hatte. »Was ist sie denn schon?« fragte sie. »Nichts anderes
als wir alle. Bloß daß sie 'nen Titel hat.«

Polly war furchtlos. Sie machte keinen demütigen Knicks. Sie
drückte sich nicht an die Hecke, wenn die Kutsche vorüberrollte.
Sie faßte meine Hand ganz fest und marschierte entschlossen
weiter, ohne nach rechts oder links zu blicken.

Polly hatte eine Schwester, die mit ihrem Mann in London lebte.
»Arme Eff«, sagte Polly oft. »*Er* taugt nichts.« Ich hörte Polly
ihn nie anders nennen als »er«, anscheinend war er eines Namens nicht würdig. »Er« war faul und ließ Eff alles machen. »Ich
hab' schon am Tag ihrer Verlobung zu ihr gesagt: ›Du wirst vor
Kummer vergehen, wenn du den nimmst, Eff!‹ Aber hat sie auf
mich gehört?«

Dann schüttelte ich ernst den Kopf, weil ich das schon öfter vernommen hatte und die Antwort kannte.

Polly war der Mittelpunkt meines jungen Lebens. Durch ihre städtischen Manieren hob sie sich von uns Landbewohnern ab. Pollys Art, die Arme zu verschränken und eine kriegerische Haltung anzunehmen, wenn irgend jemand Anstalten machte, sie anzugreifen, machte sie zu einer furchterregenden Gegnerin. Sie pflegte zu sagen, sie lasse sich »von niemand nichts gefallen«, und wenn ich sie, nachdem meine Gouvernante Miss York mich in die Feinheiten der Grammatik eingeführt hatte, darauf aufmerksam machte, daß eine doppelte Verneinung eine Bejahung ergebe, sagte sie nur: »Willst du vielleicht an mir rumnörgeln?«

Ich liebte Polly innig. Sie war meine Verbündete und gehörte ganz mir. Sie und ich hielten zusammen gegen Lady Harriet und die Welt.

Wir bewohnten die oberen Räume des Pfarrhauses. Mein Zimmer lag neben ihrem; so war es vom Tag ihres Kommens an gewesen, und wir wollten es nie ändern. Es gab mir ein wohliges Gefühl, sie so nahe bei mir zu haben. Das Dachgeschoß hatte noch einen weiteren Raum. Hier fachte Polly ein behagliches Feuer an, und im Winter machten wir Toast und rösteten Kastanien. Ich schaute in die Flammen, während Polly mir Geschichten vom Leben in London erzählte. Ich sah die Marktstände und Eff und »ihn« vor mir und das Häuschen, in dem Polly mit ihrem Mann Tom, einem Matrosen, gewohnt hatte. Ich sah Polly warten, daß er auf Urlaub nach Hause käme mit seiner ausgebeulten Hose und der kleinen weißen Mütze, auf der HMS TRIUMPHANT stand, und seinem weißen Bündel über der Schulter. Ihre Stimme zitterte ein wenig, wenn sie mir erzählte, wie er mit seinem Schiff untergegangen war.

»Nichts geblieben«, sagte sie. »Kein Baby, das mich an ihn erinnert.« Ich wies sie darauf hin, wenn sie ein Baby gehabt hätte, würde sie mich nicht gewollt haben, und darum sei ich froh, daß es so kommen mußte.

Sie hatte Tränen in den Augen, und sagte deshalb forsch: »Nicht doch! Willst du mich auf meine alten Tage weichmachen?« Aber sie umarmte mich trotzdem.

Von unseren Fenstern sahen wir auf den Friedhof hinunter: alte Grabsteine, einige halb verfallen, unter denen die vor langer Zeit Verstorbenen ruhten. Ich las die Inschriften und fragte mich, wie die Menschen, die dort lagen, gewesen sein mochten. Die Buchstaben auf einigen Steinen waren fast unleserlich, so alt waren sie.

Unsere Zimmer waren groß und geräumig und hatten auf zwei Seiten Fenster. Auf der dem Friedhof entgegengesetzten Seite sahen wir auf den Dorfanger mit seinem Teich und den Bänken, wo sich die alten Männer zu treffen pflegten. Manchmal unterhielten sie sich, manchmal starrten sie nur schweigend aufs Wasser, bevor sie zum Wirtshaus schlurften, um ein Glas Bier zu trinken. »Auf der einen Seite der Tod«, sagte ich zu Polly, »und auf der anderen das Leben.«

»Du bist mir 'n komischer Fratz«, erwiderte Polly oft. Jede unübliche Bemerkung von mir veranlaßte sie zu diesem Kommentar.

Unser Haushalt bestand aus meinem Vater, mir, meiner Gouvernante Miss York, Polly, Mrs. Janson, die Köchin und Haushälterin in einer Person war, sowie Daisy und Holly, zwei lebhaften Schwestern, die sich die Hausarbeit teilten. Später erfuhr ich, daß die Gouvernante da war, weil meine Mutter etwas Geld mit in die Ehe gebracht hatte, das für meine Erziehung beiseite gelegt worden war, und ich die bestmögliche Ausbildung bekommen sollte, einerlei, welche Härten deswegen zu erdulden waren.

Ich liebte meinen Vater, aber er war in meinem Leben nicht so wichtig wie Polly. Wenn ich ihn im weißen Chorrock von der Kirche über den Friedhof zum Pfarrhaus gehen sah, das Gebetbuch in der Hand, die feinen weißen Haare vom Wind zerzaust, erwachte in mir der dringende Wunsch, ihn zu beschützen. Er wirkte so verletzlich, so unfähig, für sich selbst zu sorgen. Deshalb war es seltsam, in ihm den Hüter einer frommen Herde zu sehen, zumal diese Lady Harriet mit einschloß. Man mußte ihn an die Mahlzeiten erinnern, ihm sagen, wann er saubere Kleider anziehen mußte, und er verlegte andauernd seine Brille, die sich an den unwahrscheinlichsten Stellen wiederfand. Er kam wegen irgendwas in ein Zimmmer und vergaß, was er dort wollte. Auf der Kanzel war er redegewandt, doch ich war überzeugt, daß zumindest die Dorfbewohner seine Anspielungen auf die Klassiker und die alten Griechen nicht verstanden.

»Er würde noch seinen Kopf vergessen, wenn er nicht fest auf seinen Schultern säße«, bemerkte Polly in dem halb liebevollen, halb verächtlichen Ton, den ich so gut kannte. Aber sie hatte meinen Vater gern und hätte ihn notfalls mit ihrer ganzen drastischen Redekunst, die sich zuweilen sehr von unserer Sprache unterschied, verteidigt.

Mit zwei Jahren hatte ich jenes Erlebnis, von dem mir so wenig in Erinnerung geblieben ist. Ich kannte die Geschichte eher vom Hörensagen, doch sie gab mir das Gefühl, irgendwie mit dem großen Haus verbunden zu sein. Wäre Polly damals schon bei mir gewesen, wäre die Geschichte nie passiert, und ich glaube, meinem Vater war aufgrund dieses Vorfalls klargeworden, daß ich ein zuverlässiges Kindermädchen brauchte.

Was damals geschah, gibt Aufschluß über Fabian Framlings Charakter und darüber, wie sehr seine Mutter in ihn vernarrt war. Fabian war damals ungefähr sieben. Lavinia war vier Jahre jünger, und ich, wie gesagt, zwei Jahre alt. Einzelheiten über den Vorfall habe ich aufgrund der Freundschaft zwischen unseren Dienstboten und dem Personal der Framlings erfahren. Mrs. Janson, unsere Köchin und Haushälterin, die uns so treue Dienste leistete und im Haus für Ordnung sorgte, erzählte mir alles.

»Das war die seltsamste Sache, die ich je gehört habe«, sagte sie. »Dieser junge Master Fabian, Seine Lordschaft, tanzt allen im Haus auf der Nase herum. Lady Harriet glaubt, daß Sonne, Mond und Sterne aus seinen Augen leuchten. Sie läßt nicht zu, daß ihm was in die Quere kommt. Ein kleiner Kaiser ist er, jawohl. Wenn er seinen Willen nicht kriegt, ist der Teufel los. Weiß der Himmel, was aus dem wird, wenn er 'n bißchen älter ist. Also, seine kleine Majestät hat die alten Spiele satt. Er will was Neues, und so bildet er sich ein, er ist ein Vater. Wenn er es sich in den Kopf setzt, dann muß es sein. Die von da oben haben mir erzählt, er verlangt, daß ihm alles gehört, was er haben will. Und das tut keinem gut, laß dir das von mir gesagt sein, Deborah!«

Ich machte ein entsprechend beeindrucktes Gesicht, denn ich wollte unbedingt, daß sie mit ihrer Geschichte fortfuhr.

»Du warst im Pfarrhausgarten und krochst zwischen den Büschen herum. Sie hätten besser auf dich aufpassen sollen. Aber da war diese May Higgs, das flatterhafte Stück. Nichts für ungut, sie hatte kleine Kinder gern, aber damals hatte sie 'ne Liebschaft mit diesem Jim Fellings, und der kam gerade vorbei. Und sie schäkert mit ihm und sieht nicht, was passiert. Master Fabian wollte unbedingt Vater sein, und ein Vater mußte ein Kind haben. Er sah dich und nahm dich mit nach Hause. Du warst sein Baby, und er wollte dein Vater sein.«

Mrs. Janson stemmte die Hände in die Hüften und sah mich an. Ich lachte. Ich fand das sehr lustig. »Weiter, Mrs. Janson! Und was dann?«

»Meine Güte, das war eine schöne Bescherung, als sie merkten, daß du verschwunden warst. Sie konnten sich nicht vorstellen, wo du warst. Dann schickte Lady Harriet nach deinem Vater. Der Ärmste, er war fassungslos. Er nahm May Higgs ins Gebet. Sie war in Tränen aufgelöst und machte sich Vorwürfe, und das mit Recht. Weißt du was, ich glaube, das war der Anfang vom Ende zwischen ihr und Jim Fellings. Sie gab ihm die Schuld. Und im Jahr darauf hat sie Charlie Clay geheiratet.«

»Erzählen Sie mir, wie mein Vater ins große Haus ging, um mich zu holen!«

»Also, da brach ein Sturm los! Ein regelrechter Orkan war das. Master Fabian hat gerast und getobt. Er wollte dich nicht hergeben. Du warst sein Baby. Er wollte dein Vater sein. Wir fielen aus allen Wolken, als der Pfarrer ohne dich zurückkam. Ich fragte ihn: ›Wo ist die Kleine?‹ und er sagte: ›Sie bleibt im großen Haus, bloß für ein, zwei Tage.‹ Ich sagte erschrocken: ›Sie ist doch noch ein Baby.‹ Da sagte er: ›Lady Harriet hat mir versichert, daß gut für sie gesorgt wird. Miss Lavinias Kindermädchen kümmert sich um sie. Es wird ihr an nichts fehlen.‹ Fabian bekam einen solchen Wutanfall, als er glaubte, dich hergeben zu müssen, daß Lady Harriet befürchtete, er würde sich etwas antun. Da sagte ich: ›Lassen Sie sich das von mir gesagt sein, mit diesem Jungen – auch wenn er Lady Harriets Sohn ist – nimmt's ein schlimmes

Ende.‹ Es war mir egal, ob es Lady Harriet hinterbracht wurde, ich mußte es einfach sagen.«

»Und ich bin zwei Wochen im großen Haus geblieben?«

»Allerdings. Es soll richtig komisch gewesen sein, wie Master Fabian dich umsorgte. Er hat dich im Garten in Miss Lavinias Kinderwagen herumgeschoben. Er hat dich gefüttert und angezogen. Sonst hatte er immer wüste Spiele geliebt... und nun spielte er Familie. Er hätte dich überfüttert, wenn Nanny Cuffley, das Kindermädchen, nicht gewesen wäre. Sie sprach ein Machtwort und trat ausnahmsweise mal energisch auf, und siehe da: er gehorchte. Er muß dich wirklich gerngehabt haben. Weiß der Himmel, wie lange das noch gegangen wäre, wenn Lady Milbanke nicht mit ihrem kleinen Ralph gekommen wäre, der ein Jahr älter war als Master Fabian. Er lachte ihn aus und sagte, das wäre wie mit Puppen spielen; es mache überhaupt keinen Unterschied, daß diese lebendig sei. Das sei etwas für Mädchen. Nanny Cuffley erzählte, Master Fabian habe wirklich einen bedrückten Eindruck gemacht. Er wollte dich nicht hergeben. Aber ich vermute, er hielt es für unvereinbar mit seiner Männlichkeit, sich um ein Baby zu kümmern.«

Ich liebte diese Geschichte und bat Mrs. Janson viele Male, sie zu wiederholen.

Fast unmittelbar nach diesem Vorfall kam Polly zu uns.

Immer, wenn ich Fabian sah – meistens von weitem – betrachtete ich ihn verstohlen, und ich sah vor meinem geistigen Auge, wie er mich zärtlich umsorgte. Es war so komisch, daß ich jedesmal lachen mußte.

Ich bildete mir auch ein, daß er mich sehr merkwürdig ansah, obwohl er immer so tat, als sähe er mich nicht.

Aufgrund unserer Stellung im Dorf – der Pfarrer stand auf einer Stufe mit dem Arzt und dem Rechtsanwalt, wenngleich uns natürlich Abgründe von den Höhen trennten, auf welchen die Framlings residierten – lud man mich, als ich älter wurde, dann und wann ein, mit Miss Lavinia Tee zu trinken.

Obwohl mir die Teestunden selbst keinen rechten Spaß machten, fand ich es doch immer aufregend, in das Haus zu gehen, von dem ich bis dahin wenig gesehen hatte.

Lavinia war hochmütig, überheblich, aber sehr schön. Sie erinnerte mich an eine Tigerin. Sie hatte lohfarbene Haare und goldene Sprenkel in ihren grünen Augen; ihre Oberlippe war kurz, und ihre schönen weißen Zähne standen leicht vor; ihre Nase war klein, die Spitze ganz leicht nach oben gebogen, was ihrem Gesicht einen kecken Zug verlieh. Das Prächtigste war jedoch ihr herrlich üppiges, lockiges Haar. Sie war in der Tat sehr attraktiv.

Die erste Einladung zum Tee bleibt mir unvergeßlich. Miss York begleitete mich. Miss Etherton, Lavinias Gouvernante, begrüßte uns, und sie und Miss York verstanden sich auf Anhieb.

Wir wurden ins Schulzimmer geführt, einen großen Raum mit getäfelten Wänden und Gitterfenstern. In den geräumigen Schränken vermutete ich Schiefertafeln, Griffel und vielleicht Bücher. An dem langen Tisch hatten wohl Generationen von Framlings ihre Lektionen gelernt.

Lavinia und ich betrachteten einander mit einer gewissen Abneigung. Polly hatte mich instruiert, bevor ich ging: »Vergiß nicht, du bist so gut wie sie! Besser, schätz' ich.« Mit Pollys Worten in den Ohren trat ich Lavinia eher als Feindin denn als Freundin gegenüber.

»Wir trinken im Schulzimmer Tee«, sagte Miss Etherton, »und dann könnt ihr zwei euch kennenlernen.« Sie lächelte Miss York beinahe verschwörerisch zu. Es war klar, daß die beiden sich eine kleine Erholung von ihren Schutzbefohlenen ersehnten.

Lavinia führte mich zu einem Fensterplatz, und wir setzten uns.

»Du wohnst in diesem gräßlichen Pfarrhaus«, sagte sie. »Igitt!«

»Es ist sehr hübsch«, erklärte ich.

»Aber nicht wie hier.«

»Muß es auch nicht, um hübsch zu sein.«

Lavinia machte ein betroffenes Gesicht, weil ich ihr widersprochen hatte, und ich spürte, daß unser Verhältnis zueinander nicht so einfach sein würde, wie das zwischen Miss York und Miss Etherton zu werden versprach.

»Was für Spiele magst du?« fragte sie.

»Oh – Ratespiele. Mit meinem Kindermädchen Polly und mit

Miss York. Manchmal tun wir so, als machten wir eine Weltreise und nennen alle Städte, durch die wir kommen.«

»So ein langweiliges Spiel!«

»Gar nicht!«

»*Doch*«, beharrte sie, als sei dies das letzte Wort in dieser Angelegenheit.

Ein Mädchen mit gestärktem Häubchen und ebensolcher Schürze brachte den Tee. Lavinia flitzte an den Tisch.

»Vergiß deinen Gast nicht«, sagte Miss Etherton. »Deborah, möchtest du dich hierher setzen?«

Es gab Brot mit Butter und Erdbeermarmelade sowie kleine Küchlein mit bunter Glasur.

Miss York beobachtete mich. Ich nahm zuerst Brot und Butter. Es war unhöflich, zuerst nach dem Kuchen zu greifen. Aber Lavinia befolgte die Regeln nicht. Sie nahm sich ein Küchlein. Miss Etherton sah Miss York entschuldigend an, die so tat, als merkte sie nichts. Als ich meine Scheibe Brot mit Butter gegessen hatte, bekam ich Kuchen angeboten. Ich nahm mir ein Stück mit blauer Glasur.

»Das ist das letzte blaue«, verkündete Lavinia. »Das wollte ich haben!«

»Lavinia!« ermahnte sie Miss Etherton.

Lavinia achtete nicht auf sie. Sie sah mich an. Ich wußte, sie erwartete von mir, daß ich ihr das blaue Küchlein gab. Pollys Ermahnung im Ohr, tat ich es nicht. Bedachtsam nahm ich den Kuchen von meinem Teller und biß hinein.

Miss Etherton hob die Schultern und sah Miss York an. Es war eine unbehagliche Teestunde. Ich glaube, Miss York und Miss Etherton waren beide sehr erleichtert, als wir schließlich zum Spielen geschickt wurden.

Ich folgte Lavinia, die mir erklärte, wir würden jetzt Verstecken spielen. Sie zog eine Münze aus ihrer Tasche und sagte: »Wir werfen.« Ich hatte keine Ahnung, was sie meinte. »Du mußt Kopf oder Wappen wählen«, sagte sie.

Ich wählte Kopf.

Sie warf die Münze hoch, und sie landete in ihrer Hand. Sie hielt sie so, daß ich sie nicht sehen konnte, und sagte: »Ich hab' gewonnen. Das heißt, ich darf wählen. Du versteckst dich, und ich such' dich. Los, ich zähl' bis zehn...«

»Wo...« begann ich.

»Überall...«

»Aber das Haus ist so groß, ich kenn' mich nicht aus.«

»Klar ist es groß. Es ist ja nicht euer dämliches Pfarrhaus.« Sie gab mir einen Schubs. »Los jetzt! Ich fang' an zu zählen.«

Natürlich, sie war Miss Lavinia vom großen Haus. Sie war ein Jahr älter als ich und kam mir sehr erfahren und vornehm vor, außerdem war ich ein Gast. Miss York hatte mir erklärt, daß Gäste leider oft Dinge tun müßten, die sie lieber nicht tun würden. Dies gehöre zu den Pflichten, die man als Gast habe.

Ich lief aus dem Zimmer, während Lavinia drohend zählte: »...drei, vier, fünf...« Es hörte sich an wie das Läuten der Sterbeglocke.

Ich irrte herum. Das Haus schien mich auszulachen. Wo konnte ich mich in einem Gebäude verstecken, dessen Inneres mir unbekannt war?

Ich versuchte es blindlings, kam an eine Tür und öffnete sie. Ich befand mich in einem kleinen Raum. Einige Stühle standen darin, deren Rückenlehnen in blauer und gelber Petit-point-Stikkerei gehalten waren. Doch es war die Decke, die meine Aufmerksamkeit fesselte; sie war mit kleinen feisten Amoretten bemalt, die auf Wolken saßen. Dieser Raum hatte eine zweite Tür. Ich ging hindurch und war in einem Flur.

Hier war kein Platz, um sich zu verstecken. Was sollte ich tun? Vielleicht ins Schulzimmer zurückgehen und Miss York sagen, ich wolle nach Hause. Ich wünschte, Polly wäre mit mir gekommen. Sie hätte mich niemals dieser Miss Lavinia auf Gnade und Barmherzigkeit ausgeliefert.

Ich mußte versuchen, den Weg zurück zu finden. Ich drehte mich um und ging, wie ich glaubte, wieder zurück. Ich kam an eine Tür und erwartete, die feisten Amoretten an der Decke zu sehen, aber nein, ich befand mich in einer langen Galerie, deren Wände voll Bilder hingen. An einem Ende war ein Podium, auf dem ein Cembalo und vergoldete Stühle standen.

Ich betrachtete ängstlich die Porträts. Sie wirkten wie lebendige

Menschen, die mich streng ansahen, weil ich in ihre Privatsphäre eingedrungen war.

Mir kam es vor, als ob das Haus mich verhöhnte, und wieder wünschte ich, Polly wäre bei mir gewesen. Ich war der Panik nahe und hatte das unbehagliche Gefühl, gefangen zu sein und nie mehr hinauszukommen; ich würde für den Rest meines Lebens durch das Haus irren und den Weg nach draußen suchen.

Am einen Ende der Galerie war eine Tür. Ich öffnete sie und gelangte in einen anderen langen Flur. Vor mir war eine Treppe. Ich konnte nun weitergehen oder in die Galerie zurückkehren. Ich stieg die Treppe hinauf; wieder ein Flur und dann... eine Tür.

Ich drückte mutig die Klinke und trat in ein kleines, dunkles Zimmer. Trotz meiner wachsenden Angst war ich fasziniert. Der Raum hatte etwas Fremdartiges. Die Vorhänge waren aus schwerem Brokat, und ich nahm einen eigenartigen Geruch wahr. Später erfuhr ich, daß es Sandelholz war. Die geschnitzten Holztische hatten Verzierungen aus Messing. Es war ein aufregender Raum, und für einen Augenblick vergaß ich meine Beklemmung. Auf dem Kaminsims lag ein Fächer. Er war sehr schön mit seinem herrlichen Blauton und den großen schwarzen, kreisrunden Flecken. Ich wußte, was es war, denn ich hatte Bilder von Pfauen gesehen: ein Fächer aus Pfauenfedern. Ich verspürte den Drang, ihn zu berühren. Wenn ich mich auf die Zehenspitzen stellte, konnte ich ihn gerade erreichen. Die Federn waren sehr weich.

Dann sah ich mich um. Da war eine Tür. Ich ging hin. Vielleicht konnte ich jemanden finden, der mir den Weg zum Schulzimmer und zu Miss York zeigte.

Ich öffnete die Tür und spähte vorsichtig in den nächsten Raum.

Eine Stimme sagte: »Wer ist da?«

Ich trat in das Zimmer und sagte: »Ich bin Deborah Delany. Ich bin zum Tee gekommen und hab' mich verlaufen.«

Ich ging ein Stück weiter. In einem hochlehnigen Sessel saß eine alte Dame. Sie hatte eine Decke über den Knien, woraus ich schloß, daß sie krank war. Neben ihr stand ein Tisch, übersät mit Papieren, die wie Briefe aussahen.

Sie musterte mich, und ich erwiderte tapfer ihren Blick. Ich konnte nichts dafür, daß ich mich verlaufen hatte. Ich war nicht behandelt worden, wie es sich für einen Gast geziemte.

»Warum bist du zu mir gekommen, Kleine?« fragte sie mit hoher Stimme. Die Frau war sehr blaß, und ihre Hände zitterten. Einen Moment lang hielt ich sie für ein Gespenst.

»Ich wollte nicht zu Ihnen. Wir spielen Verstecken, und ich hab' mich verlaufen.«

»Komm her, Kind!«

Ich ging zu ihr.

Sie sagte: »Dich habe ich noch nie gesehen.«

»Ich wohne im Pfarrhaus. Ich bin zu Lavinia zum Tee gekommen, und dies soll ein Versteckspiel sein.«

»Mich kommt nie jemand besuchen.«

»Das tut mir leid.«

Sie schüttelte den Kopf. »Ich lese seine Briefe«, sagte sie dann. »Er war einfach wunderbar. Es war Schicksal. Ich habe ihn vernichtet. Es war meine Schuld. Ich hätte es wissen müssen. Ich war gewarnt...«

Sie war die merkwürdigste Person, der ich je begegnet war. Ich hatte immer gespürt, daß sich in diesem Haus seltsame Dinge zutragen würden.

Ich sagte, ich müsse ins Schulzimmer zurück. »Sie werden sich fragen, wo ich geblieben bin. Und es ist nicht sehr höflich, wenn Gäste in Häusern herumspazieren, nicht wahr?«

Sie streckte eine Hand aus, die mir wie eine Klaue vorkam, und packte mein Handgelenk. Ich wollte schon um Hilfe rufen, als die Tür aufging und eine Frau hereintrat. Ihre Erscheinung erschreckte mich. Sie war keine Engländerin. Sie hatte sehr dunkle Haare und tiefliegende schwarze Augen; sie trug ein Gewand, das, wie ich später erfuhr, ein Sari war. Es war von einem ähnlichen Dunkelblau wie der Fächer, und ich fand es schön.

Sie bewegte sich sehr graziös und sagte in einem angenehmen Singsang: »Ach du liebe Zeit! Miss Lucille, was ist das? Und wer bist du, Kleine?«

Ich erklärte, wer ich war und wie ich hierhergekommen war.

»Oh, Miss Lavinia... aber das ist sehr, sehr ungezogen von ihr, dich so zu behandeln. Verstecken spielen!« Sie hob die Hände. »Und das in diesem Haus... und du findest Miss Lucille. Hier kommen nie Leute her. Miss Lucille ist gern allein.«

»Es tut mir leid, es war keine Absicht.«

Sie klopfte mir auf die Schulter. »O nein, nein, es war die ungezogene Miss Lavinia. Eines Tages...« Sie schürzte die Lippen, dann legte sie die Handflächen aneinander und blickte einen Moment zur Decke. »Aber du mußt zurück. Ich zeig' dir den Weg. Komm mit!«

Sie nahm meine Hand und drückte sie begütigend.

Ich sah Miss Lucille an. Tränen liefen ihr langsam über die Wangen.

»Dieser Teil des Hauses ist für Miss Lucille«, wurde ich belehrt. »Ich wohne hier bei ihr. Wir sind hier... und nicht hier... verstehst du?«

Ich verstand sie nicht, aber ich nickte.

Wir gingen durch die Galerie zurück und dann durch Räume, die ich vorher nicht gesehen hatte. Es dauerte nicht lange, bis wir beim Schulzimmer anlangten.

Die Frau öffnete die Tür. Miss York und Miss Etherton waren ins Gespräch vertieft. Von Lavinia war nichts zu sehen. Sie erschraken, als sie mich sahen.

»Was ist passiert?« fragte Miss Etherton.

»Sie spielen Verstecken. Die Kleine hier... in einem Haus, das sie nicht kennt. Sie hat sich verlaufen und kam zu Miss Lucille.«

»Oh, das tut mir sehr leid«, sagte Miss Etherton. »Miss Lavinia hätte besser auf ihren Gast aufpassen sollen. Danke, Ayesha!«

Ich lächelte die Frau an. Ich mochte ihre sanfte Stimme und ihre gütigen, schwarzen Augen. Sie erwiderte mein Lächeln und entfernte sich anmutig.

»Ich hoffe, Deborah hat nicht... hm...« begann Miss York verlegen.

»O nein. Miss Lucille wohnt separat mit ihrem Personal... alles Inder. Sie war dort, wissen Sie. Die Familie hat Verbindungen zur Ostindischen Kompanie. Miss Lucille ist ein bißchen... seltsam geworden.«

Beide Gouvernanten sahen mich an, und ich vermutete, die Angelegenheit würde weiter besprochen, sobald sie allein waren.

Ich sagte zu Miss York: »Ich will nach Hause.«
Sie machte ein verdutztes Gesicht, aber Miss Etherton schenkte
ihr ein verständnisvolles Lächeln.
»Nun«, meinte Miss York, »ich denke, es wird Zeit.«
»Wenn Sie müssen...«, erwiderte Miss Etherton. »Ich möchte
nur wissen, wo Miss Lavinia steckt. Sie sollte doch ihren Gast
verabschieden.«
Lavinia fand sich ein, bevor wir aufbrachen.
Ich sagte kühl: »Danke.«
Sie antwortete: »Es war blöd von dir, dich zu verlaufen. Aber du
bist ja auch Häuser wie dieses nicht gewöhnt, nicht?«
Miss Etherton sagte: »Ich bezweifle, daß es noch so ein Haus wie
dieses gibt, Lavinia. Aber du, Deborah, mußt wiederkommen.«
Miss York und ich gingen, Miss Yorks Lippen waren geschürzt.
Doch sie sagte zu mir: »Ich möchte nicht in Miss Ethertons Haut
stecken, nach dem, was sie mir erzählt hat... Und der Junge ist
noch schlimmer.« Dann besann sie sich, mit wem sie sprach, und
sagte, es sei wirklich ein sehr angenehmer Besuch gewesen.
Das konnte ich nicht finden. Aber ich hatte zumindest Aufregendes erlebt, das ich nicht so leicht vergessen sollte.

Obgleich ich auf keinen weiteren Besuch im großen Haus erpicht
war, hielt die Faszination, die es auf mich ausübte, unvermindert
an. Immer, wenn ich vorüberkam, machte ich mir Gedanken
über die seltsame alte Dame und ihre Gefährtin. Die Neugier
nagte an mir, denn ich war von Natur aus wißbegierig; diesen
Charakterzug hatte ich mit Polly gemein.
An manchen Tagen, wenn mein Vater nicht beschäftigt war,
ging ich in sein Studierzimmer. Das war immer gleich nach dem
Tee. Ich hatte oft das Gefühl, eins von den Dingen wie seine
Brille zu sein, die er von Zeit zu Zeit vergaß. Wenn er seine Brille
brauchte, suchte er sie, und wenn ihn das väterliche Pflichtgefühl
überkam, erinnerte er sich an mich.
Seine Vergeßlichkeit hatte etwas Liebenswertes. Er war immer
zärtlich zu mir, und ich war überzeugt, wäre er nicht so sehr mit
dem Trojanischen Krieg befaßt gewesen, hätte er sich öfter an
mich erinnert.

Mit ihm zu reden war wie ein Spiel, weil es stets sein Ziel war, auf ein klassisches Thema zu sprechen zu kommen, meines jedoch, ihn davon abzulenken.

Er fragte immer nach meinen Fortschritten im Unterricht und ob ich mich gut mit Miss York verstünde. Ich fand, daß ich ganz gut vorankam und sagte ihm, Miss York scheine zufrieden.

Da nickte er lächelnd. »Sie findet dich ein wenig impulsiv«, sagte er dann. »Ansonsten hat sie eine gute Meinung von dir.«

»Vielleicht findet sie mich impulsiv, weil sie es nicht ist.«

»Möglicherweise. Aber du mußt lernen, nicht unbesonnen zu sein. Denke an Phaethon!«

Ich wußte nicht recht, wer Phaethon war, aber wenn ich fragte, würde er sich des Gesprächs bemächtigen, und Phaethon konnte zu einer anderen Persönlichkeit aus den alten Zeiten führen, wo die Menschen sich in Lorbeer und alle möglichen Pflanzen verwandelten und die Götter Schwäne und Stiere wurden, um Sterbliche zu umwerben. Mir kam dieses Verhalten sehr merkwürdig vor, und ich glaubte ohnehin nicht daran.

»Vater«, fragte ich, »weißt du etwas über Miss Lucille Framling?«

Seine Augen nahmen einen verschwommenen Ausdruck an. Er griff nach seiner Brille, als könne sie ihm dazu verhelfen, die Dame zu sehen.

»Ich hörte Lady Harriet einmal etwas sagen... Jemand in Indien, glaube ich.«

»Sie hat eine indische Dienerin. Ich hab' sie gesehen. Ich hab' mich beim Versteckspielen verlaufen, und da fand ich sie. Die Inderin hat mich wieder zu Miss York gebracht. Es war ziemlich aufregend.«

»Ich wußte, daß die Framlings irgendwelche Verbindungen zu Indien haben, die Ostindische Kompanie, vermute ich.«

»Ich möchte wissen, warum sie so abgeschieden in einem Flügel des Hauses lebt.«

»Ich meine gehört zu haben, daß sie ihren Geliebten verloren hat. Das kann sehr traurig sein. Denke an Orpheus, der in die Unterwelt ging, um Eurydike zu suchen!«

Ich war so mit Miss Lucille Framlings Geheimnis beschäftigt, daß ich meinen Vater diese Runde gewinnen ließ. So verging die restliche Zeit mit Orpheus und seiner Reise in die Unterwelt, wo er seine Gemahlin wiederfinden wollte, die ihm am Hochzeitstag entrissen worden war.

Trotz des unglücklichen Beginns machte meine Bekanntschaft mit Lavinia Fortschritte, und obwohl zwischen uns stets eine gewisse Distanz bestand, fühlte ich mich doch zu ihr und vielleicht vor allem zum großen Haus hingezogen, wo alles mögliche passieren konnte. Ich betrat es nie ohne das Gefühl, daß ich mich auf ein Abenteuer einließ.

Auch Polly hatte ich von dem Versteckspiel erzählt, und davon, wie ich die alte Dame getroffen hatte.

»Na, so was!« sagte sie. »Das ist mir 'ne nette kleine Madam! Hat keine Ahnung, wie man Gäste behandelt, das ist mal sicher. Und so was nennt sich 'ne Dame!«

»Sie hat gesagt, das Pfarrhaus ist klein.«

»Die würd' ich gern mal Kohlen die Treppen raufschleppen lassen.«

Bei dieser Vorstellung mußte ich lachen.

Polly tat mir wohl. »Du hast mehr von 'ner kleinen Dame als sie«, sagte sie. »Das ist mal sicher. Biete ihr nur die Stirn. Sag ihr deine Meinung, und wenn's ihr nicht paßt, schadet's nicht, oder? Schätze, du könntest dich mit mir anderswo amüsieren... besser als in dem alten Kasten. Höchste Zeit für den Abbruchunternehmer, wenn du mich fragst.«

»Aber Polly, es ist ein wunderbares Haus!«

»Nur schade, daß seine Bewohner nicht wissen, was sich gehört.«

Ich dachte stets an Polly, wenn ich in das Haus ging. Du bist ebenso gut wie die, ermahnte ich mich. Im Unterricht war ich sogar besser. Das war Mrs. Janson entschlüpft. Ich hatte sie sagen hören, daß Miss Lavinia Miss Etherton das Leben ganz schön schwer mache und sich weigere zu lernen, wenn sie keine Lust hatte, so daß die junge Dame etliche Jahre hinter manch anderer zurück sei. Ich wußte, wer mit »manch anderer« gemeint war, und das machte mich ziemlich stolz. Es tat gut, sich in Lavinias

Gegenwart an dieses Wissen zu erinnern. Überdies wußte ich mich besser zu benehmen als sie. Aber vielleicht wußte sie es auch und weigerte sich nur, sich so zu verhalten, wie man es ihr beigebracht hatte. Ich war inzwischen lange genug mit Lavinia zusammen, um zu wissen, daß in ihr eine Rebellin steckte. Und mit Pollys Ermahnung, Lavinia alles mit gleicher Münze heimzuzahlen, fühlte ich mich nicht ganz so verwundbar wie am Anfang.

Mein Vater sagte ständig, jegliches Wissen sei gut, und man könne nie genug erfahren. Miss York pflichtete ihm bei. Doch etwas gab es, das ich lieber nicht erfahren hätte.

Lady Harriet hatte meine Freundschaft mit Lavinia lächelnd gutgeheißen, und deshalb mußte sie fortgesetzt werden. Lavinia lernte reiten, und Lady Harriet meinte, ich solle an ihren Reitstunden teilnehmen. Mein Vater war hocherfreut, und so ritt ich mit Lavinia. Unter dem wachsamen Auge des ersten Stallburschen Joe Cricks umrundeten wir endlos die Koppel.

Lavinia ritt gern und stellte sich daher recht geschickt an. Es machte ihr einen Riesenspaß zu demonstrieren, wieviel geschickter sie war als ich. Sie war verwegen und befolgte die Anweisungen nicht, wie ich es tat. Der arme Joe Cricks bekam es wirklich mit der Angst, wenn sie seine Instruktionen mißachtete, und bald schon verlangte sie von ihm, sie ohne Leitzügel reiten zu lassen.

»Wenn Sie sich auf Ihrem Tier wohl fühlen wollen«, sagte Joe Cricks, »dürfen Sie keine Angst vor ihm haben. Zeigen Sie ihm, wer die Herrin ist! Andererseits kann es gefährlich sein.«

Lavinia schüttelte ihre lohfarbenen Haare. Sie liebte diese Geste. Ihre Haare waren wirklich prachtvoll, und sie erregte Aufmerksamkeit mit ihnen.

»Ich weiß schon, was ich tue, Cricks«, sagte sie.

»Ich hab' nicht behauptet, daß Sie das nicht wüßten, Miss Lavinia. Ich sag' ja bloß, daß... Sie müssen auch mit dem Pferd rechnen, nicht nur mit sich selbst. Sie mögen ja wissen, was Sie tun, aber Pferde, das sind nervöse Geschöpfe. Die setzen sich was in den Kopf, was Sie nicht erwarten.«

Lavinia tat weiterhin, was sie wollte, und ihre Kühnheit und die

Zuversicht, es besser zu wissen als sonst jemand, führten sie ans Ziel.

»Sie wird mal eine gute Reiterin«, fand Joe Cricks. »Das heißt, wenn sie nicht zuviel wagt. Miss Deborah dagegen, die ist eher vorsichtig. Mit der Zeit wird's schon werden... und dann wird sie richtig gut.«

Ich liebte die Reitstunden, wenn ich um die Koppel trabte, und dann erst die Aufregung beim ersten Galopp.

Es geschah an einem Nachmittag. Unser Reitunterricht war zu Ende, und wir hatten die Pferde in den Stall gebracht. Lavinia stieg ab und warf dem Stallburschen die Zügel zu. Ich blieb immer gerne noch ein paar Minuten da, um das Pferd zu streicheln und ihm zuzureden, wie Joe es uns beigebracht hatte. »Vergessen Sie das nie!« sagte er. »Behandeln Sie Ihr Pferd gut, dann behandelt es Sie auch gut. Pferde sind wie Menschen. Daran müssen Sie immer denken!«

Ich kam aus dem Stall und ging über den Rasen zum Haus. Dort sollte ich mich im Schulzimmer zum Tee mit Lavinia einfinden. Miss York war schon da und genoß ihr Tête-à-tête mit Miss Etherton.

Im Haus waren Gäste. Das kam oft vor, aber wir hatten nichts mit ihnen zu tun. Wir bekamen Lady Harriet kaum zu sehen – und dafür war ich äußerst dankbar.

Ich mußte am Fenster des Salons vorüber, das offenstand, und ich erhaschte einen Blick auf ein Stubenmädchen, das mehreren Leuten Tee servierte. Ich ging eilends vorüber, den Blick abgewendet. Dann blieb ich stehen, um zu dem Flügel des Hauses hinaufzusehen, in dem sich Miss Lucilles Räume befinden mußten.

Da hörte ich eine Stimme aus dem Salon. »Was ist das für ein unansehnliches Kind, Harriet?«

»Oh... du meinst die Pfarrerstochter. Sie ist ziemlich oft hier, um Lavinia Gesellschaft zu leisten.«

»So ein Gegensatz zu Lavinia! Aber Lavinia ist ja auch *zu* schön.«

»O ja... Weißt du, es gibt hier so wenig Leute, und ich höre von der Gouvernante, daß sie ein sehr nettes Kind ist. Und es tut Lavinia gut, dann und wann Gesellschaft zu haben. Wie gesagt, es gibt nicht viele Leute hier. Wir müssen uns mit dem begnügen, was wir bekommen können.«

Ich starrte vor mich hin. Das unansehnliche Kind war ich, und ich war hier, weil sie nichts anderes bekommen konnten. Ich war wie vor den Kopf geschlagen. Gewiß, meine Haare waren von einem undefinierbaren Braun, glatt und kaum zu bändigen, ganz im Gegensatz zu Lavinias lohfarbener Pracht, und meine Augen hatten überhaupt keine Farbe. Sie waren wie Wasser, und wenn ich Blau trug, waren sie bläulich, trug ich Grün, waren sie grünlich, trug ich aber Braun, waren sie gänzlich farblos. Ich hatte einen großen Mund und eine ganz gewöhnliche Nase. Das war also unansehnlich! Und Lavinia war natürlich schön.

Mein erster Gedanke war, ins Schulzimmer zu gehen und zu verlangen, sofort nach Hause gebracht zu werden. Ich war ganz durcheinander. Ich hatte einen dicken Klumpen in der Kehle. Aber ich weinte nicht. Weinen tat ich bei oberflächlicheren Emotionen. Nun jedoch war etwas in meinem Inneren zutiefst verletzt, und ich glaubte, die Wunde würde mir ewig bleiben.

»Du kommst zu spät«, begrüßte mich Lavinia.

Ich gab ihr keine Erklärung. Ich wußte, wie sie reagiert hätte. Ich betrachtete sie von neuem. Kein Wunder, daß sie sich schlecht benehmen konnte. Sie war so schön, daß es den Leuten nichts ausmachte.

Polly fiel am Abend meine Verstimmung natürlich auf. »Sag, willst du's mir nicht lieber erzählen?«

»Was, Polly?«

»Warum du ein Gesicht machst wie sieben Tage Regenwetter.«

Gegen Polly war ich machtlos, deshalb erzählte ich ihr alles. »Ich bin unansehnlich, Polly. Und das heißt häßlich. Und ich bin bloß ins große Haus eingeladen, weil's hier niemand besseren gibt.«

»So 'n Haufen Unsinn hab' ich noch nie gehört. Du bist nicht unansehnlich. Du bist, was man interessant nennt, und das ist auf lange Sicht viel besser. Und wenn du nicht in das große Haus gehen willst, dann sorg' ich dafür, daß du's bleiben lassen kannst. Ich geh' zum Pfarrer und sag' ihm, daß Schluß sein muß. Nach dem, was ich so höre, bist du ohne die auch nicht schlechter dran.«

»Wie unansehnlich bin ich, Polly?«

»So unansehnlich wie ein Weihnachtspudding.«

Da mußte ich lächeln.

»Du hast ein Gesicht, daß die Leute stehenbleiben und genauer hingucken. Und diese Lavinia, oder wie die sich nennt, *ich* kann sie gar nicht hübsch finden, wenn sie 'n finsteres Gesicht macht, und du meine Güte, das macht sie oft. Ich will dir was sagen: Sie wird Krähenfüße um die Augen und tiefe Falten im ganzen Gesicht haben, wenn sie so weitermacht. Und ich sag' dir noch was: Wenn du lächelst, strahlt dein ganzes Gesicht, dann bist du 'ne richtige Schönheit, jawohl!«

Polly gelang es, mich aufzuheitern, und nach einer Weile vergaß ich, daß ich unansehnlich war, und da das große Haus mich nach wie vor anzog, versuchte ich, nicht daran zu denken, daß man mich nur ausgesucht hatte, weil niemand besseres zu haben war.

Ab und an erhaschte ich einen Blick auf Fabian, allerdings nicht oft. Immer wenn ich ihn sah, dachte ich daran, wie er mich zu seinem Baby gemacht hatte. Er mußte sich gewiß daran erinnern, denn er war damals schon sieben gewesen.

Er war die meiste Zeit im Internat und kam oft auch in den Ferien nicht nach Hause, sondern verbrachte sie bei einem Schulfreund. Manchmal kamen seine Schulfreunde auch ins große Haus, aber sie beachteten uns kaum.

Einmal – ich glaube, es war Ostern – war Fabian in den Ferien daheim. Bald nachdem Miss York und ich zum Tee gekommen waren, begann es zu regnen. Lavinia und ich überließen die Gouvernanten bald ihrem üblichen Plausch und überlegten gerade, was wir tun sollten, als die Tür aufging und Fabian hereinkam.

Er sah Lavinia ziemlich ähnlich, war jedoch viel größer und wirkte sehr erwachsen. Er war vier Jahre älter als seine Schwester, und da ich noch nicht ganz sieben war, kam er mir mit seinen zwölf Jahren ungeheuer reif vor.

Lavinia trat zu ihm und hängte sich bei ihm ein, als wollte sie sagen: Das ist mein Bruder. Du kannst wieder zu Miss York gehen. Ich brauch' dich jetzt nicht mehr.

Er sah mich seltsam an, und ich merkte, daß er sich erinnerte. Ich war das Kind, das er für sein eigenes gehalten hatte. Eine solche Episode mußte sich auch jemandem, der so weltgewandt war wie Fabian, eingeprägt haben.

»Bleibst du bei mir?« bat ihn Lavinia. »Sagst du mir, was wir anfangen können? Deborah hat so blöde Ideen. Sie mag nur so kluge Spiele. Miss Etherton sagt, sie weiß mehr als ich ... von Geschichte und so.«

»Sie muß nicht viel wissen, um mehr zu wissen als du«, sagte Fabian, eine Bemerkung, die, hätte sie jemand anders geäußert, bei Lavinia einen Wutanfall hervorgerufen hätte. Aber weil Fabian es gesagt hatte, kicherte sie vergnügt. Es war für mich eine regelrechte Offenbarung, daß es außer Lady Harriet einen Menschen gab, vor dem Lavinia Respekt hatte.

Er sagte: »Geschichte ... Ich liebe Geschichte, die Römer und alles. Sie hatten Sklaven. Wir machen ein Spiel.«

»O Fabian, wirklich?«

»Ja, ich bin ein Römer, sagen wir, der Cäsar.«

»Welcher?« fragte ich.

Er überlegte. »Julius ... oder vielleicht Tiberius.«

»Der war sehr grausam zu den Christen.«

»Du brauchst keine christliche Sklavin zu sein. Ich bin Julius Cäsar. Ihr seid meine Sklavinnen, und ich stell' euch auf die Probe.«

»Ich bin deine Königin, oder was so ein Cäsar hat«, verkündete Lavinia. »Deborah kann unsere Sklavin sein.«

»Du bist auch eine Sklavin«, sagte Fabian zu Lavinias Verdruß und meiner Freude.

»Ich stell' euch Aufgaben, die euch unmöglich erscheinen. Das ist, um euch zu prüfen und zu sehen, ob ihr es wert seid, meine Sklavinnen zu sein. Ich werde sagen, bringt mir die goldenen Äpfel der Hesperiden oder so was.«

»Wie können wir sie bekommen?« fragte ich. »Sie sind in den griechischen Legenden. Mein Vater spricht immer davon. Es gibt sie nicht wirklich.«

Lavinia wurde ungeduldig, weil ich, die unansehnliche Außenstehende, zu viel redete.

»Ich stelle euch die Aufgaben, und ihr müßt sie ausführen, oder ihr bekommt meinen Zorn zu spüren.«

»Aber keine, bei denen wir in die Unterwelt gehen und Menschen rausholen müssen, die tot sind oder so was«, sagte ich.

»So etwas werde ich euch nicht befehlen. Die Aufgaben werden schwierig sein... aber lösbar.«

Er verschränkte die Arme vor der Brust und schloß die Augen, wie in Gedanken vertieft. Dann sprach er, als sei er das Orakel, von dem mein Vater hin und wieder erzählte. »Lavinia, du bringst mir den silbernen Kelch. Er hat eingravierte Akanthusblätter.«

»Das kann ich nicht«, sagte Lavinia. »Der ist in dem Zimmer, in dem es spukt.«

Nie hatte ich Lavinia so bestürzt gesehen, und es erstaunte mich, daß ihr Bruder in der Lage war, ihr das Aufsässige auszutreiben.

Er wandte sich zu mir. »Du bringst mir einen Fächer aus Pfauenfedern. Wenn meine Sklavinnen zu mir zurückkehren, wird der Kelch mit Wein gefüllt, und während ich trinke, wird meine Sklavin mir mit dem Pfauenfedernfächer Luft zufächeln.«

Meine Aufgabe kam mir nicht so schwer vor. Ich wußte, wo ein Pfauenfedernfächer zu finden war. Ich kannte mich unterdessen im Haus besser aus und würde den Weg zu Miss Lucilles Gemächern unschwer finden. Ich konnte in das Zimmer schleichen, in dem der Fächer lag, ihn nehmen und Fabian bringen. Ich wollte es so rasch tun, daß er mich für die prompte Erledigung lobte, während die arme Lavinia allen Mut zusammennehmen mußte, um das Spukzimmer zu betreten.

Ich machte mich geschwind auf den Weg. Eine ungeheure Aufregung nahm von mir Besitz. In Fabians Anwesenheit mußte ich dauernd daran denken, daß er mich entführt und daß ich zwei Wochen wie ein Mitglied der Familie im großen Haus gelebt hatte. Ich wollte ihn mit der Schnelligkeit, mit der ich meine Aufgabe erledigte, in Erstaunen setzen.

Ich gelangte zu dem Zimmer. Und wenn die Inderin da war, was dann? Was sollte ich ihr sagen? Kann ich bitte den Fächer haben? Wir machen ein Spiel, und ich bin eine Sklavin.

Ich nahm an, sie würde lächeln und mit ihrer Singsangstimme sagen: Ach, du liebe Zeit. Sicher würde sie amüsiert und entgegenkommend sein, aber ich fragte mich, was die alte Dame wohl dazu sagen würde. Doch die würde mit der Decke über den Knien im Sessel sitzen und der Vergangenheit nachweinen, die in den Briefen wieder lebendig wurde.

Ich hatte die Tür vorsichtig geöffnet. Ich nahm wieder den intensiven Sandelholzgeruch wahr. Alles war still. Und dort, auf dem Kaminsims, lag der Fächer.

Ich stellte mich auf die Zehenspitzen, holte ihn herunter und rannte aus dem Zimmer, zurück zu Fabian.

Er starrte mich verwundert an. »Du hast ihn schon gefunden?« Er lachte. »Das hätte ich nie gedacht. Woher wußtest du, wo er war?«

»Ich hab' ihn schon mal gesehen, als ich mit Lavinia Verstecken spielte. Ich kam zufällig in das Zimmer. Ich hatte mich verlaufen.«

»Hast du meine Großtante Lucille gesehen?«
Ich nickte.

Er starrte mich weiterhin an. »Gut gemacht, Sklavin«, sagte er. »Jetzt darfst du mir Luft zufächeln, während ich auf meinen Weinkelch warte.«

»Willst du das wirklich? Es ist ziemlich kalt hier.«

Er sah zum Fenster, von dem ein leichter Zug herüberwehte. Regentropfen rannen die Scheiben hinab.

»Zweifelst du an meinen Befehlen, Sklavin?« fragte er.

Da es ein Spiel war, erwiderte ich: »Nein, mein Gebieter.«

»Dann tu, wie befohlen!«

Kurz darauf kam Lavinia mit dem Kelch. Sie warf mir einen gehässigen Blick zu, weil es mir schneller als ihr gelungen war, die Aufgabe zu bewältigen. Ich fand allmählich Gefallen an dem Spiel.

Wein mußte besorgt und der Kelch gefüllt werden. Fabian streckte sich auf einem Sofa aus. Ich stand hinter ihm und wedelte mit dem Pfauenfedernfächer. Lavinia bot ihm kniend den Kelch dar.

Kurz darauf gab es Ärger. Wir hörten laute Stimmen und rennende Schritte. Ich erkannte Ayeshas helle Stimme.

Miss Etherton stürmte ins Zimmer, gefolgt von Miss York. Es

war ein dramatischer Augenblick. Andere Leute, die ich noch nie gesehen hatte, waren auch da, und alle starrten mich an.

Einen Moment lang herrschte tiefe Stille, dann herrschte Miss York mich an: »Was hast du getan?«

Ayesha sah mich und stieß einen leisen Schrei aus. »Du hast ihn«, sagte sie. »Du warst es. Ach, du liebe Zeit... du warst es also.«

Da merkte ich, daß sie von dem Fächer sprachen.

»Wie konntest du nur?« fragte Miss York. Ich machte ein verwirrtes Gesicht, und sie fuhr fort: »Du hast den Fächer genommen. Warum?«

»Es... es war ein Spiel«, stammelte ich.

»Ein Spiel!« sagte Miss Etherton. »Der Fächer...« Ihre Stimme zitterte vor Erregung.

»Es tut mir leid«, begann ich.

Da kam Lady Harriet herein. Sie sah aus wie eine Rachegöttin, und meine Knie fühlten sich plötzlich an, als wollten sie mich nicht mehr tragen.

Fabian hatte sich vom Sofa erhoben. »So ein Theater!« sagte er. »Sie war meine Sklavin. *Ich* habe ihr befohlen, mir den Fächer zu bringen.«

Ich sah die Erleichterung in Miss Yorks Gesicht und bekam einen Lachanfall. Dies mag zwar eine leicht hysterische Reaktion gewesen sein, aber es war immerhin ein Lachen.

Auch Lady Harriets Miene war sanfter geworden. »O Fabian!« murmelte sie.

Ayesha sagte: »Aber der Fächer! Miss Lucilles Fächer...«

»Ich hab's ihr befohlen«, wiederholte Fabian. »Sie hatte keine andere Wahl, als zu gehorchen. Sie ist meine Sklavin.«

Lady Harriet fing jetzt auch an zu lachen. »Schön, jetzt verstehst du, Ayesha. Bring Miss Lucille den Fächer zurück. Er hat keinen Schaden genommen, und damit ist die Sache erledigt.« Sie wandte sich an Fabian. »Lady Goodman hat geschrieben und läßt fragen, ob du Adrian in den Sommerferien besuchen möchtest. Was meinst du dazu?«

Fabian zuckte nonchalant mit den Achseln.

»Wollen wir es besprechen? Komm, mein Junge! Ich denke, wir sollten unverzüglich antworten.«

Fabian warf einen verächtlichen Blick auf die Gesellschaft, die von einer Banalität wie dem Borgen eines Fächers ein solches Aufhebens machte, und ging mit seiner Mutter hinaus.

Ich hielt den Vorfall für erledigt. Sie waren zwar alle so besorgt gewesen, und mir schien, daß es mit dem Fächer eine besondere Bewandtnis haben mußte, doch Lady Harriet und Fabian hatten den Vorfall zu einer bedeutungslosen Angelegenheit heruntergespielt.

Ayesha war gegangen – sie hatte den Fächer wie etwas sehr Kostbares gehalten –, und die zwei Gouvernanten folgten ihr, so daß Lavinia und ich allein waren.

»Ich muß den Kelch zurückbringen, bevor sie entdecken, daß wir den auch hatten. Komisch, daß sie nichts gemerkt haben, aber es war ja so ein Aufstand wegen dem Fächer. Du mußt mit mir kommen!«

Ich war noch ganz verwirrt, weil ich den Fächer entwendet hatte, der ein sehr wichtiger Gegenstand sein mußte, nachdem sein Fehlen einen solchen Aufruhr verursacht hatte. Ich fragte mich, wie das Ganze wohl ausgegangen wäre, wenn Fabian mich nicht von jeder Schuld freigesprochen hätte. Mir wäre vermutlich für immer das Haus verboten worden. Obwohl ich mich dort nie recht willkommen fühlte, besaß es dennoch eine starke Anziehungskraft auf mich. Alle Menschen darin interessierten mich, sogar Lavinia, die oftmals verletzend und gewiß niemals gastfreundlich war.

Ich mußte daran denken, wie edel Fabian ausgesehen hatte, als er alle mit Verachtung überschüttete und die Verantwortung auf sich nahm. Sicher, er *war* verantwortlich, und es war daher nur gerecht, daß er sich die Schuld gab. Aber er hatte es so aussehen lassen, als gäbe es keine Schuldigen und als wären alle sehr töricht, so ein Theater zu machen.

Willig folgte ich Lavinia in einen anderen Teil des Hauses, den ich noch nie betreten hatte.

»Unsere Großtante Lucille wohnt im Westflügel. Dies ist der Ostflügel«, erklärte sie mir. »Wir gehen ins Nonnenzimmer. Sieh dich lieber vor. Die Nonne kann Fremde nicht leiden. Mir tut sie nichts. Ich gehör' zur Familie.«

»Warum hast du dann Angst, allein hineinzugehen?«

»Ich hab' keine Angst. Ich dachte bloß, du möchtest es gern sehen. Ihr habt doch keine Gespenster in dem ollen Pfarrhaus, oder?«

»Wer will schon Gespenster? Wozu sind sie gut?«

»Ein feines Haus hat immer welche. Sie warnen die Menschen.«

»Aber wenn mich die Nonne nicht mag, laß ich dich lieber allein hineingehen.«

»Nein, nein. Du mußt mitkommen!«

»Und wenn ich nicht will?«

»Dann darfst du nie mehr in unser Haus kommen.«

»Das ist mir egal. Du bist nicht sehr nett... keiner von euch.«

»Oh, wie kannst du dir das herausnehmen! Du bist bloß die Tochter des Pfarrers, und er verdankt uns seine Stellung.«

Ich fürchtete, daß etwas Wahres daran sein könnte. Vielleicht konnte Lady Harriet uns hinauswerfen, wenn sie über mich ungehalten war. Aber ich durchschaute auch Lavinia. Sie wollte mich dabeihaben, weil sie sich fürchtete, allein ins Nonnenzimmer zu gehen.

Wir gingen einen Flur entlang. Sie drehte sich um und nahm meine Hand. »Komm!« flüsterte sie. »Wir sind gleich da.«

Sie öffnete eine Tür. Wir befanden uns in einer kleinen Kammer, die wie eine Klosterzelle aussah. Die Wände waren kahl, und über einem schmalen Bett hing ein Kruzifix. Ansonsten gab es nur noch einen einzigen Stuhl und einen Tisch. Es war ein karger Raum.

Lavinia stellte den Kelch auf den Tisch und rannte in großer Hast wieder hinaus, ich hinterdrein. Wir flitzten durch die Flure, dann drehte sie sich um und sah mich zufrieden an. Ihre angeborene Arroganz und Gefaßtheit waren zurückgekehrt. Sie ging voran zu dem Zimmer, wo vor kurzem Fabian auf einem Sofa ausgestreckt gelegen und ich ihm mit dem Pfauenfedernfächer Luft zugefächelt hatte.

»Du siehst«, sagte Lavinia, »unsere Familie ist tief mit der Geschichte verflochten. Wir sind mit Wilhelm dem Eroberer hergekommen. Ich schätze, deine Leute waren Leibeigene.«

»O nein, das waren wir nicht.«

»Wart ihr schon! Die Nonne war eine Vorfahrin von uns. Sie hat sich in einen nicht standesgemäßen Mann verliebt... Ich glaube, er war Vikar oder Pfarrer. Solche Leute heiraten nicht in Familien wie unsere ein.«

»Sie sind bestimmt gebildeter als eure Leute.«

»*Wir* brauchen uns nicht um Bildung zu kümmern. Das müssen bloß Leute wie ihr. Miss Etherton sagt, du weißt mehr als ich, obwohl du ein Jahr jünger bist. Das macht mir nichts aus. *Ich* muß nicht gebildet sein.«

»Bildung ist das höchste Gut, das man haben kann«, zitierte ich meinen Vater. »Erzähl mir von der Nonne!«

»Er war so weit unter ihrem Stand, daß sie ihn nicht heiraten konnte. Ihr Vater hat es ihr verboten, und da ging sie in ein Kloster. Aber sie konnte nicht ohne ihn leben, deshalb floh sie und ging zu ihm. Ihr Bruder verfolgte sie und tötete den Geliebten. Sie wurde nach Hause gebracht und in das Zimmer gesteckt, das wie eine Zelle eingerichtet war. Es ist nie verändert worden. Sie trank Gift aus dem Kelch, und man sagt, daß sie in das Zimmer zurückkommt und darin spukt.«

»Glaubst du das?«

»Natürlich.«

»Dann mußt du große Angst gehabt haben, als du den Kelch geholt hast.«

»Das muß man immer, wenn man Fabians Spiele mitmacht. Ich dachte, wenn Fabian mich schickt, würde das Gespenst nichts tun.«

»Du hältst deinen Bruder für so was wie einen Gott.«

»Ist er ja auch«, erwiderte sie.

Offenbar wurde er in diesem Hause tatsächlich dafür gehalten.

Auf dem Heimweg sagte Miss York: »Meine Güte, was für ein Wirbel wegen eines Fächers! Es hätte wirklich Unannehmlichkeiten gegeben, wenn nicht Mr. Fabian dahintergesteckt wäre.«

Das große Haus faszinierte mich immer mehr. Oft mußte ich an die Nonne denken, die aus dem Kelch getrunken und sich aus Liebe das Leben genommen hatte. Ich sprach mit Miss York darüber, die von Miss Etherton erfahren hatte, daß Miss Lucille sofort krank geworden war, als sie das Fehlen des Pfauenfedernfächers bemerkte hatte.

»Kein Wunder«, sagte sie, »daß deswegen so ein Wirbel gemacht wurde. Mr. Fabian hätte dir nie auftragen dürfen, ihn zu holen. Du konntest es ja nicht wissen. Reiner Mutwille, nenne ich so etwas.«

»Warum soll ein Fächer so wichtig sein?«

»Oh, Fächer aus Pfauenfedern sind etwas Besonderes. Ich habe gehört, sie bringen Unglück.«

Ich fragte mich, ob dieser Glaube etwas mit der griechischen Mythologie zu tun hatte, denn dann wußte mein Vater bestimmt etwas darüber. Ich beschloß, eine seiner Lektionen in Kauf zu nehmen und ihn zu fragen.

»Vater, Miss Lucille im großen Haus hat einen Fächer aus Pfauenfedern. Es hat eine besondere Bewandtnis mit ihm. Gibt es einen Grund, weshalb Pfauenfedern so bedeutend sind?«

»O ja, Hera hat die Augen des Argus in den Pfauenschwanz gesteckt. Du kennst die Geschichte natürlich.«

Natürlich kannte ich sie nicht, und ich bat ihn, sie mir zu erzählen.

Es war eine weitere Geschichte von Zeus, der eine Sterbliche umwarb. Diesmal handelte es sich um die Tochter des Königs von Argos, und Zeus' Gemahlin Hera war dahintergekommen.

»Das hätte sie nicht zu überraschen brauchen«, sagte ich. »Er war immer hinter einer her, die er nicht hätte umwerben sollen.«

»Das stimmt. Er hat die blonde Io in eine weiße Kuh verwandelt.«

»Das war mal was anderes. Gewöhnlich hat er sich selbst verwandelt.«

»Diesmal war es umgekehrt. Hera war eifersüchtig.«

»Das wundert mich nicht, bei so einem Gemahl.«

»Sie stellte den Riesen Argus, der hundert Augen hatte, als Wache auf. Zeus, der das wußte, schickte Hermes aus, um Argus mit seiner Lyra in Schlaf zu lullen und ihn dann zu töten. Hera war wütend, als sie erfuhr, was geschehen war, und steckte die

Augen des toten Riesen in die Schwänze ihrer Lieblings-
pfauen.«

»Bringen die Federn deshalb Unglück?«

»Tun sie das? Wenn ich darüber nachdenke, meine ich, etwas
Derartiges gehört zu haben.«

Mehr konnte er mir also nicht erzählen. Ich dachte: Es ist wegen
der Augen. Sie wachen die ganze Zeit... Warum war Miss Lucille so besorgt? Etwa weil die Augen nicht da waren, um für sie
zu wachen?

Die Sache wurde immer geheimnisvoller. Was für ein erstaunliches Haus, mit einem Gespenst in Gestalt einer lange verblichenen Nonne und einem magischen Fächer mit Augen, die für seine
Besitzerin Wache hielten. Ob der Fächer wohl vor drohendem
Unheil warnte?

Ich hatte das Gefühl, daß in diesem Haus alles mögliche geschehen konnte; es gab so vieles zu entdecken, und obwohl ich unansehnlich war und nur eingeladen wurde, weil keine andere Gefährtin für Lavinia zur Verfügung stand, wollte ich im großen
Haus weiterhin ein- und ausgehen.

Ungefähr eine Woche nach dem Vorfall mit dem Fächer entdeckte ich, daß ich beobachtet wurde. Als ich auf der Koppel ritt,
verspürte ich einen unwiderstehlichen Drang, zu einem bestimmten Fenster hoch oben in der Mauer hinaufzusehen, denn
von dort aus fühlte ich mich überwacht. Es war ein Schatten, der
einen Moment am Fenster war und dann verschwand. Mehrmals glaubte ich dort jemanden zu sehen. Es war ausgesprochen
unheimlich.

Ich fragte Miss Etherton: »Welcher Teil des Hauses geht auf die
Koppel hinaus?«

»Der Westflügel. Er wird kaum benutzt. Miss Lucille wohnt
dort. Er gilt sozusagen als ihr Reich.«

Das hatte ich schon vermutet, und jetzt fühlte ich mich bestätigt.

Als ich eines Tages mein Pferd in den Stall brachte, lief Lavinia
voraus, und während ich gerade ins Haus gehen wollte, sah ich
Ayesha. Sie trat rasch auf mich zu, nahm meine Hand und sah
mir ins Gesicht.

»Deborah«, sagte sie, »ich habe darauf gewartet, dich allein anzutreffen. Miss Lucille möchte dich unbedingt sprechen.«

»Was?« rief ich. »Jetzt?«

»Ja«, erwiderte sie, »jetzt gleich.«

»Aber Lavinia wartet auf mich.«

»Das spielt im Moment keine Rolle.«

Ich folgte ihr ins Haus und die Treppe hinauf zu dem Zimmer im
Westflügel, wo Miss Lucille mich erwartete.

Sie saß in einem Sessel an dem Fenster, das auf die Koppel hinausging, und von wo aus sie mich tatsächlich beobachtet hatte.

»Komm her, mein Kind!« sagte sie.

Ich ging zu ihr. Sie nahm meine Hand und blickte mir forschend
ins Gesicht. »Bring einen Stuhl, Ayesha!« bat sie.

Ayesha stellte einen Stuhl dicht neben Miss Lucilles Sessel. Dann
zog sie sich zurück, und ich war mit der alten Dame allein.

»Erzähle mir, warum du es getan hast«, sagte sie. »Warum hast
du den Fächer genommen?«

Ich erzählte ihr von Fabian und seinem Sklavinnenspiel, bei dem
er uns auf die Probe gestellt hatte.

»Soso, dann hat Fabian damit zu tun. Aber du hast den Fächer
genommen, damit war er eine Weile in *deinem* Besitz. Das wird
vermerkt werden.«

»Von wem?«

»Vom Schicksal, mein Kind. Es tut mir leid, daß du den Fächer
genommen hast. Alles andere hättest du unbeschadet für euer
Spiel holen können, aber die Pfauenfedern haben etwas Geheimnisvolles... und Bedrohliches.«

Ich sah mich schaudernd um. »Bringen sie Unglück?«

Sie machte ein bekümmertes Gesicht. »Du bist ein liebes kleines
Mädchen, und es tut mir leid, daß du ihn berührt hast. Du wirst
von nun an auf der Hut sein müssen.«

»Warum?« fragte ich aufgeregt.

»Weil der Fächer Unheil bringt.«

»Wie das?«

»Ich weiß nicht, *wie*. Ich weiß nur, daß es so ist.«

»Wenn Sie das glauben, warum behalten Sie ihn dann?«

»Weil ich für seinen Besitz bezahlt habe.«

»Womit?«

»Mit meinem Lebensglück.«

»Sollten Sie den Fächer nicht lieber wegwerfen?«

Sie schüttelte den Kopf. »Nein. Das darf man nicht. Sonst wird der Fluch weitergegeben.«

Der Fluch! Es wurde immer phantastischer. Das schien mir noch verrückter als Vaters Erzählung von dem Mädchen, das in eine weiße Kuh verwandelt wurde.

»Warum?« fragte ich.

»Weil es geschrieben steht.«

»Wer hat es geschrieben?«

Sie schüttelte den Kopf, und ich fuhr fort: »Wie können Federn Unglück bringen? Es ist doch bloß ein Fächer, und wer kann dem etwas tun, der ihn gehabt hat? Der Pfau, von dem die Federn sind, muß schon lange tot sein.«

»Du warst nicht in Indien, mein Kind. Dort geschehen seltsame Dinge. Ich habe in den Basaren Männer Giftschlangen beschwören und gefügig machen sehen. Ich habe den berühmten Seiltrick gesehen, bei dem ein Wahrsager ein Seil ohne Stütze aufrecht stehen läßt und ein kleiner Junge daran hochklettert. Wenn du in Indien lebtest, würdest du diese Dinge glauben. Hierzulande sind die Menschen zu nüchtern; sie sind nicht im Einklang mit dem Mystischen. Ohne diesen Fächer wäre ich eine glückliche Ehefrau und Mutter geworden.«

»Warum beobachten Sie mich? Warum haben Sie mich kommen lassen?«

»Weil der Fächer in deinem Besitz war. Das Unglück könnte dich ereilen. Ich möchte, daß du auf der Hut bist.«

»Ich hab' nicht einen Augenblick gedacht, daß es mein Fächer ist. Ich hab' ihn bloß kurze Zeit weggenommen, weil Fabian es mir befohlen hat. Es war doch nur ein Spiel.«

Ich hielt sie für verrückt. Wie konnte ein Fächer etwas Böses sein?

»Wieso sind Sie sicher, daß der Fächer Unglück bringt?« fragte ich sie.

»Wegen dem, was mir zugestoßen ist.« Sie fixierte mich mit ihrem tragischen Blick, doch sie schien an mir vorbeizustarren, als sähe sie etwas, das nicht in diesem Zimmer war.

»Ich war so glücklich«, sagte sie. »Vielleicht ist es ein Fehler, so glücklich zu sein. Es ist eine Herausforderung des Schicksals. Gerald war wunderbar. Ich begegnete ihm in Delhi. Unsere Familien hatten dort Geschäftskontakte. Meine Angehörigen fanden, es sei gut für mich, eine Weile ins Ausland zu gehen, und dort gab es ein reges gesellschaftliches Leben. Wie Geralds Familie waren auch wir an der Ostindischen Kompanie beteiligt. Deswegen war er dort. Er war so stattlich und charmant... Einen wie ihn gibt es nicht noch einmal. Wir verliebten uns gleich am ersten Tag, als wir uns kennenlernten.« Sie lächelte mich an. »Du bist zu jung, um das zu verstehen, mein Kind. Es war so vollkommen. Unsere Familien waren von unserer Bekanntschaft angetan. Es gab keinen Grund, weshalb wir nicht hätten heiraten sollen. Alle waren entzückt, als wir unsere Verlobung bekanntgaben. Meine Eltern gaben einen Ball, um sie zu feiern. Es war ein glanzvolles Ereignis. Ich wünschte, ich könnte dir Indien beschreiben, mein liebes Kind. Wir führten ein wunderbares Leben. Wer hätte geahnt, daß eine Tragödie auf uns lauerte? Alles kam ganz plötzlich... wie ein Dieb in der Nacht, so heißt es in der Bibel, glaube ich. So hat es mich ereilt.«

»Wegen des Fächers?« fragte ich zitternd.

»Oh, der Fächer. Wie jung wir waren! Wie unerfahren! Wir gingen zusammen zum Basar, denn da wir offiziell als Verlobte galten, war uns das gestattet. Die Basare sind so faszinierend! Allerdings habe ich mich dort immer ein wenig gefürchtet, aber natürlich nicht, wenn Gerald bei mir war. Es war aufregend... die Schlangenbeschwörer, die Straßen, die eigenartige Musik, der scharfe Geruch, der zu Indien gehört. Und all die feilgebotenen Waren: herrliche Seiden und Elfenbein... und exotische Lebensmittel. Und dann sahen wir den Mann, der die Fächer verkaufte. Ich war von ihnen entzückt. ›Wie schön sie sind!‹ rief ich. Gerald sagte: ›Sie sind sehr hübsch. Du mußt einen haben.‹ Ich erinnere mich an den Verkäufer. Er war arg verkrüppelt. Er konnte nicht stehen und saß auf einer Matte. Ich erinnere mich, wie er uns angelächelt hat. Damals nahm ich keine Notiz davon, aber später kam es mir wieder in den Sinn. Es war... ein böses Lächeln. Gerald öffnete den Fächer, und ich nahm ihn. Er war mir doppelt kostbar, weil Gerald ihn mir geschenkt hatte. Gerald lachte über mein Entzücken. Er hielt meinen Arm ganz fest. Die Leute sahen uns an, als wir weitergingen. Ich dachte, das taten sie, weil wir so glücklich aussahen. In meinem Zimmer legte ich den Fächer geöffnet auf einen Tisch, damit ich ihn immer sehen konnte. Als meine indische Dienerin hereinkam, starrte sie ihn entsetzt an. Sie sagte: ›Pfauenfedernfächer... O nein, nein, Miss Lucille... Die bringen Unglück. Sie dürfen ihn nicht behalten!‹ Ich erwiderte: ›Sei nicht albern! Mein Verlobter hat ihn mir geschenkt, und aus diesem Grunde werde ich ihn stets in Ehren halten. Es ist das erste Geschenk, das er mir gemacht hat.‹ Sie schüttelte den Kopf und bedeckte ihr Gesicht mit den Händen, wie um sich vor dem Anblick des Fächers zu schützen. Dann sagte sie: ›Ich bringe ihn dem Mann zurück, der ihn Ihnen verkauft hat, auch wenn er schon in Ihrem Besitz war... Das Übel ist da, aber vielleicht ist es nur ein kleines Übel.‹ Ich dachte, sie sei verrückt geworden, und erlaubte ihr nicht, den Fächer anzurühren.«

Miss Lucille hielt inne, und die Tränen liefen ihr über die Wangen.

»Ich habe den Fächer geliebt«, fuhr sie nach einer Weile fort. »Wenn ich morgens aufwachte, war der Fächer das erste, was ich sah. Ich wollte mich immer an den Augenblick im Basar erinnern, als Gerald ihn mir gekauft hatte. Er lachte über mein Entzücken. Damals wußte ich es noch nicht, aber heute weiß ich es: Der Fächer hatte mich schon in seinen Bann gezogen. ›Es ist nur ein Fächer‹, sagte Gerald. ›Warum liegt dir so viel an ihm?‹ Ich sagte, daß er das erste Geschenk von ihm sei, und er fuhr fort: ›Dann will ich ihn deiner Aufmerksamkeit würdiger machen. Ich lasse etwas Kostbares einarbeiten, und jedesmal, wenn du ihn siehst, wirst du daran erinnert, wieviel du mir bedeutest.‹ Er sagte, er wolle ihn zu einem Juwelier in Delhi bringen, den er kenne. Der Mann sei ein Künstler. Wenn ich den Fächer zurückbekäme, würde ich wahrlich stolz auf ihn sein können. Ich war begeistert und so glücklich. Ich hätte wissen müssen, daß ein solches Glück nicht von Dauer ist. Er nahm den Fächer und ging in die Stadt. Den Tag werde ich nie vergessen. Jede Sekunde hat sich meinem Gedächtnis für immer eingeprägt. Er ging in das Ju-

weliergeschäft. Er blieb dort ziemlich lange. Und als er herauskam...da lauerten sie ihm auf. Es gab oft Querelen. Die Kompanie hatte sie unter Kontrolle, aber es traten immer wieder ein
paar Verrückte auf. Sie sahen nicht, wieviel Gutes wir ihrem
Land brachten. Sie wollten uns vertreiben. Geralds Familie
spielte, ebenso wie meine, eine große Rolle im Land. Er war ihnen wohlbekannt. Als er aus dem Juweliergeschäft trat, haben
sie ihn erschossen. Er starb dort auf der Straße.«

»Eine traurige Geschichte. Es tut mir so leid, Miss Lucille«, sagte
ich.

»Mein liebes Kind, das seh' ich dir an, du bist ein gutes Kind. Ich
bedaure, daß du den Fächer genommen hast.«

»Sie glauben, es war alles wegen des Fächers?«

»Wegen des Fächers war er in dem Geschäft. Nie werde ich den
Ausdruck in den Augen meiner Dienerin vergessen. Diese Menschen besitzen eine Weisheit, die uns fehlt. Oh, ich wünschte, ich
hätte den Fächer nie gesehen... Wäre ich doch an jenem Morgen
nicht in den Basar gegangen! Wie unbekümmert und vergnügt
war ich – und mein törichtes Verlangen hat ihn das Leben gekostet und meines ruiniert.«

»Es hätte auch anderswo passieren können.«

»Nein, es war der Fächer. Er hatte ihn zu diesem Juwelier gebracht. Sie müssen ihm gefolgt sein und draußen auf ihn gewartet haben.«

»Ich glaube, es hätte auch ohne den Fächer passieren können.«

Sie schüttelte den Kopf. »Bald darauf bekam ich ihn vom Juwelier zurück. Ich will dir zeigen, was er mit ihm gemacht hatte.«

Sie saß eine Weile da, während ihr die Tränen über die Wangen
strömten.

Ayesha kam herein. »Aber, aber!« sagte sie. »Sie hätten nicht alles wieder aufleben lassen dürfen! Ach, du liebe Zeit, das ist
nicht gut, kleines Fräulein... nicht gut.«

»Ayesha«, sagte Miss Lucille, »bring mir den Fächer!«

Ayesha entgegnete: »Nein, vergessen Sie ihn! Regen Sie sich
nicht auf!«

»Bring ihn bitte, Ayesha!«

Darauf holte sie ihn.

»Siehst du, mein Kind, das hat er für mich machen lassen. Man muß wissen, wie man dieses Plättchen verschiebt. Schau, hier ist ein kleiner Verschluß. Der Juwelier war ein großer Künstler.« Sie schob das Kläppchen auf dem Fächergriff zurück und zeigte mir einen prachtvollen Smaragd, der von kleineren Diamanten umgeben war. Ich hielt den Atem an. Es war wunderschön.

»Er ist ein kleines Vermögen wert, sagt man mir, wie um mich zu trösten. Als ob mich irgend etwas trösten könnte. Aber es war sein Geschenk für mich. Deswegen ist mir der Fächer teuer.«

»Aber wenn er Ihnen Unglück bringt...«

»Das hat er schon getan. Mehr kann er mir nicht antun. Ayesha, bring ihn zurück! Ich habe dir das alles erzählt, weil du den Fächer kurze Zeit in deinem Besitz hattest. Du mußt von nun an sehr vorsichtig sein. Du bist ein gutes Kind. So, und nun geh zu Lavinia! Ich habe meine Pflicht getan. Sei auf der Hut! Auch vor Fabian. Er trägt einen Teil der Schuld. Nachdem der Fächer nur kurze Zeit in deinem Besitz war, wirst du vielleicht verschont. Er aber wird nicht von der Schuld freigesprochen...«

Ayesha sagte: »Es wird Zeit für dich.« Sie brachte mich zur Tür und ging mit mir durch die Flure. »Du darfst nicht allzusehr darauf achten, was sie sagt«, erklärte sie. »Sie ist sehr traurig, und sie redet wirr. Es war dieser furchtbare Schock. Mach dir keine Sorgen wegen dem, was du gehört hast! Vielleicht hätte ich dich nicht zu ihr bringen sollen, aber sie wollte es unbedingt. Sie fand keine Ruhe, ehe sie nicht mit dir gesprochen hatte. Jetzt hat sie es sich von der Seele geredet, verstehst du?«

»Ja.« Und ich dachte mir: Was geschehen ist, hat sie wahnsinnig gemacht.

Der Gedanke an die gespenstische Nonne im Ostflügel und die Wahnsinnige im Westflügel faszinierte mich immer mehr.

Mit der Zeit dachte ich nicht mehr an den Pfauenfedernfächer und an die schrecklichen Dinge, die mir zustoßen mochten, weil er einmal kurz in meinem Besitz war. Ich besuchte nach wie vor das große Haus, die Gouvernanten blieben befreundet, und meine Beziehung zu Lavinia hatte sich ein wenig verändert. Ich mochte immer noch unansehnlich sein und nur eingeladen werden, weil ich in der Nachbarschaft das einzige Mädchen in Lavinias Alter und nicht von zu geringem Stand war, um gänzlich übergangen zu werden, aber ich gewann eine leichte Überlegenheit über Lavinia, weil sie zwar ungemein hübsch, ich aber klüger war. Miss York prahlte ein wenig damit vor Miss Etherton, und als Miss Etherton einmal krank war, vertrat Miss York sie bis zu ihrer Genesung im großen Haus. Damals offenbarte sich die Kluft zwischen mir und Lavinia. Das kam mir sehr zugute und verfehlte auch seine Wirkung auf Lavinia nicht.

Ich wuchs heran. Ich ließ mir nichts mehr gefallen und drohte sogar, nicht mehr ins große Haus zu kommen, wenn Lavinia sich nicht besserte. Sie aber wollte offensichtlich nicht auf meine Besuche verzichten. Wir waren uns nähergekommen, waren sogar Verbündete, wenn die Situation es mit sich brachte. Ich mochte unansehnlich sein, aber ich war klug. Sie mochte schön sein, aber sie konnte nicht so gut denken und planen wie ich, und sie verließ sich darauf – auch wenn sie es nicht zugeben wollte –, daß ich die Führung übernahm.

Fabian sah ich gelegentlich. Er kam in den Ferien nach Hause und brachte manchmal Freunde mit. Sie schenkten uns keine Beachtung, aber mir fiel allmählich auf, daß Fabian mich nicht so ignorierte, wie er uns glauben machen wollte. Manchmal fing ich seinen verstohlenen Blick auf. Ich vermutete, daß er immer noch an das lange Zeit zurückliegende Abenteuer dachte, als ich ein Baby war und er mich entführt hatte.

Es wurde jetzt gemunkelt, daß Miss Lucille wahnsinnig sei. Mrs. Janson war mit der Köchin im großen Haus befreundet, daher hatte sie es »aus erster Hand«, wie sie sagte.

Polly liebte Klatsch über alles. Wir unterhielten uns oft über das große Haus, denn sie schien davon ebenso fasziniert zu sein wie ich. »Die alte Dame ist verrückt«, sagte sie. »Das steht fest. War nie ganz richtig im Kopf, seit sie ihren Geliebten in Indien verloren hat. Die Menschen müssen sich auf Scherereien gefaßt machen, wenn sie in diese ausländische Gegend gehen. Das hat Miss Lucille den Kopf verdreht. Mrs. Bright sagt, sie wandert neuerdings durchs Haus... kommandiert alle herum wie ihre schwarzen Dienstboten. Das kommt davon, wenn man nach Indien geht. Warum die Leute nicht zu Hause bleiben können, ist mir unbegreiflich. Sie bildet sich ein, sie ist noch in Indien. Das macht diese Ayesha. Und sie hat auch 'nen schwarzen Diener.«

»Das ist Imam. Er kommt auch aus Indien.«

»Die sind mir unheimlich. Diese ausländischen Kleider und die schwarzen Augen, und dieses Geschnatter, wenn sie reden.«

»Das ist kein Geschnatter. Es ist ihre Sprache.«

»Warum hat sie nicht 'n nettes englisches Paar, das sie versorgt? Und dann dieses Spukzimmer und irgendwas mit 'ner Nonne. Hat auch was mit Liebeskummer zu tun. Ich weiß nicht, ich glaub', die Liebe ist was, das man sich besser vom Leibe hält, wenn du mich fragst.«

»So hast du aber nicht gedacht, als du Tom noch hattest.«

»Männer wie meinen Tom findet man nicht wie Sand am Meer. Laß dir das von mir gesagt sein!«

»Aber alle hoffen es. Deshalb verlieben sie sich.«

»Du wirst mir langsam zu schlau, mein Mädchen. Guck dir doch unsere Eff an!«

»Ist ›er‹ immer noch so schlimm?«

Polly schnalzte nur mit der Zunge.

Seltsamerweise kam bald nach diesem Gespräch eine Nachricht von »ihm«. Offenbar hatte er es eine Zeitlang »auf der Brust gehabt«, wie Polly sagte. Ich erinnere mich an den Tag, als die Nachricht kam, daß er gestorben sei. Polly war zutiefst erschüttert. Sie wußte nicht, wie Eff es aufnehmen würde.

»Ich muß zur Beerdigung«, sagte sie. »Ich muß schließlich ein bißchen Achtung zeigen.«

»Du hattest nicht viel Achtung vor ihm, als er noch lebte«, hielt ich ihr vor.

»Es ist was anderes, wenn die Menschen tot sind.«

»Wieso?«

»Ach, du immer mit deinen Wiesos und Warums. Es ist eben so, und damit basta.«

»Polly«, sagte ich, »warum kann ich nicht mit zur Beerdigung kommen?«

Sie starrte mich verblüfft an. »Du? Das wird Eff nicht erwarten.«

»Fein, überraschen wir sie.«

Polly schwieg. Ich sah ihr an, daß sie sich meinen Vorschlag im Kopf herumgehen ließ. »Nun gut«, sagte sie schließlich, »es würde ein Achtungsbeweis sein.«

So erfuhr ich, daß Achtung ein sehr wichtiger Bestandteil von Begräbnissen ist.

»Wir müssen deinen Vater fragen«, meinte sie dann.

»Es würde ihm nicht auffallen, wenn ich weg wäre.«

»So darfst du nicht von deinem Vater sprechen.«

»Warum nicht, wenn's doch wahr ist? Und mir ist es recht so. Es würde mir gar nicht passen, wenn er sich um alles kümmerte. Ich sag's ihm.«

Er wirkte kein bißchen erstaunt. Er griff nach seiner Brille, die er oben auf seinem Kopf vermutete. Sie war nicht da, und er blickte hilflos drein, als könne er sich unmöglich mit der Angelegenheit befassen, solange er die Brille nicht gefunden hatte. Sie lag zum Glück auf seinem Schreibtisch, und ich reichte sie ihm beflissen.

»Es ist Pollys Schwester, und es zeugt von Achtung«, erklärte ich ihm.

»Ich hoffe nicht, daß Polly uns jetzt deswegen verlassen will.«

»Uns verlassen!« Auf den Gedanken war ich noch gar nicht gekommen. »Sie will uns bestimmt nicht verlassen.«

»Vielleicht möchte sie bei ihrer Schwester leben.«

»O nein«, rief ich aus. »Aber ich finde, ich sollte zur Beerdigung gehen. Ich möchte Pollys Schwester kennenlernen. Sie spricht andauernd von ihr.«

Er nickte. »Gut, dann geh.«

»Wir werden ein paar Tage fort sein.«

»Schon recht, du hast ja Polly bei dir.«

Polly war froh, daß ich mit ihr kam. Sie meinte, Eff werde sich freuen.

So nahm ich an der Trauerfeier teil, und ich fand sie sehr aufschlußreich. Ich staunte über die Größe von Effs Haus. Es ging auf einen kleinen Park hinaus, der von vierstöckigen Häusern wie von Wächtern umstanden war. »Eff hatte immer gern 'n bißchen was Grünes um sich«, erklärte Polly. »Und hier hat sie's nun. Bißchen was Ländliches und doch Pferdegetrappel, damit sie weiß, daß sie nicht in der Wildnis ist.«

»Das nennt man Äpfel und Birnen von einem Baum ernten«, sagte ich.

»Daran ist nichts auszusetzen«, meinte Polly.

Eff war etwa vier Jahre älter als Polly, sah aber noch älter aus. Als ich das erwähnte, erwiderte Polly: »Das macht das Leben, das sie geführt hat.« Sie erwähnte »ihn« nicht, weil er tot war, und wenn die Menschen gestorben waren, merkte ich, wurden ihre Sünden von der ach so wichtigen Achtung getilgt. Ich aber wußte nun, daß das Leben mit »ihm« Eff über ihre Jahre hinaus hatte altern lassen. Das überraschte mich, denn sie schien mir nicht die Sorte Frau, die sich so leicht einschüchtern ließ, auch nicht von »ihm«. Sie glich Polly in vieler Hinsicht. Beide besaßen dieselbe gewitzte Lebensanschauung und dazu dieses Selbstvertrauen, das besagte, sie ließen sich von niemandem hereinlegen. Während meines kurzen Aufenthaltes bemerkte ich auch bei anderen Menschen diese Einstellung; sie schien eine typische Auswirkung der Straßen von London zu sein.

Der Besuch war eine große Offenbarung für mich. Mir war, als habe ich eine andere, aufregendere Welt betreten. Polly war ein Teil von ihr, und ich wollte mehr über diese Welt wissen.

Eff war anfangs meinetwegen etwas nervös. Dauernd entschuldigte sie sich für irgend etwas: »Es ist sicher nicht, was du gewöhnt bist«, bis Polly sagte: »Mach dir wegen Deborah keine Gedanken, Eff. Sie und ich kommen prima miteinander aus, stimmt's?« Ich versicherte Eff, daß es so war.

Hin und wieder lachten Polly und Eff, doch dann fiel ihnen ein, daß »er« feierlich aufgebahrt im Salon lag.

»Eine schöne Leiche«, sagte Eff. »Mrs. Green hat ihn ganz wunderbar hergerichtet.«

Wir saßen in der Küche und sprachen von ihm. Ich erkannte das Ungeheuer aus der Vergangenheit nicht wieder. Ich wollte Polly schon daran erinnern, aber als ich dazu ansetzte, gab sie mir unter dem Tisch einen leichten Tritt, womit sie mich rechtzeitig ermahnte, daß wir dem Toten Achtung schulden.

Ich schlief mit Polly in einem Zimmer. Am ersten Abend lagen wir im Bett und sprachen über Begräbnisse, und daß niemand gewußt hatte, wie krank »er« war, bis er »plötzlich dahingerafft« worden war. Es war tröstlich für mich, Polly in diesem fremden Haus so nahe bei mir zu haben, weil unter uns im Salon »die Leiche« lag.

Dann kam der feierliche Tag. Ich erinnere mich noch verschwommen an die ernsten Bestatter in ihren Zylinderhüten und schwarzen Röcken, an die mit Federn geschmückten Pferde, und an den Sarg, »massive Eiche mit echten Messingbeschlägen«, wie Eff stolz erklärte.

Der Sarg war mit Blumen überhäuft. Eff hatte »ihm« DAS TOR ZUM HIMMEL STEHT AUF als letzten Gruß zugedacht, was ich etwas optimistisch fand für jemanden mit diesem Ruf – vor seinem Tod allerdings. Polly und ich waren in das Blumengeschäft geeilt und hatten einen Kranz in Gestalt einer Lyra gekauft, was auch nicht ganz passend schien. Aber ich wurde belehrt, daß der Tod alles ändert.

Beim feierlichen Gottesdienst wurde Eff auf der einen Seite von Polly gestützt und auf der anderen von Mr. Branley, der in ihrem Haus zur Miete wohnte. Sie hielt die Augen gesenkt und betupfte sie unentwegt mit einem schwarzgeränderten Taschentuch. Mir kam der Gedanke, daß Polly mir über »ihn« nicht die Wahrheit erzählt hatte.

Anschließend gab es Schinkenbrote und Sherry im Salon; mit hochgezogenen Jalousien und ohne den Sarg sah er ganz anders aus, ein bißchen steif und unbewohnt, aber ohne die Leichendüsternis.

Ich bemerkte eine enge Bindung zwischen Polly und Eff, auch wenn sie sich etwas kritisch gegenüberstanden: Polly, weil Eff »ihn« geheiratet hatte, und Eff, weil Polly »in Stellung« gegangen war. Ihr Vater, ließ Eff durchblicken, wäre damit niemals einverstanden gewesen. Allerdings, lenkte Eff ein, sei es eine besondere Stellung, und Polly gehöre ja fast zur Familie dieses Pfarrers, der anscheinend nie wisse, ob er auf dem Kopf oder auf den Füßen stehe. Auch gab Eff zu, daß ich »ein liebes kleines Ding« sei.

Ich erfuhr, daß Eff keine finanzielle Not litt. Polly erzählte mir, daß Eff es war, die alles im Haus am Park in Gang gehalten hatte. »Er« hatte wegen eines Brustleidens seit Jahren nicht gearbeitet. Eff hatte Mieter ins Haus genommen. Die Branleys waren seit zwei Jahren bei ihr, und sie waren mehr Freunde als Mieter. Eines Tages, wenn ihr Knirps größer war, wollten sie sich allerdings ein eigenes Haus mit Garten suchen, aber im Moment waren ihr die Branleys noch sicher.

Ich merkte, daß Effs Anhänglichkeit an die Branleys hauptsächlich diesem Knirps zu verdanken war. Der Knirps war sechs Monate alt und sabberte und schrie grundlos. Eff erlaubte ihnen, seinen Kinderwagen in der Diele stehen zu lassen – ein großes Entgegenkommen, dem Vater nie zugestimmt hätte –, und Mrs. Branley brachte den Kleinen hinunter in den Garten an die frische Luft. Das gefiel Eff, und Polly auch, wie ich merkte. Wenn er in seinem Wagen lag, fand Eff immer einen Vorwand, in den Garten zu gehen und ihn zu betrachten. Wenn er schrie, was oft der Fall war, plapperte sie ihm unsinniges Zeug vor. »Will Diddilein sein Mamilein?« oder dergleichen, was aus ihrem Munde recht seltsam klang, da sie und Polly recht »scharfzüngig« waren, wie Mrs. Janson gesagt hatte. Im Umgang mit diesem Baby waren sie völlig verändert.

Mir kam der Gedanke, daß der große Mangel in beider Leben ein eigenes Baby war. Babys schienen sehr begehrte Geschöpfe zu sein – sogar Fabian hatte sich eins gewünscht.

Ich erinnere mich sehr gut an einen Vorfall zwei Tage nach dem Begräbnis. Polly und ich wollten am nächsten Tag ins Pfarrhaus zurückkehren. Polly hatte an unserem letzten Tag einiges mit mir unternommen, und wir waren »im Westen«, in Londons vornehmem Stadtteil Westend, gewesen.

Wir waren in der Küche. Ich saß am Feuer und war so müde, daß ich eindöste.

Undeutlich hörte ich Polly sagen: »Guck dir Deborah an! Sie schläft schon halb. Wir sind ja auch ganz schön rumgelatscht, das kann ich dir sagen.« Dann schlief ich richtig ein.

Plötzlich wachte ich auf. Eff und Polly saßen am Tisch, eine große braune, irdene Teekanne zwischen sich.

Eff sagte gerade: »Schätze, ich könnte noch zwei Leute reinnehmen.«

»Ich weiß nicht, was Vater dazu gesagt hätte, daß du Mieter auf-
nimmst.«

»Zahlende Gäste heißt das... in dem Haus, das ich haben werde.
Hast du gewußt, Polly, daß die Martins nebenan ausziehen? Ich
schätze, ich kann das Haus übernehmen.«

»Wozu denn bloß?«

»Für mehr zahlende Gäste natürlich. Ich schätze, ich könnte das
zu 'nem richtigen Gewerbe ausbauen, Poll.«

»Das trau' ich dir glatt zu.«

»Weißt du – ich würde Hilfe brauchen.«

»Was hast du vor... Willst du jemanden einstellen?«

»Ich möchte wen, den ich kenne, dem ich vertrauen kann.«

»Gar nicht so einfach.«

»Wie wär's mit dir, Poll?«

Es entstand eine lange Pause. Ich war jetzt hellwach.

»Wir zwei würden das Geschäft richtig in Schwung bringen«,
sagte Eff. »Ein hübsches kleines Unternehmen. Du in Stellung...
Du weißt, das hätte Vater nicht gepaßt.«

»Ich möchte Deborah nicht verlassen. Ich hänge sehr an dem
Kind.«

»Liebes kleines Ding. Keine Schönheit... aber sie ist helle, und
ich schätze, sie weiß sich durchzusetzen.«

»Pst!« sagte Polly. Sie sah zu mir herüber, und ich machte geschwind die Augen zu.

»Du wirst ja nicht ewig bei ihr bleiben, Poll. Ich finde, Schwestern sollten zusammenhalten.«

»Wenn es sie nicht gäbe, ich wäre wie der Blitz bei dir, Eff.«

»Hört sich doch gut an, oder?«

»Ich würde gern hier leben. Auf dem Land ist es so fade. Ich hab'
gern ein bißchen Leben um mich.«

»Als ob ich das nicht wüßte!«

»Solange sie mich braucht, bleibe ich dort.«

»Überleg's dir! Du wirst nicht dein Leben lang nach anderer
Leute Pfeife tanzen wollen. Das war nie deine Art.«

»Oh, ich tanze nach keiner Pfeife, Eff. Er ist ein sanfter
Mensch... und sie ist wie mein eigenes Kind.«

»Nun, es wäre ein schönes Leben, wenn wir zusammenarbeiten
würden, wir zwei.«

»Es ist gut zu wissen, daß du da bist, Eff.«

So war eine neue Furcht in mein Leben getreten. Der Tag stand bevor, an dem ich Polly verlieren würde.

»Polly«, sagte ich an jenem Abend zu ihr, als wir uns zurückgezogen hatten, »du gehst nicht fort von mir, nicht wahr?«

»Wovon redest du?«

»Vielleicht möchtest du zu Eff ziehen.«

»Na, so was! Wer hat belauscht, was nicht für sie bestimmt war? Hat getan, als ob sie schlafe. Ich kenn' dich. Ich hab' dich durchschaut.«

»Aber du gehst nicht fort, nicht wahr, Polly?«

»Nein. Ich bleib' so lange da, wie ich gebraucht werde.«

Ich umarmte sie und drückte sie ganz fest aus Angst, sie könnte mir entschlüpfen.

Es würde lange dauern, bis ich vergessen konnte, wie Eff ihrer Schwester den Köder der Freiheit hingehalten hatte.

Die französische Affaire

Die Zeit verging. Ich war nun vierzehn Jahre alt und führte so ziemlich dasselbe Leben wie bisher. Miss York war noch bei uns, und Polly war meine Beschützerin, Trösterin und Ratgeberin. Ich ging nach wie vor regelmäßig ins große Haus, aber ich war gegenüber Lavinia nicht mehr so nachgiebig. Eine Andeutung von mir, daß ich nicht mehr kommen würde, genügte, und sie vergaß das Herumkommandieren. Sie hatte ein bißchen Respekt vor mir, auch wenn sie es nicht zugab. Daß ich ihr ein-, zweimal aus der Patsche geholfen hatte, kam mir dabei zugute.

Polly und ich standen uns näher denn je. Wir hatten Eff einige Male besucht; sie besaß jetzt auch das Haus nebenan und machte mit ihren zahlenden Gästen ein gutes Geschäft. Sie führte beide Häuser sehr geschmackvoll und vornehm. Polly mußte zugeben, daß ihr Vater kaum etwas auszusetzen gehabt hätte. Die Branleys waren ausgezogen und von den Paxtons abgelöst worden. »Viel besser«, bemerkte Eff. »Mrs. Paxton wickelt ihre Abfälle immer ein, bevor sie sie in den Mülleimer wirft. Das hat Mrs. Branley nie getan. Obwohl, ich muß schon sagen, der Knirps fehlt mir.« Doch von dem Baby abgesehen, war es wirklich ein guter Tausch.

»Eff kriegt das prima hin«, sagte Polly. »Sie ist dafür wie geschaffen.«

Und ich wußte, wäre ich nicht gewesen, hätte Polly mit Eff die vielen zahlenden Gäste betreut und insgeheim über ihre kleinen Schwächen gelacht. Doch Polly hatte geschworen, mich nicht zu verlassen, solange ich sie brauchte, und ich vertraute ihr.

Dann begann sich das Leben zu ändern. Ein Architekt kam ins große Haus, weil im Ostflügel ein Umbau fällig war, der von einem Fachmann ausgeführt werden mußte. Dieser, ein gewisser Mr. Rimmel, freundete sich mit Miss Etherton an. Lady Harriet merkte nichts davon, bis es zu spät war und Miss Etherton ihre

Verlobung mit Mr. Rimmel bekanntgab. Sie ließ Lady Harriet wissen, daß sie in einem Monat fortgehen werde, um ihre Hochzeit vorzubereiten.

Lady Harriet war außer sich. Offenbar hatte es vor Miss Etherton eine ganze Reihe Gouvernanten gegeben, sie aber war die einzige, die geblieben war. »Die Leute sind so rücksichtslos«, sagte Lady Harriet. »Wo bleibt ihre Dankbarkeit? All die Jahre hat sie es hier so gut gehabt.«

Doch Miss Etherton, von ihrer Liebe zu Mr. Rimmel gestärkt, ließ sich von Lady Harriets Mißbilligung nicht mehr beirren. Bald reiste sie ab. Zwei neue Gouvernanten kamen, doch keine blieb länger als zwei Monate. Darauf erklärte Lady Harriet, es sei unsinnig, zwei Gouvernanten für zwei nahezu gleichaltrige Mädchen zu beschäftigen. Sie war von Miss Yorks Tüchtigkeit beeindruckt und sah keinen Grund, warum die junge Frau nicht Lavinia und mich gleichzeitig unterrichten sollte.

Vater zögerte und sagte, er müsse zuerst mit Miss York sprechen. Wie die beiden Gouvernanten, die es nur kurz im großen Haus ausgehalten hatten, war auch Miss York nicht darauf erpicht, Lavinias Erziehung zu übernehmen. Doch verlockt von der Aussicht auf ein höheres Gehalt und zweifellos überwältigt von Lady Harriets imponierender Persönlichkeit, erklärte sie sich schließlich einverstanden. Infolgedessen wurden Lavinia und ich einmal im Pfarrhaus und einmal im großen Haus gemeinsam unterrichtet. Ermutigt von dem Wissen, daß sie bis zu einem gewissen Grade Bedingungen stellen konnte, weigerte sich Miss York, im großen Haus zu wohnen und bestand darauf, weiterhin den Pfarrer als ihren Dienstherrn zu betrachten.

Ich hatte nichts gegen den gemeinsamen Unterricht, denn das Schulzimmer war der Schauplatz meiner Triumphe. Miss York war erschüttert über Lavinias Unwissenheit, und obwohl Lavinia oft bei mir abschrieb und ich ihr in vielen Dingen half, war sie mir im Schulzimmer weit unterlegen.

Im Grunde meines Herzens hatte ich Lavinia aus unerfindlichen Gründen recht gern. Vielleicht war es ein Gefühl von Vertrautheit, kannten wir uns doch seit vielen Jahren. Sie war hochmütig, egoistisch und tyrannisch, doch ich sah darin eine Art Herausforderung. Ich war ziemlich geschmeichelt, als ich feststellte, daß sie sich insgeheim auf mich verließ. Ich glaube, ich kannte sie besser, als sonst irgendwer, und deshalb fiel mir ein bestimmter Wesenszug an ihr auf, der zweifellos der Grund war, weshalb ausgerechnet ihr gewisse Dinge widerfuhren.

Sie war sehr sinnlich und frühreif. Mit fünfzehn war sie bereits eine Frau, während ich trotz meiner geistigen Überlegenheit körperlich noch einem Kind glich. Sie hatte eine schmale Taille und verwandte stets viel Sorgfalt darauf, ihre ungemein frauliche Figur zu betonen. Auf ihr prachtvolles Haar war sie schon immer besonders stolz gewesen. Sie verschenkte ihr Lächeln nach rechts und nach links, um ihre schönen weißen Zähne bewundern zu lassen, was freilich irrtümlich den Eindruck von Leutseligkeit erzeugte.

Weil sie im Unterricht versagte, hatte sie beschlossen, Lernen sei etwas für diejenigen, denen es an körperlichen Reizen mangelte. Es dämmerte mir, daß Lavinia eine starke Vorliebe für das andere Geschlecht besaß. Sie blühte auf, wenn Männer in der Nähe waren. Sie lächelte und strahlte, zeigte ihre Zähne, schüttelte ihr Haar und wurde ein vollkommen anderer Mensch.

Fabian sah ich hin und wieder. Er war fast immer fort, zuerst im Internat, dann auf der Universität. Wenn er nach Hause kam, brachte er meistens einen Freund mit. Ich sah ihn ausreiten oder auch im Haus, wenn ich dort Unterricht hatte.

Wenn Lavinia von den jungen Männern sprach, die mit ihrem Bruder ins große Haus kamen, funkelten ihre Augen, und sie kicherte sehr viel. Fabian beachtete mich nicht. Sicher hatte er jene Zeit längst vergessen, in der er mich umsorgt und so ein Theater gemacht hatte, weil man mich ihm fortnehmen wollte. Obwohl es nur ein Kinderspiel war, hätte ich gerne geglaubt, der Vorfall habe ein besonderes Band zwischen uns geknüpft.

Wenige Tage nach meinem fünfzehnten Geburtstag begegnete ich Dougal Carruthers. Ich nahm die Abkürzung über den Friedhof zum Pfarrhaus und bemerkte, daß die Kirchentür offenstand. Als ich näherkam, hörte ich Schritte auf den Steinplatten. Ich vermutete meinen Vater dort und wollte ihn ermahnen, lieber nach Hause zu gehen, weil Mrs. Janson ungehalten war, wenn er nicht pünktlich am Mittagstisch saß. Man mußte ihn ständig an dergleichen erinnern. Ich trat in die Kirche und sah dort einen jungen Mann stehen, der zum Dach hinaufblickte. Er drehte sich zu mir um und lächelte mich an.

»Guten Tag«, sagte er. »Ich habe gerade die Kirche bewundert. Sie ist sehr reizvoll, nicht wahr?«

»Ich glaube, sie ist eine der ältesten im Land.«

»Offensichtlich normannisch. Und ausgezeichnet erhalten. Wunderbar, wie die alten Bauten der Zeit widerstehen. Kennen Sie die Geschichte des Gebäudes?«

»Nein, aber mein Vater. Er ist der Pfarrer.«

»Oh…«

»Er wird Ihnen nur zu gern alles erzählen, was Sie wissen möchten.«

»Wie liebenswürdig!«

Ich kämpfte mit mir. Brachte ich ihn mit nach Hause, würden wir ihn zum Mittagessen einladen müssen, dabei sah Mrs. Janson ungebetene Essensgäste gar nicht gern. Andererseits würde mein Vater, wenn wir ihn nicht zum Essen einluden, ewig lange mit ihm reden und seine eigene Mahlzeit versäumen. In jedem Fall würden wir Mrs. Jansons Unmut heraufbeschwören.

Also sagte ich: »Möchten Sie meinen Vater nicht aufsuchen? Heute nachmittag hat er Zeit. Wohnen Sie hier in der Nähe?«

»Ja«, sagte er und gestikulierte mit dem Arm. »Dort.« Ich dachte, er zeigte auf das Dorfwirtshaus, wo gelegentlich Reisende abstiegen.

Ich ging nach Hause und erzählte meinem Vater beim Mittagessen, daß ich in der Kirche einen Herrn getroffen hatte, der sich für ihre Architektur und Geschichte interessierte. Vater strahlte bei der Aussicht auf eine Begegnung mit jemandem, der seine Begeisterung teilte. »Er kommt heute nachmittag. Ich sagte, du würdest Zeit für ihn haben.«

Er kam, und Vater empfing ihn erfreut. Zu meiner Überraschung erzählte er uns, daß er im großen Haus bei den Framlings wohnte. Ich ließ meinen Vater mit ihm allein und ging hinüber, um zu reiten.

Lavinia und ich waren gute Reiterinnen, aber wir durften nicht ohne Aufsicht eines Stallknechts ausreiten. Reuben Curry, der jetzt oberster Stallbursche war, begleitete uns gewöhnlich, ein verschlossener, für Lavinias Reize gänzlich unempfänglicher Mann, der uns streng beaufsichtigte. Er war sehr fromm. Von Polly oder Mrs. Janson hatte ich gehört, daß seine Frau »fremdgegangen« war, als in der Nähe Zigeuner ihr Lager aufgeschlagen hatten. Einer von ihnen war offenbar ein faszinierender Bursche gewesen: »Blendend weiße Zähne und goldener Ohrring, und er konnte Fiedel spielen, daß es ein Genuß war. Alle Mädchen plapperten aufgeregt über ihn, und weil er ein Tunichtgut war, hat er einiges angerichtet. Gott weiß, was alles passiert ist.« Mrs. Janson hätte ihm alles zugetraut. Reubens Frau war ganz hingerissen von dem Burschen, und der nutzte das weidlich aus. Und als die Zigeuner weiterzogen, ließen sie eine Kleinigkeit zurück. Die »Kleinigkeit« war Joshua Curry, ein Störenfried vom Tag seiner Geburt an. Genauso einer wie sein Vater, wurde gemunkelt, einer, vor dem die Mädchen sich in acht nehmen müßten.

Als Lavinia und ich an diesem Tag in den Stall kamen, war Joshua allein dort. Er grinste uns an. Ich bemerkte sogleich die Veränderung bei Lavinia, denn war er auch nur ein Dienstbote, so gehörte er doch dem anderen Geschlecht an. Sie ließ ihre Grübchen spielen, und ihre Augen leuchteten.

Joshua tippte sich an die Schläfe, aber nicht so, wie es die anderen taten. Bei ihm hatte man den Eindruck, er mache sich lustig, und es bedeute keinesfalls Respekt.

»Sind unsere Pferde gesattelt?« fragte Lavinia hochmütig.

Joshua verbeugte sich. »O ja, meine Dame. Alles ist für Sie bereit.«

»Und wo ist Reuben?«

»Bei der Arbeit. Aber dafür bin ich hier. Ich denk', heut kann ich Sie begleiten.«

»Das macht gewöhnlich Reuben oder einer von den älteren Männern«, sagte Lavinia, aber ich sah ihr an, daß sie insgeheim begeistert war.

»Na, heut ist's meine Wenigkeit... das heißt, wenn die jungen Damen mit mir vorliebnehmen wollen.«

»Es wird uns wohl nichts anderes übrigbleiben«, sagte Lavinia von oben herab.

Ich benutzte die Steighilfe und sah mich nach Lavinia um. Joshua half ihr in den Sattel. Das dauerte eine ganze Weile. Sein Gesicht war ihrem ganz nahe, und seine Hand ruhte auf ihrem Schenkel. Ich dachte, sie würde über diese Vertraulichkeit empört sein, doch das war sie mitnichten. Ihre Wangen waren gerötet, und ihre Augen funkelten.

»Danke, Joshua«, sagte sie.

»Ich hör' auf den Namen Jos«, erklärte er. »Ist familiärer, finden Sie nicht?«

»Darüber habe ich noch nicht nachgedacht«, sagte Lavinia, »aber es wird wohl so sein.«

Ich sah seine Hand auf ihrem Arm.

»Fein, von jetzt an also Jos.«

»Ist gut«, sagte sie. »Jos.«

Wir ritten aus dem Stall und verfielen alsbald in Galopp. Lavinia ließ mich vorausreiten und blieb mit Jos zurück. Ich hörte sie lachen. Merkwürdig, gewöhnlich war sie doch so hochmütig gegenüber Dienstboten.

Im Unterricht war sie unaufmerksamer denn je. Dauernd betrachtete sie ihr Gesicht im Spiegel, kämmte ihre Haare, zog Strähnen heraus und ließ sie zurückschnellen und lächelte in sich hinein, als habe sie ein Geheimnis.

»Es ist zum Verzweifeln mit dem Mädchen! Ich kann ihr nichts beibringen«, seufzte Miss York. »Ich geh' zu Lady Harriet und sag' ihr, daß es hoffnungslos ist. Es wird ja immer schlimmer mit ihr.« Lavinia focht das nicht an. Ihre Selbstgefälligkeit zeigte, daß sie mit dem Leben zufrieden war. Etwas war geschehen. Zu meinem Leidwesen sollte ich diejenige sein, die entdeckte, was.

Dougal Carruthers hatte mit meinem Vater Freundschaft geschlossen, und während seines Aufenthalts im Hause Framling kam er uns mehrmals besuchen, einmal auch zum Mittagessen. Er erzählte uns, er bleibe für drei Wochen im großen Haus. Sein Vater sei ein guter Freund von Sir William Framling gewesen; auch sie hätten Verbindungen zur Ostindischen Kompanie, und er werde England in Kürze verlassen. Er vertraute Vater an, daß er lieber mittelalterliche Kunst und Architektur studiert hätte, und fügte achselzuckend hinzu, daß die Söhne der Familie traditionsgemäß der Handelsgesellschaft beitraten, wie es auch Fabian eines Tages tun würde.

Ich mochte Dougal gut leiden. Er war reizend zu mir und behandelte mich nicht so wie Fabian und seine Freunde, die zwar nicht unfreundlich oder grob waren, aber einfach taten, als sei ich Luft für sie.

Dougal hatte die angenehme Gewohnheit, zu mir herüberzusehen, wenn er sprach, was den Eindruck erweckte, daß er mich in die Unterhaltung einbezog, und wenn ich hin und wieder eine Bemerkung einstreute, hörte er aufmerksam zu. Ich wünschte, ich hätte besser aufgepaßt, wenn mein Vater von unserer alten normannischen Kirche erzählte, dann hätte ich mehr beisteuern können.

Einmal kam Fabian mit ihm ins Pfarrhaus. Sie saßen mit Vater im Garten und tranken Wein. Dougal und Vater waren bald in ein Gespräch vertieft, und so kam es, daß ich mich mit Fabian unterhielt.

Er musterte mich interessiert, und ich sagte: »Kannst du dich daran erinnern, wie du mich entführt hast?«

Er lächelte. »Ja. Ich dachte, wenn ich ein Baby will, brauche ich nur eines zu suchen.«

Wir lachten. »Und dann hast du mich gefunden«, sagte ich.

»Du schienst mir wie geschaffen zur Adoption.«

»Ich glaube, es gab eine große Aufregung.«

»Die Leute regen sich immer auf, wenn etwas Ungewöhnliches passiert.«

Ich war erleichtert, denn mir schien, indem wir über die Sache sprachen, durchbrachen wir eine Barriere. Ich bildete mir ein, daß Fabian das gleiche empfand und nahm an, daß unsere Beziehung von nun an ungezwungener sein würde.

Dann beteiligten wir uns an der allgemeinen Unterhaltung, und nach einer Weile brachen er und Dougal auf. Dougal wollte am nächsten Tag abreisen, und Ende der Woche würde auch Fabian fort sein.

Ich konnte nicht widerstehen, Lavinia zu erzählen, daß sie bei uns gewesen waren. »Aber sie sind nicht gekommen, um *dich* zu besuchen«, bemerkte sie.

»Ich weiß, aber ich hab' mich trotzdem mit beiden unterhalten.«

»Dougal ist süß, aber er interessiert sich bloß für alten Kram.« Sie zog ein Gesicht. Ich stellte mir vor, wie sie ihn mit ihren flammenden Haaren zu verlocken versucht und erwartet hatte, daß er von Bewunderung überwältigt sei. Es freute mich sehr, daß er es offensichtlich nicht gewesen war. Ich merkte ihr an, daß ihr meine Begegnung mit Dougal nicht behagte. Sie war ausgesprochen mißmutig, als wir an diesem Nachmittag ausritten.

Jos kam mit uns. Ich glaube, er richtete es absichtlich so ein, wann immer er konnte. Daß er uns statt Reuben begleitete, versetzte Lavinia normalerweise in gute Stimmung, an diesem Nachmittag jedoch war sie sehr launisch. Sie sprach mal hochmütig, mal vertraulich mit Jos; er redete wenig und feixte sie nur an.

Wir gelangten an ein Feld, das wir im Galopp zu überqueren pflegten, wobei Lavinia und ich stets wetteiferten, wer zuerst die andere Seite erreichte. Ich ritt los und war ein gutes Stück voraus. Als ich ans Ende des Feldes kam, blieb ich stehen und drehte mich um. Ich war allein.

Verwundert rief ich: »Lavinia, wo bist du?«

Keine Antwort. Ich galoppierte zurück und machte mich auf die Suche. Die beiden waren nirgends zu sehen. Ich mochte nicht allein ins große Haus zurückkehren, denn das hätte Ärger gegeben. Wir durften ja nicht ohne Stallknecht ausreiten. Es verging mindestens eine halbe Stunde, ehe die beiden wieder auftauchten.

Lavinia sah gerötet und erregt aus. »Wo bist du bloß geblieben?« fragte sie. »Wir haben dich überall gesucht.«

»Ich dachte, ihr würdet hinter mir übers Feld galoppieren.«

»Über welches Feld?«

»Über das wir immer galoppieren.«

»Ich hab' keine Ahnung, wovon du sprichst«, sagte Lavinia. Sie lächelte geziert, und ich sah sie und Jos Blicke wechseln.

Wäre ich klüger und erfahrener gewesen, hätte ich mir vielleicht denken können, was da vor sich ging. Einer älteren Person wäre es nicht entgangen. Ich aber glaubte wirklich, daß ein Mißverständnis vorlag und die beiden nicht gemerkt hatten, daß ich losgaloppiert war.

Polly unterhielt sich angeregt mit Mrs. Janson, die gerade sagte: »Ich hab' sie wieder und wieder gewarnt. Aber hört sie vielleicht auf mich? Diese Holly war immer 'n flatterhaftes Ding, und ich glaub', jetzt ist sie völlig aus dem Häuschen.«

»Sie wissen doch, wie Mädchen sind«, beschwichtigte sie Polly.

»Das Mädchen spielt mit dem Feuer, jawohl. Da wird was Schönes bei rauskommen.«

Als ich mit Polly allein war, fragte ich: »Was hat Holly angestellt?«

»Ach… sie ist einfach dumm.«

»Es hat sich aber angehört, als wär's was ziemlich Gefährliches.«

»O ja, gefährlich ist es allerdings… bei so 'nem Früchtchen.«

»Wer, Holly?«

»Nein, er.«

»Erzähl!«

»Du hast mal wieder gelauscht, kleiner Naseweis.«

»Polly, hör auf, mich wie ein Kind zu behandeln!«

Polly verschränkte die Arme und sah mich forschend an. »Wirst wohl erwachsen«, sagte sie mit einem Anflug von Traurigkeit.

»Ich bleibe nicht ewig ein Kind, Polly. Es wird Zeit, daß ich erfahre, wie's auf der Welt zugeht.«

Sie musterte mich scharf. »Da könnte was Wahres dran sein«, meinte sie. »Junge Mädchen müssen auf der Hut sein. Nicht, daß ich mir deinetwegen Sorgen mache. Du bist vernünftig. Anständig erzogen bist du, dafür hab' ich gesorgt. Es ist dieser Jos, das ist so 'ne Marke.«

»Was für eine Marke?«

»Der hat so was. Dem werden die Mädchen immer nachlaufen, und mir scheint, er hat nichts anderes im Sinn. Vielleicht kriegt er deshalb, was er will.«

Ich dachte daran, wie er Lavinia immer ansah, und wie sie sich von ihm Vertraulichkeiten gefallen ließ, die sie als Lady Harriets Tochter gewiß nicht hätte dulden dürfen.

»Und Holly?« fragte ich.

»Sie ist verrückt nach ihm.«

»Du meinst, er macht Holly den Hof?«

»Den Hof machen? Das, wo der hinterher ist, hat nichts mit 'nem Trauring zu tun. Ich schätze, das dumme Ding hat ihm schon gegeben, worauf er's abgesehen hat, und das läßt ein Mädchen lieber bleiben, wenn sie klug ist, das kann ich dir sagen.«

»Was willst du nun unternehmen?«

Polly zuckte mit den Achseln. »Ich? Was kann ich schon tun? Ich könnte mit dem Pfarrer sprechen. Aber da könnt' ich ebensogut gegen 'ne Wand reden. Mrs. Janson hat ihr Bestes getan. Wir werden's ja sehen. Vielleicht kommt sie ihm auf die Schliche, bevor's zu spät ist.«

Unwissend wie ich war, verstand ich die Anspielungen damals nicht: Holly tändelte mit Jos wie Jos' Mutter einst mit dem Zigeuner, und es könnte zu einem ähnlichen Resultat führen.

Aber Jos war kein umherziehender Zigeuner; er konnte nicht einfach fortgehen und sich vor der Verantwortung drücken.

Ich wünschte, ich wäre nicht diejenige gewesen, die sie fand. Das große Haus war von einem weitläufigen Gelände umgeben, das stellenweise wild und unbebaut war. Hinter dem Buschwerk war ein abgelegenes Stück Land mit einem alten Sommerhäuschen, das ich einmal zufällig entdeckt hatte. Als ich Lavinia danach fragte, sagte sie: »Da geht heute keiner mehr rein. Es ist abgeschlossen. Irgendwo gibt es einen Schlüssel. Eines Tages werde ich ihn finden.« Aber das war lange her, und sie hatte sich nie darum gekümmert.

An besagtem Tag ging ich zu Lavinia hinüber. Es war am frühen Nachmittag. Miss York hatte ihre Ruhepause, und ich wußte, daß Mrs. Janson um diese Zeit »für ein Stündchen die Füße hochlegte«. Und Mrs. Bright vom großen Haus hielt es wohl genauso.

Eine schläfrige Atmosphäre lag über dem Haus. Es war sehr still.

Lavinia war nirgends zu sehen. Wir hatten uns im Stall verabredet, aber dort war sie nicht. Ihr Pferd stand da, also war sie nicht ohne mich ausgeritten.

Ich vermutete sie irgendwo im Garten und beschloß, sie zu suchen, bevor ich ins Haus ging. Ich konnte sie nicht finden und lenkte schließlich meine Schritte zum Gebüsch. So gelangte ich zu dem alten Sommerhaus. Es hatte mich immer eigentümlich angezogen. Ich vermutete, die Leute fürchteten, daß es dort spukte, und gingen deswegen nicht hin.

Ich blieb an der Tür stehen und meinte, drinnen ein Geräusch zu hören, ein leises Kichern, das mich schaudern machte. Es hörte sich gespenstisch an. Ich probierte vorsichtig die Klinke, und zu meiner Überraschung ging die Tür leise auf. Dann sah ich, wer dort war. Das war kein Gespenst. Es waren Jos und Lavinia. Sie lagen zusammen auf der Erde.

Ich wollte keine Einzelheiten sehen. Mir wurde ganz heiß. Ohne daß die beiden mich bemerkten, schloß ich die Tür und rannte und rannte, bis ich das Pfarrhaus erreichte. Mir war übel. Ich betrachtete mein Gesicht im Spiegel. Es war scharlachrot.

Ich konnte nicht glauben, was ich gesehen hatte. Lavinia, die stolze, hochmütige Lavinia... tat *das* mit einem Dienstboten!

Ich setzte mich auf mein Bett. Was sollte ich tun? Wie konnte ich es jemandem erzählen – und doch, wie konnte ich es für mich behalten?

Polly kam herein. »Hab' dich gehört, wie du raufgelaufen bist...« Sie hielt inne und starrte mich an. »Nanu, was ist denn?« Sie setzte sich zu mir aufs Bett und legte ihren Arm um mich. »Du bist ja ganz aufgelöst«, sagte sie. »Erzähl der alten Polly, was passiert ist!«

»Ich weiß nicht, Polly. Ich kann's nicht glauben. Es war schrecklich.«

»Na, komm schon, erzähl's mir!«

»Ich glaube, ich sollte es keinem Menschen erzählen... niemals.«

»Erzähl's mir ruhig, das ist das gleiche, als wenn du's für dich behieltest... bloß besser, weil ich am besten weiß, was zu tun ist. War's nicht immer so?«

»Ja, schon. Aber du mußt schwören, daß du nichts unternimmst, ohne es mir zu sagen.«

»Ehrenwort.«

Ich wußte, daß Polly ihr Ehrenwort halten würde. Ich erzählte ihr, wie ich Lavinia gesucht und mit Jos in dem alten Sommerhaus auf der Erde gefunden hatte.

»Nein!« rief Polly entsetzt.

»Ich hab' sie deutlich gesehen.«

Polly wiegte sich sachte hin und her. »Das ist ja eine schöne Bescherung. Den beiden trau' ich alles zu. Ein feines Pärchen. Das Gesicht ihrer Ladyschaft möcht' ich sehen, wenn sie's erfährt.«

»Du darfst es ihr nicht erzählen, Polly.«

»Was! Soll ich sie vielleicht weitermachen lassen, bis er seine Unterschrift unter den Familienstammbaum setzt? Der ist nichts für das Bild überm Kamin, das kann ich dir sagen. Möchte wissen, wie weit es schon gegangen ist. Sie ist 'n kleines… hm… Biest, jawohl. Und er, ganz sein Vater. Vor dem ist kein Mädchen sicher, außer es weiß, wo's lang geht. Das muß aufhören. Es könnte einen Riesenschlamassel geben – und den wünsch' ich nicht mal Lady Harriet an den Hals.«

»Vielleicht sollte ich mit Lavinia reden.«

»Halt du dich da raus! Überlaß das mir!«

»Polly, du sagst doch nicht, daß ich sie gesehen habe?«

Sie schüttelte den Kopf. »Ich hab' dir mein Ehrenwort gegeben, oder?«

»Ja, aber…«

»Keine Bange, mein Schatz! Mir fällt schon was ein. Und verlaß dich drauf, ich sorge dafür, daß du da nicht mit reingezogen wirst.«

Polly war sehr erfindungsreich, und sie fand einen Weg. Es war wenige Tage später. Ich ging wie gewöhnlich zum großen Haus. Lavinia war nirgends zu finden, Jos ebensowenig. Ich eilte ins Pfarrhaus zurück und erstattete der wartenden Polly Bericht. Sie hieß mich in mein Zimmer gehen und lesen, weil sie mich aus dem Weg haben wollte.

Später erfuhr ich, was geschehen war.

Polly ließ Holly wissen, daß ihr Liebster mit einer anderen in dem verwunschenen Sommerhaus der Framlings sei. Holly wollte ihr zuerst nicht glauben, doch nach einer Weile ging sie nachsehen. Pollys Annahme war richtig gewesen. Holly überraschte Jos und Lavinia, wie Lavinia mir später erzählte, *in flagranti*. Die arme Holly war von ihrem Angebeteten betrogen worden, und daß sie ihn mit einer anderen – selbst wenn es Miss Lavinia war – in einer solchen Situation erwischte, erregte ihren Zorn maßlos. Sie schrie ihn an und verfluchte ihn und Lavinia. Er konnte nicht entwischen, weil er nicht vollständig bekleidet war, und Lavinia erging es ebenso.

Hollys weithin hörbares Geschrei lockte mehrere Dienstboten an, die glaubten, ein Einbrecher sei erwischt worden. Damit war das Unheil geschehen, denn nun ließ sich die Angelegenheit nicht mehr vor Lady Harriet verbergen.

Lavinia und Jos waren auf frischer Tat ertappt worden. Das würde ein großes Unwetter geben, soviel stand fest.

Ich sah Lavinia mehrere Tage nicht. Polly erzählte mir, was geschehen war. Sie hatte es von Mrs. Janson erfahren, die es »aus erster Hand« von Mrs. Bright hatte. Lavinia durfte ihr Zimmer nicht verlassen; etwas Bedeutendes war im Gange.

Man konnte Jos nicht hinauswerfen, da er als Reubens Sohn galt, auch wenn er es nicht war. Er mußte daher weiterhin im Stall beschäftigt werden, weil man auf Reubens Dienste nicht verzichten wollte, und es nicht gerecht war, Eltern wegen der Sünden ihrer Kinder zu bestrafen, auch wenn es in der Bibel umgekehrt steht. Wäre er mit einem Dienstmädchen erwischt worden, wäre es eine verzeihliche Sünde gewesen – aber mit Miss Lavinia!

»Ich hab's immer gewußt, was das für eine ist«, bemerkte Polly. »Das war doch sonnenklar. Man kann sicher sein, daß die Sünden sich an einem rächen, und bei Madam Lavinia hat sich's gezeigt.«

Wir mußten nicht lange abwarten, was nun geschehen würde. Lady Harriet schickte nach meinem Vater, und sie besprachen sich eine lange Zeit. Sobald er wieder zu Hause war, bat er mich zu sich.

»Du weißt«, sagte er, »es bestand immer die Absicht, dich auf eine Schule zu schicken. Deine Mutter und ich planten es schon, bevor du geboren wurdest. Es spielte keine Rolle, ob du ein Junge oder ein Mädchen würdest; wir glaubten beide, daß Bildung und Erziehung absolut notwendig sind, und deine Mutter wollte das Beste für dich. Wie du gehört hast, haben wir etwas Geld für deine Ausbildung auf die Seite gelegt – keine große Summe, aber vielleicht ausreichend. Miss York ist eine ausgezeichnete Gouvernante, und Lady Harriet wird alles tun, was in ihrer Macht steht, um eine andere Stelle für sie zu finden, was mit einer solchen Empfehlung nicht schwer sein dürfte. Und Polly ... nun, sie hat immer gewußt, daß sie nicht ewig bei dir bleiben kann. Ich glaube, sie hat eine Schwester, zu der sie ziehen könnte ... «

Ich starrte ihn an. Nicht der Gedanke an die Schule machte mich betroffen. Ich konnte nur noch daran denken, daß ich Polly verlieren sollte.

»Lavinia wird dich begleiten. Lady Harriet ist mit der Schule einverstanden, und ihr werdet zusammen sein.«

Da begriff ich. Lady Harriet hatte bestimmt, daß Lavinia fort mußte. Die unselige Sache mit Jos mußte ein Ende haben. Trennung war die einzige Lösung – und ich sollte mit ihr gehen. Lady Harriet beherrschte unser Leben.

»Ich will nicht zur Schule, Vater«, sagte ich. »Miss York ist eine großartige Lehrerin, und ich mache bei ihr ebenso gute Fortschritte.«

»Es war der Wunsch deiner Mutter«, sagte er traurig. Ich dachte: Und es ist Lady Harriets Wunsch.

Ich ging sofort zu Polly. Ich schlang meine Arme um sie und klammerte mich an sie. »Polly, ich kann dich nicht verlassen. Ich soll auf eine Schule. Mit Lavinia.«

»Ich verstehe. Alles wegen Madames Kapriolen, wie? Ich glaub' nicht, daß 'ne Schule sie davon abhält. Und du gehst also mit, wie?«

»Ich will nicht weg, Polly.«

»Es ist vielleicht gut für dich.«

»Und was wird aus dir?«

»Na ja, ich hab' immer gewußt, daß das hier eines Tages ein Ende hat, das war sicher. Ich geh' zu Eff. Sie liegt mir dauernd in den Ohren, daß ich kommen soll. Wir brauchen uns nicht zu grämen, Herzchen. Du und ich, wir bleiben immer Freundinnen. Du weißt, wo ich bin, und ich weiß, wo du bist. Sei nicht traurig! Die Schule wird dir gefallen, und in den Ferien kannst du zu mir und Eff kommen. Schau, das Leben geht weiter! Es steht nicht still, und du kannst nicht ewig Pollys Baby bleiben.«

Miss York nahm die Neuigkeit gelassen auf. Sie habe damit gerechnet, sagte sie. Der Pfarrer habe ihr immer gesagt, daß ich eines Tages auf die Schule müsse. Sie wolle sich eine andere Stellung suchen. Lady Harriet habe versprochen, ihr dabei behilflich zu sein. Da werde sie bestimmt bald etwas finden.

Ungefähr eine Woche, nachdem alles ans Licht gekommen war, sah ich Lavinia wieder. Sie wirkte aufgebracht und gereizt. Ihre Augen waren leicht gerötet, daraus schloß ich, daß sie geweint hatte. »So ein Theater!« sagte sie. »Das war diese gräßliche Holly.«

»Holly ist kein bißchen anders als du. Jos hat euch beide zu Närrinnen gemacht.«

»Wag es nicht, mich eine Närrin zu nennen, Deborah Delany!«

»Ich nenn' dich, wie's mir paßt. Und du warst eine Närrin, als du das getan hast – und ausgerechnet mit einem Stallburschen.«

»Das verstehst du nicht.«

»Ist ja auch egal, jedenfalls werden wir deswegen weggeschickt.«

Sie schnaubte verächtlich. »Ich will dich nicht dabei haben.«

»Mein Vater könnte mich sicher auf eine andere Schule schicken.«

»Das würde meine Mutter nicht zulassen.«

»Wir sind nicht die Sklaven deiner Mutter, merk dir das! Wir haben die Freiheit zu tun, was wir wollen. Wenn ich dir unwillkommen bin, bitte ich meinen Vater, mich ohne dich fortzuschicken.«

Darauf sah sie etwas erschrocken drein. »Alle behandeln mich wie ein Kind«, sagte sie.

»Jos hat dich nicht so behandelt.«

Sie lachte. »Er ist ein Schuft.«

»Das sagen alle.«

»Oh... aber es war so aufregend.«

»Du solltest vorsichtig sein.«

»War ich ja... Wenn dieses Weibsstück uns nicht im Sommerhaus ertappt hätte...«

Ich wandte mich ab. Was sie wohl sagen würde, wenn sie wüßte, was zu ihrer Entdeckung geführt hatte?

»Er sagte, ich sei das schönste Mädchen, das er je gesehen habe.«

»Ich glaub', das sagen sie alle. Sie denken, dann kommen sie schneller zum Ziel.«

»Ist ja nicht wahr! Und was verstehst du schon davon?«

»Ich hab' gehört...«

»Halt den Mund!« sagte Lavinia, den Tränen nahe.

Wir schlossen eine Art Waffenstillstand. Wir sollten beide in die Fremde gehen, und das einzig Vertraute in unserer Umgebung würde die jeweils andere sein. Wir waren beide ein wenig getröstet, daß wir nicht allein sein würden, und sprachen sehr viel von der Schule.

Zwei Jahre verbrachten wir im Haus Meridian. Ich fügte mich recht gut ein und fiel den Lehrerinnen sogleich als aufgewecktes Kind auf. Lavinia zeigte keine Neigung, ihre Versäumnisse aufzuholen. Darüber hinaus war sie arrogant und launisch, womit sie sich nicht gerade beliebt machte. Ihre adelige Abkunft, die sie anfangs betont herausstellte, erwies sich eher als Nachteil denn als Vorzug. Sie erwartete immer, daß die Menschen sich ihr fügten, und es kam ihr nie in den Sinn, sich anderen anzupassen. Während unseres zweiten Jahres im Haus Meridian stieß Lavinia ihr zweites Mißgeschick zu, das zwangsläufig von ähnlicher Beschaffenheit war wie das erste.

Sie ließ mich oftmals links liegen und erinnerte sich meiner nur, wenn sie meine Hilfe bei den Schularbeiten brauchte. Sie hatte ihre eigene kleine Gefolgschaft, die als »flotte Truppe« bekannt war. Sie waren sehr wagemutig und aufgeklärt und hielten sich für erwachsen und weltgewandt. Lavinia war die Königin dieser kleinen Schar, denn die meisten konnten sich über das Thema, das ihrem Herzen am nächsten lag, nur theoretisch auslassen, während sie schon praktische Erfahrungen besaß.

Wenn sie sehr wütend auf mich war, beschimpfte sie mich manchmal im Ton tiefster Verachtung als Jungfrau. Dann dachte ich oft, würde Lavinia zu dieser verachteten Spezies gehören, wäre ich jetzt zu Hause, hätte meinen Unterricht bei Miss York und würde in die Arme der guten Polly flüchten.

Polly schrieb mir mit ziemlich ungelenker Handschrift. Sie hatte das Schreiben gelernt, als Tom zur See gegangen war, um mit ihm Verbindung halten zu können. Mit der Rechtschreibung haperte es oft, aber die Wärme ihrer Gefühle sprach aus den Zeilen und tröstete mich.

Ich dachte oft an sie und Eff, und in den Sommerferien besuchte ich die beiden für eine Woche. Es war wundervoll, bei Polly zu sein. Sie und Eff verdienten gut, besaßen doch beide eine Begabung fürs Geschäftliche. Polly stand bald auf freundschaftlichem Fuße mit den zahlenden Gästen, und Eff steuerte die matronenhafte Würde bei.

»Wir sind, was Vater ein gutes Gespann genannt hätte«, sagte Eff zu mir. Sie war damals besonders erfreut, denn »Parterre Nummer zweiunddreißig«, wie sie die Mieter des unteren Stockwerks im jüngst erworbenen Haus zu nennen pflegte, hatten einen »Knirps« mitgebracht. Sie waren sehr zufrieden und durften den Kinderwagen im Garten abstellen, damit Eff und Polly jederzeit hereinhuschen und sich glucksend an dem Kind entzücken konnten. Eff bezeichnete ihre Mieter immer als »Obergeschoß Nummer dreißig«, »erster Stock Nummer neunzehn« und so weiter.

Es waren wunderbare Tage. Polly lauschte meinen Neuigkeiten von der Schule, und ich lernte die Herkunft und die Eigenarten von »Obergeschoß« bis »Tiefparterre« kennen.

Zum Beispiel ließ »Obergeschoß« den Wasserhahn laufen, und »erster Stock« putzten ihren Teil der Stiege nicht anständig; auch »Parterre Nummer zweiunddreißig« kamen nicht gerade aus den allerfeinsten Kreisen, was ihnen freilich weitgehend verziehen wurde, weil sie das Kind mitgebracht hatten: »Ein herziger kleiner Kerl. Du solltest mal sehen, wie er mich anlächelt!«

Ich ging mit Polly ins Westend und betrachtete die Schaufenster der großen Geschäfte; am Samstagabend bummelten wir über die erleuchteten Märkte, wo die Gesichter der Händler im Licht der Lampen hochrot schimmerten. Wir bewunderten die an den Ständen aufgetürmten rotbackigen Äpfel, lauschten dem Geschrei – »Frische Heringe, Herzmuscheln, Miesmuscheln!« – und den alten Quacksalbern, die schworen, daß ihre Heilmittel Haarausfall, Rheumatismus und alle fleischlichen Leiden kurierten. All das war ungemein aufregend, und ich fand es herrlich.

Polly gab mir das Gefühl, für sie die wichtigste Person auf der Welt zu sein, und als wir schieden, war es tröstlich zu wissen, daß ich sie nicht für immer verloren hatte.

Sie liebte es, wenn ich von meinem Schulleben erzählte. Ich beschrieb ihr Miss Gentian, unsere Direktorin und absolute Herrscherin. »Scheint mir 'ne rechte Tyrannin zu sein«, bemerkte Polly kichernd, und wenn ich Mademoiselle, die Französischlehrerin, nachahmte, kugelte sie sich vor Lachen und murmelte: »Diese Ausländer! Herrje, sind die ulkig! Schätze, mit der hast du 'ne Menge Spaß.« Sie fand alles ungemein amüsant, viel lustiger, als es in Wirklichkeit war.

Als ich abreiste, meinte Eff: »Du mußt unbedingt wiederkommen.«

»Fühl dich hier wie zu Hause, Liebes!« sagte Polly. »Ich sag' dir was: Wo ich bin, da bist du immer daheim.«

Während meines letzten Halbjahres im Haus Meridian wurden Lavinia und zwei andere Mädchen erwischt, als sie spät nachts nach Hause kamen. Sie hatten ein Hausmädchen bestochen, sie hereinzulassen, und wurden von einer Lehrerin, die wegen Zahnschmerzen in den Sanitätsraum hinuntergegangen war, um sich ein schmerzstillendes Mittel zu holen, auf frischer Tat ertappt. Es gab eine furchtbare Szene. Lavinia schlich in das Schlafzimmer hinauf, das sie mit mir und noch einem Mädchen teilte. Wir waren natürlich eingeweiht, denn es war nicht das erste Mal, das sie nachts fort war.

Lavinia war außer sich. »Das gibt Ärger«, sagte sie. »Diese hinterlistige Miss Spence hat uns erwischt.«

»Hat Annie euch reingelassen?« fragte ich. Annie war das Zimmermädchen.

Lavinia nickte.

»Man wird sie entlassen«, sagte ich.

»Wahrscheinlich«, erwiderte Lavinia gleichmütig. »Schätze, wir werden morgen was zu hören kriegen, wenn die alte Gentian es erfährt.«

»Ihr hättet Annie nicht mit hineinziehen dürfen.«

»Sei nicht blöd! Wie hätten wir sonst reinkommen sollen?« fauchte Lavinia, doch sie war sehr verängstigt.

Und das aus gutem Grund. Die Folgen waren nämlich schlimmer, als wir befürchtet hatten. Die arme Annie wurde auf der Stelle entlassen. Miss Gentian befahl die beteiligten Mädchen zu sich und hielt ihnen vor, wie beschämend es sei, daß Mädchen von ihrer Schule sich so ungehörig benahmen. Sie schickte sie schließlich aufs Zimmer, nachdem sie ihnen gesagt hatte, daß die Sache damit noch nicht erledigt sei.

Das Schuljahr war fast zu Ende, da erhielt am Tag vor unserer Heimkehr Lady Harriet einen Brief, in welchem Miss Gentian ihr mitteilte, sie sei der Meinung, daß Lavinia auf einer anderen Schule gewiß besser aufgehoben sei. Sie bedaure, daß im kommenden Schuljahr oder in absehbarer Zukunft im Haus Meridian kein Platz für Lavinia sei.

Lady Harriet war wütend, weil eine Schule sich weigerte, *ihre* Tochter zu nehmen. Das wollte sie sich nicht bieten lassen. Sie schrieb Miss Gentian, ihr Brief sei vielleicht etwas unbedacht gewesen. Sie, Lady Harriet, sei nicht ohne Einfluß, und sie wünsche, daß ihre Tochter noch mindestens ein Jahr im Hause Meridian bleibe. Miss Gentian antwortete, sie sei überzeugt, daß Lavinia woanders glücklicher dran sei, und aus ihrer Formulierung ging hervor, daß sie selbst in diesem Falle ebenfalls glücklicher sein würde.

Lady Harriet schlug Miss Gentian vor, sie aufzusuchen, damit sie die Angelegenheit in aller Freundschaft besprechen könnten. Miss Gentian erwiderte, sie habe eine Menge Verpflichtungen, aber wenn Lady Harriet sich die Mühe machen wolle, sie aufzusuchen, ließe sich das arrangieren, sie müsse jedoch darauf hinweisen, daß sie lange über das Problem nachgedacht habe, und ihrer Meinung nach Lavinia nicht ins Haus Meridian passe.

Lady Harriet kam ins Pfarrhaus, um zu sehen, was für ein Zeugnis Miss Gentian mir ausgestellt hatte. »Deborah hat gut mitgearbeitet. Ihre Leistungen in Mathematik lassen noch zu wünschen übrig, haben sich jedoch verbessert. Im allgemeinen macht sie gute Fortschritte.« Es war eindeutig, daß der Ausschluß mich nicht betraf. Ich war gern auf der Schule gewesen. Das Lernen machte mir Freude, und der Wettstreit, den ich zu Hause entbehrt hatte, spornte mich zu noch besseren Leistungen an. Sicher, Sport war nicht gerade meine Stärke, aber darauf legte Miss Gentian auch nicht so großen Wert. Ich bildete mir ein, ab und zu einen Schimmer der Anerkennung in ihren Augen gesehen zu haben, wenn ihr Blick auf mir ruhte.

Lady Harriet ließ sich zu dem einzigartigen Schritt herbei, Miss Gentian aufzusuchen, kehrte jedoch geschlagen zurück. Ich denke, daß sie von Lavinias Eskapade unterrichtet wurde, und das dürfte ihr den Wind aus den Segeln genommen haben. Aber sie zögerte nicht lange, etwas zu unternehmen. Sie schickte nach meinem Vater. Ich war bei der Unterredung nicht zugegen, erfuhr aber später davon.

Sie sagte zu meinem Vater, junge Mädchen brauchten eine Schule, wo sie den »letzten Schliff« erhielten. Sie habe sich bei ihren Freundinnen erkundigt und wisse ein gutes Institut in Frankreich. Die Tochter der Herzogin von Mentover sei dort gewesen und wer die Herzogin kenne, der wisse, daß sie ihr Kind niemals auf eine Schule geschickt hätte, die nicht allerhöchsten Ansprüchen genüge. Haus Meridian sei eine schlechte Wahl gewesen. Diese Miss Gentian sei viel zu despotisch. Wenn junge Mädchen sich im späteren Leben zurechtfinden sollten, müßten sie die feine Lebensart lernen.

Mein Vater wandte schwach ein, er und seine verstorbene Frau hätten sich eine gute Bildung für mich gewünscht, und er glaube, daß mir die im Hause Meridian zuteil würde. Meinem Zeugnis zufolge sei ich eine gute Schülerin. »Ich dachte, wenn Deborah noch zwei Jahre bleibt...«

»Ach was, Herr Pfarrer! Junge Mädchen gehören auf eine gute

Schule, wo sie die feine Lebensart erlernen. Sie müssen in das Institut, das mir die Herzogin empfohlen hat.«

»Ich fürchte, das wird meine Mittel übersteigen, Lady Harriet.«

»Unsinn. Ich übernehme die zusätzlichen Kosten. Ich wünsche, daß Deborah bei Lavinia ist. Sie sind seit Jahren *so* gute Freundinnen. Es wird beiden guttun.«

Nach langem Zögern gab mein Vater nach. Meiner Mutter war es einzig und allein um Bildung gegangen, mit »Schliff« hatte sie nichts im Sinn gehabt. Gelehrsamkeit und feine Lebensart, das waren für sie zwei Paar Stiefel. Lavinia würde vermutlich in die Londoner Gesellschaft eingeführt werden, sobald sie genügend »Schliff« hatte; sodann würde sie bei Hofe vorgestellt. Für mich war eine derartige Zukunft nicht vorgesehen.

Heute weiß ich, daß mein Vater mich darauf vorbereiten wollte, meinen Lebensunterhalt selbst zu verdienen, wenn er einmal starb. Ich würde ein bißchen – ein ganz kleines bißchen – Geld haben, vielleicht gerade genug für ein sehr bescheidenes Auskommen. Ob ihm bewußt war, daß ich nicht besonders ansehnlich war und vielleicht nie heiraten würde? Lady Harriet hatte ihm schließlich versichert, auch wenn meine Verhältnisse ganz andere seien als Lavinias, müsse ich gerüstet sein, der Welt mit jenen Umgangsformen zu begegnen, die man nur auf einer Schule von der Art erwerben könne, wie sie sie vorschlage. Da sie bereit war, die Kosten zu übernehmen, soweit sie diejenigen von Haus Meridian überstiegen, wurde schließlich beschlossen, daß ich Lavinia begleiten sollte.

Das erwählte Institut war das Château Lamason. Allein schon der Name fesselte mich, und trotz des Umstandes, daß ich Lady Harriet verpflichtet sein würde, begeisterte mich die Aussicht, dorthin zu gehen. Lavinia und ich redeten kaum noch von etwas anderem. »Es ist nicht wie auf einer gewöhnlichen Schule«, erklärte sie. »Es ist ein Institut für diejenigen, die in die Gesellschaft eingeführt werden. Da gibt's keine blöde Lernerei und so was.«

»Nein, ich weiß. Wir werden geschliffen.«

»Auf die Gesellschaft vorbereitet. Für dich kommt das natürlich nicht in Frage. Da sind bestimmt lauter Aristokratinnen.«

»Vielleicht sollte ich doch lieber im Haus Meridian bleiben.«
Ich brauchte nur anzudeuten, daß ich sie vielleicht nicht begleiten würde, und schon wurde Lavinia versöhnlich. Ich verstand
unterdessen mit ihr umzugehen, und sie war so unschwer zu
durchschauen, daß ich leicht die Oberhand gewann. Dieses
phantastische Abenteuer wollte ich auf keinen Fall verpassen.
Ich war über Château Lamason genauso aufgeregt wie Lavinia.
Bevor ich abreiste, besuchte ich Polly für ein paar Tage. Wir
lachten über den »Schliff«. Eff fand die französische Schule
»ganz prima« und erzählte allen erfreut, daß ich diese besuchen
würde, besonders der Frau »erster Stock, Nummer neunzehn«,
die so eingebildet sei und dauernd erklärte, sie habe einst bessere
Tage gesehen.
Die Sommerferien näherten sich dem Ende. Im September sollten wir nach Frankreich aufbrechen. Einen Tag vor unserer Abreise wurde ich zu Lady Harriet befohlen. Sie empfing mich in ihrem Salon auf einem thronartigen Sessel, und ich hatte das Gefühl, einen Knicks machen zu müssen.
Ich stand unsicher auf der Türschwelle.
»Komm herein, Deborah!« sagte sie. »Du kannst dich setzen.«
Sie wies huldvoll auf einen Stuhl, und ich nahm Platz. »Du wirst
in Kürze zum Château Lamason abreisen. Es ist eine der besten
Schulen für feine Lebensart in Europa. Ich habe sie sehr sorgfältig ausgesucht. Du hast großes Glück. Ich hoffe, daß du dir dessen bewußt bist.«
Da ich allmählich erwachsen wurde, hatte sich Lady Harriets
Gottgleichheit in meinen Augen ein wenig vermindert. Ich sah
sie als eine Frau, deren Machtbewußtsein nicht von allen Leuten
akzeptiert wurde. Miss Gentian etwa hatte klar bewiesen, daß
Lady Harriet nicht die allmächtige Person war, als die sie sich
selbst darstellte, denn Miss Gentian hatte den Kampf gewonnen.
Es war wie bei Napoleon und Wellington, und es hatte mich ge-
lehrt, daß Lady Harriet nicht unbesiegbar war.
»Ach, wissen Sie, Lady Harriet«, sagte ich, »ich war mit Haus
Meridian ganz zufrieden. Ich wäre gern dort geblieben.«
Lady Harriet machte ein erstauntes Gesicht. »Unsinn, mein
Kind. Es war eine schlechte Wahl.«

Ich hob die Augenbrauen. War das ein Eingeständnis des Versagens? Lady Harriet hatte doch Meridian selbst ausgesucht.

Sie war ein wenig betreten und lachte wegwerfend. »Mein liebes Kind, du wirst noch einmal dankbar sein, daß du die Möglichkeit hattest, nach Lamason zu gehen. Diese Gentian hat ja keine Ahnung von den Ansprüchen der Gesellschaft! Ihr Ehrgeiz ist es, die Köpfe ihrer Schülerinnen mit Sachen vollzustopfen, mit denen sie im Leben nichts anfangen können. Du und Lavinia, ihr werdet weit fort sein. Du bist ein vernünftiges Mädchen und – hm…« Sie sagte nicht »unansehnlich«, aber sie meinte es. »Ich möchte, daß du ein Auge auf Lavinia hast, mein liebes Kind.«

»Ich fürchte, Lady Harriet, daß sie nicht auf mich hören wird.«

»Da irrst du dich. Sie hält große Stücke auf dich.« Nach einer Pause fügte sie hinzu: »Und ich auch. Du weißt, Lavinia ist sehr schön. Sie wird umschwärmt, deswegen… und wegen dem, was sie ist. Sie handelt etwas impulsiv. Ich verlasse mich auf dich, mein liebes Kind, daß du…« sie schenkte mir ein kleines Lächeln, »…dich um sie kümmerst.« Sie lachte leise. »Dein Vater ist hocherfreut, daß du diese Gelegenheit hast, und ich weiß, daß du sehr dankbar bist. Mädchen brauchen einfach Schliff.«

Ich spürte einen leisen Triumph, weil ich so viel über Lady Harriet entdeckte. Sie war beunruhigt wegen ihrer Tochter und fand es demütigend, vor der unansehnlichen kleinen Pfarrerstochter zuzugeben, daß ihre eigene Tochter alles andere als vollkommen war. »Ein Aufenthalt im Château Lamason wird dir im späteren Leben sehr zugute kommen. Ich wünsche, daß du Lavinia im Auge behältst. Sie ist zu… warmherzig und neigt dazu, nicht standesgemäße Freundschaften zu schließen. Du bist nachdenklicher, ernster. Sei ihr einfach eine gute Freundin! Du kannst jetzt gehen.« Ich verließ Lady Harriet nur zu gern und ging zu Lavinia.

»Was wollte Mama von dir?« fragte sie.

»Sie hat bloß gesagt, daß du warmherzig bist und dazu neigst, dich mit den falschen Leuten anzufreunden.«

Sie zog ein Gesicht. »Sag bloß nicht, sie hat dich gebeten, mein Kindermädchen zu sein! So ein Unsinn!«

Wir verließen England mit vier anderen Mädchen, die unter Aufsicht von Miss Ellmore, einer der Lehrerinnen, zum Château Lamason fuhren. Miss Ellmore war sehr vornehm und die Tochter eines Professors. Als sie schon nicht mehr ganz jung war, hatte sie mit einem Mal mittellos dagestanden und war gezwungen gewesen, sich ihren Lebensunterhalt zu verdienen. Wie ich später erfuhr, war sie nicht wegen ihres Bildungsstandes im Château angestellt, sondern weil sie eine Dame war. Sie schien eine ziemlich triste Person zu sein und fühlte sich mit der Aufgabe, sechs Mädchen im Backfischalter zu beaufsichtigen, überfordert.

Für uns war das Ganze ein aufregendes Abenteuer. Wir trafen uns alle in Dover, wohin der Kutscher der Framlings und Reuben Curry Lavinia und mich gebracht hatten. Hier wurden wir der Obhut von Miss Ellmore übergeben, die uns unsere Reisegefährtinnen vorstellte: Elfrida Lazenby, Julia Simmons, Melanie Summers und Janine Fletcher.

Janine fesselte mich sogleich, weil sie ganz anders war als die übrigen drei. Elfrida, Julia und Melanie glichen den Mädchen, die ich im Haus Meridian gekannt hatte: nett und durchschnittlich, freilich mit individuellen Zügen, doch waren sie sich irgendwie ähnlich. Daß Janine anders war, fiel mir sofort auf. Sie war klein und sehr schlank, hatte rötliches Haar und helle, rotblonde Wimpern; ihre Haut war milchig weiß und sommersprossig. Ich wußte noch nicht, ob ich Janine mögen würde oder nicht.

Alle interessierten sich sogleich für Lavinia und konnten ihre Blicke nicht von ihr wenden, worüber sie in Hochstimmung geriet.

Wir überquerten den Kanal. Miss Ellmore erklärte uns, was wir tun durften und was nicht. »Wir müssen alle beisammen bleiben, Mädchen! Es wäre eine Katastrophe, wenn eine von uns verlorenginge.«

Die Überfahrt verlief glatt. Meine Aufregung steigerte sich, als ich die französische Küste schemenhaft erkennen konnte. Es folgte eine lange Bahnfahrt durch Frankreich, und als wir beim Château Lamason anlangten, glaubte ich meine Reisegefährtinnen schon recht gut zu kennen... bis auf Janine.

Das Château Lamason lag im Herzen der Dordogne. Wir verließen den Bahnhof und fuhren kilometerweit durch eine herrliche Landschaft, an Waldungen, Flüssen und Feldern vorbei.

Und da stand das Château vor uns. Ich konnte kaum glauben, daß wir in so einem Gebäude wohnen sollten. Es war beeindruckend und sehr romantisch. In der Nähe waren Wälder und steile Hügel, von denen kleine Wasserfälle herabstürzten. Das Château, ein solider Steinbau, wirkte uralt und gewaltig mit seinen Pechnasentürmen und Bollwerken.

Ich hielt vor Staunen den Atem an. Mir war, als betrete ich ein anderes Zeitalter. Miss Ellmore freute sich sichtlich über meine unverhohlene Ehrfurcht, und als wir unter einem Torbogen hindurch in einen Innenhof fuhren, sagte sie: »Das Château ist seit mehreren hundert Jahren im Besitz der Familie du Clos. Sie haben während der Revolution viel verloren, aber dieses Château blieb verschont, und Madame wandelte es in eine Schule für junge Damen um.«

Wir stiegen aus und wurden in eine große Halle geführt, wo sich zu Beginn des Schuljahres zahlreiche Mädchen eingefunden hatten. Viele kannten sich offenbar gut. Dazwischen waren mehrere reifere Damen vom Schlage Miss Ellmores.

Mademoiselle Dubreau zeigte uns unsere Zimmer. Wir teilten uns jeweils zu viert einen Raum. Lavinia und ich waren mit einer Französin namens Françoise und einer Deutschen namens Gerda zusammen. Miss Ellmore hatte erklärt: »Ihr zwei seid beisammen, weil ihr Freundinnen seid, aber Madame legt großen Wert darauf, die Nationalitäten zu mischen. Das ist eine ausgezeichnete Methode, eure Sprachkenntnisse zu verbessern.«

Françoise war etwa achtzehn; ein hübsches Mädchen. Lavinia musterte sie eindringlich, fühlte sich aber schnell in ihrer Selbstgefälligkeit bestätigt. Die Französin mochte hübsch sein, aber sie konnte sich nicht mit ihrer auffallenden, flammenden Schönheit messen. Gerda, die Deutsche, war pummelig und keineswegs hübsch zu nennen.

Wir packten aus und wählten unsere Betten. Françoise war kein Neuling im Château, daher konnte sie uns einiges erzählen. »Madame ist sehr streng«, sagte sie. »Die Regeln... ach, es sind so viele. Ihr werdet's ja sehen. Aber wir haben auch unseren Spaß. Versteht ihr?«

Ich übersetzte es für Lavinia. »Welchen Spaß?« wollte sie wissen.

Françoise hob die Augen zur Decke. »Oh ... in der Stadt ist's lustig. Wir gehen ins Café. Der Kaffee ist gut.«

Lavinias Augen leuchteten, und die Deutsche erkundigte sich in gestelztem Französisch, wie das Essen sei. Françoise verzog das Gesicht, was vermutlich wenig schmeichelhaft für den Küchenchef war. Gerda zeigte sich entsetzt, womit sie mir den Grund für ihre füllige Figur verriet.

Mir wurde rasch klar, daß das Leben im Château alles andere als langweilig werden würde. In so einer Umgebung zu sein, war schon aufregend genug. Das Château war im 14. Jahrhundert gebaut worden, und von seinen Ursprüngen schien noch viel erhalten zu sein. Es gab Türmchen und Wendeltreppen, die in diverse dunkle Flure führten. Die Halle, offenbar einst der Mittelpunkt des Lebens im Château, hatte einen riesigen Kamin. Das Gebäude barg sogar ein Verlies, aus dem man angeblich zu bestimmten Zeiten die seltsamen Geräusche der Geister derer vernehmen konnte, die dort zu Tode gekommen waren. Doch am meisten interessierten mich die Menschen.

Madame du Clos herrschte über das Château wie eine mittelalterliche Königin. Sie war eine imponierende Frau, und ich sah auf den ersten Blick, daß sie aus dem gleichen Holz geschnitzt war wie Lady Harriet und Miss Gentian. Sie wurde schlicht Madame genannt. Keineswegs hochgewachsen, vermittelte sie dennoch den Eindruck von Größe. Ihre schwarzgekleidete Gestalt – ich sah sie nie in einer anderen Farbe – glitzerte von dem Jettschmuck, der an ihren Ohren hing und sich auf ihrem gewaltigen Busen hob und senkte. Sie hatte kleine Hände und Füße und bewegte sich mehr schwebend als gehend, wobei ihre voluminösen Röcke leise raschelten. Ihren kleinen dunklen Augen, die in alle Richtungen blitzten, entging fast nichts. Ihre dunklen hochgesteckten Haare waren stets tadellos frisiert, ihre Nase war lang und aristokratisch. Sie hatte eine auffallende Ähnlichkeit mit den Personen auf vielen Porträts, die überall im Château verteilt hingen, zweifellos Mitglieder der großen Familie du Clos, von der nur ein Zweig die Revolution überlebt hatte. Wir erfuhren alsbald, daß ihr Großvater ein guter Freund von Louis XVI. und Marie Antoinette gewesen war. Nachdem Madame das Château in eine exklusive Schule für feine Lebensart umgewandelt hatte, verfügte sie über genügend Einkünfte, um ein sorgenfreies Leben zwischen den Überresten der einstigen Pracht und Herrlichkeit führen zu können.

Am ersten Tag wurden wir von Madame in der großen Halle begrüßt und daran erinnert, welch ein Glück es für uns sei, hier zu sein. Wir sollten in der Kunst des guten Umgangs unterwiesen werden; wir sollten von Damen lernen, Damen zu werden, und wenn wir Château Lamason eines Tages verließen, würden wir uns mit Leichtigkeit in jeder Gesellschaft bewegen können. Alle Türen würden uns offenstehen. Lamason sei gleichbedeutend mit guten Manieren. Die größte Sünde sei Vulgarität, und Madame du Clos werde uns alle zu Aristokratinnen machen.

Die meisten Mädchen waren Französinnen; als nächstes kamen zahlenmäßig die Engländerinnen, gefolgt von Italienerinnen und Deutschen. Wir sollten so unterrichtet werden, daß wir imstande wären, auf französisch, englisch und italienisch zu parlieren. Neben Madame saßen drei Lehrerinnen auf einem Podium: Mademoiselle le Brun, Signorina Lortoni und Miss Ellmore. Sie unterwiesen die Mädchen in gepflegter Konversation. Außerdem wurden wir von Signor Paradetti in Gesang und Klavierspielen unterrichtet, und Monsieur Dubois war unser Tanzlehrer.

Von Françoise erfuhren wir eine Menge. Sie war fast ein Jahr älter als Lavinia, und dies war ihr letztes Halbjahr. Danach sollte sie den Mann heiraten, den ihre Eltern für sie ausgesucht hatten. Er war dreißig Jahre älter als sie und sehr reich. Letzteres war der Grund, weshalb die Heirat für sie arrangiert worden war. Er wollte Françoise zur Frau, weil er trotz seines Geldes nicht von edler Abkunft war. Françoise sagte, er würde geadelt werden, und ihre verarmte aristokratische Familie würde von seinem Reichtum profitieren.

Gerda meinte, das sei ein schnöder Handel.

Françoise hob die Schultern. »Es ist vernünftig«, sagte sie. »Er heiratet in eine adlige Familie ein, ich heirate in eine reiche. Ich hab' das Armsein satt. Es ist schrecklich. Immer dieses Gerede über Geld: Geld für das Dach ... Feuchtigkeit dringt in die Schlafzimmer, sie schadet dem Fragonard und dem Boucher im Musikzimmer. Alphonse wird das alles ändern. Ich hoffe nie wieder über Geld sprechen zu müssen; ich will es bloß noch ausgeben.«

Françoise war philosophisch und realistisch. Gerda war ganz anders. Ich vermutete, daß viel Geld in den Eisenhütten ihrer Familie steckte, und es war wahrscheinlich, daß sie sich mit einem anderen Industriemagnaten verbinden würde.

Mich empfand ich als Außenseiterin. Alle waren reicher als ich, sogar Françoise. Was hatte die Tochter eines Landpfarrers hier zu suchen? Nun ja, ich war hier, um auf Lavinia aufzupassen, und ihren Ausschweifungen verdankte ich diese Lebensumstände. Ich hatte meine Aufgabe. Doch wenn ich die Blicke sah, die sie Monsieur Dubois zuwarf, dann fragte ich mich, wie ich sie vor künftigen Dummheiten bewahren sollte.

Françoise und Lavinia unterhielten sich oft miteinander. Sie sprachen über Männer, ein Thema, das beiden sehr am Herzen lag. Ich sah sie miteinander flüstern, und ich glaubte, daß Lavinia Françoise ihre Erlebnisse mit Jos schilderte. In der Dunkelheit unseres Schlafzimmers erzählte Lavinia von ihren Abenteuern, und wenn sie an bestimmte Stellen kam, hielt sie inne und sagte: »Nein, ich kann nicht weitersprechen, wenn Deborah dabei ist. Sie ist noch zu unerfahren.«

Françoise erzählte uns, daß mehrere Mädchen für Monsieur Dubois schwärmten. »Er sieht ja wirklich sehr gut aus«, meinte sie. »Manche Mädchen sind ganz verrückt nach ihm.«

Monsieur Dubois war ein recht schmächtiger kleiner Franzose mit glatten dunklen Haaren und einem flotten Schnauzbart. Er trug reichgemusterte Westen und am kleinen Finger einen Siegelring, den er jedesmal liebevoll betrachtete, wenn er mit den Händen den Takt schlug.

»Eins, zwei, drei – die Dame dreht sich – vier, fünf, sechs – sie sieht ihren Partner an ... Kommen Sie, meine Damen, so geht es nicht! Ah, Gerda, Sie haben Füße aus Blei.«

Arme Gerda! Sie war wirklich sehr ungeschickt. Vielleicht spielte es keine Rolle, weil der Hüttenbesitzer sich nichts aus Tanzen machte. Mit Françoise war es etwas anderes. In den noblen französischen Châteaus wurde von ihr erwartet, daß sie den Tanz anführte.

Einige von uns mußten beim Tanzen die Männerrolle übernehmen. Gewöhnlich fiel Gerda diese Aufgabe zu. Ihr war das Ganze ohnehin zuwider, und sie schleppte sich auf plumpen Füßen dahin.

Lavinia hatte schon immer gut getanzt, und sie tat es mit sinnlicher Hingabe. Monsieur Dubois bemerkte das bald, und wenn er etwas demonstrieren wollte, erkor er Lavinia unweigerlich zu seiner Partnerin. Sie schmiegte sich geschmeidig und vielsagend an ihn, und ich fragte mich, ob ich angesichts meiner Funktion als Aufpasserin mit ihr darüber sprechen sollte. Sie zeigte zu deutlich, was sie für Monsieur Dubois empfand.

Er war sehr zärtlich zu ihr und ließ stets durchblicken, daß sie ihm sehr gefiel. Aber so war er zu allen Mädchen. Er ließ seine Hand gern auf einer Schulter oder gar auf einer Hüfte ruhen. Monsieur Dubois mochte alle Mädchen so sehr, daß es schwer zu sagen war, ob er eine besonders bevorzugte. Doch schien er Lavinia tatsächlich ein kleines bißchen lieber zu mögen.

»Er kommt nur zum Unterrichten in die Schule«, sagte Françoise. »Ich nehme an, er hat irgendwo eine Frau und sechs Kinder.«

»Ich finde ihn sehr attraktiv«, erklärte Lavinia. »Er hat mir gesagt, ich sei das schönste Mädchen der Schule.«

»Das erzählt er den anderen auch«, sagte Françoise.

»Das glaube ich nicht«, erwiderte Lavinia. »Er hat ganz ernst dabei ausgesehen.«

»Daß du dich nur nicht in ihn verliebst!« warnte sie Françoise.

»Es ist bloß ein... wie sagt ihr dazu?«

»Ein oberflächliches Techtelmechtel«, ergänzte ich. »Es hat nichts zu bedeuten. Er ist einfach höflich zu den Mädchen, die sich ihm an den Hals werfen.«

Lavinia warf mir einen finsteren Blick zu.

Zu Lavinias Verdruß und meiner Erleichterung wuchs sich jedoch ihr Verhältnis zum Tanzlehrer nicht zu einer Affaire aus. Françoise hatte gemeint, Monsieur Dubois fürchte viel zu sehr, seine Stelle zu verlieren, um seinen harmlosen Flirts irgendeine Konsequenz folgen zu lassen.

Wegen der weiten Entfernung konnten wir nur einmal im Jahr nach Hause fahren. Anfangs verging die Zeit noch langsam, dann aber verflog sie im Nu. Ich genoß das Leben, und Lavinia tat desgleichen. Es war uns mehr oder weniger selbst überlassen, ob wir etwas lernen wollten oder nicht. Mir lag sehr daran, meine Sprachkenntnisse zu verbessern, daher parlierte ich bald fließend Französisch und leidlich Italienisch. Ich hatte Freude am Gesangs- und Tanzunterricht und spielte recht gut Klavier.

Wir hatten sehr viel Freiheit. Nachmittags zogen wir manchmal in das Städtchen Perradot. Eine Lehrerin nahm uns im offenen Wagen mit, der zwölf von uns faßte. Er wurde auf dem Platz abgestellt, während wir umherstreiften. Es war eine reizende kleine Stadt, von einem Fluß durchzogen, über den eine kleine, aber reizvolle Brücke führte. Es gab Geschäfte und ein Café, in dem köstliches Gebäck verkauft wurde. Bei warmem Wetter konnten wir unter fröhlich bunten Sonnenschirmen sitzen und die Passanten beobachten. Freitags war Markt auf dem Platz, deshalb wollten immer viele von uns an diesem Tag ins Städtchen. An den Ständen wurden Kleider, Schuhe, Süßigkeiten, Kuchen, Eier, Gemüse und Käse feilgeboten. Den Platz überflutete stets der Duft des heißen knusprigen Brotes, das der *boulanger* direkt aus seinem höhlenartigen Ofen an die wartende Kundschaft verkaufte.

Am liebsten gingen wir in die *pâtisserie*, suchten uns Kuchen aus, setzten uns damit an ein Tischchen unter einem bunten Sonnenschirm, tranken eine Tasse Kaffee und beobachteten die Vorübergehenden.

Wir machten Bekanntschaft mit vielen Geschäftsleuten und Marktbudenbesitzern und waren in der ganzen Stadt als *les jeunes filles du château* bekannt.

Das Leben verlief nach einer bestimmten Routine. Der Sprachunterricht war mehr oder weniger freiwillig, Tanz und Musik waren Pflichtfächer, ebenso Umgangsformen und Konversation. Einmal wöchentlich wurde ein Tanztee veranstaltet, dem Madame höchstpersönlich vorstand.

Die Zeit verging. Wir waren im September nach Lamason gekommen, und erst Anfang Juli des kommenden Jahres kehrten wir in Miss Ellmores Begleitung während der Sommerferien nach England zurück. Im September sollte dann das zweite Jahr beginnen, und danach würden wir gerüstet sein, unseren Platz in den höchsten gesellschaftlichen Kreisen einzunehmen.

Ich erschrak über den Anblick meines Vaters. Er sah sehr bleich aus und wirkte um mehr als ein Jahr gealtert. Mrs. Janson sagte, er sei über den Winter leidend gewesen, und man denke daran, einen Vikar einzustellen, um ihn zu entlasten. »Er hatte 'n paar komische Anfälle«, sagte sie. »Sein Aussehen wollte mir manchmal gar nicht gefallen.«

Ich sprach mit meinem Vater. Er versicherte mir, daß mit ihm wieder alles in Ordnung sei. Ich meinte, ich sollte vielleicht nicht so weit fortgehen, aber er wollte nichts davon hören. Er war mit meinen Sprach- und Musikfortschritten zufrieden, fand jedoch, daß der Stundenplan auch französische Geschichte des Mittelalters enthalten sollte.

Lady Harriet war erfreut über die Veränderung, die sie bei Lavinia feststellte. Sie schickte nach mir, und ich trank mit ihr und Lavinia Tee. Fabian war zu Hause, leistete uns aber nicht Gesellschaft. Lady Harriet stellte mir eine Reihe Fragen über die Schule, und sie hörte mit sichtlichem Wohlwollen zu.

Von Mrs. Janson erfuhr ich, daß sich Miss Lucille verrückter gebärde denn je. Einige Dienstboten hatten sie umherwandern sehen wie ein Gespenst. Sie sagten, sie habe jegliches Zeitgefühl verloren, und man höre sie oft nach ihrem Liebsten rufen.

Ich erneuerte auch meine Bekanntschaft mit Dougal Carruthers, der wieder sehr liebenswürdig zu mir war. Ich war jetzt achtzehn Jahre alt – man könnte sagen erwachsen –, und Dougals Benehmen mir gegenüber war leicht verändert, was ich sehr genoß.

Auch Fabian verhielt sich mir gegenüber anders als früher. Er nahm mehr Notiz von mir und stellte Fragen über das Château.

Wir vier ritten zusammen aus. Ich sah, daß Lavinia sich ärgerte, weil Dougal mehr mit mir sprach als mit ihr. Es war das erste

Mal, daß ein junger Mann sich für mich interessierte, und das paßte Lavinia nicht. »Er ist bloß höflich«, sagte sie. Wenn wir ausritten, bemühte sie sich, an seine Seite zu kommen, so daß ich neben Fabian ritt. Ich hatte stets das Gefühl, daß er immer noch wegen des weit zurückliegenden Vorfalls, als er mich entführt hatte, ein wenig verlegen war und sich schämte.

Ich freute mich, eine Woche zu Polly fahren zu dürfen. Sie tat, als sei sie von meinem Anblick geblendet. »Meiner Treu, dich hat man ja wirklich geschliffen! Ich kann vor lauter Funkeln nichts sehen.«

Mit den beiden Mietshäusern lief alles gut. Polly und Eff waren nun recht wohlhabend und galten in der Nachbarschaft als gutbetuchte Damen. Die Mieter zahlten gut, und Eff hatte schon ein weiteres Haus in derselben Zeile im Auge. »›Expansion‹ nennt sie es. Vater hat immer gesagt, daß Eff ein Händchen fürs Geschäft hat.«

»Parterre Nummer zweiunddreißig« waren vor einigen Monaten ausgezogen, und der Abschied war ein bißchen schmerzlich gewesen, wegen des Knirpses. Aber mit Mr. und Mrs. Collett hatten sie einen guten Ersatz gefunden, ein anständiges Ehepaar, leider zu alt für Kinder, aber man mußte sich mit dem begnügen, was einem beschieden war.

Es tat gut, mit Polly zusammen zu sein, und es war wunderbar tröstlich zu wissen, daß das Band zwischen uns so stark war wie eh und je. Ich sagte ihr traurig Lebewohl, wußte ich doch, daß ein ganzes Jahr vergehen würde, bis ich sie wiedersah.

Im September kehrten wir nach Lamason zurück. Françoise war fort und hatte ihren reichen Alphonse unterdessen wohl schon geheiratet. Ihren Platz in unserem Schlafzimmer nahm Janine Fletcher ein. Ich wußte nicht, ob mich das freuen oder verdrießen sollte, denn ich war immer noch nicht sicher, ob ich Janine mochte oder nicht. Françoise war eine gute Gefährtin gewesen, sie war unterhaltsam, und ihre Kenntnisse vom Château hatten uns über die Anfangsschwierigkeiten hinweggeholfen. Wie sie sich lässig mit ihrem Schicksal abfand, ihre philosophische Lebensanschauung, ihr Realismus und ihre unsentimentale Art hatten mir gefallen, und ich bildete mir ein, viel von ihr gelernt zu haben. Gerda dagegen war nicht gerade eine interessante Zimmergenossin. Ihre Versessenheit aufs Essen hatte mich immer gelangweilt; sie schien zu phlegmatisch und zu sehr auf ihr leibliches Wohl bedacht zu sein, aber sie war niemals gehässig, sondern von Grund auf gutmütig. Lavinia war nach wie vor meine Vertraute – und nun war Janine bei uns.

Ihre Anwesenheit veränderte die Atmosphäre unseres Zimmers. Mit Françoise war es heimelig und recht aufregend gewesen, jetzt hatte ich das Gefühl, daß so etwas wie Feindseligkeit eingezogen sei. Von Anfang an bestand zwischen Janine und Lavinia eine Rivalität, und das Fatale war, daß Janine sich dies nur selten anmerken ließ. Es kam lediglich hin und wieder zum Ausbruch; dann verlor Lavinia die Beherrschung, und Janine erging sich in hinterhältigen Sarkasmen.

Janine war unansehnlich, somit hatte sie etwas mit mir gemein. Sie hatte dünne, glatte rötliche Haare, die selten ordentlich frisiert waren; ihre Augen waren klein, von einem sehr hellen Blau, und ihre feinen Augenbrauen verliehen ihr den Ausdruck ständigen Staunens.

Janine suchte meine Freundschaft. Gerda interessierte sich hauptsächlich für sich selbst; ihre Augen nahmen einen abwesenden Ausdruck an, wenn andere Themen als das Essen zur Sprache kamen. Aber sie machte nie Stunk, trug jedoch auch nie etwas zur Geselligkeit bei.

Lavinia schwärmte nach wie vor für Monsieur Dubois, vielleicht, weil außer Signor Paradetti kein anderer Mann in Reichweite war. Janines Lippen zuckten jedesmal, wenn von ihm die Rede war.

Lavinia war eine ausgezeichnete Tänzerin, und Monsieur Dubois nahm sie immer noch als Partnerin, wenn er einen Tanzschritt vorführen wollte. Lavinia kostete das aus, sie drehte sich, wiegte sich und drückte sich enger als nötig an Monsieur Dubois. Sie hob ihre schönen Augen zu ihm auf und senkte dann die Lider, um ihre langen geschwungenen Wimpern zu zeigen, die allein schon genügt hätten, um sie zu einer Schönheit zu machen.

»Monsieur Dubois ist der geborene Charmeur«, sagte Janine. »Das gehört zu seinem Beruf. Er weiß natürlich genau, mit welchen Mädchen er flirten kann. Mit einigen würde er es nicht wagen. Bei der Prinzessin seht ihr ihn es nie versuchen, oder?«

Die Prinzessin gehörte dem Herrscherhaus irgendeines mitteleuropäischen Landes an, und Madame war besonders stolz auf sie.

»Ich nehme kaum an, daß er Lust darauf hat«, sagte Lavinia.

»Meine Liebe, Lust hat er auf keine von uns. Es ist bloß seine Art, uns bei Laune zu halten. Wenn er sieht, daß ein Mädchen flirten möchte, dann flirtet er. Dafür wird er bezahlt.«

Lavinia war nicht besonders geschickt in der Konversation, und Janine war zu schlau für sie. Sie zog bei solchen Wortgefechten fast immer den kürzeren. Aber sie ließ nicht davon ab, dem Tanzlehrer Avancen zu machen. Sie war die beste Tänzerin und die bemerkenswerteste Schönheit der Schule. Sie stand nun in der vollsten Blüte ihrer Jugend. Neunzehn Jahre alt, mit runden Hüften, vollbusig, mit zierlicher Taille. Manchmal ließ sie ihre Haare, mit einer Schleife zusammengefaßt, auf den Rücken fallen, manchmal steckte sie sie hoch, so daß sich nur kleine Strähnen an ihren weißen Nacken schmiegten.

Eines Tages kam Janine ganz aufgekratzt ins Zimmer. Sie wartete, bis auch Lavinia da war, bevor sie erzählte, was sie so amüsierte. Sie hatte heimlich auf Monsieur Dubois gewartet und war ihm in sicherem Abstand nach Hause gefolgt. Sie hatte sein Heim, seine Frau und seine vier Kinder gesehen und die Begrüßung zwischen ihm und seiner Frau belauscht. »Sie haben sich umarmt wie Liebende nach monatelanger Trennung«, sagte sie. »›Wie war es heute, Henri?‹ – ›Nicht schlecht... gar nicht schlecht, *mon chou*.‹ – ›Wie viele alberne Mädchen waren heute hinter dir her?‹ – ›Oh, die üblichen. Es ist immer dasselbe. So was Fades! Du mußt es ertragen, mein Engel. Ich muß die kleinen Mädchen bei Laune halten. Es hat nichts zu bedeuten... Es gehört einfach zu meiner Arbeit, das ist alles.‹«

»Das glaube ich nicht«, ereiferte sich Lavinia.

Janine zuckte mit den Achseln, als sei es belanglos für sie, ob Lavinia es glaubte oder nicht.

»Du bist anders als die anderen«, sagte Janine ein andermal zu mir. »Die meisten sind alberne, frivole Nullen. Und wie du deine Freundin Lavinia ertragen kannst, ist mir unbegreiflich.«

»Ich kenne sie von klein auf.«

»Schon viel zu lange«, bemerkte Janine trocken.

»Ihre Mutter bezahlt einen Teil meines Schulgeldes. Mein Vater kann es sich nicht leisten, mich hierher zu schicken. Du hast recht, ich bin anders als die anderen. Ich bin nicht reich und nicht für eine gute Partie bestimmt.«

»Danke deinem Schicksal dafür!«

Janine verstand es, uns unsere Geheimnisse zu entlocken. Oft staunte ich selbst, wie offen ich mich ihr gegenüber verhielt. Sie war eine aufmerksame Zuhörerin, was bei egozentrischen Mädchen selten ist. Schon bald gab ich ihr eine ausführliche Beschreibung von Lady Harriet und unserem Dorf.

»Verwöhntes Gör«, äußerte sie sich über Lavinia. »Sie ist sinnlicher, als ihr guttut. Es würde mich nicht wundern, wenn sie früher oder später in Schwierigkeiten kommt. Sie ist so hinter den Männern her. Man braucht sich bloß anzusehen, wie sie sich Monsieur Dubois an den Hals wirft.«

»Es hat ihr nicht gefallen, was du von ihm und seiner Frau erzählt hast. Ist es wahr?«

Sie lachte. »Gewissermaßen.«

»Du hast geschwindelt!«

»Ich bin sicher, daß es ungefähr so zugeht. Ich hab' sie zusammen auf dem Markt gesehen. Sie haben sich sehr gern. Es muß ihn langweilen, wie ihm die albernen schwärmerischen Mädchen nachlaufen, und sie muß dankbar sein, einen so begehrenswerten Mann zu haben.«

Janine erzählte mir von sich. Ich wußte nicht, ob ich ihr alles glauben sollte. Es war eine sehr romantische Geschichte. Sie galt als der uneheliche Abkömmling zweier hochgestellter Persönlichkeiten und ließ etwas von königlichem Geblüt verlauten.

»Sie konnten nicht heiraten. Mein Vater mußte aus politischen Gründen eine hochadelige Ehe eingehen. So ist es nun mal mit den Majestäten. Meine Mutter war Hofdame der Königin. Auch sie mußte sich in hochstehenden Kreisen vermählen. Ich kam in einem Hospital zur Welt, das von meiner sogenannten Tante Emily geleitet wurde. Sie ist nicht meine richtige Tante, aber ich wuchs bei ihr auf und habe immer Tante Emily zu ihr gesagt. Ich sollte die allerbeste Erziehung bekommen. Meine Eltern bezahlten sie, aber ich sollte glauben, daß ich alles Tante Emily verdanke. Sie hat gute Verbindungen zum Königshaus. Sie gilt als diskret. Zu ihr kommen die Leute, wenn sie nicht wollen, daß es bekannt wird…«

Ich fand das sehr interessant, glaubte es aber nur halb. Janine tat mir leid. Immer versuchte sie, sich etwas zu beweisen. Sie war bei den anderen Mädchen nicht sehr beliebt, da sie jedoch das Zimmer mit uns teilte, war ich mehr mit ihr zusammen als mit den anderen.

Es geschah nach unserer Rückkehr von England an einem herrlichen Spätherbstnachmittag. Wir waren mit dem offenen Wagen in die Stadt gefahren und hatten uns dann zerstreut. Ich war mit Janine, Lavinia und einem Mädchen namens Marie Dallon in der *pâtisserie*. Wir hatten uns Kuchen ausgesucht und saßen draußen in der Sonne. Charles, der *garçon,* hatte uns unseren Kaffee gebracht.

Wir lachten miteinander, als ein Herr vorüberkam. Er blieb stehen und sah lächelnd zu uns herüber. Lavinia lächelte sogleich zurück, denn er, ein dunkler, italienischer Typ, sah sehr gut aus. Sein Blick ruhte auf Lavinia, aber daran war ja nichts Ungewöhnliches.

»Guten Tag«, sagte er. »Verzeihen Sie mir! Ich war ganz bezaubert. Ich hörte Ihr Lachen und sah Sie alle dort sitzen, und Sie wirkten so fröhlich. Es ist unverzeihlich von mir, aber bitte, vergeben Sie mir!«

»Ihnen ist schon vergeben«, sagte Lavinia mit einem strahlenden Lächeln.

»Das freut mich ungemein.«

Ich dachte, er würde sich verbeugen und weitergehen, aber das tat er mitnichten. Er sah Lavinia unverwandt an.

»Sagen Sie mir«, fuhr er fort, »sind Sie nicht die jungen Damen vom Château?«

»Ganz recht«, erwiderte Lavinia.

»Ich bin gerade hier angekommen… auf dem Weg nach Paris. Und ich sehe, es ist alles wie früher. Wie schön! *Les jeunes filles du château* gibt es nach wie vor, und sie werden immer reizender. Ich habe eine Bitte.«

Wir sahen ihn fragend an.

»Darf ich noch einen Moment hierbleiben und Sie ansehen... und mich vielleicht ein wenig mit Ihnen unterhalten?«

Janine, Marie und ich sahen uns etwas unbehaglich an. Weiß der Himmel, was geschehen würde, wenn wir beim Gespräch mit einem fremden Mann entdeckt würden. Es verstieß gegen die Vorschriften von Lamason, und die Lehrerin, die uns mitgenommen hatte, konnte jeden Augenblick auftauchen.

Lavinia aber sagte: »Wenn Sie sich unsichtbar machen können, sobald unser Drachen von einer Lehrerin in Sicht kommt, bitte. Sie müssen aber sofort aufhören, mit uns zu sprechen, wenn sie naht. Dann können wir sagen, Sie hätten sich hierhergesetzt, nachdem uns der Kaffee schon serviert worden war, so daß wir nicht fortkonnten.«

»Welch köstliche List!« Er setzte sich. Der *garçon* kam, und er bestellte Kaffee.

»Ich glaube, wir sind außer Gefahr«, sagte Lavinia. Sie stützte sich mit den Armen auf den Tisch und musterte den Herrn forsch. Ihre Haltung hatte etwas Herausforderndes.

»Ich werde aufpassen, und sobald Ihr Drachen erscheint, werde ich meine magischen Kräfte aufbieten und mich unsichtbar machen.«

Lavinia lachte, sie warf ihren Kopf zurück und zeigte ihre herrlichen Zähne.

»Jetzt müssen Sie mir vom Château Lamason erzählen. Sind die Vorschriften dort sehr streng?«

»Schon, aber nicht so schlimm wie auf einer normalen Schule«, sagte Lavinia.

»Und darüber sind Sie gewiß sehr froh?«

»O ja«, sagte ich. »Das ermöglicht uns zum Beispiel, in die Stadt zu kommen, so wie jetzt.«

»Und interessante Leute kennenzulernen«, ergänzte Lavinia und lächelte ihn an.

Er fragte uns ausgiebig über das Château aus und stellte sich uns als Comte de Borgasson vor. Sein Schloß sei gut achtzig Kilometer von hier entfernt. Es sei auch eines von denen, die von der Revolution verschont geblieben waren, ein großes Anwesen, zu dem auch Weingärten gehörten. Er sei unverheiratet, sein Vater sei kürzlich gestorben, und er habe den Titel und die Güter geerbt.

»Meine Studentenzeit ist vorüber«, sagte er. »Jetzt beginnt der Ernst des Lebens.«

Es war eine abenteuerliche Begegnung. Lavinia genoß sie sehr, zumal er deutlich gezeigt hatte, daß sie es war, der sein Interesse galt.

Als wir Mademoiselle kommen sahen, standen wir ganz unschuldig auf, sagten unserem gutaussehenden Tischgefährten unauffällig adieu und trafen uns mit den anderen beim Wagen.

Lavinia drehte sich um, als wir einstiegen. Der Comte hob seine Hand. Auf der Rückfahrt zum Château lächelte Lavinia still in sich hinein.

Als wir das nächste Mal in die Stadt fuhren, sahen wir den Comte wieder, und er trank abermals mit uns Kaffee. Diesmal setzte er sich im Café direkt neben Lavinia.

Weil ich sie so gut kannte, ahnte ich, daß sie ein Geheimnis hatte. Sie verschwand jetzt häufig, und wir wußten nicht, wohin. Sie war geistesabwesend und schien für Monsieur Dubois' Reize nicht mehr empfänglich. Sie tanzte zwar mit Hingabe, legte es aber nicht mehr darauf an, von ihm herangezogen zu werden.

Den Comte sah ich nicht wieder. Ich vergaß ihn, bis ich ihm eines Tages im neuen Jahr in der Nähe des Châteaus begegnete. Er lächelte mich ziemlich geistesabwesend an, als versuche er, sich zu erinnern, wer ich war. Das wunderte mich nicht, denn bei unseren Begegnungen hatte er nur Augen für Lavinia gehabt.

Die befand sich in einer ständigen Euphorie; sie nörgelte nicht mehr so viel, und oft saß sie da, zwirbelte eine Haarlocke und starrte lächelnd ins Weite.

Eines Tages fragte ich sie, was los sei.

Sie bedachte mich mit einem verächtlichen Blick. »Ach, *du* würdest es ja doch nicht verstehen.«

»Wenn es so kompliziert ist, wundert es mich, daß du es verstehst.«

»Dies sind keine dummen Schularbeiten. Es geht um das Leben.«

»Ach so«, gab ich zurück. »Hat etwa Monsieur Dubois entdeckt, daß er seine Frau und seine vier Kinder nicht mehr liebt?
Träumt er nun nur noch von dir?«

»Sei nicht albern! Monsieur Dubois! Dieser kleine Tanzlehrer!
Glaubst du, der ist ein richtiger Mann? Na ja, vielleicht glaubst
du's, du weißt ja so wenig von den Männern.«

»*Du* weißt natürlich eine Menge über sie.«

Sie lächelte in sich hinein.

»Es hat also etwas mit Männern zu tun«, sagte ich.

»Pst!« gab sie gutgelaunt zurück.

Eines Tages, als wir alle in die Stadt fuhren, kam sie nicht mit. Sie
sagte, sie habe Kopfschmerzen. Ich hätte ihr nicht glauben sollen, denn sie sah dabei sehr strahlend aus. Als wir zurückkehrten, war sie nicht in unserem Zimmer, und als sie nach geraumer
Zeit kam, war sie hochrot. Ich kann heute nicht begreifen, wieso
ich so blind war. Ich hatte das alles schließlich schon einmal gesehen, damals, mit Jos.

Janine erzählte mir, sie habe den Comte gesehen. Er sei ganz in
der Nähe des Châteaus gewesen und scheine sie nicht erkannt zu
haben. »Er sah aus, als habe er was vor«, sagte sie.

Ein paar Tage später war ich mit Lavinia allein, und ich erzählte
ihr, daß Janine den Comte gesehen hatte. Sie schmunzelte und
sagte: »Kannst du ein Geheimnis für dich behalten?«

»Natürlich. Worum geht's?«

»Ich werde heiraten.«

»Natürlich wirst du heiraten, sobald Lady Harriet einen Mann
für dich gefunden hat.«

Sie schüttelte den Kopf. »Glaubst du, ich finde ihn nicht allein?«

»Du machst allerdings den Eindruck, als wärst du auf der Suche.«

»Ich mußte nicht sehr lange warten.«

»Was soll das heißen?«

»Ich werde den Comte heiraten.«

»Den Comte de Borgasson, den Mann, der uns in der Stadt ange-
sprochen hat?«

Sie nickte selig.

»Und was ist mit deiner Mutter?«

»Sie wird entzückt sein.«

»Hast du sie verständigt?«

»Nein, Jean Pierre meint, es sei noch zu früh. Wir müssen uns erst überlegen, wie wir es ihr am besten beibringen.«

»Jean Pierre?«

»Der Comte natürlich, Dummchen. Stell dir vor, ich werde die Comtesse de Borgasson sein und in einem herrlichen Château leben! Er ist sehr reich. Er wird nach England kommen und Mama seine Aufwartung machen. Er hat gleich am ersten Nachmittag gemerkt, daß ich die Richtige für ihn bin. Ist das nicht wundervoll?«

»Also, das hört sich an wie…«

»Wie was? Bist du neidisch, Deborah?«

»Natürlich nicht.«

»Solltest du aber. Alle werden mich beneiden.«

»Aber du kennst ihn doch kaum!«

Sie machte ein sehr erfahrenes Gesicht. »Es kommt nicht darauf an, wie lange man jemanden kennt. Es kommt darauf an, wie gut man ihn kennt. Erzähl's niemandem, vor allem nicht Janine.«

»Warum müßt ihr es geheimhalten?« fragte ich.

»Bloß noch für kurze Zeit. Ich hätte es dir nicht sagen sollen, aber du kennst mich ja, ich muß dir einfach alles erzählen.«

Sie war überglücklich. Zu mir war sie viel netter als sonst. Sie kam nachmittags nicht mehr im Wagen mit uns in das Städtchen, und ich vermutete, daß sie statt dessen heimliche Stelldicheins mit dem Comte hatte. Mir war nicht ganz wohl bei dem Gedanken.

Janine sagte: »Was ist mit Lavinia los? Sie hat sich verändert.«

»So?« fragte ich unschuldig.

»Sag bloß nicht, daß es dir nicht aufgefallen ist. Irgendwas ist geschehen«, sagte die allessehende Janine. Ihre maßlose Neugierde war geweckt.

Eines Tages sah Lavinia sehr blaß aus, sie war geistesabwesend, und wenn man sie ansprach, schien sie einen gar nicht zu hören. Ich dachte, mit der Romanze müsse etwas schiefgegangen sein, und wollte sie schon fragen, als sie sagte, sie wolle dringend mit mir sprechen.

»Komm mit in den Garten!« sagte sie. »Dort können wir leichter miteinander reden.«

Es war Februar und sehr kalt. Die Sommer waren hier zwar heißer als in England, dafür konnten aber die Winter auch viel kälter sein. In der warmen Jahreszeit prunkten die Gärten üppig mit Bougainvilleas, Oleander und Blüten in allen Farben. Aber jetzt war Winter und die Wahrscheinlichkeit, im Garten gestört zu werden, sehr gering.

»Na, was gibt's?« fragte ich Lavinia.

»Es geht um den Comte«, erwiderte sie.

»Ich sehe dir an, daß es keine gute Nachricht ist. Hat er die Verlobung gelöst?«

»Nein. Ich seh' ihn einfach nicht mehr.«

»Vermutlich wurde er wegen wichtiger Geschäfte abberufen.«

»Das hätte er mir doch gesagt. Wir waren verabredet.«

»Wo?«

»Bei der kleinen Hütte. Du kennst sie... ungefähr einen Kilometer von hier im Wald.«

»Der baufällige alte Schuppen! Dort habt ihr euch also immer getroffen?«

»Dort kommt niemand vorbei.«

Mir wurde sehr unbehaglich zumute. Das sah ganz so aus wie die Affaire mit Jos.

»Und er ist nicht gekommen...«

Sie schüttelte den Kopf und versuchte, die Tränen zurückzuhalten.

»Wie lange hast du ihn nicht mehr gesehen?«

»Drei Wochen.«

»Das ist eine lange Zeit. Aber es taucht immer wieder ein anderer auf. Wenn nicht, wirst du dich doch um Monsieur Dubois bemühen müssen.«

»Du hast keine Ahnung.« Sie sah mich eindringlich an, und dann platzte sie heraus: »Ich glaub', ich bekomme ein Kind.«

Ich starrte sie entgeistert an. Mein erster Gedanke galt Lady Harriet. Ihr Entsetzen, ihre Vorwürfe. Sie hatte Lavinia fortgeschickt, um sie vor solchen Dingen zu bewahren, und mir war aufgetragen worden, auf sie aufzupassen.

Ich sagte: »Du mußt ihn heiraten... sofort.«

»Ich weiß nicht, wo er ist.«

»Wir müssen ihm eine Nachricht auf sein Château schicken.«

»Ich habe ihn seit drei Wochen nicht gesehen. Ach Deborah, was soll ich tun?«

Sie tat mir augenblicklich leid. Ihre ganze Überheblichkeit war wie weggeblasen. Sie hatte nur noch Angst, und ich war geschmeichelt, daß sie sich an mich um Hilfe wandte. Sie sah mich vertrauensvoll an, als würde mir bestimmt eine Lösung einfallen.

»Wir müssen ihn finden«, sagte ich.

»Er hat mich so geliebt, Deborah. Mehr als irgendeine, die er gekannt hat. Er sagte, ich sei die schönste Frau, die er je gesehen hat.«

»Ich glaube, das sagen sie alle zu jeder.« Es war als scharfe Erwiderung gedacht, doch ich sprach sanft, denn es hat etwas durchaus Mitleiderregendes, wenn der Hochmut zu Fall kommt. Lavinia war vollkommen verängstigt, das allerdings zu Recht.

»Deborah«, bat sie, »du wirst mir doch helfen?«

»Wir müssen uns etwas überlegen«, sagte ich.

Sie klammerte sich verzweifelt an mich. »Ich weiß nicht, was ich tun soll. Du hilfst mir doch, nicht wahr? Du bist so klug.«

»Ich werde alles tun, was ich kann.«

»O danke dir, Deborah. Danke!«

Ihr Problem ließ mich nicht mehr los. Als erstes mußten wir den Comte finden. Am Nachmittag fuhr ich im Wagen mit den Mädchen in die Stadt. Lavinia blieb zurück. Sie sagte wieder, sie habe Kopfschmerzen. Vielleicht waren sie diesmal echt.

Ich suchte mir Kuchen aus, und als der *garçon* den Kaffee brachte, nahm ich die Gelegenheit wahr, mit ihm zu sprechen.

»Kennen Sie Borgasson?« fragte ich.

»O ja, Mademoiselle. Es liegt etwa achtzig Kilometer von hier. Wollen Sie etwa einen Ausflug dorthin machen? Es lohnt kaum einen Besuch.«

»Dort gibt es ein altes Château, es gehört dem Comte de Borgasson.«

»O nein, Mademoiselle, dort ist kein Château. Der Ort besteht nur aus ein paar kleinen Bauernhöfen und etlichen winzigen Häusern. Es ist nur ein Dorf... Nein, ein Besuch lohnt nicht.«

»Wollen Sie damit sagen, es gibt kein Château de Borgasson?«

»Bestimmt nicht. Ich kenne den Ort. Mein Onkel lebt dort.«

Da wurde mir klar, was geschehen war. Lavinia war von einem falschen Comte hereingelegt worden. Jetzt kam mir die Schwierigkeit ihrer Lage voll zu Bewußtsein.

Ich mußte es ihr sagen. »Charles, der *garçon*, sagt, es gibt kein Château in Borgasson und keinen Comte. Du bist betrogen worden.«

»Das kann ich nicht glauben.«

»Du solltest der Wahrheit lieber ins Gesicht sehen, Lavinia! Er hat dir die ganze Zeit etwas vorgemacht. Er wollte dich nur dazu bringen zu tun, was du getan hast. Nur deswegen hat er vom Heiraten gesprochen.«

»Das kann nicht wahr sein.«

»Lavinia, je eher du den Tatsachen ins Gesicht siehst, desto besser, denn um so leichter wird es für uns sein. Wir müssen die Dinge so sehen, wie sie wirklich sind und nicht, wie du sie haben möchtest.«

Ihre Veränderung fiel den Leuten auf. Sie sah blaß aus und hatte Schatten unter den Augen. Miss Ellmore sagte zu mir: »Ich glaube, Miss Lavinia fühlt sich nicht wohl. Vielleicht sollte ich es Madame melden. Es gibt hier einen guten Arzt, er ist ein Freund von Madame...«

Als ich es Lavinia erzählte, geriet sie in Panik. »Du mußt dich zusammenreißen«, sagte ich. »Es wäre fatal, wenn sie den Doktor kommen ließe. Dann würden es alle erfahren.«

Sie gab sich Mühe, trotzdem war sie bleich und matt.

Ich erzählte Miss Ellmore, daß es Lavinia merklich besser gehe. »Junge Mädchen haben ab und zu solche Phasen«, sagte Miss Ellmore; damit hatten wir diese Hürde überwunden.

Es war freilich unvermeidlich, daß Janine etwas merkte.

»Was fehlt unserer untröstlichen Maid?« fragte sie. »Hat der feine Comte sie versetzt? Haben wir es mit den Symptomen eines gebrochenen Herzens zu tun?«

Plötzlich kam mir der Gedanke, daß die weltgewandte Janine

uns vielleicht helfen könnte, und ich fragte Lavinia, ob ich es ihr erzählen dürfe.

»Sie haßt mich«, sagte Lavinia. »Sie würde mir niemals helfen.«

»Doch, bestimmt. Sie hat dich gehaßt, weil du attraktiver warst als sie. Jetzt, wo du in Schwierigkeiten steckst, wird sie dich nicht mehr hassen. So sind die Menschen. Sie mögen ihre Mitmenschen viel lieber, wenn sie versagen. Und sie könnte uns vielleicht helfen.«

»Gut, dann erzähl's ihr. Aber laß sie schwören, es sonst niemandem zu verraten.«

»Überlaß das nur mir!« sagte ich.

Ich ging zu Janine. »Schwörst du, es keiner Menschenseele zu verraten, wenn ich dir was erzähle?«

Ihre Augen glitzerten bei der Aussicht auf ein Geheimnis. »Ich versprech's«, sagte sie.

»Lavinia steckt in schrecklichen Schwierigkeiten.«

Ich muß sagen, die Freude, die in Janines Augen aufleuchtete, behagte mir nicht. »Und, und?« drängte sie.

»Der Comte war gar keiner und ist verschwunden.«

»Ich hab' immer gewußt, daß der nicht echt ist. Das ganze Gerede von wegen Titel und Güter... Und weiter?«

»Sie bekommt ein Baby.«

»Was?«

»Leider.«

»Meine Güte! Eine schöne Bescherung! Na ja, geschieht ihr ganz recht. Die war für jeden zu haben. Sie mit ihrer Vorliebe für das andere Geschlecht.«

»Was sollen wir tun?«

»Wir?«

»Wir müssen ihr helfen.«

»Warum gerade wir? Sie war nie besonders nett zu uns.«

»So ist sie eben. Aber jetzt ist sie ganz anders.«

»Natürlich.« Janine überlegte. »Was sollen wir tun? Wir können nicht das Baby an ihrer Stelle kriegen.«

»Es wird einen fürchterlichen Skandal geben. Du kannst dir nicht vorstellen, wie ihre Mutter ist. Ich hab' Lavinia überredet, dich einzuweihen, weil ich dachte, du könntest ihr helfen.«

Ich sah, daß Janine geschmeichelt war. Sie fing an zu lachen.
»Ich mußte gerade daran denken, was das für 'nen Wirbel gäbe.
Geschieht Madam Lavinia ganz recht. Wenn man bedenkt, wie
arrogant sie war, erhaben über uns alle... und nun das. Hochmut kommt vor dem Fall. Schätze, jetzt ist es aus mit der großartigen Partie, die ihre Mama für sie im Sinn hatte. Wohlhabende
Gentlemen bilden sich gern ein, daß sie eine Jungfrau bekommen.«
»Janine, bitte, versuch ihr zu helfen!«
»Was kann denn ich tun?«
Ich griff zu der Taktik, die Lavinia bei mir anzuwenden pflegte.
»Du bist klug. Du kennst dich in der Welt aus. Dir fällt bestimmt
was ein.«
»Hm«, meinte sie widerwillig, »vielleicht.«

Janine nahm sich der Sache tatsächlich an. Sie sprach mit Lavinia, wollte wissen, wann ungefähr das Baby kommen würde,
und als Lavinia ausrechnete, daß es wohl im August so weit sein
werde, meinte Janine weise: »Das ist in den Ferien. Ein Glück.«
Wir sahen sie erwartungsvoll an.
»Dann hast du die Chance«, erklärte sie, »das Kind zu bekommen, ohne daß es jemand erfährt.«
»Wie das?« fragte die neuerdings demütige Lavinia.
»Wenn du hier Anfang Juli, wenn das Halbjahr zu Ende ist, abreist... Meine Güte, das sind noch fünf Monate. Können wir es
so lange verheimlichen?«
»Wir müssen«, sagte ich.
»Ich kann's. Ich kann's«, sagte Lavinia wie eine Ertrinkende, die
sich an einen Rettungsring klammert, den man ihr soeben zugeworfen hat.
»Meine Tante Emily...«, begann Janine.
Ich wandte mich aufgeregt an Lavinia. »Janines Tante leitet ein
Hospital, wo Frauen entbunden werden... unter anderem.«
Lavinia faltete die Hände wie zum Gebet.
»Tante Emily ist sehr diskret«, fuhr Janine fort.
»Wo ist das?«
»Nahe beim New Forest.« Janines Augen funkelten. »Hör zu!

Da gehen wir hin. Du mußt deiner Familie erzählen, du seist über die Ferien eingeladen... sagen wir, bei der Prinzessin.«

»Das würde Lady Harriet freuen«, sagte ich.

»Und du gehst von Lamason aus dorthin, wenn das Schuljahr zu Ende ist.«

Lavinia nickte aufgeregt.

»Ich schreib' meiner Tante und frag' sie, ob sie dich aufnimmt. Wenn ja, fahren wir von hier aus in ihr Hospital, und dort bekommst du dein Baby.«

»Großartig«, rief Lavinia. »Danke, Janine!«

»Und wenn das Baby geboren ist?« fragte ich.

Lavinia machte ein langes Gesicht.

»Dann wird es adoptiert«, sagte Janine. »Du wirst Geld brauchen...«

»Das läßt sich machen«, meinte Lavinia. Ich wußte, daß sie im Geiste schon einen Brief an ihre Mutter aufsetzte. Sie würde bei einer hochachtbaren Prinzessin weilen und brauche daher neue Kleider – französische Kleider, und die seien ziemlich teuer. Lady Harriet wiederum würde entzückt sein, daß ihre Tochter eine Persönlichkeit von königlicher Abkunft besuchte.

Janines Hilfe brachte uns einen Schritt weiter. Aber noch wichtiger war wohl, wo wir anschließend das Baby lassen sollten.

Da kam mir eine glänzende Idee. Mir fielen Polly und Eff ein, mit ihren »Knirpsen«. Polly würde alles tun, um mir zu helfen, aber sie würde nicht bereit sein, etwas für Lavinia zu tun, die sie nie hatte leiden können. Ich dachte mir, sie würde Lavinia nicht ungern in dem Schlamassel sehen, den sie ihr prophezeit hatte. Wenn *ich* sie jedoch bat, würde sie sicher helfen.

Lavinia war unendlich erleichtert, als ich ihr meinen Plan erzählte. Sie sagte, sie wisse nicht, was sie ohne uns tun würde, und wir seien ihre besten Freundinnen.

Es war erstaunlich, sie so unterwürfig zu sehen. Und von nun an waren wir drei Verschwörerinnen.

Ich muß sagen, Lavinia spielte ihre Rolle gut, was nicht leicht gewesen sein kann. Man sorgte sich zwar etwas um ihre Gesundheit, doch ihr wahrer Zustand blieb unseren Vorgesetzten verborgen. Ich saß auf glühenden Kohlen, ob sie etwas ahnten. Wir kauften auf dem Markt einen weiten Rock, der alles verbarg. Der Frühling kam, und Lavinia überwand sich, draußen vor der *pâtisserie* zu sitzen, ohne von bitteren Erinnerungen heimgesucht zu werden.

Wir drei konnten das Ende des Schuljahres kaum erwarten, um unseren Plan in die Tat umzusetzen. Janine hatte eine Antwort von ihrer Tante Emily erhalten. Sie schrieb, dies sei nicht das erste Mal, daß einem unachtsamen Mädchen wie Lavinia so etwas zustoße, und wir könnten uns auf sie verlassen.

Polly schrieb, daß sie und Eff das Baby selbstverständlich aufnehmen würden. Erst später stellte sich heraus, daß Polly ihre Hilfe so unverzüglich angeboten hatte, weil sie geglaubt hatte, es sei mein Kind.

Die Wochen vergingen. Bald würden wir abreisen, um den ersten Teil unseres Vorhabens in die Tat umzusetzen. Manchmal fragte ich mich, ob Madame wohl etwas ahnte. Sie sagte nichts, aber ich dachte mir, daß es ihr nur recht sei, wenn das, was immer vorgehen mochte, sich außerhalb von Lamason abspielte. Sie wünschte keinen Skandal in ihrem untadeligen Institut.

Dann kam der Tag, an dem wir unseren Mitschülerinnen Lebewohl sagten, Adressen austauschten und versprachen, zu schreiben oder uns zu besuchen, falls unser Weg uns in die Nähe führte. Wir reisten mit Miss Ellmore nach England zurück. Ich sah ihren Blick ein-, zweimal nachdenklich auf Lavinia ruhen, und wir hielten den Atem an. Hatte sie etwas bemerkt? Aber wie Madame wünschte auch Miss Ellmore keine Komplikationen, solange wir in ihrer Obhut waren. Wir hatten ihr weisgemacht, daß wir zunächst einen kurzen Besuch bei Janine zu Hause machen würden, und damit gab sie sich zufrieden. Als sie uns in den Zug gesetzt hatte, waren wir fast hysterisch vor Erleichterung. Wir lachten und lachten und konnten gar nicht mehr aufhören. Lavinia schien guter Dinge. Sie war einer drohenden Katastrophe entkommen und hatte das uns zu verdanken.

Alsbald kamen wir in Candown in der Nähe des New Forest an. Das Hospital hieß The Firs. Es war ein großes weißes Gebäude inmitten von Bäumen. Tante Emily empfing uns freundlich, und ihre Augen wanderten sogleich zu Lavinia.

»Wir bringen Sie in Ihr Zimmer«, sagte sie. »Sie, Miss Delany, können bei Miss Framling wohnen. Janine wird Ihnen Ihre Unterkunft zeigen, und dann muß ich mich mit Miss Framling unterhalten. Doch zuerst machen Sie es sich hübsch behaglich.«

Tante Emily war eine große Frau von einem heiteren Wesen, das nicht ganz zu ihrer übrigen, leicht salbungsvollen Natur paßte. Sie hatte aschblonde Haare und durchdringende blaugrüne Augen. Ich dachte, so wird Janine in dreißig Jahren aussehen, und ich konnte nicht glauben, daß sie nicht blutsverwandt waren. Trotz ihrer Bemühungen, Behaglichkeit auszustrahlen, hatte sie etwas Herbes an sich, eine gewisse Kälte in den Augen, und ihre energische Nasenspitze verlieh ihrem Gesicht einen wachsamen Ausdruck. Sie erinnerte mich an einen Vogel – eine Krähe oder, dachte ich mit Unbehagen, einen Geier.

Doch wir hatten den scheinbar riskantesten Teil des Abenteuers erfolgreich bestanden und mußten froh darüber sein.

Janine führte uns in unser Zimmer. Es hatte blaue Vorhänge, und die Möbel waren aus hellem Holz. Es war ein freundlicher Raum mit zwei Betten.

»Ich bin froh, daß du bei mir bist«, sagte die neuerdings so bescheidene Lavinia.

»Jetzt ist alles gut«, meinte Janine. »Du brauchst nur noch zu warten, bis es soweit ist.«

»Es dauert noch einen Monat... glaub' ich wenigstens«, erwiderte Lavinia.

»Man kann nie wissen«, antwortete Janine. »Tante Emily wird es bald feststellen. Sie wird dich von Dr. Ramsey untersuchen lassen.«

Lavinia schauderte leicht.

Ich sagte beschwichtigend: »Es wird bestimmt alles gut.«

Lavinia schluckte und nickte. Nachdem die Schwierigkeiten, sie hierher zu schaffen, überwunden waren, begann sie, über die schwere Prüfung nachzugrübeln, die vor ihr lag.

Ein Speisetablett wurde uns heraufgeschickt. Janine aß mit uns zusammen. Nach dem Essen brachte sie Lavinia zu Tante Emily. Ich blieb allein im Zimmer. Ich trat ans Fenster und sah in den Garten hinaus. Zwischen den Sträuchern stand eine Bank, auf der zwei Menschen saßen. Der eine war ein sehr alter Mann. Obwohl er saß, stützte er sich auf einen Stock, und ich sah, daß seine Hand zitterte; ab und zu tat sein Kopf einen kleinen Ruck. Neben ihm saß ein Mädchen in Lavinias Alter; sie war schwanger. Die beiden sprachen nicht miteinander, saßen nur da und starrten ins Weite. Das Mädchen machte einen verwirrten Eindruck.

Ein unheimliches Gefühl überkam mich. Plötzlich war mir, als würden die Wände mich einengen. Vom Moment unserer Ankunft an hatte ich eine böse Vorahnung gehabt, die sich nicht von Tante Emilys heiterem Wesen beschwichtigen ließ. In ein paar Wochen ist alles vorbei, sagte ich mir. Das Baby wird bei Polly sein, und wir fahren nach Hause.

Lavinia blieb fast eine Stunde fort, und als sie zurückkam, sah sie etwas ängstlich drein.

»Nun?« fragte ich.

»Es wird eine Menge kosten. Daran hatte ich nicht mehr gedacht.«

»Aber wir haben nicht viel Geld.«

»Ich muß es nicht auf einmal bezahlen. Sie läßt mir Zeit. Ein bißchen muß ich ihr jetzt geben... für den Anfang. Es ist fast alles, was ich habe. Den Rest muß ich irgendwie auftreiben.«

»Vielleicht solltest du es deiner Mutter sagen.«

»Nein!«

»Oder deinem Bruder?«

»Ich könnte ihm nicht erzählen, daß ich mich in diese schlimme Lage gebracht habe. Ich muß auch deine Unterkunft und Verpflegung bezahlen.«

»Ich könnte nach Hause fahren.«

»O nein, nein! Versprich mir, daß du nicht weggehst!«

»Aber wenn es doch Geld kostet, das wir nicht haben...«

»Ich kann es bezahlen. Sie läßt mir ja Zeit. Ich nannte ihr den Betrag, über den ich verfügen kann, und sie sagte, sie wolle ein Konto eröffnen. Ich muß ihr jeden Monat etwas überweisen. Ach Deborah, warum bin ich nur da hineingeraten?«

»Das mußt du dich selbst fragen. Du weißt, wie es mit Jos war.«

»Ach Jos!« Sie lächelte matt. »Der war bloß ein Stallbursche, aber...«

»Nicht ganz so gefährlich wie ein falscher französischer Aristokrat.«

»Ich weiß nicht, wie ich mich so hinreißen lassen konnte.«

»Aber ich«, sagte ich. »Schmeicheleien machen dich kopflos. In Zukunft mußt du vernünftiger sein.«

»Ich weiß. Ach, Deborah, du bist meine beste Freundin.«

»Der Meinung schienst du aber nicht zu sein, bevor dies passierte.«

»Doch, doch. Aber erst in solchen Krisen bewährt sich eine Freundschaft.«

»Schön, jetzt brauchst du nur noch auf das Baby zu warten, dann reisen wir ab. Du wirst Polly auch etwas bezahlen müssen. Du kannst nicht einfach Kinder kriegen und sie dann weggeben, damit andere für sie sorgen.«

»Polly hatte dich immer so gern.«

»Aber dich nicht. Du warst ziemlich hochmütig zu ihr.«

»Sie hilft mir bloß, weil du sie gebeten hast. Ach, Deborah, was würde ich ohne dich anfangen?«

»Und ohne Janine«, erinnerte ich sie.

»Ja, ihr wart beide wundervoll.«

»Werd nicht sentimental! Denk an das Baby!«

Sie lächelte mich dankbar an.

Die Wochen, die ich in Tante Emilys Hospital verbrachte, waren die seltsamsten meines Lebens. Ich weiß nicht, ob ich die unheilvolle Atmosphäre damals schon voll zur Kenntnis nahm, oder ob sie mir erst später bewußt wurde.

Zwölf Patienten weilten dort, und keiner wirkte ganz normal. Außerdem erwarteten vier junge Frauen ein Kind. Sie wurden stets nur beim Vornamen genannt, was an sich schon vielsagend war. Sie hatten einen Fehltritt begangen, und ihre Identität war nur ihnen selbst bekannt. Doch während unseres Aufenthaltes in The Firs erfuhr ich ein wenig über sie.

Ich erinnere mich an Agatha, eine kühne Schönheit, Geliebte eines reichen Kaufmanns, die zu ihrem großen Verdruß ein Kind von ihm empfangen hatte. Sie sprach den waschechten Londoner Cockneydialekt und hatte ein lautes Lachen. Sie war die einzige, die sich nicht über ihr Leben ausschwieg. Sie erzählte mir, sie habe zahlreiche Liebhaber gehabt, aber der Vater des Kindes sei der beste; er war schon älter und ließ sie aus Dankbarkeit für ihre Gunst großzügig an seinem Reichtum teilhaben. »Wie du mir, so ich dir«, sagte sie augenzwinkernd. In ihrer Gegenwart schien die Normalität wieder einzukehren. Sie wußte, daß ich Lavinia nur begleitete, die »das Opfer einer falschen Berechnung« war, wie sie mit einem Augenzwinkern sagte. »Früher oder später mußte es ihr passieren«, meinte sie. »Sie wird auf der Hut sein und bald unter die Haube kommen müssen. Diese kleinen unehelichen Bälger können höchst unbequem sein.«

Emmeline war ebenfalls schwanger. Sie hatte ein liebes Gesicht und ein sanftes Gemüt. Sie war nicht mehr ganz jung – um die dreißig, schätzte ich. Auch über sie bekam ich einiges heraus. Sie war die Pflegerin einer nörglerischen alten Dame und hatte sich in deren Ehemann verliebt. Sie hatte eine vornehme Erziehung genossen und betrachtete ihre gegenwärtige Situation als sündhaft. Ihr Geliebter kam sie besuchen. Ich war sehr gerührt. Es war klar ersichtlich, daß die beiden eine echte Zuneigung verband. Sie saßen händchenhaltend im Garten, und er war sehr zärtlich zu ihr. Ich hoffte inständig, die nörglerische Ehefrau möge sterben, damit die beiden heiraten und fortan in ehrbarem Glück leben könnten.

Ein blutjunges Mädchen, das ein Baby erwartete, war vergewaltigt worden und weinte nachts immer. Der Anblick von Männern machte ihr Angst. Sie hieß Jenny und war erst zwölf Jahre alt.

Dann war da noch Miriam, die ich mit der Zeit besser kennenlernte als die anderen. Sie wirkte sehr abgespannt. Sie war in sich gekehrt und wollte mit niemand Bekanntschaft schließen. Sie hatte sich mit ihrer Tragödie abgekapselt.

Die Tage kamen mir lang und seltsam vor. Lavinia ruhte sehr viel. Janine hatte bestimmte Pflichten zu erfüllen, die Tante Emily ihr auftrug, so daß ich mehr eine Zuschauerin war. Ich wurde das Gefühl nicht los, mich in einer Schattenwelt zu befinden, unter Menschen, die ihr eines Tages entfliehen und wieder normale Persönlichkeiten werden würden. Gegenwärtig waren sie unwirklich, verlorene Seelen in einer Art Unterwelt, in Angst vor der Hölle und voller Hoffnung, den Himmel zu schauen.

Miriam saß oft allein im Garten und grübelte vor sich hin. Anfangs forderte sie mich nicht auf, mich zu ihr zu setzen, doch vielleicht spürte sie mein Mitgefühl und konnte der übermächtigen Versuchung, sich jemandem mitzuteilen, nicht widerstehen. Nach und nach erfuhr ich ihre Geschichte. Sie liebte ihren Mann leidenschaftlich. Er war Seemann. Sie hatten sich so sehr ein Kind gewünscht, aber dieser Segen war ihnen versagt geblieben. Das war traurig, aber nicht allzu schlimm, denn sie hatten ja einander. Sie liebte ihn sehr, lebte von einer Trennung zur anderen und wartete auf das Wiedersehen mit ihrem Mann. Ihre Cousine hatte gemeint, sie dürfe während seiner Abwesenheit nicht immer nur zu Hause sitzen und grübeln, sondern müsse auch mal ausgehen. Sie hatte keine große Lust dazu, ließ sich aber schließlich überreden.

Sie sah mich mit traurigen Augen an. »Das macht es ja so töricht... so sinnlos.« Tränen strömten ihr über die Wangen. »Nicht auszudenken, daß ich ihm das angetan habe.«

Ich sagte: »Sprechen Sie nicht davon, wenn Sie nicht wollen.«

Sie schüttelte den Kopf. »Manchmal fühle ich mich besser, wenn ich rede. Manchmal denke ich, ich träume, und dies ist ein furchtbarer Alptraum. Was tu ich hier? Wäre ich nur nicht ausgegangen... Hätte ich nur nicht... Ich würde es nicht ertragen, wenn er es erfährt. Es brächte ihn um. Dann wäre es aus mit uns.«

»Wäre es nicht besser, es ihm zu erzählen? Was geschieht, wenn er dahinterkommt?«

»Er wird es nie erfahren.« Sie wurde plötzlich wild entschlossen. »Eher würde ich mich umbringen.«

»Und das Baby...«

»Zu dem ist es auf ganz dumme Weise gekommen. Ich kannte den Mann nicht. Sie hatten mir zu viel zu trinken gegeben, das war ich nicht gewöhnt. Ich erzählte ihm von Jack – das ist mein Mann –, und er sagte, er heiße auch Jack. Ich weiß nicht, wie es passiert ist. Er hat mich irgendwohin mitgenommen. Am nächsten Morgen wachte ich an seiner Seite auf. Ich wäre fast gestorben. Ich zog mich an und lief fort. Ich wollte alles aus meinem Gedächtnis löschen, wollte mich nicht an die Nacht erinnern, wollte so tun, als sei nichts geschehen. Und als ich feststellte, daß ich schwanger war, hätte ich sterben mögen.«

Ich nahm ihre Hand. Sie zitterte. »Warum erzählen Sie es ihm nicht? Er wird es bestimmt verstehen. Sie lieben ihn so sehr, und er liebt Sie. Er wird Ihnen gewiß verzeihen.«

»Ich könnte ihm nie mehr ins Gesicht sehen.«

»Sie haben sich doch ein Kind gewünscht.«

»Von *ihm*.«

»Es ist Ihr Kind.«

»Ich würde es hassen. Es würde eine ewige Schande sein.«

»Sie konnten nichts dafür. Man hat Sie betrunken gemacht, und da ist es passiert. Wenn Ihr Mann Sie wirklich liebt, wird er es verstehen.«

»Das könnte er nicht. Wir haben einander alles bedeutet.«

»Und was wird aus dem Baby?«

»Ich werde es zur Adoption freigeben.«

»Armes kleines Baby!« sagte ich. »Es wird seine Mutter nicht kennen.«

»Sie sind zu jung, um zu verstehen, was zwischen Jack und mir war. Kein Kind könnte mir jemals mehr bedeuten als er, nicht einmal sein eigenes. Ich habe hin und her überlegt. Es geht nicht anders.«

»Aber es macht Sie sehr unglücklich.«

»Ich erwarte nicht, jemals wieder glücklich zu sein.«

»Sie sollten es aber versuchen. Sie waren nur einen Moment unachtsam, das ist etwas ganz anderes, als wenn Sie sich einen Liebhaber genommen hätten.«

»Es sieht aber so aus.«

»Nicht, wenn Sie es ihm erzählen.«

»Er würde es nie verstehen.«

»Warum versuchen Sie es nicht? Das arme kleine Baby... unerwünscht geboren. Das ist die allerschrecklichste Tragödie.«

»Ich weiß. Meine Sünde lastet schwer auf mir. Ich habe daran gedacht, mir das Leben zu nehmen.«

»Bitte, sagen Sie so etwas nicht!«

»Wenn ich es täte, würde es Jack das Herz brechen, wenn er aber hiervon erfährt, könnte es zwischen uns nie mehr sein wie früher. Er würde mir nie ganz glauben. Er ist leidenschaftlich und eifersüchtig. Er hat sich so sehr ein Kind gewünscht, und sich vorzustellen, daß ein anderer Mann mir gab, was er mir nicht geben konnte... Ich kenne Jack. Sie kennen ihn nicht. Sie sind zu jung, um diese Dinge zu verstehen.«

Ich dachte viel über die unerwünschten Kinder nach, die in Tante Emilys Hospital geboren wurden, und dann dachte ich an meine Eltern, die meine Ausbildung schon geplant hatten, während sie mich erwarteten, und an Lady Harriet, die dem Allmächtigen Vorhaltungen gemacht hatte, weil er ihr die Nachkommenschaft verwehrte, und die aus ganzem Herzen gejubelt hatte, als ihre Gebete erhört wurden, und ihre Kinder dermaßen verwöhnte, daß Lavinia in diese mißliche Lage geraten war.

Zu den anderen Patienten gehörte der arme alte Mann, den ich am ersten Tag von meinem Zimmerfenster aus auf der Bank hatte sitzen sehen. Ich erfuhr, daß er einst ein großer Wissenschaftler gewesen war, aber durch einen Anfall den Verstand verloren hatte. Er war in seiner Familie unerwünscht und hier abgeliefert worden, bis ihn der Tod aufsuchte, weil das die bequemste Art war, ihn loszuwerden. Dann war da eine Frau, die in ihrer Phantasiewelt lebte. Sie hatte ein hochnäsiges Gehabe und bildete sich ein, über einen Haushalt mit zahlreichen Dienstboten zu herrschen. Sie wurde die Herzogin genannt. Und George Thomson, ein weiterer Patient, bereitete immer Feuer in Schränken vor. Er stiftete viel Unruhe und mußte ständig bewacht werden. Er hatte nie versucht, die Feuer anzuzünden, aber es bestand die ständige Furcht, daß er es tun könnte.

Sie waren wie Menschen aus einem Schattenreich.

Ich machte mir oft Gedanken über Janine, die hier von einer Tante aufgezogen worden war, mit der sie jegliche Verwandtschaft leugnete. Das Haus hatte eine freundliche Atmosphäre. Überall waren blaue Vorhänge und weiße Möbel, und doch mutete es irgendwie finster und mysteriös an, und ich fühlte mich nie wohl darin. Manchmal wachte ich nachts auf und fuhr ängstlich hoch. Ich starrte auf das andere Bett, in dem Lavinia lag, das schöne Haar auf dem Kissen ausgebreitet. Sie schlief unruhig. Ich fragte mich, wie oft sie wohl an ihren Liebhaber dachte, der sich vor der *pâtisserie* so vor uns aufgespielt hatte zu dem einzigen Zweck, ein leichtgläubiges Mädchen zu verführen. Welch eine Lektion! Ob Lavinia sie je lernen würde?

Sie war von Dr. Ramsey untersucht worden, einem kleinen Herrn mit dunklen, krausen Haaren, die ihm auch aus Nase und Ohren wuchsen. Er erklärte, sie sei bei guter Gesundheit, alles gehe gut, und wir könnten in der zweiten Augustwoche mit dem Baby rechnen. Das war eine gute Nachricht. Wir hatten immer geglaubt, es würde zwei Wochen später kommen.

Ich tröstete mich: Bald werden wir dieses seltsame Haus verlassen. Hier fühlte ich mich von der wirklichen Welt abgekapselt und hatte das Gefühl, daß hier alles mögliche geschehen konnte. Doch Tante Emily schien entschlossen, eine heimelige Atmosphäre zu schaffen. Sie war stets gut aufgelegt und wollte wissen, ob wir uns wohl fühlten. Hätte sie nur nicht diese durchdringenden blaugrünen Augen gehabt, die mir etwas zu verraten schienen, das ich lieber nicht wissen wollte.

Die Tage waren ganz normal, aber nachts hörte ich seltsame Geräusche. Das blutjunge Mädchen schrie plötzlich erschrocken auf, und der Wissenschaftler wanderte umher und tappte mit seinem Stock, wobei er vor sich hinmurmelte, daß im Laboratorium etwas nicht stimme. Die Herzogin wandelte manchmal im Schlaf, und wir hörten sie in der Halle der Büste von Georg IV., die sie für ihren Butler hielt, Befehle erteilen.

Es war ein Haus voller Gegensätze. Hier die robuste Agatha mit ihrem Londoner Straßenjargon, dort die sanfte Emmeline, die auf die Besuche ihres Geliebten wartete. Ja, es war eine mysteriöse Welt, und fand ich sie auch schauerlich-faszinierend, sehnte ich mich doch danach, ihr zu entkommen.

Ich wußte, daß uns – zumindest Lavinia – gewaltige Probleme erwarteten, wenn wir hier herauskämen. Ich vermutete, daß alle Anwesenden Tante Emily einen ansehnlichen Geldbetrag für ihre Dienste zur Verfügung stellten. Auch wenn Lavinia ihre Zahlung über einen bestimmten Zeitraum verteilen konnte, würde es nicht leicht für sie sein.

Der Arzt war mir nicht besonders sympathisch. Er hatte etwas Heimlichtuerisches. Ich fand, er sah aus wie jemand, der etwas zu verbergen hat.

Janine war anders als in Lamason. Sie mußte ihrer Tante helfen und oft nach den Patienten sehen. Ein junger Mann wurde ihr besonderer Schutzbefohlener. Es war der Ehrenwerte Clarence Coldry, der eindeutig schwachsinnig war. Er hatte ein strahlendes Lächeln und freute sich, wenn man ihn ansprach, hatte selbst aber Schwierigkeiten mit dem Sprechen. Seine Zunge schien zu groß für seinen Mund, was ihm etwas Hundeartiges verlieh.

Mir kam der Gedanke, daß Janine nicht sehr glücklich sei. Sie schien nicht dieselbe, die mit uns auf der Schule war. Ich merkte, daß hinter Tante Emilys Lächeln Berechnung steckte und sie Janine scharf beobachtete.

Ich sehnte mich fort. Mir war, als seien wir seit Monaten hier. Janine und ich unternahmen kurze Spaziergänge. Lavinia war inzwischen so schwerfällig, daß sie uns nicht begleiten konnte.

»Bald werdet ihr fort sein«, sagte Janine einmal zu mir. »Es dauert nicht mehr lange, bis Lavinia wirft.«

Ich zuckte zusammen. Ich hatte das ungeborene Baby jetzt schon gern und mochte nicht hören, daß von ihm gesprochen wurde wie von einem Tier.

»Und ich bleibe hier«, fuhr sie mit einer Grimasse fort.

»Es ist dein Zuhause«, hielt ich ihr entgegen.

Sie nickte grimmig. »Tante Emily hat Pläne mit mir.«

»Doch nicht der Ehrenwerte Clarence!«

»Leider ja.«

»Ach, Janine, das darf doch nicht wahr sein!«

»Er hat immerhin einen Titel.«

»Er will bestimmt nicht heiraten.«

»Ich muß ihn von mir abhängig machen.«

»Janine, warum bleibst du hier?«

»Ich bin hier geboren. Ich habe mein ganzes Leben hier verbracht... bis auf die Schulzeit.«

»Deine Tante muß dich sehr gern haben, wenn sie dich nach Lamason geschickt hat.«

»Sie ist nicht meine Tante. Meine leiblichen Angehörigen bezahlen das Schulgeld.«

»Sie wollen bestimmt nicht, daß du Clarence heiratest.«

»Das hat Tante Emily zu bestimmen.«

»Sie scheint sehr mächtig zu sein. Hoffentlich läßt sie Lavinia mit dem Bezahlen Zeit.«

»Bestimmt. Wenn sich allerdings die Zahlungen verzögern, könnte sie sich an Lady Harriet wenden.«

»Das darf sie nicht tun. Lavinia wußte ja nicht, daß es so teuer ist.«

»Das sind Fehltritte immer, auf die eine oder andere Art. Sie steckte schließlich in einem richtigen Schlamassel. Wir haben sie da rausgeholt, du und ich. Was hätte sie getan, wenn wir sie nicht hierhergebracht hätten? Sie hat noch Glück gehabt.«

Und wieder dachte ich erleichtert: Jetzt kann es nicht mehr lange dauern.

In einer der folgenden Nächte setzten bei Lavinia die Wehen ein. Der Arzt und Tante Emily kamen ins Zimmer. Ich hatte mir hastig etwas übergezogen und wurde geschickt, ein Hausmädchen zu wecken, das etwas von Geburtshilfe verstand und schon öfter zur Hand gegangen war.

Es war keine schwere Geburt. Lavinia war jung und gesund, und am nächsten Tag lag ihr kleines Mädchen in unserem Zimmer in einer Wiege.

»Wir sind leider im Moment voll besetzt«, sagte Tante Emily entschuldigend zu mir. Aber mir machte es nichts aus, in dem Zimmer zu bleiben, das nun ein Kinderzimmer war. Ich war von dem Baby hingerissen.

Lavinia schien unendlich erleichtert, daß sie es überstanden hatte. Am ersten Tag saß sie lächelnd im Bett und bewunderte mit uns anderen das Baby. Sie bekam viel Besuch: Emmeline, Agatha und die Herzogin; letztere hielt Lavinia für ihre Tochter und nannte das Baby Paul. Miriam kam nicht.

Für mich glich es einem Wunder, daß aus einer so schäbigen Affaire ein so niedliches Geschöpf hervorgehen konnte. Selbst Lavinia erlag der Ausstrahlung der Kleinen und wirkte stolz und beinahe glücklich, weil sie die Mutter dieses Geschöpfes war. Ich liebte sofort das rote schrumpelige Gesichtchen, die zusammengekniffenen Augen und die dunklen Haarbüschel, die Händchen und Füßchen mit den winzigen rosigen Nägeln.

»Sie muß einen Namen haben«, sagte ich. »Sie ist wie eine kleine Blume.«

»Flora wäre ein hübscher Name, aber da sie halb Französin ist, soll sie Fleur heißen.«

»Fleur«, wiederholte ich. »Ich finde, das paßt zu ihr.«

So wurde sie Fleur genannt.

Ich hatte Polly geschrieben, daß das Baby geboren war, ein Mädchen namens Fleur. Polly schrieb zurück, sie könnten es gar nicht erwarten, das Kind aufzunehmen. Eff sei so aufgeregt, sie halte alles bereit, Wiege, Fläschchen und Windeln. Eff sei über die Bedürfnisse von Babys genau im Bilde; nur den Namen finde sie etwas fremdländisch und hätte Rose, Lily oder vielleicht Effie vorgezogen.

»Ich schreib' euch«, versprach Janine zum Abschied. Tante Emily sagte freundlich Lebewohl und überreichte Lavinia gleichzeitig die Rechnung, die Lavinia jedesmal deprimierte, wenn sie sie ansah.

Wir brachten also das Baby nach London. Polly sollte uns am Bahnhof abholen, Eff wollte zu Hause bleiben und den Empfang vorbereiten. Ich trug das Baby. Ich stellte mich weniger unbeholfen mit der Kleinen an als Lavinia. Als Polly uns so sah, rief sie:

»Deborah!« Dann war sie an meiner Seite, ihre Augen flossen über vor Liebe, und sie umarmte mich und das Baby gleichzeitig.

»Da bist du also mit dem kleinen Liebling. Du... Laß dich anschauen! Gut siehst du aus.«

»Du auch, Polly. Es ist wundervoll, dich wiederzusehen.«

»Und ob«, sagte Polly. »Und warte erst, bis Eff den Knirps sieht!«

Ihre Begrüßung Lavinias fiel weniger herzlich aus. Ich war froh, daß Lavinia so kleinlaut war und sich bewußt zu sein schien, was sie Polly und ihrer Schwester verdankte.

Polly hatte schon eine Droschke besorgt. Wir stiegen ein und fuhren zu dem Haus am Park, wo Eff uns erwartete.

Eff hatte sich verändert. Sie war jetzt richtig würdevoll. Sie hatten das Haus gegenüber erworben und besaßen nun drei Häuser, welche die beiden sehr profitabel vermieteten. Ich brauchte einige Zeit, bis ich die Mieter auseinanderhalten konnte, weil es nun mehrfach einen ersten, zweiten und dritten Stock gab.

Die Freude der beiden über das Baby stellte alles in den Schatten. Eff übernahm das Kommando. Polly war ein wenig verwundert. Sie sah mich unentwegt prüfend an. Lavinias Anwesenheit war den beiden ein Rätsel und hatte eine gewisse Gehemmtheit zur Folge. Eff entschuldigte sich bei Lavinia für alles mögliche, denn sie war für die gesellschaftlichen Unterschiede empfänglicher als Polly, und konnten sie Lavinia auch nicht leiden, so war diese immerhin Lady Harriets Tochter.

Wir blieben nur ein paar Tage. Ich schrieb meinem Vater aus London, und Lavinia benachrichtigte Lady Harriet, wir seien von dem Besuch bei der Prinzessin in Lindenstein zurückgekehrt und unterbrächen die Reise in London. In wenigen Tagen würden wir zu Hause sein.

Mord in Fiddler's Green

Ich erschrak über den schlechten Gesundheitszustand meines Vaters. Er ging jetzt am Stock, meinte aber noch zur Ausübung seines Amtes imstande zu sein. Viele brave Dorfleute waren ihm eine unschätzbare Hilfe.

Er wollte etwas über Lindenstein hören. Er glaube, das Schloß sei sehr alt, ein gotisches Gebäude. »Es muß faszinierend für dich gewesen sein, mein Liebes. Du tatest klug daran, dir das nicht entgehen zu lassen.«

Ich wich seinen Fragen aus und nahm mir vor, wenn möglich, ein Buch über den Ort ausfindig zu machen und etwas darüber zu erfahren. Ich schalt mich ob meiner Torheit, nicht früher daran gedacht zu haben. Aber wir hatten uns ja zunächst mit so viel anderem befassen müssen.

Mrs. Janson sagte, Vater sei letzten Winter wieder sehr leidend gewesen, und sie fürchtete den kommenden. Sie war froh, daß ich daheim war. »Du gehörst hierher«, meinte sie vielsagend. »Ich war etwas besorgt, als ich hörte, daß du nicht gleich nach Hause kommst, sondern dich mit dieser ausländischen Prinzessin herumtreibst. Du hättest gleich nach Hause kommen sollen. Ehrlich gesagt, ich bin froh, daß du mit der Schule fertig bist. Wie geht's Polly?«

»Sehr gut.«

Meine Schulzeit war also vorüber. Ich hatte den vielgerühmten Schliff erhalten. Ob das für mich einen Unterschied bedeutete, vermochte ich nicht zu sagen, ich wußte nur, ich war nicht mehr das unschuldige Mädchen, als das ich nach Frankreich gegangen war.

Als ich in dieser Nacht in meinem vertrauten Bett lag, hatte ich wirre Träume, in denen mir allerlei Gesichter erschienen: die Herzogin, der Wissenschaftler, der Mann, der immer Feuer vorbereitete... Ich sah Agathas fröhliche Miene, Emmelines wehmütiges Lächeln, Miriams gequältes Gesicht, und über allem lächelte Tante Emily mich geheimnisvoll an, als wolle sie sagen: Du wirst nie entkommen. Du bleibst für immer hier... Hier ist es doch behaglich... behaglich... Ich erwachte schreiend: »Nein, nein!« Dann wurde mir gottlob bewußt, daß ich in meinem vertrauten Bett lag und alles nur ein Traum war.

Am nächsten Tag kam Lavinia zu uns. »Laß uns reiten gehen!« sagte sie, und wir ritten zusammen aus. Als »geschliffene« junge Damen war uns das nun ohne Aufsicht eines Stallburschen gestattet. »Nur so kann ich ungestört reden«, sagte Lavinia. »Ich hab' das Gefühl, daß die Leute lauschen. Meine Mutter spricht davon, daß ich in die Londoner Gesellschaft eingeführt werden soll. Eine Saison in London, stell dir das vor!«

»Möchtest du das denn?«

»Natürlich möchte ich das. Ich will einen reichen Mann heiraten, damit ich Tante Emily bezahlen kann. Die Frau ist eine Gaunerin.«

»Wie lange dauert es, bis alles abbezahlt ist?«

»Über ein Jahr, es sei denn, ich kann Mama überreden, mein Taschengeld zu erhöhen.«

»Warum bittest du Fabian nicht darum?«

»Er würde wissen wollen, wofür ich es brauche, und das kann ich ihm nicht erzählen.«

»Kannst du nicht einfach sagen, es sei dein Geheimnis?«

»Du kennst Fabian nicht. Er will immer alles ganz genau wissen. Nein, ich muß es von meinem Taschengeld bezahlen, bis ich einen reichen Ehemann finde.«

Ich sah sie nachdenklich an. Daß sie so reden konnte! Dachte sie nie an die kleine Fleur? Ich fragte sie, ob sie nicht manchmal Sehnsucht nach ihrem Baby habe.

»O ja«, erwiderte sie, »aber ich kann ja nicht hin, oder? Die zwei werden für sie sorgen. Sie haben sie schon ins Herz geschlossen.«

»Ich werde sie bald besuchen.«

»O fein! Dann kannst du mir erzählen, wie's ihr geht.«

Ich staunte, wie rasch sie ihre alte Selbstsicherheit wiedergewann. Die demütige, ängstliche Lavinia verblaßte schnell. Sie hatte ihr Mißgeschick überstanden und war zu neuen Abenteuern bereit. Sie konnte an kaum etwas anderes denken als an die bevorstehende Saison in London. Wie sie dort schwelgen würde! Sie wurde schon wieder ganz eingebildet und war überzeugt, die Debütantin der Saison zu werden.

Ich ging ein-, zweimal ins große Haus. Ich traf Lady Harriet, die freundlich-distanziert war. Ich war für ihre Pläne nicht mehr wichtig. Ich hatte meinen Zweck als Lavinias ständige Begleiterin während der Schuljahre erfüllt und wurde nun wieder an den mir zustehenden Platz verwiesen. Ich war wieder die unansehnliche Pfarrerstochter.

Lavinia wurde immer aufgeregter. Lady Harriet würde bald mit ihr in ihre Londoner Residenz ziehen, wo Lavinia noch den Hofknicks und die neuen Modetänze sowie bestimmte Verhaltensregeln erlernen sollte, und sie würde natürlich die Hofschneiderinnen besuchen müssen. Im Frühjahr sollte sie bei Hofe vorgestellt werden.

Den Winter hindurch bekam ich Lavinia selten zu sehen. Ich schrieb Polly mehrmals, und sie berichtete mir von Fleurs Fortschritten. Das Kind gedieh prächtig. Ein Baby wie Fleur gab es in der ganzen Nachbarschaft nicht noch einmal. Polly und Eff fuhren sie abwechselnd spazieren, und sie hatten den hübschen Garten hinter dem Haus, wo sie sie in ihrem Kinderwagen ins Freie stellen konnten. Das Kind kannte die zwei bereits und veranstaltete einen regelrechten Aufstand, wenn es ein bißchen geherzt werden wollte. Ich stellte mir vor, daß Fleur sehr oft »ein bißchen geherzt« wurde, und wieder einmal dankte ich dem Schicksal, das mir Polly beschert hatte.

Weihnachten war für uns im Pfarrhaus immer eine geschäftige Zeit. Es gab die üblichen Gottesdienste, die Mitternachtsmette am Heiligen Abend, das Weihnachtsliedersingen, und zuvor mußte die Kirche geschmückt werden. Am ersten Weihnachtsfeiertag hatten wir Freunde aus der Nachbarschaft zum Essen bei uns: den Arzt mit seiner Familie und den Rechtsanwalt mit seiner Frau.

Im großen Haus fanden viele Geselligkeiten statt. Fabian war zu Hause. Ich sah ihn ein-, zweimal. Er rief mir einen Gruß zu und schenkte mir dieses etwas rätselhafte Lächeln, das ich von ihm gewöhnt war. »Tag, Deborah«, sagte er. »Bist du mit der Schule fertig?«

»Ja.«

»Du bist jetzt wirklich eine erwachsene junge Dame.«

Was gab es da zu sagen? Er lächelte, als sei es ein großer Witz, daß ich erwachsen war.

Er blieb nicht lange zu Hause. Von Mrs. Janson, die es wiederum von der Köchin der Framlings wußte, erfuhr ich, daß er bald nach Indien gehen würde und sich jetzt meistens in den Londoner Kontoren der Ostindischen Kompanie aufhielt.

Ich schrieb Polly und schickte Weihnachtsgeschenke, darunter ein Jäckchen für Fleur. Polly antwortete; ihre Briefe waren voll von den Fortschritten der Kleinen. Etwa wie sie Polly erstmals anlächelte, was Eff jedoch nicht gelten lassen wollte; das sei kein richtiges Lächeln gewesen, denn natürlich wollte Eff diejenige sein, die vom Baby mit dem ersten Lächeln beglückt wurde.

Im Februar zogen Lavinia und Lady Harriet nach London. Es herrschte eine extrem kalte Witterung, und mein Vater zog sich eine Erkältung zu, die sich zu einer Bronchitis ausweitete. Er war sehr krank, und ich verbrachte die meiste Zeit damit, ihn zu pflegen.

Ein Vikar kam zur Aushilfe. Colin Brady war ein ernster junger Mann mit frischem Gesicht, den das ganze Haus bald ins Herz geschlossen hatte. Mrs. Janson verhätschelte ihn, und die anderen taten es ihr nach. Er war auch in der Nachbarschaft wohlgelitten. Ich war über seine Anwesenheit froh, denn er nahm meinem Vater bereitwillig alle beschwerlichen Arbeiten ab. Ich verstand mich gut mit ihm. Wir lasen beide gern und diskutierten über das, was wir gelesen hatten. Er hatte etwas erfrischend Unschuldiges. Er besprach seine Predigten mit mir und hörte sich meine Vorschläge an. Ich beteiligte mich mehr an den kirchlichen Angelegenheiten, als ich es früher getan hatte.

Vaters Gesundheitszustand besserte sich, aber er mußte sich schonen. Wir ließen ihn nie aus dem Haus, wenn ein kalter Wind wehte. Es war rührend, wie Colin Brady, wenn meinem Vater eine Arbeit zuviel wurde, stets zur Stelle war, und sie ihm unaufdringlich abnahm. Ich war ihm sehr dankbar. Allmählich bemerkte ich die verstohlenen Blicke, die man uns zuwarf, nicht nur Mrs. Janson, auch die Dienstboten und einige Pfarrangehörige. Für sie schien sich die ideale Lösung anzubahnen: Ich sollte Colin heiraten. Wenn er die Pfarre vollends übernahm, war die Zukunft für meinen Vater, Colin und mich mit einem Streich geregelt.

Als der Frühling kam, war mein Vater fast ganz wiederhergestellt. »Es ist ein Wunder«, sagte Mrs. Janson. »Aber es heißt ja, knarrende Türen halten lange.«

Fabian kam ins große Haus und brachte Dougal Carruthers mit. Lady Harriet und Lavinia waren noch in London. Ich schrieb Polly regelmäßig und erhielt Nachrichten von Fleur. Ich teilte Polly mit, daß ich sie hatte besuchen wollen, aber wegen des Gesundheitszustandes meines Vaters nicht eher kommen konnte. Da es ihm nun besser ging, würde ich ihnen gerne einen Besuch abstatten. Polly schrieb zurück, das Baby sei ein Schatz, ein kluges Köpfchen, das seinen Willen durchzusetzen wisse. Um die Kleine brauchte ich mir keine Sorgen zu machen, wenn ich aber käme, sei ich herzlich willkommen.

Die liebe, gute Polly! Was hätte Lavinia ohne sie getan? Ich malte mir aus, wie Lavinia der Königin vorgestellt wurde, wie sie auf Bälle und Empfänge ging. Sicher hatte sie den falschen Comte längst vergessen, ganz zu schweigen von Jos. Aber konnte ihr Fleur entfallen? Das mochte ich nicht einmal von Lavinia glauben.

Ich beschloß, in der kommenden Woche nach London zu fahren.

Dougal kam meinen Vater besuchen. Er blieb zum Tee, und Vater genoß seinen Besuch sehr. Es freute mich, ihn so angeregt und wohlauf zu sehen. Als Dougal ging, begleitete ich ihn in die Halle und dankte ihm für seinen Besuch.

»Es war mir ein Vergnügen«, sagte er.

»Das hat meinem Vater so gutgetan. Er war sehr krank, und das bedrückt ihn.«

»Ich hoffe, ich darf wiederkommen.«

»Bitte, tun Sie das! Mein Vater freut sich jederzeit, Sie zu sehen.«

»Sie sich hoffentlich auch.«

Ich rechnete nicht damit, daß er so bald wiederkommen würde, doch schon am nächsten Nachmittag sprach er abermals vor. Es wurde wieder eine angenehme Teestunde, und mein Vater sagte: »Kommen Sie zum Abendessen! Wir haben so viel zu besprechen.«

»Mit dem größten Vergnügen«, erwiderte Dougal, »aber ich bin im Haus Framling zu Gast. Ich kann meinen Gastgeber kaum im Stich lassen.«

»Bringen Sie ihn mit!« schlug Vater übereilt vor.

»Darf ich? Er kommt bestimmt gern.«

Mrs. Janson war alles andere als erfreut. Ihr behagte der Gedanke gar nicht, »die vom großen Haus« zu bewirten und Sir Fabian zu Gast zu haben.

Ich sagte: »Keine Bange! Vergessen Sie einfach, wer er ist.«

»Das ist ja das Kreuz mit den Framlings: Sie lassen einen nie vergessen, wer sie sind.«

Und so kam Fabian zum Essen. Er nahm meine Hände und hielt sie ein paar Sekunden innig fest. »Danke, daß ich kommen durfte«, sagte er, in meinen Augen etwas unaufrichtig, denn er war bestimmt nicht im mindesten dankbar für die Einladung in unser bescheidenes Heim.

»Es war Mr. Carruthers Idee«, erklärte ich.

Er hob die Augenbrauen, als sei er amüsiert. Ich hatte tatsächlich das Gefühl, daß er sich die meiste Zeit über mich lustig machte.

»Der Pfarrer besitzt erstaunliche Kenntnisse über das alte Griechenland«, sagte Dougal. »Er hat einige ganz ungewöhnliche Ideen.«

»Wie aufregend!« erwiderte Fabian, wobei er mich weiterhin anlächelte.

Ich führte die beiden in den Salon, wo mein Vater in seinem Sessel saß. Colin Brady war bei ihm. »Ich denke, Sie kennen sich alle«, sagte ich.

»Ich glaube nicht, daß wir uns schon begegnet sind«, sagte Fabian, während er Colin eindringlich musterte.

»Mr. Brady kam zur Aushilfe, als mein Vater krank war, und wir hoffen, daß er bei uns bleibt.«

»Das ist sicher hilfreich«, meinte Fabian.

»Mr. Brady, das ist Sir Fabian Framling.«

Colin war etwas eingeschüchtert. Er wußte, daß Fabian der einflußreichen Familie angehörte, die das Dorf beherrschte.

Bald setzten wir uns zu Tisch. Mrs. Janson hatte sich selbst übertroffen, und die Mädchen hatten genaueste Anweisungen erhalten, wie sie sich beim Servieren zu benehmen hatten.

Dougal war mit Vater im Gespräch vertieft, und Colin Brady warf hin und wieder eine Bemerkung ein. Fabian wandte sich an mich. »Hat es dir in Lamason gefallen?«

»Es war eine hochinteressante Erfahrung.«

»Ich glaube, das fand meine Schwester auch.«

»Ganz bestimmt.«

»Und was hast du jetzt vor?«

»Weiterhin hier bleiben, denke ich.«

Er nickte.

Vater sprach gerade über die alten Kulturen, die eine Weile blühten und dann vergingen.

»Es ist immer so«, sagte Dougal. »Imperien steigen auf und gehen unter. Ich nehme an, der folgenschwerste Untergang war der des Römischen Reiches. In ganz Europa kann man die Reste jener Kultur sehen... trotz der Tatsache, daß ihr das finstere Mittelalter folgte.«

Dann hörte ich meinen Vater sagen: »Deborah war unlängst in Lindenstein.«

»Lindenstein?« fragte Dougal. »Ein sehr interessanter Ort. Du erinnerst dich, Fabian.« Er wandte sich an mich. »Fabian und ich haben eine Rundreise durch Europa gemacht. Wir haben die üblichen Sehenswürdigkeiten besichtigt, nicht wahr, Fabian? Aber hin und wieder sind wir vom eingefahrenen Gleis abgewichen. Wir waren ganz in der Nähe von Lindenstein.«

Ich errötete ein wenig. Mir war jedesmal unbehaglich zumute, wenn ich an unser Täuschungsmanöver erinnert wurde. Ich wollte rasch das Thema wechseln. »Sagen Sie, was halten Sie von Florenz, Mr. Carruthers? Ich glaube, es muß die faszinierendste Stadt der Welt sein.«

»Dem pflichten viele Menschen bei«, erwiderte Dougal.

Vater sagte: »Wie gerne wäre ich am Arno entlanggeschlendert, wo Dante und Beatrice sich begegneten.«

»Und was hältst du von Lindenstein, Deborah?« fragte Fabian.

»Oh... sehr interessant.«

»Das mittelalterliche Schloß...«

»Deborah hat dort gewohnt, nicht wahr, Deborah?« sagte Vater. »Die Prinzessin war mit Deborah und Lavinia auf der Schule, sie hat sie eingeladen. Es war ein großartiges Erlebnis.«

»Ja«, sagte ich gefühlvoll, »es war einmalig.«

Vater hatte das Gespräch wieder auf Dante gelenkt, und Colin und Dougal folgten ihm.

Fabian sagte leise zu mir: »Ein erstaunliches kleines Land, dieses Lindenstein. Die Berge, so kahl und dräuend, findest du nicht?«

»O ja.«

»Und das Schloß. Eine außergewöhnliche Architektur, die vielen Türme...«

Ich nickte.

»Es muß interessant gewesen sein, dort zu wohnen.«

Ich nickte wieder.

Er sah mich forschend an. Ich fragte mich, ob Lavinia sich ihm womöglich doch anvertraut hatte, und auf einmal war ich wütend, weil ich mit ihrem Geheimnis belastet war.

Während die Männer ihren Portwein tranken, ging ich in mein Zimmer. Fabian Framling brachte mich immer aus der Fassung. Er sah mich an, als suche er mich daran zu erinnern, wie verletzlich ich war.

Als sie sich verabschiedeten, sagte Vater: »Es war ein reizender Abend. Ich treffe selten Menschen, die sich für meine Liebhabereien interessieren.«

»Sie müssen zum Abendessen zu uns kommen«, sagte Fabian.

»Danke«, entgegnete ich, »aber mein Vater soll abends nicht ausgehen.« Ich sah Dougal an. »Es ist besser, wenn Sie herkommen.«

»Das tu ich bestimmt, wenn ich eingeladen werde.«

»Ich hoffe, Sie sind noch eine Weile hier«, sagte Vater.

»Ich denke schon«, antwortete Fabian. »Wir werden das Land wohl nicht vor Ende nächsten Jahres verlassen.«

»Deborah fährt nächste Woche nach London.«

»So?« Fabians Blick ruhte auf mir.

»Sie wohnt bei ihrem früheren Kindermädchen«, erklärte Vater.

»Sie wissen ja, wie stark solche Bindungen sind.«

»Ja«, sagte Fabian. »Dann dürfen wir vielleicht wiederkommen, wenn Deborah zurück ist.«

»Es gibt keinen Grund, nicht zu kommen, wenn ich fort bin«, sagte ich. »Mrs. Janson wird sich um alles kümmern.«

Darauf verabschiedeten sie sich. Vater sagte noch einmal, es sei ein reizender Abend gewesen, und Colin Brady pflichtete ihm bei. Sogar Mrs. Janson war nicht unzufrieden. Ihr Urteil lautete, die Framlings seien genau wie andere Leute auch, und vor *dem* da fürchte sie sich nicht. Und der andere sei ein vollendeter Gentleman, gegen den niemand etwas einwenden könne.

Ich hatte den Abend recht gut überstanden, auch wenn mir etwas mulmig geworden war, als sie auf Lindenstein zu sprechen kamen.

Ich war ganz aufgeregt wegen meines bevorstehenden Besuches in London. Die Aussicht, Polly wiederzusehen, erfüllte mich jedesmal mit Freude, und dann waren da ja auch das Baby und Eff. Ich ging in die Stadt, die etwa anderthalb Kilometer vom Dorf entfernt war. Ich verbrachte einen angenehmen Vormittag mit Einkaufen und erstand ein Jäckchen, ein Häubchen und ein Paar gestrickte Babyschühchen für Fleur, dazu einen Blasebalg für Polly und Eff, weil ich wußte, daß sie Schwierigkeiten hatten, das Feuer in der Küche richtig in Gang zu bringen.

Als ich aus dem Geschäft trat, fuhr die Kutsche der Framlings vorüber, mit der ich Fabian des öfteren hatte herumfahren sehen. Sie wurde von zwei feurigen Schimmeln gezogen; Fabian liebte hohe Geschwindigkeiten. Ich sah ihn auf dem Kutschbock, und zu meiner Verwunderung hielt er an.

»Deborah!«

»Oh, guten Tag«, sagte ich.

»Du warst einkaufen, wie ich sehe.«

»Ja.«

»Ich fahr' dich nach Hause.«

»Das ist nicht nötig.«

»Aber selbstverständlich bringe ich dich heim.« Er war vom Bock gesprungen und nahm mir meine Einkaufstasche ab. Dabei fiel der Inhalt heraus, und Blasebalg, Babyjäckchen, Häubchen und Stickschühchen lagen auf dem Pflaster. »O je.« Er bückte sich und hob die Sachen auf. »Hoffentlich ist nichts beschädigt.«

Ich lief rot an, und mir wurde ganz heiß. Da stand er mit den Schühchen in der Hand. »Sehr hübsch«, bemerkte er.

»Wirklich«, stammelte ich, »du brauchst mich nicht nach Hause zu bringen.«

»Aber ich bestehe darauf. Ich führe doch meine Pferde so gern vor! Sie sind ein prächtiges Gespann. Du kannst dich neben mich setzen, dann siehst du die Straße besser. Es macht dir bestimmt Spaß.«

Er verstaute meine Einkäufe sorgfältig in der Kutsche und half mir hinauf. »So«, sagte er. »Es geht los. Ich fahre dich nicht auf dem direkten Weg nach Hause.«

»Aber...«

»Keine Widerrede! Du wirst genauso früh zu Hause sein, wie wenn du zu Fuß gegangen wärst. Und du wirst das Vergnügen haben, Castor und Pollux zu erleben.«

»Die himmlischen Zwillinge«, murmelte ich.

»Sie sehen nur wie Zwillinge aus. Pollux ist recht temperamentvoll, und Castor neigt zur Trägheit. Aber sie kennen die Hand ihres Herrn.« Die Pferde verfielen in Galopp, und er lachte, als wir schneller wurden. »Halt dich an mir fest, wenn du Angst hast.«

»Danke, aber ich hab' keine Angst.«

»Danke für das Kompliment. Ich habe es mir verdient. Ich weiß mit meinen Pferden umzugehen. Übrigens, ich hab' dich in letzter Zeit nicht reiten gesehen.«

»Wir haben keinen Reitstall im Pfarrhaus.«

»Aber du bist doch immer regelmäßig geritten.«

»Nur, wenn Lavinia zu Hause war.«

»Meine liebe Deborah, du brauchst doch nicht um Erlaubnis zu fragen, wenn du ein Pferd aus dem Stall von Framling nehmen willst. Ich dachte, du wüßtest das. Du kannst das Pferd, das du immer hattest, reiten, wann du willst.«

»Danke, das ist sehr lieb von dir.«

»Ach was. Du bist schließlich eine gute Freundin meiner Schwester. Beneidest du sie um das Gesellschaftsleben in London?«

»Ich glaube, das wäre nichts für mich.«

»Nein, sicher nicht. Aber bitte, reite, wann immer du willst!«

»Sehr freundlich.«

Er lächelte mich ziemlich hämisch von der Seite an. »Erzähl mir von Lamason!«

»Oh, das ist eine sehr vornehme Schule.«

»Wo man Wildfänge in junge Damen verwandelt.«

»Das ist der Sinn der Sache.«

»Und du meinst, sie haben bei dir und Lavinia zufriedenstellende Arbeit geleistet?«

»Für Lavinia kann ich nicht sprechen. Frag sie selbst!«

»Und bei dir?«

»Das müssen andere beurteilen.«

»Willst du mein Urteil hören?«

»Eigentlich nicht. Es wäre sowieso nicht ehrlich, weil du mich kaum kennst.«

»Ich dachte, ich kenne dich sehr gut.«

»Ich wüßte nicht, woher. Wir sehen uns so selten.«

»Es gab entscheidende Momente. Weißt du noch, wie du den Pfauenfächer genommen hast?«

»Auf deinen Befehl, o ja. Sag, wie geht es deiner Tante Lucille?«

»Sie ist völlig abwesend und lebt in ihrer eigenen Welt.«

»Hat sie noch die indischen Dienstboten?«

»Ja. Sie würden sie nie verlassen, und sie wäre ohne diese Diener völlig verloren.« Nach einer kurzen Pause sagte er: »Du fährst also bald nach London.« Die Kutsche tat einen Ruck, und ich fiel gegen ihn und hielt mich an seinem Mantel fest. Er lachte.

»Nichts passiert. Ich sagte ja, bei mir bist du gut aufgehoben.«

»Ich muß jetzt wirklich nach Hause. Ich habe eine Menge zu tun.«

»Reisevorbereitungen für deinen Londonbesuch.«

»Das und einiges mehr.«

»Wie lange bleibst du weg?«

»Ungefähr eine Woche.«

»Du hast dein altes Kindermädchen sehr gern.«

»Sie ist eigentlich nicht alt. Polly gehört zu den Menschen, die nie alt werden.«

»Deine Anhänglichkeit ehrt dich.«

»Ist es wirklich so ehrenvoll, seine wahren Gefühle zu zeigen?«

»Nein, sicher nicht. Wir sind gleich da. Da siehst du, wie artig ich bin. In drei Minuten setz' ich dich vor dem Pfarrhaus ab.«

»Danke.«

Er hielt vor dem grauen Steingebäude an, sprang herab und half mir hinunter. Er ergriff meine Hände und lächelte mich an.

»Hoffentlich finden die Geschenke Anklang.«

»Welche Geschenke?«

»Der Blasebalg und die Babysachen.«

Zu meinem Verdruß wurde ich wieder rot. Er reichte mir meine Tasche, ich bedankte mich und ging ins Haus.

Ich war verwirrt. Er brachte mich immer aus der Fassung. Zu dumm, daß er meine Einkäufe gesehen hatte! Was mochte er sich wohl gedacht haben?

Vater meinte, ob es klug von mir sei, allein nach London zu reisen?

»Mein lieber Vater«, erwiderte ich, »was kann mir schon zustoßen? Ich steige unter den Augen des Stationsvorstehers Mr. Hanson und des Trägers Mr. Briggs in den Zug. Wenn ich ankomme, erwartet mich Polly. Ich bin doch jetzt erwachsen.«

»Trotzdem...«

»Mir wird schon nichts passieren.«

Am Ende sah er ein, daß mir nichts zustoßen konnte, und ich reiste mit meiner Schachtel, die die Geschenke enthielt, und meinem wenigen Gepäck ab. Ich setzte mich im Abteil ans Fenster und schloß die Augen, während ich mich der Vorfreude auf das Wiedersehen mit Polly, Eff und dem Baby hingab.

Die Tür ging auf. Fabian trat in das Abteil. Er lächelte frech. »Ich muß unerwartet nach London. Wie nett, wir können zusammen fahren. Du scheinst aber nicht gerade erfreut zu sein.«

»Es kommt so überraschend...«

»Überraschungen sind etwas Angenehmes, findest du nicht?«

»Manchmal.«

Er setzte sich mir gegenüber und verschränkte die Arme. »Deinem Vater wäre es bestimmt sehr recht. Ich glaube, er ist etwas besorgt, weil du allein reist. Das tun junge Damen gewöhnlich nicht, oder?«

»Ich bin der Meinung, daß junge Damen nicht so schwach sind, wie manche Leute anzunehmen scheinen.«

»Warum tun sie das wohl?«

»Oh, das ist eine männliche Erfindung, damit die Männer ihre Überlegenheit zeigen können.«

»Glaubst du wirklich daran?«

Der Zug setzte sich in Bewegung.

»Woran?« fragte ich.

»An die männliche Überlegenheit.«

»Natürlich nicht.«

»Dann sind also die Männer unterlegen?«

»Das hab' ich nicht gesagt.«

»Das ist nett von dir.«

»Nein, nur vernünftig. Die Geschlechter sind so beschaffen, daß sie einander ergänzen.«

»Steht das nicht in der Bibel? Ich glaube aber, es gibt mehrere Stellen, wo auf die untergeordnete Rolle der Frau hingewiesen wird. Der heilige Paulus...«

»Ach, der heilige Paulus! Hat er nicht die Frauen als eine Versuchung bezeichnet und ihnen das zum Vorwurf gemacht?«

»So? Du kennst die Bibel sicher besser als ich. Das kommt alles daher, daß du so eine geschliffene junge Dame bist.«

»Danke.«

»Wie lange gedenkst du in London zu bleiben?«

»Eine Woche. Ich möchte Vater nicht länger allein lassen.«

»Er war im Winter sehr krank, hörte ich. Ich verstehe deine Besorgnis. Der Vikar soll ein recht beliebter junger Mann sein.«

»Er ist hilfreich und in der Gemeinde beliebt, was sehr wichtig ist.«

»Es ist für uns alle wichtig, beliebt zu sein.«

»Aber besonders für jemanden in seiner Stellung. Ich nehme zum Beispiel nicht an, daß du dich viel darum kümmerst, ob du beliebt bist oder nicht.«

»O doch, mir liegt sehr viel daran... was manche Menschen betrifft.« Er lächelte mich auf diese mir nun schon vertraute rätselhafte Weise an. »Dies ist wirklich eine sehr angenehme Art zu reisen. Gewöhnlich tut es mir leid um die Zeit.«

»Dabei wirst du bestimmt viel unterwegs sein.«

»Ach, du meinst, weil ich demnächst nach Indien gehe. Ende des Jahres wahrscheinlich. Carruthers kommt mit. Wir sind mit dem Gedanken aufgewachsen, daß wir eines Tages in die Ostindische Kompanie eintreten. Mein Onkel, der Bruder meines Vaters, hat Kontore in London. Dort bin ich ab und zu... Erfahrungen sammeln, sozusagen.«

»Das ist bestimmt interessant.«

»Die Kompanie, o ja. Sie ist tief in der Geschichte verankert. Wie du weißt, fing der Handel mit Indien an, als Vasco da Gama die Ostpassage entdeckte und vor Kalkutta Anker warf. Aber die Portugiesen gründeten keine Handelsgesellschaft, das haben sie uns überlassen. Hast du gewußt, daß Königin Elizabeth uns eine Handelskonzession eingeräumt hat? Es war am allerletzten Tag des 16. Jahrhunderts. Du siehst also, unsere Wurzeln reichen weit in die Vergangenheit zurück, und die Familie ist dieser Tradition verpflichtet.«

»Du bist gewiß sehr stolz auf deine Vorfahren.«

»Wir haben auch eine Schar Sünder darunter.«

»Die gibt es in jeder Familie.«

»In einigen mehr als in anderen. Ich nehme an, in deiner ehrenwerten Familie kommt höchstens mal gelegentlich ein geringfügiges Vergehen vor.«

»Es ist vielleicht besser, nicht nachzuforschen.«

»Da magst du recht haben, aber in einer Familie wie der unseren wird alles aufgezeichnet. Wir wissen, daß ein Vorfahre zu den Gründern der Kompanie gehörte, und wir wissen etwas über das Leben seiner Nachfolger. Die Menschen sind unberechenbar, findest du nicht? Die so tugendhaft erscheinen, haben oft ihre Geheimnisse, und in den Schurken steckt ein Körnchen Güte.«

»Erzähl mir von den Geschäften! Mit was für Waren handelt ihr?«

»Wir schicken Gold- und Silberbarren, Wollzeug, Eisenwaren

und dergleichen nach Indien und bringen von dort Seide, Diamanten, Tee, Porzellan, Pfeffer, ungebleichte Baumwollstoffe, Arzneimittel und so weiter mit. Aber wir haben uns mit dem bloßen Warentausch nicht zufriedengegeben. Wir wollten auch politisch tätig werden und haben die indischen Fürsten in ihren gegenseitigen Querelen unterstützt. Wir gewannen Macht und Einfluß, so daß man sagen könnte, daß die Ostindische Kompanie der wahre Herrscher von Indien ist.«

»Nehmen die Inder das nicht übel?«

»Ein Teil schon. Der andere sieht die Vorteile, die das Land dank uns hat. Die Franzosen hatten auch eine Ostindische Kompanie, was zu Streitigkeiten zwischen unseren zwei Ländern geführt hat.«

»Mir scheint, dieses Machtstreben verursacht viel Ärger.«

Er nickte. »Jetzt aber genug von der Kompanie! Was hast du vor, wenn du wieder zu Hause bist?«

»Im Augenblick helfe ich in der Gemeinde und kümmere mich um meinen Vater. Eine Pfarrersfamilie hat viele Pflichten zu erfüllen. Das werde ich wohl auch in Zukunft tun.«

»Sonst hast du keine Pläne? Reisen zum Beispiel? Du warst ja schon in Frankreich... und Lindenstein.«

Ich erwiderte hastig: »Mal abwarten.«

»Einige sind ungeduldig und helfen dem Schicksal nach. Ich will dir was sagen: Daß wir zwei allein in einem Abteil reisen, war kein Zufall. Ich habe den Schaffner bestochen.«

»Warum?«

»Ich dachte, es wäre interessant, sich etwas näher kennenzulernen. Mitreisende hätten unser kleines Tête-à-Tête nur gestört.«

»Ich verstehe nicht, warum du dir die Mühe machst.«

»Ich mache mir viel Mühe, um zu erreichen, was ich will. Wie gesagt, ich helfe dem Schicksal gern ein wenig nach.«

Ich war etwas erschrocken. Ich wußte nicht, worauf er es abgesehen hatte. Auf einen kleinen Flirt vielleicht? Er hielt mich wohl für ein unschuldiges Mädchen, das nur allzu bereit war, dem allmächtigen Herrn des großen Hauses in die Arme zu sinken. Wenn Lavinia aus ihren Erfahrungen auch nichts gelernt hatte, ich hatte aus ihnen eine ganze Menge gelernt.

Erleichtert stellte ich fest, daß der Zug in London einfuhr. Kühl sagte ich: »Wir sind da.«

Er nahm meinen Koffer.

»Das schaff' ich schon allein«, wehrte ich ab.

»Ich denke nicht daran, ihn dich tragen zu lassen.«

Mir schien, daß er bereits eine besitzergreifende Haltung annahm. Ich würde mich vor ihm hüten müssen. Er war der Typ, der glaubte, er brauche einem Mädchen nur zu winken, und schon komme sie angelaufen. Ganz Sir Fabian, reich und mächtig, der kleine Tyrann, zu dem seine Mutter ihn gemacht hatte.

Wir gingen den Bahnsteig entlang, und dort erwartete mich Polly. Sie machte ein erstauntes Gesicht, als sie mich mit einem Mann sah, und ihr Staunen verkehrte sich in Bestürzung, als sie Fabian erkannte. Ich lief zu ihr, und sie umarmte mich.

»O Polly, wie schön, dich zu sehen!«

»Na, für mich ist es auch nicht gerade unangenehm.« Sie hielt sich zurück, weil er dabei war.

»Sir Fabian hat freundlicherweise meinen Koffer getragen, Polly.«

Er verbeugte sich vor Polly. »Miss Delany und ich haben uns im Zug getroffen.«

»Ist das wahr?« sagte Polly in leicht angriffslustigem Ton. Sie hatte die Framlings nie leiden können, und ich wußte, daß sie dachte: Wer sind die denn schon? Führen nichts Gutes im Schilde, wenn sie Zug fahren und anderen Leuten die Koffer tragen. Ich kannte sie so gut, daß ich ihre Gedanken lesen konnte.

»Wir können uns 'ne Droschke nehmen, dann sind wir im Nu daheim«, sagte sie.

»Ich begleite Sie nach Hause«, sagte Fabian. »Ich kümmere mich um die Droschke.« Er sprach, als seien seine Worte Gesetz. Ich war ein wenig verärgert. Am liebsten hätte ich ihm meinen Koffer entrissen und ihm gesagt, daß wir seine Hilfe nicht brauchten. Aber damit hätte ich vielleicht etwas verraten, das ich besser verbarg.

Gebieterisch rief er eine Droschke herbei, und gleich darauf waren wir gemeinsam unterwegs. Ich versuchte, mit Polly zu schwatzen, als wäre er nicht da, und erkundigte mich nach Eff.

Eff gehe es sehr gut, berichtete Polly. Sie wolle eventuell das Haus Maccleston Nummer zehn übernehmen, wenn der alte Herr, der dort wohnte, ausziehe. Eff halte die Augen stets offen. Das Baby erwähnten wir nicht, dabei wußte ich, daß Polly ebenso begierig war wie ich, von der Kleinen zu sprechen.

Ich war froh, als die Fahrt vorüber war. Fabian stieg aus und trug meinen Koffer zur Haustür. Eff öffnete. Sie stieß einen Freudenschrei aus, als sie mich sah, dann erblickte sie Fabian und trat einen Schritt zurück.

Er lüftete den Hut und verbeugte sich.

»Das ist Sir Fabian Framling, ein Nachbar von uns«, stellte ich ihn vor. »Ich traf ihn im Zug.«

Ich sah schon, daß Eff überlegte, ob man ihn auf eine Tasse Tee und ein Stück Rosinenkuchen, den sie sicher gebacken hatte, hineinbitten könne, und sagte daher rasch: »Es war sehr liebenswürdig, Fabian. Vielen Dank!« Damit wandte ich mich ab, und er kehrte mit einer nochmaligen Verbeugung zu der wartenden Droschke zurück.

Wir gingen ins Haus. »Also so was!« sagte Polly. »Ich dachte, mich trifft der Schlag, als ich sah, wer das war.« Sie schüttelte besorgt den Kopf. Ich wollte ihr bei nächster Gelegenheit erklären, daß kein Grund zur Beunruhigung bestand.

Eff sagte: »Ich weiß, wen du sehen willst. Aber sie hält gerade ihr Schläfchen, und ich will sie nicht stören, sonst gibt's 'nen Aufstand, was, Poll?«

»Und ob«, sagte Polly.

»Na, wie wär's erst mal mit 'ner Tasse Tee? Ich hab' Rosinenkuchen.«

Bei Tee und Kuchen erfuhr ich dann, daß die Geschäfte immer besser gingen und das Baby mit jedem Tag hübscher wurde. Schließlich brachte Eff die Kleine herunter, und ich hielt sie auf dem Arm. Sie sah mich verwundert an, ihre Händchen umschlossen meine Finger, und etwas wie ein zufriedenes Lächeln erschien auf ihrem rosigen Gesichtchen. Sie war sehr weit für neun Monate, eine richtige kleine Persönlichkeit. Mich hatten solche unerwünschten Babys immer traurig gestimmt, aber dieses wurde dank Polly und Eff mit Liebe überschüttet.

Ich mußte an die anderen Babys denken, die um dieselbe Zeit geboren worden waren. Und was war aus Emmeline geworden? Ihr Kind wird bestimmt ein glückliches Zuhause haben. Und die arme Jenny, die vergewaltigt worden war? Ihre Familie wird sich gewiß um ihr Kind kümmern. Und Agatha? Sie war eine warmherzige Frau, die ihr Kind nie verlassen wird. Miriam freilich mußte ihres fortgeben, um ihre Ehe nicht zu gefährden. Ein trauriger Fall.

Der Blasebalg löste große Freude aus. »Das Feuer in der Küche wollte nie richtig in Gang kommen«, sagte Eff. Das Babyhäubchen wurde sogleich anprobiert, und Fleur befaßte sich interessiert mit den Strickschühchen. »Hübsch für ihren Mittagsschlaf«, sagte Polly. »Sie fängt schon an zu stehen. Hat wohl genug davon, auf allen vieren zu krabbeln.«

»Ist sie nicht ein kleiner Engel?« meinte Eff.

Ich bejahte.

»Eff verwöhnt sie«, sagte Polly.

»Das mußt du gerade sagen!« gab Eff zurück. »Ein Esel schilt den anderen Langohr!«

Alles war so heimelig, wie ich es nicht anders erwartet hatte. Polly war nach wie vor meine Zuflucht. Aber ich spürte, daß sie beunruhigt war. Als Eff sich am Abend zurückgezogen hatte, kam sie in mein Zimmer und sprach sehr ernst mit mir. »Ich hab' mir Sorgen um dich gemacht, Deborah. Daß du im Ausland warst, wollte mir gar nicht gefallen. Ich wußte nicht, was vorging. Fleur ist Lavinias Kind, das weiß ich jetzt. Ich dachte zuerst, es wäre deins.«

»Polly!«

»Deswegen haben wir sie ja gleich genommen. Ich hab' zu Eff gesagt: ›Mein Mädchen steckt in Schwierigkeiten. Wir müssen ihr helfen, und wenn das heißt, daß wir das Baby aufnehmen, gut, dann nehmen wir das Baby eben.‹ Ich weiß jetzt, daß es von Lavinia ist. Das sieht diesem Flittchen ähnlich. Bringt sich in Schwulitäten und läßt es die anderen ausbaden. Und jetzt dieser Fabian! Der hält sich wohl für den allmächtigen Gott persönlich. Aber ich wollte mit dir über Fleur sprechen.«

»O Polly, hat Lavinia etwa kein Geld geschickt?«

»Uns geht's nicht ums Geld. Aber Fleur ist eine Framling. Noch kann sie nicht zwischen dem Buckinghampalast und einer Mietskaserne unterscheiden. Solange wir für sie sorgen und sie küssen und herzen, ist sie zufrieden. Aber wenn sie größer wird, sind wir dann noch gut genug für sie?«

»Aber ja! Sie liebt euch beide. Sie ist so zufrieden bei euch.«

»Ja, sie ist ein liebes kleines Ding. Aber irgendwann muß man ihr sagen, wer sie ist, und sie braucht eine Ausbildung und all das.«

»Ich werde mit Lavinia sprechen, sobald ich Gelegenheit dazu habe, Polly.«

»Und nun zu dir! Was hast du vor?«

»Wie meinst du das, Polly?«

»Das weißt du genau. Dem Pfarrer geht's nicht gut, wie? Wie lange kann er noch arbeiten? Schätze, dieser Colin Brady wird die Pfarrei übernehmen. Gefällt er dir?«

»Du versuchst doch nicht etwa, ein bißchen zu kuppeln, Polly?«

»Mit solchen Dingen ist nicht zu spaßen. Ich sähe dich gern gesichert. Du wärst mit ein paar Kinderchen glücklich, das weiß ich. Ich hab' dich mit Fleur gesehen. Du bist die geborene Mutter.«

»Du gehst mir zu schnell voran, Polly.«

»Aber du hast ihn gern, diesen Colin Brady?«

»Ja.«

»Und er ist ein guter Mensch.«

»Das ist er bestimmt.«

»Du willst doch nicht, daß einer dich aufliest, wie's ihm beliebt, und dich fallen läßt, wenn er genug hat.«

»Wen meinst du?«

»Diesen Sir Fabian.«

»Oh, der wird mich nicht auflesen. Er war bloß zufällig im Zug.«

»Manche Leute biegen alles so hin, wie sie's haben wollen.«

Ich dachte daran, daß er gesagt hatte, er helfe dem Schicksal gerne nach, und daß er die Begegnung absichtlich herbeigeführt habe. Ich war erfreut und erregt, weil er sich die Mühe gemacht hatte. Eigentlich hätte ich verärgert sein müssen, aber das war ich keineswegs.

Nach und nach entwand Polly mir die Geschichte, wie Lavinia sitzengelassen worden war. »Die zieht Schwierigkeiten ja regelrecht an«, sagte sie. »Vielleicht wird es ihr 'ne Lehre sein, obwohl ich es bezweifle. Die ist durch und durch verdorben. Früher oder später kommt sie wieder in Schwulitäten. Und wenn man bedenkt, daß dieser Sir Fabian der Onkel von unserer Fleur ist und es nicht weiß!«

»Er weiß ja nicht mal, daß es eine Fleur gibt.«

»Der würde 'nen schönen Schrecken kriegen, wenn er's wüßte. Kein Wunder, daß Lavinia alles daransetzt, um ihr kleines Geheimnis zu wahren. Mich haben Mädchen in Schwierigkeiten ja immer gedauert, aber ich kann nicht sagen, daß sie mir besonders leid tut.«

Polly und ich gingen ins Westend. Ich kaufte mir etwas zum Anziehen, für Polly ein Paar Handschuhe und für Eff einen Schal. Ich bezog mein Taschengeld von dem Guthaben, das meine Mutter mir hinterlassen hatte. Es war nicht sehr viel, aber wenigstens stand ich nicht mittellos da. Ich bot Polly an, ihr die Hälfte dessen, was ich besaß, für Fleur zu schicken, aber sie lehnte entrüstet ab. »Das wirst du nicht tun! Wenn du's tust, schicke ich es auf der Stelle zurück.« Sie bekräftigte, wie sehr sie und Eff an dem Kind hingen, und fuhr fort: »Wenn diese Lavinia sie je zurückhaben will, sie kriegt sie nicht. Wir würden bis zum Tod um Fleur kämpfen, ich und Eff, und Eff gewinnt immer, wie Vater zu sagen pflegte.«

Ich fragte mich oft, was Lavinia wohl machte und ob sie je an das Kind dachte. Letzteres bezweifelte ich.

Einmal fuhr ich das Baby vormittags im Park spazieren. Ich saß gedankenverloren auf einer Bank, während Fleur in ihrem Kinderwagen schlief, als ich plötzlich merkte, daß sich jemand neben mich gesetzt hatte. Mit einer Mischung aus Freude und Bestürzung sah ich, daß es Fabian war.

»Fabian, was... was tust du hier?« stammelte ich.

»Ich frohlocke über diesen glücklichen Zufall. Wie geht es dir? Du siehst gut aus, hast so rosige Wangen. Macht das die Londoner Luft oder das Wiedersehen mit deinem getreuen Kindermädchen?« Ich erwiderte nichts, und er fuhr fort: »Wem gehört denn das entzückende Kind?«

»Polly hat das Mädchen adoptiert.«

»Eine ungewöhnliche Frau, deine Polly. Das Häubchen steht der Kleinen gut.« Er sah mich schalkhaft an. »Es war eine gute Wahl. Und die gestrickten Schuhe.«

»Für die ist sie eigentlich schon zu groß, die waren keine so gute Wahl. Sie wird bald anfangen zu laufen, und dann braucht sie richtige Schuhe.«

»Das hättest du bedenken müssen. Wie emsig die zwei sind! Vermieten Wohnungen in eigenen Häusern und adoptieren ein Kind. Höchst ungewöhnlich! Sag, haben sie Maccleston Nummer zehn schon gekauft?«

»Nein, aber das kommt bestimmt noch. Bist du geschäftlich hier?«

Er sah mich mit einem halb amüsierten Lächeln an. »Ich sehe, du verdächtigst mich des Müßiggangs. Ich war zufällig in der Nähe, und als ich durch den Park kam, fiel mir ein, daß du hier wohnst. Zum Glück habe ich dich gesehen. Ich war überrascht. Zuerst hat mich der Kinderwagen stutzig gemacht, und ich dachte, das muß irgendeine junge Mutter sein, aber dann wurde mir klar, daß keine so aussehen kann wie du. Wann fährst du zurück? Sagtest du nicht, du wolltest eine Woche bleiben? Freitag ist es genau eine Woche. Hoffentlich hat sich der Besuch für dich gelohnt.«

»Sehr sogar.«

Fleur war aufgewacht, und nachdem sie uns einige Sekunden ernsthaft beäugt hatte, befand sie, lange genug ignoriert worden zu sein, und begann zu wimmern. Ich nahm sie aus dem Kinderwagen, und sogleich lächelte sie. Ich ließ sie auf dem Schoß ein bißchen auf und ab hopsen, was ihr offensichtlich gefiel. Sie bekundete großes Interesse für Fabian und griff nach einem Knopf an seinem Rock. Dann sah sie ihm aufmerksam ins Gesicht.

»Ist das ein Ausdruck der Mißbilligung?« fragte er.

»Ich weiß nicht recht, aber jedenfalls zeigt sie Interesse.«

Fleur lachte, als fände sie Fabian amüsant.

»Sie wird bald anfangen zu sprechen«, sagte ich. »Sie möchte dir etwas sagen, aber sie findet noch keine Worte.«

»Ein süßes Geschöpf.«

»Ja, das finden wir auch, Polly, Eff und ich.«

Bei der Erwähnung von Eff begann Fleur zu plappern: »Eff, Eff, Eff.«

»Siehst du«, sagte ich, »sie fängt schon an zu sprechen.«

»Für mich hat sich das nicht wie Sprechen angehört.«

»Doch, du mußt nur richtig hinhören. Sie sagt Eff.«

»Effeff, eff«, echote Fleur.

»Wie heißt sie?« fragte er.

»Fleur.«

»Eine kleine französische Blume. Ist sie Französin?«

»Davon hat Polly nichts gesagt.«

»Aber sie haben ihr einen französischen Namen gegeben.«

»Vielleicht hatte sie ihn schon, bevor sie zu ihnen kam.«

Ich versuchte, Fleur zum Loslassen des Knopfes zu bewegen, aber sie weigerte sich, und als sie es schließlich tat, schnappte ihre Hand nach Fabians Ohr. »Sie mag dich«, sagte ich.

»Ich wollte, sie würde ihre Zuneigung auf andere Weise bekunden.«

»Komm, Fleur!« sagte ich. »Es ist Zeit, nach Hause zu gehen. Polly und Eff werden schon auf dich warten. Sie werden böse, wenn ich zu lange mit dir ausbleibe.«

»Ich hab' eine Idee«, sagte Fabian. »Bring das Baby zurück, dann lade ich dich zum Mittagessen ein.«

»Das ist nett von dir, aber ich bin nur noch kurze Zeit hier. Ich möchte bei Polly bleiben.«

»Na schön. Aber dann reisen wir gemeinsam zurück.«

Ich erwiderte nichts. Ich legte die leicht protestierende Fleur wieder in den Kinderwagen und wandte mich zu Fabian um. Er stand da, den Hut in der Hand, und verbeugte sich. »Auf Wiedersehen«, sagte ich.

»*Au revoir*«, antwortete er vielsagend.

Ich erzählte Polly nicht, daß ich ihn im Park getroffen hatte, weil ich wußte, daß sie das beunruhigen würde.

Es war am nächsten Morgen. Polly und ich saßen zusammen beim Frühstück. Da Eff sehr zeitig frühstückte, konnten Polly und ich nach Herzenslust miteinander plaudern. Ich glaube, daß

Eff sich absichtlich rar machte, um uns Gelegenheit zum Schwatzen zu geben.

Polly hatte die Zeitung durchgesehen und rief, sobald ich erschien: »Hier, was sagst du dazu?«

Ich setzte mich erwartungsvoll hin.

»In The Firs hat es gebrannt. Im Pflegeheim, steht da, am New Forest.« Sie las vor: »›The Firs-Pflegeheim. Entsetzlicher Brand, vermutlich von einem Patienten gelegt. Das Feuer war schon länger im Gange, bevor es entdeckt wurde. Die Besitzerin, Mrs. Fletcher, kam ums Leben. Wie viele Personen starben, ist noch nicht bekannt, aber man fürchtet, daß mehrere Menschenleben zu beklagen sind. Viele Insassen litten an Geistesschwäche...«

Ich starrte vor mich hin? War Janine unter den Opfern? Wie viele Frauen, die gerade ein Kind erwarteten, mochten gestorben sein? Ich dachte an die Herzogin und den jungen Mann, den Tante Emily Janine zugedacht hatte. Ich nahm an, George hatte eines der Feuer angezündet, die er so oft in Schränken und dergleichen vorbereitet hatte.

Ich erzählte Polly von George Thomson.

»Gottlob ist es nicht passiert, als ihr dort wart!« sagte sie.

Ich mußte den ganzen Tag an The Firs und Tante Emily denken, an Janine und die Leute, die ich dort kennengelernt hatte. Wie leicht hätte es geschehen können, als wir dort waren. Ich blätterte die Zeitungen durch, auch am nächsten Tag, aber die Angelegenheit weckte wohl nicht genügend Interesse für weitere Schlagzeilen.

Dann kam der Tag meiner Abreise. Eine Stunde vor Abfahrt des Zuges erschien Fabian mit einer Droschke, um mich abzuholen. Der Drei-Uhr-Zug war der einzige, der nachmittags ging, daher ahnte er wohl, daß ich diesen nehmen würde.

Eff öffnete auf sein Klopfen. Sie war sichtlich überrascht und beeindruckt. Sie sah es gern, wenn vornehme Leute ins Haus kamen. Sie sagte, es mache einen guten Eindruck bei den Nachbarn.

Mir blieb nichts anderes übrig, als sein Angebot anzunehmen. Polly kam mit zum Bahnhof, aber Fabians Gegenwart unterband eine vertrauliche Unterhaltung. Er war sehr liebenswürdig zu ihr und bestand darauf, daß der Kutscher wartete, um sie wieder zurückzubringen; er bezahlte die Fahrt.

»Das ist nicht nötig«, sagte Polly. Er aber wehrte ihren Protest ab, und Polly mußte sich, wenn auch widerwillig, fügen. Und ich wußte, daß es sie beunruhigte, mich mit Fabian im Abteil zu wissen.

Er dagegen schien mit seinem Schachzug sehr zufrieden zu sein.

»Zwei außergewöhnliche Frauen«, sagte er, als wir London verließen. »Und dann das Baby. Ich hab' gemerkt, wie gern du die Kleine hast. Ein entzückendes Kind. Ich finde, sie sieht ein bißchen französisch aus.«

»Ach, wirklich?« zwang ich mich zu sagen.

»O ja. Und dann der Name Fleur. Ich weiß nicht, ob er in Frankreich sehr gebräuchlich ist, aber er ist reizend, nicht wahr?«

»Ja.«

»Da fragt man sich, wer ein solches Kind im Stich lassen konnte. Ich würde gern die Geschichte ihrer Herkunft erfahren. Eine Liaison, stelle ich mir vor, bei der beiden Beteiligten klargeworden ist, daß sie einen Fehler gemacht haben.«

»Vielleicht.«

»Höchstwahrscheinlich. Kennst du die Umstände, wie die beiden Frauen die Adoption vorgenommen haben?«

»Ich weiß nicht, wie so etwas geht.« Ich sah aus dem Fenster.

»Interessante Aussicht«, meinte er.

»Die Bezirke um London sind sehr reizvoll.«

»Allerdings. Sie strahlen so einen friedlichen Wohlstand aus. Nichts Schroffes, alles sauber und adrett. Mir scheint, daß sich selbst die Bäume den Konventionen unterwerfen. Ganz anders als in Lindenstein zum Beispiel.«

Mir wurde übel vor Furcht. Sicher ahnte er etwas und war entschlossen, es mir zu entlocken. Er spielte mit mir wie eine Katze mit der Maus, bevor sie sie endlich tötet.

»Ach, Lindenstein«, murmelte ich betont lässig.

»Ziemlich flach, fand ich. Und kahl. Eigentlich verwunderlich, wenn man die Lage bedenkt. Das würde man nicht vermuten.«

Er versuchte, mir eine Falle zu stellen. Ich erinnerte mich an Gesprächsfetzen, als er uns damals besucht hatte, und da war von

einem gebirgigen Land die Rede gewesen. Mir wurde sehr unbehaglich zumute. Ich wandte mich vom Fenster ab und begegnete
seinem forschenden, leicht amüsierten Blick. Wollte er mir sagen, er wisse, daß ich nie in Lindenstein war? Ich merkte, daß er
sich sein Teil dachte. Lavinia und ich hatten die Schule in Frankreich am Ende des Schuljahres verlassen und gesagt, wir besuchten die Prinzessin. Wir waren zwei Monate fort gewesen, und
nun gab es ein mysteriöses – französisches – Baby, das von meinem getreuen Kindermädchen adoptiert worden war. Ich stellte
mir vor, wie er zwei und zwei zusammenzählte und die Lösung
gefunden zu haben glaubte. Die Schlußfolgerung mußte für ihn
auf der Hand liegen. Ich war empört. Am liebsten hätte ich ihm
gesagt, er solle mit seiner unverschämten Forscherei aufhören
und seine Schwester um eine Erklärung bitten.

Ich sagte kühl: »Ich nehme an, überall ist es anders, als wir erwarten. Vielleicht ist es nicht klug, Vergleiche zu ziehen.«

»Sicher, Vergleiche sind immer problematisch.« Er sah mich immer noch amüsiert an. Er mußte doch Lavinias Beteiligung an
der Geschichte in Betracht ziehen. Da er sie kannte, konnte er
nicht annehmen, daß sie sich für eine Freundin opfern würde.
Wäre ich diejenige gewesen, die etwas zu verbergen hatte, würde
sie niemals so viele Mühen auf sich genommen haben, um mir zu
helfen.

Am liebsten hätte ich ihn angeschrien: »Ihr Framlings legt ein so
überhebliches Benehmen an den Tag, dabei seid ihr es, die all den
Ärger verursachen.«

Er mußte gemerkt haben, daß ich erregt war, und sprach nun
recht sanft. »Ich hoffe, daß es deinem Vater besser geht, wenn du
zurückkommst.«

»Das hoffe ich auch. Er ist natürlich erheblich von seinen Pflichten entlastet, seit Colin Brady da ist.«

»Ach ja, der Vikar. Er soll recht tüchtig sein. Er möchte sich bestimmt eines Tages gern selbständig machen.« Wieder bedachte
er mich mit diesem forschenden Blick. »Ihr habt gewiß sehr viel
gemein.«

Ich hob die Augenbrauen.

»Ihr gehört sozusagen beide zum geistlichen Stand. Du durch

den Zufall deiner Geburt, er aus freien Stücken. Und ihr versteht euch offenbar gut.«

»Mit Mr. Brady muß man sich einfach gut verstehen. Er ist zu jedermann freundlich.«

»Ein bewundernswerter junger Mann.« Wieder dieses fast spöttische Lächeln. Ich wurde noch verärgerter. Zuerst hatte er angenommen, daß ich in Frankreich eine Liaison hatte, deren Resultat Fleur war, und jetzt gedachte er mich mit Colin Brady zu verheiraten. Es war wirklich unverschämt, wie er sich in der Rolle des Grundherrn gefiel, der sich um das Wohl seiner Untergebenen kümmert. Ich hätte ihm am liebsten gesagt, daß ich seine Gesellschaft nicht gesucht habe und seine Mutmaßungen mir egal seien, aber ich tat natürlich nichts dergleichen, und alsbald wechselte er das Thema. Er sprach von Indien, das ihn sichtlich faszinierte. Er habe Land und Leute noch nicht gesehen, sagte er, lerne aber so viel darüber, daß er das Gefühl habe, allmählich damit vertraut zu sein.

Ich hörte mit Interesse von den Menschen, dem Kastenwesen, der Macht der Kompanie sowie den Märkten und exotischen Waren, die dort feilgeboten wurden. Ich war ganz hingerissen, konnte jedoch unser vorangegangenes Gespräch nicht vergessen, und ich konnte ihm selbstverständlich nicht sagen, daß seine Schwester und nicht ich im Mittelpunkt eines Dramas stand.

Alsbald dampfte der Zug in unseren Bahnhof ein. Ein Stallbursche der Framlings war mit der Kutsche gekommen, und Fabian fuhr mich zum Pfarrhaus. Er nahm meine Hand und lächelte mich an, als er sich verabschiedete. Es sei eine sehr interessante und aufschlußreiche Fahrt gewesen, sagte er vieldeutig.

Mir war sehr unbehaglich zumute. Auch ging mir der Brand in The Firs nicht aus dem Sinn, und ich fragte mich, welche von den Menschen, die ich dort gekannt hatte, zu den Opfern zählten. War Janine unter ihnen?

Mrs. Janson berichtete, während meiner Abwesenheit sei im Pfarrhaus alles gut verlaufen. Meinem Vater sei es einmal ziemlich schlecht gegangen, aber sie habe es nicht für notwendig erachtet, mich aus dem Urlaub zu holen. Dieser Mr. Carruthers sei ein-, zweimal dagewesen. Seine Besuche hätten auf den Pfarrer wie ein Tonikum gewirkt. Und Mr. Brady habe natürlich nach dem Rechten gesehen.

Im Laufe der folgenden Woche erreichte meine Freundschaft mit Dougal Carruthers sowie die mit Colin Brady eine neue Ebene. Dougal kam oft herüber, und Vater legte großen Wert darauf, daß ich mich an den Gesprächen beteiligte. »Mr. Carruthers' Stärke sind die Angelsachsen«, sagte er. »Er kennt sich gut in der früheuropäischen Geschichte aus. Du wirst hochinteressant finden, was er zu sagen hat.«

Und es stimmte, was mich selbst überraschte. Dougal brachte mir Bücher mit, und ich war froh über die Ablenkung, denn die Begegnungen mit Fabian hatten mich mehr aufgewühlt, als ich mir zunächst eingestanden hatte. Ich mußte unentwegt an seine Anspielungen denken. Wenn Lavinia zurückkehrte, wollte ich ihr sagen, sie müsse ihrem Bruder erklären, welche Rolle ich bei dem Abenteuer gespielt hatte. Er sollte nicht annehmen, ich hätte mich zuerst auf eine Affaire eingelassen und dann mein Kind weggegeben, sei es auch an ein vertrauenswürdiges Kindermädchen. Lavinia *mußte* es ihm erklären.

Ich wünschte es wäre mir gelungen, nicht mehr an Fabian zu denken. Ich war mir über meine Gefühle für ihn nicht im klaren, doch zuweilen grenzten sie an Abneigung. Einerseits fürchtete ich, ihm zu begegnen, was, da wir so nahe beieinander wohnten, jederzeit möglich war, andererseits hoffte ich es. Er gab mir das Gefühl, lebendig zu sein. Unsere Begegnungen waren ein erquickliches Erlebnis gewesen.

Und ich wünschte es wäre mir gelungen, nicht mehr an den Brand in The Firs zu denken. Janine ging mir nicht aus dem Kopf. Was war aus ihr geworden? Sie wußte, wo wir wohnten, vielleicht würde sie sich mit uns in Verbindung setzen. Ich vermutete, daß ihre Tante ein Vermögen angehäuft und Janine wohlversorgt zurückgelassen hatte. Ich wünschte, die Zeitungen hätten mehr darüber berichtet.

Meine Freundschaft mit Dougal machte Fortschritte. Allmählich glaubte ich, daß er nicht nur meines Vaters wegen ins Pfarrhaus kam, sondern auch, um mich zu sehen.

Die Vergangenheitsforschung fesselte mich eine Weile, vor allem, weil ich mich von Fabian und von dem, was er über mich denken mochte – falls er überhaupt noch einen Gedanken an mich verschwendete – ablenken mußte. Außerdem hatte ich wirre Träume von The Firs. Ich war wieder in dieser Unterwelt, von seltsamen Menschen umringt. Ich sah George seine Feuer vorbereiten und mitten in der Nacht herumschleichen, um eins anzuzünden. Ich träumte, daß ich erwachte, die Lungen voll erstickendem Rauch. Wie furchtbar für die Menschen, die an so einem Ort gefangen waren!

Auch Colin Bradys Verhalten mir gegenüber hatte sich geändert. Die kirchlichen Angelegenheiten brachten uns einander näher. Er besprach sie stets mit mir: welche Lieder für bestimmte Gottesdienste auszuwählen waren, wer auf dem jährlichen Wohltätigkeitsbasar welchen Stand haben sollte, und wann die Framlings gefragt werden mußten, wenn wir den Basar auf ihrem Grund und Boden veranstalten wollten.

Ich glaubte, Colin hatte Pläne, was nur natürlich für einen jungen Vikar war, der eine Beförderung anstrebte. Diese Pfarrei schien wie geschaffen für ihn. Ein Pastor braucht eine Ehefrau; die Beförderung wird einfacher, wenn er die richtige Frau hat. Die Pfarrerstochter kam da wie gerufen, und es war wahrscheinlich, daß ihm die Pfründe zufallen würde, wenn er mich heiratete.

Ich dachte wie die meisten Mädchen ans Heiraten, aber ich hatte im Garten der Framlings erfahren, daß ich unansehnlich war. Und ich wußte, daß unansehnliche Mädchen nicht so leicht einen Mann bekamen wie hübsche. Ich hatte mir eingeredet, wenn mich niemand heiraten wolle, mache es mir nichts aus; ich würde auf mich selbst gestellt sein und nicht auf die Launen eines Mannes Rücksicht nehmen müssen.

Meine Chancen, sofern ich überhaupt welche hatte, waren gering, und Polly würde sagen, ein vernünftiges Mädchen würde sie nicht unbedacht vertun. Aber ich hatte mir in den Kopf gesetzt, lieber gar nicht zu heiraten, als Colin Brady als bequeme Lösung zu dienen.

Gleichzeitig muße ich mir eingestehen, daß ich ein klein wenig für Dougal Carruthers schwärmte. Er sah einigermaßen gut aus, war freundlich und höflich zu jedermann. Mrs. Janson war jedesmal erfreut, wenn er zum Mittagessen blieb. Sie hatte auch Colin Brady sehr gern, aber ich glaube, für Dougal Carruthers hegte sie eine besondere Bewunderung.

Ich begann mich verstärkt für Geschichte zu interessieren, und er brachte mir Bücher mit, über die wir dann diskutierten. Eines Tages schlug er vor, nach Grosham Castle zu reiten, das etwa dreizehn Kilometer entfernt lag. Es war ein Tagesausflug, und Mrs. Janson gab uns ein Picknick mit. Wir brachen frühmorgens von den Framlingschen Stallungen aus zu der Burg auf. Es war ein herrlicher Sommertag, nicht zu heiß, und es ging ein leichter Wind.

Dougal hatte keine Eile. Er wollte die Landschaft genießen. Er interessierte sich auch für die Tierwelt. Wir ließen unsere Pferde nebeneinandergehen, damit wir uns besser unterhalten konnten. Er sagte mir, er freue sich nicht auf Indien. Er würde lieber zu Hause bleiben und an einer Universität seine Forschungen betreiben.

Gegen Mittag erreichten wir die Burg. Die Sonne wurde warm, und da wir früh aufgebrochen waren, wollten wir nur einen kurzen Blick auf die Ruinen werfen und uns dann an dem, was Mrs. Janson uns mitgegeben hatte, laben. Danach konnten wir eine gründlichere Besichtigung vornehmen.

Grosham war verfallen, aber die Außenmauern standen noch, und wer auf sie zuritt, konnte nicht ahnen, daß das Innere zerstört war. Wir bahnten uns einen Weg über hochragende Steine, die Teile einer Innenmauer, an zerbrochenen Säulen vorbei über Gras, das dort wuchs, wo sich einst eine mit Platten belegte Halle befunden hatte.

Dougal war regelrecht entrüstet, denn Grosham hatten nicht Alter und Zerfall ruiniert, sondern Cromwells Soldaten.

Im Schatten der Burg öffneten wir den Picknickkorb. Es gab gebratene Hühnerschenkel mit Salat, knuspriges Brot und ein Töpfchen Butter, ferner Obst und eine Flasche von Mrs. Jansons selbstgemachtem Holunderwein. Wir waren hungrig, und das Mahl schmeckte köstlich.

Ich genoß die Unterhaltung mit Dougal, und da ich, seit ich ihn kannte, sehr viel gelesen hatte, konnte ich selbstbewußt mitreden.

Ich hatte ihn selten so aufgebracht gesehen. »Sich vorzustellen, daß diese Burg heute vollkommen intakt sein könnte, wäre dieser Vandale nicht gewesen!«

»Sie sprechen natürlich von dem selbstgerechten Oliver.«

»Ich hasse es, wenn man schöne Dinge zerstört.«

»Aber er hielt sie für sündig.«

»Er muß ein Narr gewesen sein.«

»Für einen solchen wird er im allgemeinen nicht gehalten.«

»Die Menschen können in mancher Hinsicht klug und in anderer Hinsicht töricht sein.«

»Das stimmt. Cromwell hat eine Armee aufgestellt und Bauern das Kämpfen gelehrt. Er hat einen Krieg gewonnen und eine Zeitlang das Land regiert.«

»Er hat schöne Dinge vernichtet, und das ist unverzeihlich.«

»Schlimmer noch, er hat Krieg geführt und Menschen vernichtet. Aber er glaubte, im Recht zu sein und Gott auf seiner Seite zu haben. Kann man den Menschen zum Vorwurf machen, daß sie tun, was sie für richtig halten?«

»Es ist arrogant, sich im Recht zu dünken, wenn so viele Menschen anderer Ansicht sind.«

»Es ist schwer zu entscheiden, ob er im Recht war oder nicht. Manche Historiker stimmen ihm zu, andere vertreten einen völlig entgegengesetzten Standpunkt. Es ist nicht leicht, sich über einen solchen Menschen ein Urteil zu bilden. Über Leute wie Nero und Caligula gibt es wohl kaum Zweifel, aber Ihre Ansicht über Oliver Cromwell ist Ihre ganz private Meinung.«

»Er hat schöne Dinge vernichtet«, beharrte Dougal, »und das kann ich ihm nicht verzeihen. Wenn Menschen im Namen Gottes töten, bringt mich das stärker gegen sie auf, als wenn sie unverhüllt grausam sind. Diese Burg ist nur ein Beispiel. Wenn man bedenkt, was er im ganzen Land angerichtet hat...«

»Ich weiß. Aber es kommt doch darauf an, daß er *glaubte*, im Recht zu sein und für die Menschen das Beste zu tun.«

»Das hat vielleicht etwas für sich. Doch ich liebe das Schöne so leidenschaftlich. Ich ertrage es nicht, es zerstört zu sehen.«

»Schöne Dinge bedeuten Ihnen wohl mehr als den meisten Menschen. Cromwell sah sie als sündig an, weil die Menschen sie mehr verehrten als Gott.«

Er ereiferte sich im Gespräch. Sein blasses, asketisches Gesicht hatte etwas Farbe bekommen. Ich glaube, ich könnte ihn sehr gern haben, dachte ich. Er gehört zu denen, die interessanter werden, je besser man sie kennt. Ich konnte mir vorstellen, wie ich seine Interessen auch zu den meinen machte. Es würde ein erfülltes, lohnendes Leben sein. Er hatte mir bereits neue Vorstellungen vermittelt. Er war ein Verstandesmensch und liebte die Menschen, abgesehen von denen, die schöne Dinge verwüsteten. Nie hatte ich ihn über eine lebende Person solche Entrüstung äußern sehen wie über Oliver Cromwell.

Er schien meine Gedanken gelesen zu haben. »Es war mir ein großes Vergnügen, Sie und Ihren Vater kennenzulernen«, sagte er.

»Das Vergnügen war ganz auf unserer Seite.«

»Miss Delany, es scheint mir absurd, Sie so formell anzureden, wenn uns eine solche Freundschaft verbindet. Vielleicht darf ich Sie Deborah nennen.«

»Eine gute Idee«, erwiderte ich lächelnd.

»Deborah…«

Ich erfuhr nie, was er zu sagen beabsichtigte, denn just in diesem Augenblick hörten wir Pferdegetrappel, und als Dougal überrascht innehielt, ritt Fabian heran.

»Huhu«, rief er. »Ich wußte, daß ihr hierherkommt, und da dachte ich, ich leiste euch Gesellschaft. Oh, es gibt was zu essen! Ausgezeichnete Idee!« Er stieg ab und band sein Pferd mit den unseren zusammen. »Wollt ihr mich einladen, mich zu euch zu setzen?«

Ich war leicht verärgert. Heiter und zufrieden hatte ich Dougal zugehört, und nun war dieser Mensch aufgetaucht, um mich in Alarmbereitschaft zu versetzen und diese Heiterkeit zu zerstören.

Ich konnte es mir nicht verkneifen zu sagen: »Mir scheint, du hast dich bereits selbst eingeladen, Fabian.«

»Ich dachte mir, daß ihr nichts dagegen hättet. Ist das Hühnchen?« Er nahm sich einen Schenkel. »Das Brot sieht köstlich aus«, sagte er.

»Das hat Mrs. Janson gebacken.«

»Eine bewundernswerte Köchin, eure Mrs. Janson, das habe ich gemerkt, als ich das Vergnügen hatte, im Pfarrhaus zu speisen. Wie gut das schmeckt! Ich bin so froh, daß ich hergekommen bin.«

»Woher wußtest du, wo wir sind?« fragte Dougal.

»Ha! Hab' ich auf Umwegen erfahren. Die Quelle wird nicht verraten. Vielleicht möchte ich mich ihrer noch öfter bedienen. Eine herrliche alte Ruine, nicht wahr? Es überrascht mich nicht, daß sie euch so interessiert. Außen vollkommen, und innen nicht ganz das, was man erwarten würde. Wie bei manchen Menschen, die der Welt ein unschuldiges Gesicht zeigen und Geheimnisse verbergen.« Er sah mich dabei unverwandt an.

»Wir sprachen über Oliver Cromwell«, erklärte ich.

»Ein unangenehmer Bursche, fand ich immer.«

»Da ist jemand, der Ihnen zustimmt, Dougal«, sagte ich.

»Deborah hat ein gutes Wort für ihn eingelegt.«

Ich konnte Fabians Gedanken lesen: Deborah, Dougal? Er überlegte, was es bedeutete, daß wir uns beim Vornamen nannten. Er wirkte ein wenig verstimmt.

»Ach, bewundert Deborah den Kerl etwa?«

Ich erwiderte: »Er glaubte richtig zu handeln, und das muß man in Betracht ziehen, wenn man Menschen beurteilt.«

»Du bist sehr gerecht. Ich muß ihm natürlich dankbar sein, weil er Framling verschont hat.«

»Er war ein willensstarker Mann mit unumstößlichen Ansichten.«

»Das ist für einen Herrscher unumgänglich. Ist das Wein? Darf ich wohl etwas haben?«

Ich goß ein wenig in einen kleinen Becher. »Den habe ich leider schon benutzt«, sagte ich. »Mrs. Janson glaubte natürlich, wir seien nur zu zweit.«

»Ich bin entzückt, den Becher mit dir zu teilen.« Er lächelte mich an und nippte an dem Wein. »Götternektar«, murmelte er.

»Eure Mrs. Janson verköstigt euch ausgezeichnet.«

»Ich werde dein Kompliment weitergeben. Das wird sie bestimmt freuen.«

»Es ist entzückend, wir sollten so etwas öfter machen. Picknick im Freien! Wer hatte diese fabelhafte Idee? Du, Deborah, oder Dougal?«

»Mrs. Janson hat uns einfach etwas mitgegeben, da wir nicht zum Mittagessen zurück sein würden.«

»Eine überaus fürsorgliche Dame! Ja, wir sollten so etwas wirklich öfter machen. Dougal und Deborah, ihr könnt mir bestimmt sagen, welche Altertümer wir noch besichtigen sollen. Ich muß zugeben, von solchen Dingen verstehe ich recht wenig. Aber ich lasse mich gern belehren.«

Seit er da war, beherrschte er das Gespräch. Die Vertraulichkeit war dahin. Wir packten die Reste der Mahlzeit ein und besichtigten die Burg. Die Stimmung hatte sich verändert. *Er* war da und verursachte mir Unbehagen, indem er mir ab und zu einen amüsierten, forschenden Blick zuwarf, der mich gleichzeitig ärgerte und verwirrte. Der Nachmittag hatte seinen Zauber verloren. Fabian hatte so eine Art, unsere Bemerkungen über die Burg anmaßend klingen zu lassen. Wir kürzten die Besichtigung erheblich ab und kehrten etwa eine Stunde früher als geplant zu den Framlingschen Stallungen zurück.

Zwei Tage später kam Dougal ins Pfarrhaus. Vater bekundete seine große Freude, und Mrs. Janson brachte uns Wein und ihr spezielles Gebäck dazu ins Wohnzimmer. Sie schnurrte fast wie eine Katze vor Behagen. Sie sah es gern, wenn vornehme Besucher ins Pfarrhaus kamen, und Dougal war gewiß ein distinguierter Gast.

Sobald sie draußen war, schenkte ich den Wein ein.

Dougal sagte: »Ich bin gekommen, um Ihnen mitzuteilen, daß ich morgen abreise.«

»Ich hoffe, Sie kommen bald wieder«, erwiderte mein Vater.

»Das hoffe ich auch. Es gab einen Unfall in der Familie. Mein Cousin ist vom Pferd gestürzt und schwer verletzt. Ich muß zu ihm.«

»Ist es weit von hier?« fragte ich.

»Gut hundert Kilometer. Der Ort heißt Tenleigh.«

»Von dem habe ich gehört«, sagte Vater. »In der Nähe hat man einige Überreste der Römerzeit entdeckt, ich glaube, es war auf dem Anwesen des Earl of Tenleigh.«

»Ja, das stimmt.«

»Sehr interessant. Schöne Mosaiken und Bäder. Die Römer waren ein wunderbares Volk. Sie haben den Ländern, die sie besetzten, Nutzen gebracht, was für einen Eroberer freilich selbstverständlich sein sollte. Es war eine große Tragödie, daß sie so dekadent wurden und ihr Reich unterging.«

»Das ist das Schicksal vieler Kulturen«, bemerkte Dougal. »Es wiederholt sich fast so regelmäßig wie ein vorgegebenes Muster.«

»Vielleicht bricht eines Tages eine Kultur aus diesem Muster aus«, warf ich ein.

»Das ist gut möglich«, pflichtete Dougal mir bei.

»Wir werden Sie vermissen«, sagte mein Vater.

Dougal lächelte zuerst meinen Vater an, dann mich. »Ich Sie auch.«

Ich war ein wenig traurig, weil er fortging. Ich begleitete ihn zur Tür, um ihm Lebewohl zu sagen. Er nahm meine Hände und hielt sie fest. »Es tut mir leid, daß ich gerade jetzt fort muß«, sagte er. »Ich habe unser Zusammensein sehr genossen. Ich hatte mir vorgenommen, noch mehr Ausflüge wie den nach Grosham Castle zu unternehmen. In ganz England gibt es so viele interessante Stätten. Es war mir ein großes Vergnügen.«

»Vielleicht, wenn Sie Ihren Cousin besucht haben...«

»Ich komme wieder, das versichere ich Ihnen. Ich werde auf einer Einladung bestehen.«

»Vater freut sich bestimmt, wenn Sie bei uns absteigen. Den Luxus von Framling können wir Ihnen allerdings nicht bieten.«

»Ich würde sehr gern bei Ihnen wohnen, aber macht das nicht zu große Umstände?«

»Nicht im geringsten. Wir haben genug Platz im Pfarrhaus, und Mrs. Janson wird mit Freuden für Sie kochen.«

»Ich käme nicht der Nahrung wegen. Geistige Nahrung ist freilich etwas anderes.« Er sah mich ernsthaft an und fuhr fort: »Deborah...« Er hielt inne, und ich blickte ihn fragend an. Dann fuhr er fort: »Ja, ich würde sehr gern hier wohnen. Ich erledige jetzt erst einmal diese Sache, und dann... werden wir uns unterhalten.«

»Sehr gern«, sagte ich.

Er beugte sich vor und gab mir einen flüchtigen Kuß auf die Wange. Dann war er fort.

Plötzlich überkam mich Zufriedenheit. Unsere Beziehung hatte sich vertieft, und das stimmte mich heiter. Die Zukunft erschien mir mit einem Mal verheißungsvoll.

An den folgenden Tagen mußte ich oft an Dougal denken. Ich glaubte, daß er mir demnächst einen Heiratsantrag machen würde. Dougal war ein ernster Mensch, der keine übereilten Entschlüsse faßte. Daß er mich anziehend fand, wußte ich. Unsere Freundschaft war stetig gewachsen, und das war gut so. Seit ich jene Bemerkung im Garten des großen Hauses mitangehört hatte, war mir klar geworden, daß ich unansehnlich war und sich kein Mann aufgrund meiner Schönheit unsterblich in mich verlieben würde. Aber Beziehungen entstanden auf andere Weise, und ich glaubte, daß eine, die auf gegenseitigem Verständnis beruhte, gefestigter sei als die blindmachende leidenschaftliche Schwärmerei für eine Schönheit.

Dougal war bereits seit einer Woche fort. Fabian war in London, und ich war froh darüber. Auf seine irritierende Anwesenheit konnte ich gut verzichten.

Ich war wie besessen von dem Gedanken an Janine, und meine Träume von The Firs kehrten wieder. Mir kam die Idee, selbst dorthin zu fahren, um von den Bewohnern der Ortschaft etwas zu erfahren. Ich konnte Janine, die uns in den sorgenvollen Monaten so nahe gestanden und so viel für uns getan hatte, einfach nicht vergessen.

Mit Polly, die mich über Fleurs Fortschritte unterrichtete, stand ich ständig in Verbindung, und ich schrieb ihr von meiner Besorgnis wegen Janine, und daß ich den Brand in The Firs und die schreckliche Tragödie nicht vergessen könne.

Polly hatte eine Idee. Wenn ich nach London käme, könnten sie und ich gemeinsam nach The Firs fahren. Ich verließ also das Pfarrhaus, und diesmal reiste ich allein nach London. Polly holte mich am Bahnhof ab. Es gab die übliche zärtliche Begrüßung, gefolgt von der Freude, Fleur und Eff wiederzusehen. Fleur war erstaunlich gewachsen; sie konnte laufen und nicht nur Eff und Poll sagen, sondern auch ja und nein, letzteres sehr energisch. Sie war bezaubernd und schien mit dem Leben zufrieden. Eff und Polly wetteiferten um ihre Zuneigung, und sie gewährte sie mit hoheitsvoller Unbekümmertheit. Keine Mutter konnte einem Kind mehr Liebe schenken als diese zwei guten Menschen.

Polly hatte schon Vorkehrungen für unsere Reise getroffen. Sie schlug vor, am nächsten Tag aufzubrechen und in einem Gasthaus in Candown nahe The Firs zu übernachten. Sie hatte durch »dritter Stock rückwärts« in einem ihrer Häuser in Erfahrung gebracht, daß »The Feathers« dort die beste Herberge sei, und hatte vorsichtshalber zwei Zimmer bestellt. So begab ich mich denn mit Polly auf die Entdeckungsfahrt. Wir kamen am Spätnachmittag in Candown an und beschlossen, die Stätte am nächsten Morgen in Augenschein zu nehmen.

Bis dahin hatten wir Gelegenheit, uns ein wenig umzuhören. Zuerst sprachen wir mit dem Zimmermädchen. Sie war eine Frau im mittleren Alter, die schon als junges Mädchen im »The Feathers« gearbeitet hatte und nun, da ihre Kinder sie nicht mehr so dringend brauchten, nachmittags herkam. Sie wohnte nur wenige Meter von der Herberge entfernt.

»So«, sagte ich, »da kennen Sie die Gegend wohl recht gut.«

»Wie meine Westentasche, Madam.«

»Dann erinnern Sie sich gewiß an den Brand in The Firs.«

»Oh, das ist noch nicht lange her. Meine Güte, das war ein Feuer! Es ist nachts passiert.«

»Wir haben davon in der Zeitung gelesen«, sagte Polly.

»Das war 'n komisches Haus. Mich hat's jedesmal gegruselt, wenn ich da vorbeikam.«

»Warum?« fragte ich.

»Weiß nicht. Diese Mrs. Fletcher, also, bevor ich wieder hierherkam… als meine Jüngste alt genug war, um mir nicht dauernd am Rockzipfel zu hängen, da hab' ich dort 'ne Weile gearbeitet.«

»Oh«, sagte ich matt. Ich hatte plötzlich Angst, sie könnte Lavinia und mich dort gesehen haben.

»Das ist gut fünf Jahre her.«

Ich war erleichtert.

»Warum war es Ihnen unheimlich?« fragte Polly.

»Kann ich gar nicht so genau sagen. Die vielen alten Leute. Man hatte das Gefühl, sie warteten alle, daß sie der Tod holte. Das macht einen schaudern. Es wurde gemunkelt, sie waren dort, weil ihre Familien sie nicht wollten. Das war 'n komischer Haufen... und eine oder zwei waren immer da, die ein Baby kriegten, im stillen, falls Sie verstehen, was ich meine.«

Ich verstand allerdings, was sie meinte. »Und das Feuer?« drängte ich.

»Das ganze Haus stand in Flammen. Ich war im Bett und sagte zu meinem Alten: ›Jacob, da stimmt was nicht‹, und er sagte: ›Leg dich schlafen!‹ Und dann bemerkte er einen komischen Geruch im Zimmer, und es war auch so seltsam hell. ›Heiliger Bimbam!‹ rief er und war wie der Blitz aus dem Bett. Er war drüben und hat ihnen geholfen. Das ganze Dorf war anscheinend da. Das war eine Nacht, kann ich Ihnen sagen!«

»Es gab viele Opfer, nicht wahr?« fragte ich.

»O ja. Wissen Sie, dieser Bekloppte, der hat in einem Schrank im Parterre Feuer gelegt, und das ganze Erdgeschoß war schon zerstört, ehe sich das Feuer weiter ausbreitete. Sie sind alle verbrannt, Mrs. Fletcher selbst auch.«

»Alle?« fragte ich.

»Alle, die im Haus waren. Es war zu spät, um sie zu retten. Keiner hat gemerkt, daß das Haus in Flammen stand, bevor es lichterloh brannte.«

»Eine furchtbare Tragödie.«

Ich schlief nicht in dieser Nacht. Ich mußte immerzu an Janine denken. Wie leicht hätte das auch das Ende von Fleur, Lavinia und mir sein können!

Am nächsten Tag begaben Polly und ich uns zu dem ehemaligen Hospital. Das Tor, auf dem in Messinglettern THE FIRS stand, war offen. Erinnerungen überkamen mich, als ich die Auffahrt entlangging. Die Mauern standen an einigen Stellen noch. Ich blickte durch die leeren Fensterhöhlen auf Schutt und Asche.

Polly sagte: »Das gibt einem zu denken. Ich werd' zu Eff sagen, daß wir besonders vorsichtig sein müssen. Achtgeben, daß alle

Feuer aus sind, bevor wir zu Bett gehen. Auf Kerzen aufpassen. Die Öllampen können im Handumdrehen umkippen, und dann gnade uns Gott!«

Das Haus war kaum noch wiederzuerkennen. Ich versuchte, Lavinias und mein Zimmer, Mrs. Fletchers Privaträume im ersten Stock und Janines Zimmer auszumachen, und die von Emmeline und den anderen. Es war unmöglich, und Polly meinte, wir sollten lieber nicht die verkohlte Treppe hinaufsteigen. »Man braucht sie bloß anzugucken, dann stürzt sie schon ein.«

Ich war nachdenklich und traurig.

»Komm, laß uns gehen!« sagte Polly. »Wir haben genug gesehen.«

Als ich mit Polly mitten im Schutt stand, hörte ich rasche Schritte die Auffahrt entlangkommen. Eine Frau im mittleren Alter kam in Sicht. Ich sah sie, bevor sie uns erblickte. Sie hatte ein blasses Gesicht und traurige Augen. Sie stand einige Sekunden da und betrachtete die grausigen Überreste. Dann sah sie uns.

»Guten Morgen«, sagte ich.

»Oh... hm... guten Morgen.«

»Sie sehen sich auch das ausgebrannte Haus an?«

Sie nickte. Sie kämpfte offenbar damit, ihre Bewegung zu verbergen. Dann sagte sie: »Haben Sie jemanden, der... hier umgekommen ist?«

»Ich weiß es nicht genau«, erwiderte ich. »Ich kannte ein Mädchen von der Schule her. Mrs. Fletcher war ihre Tante.«

Die Frau nickte. »Meine Tochter war hier. Wir wußten nichts davon. Sie hätte es mir ruhig sagen können. Sie war so klug, ein so liebes Mädchen, und ging einfach fort.«

Ich ahnte die Geschichte. Die Tochter erwartete ein Baby und war heimlich hierhergekommen, und dann war sie hier gestorben.

»Eine Tragödie«, sagte die Frau.

Polly meinte: »So etwas kommt zuweilen vor. Es ist schwer begreiflich. Es verbittert einen. Ich kenne das.«

Die Frau sah sie fragend an.

»Mein Mann ist auf See umgekommen.«

Es ist erstaunlich, wie der Kummer anderer Menschen den eigenen zu erleichtern scheint. Die Frau sah wahrhaftig ein wenig getröstet aus.

»Sind Sie schon einmal hier gewesen?« fragte ich.

Sie nickte. »Es zieht mich immer wieder her.«

»Wissen Sie etwas über die Leute, die umgekommen sind?«

»Nur, was ich von anderen gehört habe.«

»Wissen Sie, ob das Mädchen, mit dem ich zur Schule ging, gerettet wurde?«

»Ich habe keine Ahnung. Ich weiß nur, daß meine Tochter hier war und starb... mein Mädchen.«

Wir überließen sie der Betrachtung der Ruinen, als hätte ihr das die Tochter wiederbringen können, und begaben uns langsam auf den Rückweg zu unserer Herberge. Auf einer Rasenfläche vor einem Teich saßen zwei alte Männer. Sie sprachen nicht, sondern starrten nur ins Leere. Polly und ich setzten uns auf die Bank, und sie musterten uns interessiert. »Wohnen Sie da drüben?« fragte der eine, indem er seine Pfeife aus dem Mund nahm und schwungvoll auf »The Feathers« wies.

»Ja«, erwiderte ich.

»Hübsch hier, nicht?«

»Sehr hübsch.«

»Vor dem Brand ging's hier recht lebhaft zu.«

»Der muß schrecklich gewesen sein. Wie ich höre, sind alle Insassen umgekommen.«

»War da nicht eine Nichte, Abel?« meinte der andere.

Ich warf rasch ein: »Ihr Name war Janine Fletcher. Wissen Sie, was aus ihr geworden ist?«

»Oh, ich erinnere mich«, sagte der erste Mann zu dem, der Abel hieß. »Diese junge Frau... war sie nicht gerade irgendwo zu Besuch? Ja, richtig. Sie war die einzige, die nicht umgekommen ist.«

Ich war ganz aufgeregt. »Sie lebt?«

»Ganz recht. Sie kam zurück. Es gab einigen Wirbel wegen der Versicherung und so.«

»Das Haus war nicht versichert«, warf Abel ein. »Wie bei den törichten Jungfrauen, die nicht vorbereitet waren, als der Bräutigam kam.«

»Hört sich für mich nicht gerade nach einer Hochzeit an«, meinte Polly.

»Wissen Sie, wo sie hingegangen ist?« fragte ich.

»Kann ich Ihnen nicht sagen, Miss.«

Ich sah, daß wir nicht weiterkamen. Ich stand auf und sagte: »Wir müssen jetzt gehen.«

Doch hatte ich nun das Gefühl, daß unsere Reise nicht umsonst gewesen war. Wir hatten zwar nicht herausgefunden, wo Janine war, aber wir wußten, daß sie lebte.

Ich war kaum zwei Tage wieder im Pfarrhaus, als zu meiner Verwunderung Fabian vorsprach. In all den Jahren war er außer mit Dougal kein einziges Mal vorbeigekommen.

»Ich hörte, du warst in London«, sagte er. »Ich bin gekommen, um mich zu vergewissern, daß du heil zurück bist. Ich hab' mir Sorgen gemacht. Hättest du mir was gesagt, hätte ich meine Reise mit der deinen abgestimmt.«

»Die Fahrt war nicht weit, und ich wurde abgeholt.«

»Von der unschätzbaren Polly, nehme ich an. Und wie geht es ihrer Schwester und ihrem bezaubernden Mündel?«

»Sehr gut.«

»Fein. Ich hab' Neuigkeiten von einem Freund von dir.«

»So?«

»Von Dougal Carruthers.«

»Was für Neuigkeiten?«

»Er ist über Nacht ein hoher Herr geworden.«

»Was willst du damit sagen?«

»Du weißt, daß sein Cousin einen Unfall hatte. Leider ist er seinen Verletzungen erlegen.«

»Waren sie gute Freunde?«

»Verwandte.« Er lächelte sarkastisch. »Das ist ein großer Unterschied. Es heißt, seine Freunde kann man sich aussuchen, aber die Verwandten werden einem aufgezwungen.«

»Oft besteht aber zwischen Verwandten eine stärkere Bindung als unter Freunden.«

»Wie das Sprichwort sagt: Blut ist dicker als Wasser.«

»Genau.«

»Ich glaube nicht, daß der Cousin, oder wie er mit vollem Namen heißt, der Earl of Tenleigh, mit unserem Freund Dougal viel gemein hatte. Er war ein typischer Jäger, mehr auf dem Pferd als auf seinen zwei Beinen. Sportlicher Körper und ein Hirn, das kaum je beansprucht wurde und vor Vernachlässigung langsam verkümmerte. Oh, ich spreche schlecht von dem Toten und schockiere dich womöglich.«

Ich lächelte. »Nicht im geringsten. Aber wieso ist Mr. Carruthers ein hoher Herr geworden?«

»Durch den Tod des Cousins. Der Earl war der Sohn des älteren Bruders von Dougals Vater und somit Erbe des Titels und des Familienbesitzes. Dougals Vater war nur der jüngere Sohn; Dougal war darüber ganz froh. Der Vater war genauso ein Gelehrtentyp wie sein Sohn. Ich weiß nicht genau, was sein Spezialgebiet war. Das byzantinische Reich, glaube ich. Dougal ist ihm nachgeschlagen, mit seinen Angelsachsen und Normannen. Armer Dougal! Die Gegenwart hat sich der Vergangenheit bemächtigt. Er wird sich höchstwahrscheinlich von Hengist und Horsa und Boadicea losreißen und sich ein wenig auf seine Verpflichtungen gegenüber der Gegenwart besinnen müssen.«

»Das wird ihn gewiß freuen. Dann hat er vermutlich das Geld, um seine Forschungen fortsetzen zu können, wie es sein Wunsch war.«

»Große Güter erfordern viel Arbeit, und die wird ihm sicher nicht leichtfallen. Auf jeden Fall möchte ich dich warnen, daß wir von nun an zweifellos nicht viel von ihm zu sehen bekommen werden. Diese Dinge verändern die Menschen, mußt du wissen.«

»Ich glaube nicht, daß Dougal sich dadurch verändert.«

»Du meinst, er ist zu klug?«

»Ja. Er wird niemals arrogant werden.«

Ich sah ihn an und lächelte. »Wie es manche Leute sind«, murmelte er.

»Jawohl, wie es manche Leute sind.«

»Warten wir's ab. Aber es bedeutet, daß er nicht hier sein wird, um Picknicks zwischen Ruinen zu genießen.«

»Es war nur ein einziges Picknick, und du warst dabei.«

»Ich habe mich aufgedrängt. Es wäre nett, das nicht tun zu müssen. Warum machen wir kein Picknick, du und ich allein?«

»Das ist unmöglich.«

»Immer, wenn ich dieses Wort höre, fühle ich mich herausgefordert, es zu widerlegen.«

»Du interessierst dich nicht für Ruinen.«

»Du könntest mich aufklären.«

Ich lachte ihn aus. »Ich glaube nicht, daß dir der Gedanke behagen würde, über irgend etwas aufgeklärt zu werden.«

»Da irrst du dich. Ich bin sehr neugierig, insbesondere auf das, was ich von dir erfahren kann.«

»Ich verstehe nicht ganz.«

»Jetzt machst du ein Gesicht wie eine gestrenge Lehrerin, die sehr unzufrieden mit dem ungezogenen Jungen ist und sich überlegt, ob sie ihm hundert Zeilen Strafarbeit aufgeben oder ihn mit der Narrenkappe in die Ecke stellen soll.«

»So sehe ich bestimmt nicht aus.«

»Ich will versuchen, eine Ruine zu entdecken, die du noch nicht kennst, um dich mit ihr zu ködern.«

»Bemüh dich nicht! Ich kann bestimmt nicht mit dir kommen.«

»Ich gebe die Hoffnung niemals auf«, sagte er und fügte hinzu: »Frau Lehrerin.«

»Wenn du mich jetzt entschuldigen möchtest, ich habe zu tun.«

»Laß mich dir helfen!«

»Das kannst du nicht. Es geht um kirchliche Belange.«

»Die du mit Mr. Brady erledigst?«

»O nein, er hat seine eigenen Angelegenheiten. Du hast keine Ahnung, was es in einem Pfarrhaus alles zu tun gibt, und weil mein Vater nicht auf der Höhe ist, haben wir viel Arbeit.«

»Dann darf ich dich nicht länger aufhalten. Wir sehen uns bald wieder. *Au revoir!*«

Als er fort war, wollte mir sein Besuch nicht mehr aus dem Sinn gehen. Ich vergaß darüber fast, daß Dougal adlig und vermögend geworden war. Dann aber fiel es mir ein, und ich überlegte, welchen Unterschied es für ihn und unsere Beziehung bedeutete, die gerade tiefere Dimensionen angenommen hatte.

Colin Brady sagte zu mir: »Wir müssen allmählich an den Sommerbasar denken.«

»Ja, er findet immer am ersten Sonntag im August statt.«

»Der Herr Pfarrer meinte, es sei Sitte, die Erlaubnis der Framlings einzuholen, um den Basar auf ihrem Grund und Boden und bei Regen in der Halle abzuhalten. Ich nehme doch an, daß sie groß genug ist?«

»O ja, sie ist riesig. Aber ich erinnere mich nur an wenige Male, wo wir hineingehen mußten. Es ist Tradition, und Lady Harriet hat die Erlaubnis stets gnädig erteilt.«

»Ja, aber Ihr Vater sagt, sie muß eingeholt werden. Auch das gehört zur Tradition.«

»Sicher.«

»Aber Lady Harriet ist mit ihrer Tochter in London. Wir werden Sir Fabian um Erlaubnis bitten müssen.«

»Ich glaube kaum, daß das nötig ist.«

»Er sollte aber dennoch gefragt werden.«

»Wenn Lady Harriet da wäre, das wäre etwas anderes. Sie nimmt es mit der Tradition sehr genau.«

»Ich halte es für klug, auch Sir Fabian zu fragen, nur als eine Geste. Vielleicht könnten Sie um seine formelle Einwilligung nachsuchen.«

»Wenn Sie gerade dort vorbeikommen, könnten Sie doch mal kurz hineinschauen.«

»Oh, ich muß heute zu Mrs. Brines. Sie ist seit Wochen bettlägerig und verlangt nach mir. Ich habe auch sonst eine Menge zu erledigen; wenn es Ihnen also möglich wäre...«

Es gab keinen Grund für mich, nicht hinzugehen, außer daß es mir Unbehagen bereitete, mich an Fabian zu wenden. Aber ich konnte mich nicht ohne Erklärung weigern, deshalb gedachte ich, meine Bitte rasch vorzutragen und es hinter mich zu bringen.

Sir Fabian sei zu Hause, sagte man mir. Ich bat ihm auszurichten, ich sei nur gekommen, um seine Erlaubnis zu erbitten, daß der Basar bei schönem Wetter auf seinem Grund und Boden und bei Regen in der Halle stattfinden könne. Ich wolle ihn nicht lange aufhalten.

Ich hoffte, das Mädchen würde zurückkommen und mir melden, die Erlaubnis sei erteilt, so daß ich gleich wieder gehen konnte. Sie richtete mir jedoch aus, daß Sir Fabian sich freuen würde, mich in seinem Arbeitszimmer zu empfangen. Ich wurde durch die große Halle zur Treppe geführt. Sein Arbeitszimmer lag in der ersten Etage. Bei meinem Eintritt erhob er sich und kam lächelnd auf mich zu. Er ergriff meine Hände. »Deborah! Wie schön, dich zu sehen. Du kommst wegen des Basars, wie ich höre.« Das Mädchen ging hinaus und schloß die Tür hinter sich. Wieder fühlte ich diese Mischung aus Erregung und Furcht.

»Bitte, nimm Platz!«

»Ich bleibe nicht lange«, sagte ich. »Es ist nur eine Formalität. Lady Harriet erteilt gewöhnlich die Erlaubnis, daß wir das Grundstück und bei Regen die Halle benutzen. Ich möchte nur deine formelle Einwilligung einholen, dir danken und mich verabschieden.«

»Aber du hast meine Erlaubnis noch nicht.«

»Ich hielt sie eigentlich für selbstverständlich.«

»Man sollte nichts für selbstverständlich halten. Ich würde das gern mit dir besprechen.«

»Aber da gibt es nichts zu besprechen. Es ist jedes Jahr dasselbe. Darf ich also voraussetzen, daß...«

»Sag, warum fürchtest du dich vor mir?«

»Ich mich fürchten? Vor dir?«

Er nickte. »Du machst ein Gesicht wie ein verängstigtes Reh, das einen Tiger nahen hört.«

»Ich fühle mich durchaus nicht wie ein verängstigtes Reh. Und du kommst mir nicht gerade tigerhaft vor.«

»Dann vielleicht wie ein Raubvogel ... ein habgieriger Adler, bereit, auf ein hilfloses Geschöpf herabzustoßen. Du sollst dich nicht vor mir fürchten, denn ich habe dich sehr gern, und je öfter ich dich sehe, um so lieber mag ich dich.«

»Wie nett von dir«, sagte ich kühl, »aber ich muß gehen.«

»Es ist nicht nett von mir. Es ist eine unwillkürliche Gefühlsregung, die ich mir nicht als persönliches Verdienst anrechnen kann.«

Ich lachte mit gezwungener Unbekümmertheit. »Vielleicht können wir uns jetzt den Plänen für den Basar zuwenden.«

Er legte seine Hände auf meine Schultern und drehte mich zu sich.

»Fabian?« sagte ich überrascht und wich zurück.

»Du weißt, was ich für dich empfinde, nicht wahr?« fragte er.

»Ich habe keine Ahnung.«

»Bist du nicht neugierig?«

»Es interessiert mich nicht besonders.«

»Den Eindruck machst du aber gar nicht.«

»Tut mir leid, wenn ich dich zu falschen Schlüssen verleitet habe.«

»Das hast du nicht im mindesten, meine liebe Deborah. Schließlich kennen wir uns schon unser Leben lang.«

»Trotzdem würde ich sagen, daß wir kaum etwas voneinander wissen.«

»Dann müssen wir das nachholen.«

Er zog mich mit einer Kraft an sich, gegen die ich mich nicht zur Wehr setzen konnte, und küßte mich auf den Mund. Ich wurde zornesrot. »Wie kannst du es wagen!«

Er lächelte spöttisch. »Weil ich ein sehr waghalsiger Mensch bin.«

»Heb dir deine Waghalsigkeit bitte für jemand anderen auf!«

»Aber ich möchte sie dir zeigen. Ich möchte, daß wir gute Freunde sind. Das könnte bestimmt für uns beide sehr erfreulich sein.«

»Für mich nicht. Lebwohl!«

»Noch nicht!« Er nahm meinen Arm und hielt ihn fest. »Ich glaube, daß du mich ein ganz kleines bißchen magst.«

»Diese Annahme ist wohl deiner guten Meinung von dir selbst zuzuschreiben.«

»Vielleicht«, sagte er. »Aber du bist nicht unempfänglich für meinen unleugbaren Charme.«

»Ich wünsche nicht, auf diese despektierliche Art behandelt zu werden.«

»Ich bin keineswegs despektierlich, sondern todernst. Ich habe dich sehr gern, Deborah. Du hast mich schon immer beeindruckt. Du bist so anders, so ernsthaft, so wißbegierig. Bei dir fühle ich mich unterlegen, und das ist eine neue, ganz aufregende

Erfahrung für mich. Es fällt mir immer schwerer, meine Gefühle zu verbergen.«

»Auf Wiedersehen!« sagte ich. »Ich teile dem Kirchenkomitee mit, daß die Erlaubnis wie üblich erteilt wurde.«

»Bleib noch ein bißchen!« bat er.

»Ich will nicht. Ich lasse mich nicht so behandeln.«

»Deine mädchenhafte Sittsamkeit ist äußerst wirkungsvoll.« Er hob die Augenbrauen. »Aber...«

Ich spürte, wie ich errötete. Ich las die Anspielung in seinen Augen. Ich riß mich los und ging zur Tür, aber er war vor mir da und lehnte sich mit dem Rücken dagegen.

»Ich könnte dich aufhalten«, sagte er.

»Das könntest du nicht.«

»Wieso nicht? Dies ist mein Haus. Du bist freiwillig hierhergekommen. Warum sollte ich dich nicht hierbehalten? Wer könnte mich daran hindern?«

»Du glaubst wohl, du lebst im Mittelalter. Soll das so etwas wie ein *droit de seigneur* sein?«

»Eine großartige Idee! Warum nicht?«

»Du solltest lieber die Vergangenheit überwinden, Fabian! Eure Familie mag zwar meinen, daß wir hier eure Leibeigenen sind, aber dem ist nicht so, und wenn du mich aufzuhalten versuchst, dann werde ich... Ich werde...«

»Vor Gericht gehen? Wäre das klug? Sie stellen sehr gründliche Ermittlungen an, mußt du wissen.«

»Wie meinst du das?«

Er sah mich hinterhältig an, und da wußte ich, er hatte etwas Derartiges geplant und nur auf eine Gelegenheit gewartet, die ich ihm nun törichterweise verschafft hatte. Er glaubte, in meiner Vergangenheit ein Geheimnis entdeckt zu haben und wollte es gegen mich verwenden. Am liebsten hätte ich geschrien: »Fleur ist nicht mein Kind. Sie ist das Kind deiner Schwester«, aber selbst jetzt brachte ich es nicht fertig, das Lavinia gegebene Versprechen zu brechen.

Meine Verlegenheit verschaffte ihm eine solche Genugtuung, daß er mich losließ. Ich flitzte aus dem Zimmer und die Treppe hinunter, durch die Halle und aus dem Haus. Ich rannte und rannte, bis ich mein Zimmer im Obergeschoß des Pfarrhauses erreichte. Dort warf ich mich aufs Bett. Mein Herz hämmerte wie wild. Ich war zutiefst verstört.

Ich war wütend. Ich haßte ihn. Das war die reinste Erpressung. Ich habe dein Geheimnis entdeckt. Wenn du eine von dieser Sorte bist und eine Liebesaffäre haben konntest, bevor du der Schule entwachsen warst, warum bist du dann so entrüstet, wenn ich dir gewisse Vorschläge mache?

Es war so demütigend.

Von Mrs. Janson erfuhr ich, daß Lavinia und Lady Harriet heimgekehrt waren.

Lavinia schickte mir eine Botschaft. »Du mußt sofort kommen. Ich möchte mit dir reden. Wir treffen uns im Garten, wo wir unbeobachtet sind.« Ich spürte, daß es dringend war. Sie wäre nicht so erpicht darauf gewesen, mich zu sehen, wenn sie nicht etwas von mir wollte. Aber vielleicht wollte sie ja nur mit ihren Erfolgen in London prahlen. War ihre Saison denn so erfolgreich gewesen? Von einer Verlobung mit einem Herzog oder Marquis war nicht die Rede.

Ich legte keinen Wert darauf, nach der Begegnung mit Fabian ins große Haus zu gehen, und war deshalb froh, daß sie ein Treffen im Garten vorschlug.

Sie erwartete mich. Sie hatte sich verändert, oder aber ich hatte vergessen, wie schön sie war. Ihre Haut war milchig weiß, ihre Katzenaugen mit den dunklen Wimpern waren betörend. Ihr herrliches Haar hatte sie aufgesteckt, und kleine Strähnen lösten sich auf der Stirn und im Nacken. Sie trug ein grünes Kleid, das ihren Teint vorteilhaft zur Geltung brachte. Sie war das schönste Mädchen, das ich je gesehen hatte.

»Oh, guten Tag, Deborah! Ich hab' dir so viel zu erzählen.«

»Hattest du eine erfolgreiche Saison?«

Sie zog ein Gesicht. »Ein, zwei Heiratsanträge, aber kein Kandidat war Mama gut genug.«

»Lady Harriet stellt höchste Ansprüche. Nur die Edelsten des Landes sind für ihre Tochter gut genug. Hast du die Königin gesehen?«

»Einmal, als ich bei Hofe vorgestellt wurde, dann einmal in der Oper und einmal auf einem Wohltätigkeitsball. Sie hat mit Albert getanzt. Deborah, der Brand in The Firs... Ich war so erleichtert.«

»Lavinia! So viele Menschen sind dabei umgekommen!«

»Ach die, für die war das Leben nicht viel wert, oder?«

»Vielleicht doch, und dort waren auch Frauen, die ein Kind erwarteten, so wie du. Ich habe die Mutter von solch einer getroffen, als ich dort war.«

»Du warst dort?«

»Ich wollte sehen, was passiert war.«

»Ständig diese Geldforderungen...«

»Das warst du nun mal schuldig. Was hättest du ohne Mrs. Fletcher getan?«

»Ich weiß... Aber es war sehr teuer, und *ich* mußte das Geld auftreiben.«

»Das war deine Sache.«

»Ich weiß, ich weiß. Aber jetzt ist es Janine, die...«

»Janine? Ich hab' gehört, daß sie in der Nacht, als das Feuer ausbrach, nicht da war.«

»Ich wünschte, sie wäre dort gewesen.«

»Lavinia!«

»Hör doch erst mal zu! Janine macht mir Schwierigkeiten. Ich habe sie gesehen.«

»Ist alles in Ordnung mit ihr?«

»Nichts ist in Ordnung. Ich dachte schon, ich bin die ganze Geschichte los, und dann taucht Janine auf.«

»Ist sie zu dir gekommen?«

»Allerdings. In den Zeitungsartikeln über die Debütantinnen wurde mein Name genannt. ›Die schöne Miss Framling‹ hieß es jedesmal, wenn ich erwähnt wurde. Sie muß es gelesen haben. Ach, Deborah, es war schrecklich!«

»Wieso? Was meinst du?«

»Sie hat Geld verlangt.«

»Wofür?«

»Sie sagt, sie sei sehr arm, und ich müsse ihr helfen, sonst...«

»O nein!«

»Aber ja! Sie sagte, wenn ich ihr nicht helfe, läßt sie einen Artikel über Fleur in die Zeitung setzen. Ich hab' diese Janine nie leiden können.«

»Sie hat dir aus der Patsche geholfen.«

»Sie hat uns bloß in dieses gräßliche Haus gebracht, zu dieser schrecklichen Tante, die dauernd Geld verlangte.«

»Man kann nicht tun, was du getan hast, und dann ungeschoren davonkommen.«

»Ich weiß. Also, Janine lebt in London in einer elenden Bude. Mehr kann sie sich nicht leisten. Sie wollte fünfzig Pfund von mir, sonst würde sie sagen, was sie von mir weiß.«

»Das ist Erpressung.«

»Natürlich ist es Erpressung, aber was konnte ich tun? Mama wäre außer sich gewesen.«

»Sie hätte bestimmt gewußt, wie man mit Janine umgeht.«

»Das wußte ich auch. Sie bekam ihre fünfzig Pfund, damit sie den Mund hält. Seitdem hab' ich nichts mehr von ihr gehört.«

»Eine schreckliche Vorstellung, daß Janine so tief gesunken ist.«

»Es war furchtbar. Ich mußte so tun, als ginge ich zur Schneiderin, und dann besuchte ich Janine. Sie bewohnt ein Zimmer in einem Reihenhaus in einem Viertel namens Fiddler's Green. Sie sagte, sie würde nichts von mir verlangen, wenn sie nicht so arm wäre. Das Haus ihrer Tante war nicht versichert. Nach dem Brand stand Janine völlig mittellos da. Sie sagte, mit fünfzig Pfund könne sie eine Existenz gründen. Es war schwer für mich, das Geld zusammenzubekommen, aber ich hab's geschafft. Und damit ist der Fall erledigt.«

»Hoffentlich«, sagte ich. »Erpresser kommen meistens wieder und verlangen noch mehr.«

»Ich werde ihr nichts mehr geben.«

»Du hättest ihr von vornherein nichts geben sollen, und dich besser deiner Mutter anvertraut. Es ist immer unklug, Erpressern nachzugeben.«

»Aber das war's mir wert, um sie zum Schweigen zu bringen.«

Ich war nachdenklich. »Lavinia«, sagte ich dann, »du mußt es beichten.«

»Beichten? Aber wieso denn?«

»Weil es irgendwann rauskommt. Schon wegen Fleur.«

»Sie hat's gut bei den zwei netten älteren Frauen.«

»Im Augenblick schon. Aber sie muß auf eine Schule. Polly und Eff müssen für ihre Ausbildung bezahlt werden. Warum erzählst du es nicht deiner Mutter?«

»Meiner Mutter! Ich glaube, du kennst meine Mutter nicht. Nicht auszudenken, was sie mit mir machen würde.«

»Sie wäre entsetzt, aber sie würde bestimmt etwas unternehmen.«

»Ich könnt's ihr nie erzählen.«

»Dein Bruder hat Fleur gesehen.«

»Was?«

Ich erzählte ihr von der Begegnung im Zug und im Park. Sie wurde blaß. »Er hat Verdacht geschöpft«, fuhr ich fort. »Ich hätte gern, daß du ihm die Wahrheit sagst, weil er vermutet, daß Fleur mein Baby ist.«

Sie bemühte sich, ihre Erleichterung zu verbergen.

»Du mußt es ihm sagen. Es darf nicht bei dieser Halbwahrheit bleiben.«

»Du hast ihm doch wohl nichts erzählt!«

»Natürlich nicht. Aber seine tückischen Anspielungen passen mir nicht, und ich finde sowieso, daß du ihm reinen Wein einschenken solltest.«

»Unmöglich.«

»Wieso? Ich nehme nicht an, daß gerade er ein besonders untadeliges Leben führt.«

»Bei Männern ist das was anderes. Nur Mädchen müssen keusch sein.«

»Du bist nicht die einzige, die sich auf ein solches Abenteuer einließ.«

»Ach, Deborah, ich verlaß mich auf dich.«

»Bitte nicht zu sehr! Ich lasse mich von deinem Bruder nicht beleidigen.«

»Er wird dich schon nicht beleidigen.«

»Doch, er hat es getan, und ich möchte, daß er die Wahrheit erfährt.«

»Ich… ich werd's mir überlegen.«

»Wenn du's ihnen nicht erzählst, könnte ich mich dazu gezwungen sehen.«

»O Deborah, zuerst Janine, und jetzt du…«

»Das ist etwas anderes. Ich erpresse dich nicht. Ich bitte dich lediglich, die Wahrheit zu sagen.«

»Laß mir Zeit! Ach, Deborah, du warst immer meine beste Freundin. Versprich mir, daß du vorläufig nichts sagst!«

»Ich sage nichts, ohne dich vorher zu informieren. Aber die Anspielungen deines Bruders lasse ich mir nicht gefallen.«

»Oh, sieh mal, wer da kommt!«

Dougal kam auf uns zu.

»Mama hat ihn eingeladen«, fuhr Lavinia fort. »Weißt du, daß er jetzt ein Earl ist? Mama bestand darauf, daß er uns besucht.«

Ich freute mich, ihn zu sehen. Unsere Freundschaft war so erquicklich und verheißend gewesen, und seine Achtung vor mir stärkte mein Selbstvertrauen.

»Oh, Deborah… und Lavinia«, sagte er lächelnd. Lavinia stand etwas abseits. Der leichte Wind zauste an ihren Strähnen, und als sie mit einer Hand nach ihren Haaren faßte, legte sich der grüne Stoff ihres losen, in griechischem Stil gehaltenen Kleides eng an ihren Körper. Dougal konnte die Augen nicht von ihr wenden. Ich sah das Leuchten darin und erinnerte mich an seine Bewunderung für alles Schöne. Er machte ein ziemlich verblüfftes Gesicht, so als sähe er etwas zum erstenmal. Es war die neue Lavinia in ihrem betont schlichten Kleid mit ihren widerspenstigen Locken und dem tigerhaften Blick. In diesem Augenblick wußte ich, daß er sich in sie verliebt hatte oder im Begriff war, es zu tun.

Der Augenblick ging vorüber. Dougal schenkte mir sein sanftes Lächeln, erkundigte sich nach dem Befinden meines Vaters und sagte, er werde uns bald besuchen, wenn er dürfe. »Ich habe zwei neue Bücher über die Eroberung entdeckt«, sagte er. »Die muß ich Ihnen vorbeibringen.«

Ich dachte weniger an die normannische als an Lavinias Eroberung. Ich ging nicht mit ihnen ins Haus. »Im Pfarrhaus ist so viel zu tun«, entschuldigte ich mich.

»Obwohl ihr jetzt diesen netten Vikar habt«, sagte Lavinia schalkhaft. »Wie ich höre, kommt ihr zwei sehr gut miteinander aus.«

»Er ist sehr tüchtig.«

»Also dann, bis bald, Deborah!« sagte Lavinia. »Deborah und ich waren immer die besten Freundinnen«, wandte sie sich an Dougal. Mir schien, sie wurde etwas übermütig. Ob sie wußte, was ich für Dougal empfand? Jedenfalls merkte sie, daß er von ihrer Schönheit geblendet war. Bewunderung regte sie stets an.

»Wir sind zusammen zur Schule gegangen. In Frankreich.«

»Ich weiß«, erwiderte Dougal.

»So etwas schmiedet die Menschen zusammen. Das waren stürmische Zeiten, nicht wahr, Deborah?«

Sie lachte triumphierend, weil sie Dougal in ihren Bann gezogen hatte. Sicher hatte sie von seiner Anhänglichkeit ans Pfarrhaus und seine Bewohner munkeln hören, und nun genoß sie ihren Sieg in vollen Zügen.

Ich war wütend und gekränkt. Trübsinnig kehrte ich ins Pfarrhaus zurück.

Ich hörte Mrs. Janson sagen: »Diese Lady Harriet scharwenzelt vielleicht um Mr. Carruthers herum, oh, pardon, um den Earl of Tenleigh, halten zu Gnaden. Man kann's ja verstehen. Miss Lavinia geht nach London. Die schönste Debütantin, heißt es, die Debütantin der Saison. Schön und gut, aber wo ist der Herzog, den Lady Harriet ihr zugedacht hat? Eine ganze Saison, und keiner in Sicht. Das paßt Ihrer Ladyschaft natürlich nicht. Dann muß es eben ein Earl tun, und was soll sie noch in London, wenn sie einen direkt vor ihrer Schwelle hat? Ich kann dir sagen, im großen Haus, da tut sich was. Lady Harriet sagt, er muß kommen, sie besteht darauf. Und Earl oder nicht, er kann sich Lady Harriet nicht widersetzen. Schätze, da wird was draus, dafür sorgt Lady Harriet schon.«

Soviel hörte ich mit, und als sie mich sah, verstummte sie. Ich war überzeugt, daß sie mich erst unlängst mit Dougal als erster und Colin Brady als zweiter Wahl verheiratet hatte. Mrs. Janson konnte Dougal gut leiden. Sie waren im Haus alle überzeugt, daß er sich in mich verliebt hatte. Jetzt aber machte Lady Harriet einen Mordswirbel um ihn. Mrs. Janson hatte es von den Hausmädchen der Framlings: »Jetzt, wo er den Titel und das Geld hat, da wird er bei uns hofiert. Vorher war er bloß ein Freund von Sir Fabian, da haben sie ihn wie irgendeinen Schuljungen behandelt. Jetzt ist das was anderes. Damals haben wir allerdings nicht so viel von ihm zu sehen gekriegt. Eine Zeitlang schien es ja, als wollte er im Pfarrhaus heimisch werden.«

Er kam und brachte die Bücher, von denen er gesprochen hatte. Mein Vater freute sich, ihn zu sehen, und sie diskutierten lange miteinander. Ich setzte mich zu ihnen und beteiligte mich an ihrem Gespräch. Er gab sich besondere Mühe, mich in die Unterhaltung einzubeziehen, was früher doch ganz zwanglos vonstatten gegangen war. Ich erinnerte mich, wie wir kurz vor seiner Abreise miteinander geredet hatten, als ich so töricht war zu glauben, er werde mir demnächst einen Heiratsantrag machen. Es war eine bittere Lektion, allerdings mehr für meinen Stolz als für meine Gefühle. Ich war mir nicht sicher, was ich für Dougal empfand; jedenfalls war er ein netter, interessanter Freund. Ich hatte mich soweit gehenlassen, mir eine Zukunft mit ihm vorzustellen und geglaubt, daß sie sehr lohnend sein würde. Wie dumm von mir! Natürlich unterhielt er sich gerne mit mir über die Themen, die ihn interessierten; mit Lavinia würde er nie so reden können. Aber Liebe war das nicht. Es war nicht das, weswegen die Menschen heirateten. Er war von Lavinias Schönheit hingerissen und konnte nicht anders als sie bewundern.

Ich ging nicht zum Stall hinüber, denn ich wollte von Fabians Angebot keinen Gebrauch machen. Überhaupt mied ich das große Haus aus Angst, ihm zu begegnen.

Eines Tages kam er vorbeigeritten, als ich gerade im Pfarrhausgarten arbeitete. »Deborah«, rief er. »Ich hab' dich so lange nicht gesehen.«

Ich erwiderte nur: »Guten Morgen«, und drehte mich um, um ins Haus zu gehen.

»Ich hoffe, es geht dir gut. Und deinem Vater?«

»Danke.«

»Du weißt sicher, daß Dougal hier ist.«

»Ja, er hat meinen Vater besucht.«

»Und dich auch, nehme ich an. Ich weiß doch, wie gut ihr euch versteht.«

Ich erwiderte nichts.

»Ich hoffe, du bist mir nicht mehr böse. Ich hatte wohl über meinen Gefühlen meine guten Manieren vergessen.«

Ich sagte immer noch nichts.

»Es tut mir leid«, fuhr er demütig fort. »Du mußt mir verzeihen.«

»Es ist nicht so wichtig. Bitte vergiß es!«

»Du bist sehr großmütig.«

»Ich muß jetzt hineingehen...«

»...im Pfarrhaus ist so viel zu tun«, beendete er spöttisch meinen Satz.

»Allerdings«, gab ich scharf zurück.

»Bei uns zu Hause herrscht große Aufregung«, fuhr er fort. Unwillkürlich wartete ich, um den Grund dafür zu erfahren. »Wir erwarten in Kürze die Bekanntgabe der Verlobung.« Ich fühlte, wie mir das Blut in den Kopf schoß. »Lavinia und Dougal«, fügte er hinzu, »meine Mutter ist entzückt.«

Ich sah ihn mit hochgezogenen Augenbrauen an.

Er nickte und lächelte – war es boshaft? »Meine Mutter meint, es gibt keinen Grund für einen Aufschub. Warum sollten sie auch? Sie sind sich ja schließlich nicht fremd, sie kennen sich schon lange. Sie haben plötzlich erkannt, was sie füreinander empfinden. Das kommt vor. Meine Mutter ist für eine baldige Hochzeit. Ich bin überzeugt, du freust dich für die beiden, du kennst sie ja so gut.«

»Es ist höchst... angemessen.«

»Das findet meine Mutter auch.«

Ich dachte wütend: Ja, seit Dougal einen Titel und ein Vermögen besitzt und die Londoner Saison keinen höherrangigen Mann erbracht hat.

»Lavinia wird sicher herüberkommen, um dir die Neuigkeit mitzuteilen. Und Dougal vielleicht auch. Sie werden sich deinen Segen wünschen.«

Ich wollte seinem prüfenden Blick entfliehen. Ich wußte, was er besagte: Du hast Dougal verloren. Meine Mutter läßt ihn jetzt nicht mehr entwischen.

Er hob seine Hand, neigte den Kopf, murmelte »*au revoir*« und ritt davon.

Einen Monat, nachdem Dougal zu den Framlings gekommen war, wurde die Verlobung des Earl of Tenleigh mit der schönen Miss Lavinia Framling, der Debütantin der Saison, bekanntgegeben.

Ich mußte nicht ins große Haus gehen, um Lavinia zu gratulieren. Sie kam zu mir. Ich sah ihr gleich an, daß sie verstört war.

»Was ist los?« fragte ich. »Du siehst nicht gerade wie eine glückliche Braut aus.«

»Diese Janine... Sie will noch mehr Geld.«

»Ich hab' dir ja gesagt, wie das mit Erpressern ist. Man sollte ihnen von vornherein nicht nachgeben.«

»Warum muß das ausgerechnet mir passieren?«

»Du mußt begreifen, daß man für seine Sünden bezahlen muß.«

»Ich hab' doch bloß getan, was viele andere auch tun.« Sie war bedrückt, mich aber packte auf einmal die Wut. Sie hatte so viel, und jetzt hatte sie sich auch noch Dougal geschnappt. Diese Framlings schienen anzunehmen, die ganze Welt sei nur für sie erschaffen. Lavinia glaubte, sie könne einen Fehltritt begehen, ein Kind bekommen, und alle würden es für sie vertuschen, damit sie munter weitermachen konnte. Und ihr Bruder hatte geglaubt, er könne mich beleidigen und dann daherkommen und so tun, als sei nichts gewesen. Ich hatte genug von diesen Framlings.

»Und bitte«, sagte Lavinia gerade, »halte mir keine Predigt!«

»Tut mir leid, Lavinia. Du mußt selbst sehen, wie du mit deinen Schwierigkeiten zurechtkommst.«

»Ach, Deborah!« Sie warf ihre Arme um meinen Hals. »Hilf mir, *bitte*! Ich bin am Ende, wirklich. Wenn Mama oder Dougal dahinterkommen, bring' ich mich um. Ich springe glatt aus meinem Fenster.«

»Dann landest du im Stechginster, das dürfte sehr ungemütlich sein.«

»Ach, *bitte,* hilf mir doch, Deborah!«

»Und wie?«

»Du könntest zu Janine gehen.«

»Ich? Was würde das nützen?«

»Sie kann dich gut leiden. Sie hat mir gesagt, du seist ein dutzendmal mehr wert als ich. Ich weiß, daß sie recht hat.«

»Danke. Das werde ich mir merken. Aber mit ihr reden nützt nichts. Was sollte ich auch sagen?«

»Du könntest ihr sagen, wenn sie noch ein bißchen wartet, bis ich verheiratet bin, dann werde ich sehr reich sein und etwas für sie tun. Ich verspreche es. Sag ihr, du verbürgst dich dafür, daß sie das Geld bekommt.«

»Ich finde, du solltest zu deiner Mutter oder deinem Bruder oder zu Dougal gehen und die Wahrheit sagen.«

»Wie könnte ich? Dann weigert sich Dougal womöglich, mich zu heiraten.«

»Ich halte ihn für einen sehr verständnisvollen jungen Mann.«

»Das würde er nicht verstehen. Er wäre wütend. Er glaubt an die Vollkommenheit.«

»Dann steht ihm ja ein schöner Schock bevor, wenn er dich heiratet.«

»Ich werde mich bemühen, ihm eine gute Frau zu sein.«

Was ist er doch für ein Narr! dachte ich. Er will Lavinia heiraten, ohne sie zu kennen. Sogar der Dorftrottel wüßte es besser, dabei gilt Dougal als so gescheit! Er kommt schon noch dahinter, dachte ich mit einer gewissen Genugtuung. Lavinia würde sich nicht ändern, bloß weil sie mit einem duldsamen Mann verheiratet war.

Lavinia fuhr flehend fort: »Wir waren so gute Freundinnen, Deborah, vom ersten Tag an!«

»Ich erinnere mich noch gut. Du warst nicht gerade eine charmante Gastgeberin. Es ist unklug von dir, mich an damals zu erinnern, wenn du an meine Hilfsbereitschaft appellieren möchtest.«

»Spiel dich nicht auf, Deborah! Immer zeigst du, wie schlau du bist. Das mögen die Männer nicht. Ich tu das nie.«

»Du spielst dich doch die ganze Zeit auf.«

»Ja, aber auf die richtige Art und Weise. Laß mich nicht länger zappeln, Deborah! Sag schon, daß du mir hilfst! Am Ende tust du's ja doch. Du willst mich bloß hinhalten.«

»Aber was kann ich tun?«

»Das hab' ich dir doch gesagt. Geh zu Janine! Erklär's ihr!«

»Warum tust du's nicht selbst?«

»Wie könnte ich nach London fahren? Du hast es da leichter. Du kannst einfach sagen, du besuchst Polly.«

Ich zögerte.

Ein Besuch bei Polly hatte mich stets aufgerichtet. Sie würde verstehen, wie mir wegen Dougals Verlobung zumute war. Polly brauchte ich nichts umständlich zu erklären. Mit ihr konnte ich offen reden. Und ich würde Fleur sehen. Die Kleine hatte mich gern. Sie konnte meinen Namen auf ihre Art aussprechen. Polly hatte geschrieben: »Du solltest Eff mal hören. ›Wer hat 'ne liebe Tante Deborah? Wen kommt Tante Deborah bald besuchen?‹ So redet Eff die ganze Zeit mit ihr.« Ja, es wäre wundervoll, wieder bei Polly, Eff und Fleur zu sein. Außerdem war ich äußerst neugierig, Janine wiederzusehen.

Lavinia sah, daß ich schwankte. »Du liebst Fleur«, sagte sie. »Sie ist ein kleiner Schatz.«

»Woher weißt du das? Du siehst sie doch nie.«

»Ich werde sie besuchen, wenn ich diese Geschichte hinter mir habe. Wenn ich Dougal erst besser kenne, erzähl' ich's ihm. Ich weiß, er wird sagen, ich soll sie zu mir holen.«

»Das wäre das Letzte, was Fleur sich wünschen würde. Begreifst du denn nicht, daß Kinder keine Spielfiguren sind, die man nach Belieben auf einem Brett hin und her schieben kann?«

»Jetzt spielst du wieder die Gouvernante.«

»Jemand muß schließlich versuchen, dir ein bißchen vom Leben beizubringen.«

»Ich weiß, ich bin schlecht, aber ich kann nichts dafür. Ich bemühe mich, gut zu sein. Wenn ich erst mit Dougal verheiratet bin, werde ich solide. Ach bitte, Deborah, *bitte*!«

»Wo wohnt sie?«

»Ich hab's aufgeschrieben. Ich erklär' dir, wie du hinkommst. Es ist gar nicht weit von Pollys und Effs Häusern.«

Ich nahm den Zettel mit der Adresse. »Fiddler's Green Nummer zwanzig«, sagte Lavinia. »Es ist leicht zu finden.«

»Hast du eine Droschke genommen?«

»Ja. Der Kutscher wirkte erstaunt, aber ich ließ ihn warten. Ich wollte nicht, daß jemand wußte, wo ich war. Es war abscheulich dort. Und dann sie. Sie hat mich verspottet. Nannte mich dauernd Gräfin. Dann sagte sie, wenn ich das Geld nicht auftreibe, läßt sie die ganze Welt wissen, was ich getan habe. Ich hätte mein Kind im Stich gelassen, sagte sie neben vielen anderen unfreundlichen Dingen. Ich erklärte ihr, das sei nicht wahr. Ich hätte ein gutes Zuhause für das Kind gefunden. Sie sagte: ›Das hat Deborah getan. Du hättest die Kleine wahrscheinlich irgendwem vor die Tür gelegt, um dein Leben weiterführen zu können.‹ Ich sagte ihr, daß sie sich da sehr irre, daß ich Fleur gern habe und sie zu mir hole, sobald ich verheiratet bin.«

»Ich werde nicht zu eurer Hochzeit kommen, Lavinia. Es ist ohnehin nur eine Farce. Hast du dir mal überlegt, wie du Dougal betrügst? Du wirst in jungfräulichem Weiß dort stehen...«

»Ach, halt den Mund! Wirst du mir nun helfen oder nicht? Siehst du denn nicht, wie elend ich dran bin?«

»Ich kann nichts tun. *Ich* habe kein Geld.«

»Ich sage nicht, daß du ihr Geld geben sollst. Ich weiß nur, wenn du mit ihr sprichst, kommt sie zur Vernunft.«

»Bestimmt nicht.«

»Doch. Sie hat dich immer bewundert. Du kannst sie überreden, ich weiß es. Bitte, Deborah, fahr nach London! Du möchtest doch auch Polly und Fleur wiedersehen. Bitte, Deborah!«

Und da wußte ich, daß ich es tun mußte.

»Ich besuche Polly«, sagte ich zu meinem Vater.

Er lächelte. »Ich weiß schon, du möchtest das Kind wiedersehen, das sie angenommen haben. Du hast die Kleine sehr gern, nicht wahr?«

»O ja, und Polly habe ich auch sehr gern.«

»Eine brave Frau«, sagte er. »Ein bißchen frei heraus, aber herzensgut.«

So fuhr ich denn nach London, und Polly freute sich wie immer, mich zu sehen. Ich erzählte ihr nicht, wen ich noch besuchen wollte, denn sie hätte bestimmt versucht, es mir auszureden, mich noch weiter in Lavinias Angelegenheiten verstricken zu lassen. Ich hätte es einmal getan, und das habe ihnen Fleur beschert, was sie gewiß nicht bedauerten, aber einmal sei genug.

Ich nahm eine Droschke nach Fiddler's Green. Der Kutscher sah mich verwundert an, sagte aber nichts. Ich bat ihn zu warten – nicht vor dem Haus, sondern ein Stück entfernt. Er musterte mich, als glaube er, ich sei in einer anrüchigen Mission unterwegs. Ich sagte mir, daß es Lavinia genauso ergangen sein mußte.

Fiddler's Green Nummer zwanzig war ein großes Haus mit Anzeichen ehemaliger Pracht, aber jetzt war der Stuck abgeblättert, und was einst weiß war, war nun schmutziggrau. Vier brüchige Stufen führten zur Eingangstür, zwei räudig aussehende Steinlöwen hielten Wache. Lavinia hatte mir gesagt, ich müsse dreimal klopfen, was bedeute, ich wolle zu Janine im dritten Stock.

Ich klopfte und wartete. Es dauerte ziemlich lange, bis Janine erschien. Sie starrte mich einige Sekunden verblüfft an, dann rief sie: »Deborah! Was machst du denn hier?« Sie hob die Schultern. »Komm lieber rein«, fügte sie hinzu.

Ich trat in einen schmuddeligen Flur und stand vor dem Treppenaufgang. Der Läufer auf den Stufen war abgetreten und stellenweise fadenscheinig. Wir stiegen drei Stockwerke hoch, und der Läufer wurde immer schäbiger. Janine stieß eine Tür zu einem einigermaßen geräumigen, spärlich möblierten Zimmer auf. Mit einer Grimasse sagte sie: »Da siehst du, wie die Armen und Bedürftigen leben.«

»Ach, Janine«, sagte ich, »es tut mir so leid.«

»Hab' eben Pech gehabt. Bei mir ist alles schiefgegangen. Hab' alles verloren. Tante Emily ist tot… und all die Leute mit ihr. Dieser dämliche George. Es war seine Schuld. Ich hab' ihr immer gesagt, daß er gefährlich ist, und daß wir eines Nachts alle in unseren Betten verbrennen werden. Er hat alles zerstört, für Tante Emily und auch für mich. Ich wollte Clarence heiraten – oh, ich weiß, er war einfältig, aber er hat mich verehrt. Er hätte mir alles gegeben, alles, was ich verlangte. Und dann ist er gestorben, allein wegen dem blöden George.«

»George wußte nicht, was er tat. O Janine, welch ein Segen, daß du in der Nacht nicht dort warst!«

»Manchmal wünsche ich fast, ich wäre dagewesen.«

»Sag das nicht!«

»Ist doch wahr! Wie würde es dir gefallen, in so einer Bude zu hausen?«

»Mußt du das denn?«

»Wie meinst du das, ob ich es muß? Glaubst du etwa, ich täte es freiwillig, wenn ich nicht müßte?«

»Aber du kannst doch sicher etwas tun. Gebildete Frauen werden meistens Gouvernanten.«

»Das hab' ich nicht vor.«

»Aber was willst du dann tun?«

»Ich habe Pläne. Der ganze Wirbel um Lavinia Framling hat mich wahnsinnig gemacht. Wenn man bedenkt, wie sie ist… und dann das Kind… und sie spielt die große Dame! Das ist nicht gerecht.«

»Sie sagte mir, du hast Geld von ihr verlangt.«

»Sicher! Warum sollte sie mir auch nichts geben? Ich hab' ihr geholfen. Was hätte sie ohne mich angefangen? Wetten, der noble Earl wäre nicht so versessen auf sie, wenn er wüßte, daß er verdorbene Ware erhält.«

»Sei nicht so verbittert, Janine!«

»Das hat weniger mit Verbitterung zu tun als mit gesundem Menschenverstand. Sie hat alles. Ich hab' nichts. Also ist es wohl an der Zeit, daß ich mir meinen Teil hole.«

»Das wirst du bereuen, Janine.«

»Bestimmt nicht. Ich möchte Geschäftsfrau werden. Ich glaube, ich wäre eine recht geschickte Putzmacherin. Ich kenne eine, die einen kleinen Laden hat. Wenn ich das Geld auftreibe, könnte ich mich bei ihr beteiligen, und ich sehe nicht ein, warum Miss Lavinia Framling mir nicht dazu verhelfen soll.«

»Dazu brauchst du aber mehr als fünfzig Pfund.«

Sie machte ein verschlagenes Gesicht. »Ich werde mir das Geld beschaffen.«

»Das ist Erpressung, und du weißt, es ist strafbar.«

»Wird sie mich vor Gericht bringen? Das wäre fabelhaft, nicht wahr? Miss Lavinia Framling verklagt eine, die weiß, daß sie ein uneheliches Kind hat, dessen Existenz sie geheimhält. Kannst du dir vorstellen, daß sie das tut?«

»Janine, das ist keine Lösung.«

»Dann nenn mir eine andere.«

»Du könntest arbeiten... und sparen. Damit wärst du gewiß zufriedener.«

»Ganz bestimmt nicht. In mancher Hinsicht bist du ein Einfaltspinsel, Deborah. Was du alles auf dich nimmst, um das kleine Malheur geheimzuhalten... und alles ihretwegen. Sie ist durch und durch egoistisch. Glaubst du, sie hätte dir in einer ähnlichen Situation geholfen?«

»Nein.«

»Warum dann die viele Mühe? Sie soll bezahlen oder die Konsequenzen tragen.« Janine sah grimmig und sehr zornig aus, und ich wußte, daß ich sie nicht von ihrem Vorhaben abbringen konnte. Ich sah mich im Zimmer um. Sie bemerkte meinen Blick. »Scheußlich, nicht?« sagte sie. »Du kannst sicher verstehen, warum ich hier raus will.«

»Natürlich. Wo warst du eigentlich in jener Nacht?«

»Erinnerst du dich an die Herzogin?«

»O ja.«

»Ihre Familie hatte beschlossen, sie wieder aufzunehmen. Vielleicht haben sie sich geschämt, daß sie sie einfach so bei Tante Emily abgeliefert hatten – doch ich glaube, es hing mit Geld zusammen. Sie wollten sie im Auge behalten, damit sie kein Testament machte und alles jemand anderem vererbte. Sie trauten Tante Emily nicht, und das nicht ganz zu Unrecht. Ich mußte die Herzogin nach Hause begleiten. Die Reise war zu weit, um am selben Tag zurückzufahren, deshalb habe ich in dem vornehmen Haus der Familie übernachtet. Das war was anderes als dieses Zimmer, das kann ich dir sagen!«

Ich nickte.

»So war das also. Alles ist durch den Brand zerstört worden. Ich hätte das Haus geerbt, es hatte einen ansehnlichen Wert. Und ich hätte Clarence geheiratet. Dann wäre ich für mein Leben wohlversorgt gewesen, und nun... nichts. Wie konnte Tante Emily nur so dumm sein und keine Versicherung abschließen, mit so einem Verrückten wie George im Haus!«

»Aber du hast Glück gehabt, daß du nicht dort warst.«

»Wenn man das Glück nennen will.«

»Ich bin gekommen, dich zu bitten, es dir noch einmal zu überlegen.«

Sie schüttelte den Kopf. »Nein, sie muß zahlen. Sie muß mir was abgeben von dem, was sie hat.«

»Sie hat nicht viel Taschengeld.«

»Ich will einen Anteil von dem, was sie hat, und wenn sie ihren adligen Gentleman heiratet...«

»Du meinst, du willst weiterhin Geld verlangen? Du hast ihr gesagt, mit den fünfzig Pfund sei es erledigt.«

»Von wegen. Ich bin in Not, Deborah. Ich werde mir eine solche Chance doch nicht entgehen lassen!«

»Nicht, Janine! Laß das! Was immer du empfindest – und ich kann deine Verbitterung verstehen –, es ist Unrecht.«

»Für mich ist es Recht. Es ist an der Zeit, daß jemand Lavinia Framling eine Lektion erteilt. Sie hat sich immer über uns alle erhaben gedünkt, bloß wegen ihrer schönen Haare.«

»Ach, Janine! Hör zu! Ich komme dich wieder besuchen. Ich kann dich mit ins Pfarrhaus nehmen. Du kannst bei uns Ferien machen. Vielleicht finden wir eine Arbeit für dich. Wir kennen eine Menge Leute, und eine Empfehlung vom Pfarrer ist immer sehr hilfreich. Du kannst bei uns bleiben, bis du Arbeit gefunden hast. Zieh hier aus...«

Sie schüttelte den Kopf. »Du bist lieb, Deborah«, sagte sie sanft. »Du bist zwanzigmal mehr wert als Lavinia.«

Ich lächelte. »Mein Wert ist wohl gestiegen. Zu Lavinia hast du zwölfmal gesagt.«

»Ich hab' sie überschätzt. Eigentlich ist sie überhaupt nichts wert. Dieser Earl tut mir leid. Der wird was erleben mit ihr! Die kann doch die anderen Männer nicht in Ruhe lassen.«

»Ich glaube, sie wird sich fangen, wenn sie verheiratet ist.«

»Du warst zwar Klassenbeste, Deborah, aber wenn's ums praktische Leben geht, bist du ein Wickelkind.«

»Hör mich an!«

»Ich hab' genug gehört.«

»Du willst also weitermachen mit dieser... Erpressung?«

»Ich werde mir Geld verschaffen, bis ich auf eigenen Füßen stehe.«

»Das ist ein Fehler.«

»Das laß meine Sache sein! Hast du eine Droschke warten?«

»Ja.«

»Dann geh jetzt lieber! Der Kutscher wartet womöglich nicht lange. Er kann sich nicht vorstellen, daß jemand, der hierherkommt, ihn bezahlen kann. Er denkt vielleicht, du hast dich aus dem Staub gemacht.«

»So schien er mich nicht einzuschätzen, und er sagte, er würde warten.«

»Danke für deinen Besuch!«

»Wenn ich irgend etwas höre, sag' ich dir Bescheid.«

Sie lächelte und schüttelte den Kopf.

Und das war alles, was ich damals bei Janine Fletcher ausrichten konnte, aber ich gab die Hoffnung nicht auf.

Ich schrieb sofort Lavinia, daß ich bei Janine wenig erreicht habe, sie sei unerbittlich. Ich konnte mir Lavinias Bestürzung beim Lesen des Briefes vorstellen. Sie würde gegen Janine wüten und vielleicht auch gegen mich, weil es mir nicht gelungen war, ihren Auftrag zufriedenstellend auszuführen. Aber sie mußte die Wahrheit erfahren.

Polly fragte: »Fehlt dir was, mein Schatz?«

»Nein, wieso?«

»Du wirkst so nachdenklich. Du kannst es mir ruhig sagen. Dieser Dougal... Ich finde, er ist ein Narr, daß er sich so in Lavinia vergafft hat. Ich muß schon sagen, mir ist ein richtiger Mann lieber, einer, der Augen im Kopf hat und sich nicht selbst zum Narren macht. Ich glaube, du warst ein bißchen in ihn verliebt.«

»Er ist ein reizender Mensch, Polly, und so klug.«

Sie rümpfte die Nase. »Eher 'n Dummkopf, wenn du mich fragst. Ein Mann heiratet keine Modepuppe, wenn er halbwegs bei Verstand ist.«

»Polly, ich war nicht in Dougal Carruthers verliebt, und er hat mich nicht sitzengelassen, um Lavinia zu heiraten. Er hat mir nie einen Heiratsantrag gemacht.«

»Ich dachte...«

»Dann hast du falsch gedacht. Lavinia wird Gräfin. Kannst du dir mich als Gräfin vorstellen?«

»Warum nicht? Schätze, du könntest Königin von England sein, wenn du wolltest.«

»Ich glaube nicht, daß Prinz Albert derselben Meinung wäre. Und ich schwärme auch nicht für ihn... selbst wenn Ihre Majestät bereit wäre, zu meinen Gunsten abzudanken.«

»Ach du!« Sie lächelte. »Aber du weißt, du kannst mir alles erzählen.«

Eines Tages sagte Eff: »›Zweiter Stock zweiunddreißig‹ sagt, die Ehrenwerte Mrs. Soundso ist ihre Verwandte.«

»Die olle Quasseltante«, sagte Polly. »Dauernd gibt sie mit ihren hochvornehmen Verwandten an.«

»Sie hat Erziehung«, meinte Eff. »Ich kenn' mich da aus.«

In diesen Dingen mußte Polly sich Effs Überlegenheit beugen. »Und was ist mit ihr?«

»Diese Cousine oder was auch immer geht ins Ausland und sucht eine Gesellschafterin, eine Reisegefährtin, die gut organisieren kann.«

Ich hatte schläfrig in die züngelnden Flammen des Kamins geschaut und vor mich hingeträumt, doch mit einem Mal war ich hellwach. Eine Reisegefährtin! Janine, dachte ich. »Hört sich nach einer guten Stellung an«, sagte ich laut.

»Gute Stellung!« gab Eff zurück. »Eine unter Millionen. Also wenn ich jung wäre, ich würde gleich zugreifen.«

Ich sagte aufgeregt: »Eine Schulkameradin von mir sucht eine Stellung. Ich war neulich bei ihr.«

»Weißt du was«, sagte Eff, »du fragst sie, ob ihr die Stellung zusagt, und ich rede mit ›Zweiter Stock zweiunddreißig‹. Vielleicht können wir die beiden zusammenbringen. ›Zweiter Stock zweiunddreißig‹ wäre stolz darauf, wenn sie diese gebildete junge Dame fände, die sich als genau die Richtige herausstellte.«

Am nächsten Tag nahm ich wieder eine Droschke nach Fiddler's Green, ließ mich in einiger Entfernung von Nummer zwanzig absetzen und hieß den Kutscher abermals warten. Auf dem Weg zum Haus überlegte ich, wie ich Janine überreden wollte.

In der Nähe des Anwesens stand eine Gruppe Leute. Sie sahen mich neugierig an. Ich stieg die brüchigen Stufen hinauf und klopfte dreimal an die Tür.

Ein Mann öffnete. »Was wünschen Sie?« fragte er.

»Ich möchte meine Freundin besuchen, Miss Janine Fletcher.«

»Kommen Sie herein!« sagte er. Drinnen öffnete eine Frau eine Tür und sah mich an. »Warten Sie hier!« sagte der Mann. Er ging die Treppe hinauf. Ich begriff nicht, was das bedeutete. Die Frau sah mich immer noch an. »Schrecklich, nicht?« murmelte sie. »So eine junge Frau.«

»Was ist passiert?«

»Sie muß in irgendwas verwickelt gewesen sein. Das ist nicht gut für das Haus.«

Mir wurde ganz bange. Ich fühlte, daß Janine etwas Furchtbares zugestoßen war. Ich hörte einen Wagen vorfahren. »Das sind sie«, sagte die Frau. »Sie kommen sie abholen.«

»Ich verstehe nicht«, sagte ich.

Es klopfte an die Eingangstür. Als die Frau öffnen ging, erschien der Mann, der mich hereingelassen hatte, auf der Treppe.

Am Eingang standen zwei Männer mit einer Bahre. »Hier herauf!« sagte der Mann auf der Treppe. Sie stiegen mit der Bahre hinauf. Die Frau hatte sich in ihr Zimmer zurückgezogen, aber die Tür offengelassen. Ich stand noch immer im Flur.

Auf der Treppe entstand Bewegung. Die Männer erschienen mit der Bahre, jemand lag darauf, mit einem Leintuch zugedeckt. Als sie an mir vorbeigingen, erhaschte ich einen Blick auf rotblonde, mit Blut verklebte Haare. Da wußte ich: Unter dem Leintuch lag Janine.

Ein Mann folgte den Trägern die Treppe herunter. Er kam zu mir und sagte: »Ich bin Polizeibeamter und untersuche den Tod von Miss Janine Fletcher. Was tun Sie hier?«

»Ich wollte sie besuchen.«

»Sind Sie eine Freundin von ihr?«

Mir war übel. Ich versuchte, den Gedanken zu unterdrücken, der sich mir aufdrängte: daß Lavinia es getan hatte. Damit würde sie nicht davonkommen... niemals.

»Ich bin mit ihr zur Schule gegangen«, hörte ich mich sagen.

»Besuchen Sie sie oft?«

»Nein. Ich war erst einmal hier.«

»Wann?«

»Vor drei Tagen.«

»Hat sie einen verängstigten Eindruck gemacht?«

Ich schüttelte den Kopf.

»Wo wohnen Sie?«

Ich nannte ihm die Adresse des Pfarrhauses.

»Sie haben einen weiten Weg gemacht, um Miss Fletcher zu besuchen.«

»Ich bin für ein paar Tage bei meinem früheren Kindermädchen zu Besuch.«

Ein junger Mann war zu uns getreten, und der erste sagte zu ihm: »Stellen Sie die Adresse der Dame fest!« Zu mir gewandt, fuhr er fort: »Wir müssen Ihnen ein paar Fragen stellen und werden Sie demnächst aufsuchen. Bleiben Sie bitte in London...«

»Aber ich muß zurück...«

»Wir müssen Sie ersuchen zu bleiben. Sie können uns vielleicht etwas Wichtiges mitteilen.«

Ich murmelte: »Dann bleibe ich.«

Meine Beine zitterten, und ich schwankte leicht. Ich wäre am liebsten vor dieser makabren Szenerie davongelaufen. Doch ich wollte so vieles wissen. Wie war es passiert? Wer hatte es getan? Wen hatten sie in Verdacht? Ich sagte mir immer wieder: Du hast es nicht getan, Lavinia. Du hast die schmutzige Arbeit immer von anderen verrichten lassen.

Der Mann wandte sich an den anderen, der sich zu uns gesellt hatte: »Ach, Smithson, begleiten Sie die junge Dame zu Ihrer Droschke!« und zu mir sagte er: »Einer unserer Männer wird Ihnen ein paar Fragen über Ihre Beziehung zu der Verstorbenen stellen. Es ist bloß eine Formalität.«

Ich war heilfroh, den Schauplatz verlassen zu können. Der Mann, der mich begleitete, war jung und wirkte etwas nervös.

»War wohl 'n ganz schöner Schock«, meinte er beim Gehen.

»Mir ist so... zittrig.«

»Ich bin auch ein bißchen nervös«, gab er zu. »Dies ist mein erster Mord.«

Mord! Das Wort machte mich schaudern. Ich wollte es nicht glauben. Janine! Wir waren alle zusammen auf der Schule gewesen, und jetzt... So schnell war Lavinia Mutter geworden und Janine... eine Leiche. Ich versuchte den Gedanken abzuschütteln, daß diese zwei Fakten irgendwie zusammenhängen konnten.

Ein junger Mann trat auf uns zu. Er zog seinen Hut und verbeugte sich. »Darf ich fragen, ob Sie eine Freundin der jungen Dame sind?«

Ich hielt ihn für einen Polizeibeamten und sagte: »Ja.«

»Würden Sie mir Ihren Namen geben?« Ich nannte ihn, und er zog ein Notizbuch aus der Tasche. »Wohnen Sie hier in der Nähe?«

»Nein, auf dem Land. Ich bin nur zu Besuch in London.«

»Interessant. Kannten Sie die junge Dame gut?«

»Wir sind zusammen zur Schule gegangen. Das habe ich Ihren Leuten eben schon erzählt.«

»Nur noch ein paar Fragen, damit es keine Mißverständnisse gibt.« Er fuhr fort: »Wo auf dem Land?«

Ich nannte ihm die Adresse des Pfarrhauses.

»Dann sind Sie die Pfarrerstochter?«

Ich nickte.

»Und Sie sind zusammen zur Schule gegangen. Haben Sie eine Ahnung, warum jemand Ihre Freundin ermorden wollte?«

»Nein«, sagte ich nachdrücklich.

Mein Begleiter stieß mich an. »Sie sprechen mit der Presse«, flüsterte er.

»Keine Sorge, Miss«, beruhigte mich der andere. »Nur ein paar Fragen, das ist alles.«

Ich stammelte: »Ich dachte, Sie wären von der Polizei.«

Er lächelte entwaffnend. »Da besteht eine gewisse Verbindung«, sagte er.

»Ich möchte nichts mehr sagen. Ich weiß nichts über die Sache.«

Er nickte lächelnd, lüftete seinen Hut und entfernte sich. Ich hatte das Gefühl, eine große Indiskretion begangen zu haben. Der junge Beamte begleitete mich zu der wartenden Droschke und kam mit bis vor Pollys Haus. »Sie sollten nie mit der Presse reden«, sagte er. »Das sehen wir nicht gern. Die sollen nur jene Informationen haben, die wir ihnen geben wollen.«

»Warum haben Sie mir das nicht früher gesagt?«

Er wurde rot. Er wollte nicht zugeben, daß er die Identität des Reporters nicht gleich erkannt hatte.

Seine Abschiedsworte klangen düster. »Ich schätze, Sie werden bald von uns hören. Es wird ausführliche Ermittlungen geben.«

Polly und Eff standen verwundert in der Diele. »Was hat das alles zu bedeuten?« fragte Polly. »Wer war der junge Mann?«

»Ein Polizist.«

Polly erbleichte.

Eff sagte: »Was hat die Polizei bei ehrbaren Leuten zu suchen? Was sollen die Nachbarn denken?«

Polly unterbrach sie: »Hol einen Schluck Brandy! Siehst du nicht, wie durcheinander sie ist?«

Ich lag auf meinem Bett, Polly saß neben mir. Ich hatte ihr alles erzählt.

»Meine Güte«, murmelte sie. »Das is 'n Ding. Mord, wie? Diese Janine war 'n übles Früchtchen, wenn du mich fragst. Geht hin und erpreßt die Leute.«

»Ich habe das Gefühl, daß ihr Tod damit zusammenhängt, Polly.«

»Sollte mich nicht wundern. Meinst du, diese Lavinia hatte ihre Hand im Spiel?«

Ich schüttelte den Kopf. »Das kann ich nicht glauben.«

»Diesem feinen Fräulein trau ich alles zu. Und wenn's stimmt, ist das das Ende für sie und ihre große Romanze. So was können nicht mal die mächtigen Framlings totschweigen.«

»Ach, Polly, es ist schrecklich!«

»Ich bete nur zu Gott, daß du dich da raushalten kannst.«

»Ich bin leider schon in die Sache verwickelt, Polly.«

»Diese Lavinia... sie bedeutet Ärger. Sie hat höchstwahrscheinlich ihre Hand im Spiel.«

»Ich kann es nicht glauben, Polly. Sie würde lügen, wenn es sein muß, aber sie würde bestimmt keinen Mord begehen.«

»Ich glaub', die ist zu allem fähig, um ihre Haut zu retten.«
Ich klammerte mich verwirrt und furchtsam an sie. Ich wurde
das Bild von Janine nicht los, wie sie unter dem Leintuch lag...
tot.

Die Polizisten kamen. Sie stellten weitere Fragen. Was wußte ich
von Janines Leben? Was für Freunde hatte sie? Ich erklärte, daß
ich nichts von ihren Freunden wisse. Ich hätte Janine vor einigen
Tagen zum erstenmal wiedergesehen, seit wir von der Schule ab-
gegangen waren.
»Sie war die Tochter einer gewissen Miss Fletcher, die ein Pflegeheim leitete.«
»Das war ihre Tante«, sagte ich.
Die beiden Polizisten wechselten Blicke. Ich dachte: Jetzt entdecken sie alles. Sie werden erfahren, wer Fleur ist. Es wird
furchtbar für Lavinia... und ausgerechnet nun, wo sie bald heiraten will.
Ich war sehr erleichtert, als sie gingen, aber es sollte noch schlimmer kommen. Polly entdeckte es als erste in der Morgenzeitung.
Sie las mir mit zitternder Stimme vor: »›Wer war Janine Fletcher? Warum nahm jemand dem jungen Mädchen das Leben?
Ich hatte Gelegenheit, mit einer alten Schulfreundin von ihr zu
sprechen, Miss Deborah Delany, die zur Zeit bei ihrem ehemaligen Kindermädchen zu Besuch ist.‹ Da steht unsere Adresse.«
Polly las weiter: »›Sie ist die Tochter des für den Besitz der Framlings zuständigen Pfarrers und wollte ihre Schulfreundin besuchen. Sie fand sie auf einer Bahre vor, die gerade aus dem Quartier
getragen wurde. Janine starb durch einen Kopfschuß. Miss Delany sagte, sie wisse niemanden, der ihre Freundin hätte töten
wollen. Janine war die Tochter von Miss Emily Fletcher, die in der
Nähe des New Forest ein exklusives Pflegeheim für Gutbetuchte
betrieb. Die Polizei läßt im Augenblick nichts verlauten, es geht jedoch das Gerücht, daß eine baldige Verhaftung bevorsteht.‹«
Polly sah mich betroffen an.
»O Polly«, sagte ich, »das ist ja furchtbar!«
»Ich frag' mich, ob sie was über Fleur herausfinden. Die Polizei
hat 'ne Nase für anrüchige Leckerbissen.«

»Es wäre schrecklich, so kurz vor der Hochzeit. Ich bin überzeugt, daß Lavinia nichts mit der Sache zu tun hat, aber es kann
dabei alles mögliche ans Licht kommen.«

»Es schadet nichts, wenn dieser Earl schon vor der Hochzeit 'n
bißchen was über das Mädchen erfährt, das er heiraten will.
Hinterher kriegt er's ohnehin bald raus.«

»Ach, Polly, ich hab' solche Angst.«

»Du brauchst keine Angst zu haben. Wenn was rauskommt, sag
du nur die Wahrheit. Du mußt Madam Lavinia nicht mehr
schützen. Wird Zeit, daß sie ihre Karten offen auf den Tisch
legt.«

Einen Tag, nachdem wir den Zeitungsartikel gelesen hatten, erschien Fabian. Ich hörte das Klopfen und fürchtete schon, es sei
wieder die Polizei. Ich ging öffnen, und da stand er.

»Guten Tag«, sagte er und trat unaufgefordert in die Diele. »Ich
möchte mit dir reden.«

»Aber…«

»Wohin können wir gehen?«

Ich führte ihn in den Salon, einen unbenutzten Raum, der Besu-
chern und Verhandlungen mit zukünftigen Mietern vorbehalten
war, und wo bei besonderen Anlässen sonntags nachmittags der
Tee eingenommen wurde.

»Was führt dich her?« fragte ich.

»Das fragst du noch? Ich habe die Zeitung gelesen. Was hat diese
Janine mit dir zu tun?«

»Wenn du die Zeitung richtig gelesen hättest, wüßtest du, daß
wir zusammen auf der Schule waren.«

»Das Mädchen ist ermordet worden, und du warst zu dieser Zeit
dort.«

»Als ich kam, war sie schon tot.«

»Ermordet«, sagte er. »Guter Gott! Und du wurdest im Zusammenhang mit diesem Fall in der Zeitung erwähnt.«

»Weil ich zufällig dort war. Man hat mir Fragen gestellt.«

»Die Polizei stellt keine Fragen nur zum Zeitvertreib. Wenn sie
dich gefragt haben, heißt das, daß sie denken, daß du etwas
weißt.«

»Ich habe sie gekannt. Ich wollte sie besuchen.«

»Zu welchem Zweck?«

»Zweck? Sie war eine alte Schulfreundin.«

»Bloß um die Bekanntschaft zu erneuern? Ich will die Wahrheit wissen, verstanden? Du kannst nicht ewig so weiterlügen. Du erzählst mir jetzt, was das alles bedeutet. Ich bestehe darauf.«

In diesem Moment flog die Tür auf, und vor uns stand Polly. Später erzählte sie mir, sie habe ihn kommen hören und an der Tür gehorcht. Sie stand vor uns, die Wangen flammendrot, die Arme verschränkt. »So, Sir Hochwohlgeboren oder wie immer Sie heißen, jetzt will ich Ihnen mal was sagen. Ich dulde es nicht, daß Sie hierherkommen und meine Kleine durcheinanderbringen. Sie ist mehr wert als Ihr ganzer Klüngel zusammen.«

Er war verblüfft, aber ich sah den amüsierten Ausdruck in seinen Augen.

»Polly!« sagte ich vorwurfsvoll.

»Nein, laß mich ausreden! Ich hab' genug davon. Ich werd' diesen Framlings mal Bescheid sagen. Kommt hierher und bringt dich durcheinander. Jetzt kriegt er die Wahrheit verpaßt.«

»Nichts lieber als das«, sagte Fabian.

»Oh! Es wird Ihnen gar nicht so lieb sein, wenn Sie's hören, das kann ich Ihnen flüstern. Und wenn die Polizei kommt und Deborah Fallen stellt, damit sie sagt, was die hören wollen, dann erzähl ich's denen auch. Deborah hat viel für Ihre Schwester getan. Was glauben Sie wohl, wem das Kind gehört, das wir hier haben? Ihrer Schwester, jawohl! Deborah versuchte ihr zu helfen und wird dafür beleidigt. Wer war mit ihr in dem Heim? Hat so getan, als besuchten sie 'ne Prinzessin irgendwo? Wer hat das Baby zu mir gebracht? Mir war sofort klar, als sie ankamen, daß Ihre Schwester ein Baby nicht von 'nem Pfund Butter unterscheiden kann – und es ihr nicht mehr bedeutet. So, und ich laß nicht zu, daß Sie Deborah hier schikanieren. Verschwinden Sie und schikanieren Sie Ihre Schwester! Die ist die Ursache von all dem Übel.«

Er sagte: »Danke, daß Sie es mir erzählt haben.« Und zu mir: »Ich nehme an, das ist die Wahrheit?«

»Selbstverständlich ist es die Wahrheit«, rief Polly. »Wollen Sie mich eine Lügnerin nennen?«

»Nein, Madam, aber ich wollte es gern bestätigt wissen.«

»Jetzt stecken wir in diesem Schlamassel, und alles wegen Ihrer Schwester. Fangen Sie bloß nicht an, Deborah Vorwürfe zu machen, denn das dulde ich nicht.«

»Sie haben ganz recht«, sagte er, »und ich stehe in Ihrer Schuld. Es ist eine unerfreuliche Situation, und ich möchte alles tun, um Ihnen zu helfen.«

»Hm«, sagte Polly etwas besänftigt. »Wird aber auch Zeit.«

»Ja, Sie haben wiederum recht. Darf ich mich wohl ein wenig mit Miss Delany unterhalten?«

»Das muß sie entscheiden.«

»Ja, gewiß«, sagte ich.

Ich zitterte ein bißchen, aber ich war froh, daß er Bescheid wußte und daß nicht ich es war, die Lavinia verraten hatte.

Polly sagte: »Gut, ich verzieh' mich.« Die Tür fiel ins Schloß.

»Eine resolute Dame«, sagte er. »Jetzt weiß ich also die Wahrheit. Ich denke, du solltest mir Genaueres erzählen. Es ist in Frankreich passiert, nicht wahr?«

»Ja.«

»Ein Franzose?«

Ich nickte.

»Kanntest du ihn?«

»Ich habe ihn ein- oder zweimal gesehen.«

»Aha. Und meine törichte Schwester bat dich um Hilfe.«

»Janine Fletcher war bei uns auf der Schule. Sie hatte eine Tante.«

»Es war also gelogen, daß ihr in Lindenstein wart. Ich merkte natürlich, daß du nicht dort warst.«

»Ja, du hast versucht, mir Fallen zu stellen. Und du hast ungefähr geahnt, was wirklich vorgefallen war.«

»Als ich das Kind sah...«

»Aber du dachtest, daß ich...«

»Es schien kaum glaublich.«

»Und doch hast du es geglaubt.«

Er antwortete nicht darauf. Dann sagte er: »Dieses Mädchen Janine... Was glaubst du, wie das passiert ist?«

»Ich weiß es nicht.«

»Du warst kurz darauf dort. Warum?«

»Ich wollte mit ihr reden.«

»Über Lavinia? Hat sie Lavinia erpreßt?«

Ich schwieg. Ich wollte sie nicht verraten, obwohl Polly das ja schon besorgt hatte.

Er war jetzt ganz ernst. »Mein Gott! Aber sie war nicht hier. Sie war zu Hause. Es muß jemand anders gewesen sein. Waren bei der Tante noch andere Mädchen in derselben Lage?«

»Mehrere.«

»Was für eine Bescherung! Bedauerlich, daß man dich dort gesehen hat. Ich bin froh, daß ich Bescheid weiß. Ich bleibe in London. Ich gebe dir die Adresse meiner Stadtwohnung. Benachrichtige mich, wenn es etwas gibt.« Er wirkte ehrlich besorgt. Er dachte wohl an den Skandal, wenn ans Licht käme, daß und weshalb Lavinia sich in dem Hospital aufgehalten hatte. Das würde für Schlagzeilen sorgen. Ich taugte nur für eine Erwähnung in einem kurzen Artikel, Lavinias Ruf aber würde ruiniert sein. Ich sah, daß ihr Bruder das um jeden Preis verhindern wollte.

Ich war einigermaßen erleichtert. Natürlich war ihm nur daran gelegen, seine Schwester zu schützen, aber indem er das tat, schützte er gleichzeitig mich.

Er sagte, er müsse nun gehen. Er nahm meine Hände und lächelte mich an; es sah fast wie eine Entschuldigung für sein früheres Benehmen aus. Ich war froh, daß er endlich die Wahrheit wußte und daß nicht ich es war, die sie ihm gesagt hatte.

In den Zeitungen stand nichts Neues über den Fall – nur kurze Meldungen. Die Polizei setzte ihre Ermittlungen fort.

Fabian besuchte uns. Eff machte ihm auf. Er kam ihr durchaus nicht ungelegen. »Eff hält viel auf Titel«, erklärte Polly. »Du solltest mal hören, wie sie bei ›zweiter Stock‹ angibt, weil *Sir* Fabian hierherkommt! Sie meint, es nützt dem Ruf des Hauses. Ich hoffe nur, daß er sich anständig aufführt.«

»Bestimmt«, versicherte ich ihr.

»Laß dir bloß nichts von ihm gefallen!«

»Bestimmt nicht.«

Er wolle mit mir über das Kind reden, sagte er. Die beiden Frauen hätten von Geburt an für Fleur gesorgt, nicht wahr? Ich bestätigte es.

An seinem Benehmen merkte ich, daß er Respekt vor Polly hatte. Ich glaube, es gefiel ihm, wie sie mit ihm umsprang, obwohl das, was sie ihm mitzuteilen hatte, unerquicklich war. Die Vorstellung, die Pfarrerstochter könne einen Fehltritt begangen haben, schien ihn amüsiert zu haben; bei der eigenen Schwester war das nicht ganz so lustig.

»Ich möchte die Kleine öfter sehen. Und die zwei Frauen, die sie umsorgt, sie gefüttert, gekleidet haben...«

»Sie haben sie auch sehr lieb«, sagte ich.

»Was hätte das arme Kind nur ohne sie angefangen... und ohne dich. Ich möchte, daß sie für das, was sie getan haben, entschädigt werden.«

»Du meinst mit Geld?«

»Allerdings.«

»Sie sind, wie man so sagt, gutbetucht. Sie arbeiten hart und genießen die Früchte ihrer Arbeit. Sie sind womöglich beleidigt, wenn du annimmst, sie seien in Geldnot.«

»Aber sie haben das Kind aufgenommen!«

»Das haben sie für mich getan, weil sie...«

»Weil sie demselben Irrtum erlagen wie ich. Du siehst, so ein Schurke bin ich gar nicht, wenn sogar Polly, die dir so nahesteht... Nun ja, so etwas kann vielleicht jedem passieren.«

»Vielleicht.«

»Wir alle haben unsere unbedachten Momente.« Er lächelte mich rätselhaft an, dann sagte er forsch: »Ich möchte eine Möglichkeit finden, diese braven Frauen zu entschädigen. Sprichst du mit ihnen? Ich fürchte, sie werden mir nicht gestatten, mich um die Sache zu kümmern. Auf dich hören sie vielleicht.«

Ich versprach es ihm.

Polly und Eff waren ziemlich entrüstet, als ich es ihnen mitteilte.

»Was bildet der sich eigentlich ein?« ereiferte sich Polly. »Fleur ist bei uns, seit sie ein Säugling war. Sie gehört zu uns. Wenn man von so einem Mann Geld nimmt, will er sich einmischen und einem vorschreiben, was man zu tun hat. Nein, kommt nicht in die Tüte.«

Eff lenkte ein: »Es war zumindest sehr nett von *Sir* Fabian, es anzubieten.« Sie betonte den Titel immer, wenn sie mit »zweiter Stock Nummer zweiunddreißig« sprach, und verfiel auch bei uns in diese Gewohnheit.

»Schau, Polly!« sagte ich. »Im Augenblick hast du ja recht, aber angenommen, bei euch läuft es nicht immer so gut. Du mußt an Fleur denken, an die Schule und alles.«

»Ich laß sie nicht in die Fremde. Man sieht ja an Lavinia, was dabei rauskommt.«

Eff aber dachte praktischer. Ich glaube, Pollys Wahrnehmungsvermögen war durch ihre Emotionen etwas getrübt. Sie hatte Fabian als ausgemachten Verführer abgestempelt und war überzeugt, daß er es auf mich abgesehen hatte. Sie war ihm gegenüber sehr mißtrauisch.

Als Fabian jedoch vorschlug, ein Konto einzurichten, von dem sie jederzeit Geld abheben könnten, wenn sie etwas für Fleur benötigten, erklärten sie sich schließlich einverstanden.

»Wir rühren es natürlich nicht an«, sagte Polly.

»Aber es ist schön zu wissen, daß es da ist«, ergänzte die praktische Eff.

In der folgenden Woche sah ich Fabian oft. Ich mußte mir eingestehen, daß er mir Hilfe und Trost war. Allein der Umstand, daß er da war und die Wahrheit kannte, nahm eine große Last von mir. Die Polizei besuchte mich nicht mehr, und die Zeitungen brachten nur noch wenig über den Fall. Fabian kam zu uns ins Haus, und Eff servierte den Tee im Salon, den sie mit einem gewissen Stolz präsentierte. Die samtbezogenen Sessel erhielten frische Kissen, das Messing wurde besonders blank poliert, die Nippes auf der Etagere wurden sorgsam abgestaubt. »*Sir* Fabian soll doch nicht denken, wir wüßten nicht, was sich gehört.« Amüsiert beobachtete ich Effs Eifer bei der Bewirtung eines adeligen Herrn und Pollys Mißtrauen gegen ihn, das von ihrer Liebe zu mir und ihrer Sorge um mich zeugte.

Er veränderte sich ein wenig. Fleur war ihm sehr zugetan, was mich überraschte, denn es fiel ihm schwer, ungezwungen mit ihr umzugehen, und er bemühte sich auch gar nicht.

»Sag Tag, Sir Fabian!« forderte Eff Fleur auf, und diese gehorchte mit verhaltenem Charme. Sie legte ihre Händchen auf
seine Knie und blickte staunend zu ihm auf. Fleurs Ähnlichkeit
mit den Framlings war unverkennbar. Sie hatte zwar Lavinias
lohfarbenes Haar nicht geerbt, aber ich sah, daß sie wie ihre
Mutter eine Schönheit werden würde.

»Ein entzückendes Kind«, bemerkte Fabian.

»Sie scheint zu spüren, daß sie mit dir verwandt ist«, meinte
ich.

»Bestimmt nicht.«

»Wer weiß? Du bist ihr Onkel.«

Eff brachte Tee, den ich allein mit Fabian trank. Ich nahm an,
Polly hielt sich in der Nähe; sie traute ihm durchaus zu, daß er
sich »was herausnehmen« könne.

Wir sprachen über Lavinias bevorstehende Hochzeit. Lavinia
hatte gewiß von Janines Tod gehört, die Zeitungen hatten ja ausführlich darüber berichtet. Was sie sich wohl dabei gedacht
hatte? Einerseits mußte sie unendlich erleichtert sein, doch andererseits mußte sie sich auch fragen, was über Janine ans Licht
kommen würde. Ob ihr wohl klar war, daß Janine möglicherweise auch andere Leute erpreßt hatte? Ihr war bestimmt ein wenig bange zumute. »Sie ficht selten etwas an«, meinte Fabian,
»aber selbst sie muß ab und zu unbehagliche Momente haben.
Gottlob war sie zu Hause, als diese Janine getötet wurde, so daß
kein Verdacht auf sie fällt.«

»Glaubst du, sie wird es Dougal erzählen?«

»Nein.«

»Findest du, sie sollte es tun?«

»Das muß sie selbst entscheiden.«

»Sollte er es nicht erfahren?«

»Ich sehe, du bist eine hartnäckige Verfechterin der Moral.«

»Verfichst du sie denn nicht?«

»Ich bin für den gesunden Menschenverstand.«

»Und die Moral stimmt nicht immer mit ihm überein?«

»Das würde ich nicht sagen. Jede Situation muß für sich beurteilt
werden. Man kann solche Dinge nicht verallgemeinern.«

»Hältst du es für richtig oder gar klug von einer Frau, die ein

Kind hat, zu heiraten und ihrem Mann das Kind zu verschweigen?«

»Wenn die betreffende Frau tugendhaft wäre, hätte sie das Kind nicht, also kannst du hinterher auch kein beispielhaftes Verhalten von ihr erwarten.«

»Aber Dougal wird doch betrogen, oder?«

»Das schon. Aber vielleicht ist es ihm lieber, nichts davon zu wissen.«

»Glaubst du das wirklich? Wäre es dir unter ähnlichen Umständen auch lieber?«

»Es fällt mir äußerst schwer, mich an Dougals Stelle zu versetzen. Dougal ist ein guter, ehrenwerter Mensch. Er hat bestimmt ein mustergültiges Leben geführt. Das kann ich von mir nicht behaupten. Deshalb sehe ich die Dinge aus einem anderen Blickwinkel als er. Ich glaube, daß es am besten ist, es sich im Leben so leicht wie möglich zu machen, und wenn Unwissenheit bequemer ist als Wissen, dann bleibe ich lieber im dunkeln.«

»Eine merkwürdige Philosophie!«

»Ich fürchte, du lehnst mich ab.«

»Ich bin sicher, daß du nur sehr wenige Dinge fürchtest, und daß meine Zustimmung oder Ablehnung nicht dazugehört.«

»An deiner guten Meinung ist mir immer sehr gelegen.«

Ich lachte. In seiner Gegenwart fühlte ich mich ganz ungezwungen. Ich freute mich auf seine Besuche und ermahnte mich ständig, mich nicht zu sehr für ihn zu erwärmen. Ich war durch Dougal gewarnt. Er war mir als der vollendete Gentleman erschienen; das war Fabian nicht, aber ich fand ihn allemal interessanter. Die Themen, die Dougal ansprach, hatten mich gefesselt, aber bei Fabian war er es selbst, der mich anzog.

Ich befand mich auf gefährlichem Terrain. Polly wußte es, und deshalb war sie wachsam.

Es war Abend. Fleur lag im Bett, ich saß mit Polly und Eff am Küchenkamin. Eff hatte gerade geäußert, wie gut er neuerdings zog, als es klopfte. Eff stand erschrocken auf. Sie ließ sich nicht gerne dabei ertappen, daß sie die Küche als Aufenthaltsraum benutzte.

»Sicher einer von den Mietern«, sagte sie bestürzt. »›Erster

Stock rückwärts‹, wetten?« Sie sammelte sich, setzte die besonders würdige Miene auf, die sie für die Mieter reserviert hatte,
und ging zur Tür. Polly folgte ihr, ich hinterdrein.

Es war nicht »erster Stock rückwärts«, sondern eine andere Mie-
terin. Sie hielt eine Zeitung umklammert. »Ich dachte, Sie haben
vielleicht das Neueste noch nicht gehört«, sagte sie aufgeregt.
»Es geht um den Fall Janine Fletcher.«

Wir gingen alle in den Salon. Polly hatte sich die Zeitung geschnappt und breitete sie auf dem Tisch aus. Es stand auf der ersten Seite:

Letzte Meldung.

Überraschende Entwicklung im Fall Janine Fletcher.
Polizei glaubt Lösung zu haben.

Das war alles.

»Nun gut«, sagte Eff. »Es war nett von Ihnen, vorbeizukommen,
Mrs. Tenby.«

»Ich dachte, es würde Sie vielleicht interessieren. Vor allem, wo
Miss Delany das arme Ding gekannt hat.«

»Jetzt müssen wir erst mal Näheres abwarten«, meinte Polly. Eff
geleitete Mrs. Tenby höchst würdevoll in die Diele. »Nochmals
vielen Dank.« Als Mrs. Tenby fort war, setzten wir uns in die
Küche und überlegten, was das bedeuten konnte. Wir gingen
später als gewöhnlich zu Bett. Ich lag lange wach und fragte
mich, was das für neue Entwicklungen sein mochten, und ob ich
Fabian morgen sehen würde.

Am nächsten Morgen lasen wir es dann in der Zeitung. Die Enthüllung stimmte mich sehr traurig, obwohl sie Lavinia immense
Erleichterung verschafft haben dürfte. Man hatte die Mörderin
gefunden, nicht dank der Detektivarbeit der Polizei, sondern
durch das Geständnis derjenigen, die Janine getötet hatte.

Mörderin von Janine Fletcher gesteht

Es war ein ausführlicher, in blumigem Stil verfaßter Artikel:

»In einem Häuschen am Rande von Wanstead nahe Epping Forest starb Jack Masters an selbst zugefügten Verletzungen. Neben ihm lag der Leichnam seiner Frau Miriam Mary Masters. Sie war seit mehreren Stunden tot.

In der Nachbarschaft kannte man sie als überglückliches Ehepaar. Jack war Seemann. Die Nachbarn schildern, wie seine Frau immer auf seine Rückkehr wartete, und daß seine Heimkunft jedesmal neuen Flitterwochen glich. Warum hat sie sich dann aber durch eine Überdosis Opium das Leben genommen? Weil sie sich nicht mit den Konsequenzen einer leichtsinnigen Tat, die sich ereignete, als Jack auf See war, abfinden konnte.«

Doppelselbstmord

lautete die nächste Überschrift.

»Miriam konnte ihre Situation nicht länger ertragen und wollte nicht mehr weiterleben. So schrieb sie zwei Briefe – einen an Jack und einen an den Untersuchungsrichter –, in denen sie gestand, Janine Fletcher ermordet zu haben. In dem Brief an ihren Mann nannte sie die Gründe dafür: *Ich liebe Dich, James.* Der Brief, den sie an ihren Mann schrieb, klärte auf, was geschehen war. Eines Abends, als Jack auf See war, ließ sie sich von Freunden überreden, auf eine Gesellschaft zu gehen. Sie wollte zunächst nicht, als hätte sie geahnt, daß sie sich auf einen Weg begab, der ins Elend und schließlich in den Tod führte. Nicht an Alkohol gewöhnt, trank sie zuviel und nahm nicht mehr wahr, was ihr geschah. Ein Kerl nutzte den Zustand der Ärmsten aus und verführte sie, mit dem Resultat, daß sie schwanger wurde. Miriam war verzweifelt. Wie sollte sie es Jack beibringen? Würde er es verstehen? Sie hatte große Angst, ihr Glück zu ruinieren. Sie suchte einen Ausweg. Sie hatte von Mrs. Fletchers Hospital beim New Forest gehört. Es war teuer, aber diskret. Sie sah keine andere Möglichkeit, als sich dorthin zu begeben und das Kind nach der Geburt zur Adoption zu geben. Janine Fletcher, bekanntlich die Nichte der Besitzerin des Hospitals, war dort, als Miriam ihr Baby bekam. Janine kannte Miriams Geheimnis. Das Kind wurde geboren und adoptiert. Miriam kam nach Hause, um die Vergangenheit aus ihrer Erinnerung zu streichen. Dies gelang ihr auch, bis Janine Fletcher auftauchte. Diese Geschichte ist nicht ungewöhnlich. Janine verlangte Geld für ihr Stillschweigen. Miriam bezahlte ein- oder zweimal, dann hatte sie kein Geld mehr. Sie hatte furchtbare Angst vor den Konsequenzen. Sie brachte es nicht über sich, Jack alles zu erzählen. Sie besorgte sich eine Pistole, dann ging sie zu Janine und erschoß sie. Es gelang ihr, ungesehen zu verschwinden. Doch sie stellte fest, daß sie mit einer solchen Schuld nicht leben konnte, und sie schrieb daraufhin die Briefe. Als Jack kam, fand er sie tot. Er las ihren Brief. Er war außer sich vor Gram. Er hätte sie verstanden. Er hätte ihr verziehen. Vielleicht hätten sie das Kind gefunden, und er wäre ihm ein Vater gewesen. *Zu spät.* Sie hatte Janine Fletcher ermordet. Sie muß erkannt haben, daß sie, auch wenn sie mit der Last der Sünde des Ehebruchs hätte leben können, mit der des Mordes nicht mehr leben konnte. So starben die unglückseligen Liebenden, und das Geheimnis um Janine Fletchers Ermordung ist gelöst.«

Am späteren Vormittag kam Fabian. »Weißt du schon das Neueste?«

»Ja«, sagte ich. »Es hat mich sehr bewegt.« Ich erinnerte mich so gut an Miriam und ihr Elend und dachte, wie grausam das Leben ihr doch mitgespielt hatte.

»Du bist ja ganz erschüttert«, sagte Fabian.

»Ich habe diese Miriam Masters gekannt. Sie war zur selben Zeit dort wie wir. Sie war ein so lieber Mensch. Ich kann sie mir nicht als eine Mörderin vorstellen.«

»Damit ist der Fall abgeschlossen. Wir können aufatmen. Guter Gott! Wie leicht hätte Lavinia da hineinverwickelt werden können. Und du auch. Ich rechnete täglich mit irgendeiner Enthüllung. Aber nun ist alles vorbei.«

»Sie hat ihren Mann so sehr geliebt«, sagte ich. »Und wie sehr er sie geliebt haben muß! Er konnte sich ein Leben ohne sie nicht vorstellen. Sie hat einen tiefen Eindruck auf mich gemacht.«

»Sie muß eine ungewöhnliche Frau gewesen sein... Nimmt eine
Pistole, geht hin und erschießt ihre Feindin.«

»Mir scheint das alles so unnötig. Hätte sie es nur ihrem Mann
erzählt! Hätte Janine nur versucht, sich ihren Lebensunterhalt
mit Arbeit zu verdienen, statt sich auf Erpressung zu verlegen!
Hätte Lavinia sich nur nicht von diesem falschen Comte betören
lassen!«

»Hätte sich die Welt nur als weniger schlecht und jedermann auf
ihr als vollkommen entpuppt, dann wäre das Leben leichter,
nicht wahr?« Er lächelte mich wehmütig an. »Du suchst die
Vollkommenheit«, fuhr er fort. »Ich glaube, du wirst dich mit
weniger begnügen müssen. Ich werde dich aufheitern. Ich
schlage vor, daß wir zusammen mittagessen. Wir haben etwas zu
feiern. Der Fall ist gelöst. Ich kann dir sagen, mir war manchmal
recht mulmig zumute!«

»Wegen Lavinia.«

»Auch deinetwegen.«

»Ich hatte nichts zu befürchten.«

»Es ist niemals gut, in etwas Unangenehmes verwickelt zu sein.
Da bleibt immer etwas hängen. Die Leute erinnern sich vage,
wenn auch nicht an Einzelheiten. Für mich ist es eine große Erleichterung, daß alles vorbei ist.«

»Ich muß immerzu an Miriam denken.«

»Sie hat den Weg aus ihrem Dilemma gewählt, den sie für den
besten hielt.«

»Und hat ihr Leben und das ihres Mannes zerstört.«

»Eine traurige Geschichte. Ich hol' dich um halb eins ab.«

Polly war froh über die neue Entwicklung. »Meiner Treu, mir
wurde schon ganz anders, wenn ich dran dachte, was als
nächstes passieren würde... Und jetzt gehst du mit *dem* essen?« Sie schüttelte den Kopf. »Nimm dich bloß vor ihm in
acht! Ich würde ihm nicht über den Weg trauen. Paß gut auf
dich auf!«

»Ganz bestimmt, Polly.«

In dem Restaurant, in dem wir speisten, wurde Fabian mit Ehr-
erbietung behandelt. Er war in Hochstimmung. Sicher, er hatte

Miriam nicht gekannt, und ihre Tragödie bedeutete für ihn nichts weiter als das Ende einer Situation, die gefährlich werden hätte können.

»Ist es nicht seltsam?« meinte er. »Da sind wir nun bekannt, seit du zwei Jahre alt warst, und lernen uns doch jetzt erst kennen. Ich bedaure sehr, daß ich England bald verlassen werde.«

»Du gehst nach Indien, nicht wahr?«

»Ja, Ende dieses oder Anfang nächsten Jahres.«

»Du warst noch nie dort, nicht?«

»Nein, aber ich habe viel über das Land gehört. Bei uns zu Hause verkehren ständig Leute, die mit der Ostindischen Kompanie zu tun haben, und sie sprechen fortwährend von diesem Land. Ich weiß nicht, wann dein Freund Dougal, der Bräutigam, nach-kommt«, fuhr er fort. »Womöglich halten seine neuen Ver-pflichtungen ihn in England fest.« Er sah mich eindringlich an. »Du wirst bestimmt mal von ihnen in das Haus seiner Vorfahren eingeladen. Vielleicht gefällt es dir.«

Er hatte so eine Art, gewisse Andeutungen ins Gespräch einzu-flechten. Er gab mir zu verstehen, er wisse von meinen Gefühlen für Dougal, und er unterstellte mir Sehnen und Hoffnung. Ich war empört. Er brachte mich wieder einmal an den Rand der Entrüstung.

»Natürlich werden die Jungvermählten erst einmal eine Weile allein sein wollen, aber das gibt sich später zweifellos. Danach wirst du ganz bestimmt Ehrengast bei ihnen sein.«

»Lavinia wird neue Interessen haben. Sicher hat sie dann wenig Zeit für mich.«

»Aber du und Dougal interessiert euch so für Altertümer. Es ist kaum wahrscheinlich, daß ihm seine Begeisterung abhanden kommt, wenn die ersten ehelichen Wonnen vorüber sind.«

»Das bleibt abzuwarten.«

»Wie so vieles. Du bist sehr philosophisch.«

»Das war mir nicht bewußt.«

»Es gibt sehr vieles, was wir über uns selbst nicht wissen.«

Dann sprach er von Indien und der Kompanie. Er werde wohl mehrere Jahre fortbleiben. »Wenn ich zurückkomme«, sagte er, »hast du mich vergessen.«

»Wohl kaum. Die Framlings haben das Dorf beherrscht, so lange ich zurückdenken kann.«

»Vielleicht bist du dann verheiratet und fortgezogen.«

»Das ist kaum wahrscheinlich.«

»Was heute unwahrscheinlich dünkt, kann morgen unvermeidlich sein.« Er hob sein Glas. »Auf die Zukunft... deine und meine!«

Ich war verwirrt. Er gab mir zu verstehen, er wisse, daß ich Dougal gern hatte und traurig war, weil Lavinia und Lady Harriet ihn mir weggeschnappt haben. Ich konnte ihm nicht erklären, daß ich Dougal zwar mochte und wir gute Freunde waren und daß es mich vielleicht ein bißchen verstimmt hatte, weil er mich, von Lavinias Schönheit betört, vergessen zu haben schien, daß ich aber keineswegs untröstlich war.

Er beugte sich über den Tisch. »Weißt du«, fragte er, »daß ich dich schon immer sehr gern hatte?«

»So? Ich glaube, du hast ein natürliches, wenn auch flüchtiges Interesse für die meisten jungen Frauen.«

»Du enttäuschst mich. Spürst du keine besondere Bindung zwischen uns?«

»Nein.«

»Deborah, laß uns Freunde sein... gute Freunde!«

»Freundschaft kann man nicht erzwingen.«

»Man kann ihr eine Chance geben. Dieser... Vorfall hat uns näher zusammengeführt, nicht wahr?«

»Ich hoffe, er hat dich etwas über mich gelehrt, was du nicht wußtest, als du voreilig bestimmte Schlüsse zogst.«

»Er hat mich einiges über dich gelehrt, und ich möchte unbedingt noch mehr lernen.«

Ich glaubte zu wissen, worauf er hinauswollte, und im Geiste sah ich Pollys warnende Miene. Sie traute ihm nicht über den Weg. Ich auch nicht.

Ich begann, von Indien zu sprechen, und er erzählte mir mehr über das Land, bis ich sagte, es sei Zeit für mich zu gehen. Ich staunte über mich selbst. Ich wollte eigentlich nicht, daß diese Mahlzeit je endete, doch wußte ich, Polly hatte recht. Ich mußte mich vor diesem Mann hüten.

Als ich zurückkam, musterte Polly mich besorgt. Sie muß mir die Euphorie angemerkt haben, die seine Gesellschaft stets in mir erweckte.

Ich konnte nicht ständig bei Polly bleiben, und es kam die Zeit, da ich nach Hause zurückkehren mußte.

Die Hochzeit stand dicht bevor. Lavinia befand sich in einem Strudel der Aufregung. Als ich zu ihr ging, begrüßte sie mich mit übertriebener Herzlichkeit und sprach aufgeregt über die Hochzeit und die Flitterwochen, bis sie Gelegenheit hatte, mit mir allein zu sein.

»Ach Deborah«, platzte sie heraus, »wenn du wüßtest, was ich durchgemacht habe!«

»Andere haben auch viel durchgemacht, Lavinia.«

»Sicher. Aber ich stand kurz vor der Vermählung.«

»Die arme Miriam hat eine Menge erduldet.«

»Sich vorzustellen, daß sie so was getan hat! Ich wollte es gar nicht glauben.«

»Die Ärmste. Sie konnte es einfach nicht mehr ertragen.«

»Ich hatte schreckliche Angst. Stell dir vor, wenn die Polizei meinen Namen in die Zeitungen gebracht hätte! Sie haben zwar über mich geschrieben, aber in einem anderen Zusammenhang. Sie nannten mich die schönste Debütantin des Jahres.«

»Ich weiß.«

»Dougal war sehr stolz auf mich. Er betet mich natürlich an.«

»Natürlich.«

»Es wird sicher sehr schön. Wir gehen nach Indien.«

»Dann werden also dein Bruder und du dort sein.«

Sie zog ein Gesicht. »Er war wegen der ganzen Geschichte ein bißchen gereizt. Hat mir 'nen Vortrag wegen Fleur gehalten. Ich sagte ihm, ich hab' dafür gesorgt, daß sie in guten Händen ist. Was soll ich sonst tun?«

»Du könntest deine Tochter nach Hause holen und dich um sie kümmern.«

»Red keinen Unsinn! Wie könnte ich?«

»Du könntest ein Geständnis ablegen, ein neues Leben beginnen und eine hingebungsvolle Mutter sein. Fleur ist entzückend.«

»So? Vielleicht besuche ich sie eines Tages.«

»Polly würde es nicht wünschen. Sie würde bestimmt sagen, das bringt die Kleine durcheinander.«

»Ihre Mutter zu sehen soll sie durcheinanderbringen?«

»Gewiß, wenn diese Mutter sie bei anderen abgeliefert hat, um sie aus dem Weg zu haben.«

»Ach, sei still! Du redest wie Fabian. Ich hab' genug davon. Es ist erledigt, dafür hat Miriam gesorgt.«

»Sie wurde allerdings zu deiner Wohltäterin.«

»Das ist eine ulkige Betrachtungsweise.«

»Aus deiner Sicht ist es aber so. Kannst du dir vorstellen, wie sie gelitten hat?«

»Sie hätte es ihrem Mann erzählen sollen.«

»So wie du es Dougal erzählt hast?«

»Das ist was anderes.«

»Alles, was einer Framling widerfährt, ist etwas anderes als das, was anderen Leuten zustößt.«

»Hör auf damit! Ich will mit dir über die Hochzeit reden. Wir machen unsere Hochzeitsreise nach Italien. Dougal möchte mir all die Kunstschätze zeigen.« Sie schnitt eine Grimasse.

Armer Dougal! dachte ich. Dann packte mich eine Wut auf ihn. Wie konnte er so dumm sein und eine Frau heiraten, die so wenig zu ihm paßte? Wie egozentrisch sie war! Sie hatte kaum einen Gedanken für Miriam übrig, außer daß sie dankbar war, weil Miriam diejenige beseitigt hatte, die für sie selbst eine Bedrohung darstellte.

Ich hatte Tagträume. Ich träumte, daß Dougal seinen Fehler erkannte, daß er ins Pfarrhaus zurückkam, um unsere Freundschaft zu erneuern, und daß unsere Beziehung sich vertiefte.

Merkwürdig, drei Männer waren es, die in meinem Leben eine Rolle spielten: Da war Colin Brady, der bereit war, mich zu heiraten, weil es bequem war und ihm wahrscheinlich die Pfarrei brachte, die weiterhin zu bewältigen mein Vater allmählich zu krank wurde. Da war Fabian, der deutlich hatte erkennen lassen, daß er gerne eine gewisse Beziehung mit mir eingehen würde... freilich eine ungebührliche. Von Heirat würde bei ihm nicht die Rede sein. Ohne Zweifel strebte Lady Harriet, die so geschickt einen Adeligen für ihre Tochter geangelt hatte, für ihren Sohn nach noch höheren Lorbeeren. Er könnte sich ihr jedoch widersetzen; er war nicht so gefügig wie Lavinia. Lady Harriet durfte unterdessen erkannt haben, daß ihr angebeteter Sohn einen ebenso starken Willen besaß wie sie selbst. Vorausgesetzt, er hatte mich wirklich gern, so brauchte er nur zu beschließen, mich zu heiraten. Lady Harriet, und wäre sie noch so wütend und bitter enttäuscht, würde sich seinen Wünschen beugen müssen. Aber es war unmöglich. Er mochte mich durchaus für eine oberflächliche Liebesaffaire anziehend genug finden, aber eine Heirat zwischen dem Framling-Erben und dem schlichten Mädchen vom Pfarrhaus stand außer Frage. Ja, und da war schließlich Dougal. Er besaß die Manieren und die Moral eines Gentleman. Wir hatten gemeinsame Interessen. Aber er hatte die Schönheit erblickt und war ihr verfallen. Wäre ich klug gewesen, hätte ich Polly beigepflichtet und gesagt: Ich habe Glück gehabt. Er hätte Lavinia auch später begegnen können, wenn ich schon tiefer für ihn empfunden hätte.

Polly hatte vor meiner Abreise gesagt: »Die Männer sind komische Geschöpfe. Es gibt gute und schlechte, treue und solche, die jeder Frau nachlaufen müssen, selbst wenn sie wissen, daß sie auf einem Pulverfaß sitzen. Es kommt nur darauf an, daß man von vornherein den Richtigen wählt.«

»Sofern man wählen kann«, hatte ich ihr entgegengehalten.

»Eine Wahl hat man immer, nämlich die, ob man ihn nehmen soll oder nicht. Und es gibt welche, die würde ich nicht mit der Kneifzange anfassen.«

Ich wußte, daß Fabian zu letzteren zählte, aber Dougal hatte nicht dazugehört, und er würde nun bald mit Lavinia vermählt sein, die auch eine von jenen Menschen war, die auf einem Pulverfaß saßen. Es war fast sicher, daß die Ehe nicht gutgehen würde.

Der Hochzeitstag dämmerte herauf. Es war ein großer Tag für das Dorf. Mein Vater vollzog die Trauung. Die Kirche war mit Blumen aller Art geschmückt. Die nahe gelegenen Pflanzschulen hatten zu diesem Anlaß ihre schönsten Blüten geschickt. Zwei Damen waren mitgekommen, um die Blumen zu arrangieren, zum großen Leidwesen von Miss Glyn und Miss Burrows, die sonst immer das Schmücken der Kirche besorgten.

Die Zeremonie war sehr eindrucksvoll. Lavinia war eine atemberaubend schöne Braut, Dougal ein stattlicher Bräutigam. Die Gäste erschienen zahlreich. Ich saß hinten in der Kirche und beobachtete Lady Harriet, die in ihrem Hochzeitsstaat prunkte, neben sich den überaus eleganten Fabian. Ich kam mir vor wie ein Zaunkönig unter Pfauen.

Und so wurde Lavinia mit Dougal vermählt.

Janine war tot. Für Fleurs Zukunft war gesorgt. Ich hatte das Gefühl, daß eine Episode zu Ende gegangen war.

INDIEN

Eine riskante Fahrt durch die Wüste

Inzwischen waren zwei Jahre vergangen, zwei ereignislose Jahre, in denen das Leben in grauer Eintönigkeit verlaufen war. Wenn ich morgens aufstand, wußte ich genau, was der Tag bringen würde. Licht und Schatten gab es nicht. Die einzige Aufregung bestand darin, ob wir beim Sommerfest schönes Wetter haben würden, oder ob der Basar in diesem Jahr mehr Gewinn abwerfen würde als im vorigen.

Fabian war bald nach Lavinias Hochzeit, früher als erwartet, nach Indien abgereist. Es war absurd, aber mir kam das Leben ohne ihn recht fade vor. Warum das so war, wo ich ihn doch so selten gesehen und mir alle Mühe gegeben hatte, ihm auszuweichen, war mir selbst nicht klar. Ich hätte seinen Fortgang nicht bedauern dürfen, stellte er doch, wie Polly es ausgedrückt hatte, eine ständige Gefahr dar.

Obgleich ich mich oft über Lavinia hatte ärgern müssen, vermißte ich sie. Das große Haus kam mir ohne die beiden verändert vor. Ich fragte mich, ob auch Lady Harriet sie vermißte. Es wunderte mich, daß sie ihren beiden Lieblingen gestattet hatte, sie zu verlassen. Sie verlegte sich nun energischer denn je darauf, das Dorf zu beherrschen. Colin Brady war ihr Günstling, wohl deshalb, weil er konventioneller war als mein Vater. Er war ein gefügiger junger Mann. »O ja, selbstverständlich, Lady Harriet« – »Vielen Dank, daß Sie mich unterrichtet haben, Lady Harriet.« Am liebsten hätte ich ihn angeherrscht: Sie brauchen nicht so unterwürfig zu sein! Ich bin überzeugt, daß Sie die Pfründe eines Tages auch so bekommen werden.

Es gab noch mehr Grund zur Niedergeschlagenheit. Vaters Gesundheitszustand verschlechterte sich. Er ermüdete rasch, und ich mußte Colin dankbar sein, daß er ihn entlastete. Colin war in jeder Hinsicht in die Rolle des Pfarrers geschlüpft. Das wurde gewiß allgemein bemerkt und würde ihm auch gelohnt werden.

Einmal hörte ich Lady Harriet sagen: »So ein sympathischer junger Mann! Der gute Pfarrer kann manchmal etwas merkwürdig sein. Immer diese Beschäftigung mit den Verstorbenen... vor allem solchen, die schon so lange tot sind! Dabei muß er doch an seine Pfarrkinder denken. Man sollte meinen, das würde ihm genügen.«

Sie sprach hin und wieder im Pfarrhaus vor, da sie dies für ihre Pflicht hielt. Dann traf mich ihr prüfender Blick. Ich wußte, was sie dachte. Sie hatte es gern, wenn alles glatt geregelt wurde. Mein Vater war schon seit geraumer Zeit leidend, und wie Charles II. brauchte er eine unglaublich lange Zeit zum Sterben. Ich war seine unverheiratete Tochter, und im Pfarrhaus lebte ein junger Mann. Die Lösung lag für Lady Harriet auf der Hand, und auch die Betroffenen sollten sie erkennen und entsprechend handeln.

Vater hatte einen leichten Schlaganfall. Er war danach nicht gänzlich behindert, aber sein Sprechvermögen war etwas beeinträchtigt. Auch konnte er einen Arm und ein Bein nur noch beschränkt gebrauchen. Ich pflegte ihn mit Hilfe von Mrs. Janson und zwei Hausmädchen. Dr. Berryman, der uns immer ein guter Freund war, sagte mir, er fürchte, daß Vater jederzeit einen zweiten Schlaganfall erleiden und daß dieser tödlich sein könnte. Ich war also vorbereitet.

Ich las ihm sehr viel vor. Das machte ihm am meisten Freude, und diese Pflicht vertiefte meine Kenntnisse der griechischen und römischen Geschichte. In dieser Zeit fragte ich mich morgens beim Aufwachen immer, was der Tag bringen werde, denn ich wußte, daß der augenblickliche Stand der Dinge nicht anhalten konnte.

Lady Harriet lud mich zu sich ins große Haus zum Tee ein. Ich saß im Salon, wo meine vornehme Gastgeberin an dem spitzengedeckten Tisch präsidierte, auf welchem das Silbertablett mit der silbernen Teekanne, dünn geschnittenem Brot mit Butter und einem Früchtekuchen bereitstand. Ein Stubenmädchen nahm die Tasse mit dem Tee entgegen, die Lady Harriet für mich eingeschenkt hatte. Solange das Mädchen im Raum war, verlief das Gespräch stockend, aber ich wußte, daß ich nicht nur zum Teetrinken herbestellt worden war.

Lady Harriet berichtete von Lavinia und wie gut es ihr in Indien gefiel. »Das Gesellschaftsleben muß sehr aufregend sein«, fuhr sie fort. »Es sind so viele Leute von der Kompanie dort. Ich glaube, die Einheimischen sind uns sehr dankbar. Und sie tun gut daran. Undankbarkeit ist etwas, das ich nicht ertragen kann. Dem Earl geht es gut, und die lieben jungen Leute sind selig... vor allem seit der Geburt der kleinen Louise. Meine Güte, stell dir vor, Lavinia ist Mutter!«

Ich lächelte grimmig in mich hinein. Lavinia war schon weit längere Zeit Mutter, als Lady Harriet ahnte.

Sie sprach von der kleinen Louise, und daß sie irgendwann heimkommen müsse. Das sei zwar noch eine Weile hin, aber Kinder könnten nicht ihre ganze Kindheit in Indien verbringen.

Ich hörte zu und pflichtete ihr so fügsam bei, wie es Colin Brady wohl getan haben würde.

Als wir mit dem Tee fertig waren und das Mädchen sich mit dem Tablett entfernt hatte, sagte Lady Harriet: »Ich bin etwas besorgt über die Zustände im Pfarrhaus.«

Ich hob fragend die Augenbrauen.

Sie lächelte mich wohlwollend an. »Ich hatte immer ein Auge auf dich, meine Liebe, schon seit deine Mutter starb. Es war so traurig. Ich habe deinen Vater sehr gern, aber er schwebt in höheren Gefilden. Für die meisten Männer ist es schwierig, für ein Kind zu sorgen, aber ihm fiel es besonders schwer. Deshalb habe ich über dich gewacht.«

Ich hatte nichts davon gemerkt und war ziemlich froh, daß mir ihre Fürsorge entgangen war – allerdings mochte ich an diese auch nicht so recht glauben.

»Dein Vater ist sehr gebrechlich, meine Liebe.«

»Leider ja.«

»Die Zeit wird kommen, wo man den Tatsachen ins Auge sehen muß, so schmerzlich es auch sein mag. Mit der Gesundheit deines Vaters geht es bergab. Es wird Zeit, daß Mr. Brady die Pfarrei vollends übernimmt. Er ist ein trefflicher junger Mann und genießt meine volle Unterstützung. Er hegt sehr innige Gefühle für dich. Wenn ihr heiraten würdet, wäre es für mich eine Erleichterung und eine glückliche Lösung für die Probleme, vor die du unweigerlich gestellt sein wirst. Als Tochter des Pfarrers kennst du unsere Gepflogenheiten...«

Entrüstet über die Art und Weise, wie hier über meine Zukunft verfügt wurde, sagte ich mit einem gewissen Hochmut: »Lady Harriet, ich habe nicht den Wunsch zu heiraten.« Am liebsten hätte ich hinzugefügt: Und ich werde es bestimmt nicht deswegen tun, weil es für Sie eine Erleichterung darstellt.

Sie lächelte nachsichtig wie bei einem widerspenstigen Kind. »Schau, meine Liebe! Dein Vater ist nicht mehr jung. Du bist im heiratsfähigen Alter. Ich habe die Angelegenheit mit Mr. Brady besprochen.«

Ich konnte mir das Gespräch und Colins Antwort gut vorstellen: Ja gewiß, Lady Harriet, wenn Sie meinen, ich soll Deborah heiraten, werde ich es tun.

Wütend bot ich allen Eigensinn auf, zu dem ich fähig war. »Lady Harriet«, begann ich, doch ein Tumult draußen vor dem Zimmer bewahrte mich davor, meinem Ärger Luft zu machen, was vermutlich dazu geführt hätte, daß ich für immer aus dem großen Haus verbannt worden wäre.

Ich hörte jemanden sagen: »Nein, nein, Lady Harriet ist da drin.«

Lady Harriet erhob sich und rauschte zur Tür. Sie stieß sie auf und fuhr zurück, denn da stand eine verstörte Gestalt, die ich auf Anhieb wiedererkannte. Die Haare hingen ihr wirr auf den Rükken; sie trug einen losen Morgenrock und war barfuß.

»Was geht hier vor?« erkundigte sich Lady Harriet.

Die dunkelhaarige Frau, die Ayesha hieß, schob sich eilig nach vorn. Ich mußte an das erste Mal denken, als ich Miss Lucille gesehen hatte, die mir von dem Pfauenfedernfächer erzählte.

»Ich will sie sprechen«, rief sie verstört. »Sie ist hier. Ah...«

Miss Lucille sah mich an und taumelte auf mich zu.

Ayesha hielt sie zurück. »Miss Lucille, kommen Sie in Ihr Zimmer! Es ist besser so.« Ich erinnerte mich an die melodische Stimme, die mich vor vielen Jahren beeindruckt hatte.

Miss Lucille sagte: »Ich will sie sprechen... Ich habe ihr etwas mitzuteilen.«

Lady Harriet sagte barsch: »Bring Miss Lucille wieder auf ihr Zimmer. Wie konnte das geschehen? Ich habe angeordnet, daß sie in ihren Räumen bleibt, weil das für ihre Gesundheit unbedingt erforderlich ist.«

Ich war aufgestanden, und die arme verwirrte Frau starrte mich an. Dann lächelte sie zärtlich. »Ich möchte... ich möchte...« begann sie.

Ayesha murmelte: »Ja, ja, später. Wir werden sehen. Wir werden sehen...« Sie nahm sie sachte bei der Hand und führte sie hinaus; beim Gehen wandte sie den Kopf und sah mich ratlos an.

Lady Harriet war völlig fassungslos. »Ich verstehe nicht, wie das geschehen konnte«, sagte sie. »Sie ist nicht ganz bei sich. Ich tu' alles was ich kann für sie, aber daß man sie herunterkommen ließ...«

Die Szene hatte sie sichtlich ebenso verwirrt wie mich. Ihre Gedanken waren von mir und meinen Angelegenheiten abgelenkt worden. Was in ihrem Haus geschah, hatte Vorrang. »Nun, meine Liebe«, sagte sie abschließend, indem sie mich entließ, »du wirst es dir überlegen und sehen, was das Beste ist.«

Ich war froh, fortzukommen, und ging nachdenklich nach Hause. Ich stand vor einem echten Problem, und obwohl ich lieber alles andere tun würde, als Lady Harriets Lösung akzeptieren, mußte ich mir eingestehen, daß die Zukunft recht trostlos aussah.

Zwei Tage später machte mir Colin Brady einen Heiratsantrag.

Ich ging viel spazieren. Ich wäre gern geritten, aber ich hatte kein eigenes Pferd, und obwohl Fabian mir vor langer Zeit gestattet hatte, mich der Framlingschen Stallungen zu bedienen, hielt ich es angesichts meiner Unfähigkeit, Lady Harriets Ansichten zuzustimmen, nicht für angemessen, von seinem Angebot Gebrauch zu machen.

Ich war auf dem Heimweg von einem Spaziergang und nahm die Abkürzung über den Friedhof, als ich Colin aus der Kirche treten sah. »Ah, Deborah«, sagte er, »ich hätte gern ein Wörtchen mit Ihnen gesprochen.«

Ich ahnte, was kommen würde, und blickte ihn fest an. Er sah durchaus nicht abstoßend aus. Sein Gesicht leuchtete vor Tugendhaftigkeit; er war ein Mensch von dem Schlag, der sein ganzes Leben auf den Pfaden der Rechtschaffenheit wandelte. Er würde sich keine Feinde machen außer jenen, die ihm seine Tugendhaftigkeit neideten; er würde den Kranken und Leidenden Trost bringen; er würde einen Hauch von schwerfälligem Humor verbreiten, und manch junge Frau würde darauf erpicht sein, ein Leben lang für ihn zu sorgen. Eine Ehe mit ihm war eigentlich alles, was eine mittellose Pfarrerstochter sich erhoffen konnte.

Ich weiß nicht, was ich mir erhoffte, aber mich dünkte, ich sollte der Welt lieber allein gegenübertreten als mit einem Mann, dem mehr oder weniger befohlen worden war, mich zu heiraten, und den zu nehmen mir geraten worden war, da es das Beste für mich sei.

»Guten Tag, Colin«, sagte ich. »Geschäftig wie immer, wie ich sehe.«

»Die Angelegenheiten der Pfarrei können einen stark in Anspruch nehmen. Ich fand, der Pfarrer sah heute morgen noch schlechter aus.« Er schüttelte den Kopf.

»Ja«, erwiderte ich. »Er ist leider sehr schwach.«

Er räusperte sich. »Ich halte es für eine gute Idee, wenn Sie und ich... nun ja, in Anbetracht der Dinge... scheint es eine gute Lösung...«

Wieder stieg dieser Ärger in mir hoch. Ich wollte nicht, daß die Ehe eine »Lösung« war.

»Und ja«, fuhr er fort, »Sie kennen diese Pfarrei. Und ich... ich habe sie liebgewonnen... und Sie liebe ich auch, Deborah.«

»Ich nehme an«, erklärte ich ihm, »Sie haben mit Lady Harriet gesprochen. Vielleicht sollte ich lieber sagen, sie hat mit Ihnen gesprochen. Man *spricht* eigentlich nicht mit Lady Harriet. Man hört ihr zu.«

Er kicherte leise, dann hüstelte er. »Was ich eigentlich sagen wollte, Sie und ich, wir könnten doch... heiraten.«

»Und Sie meinen, Sie könnten die Pfarrei übernehmen.«

»Hm ja, ich denke, das wäre eine glückliche Lösung all unserer Probleme.«

»Ich meine, man sollte eine Ehe nicht zur Lösung von Problemen schließen, finden Sie nicht auch?«

Er machte ein verdutztes Gesicht und sagte: »Lady Harriet hat angedeutet...«

»Oh, ich weiß, was sie angedeutet hat, aber ich will nicht heiraten, bloß weil es praktisch ist.«

»Es ist nicht nur das...« Er nahm meine Hand und sah mich ernst an. »Ich habe Sie nämlich sehr gern.«

»Ich mag Sie auch, Colin. Ich bin sicher, Sie machen Ihre Sache ausgezeichnet, wenn Sie die Pfarrei vollends übernehmen. Eigentlich haben Sie es ja schon getan. Was mich betrifft, so bin ich nicht sicher, daß ich heiraten möchte... jetzt schon.«

»Mein liebes Mädchen, ich möchte Sie nicht zur Eile antreiben. Wenn wir uns verloben könnten...«

»Nein, Colin. Noch nicht.«

»Ich weiß, Ihnen geht viel im Kopf herum. Sie machen sich Sorgen um Ihren Vater. Vielleicht habe ich zu früh davon gesprochen. Lady Harriet...«

Ich hätte ihn am liebsten angeherrscht: Lady Harriet wird nicht über mein Leben bestimmen, wie sie über Ihres bestimmt. Doch sagte ich ruhig: »Lady Harriet regelt gern anderer Leute Leben. Bitte, versuchen Sie zu verstehen, Colin, daß ich über meines selbst bestimmen will.«

Er lachte. »Sie ist eine sehr energische Dame... aber herzensgut, glaube ich, und sehr auf Ihr Wohl bedacht. Ich habe zu früh davon gesprochen. Wir wollen uns später darüber unterhalten.«

Dabei ließ ich es bewenden, aber ich hätte ihm gerne gesagt: Ich werde Sie niemals heiraten. Das wäre freilich lieblos gewesen. Er war sanft und gutmütig. Ich durfte ihn nicht spüren lassen, wie wütend ich war, weil er sich zu Lady Harriets Werkzeug machen ließ. Vielleicht handelte er klug. Er mußte in der Welt vorankommen und konnte es sich nicht leisten, Leute wie Lady Harriet zu übersehen, wenn sie seinen Weg kreuzten, denn sie konnten über Erfolg oder Mißerfolg seiner Laufbahn bestimmen.

Ich ging sehr oft zur Koppel. Sie lag auf Framlingschem Grund, wurde jedoch selten benutzt. Dort fand ich einen gewissen Frieden. Ich konnte den Westflügel sehen, den Miss Lucille bewohnte. Ich dachte oft an unsere merkwürdige Begegnung vor vielen Jahren. Auch sie erinnerte sich noch daran, denn als sie in den Salon gekommen war, wo ich mit Lady Harriet Tee trank, hatte sie mich sehen wollen.

Ich grübelte über die Vergangenheit nach und versuchte, in die Zukunft zu blicken. Diese machte mir allmählich ziemliche Sorgen. Vater wurde immer gebrechlicher. Er freute sich auf die Stunden am Nachmittag, wenn ich ihm vorlas, denn sein größter Kummer war das Schwinden seines Augenlichts, der Brücke zur Welt der Bücher. Wenn er während des Vorlesens einnickte, merkte ich, daß er wirklich sehr schwach war; dann ließ ich das Buch in den Schoß sinken und betrachtete sein friedliches Gesicht. Ich stellte mir vor, wie er einst mit meiner Mutter hierhergekommen war, und welche Hoffnungen sie gehabt, und wie sie für meine Zukunft geplant hatten. Und dann war sie gestorben und hatte ihn allein gelassen, worauf er in seinen Büchern aufgegangen war. Wie anders hätte alles werden können, wenn sie noch lebte!

Und nun stand er am Ende seines Daseins, und ich würde bald allein auf der Welt sein. Nein, ich hatte Polly. Polly war wie ein Floß für eine Ertrinkende, Polly war der Leitstern meines Lebens.

Ich wußte, daß Vater nicht mehr lange zu leben hatte. Colin Brady würde in seine Fußstapfen treten, für mich jedoch war hier kein Platz mehr – hier, wo ich mein ganzes Leben verbracht hatte –, es sei denn, als Colins Frau.

Vielleicht würden manche es für das Klügste halten, wenn ich nähme, was sich mir bot. Nein, nein, sagte ich mir. Warum empfinde ich diesen Widerwillen? Colin ist ein guter Mensch. Ich sollte mich mit ihm zufrieden geben. Doch ich hatte ihn mit anderen verglichen, und er war unterlegen: mit Dougal, der mich zu dem Glauben verleitet hatte, unsere Freundschaft reife zu etwas Tieferem heran, und mit Fabian, der Aufregung verhieß und deutlich hatte erkennen lassen, welcher Art eine Beziehung zwischen uns sein würde.

Es war töricht, an die beiden zu denken. Colin war nicht mit ihnen zu vergleichen. Er würde niemals von der Schönheit überwältigt sein wie Dougal, und es würde ihm nie in den Sinn kommen, eine weniger denn achtbare Beziehung einzugehen.

Manchmal dachte ich, es sei töricht von mir, Colin zurückzuweisen. Lady Harriet hatte recht. Ihn zu heiraten mochte sich nicht nur als die beste, sondern als die einzige Lösung herausstellen.

Wenn ich an den Zaun der Koppel gelehnt im Gras saß, blickte ich oft zu einem bestimmten Fenster hinauf und erinnerte mich, wie Miss Lucille uns vor Jahren von dort oben beim Reitunterricht zugesehen hatte.

Eines Tages sah ich, daß sich die Gardinen bewegten. Eine Gestalt stand am Fenster und blickte zu mir herab. Miss Lucille. Ich hob eine Hand und winkte. Sie reagierte nicht, und nach einer Weile sah ich, wie sie fortging; sie bewegte sich, als würde sie geführt.

Danach sah ich sie öfter. Ich war gewöhnlich nachmittags an der Koppel, und meist um dieselbe Zeit. Es war wie eine Verabredung zwischen uns.

Die Sorgen um Vater nahmen zu. Er sprach dann und wann von meiner Mutter, und ich hatte das Gefühl, er fand große Zufriedenheit darin, in der Vergangenheit zu leben. »Alles, was sie plante, war für dich«, sagte er verträumt zu mir, wenn er beim Vorlesen eingenickt war und plötzlich aufwachte und merkte, daß ich zu lesen aufgehört hatte. »Sie wollte so gern ein Kind. Nie sah ich etwas Schöneres als ihr Gesicht, wenn sie dich in ihren Armen hielt. Sie wollte dich wohlversorgt wissen. Ich bin froh, daß Colin Brady hier ist. Er ist ein guter Mensch. Ich vertraue ihm, wie ich nur wenigen vertrauen kann.«

»Ja«, pflichtete ich ihm bei, »er ist ein guter Mensch.«

»Er wird die Pfarrei übernehmen, wenn ich nicht mehr bin. Das ist recht so. Er wird die Arbeit besser machen als ich.«

»Du bist hier sehr beliebt, Vater.«

»Zu vergeßlich. Nicht richtig zum Pfarrer geschaffen.«

»Und du meinst, Colin ist der geborene Pfarrer?«

»Und ob. Er hat es im Blut. Sein Vater und sein Großvater waren schon Kirchenmänner. Deborah, du könntest es weitaus schlechter treffen… und besser könntest du es nicht haben. Er ist ein Mann, dem ich dich gern anvertrauen würde.«

»Alle scheinen es für angebracht zu halten, daß ich Colin Brady heirate.«

»Das Pfarrhaus würde immer dein Heim bleiben.«

»Ja. Aber muß man heiraten, um ein Heim zu haben? Hast du deswegen geheiratet?«

Er lächelte, seine Gedanken schweiften zu den Tagen zurück, als meine Mutter noch lebte.

»Du könntest es weitaus schlechter treffen«, murmelte er.

Alle waren um meine Zukunft besorgt, und die Lösung schien für sie auf der Hand zu liegen… selbst für meinen Vater.

Eines Tages, als ich gerade wieder einmal auf der Koppel war, kam Ayesha zu mir. Ich erschrak, als ich sie sah. Sie lächelte und sagte: »Sie kommen oft hierher.«

»Es ist so still und friedlich.«

»Still… friedlich«, wiederholte sie. »Meine Herrin sieht Sie, schaut, ob Sie hier sind.«

»Ja, ich habe sie gesehen.«

»Sie möchte Sie sprechen. Sie hat Sie nicht vergessen.«

»Oh, Sie meinen, seit damals, als ich den Fächer genommen habe.«

»Die Ärmste. Sie lebt in der Vergangenheit. Sie ist krank. Sehr krank, fürchte ich. Sie spricht davon, zu Gerald zu gehen… Er war ihr Geliebter. Es ist wundervoll zu beobachten, mit welcher Freude sie sich das Wiedersehen ausmalt. Wollen wir hinaufgehen? Sehen Sie, sie beobachtet uns am Fenster! Sie möchte Sie unbedingt sprechen.«

Ich folgte Ayesha ins Haus und die große Treppe hinauf. Über lange Flure gelangten wir an die Tür des Zimmers, in dem ich den Pfauenfedernfächer gefunden hatte. Er lag noch an seinem Platz.

Miss Lucille stand am Fenster. Sie war im Morgenrock, ihre Füße steckten in Pantoffeln.

»Ich habe sie Ihnen gebracht«, verkündete Ayesha.

»Willkommen, meine Liebe!« sagte Miss Lucille. »Wie froh bin ich, Sie hier zu sehen. Es ist lange her, seit wir uns von Angesicht zu Angesicht begegneten. Aber ich habe Sie gesehen.« Sie machte eine unbestimmte Handbewegung zum Fenster hin. »Kommen Sie, unterhalten Sie sich mit mir!«

»Setzen Sie sich hierher!« sagte Ayesha. Sie half Miss Lucille in ihren Sessel und zog einen Stuhl für mich heran.

»Erzählen Sie!« bat Miss Lucille. »Das Leben war nicht gut...?«

Ich zögerte. Ich war nicht sicher. War es gut gewesen? Zum Teil vielleicht.

»Ist viel geschehen, was nicht gut war?« fragte sie weiter.

Ich nickte langsam. Der ganze Ärger mit Lavinia, die Scherereien mit der Polizei, die traurige Sache mit Janine, Miriams Tragödie, die Enttäuschung mit Dougal, die Begegnung mit Fabian.

»Sie hätten ihn nie in Ihrem Besitz haben dürfen«, fuhr sie fort. »Das ist der Tribut...«

Ich merkte, daß sie von dem Pfauenfächer sprach.

»Denken Sie je an ihn?« fragte sie. »Die Schönheit der Federn. Erinnern Sie sich an die Edelsteine, die guten und die bösen? So schön... aber Schönheit kann böse sein.«

Ayesha stand neben dem Sessel und beobachtete ihre Herrin mit leicht gerunzelter Stirn. Ich nahm an, daß sie besorgt war.

Miss Lucille schloß halb die Augen und erzählte mir die Geschichte von ihrem Liebsten, die sie mir damals schon einmal erzählt hatte, und beim Sprechen liefen ihr die Tränen über die Wangen. »Und Sie, mein liebes Kind«, schloß sie, »hätten sich nie in den Bann des Fächers ziehen lassen dürfen.«

»Ich glaube nicht, daß er mich in seinen Bann gezogen hat. Ich hatte ihn nur für kurze Zeit geborgt.«

»Doch, er hat es getan. Ich weiß es. Ich habe gefühlt, wie die Last von mir genommen wurde.« Sie schloß die Augen und schien einzuschlafen.

Ich sah Ayesha fragend an. Sie zuckte die Achseln. »So ist sie«, flüsterte sie. »Sie will Sie unbedingt sehen, und wenn Sie kommen, vergißt sie, was sie Ihnen sagen will. Jetzt ist sie zufrieden.

Sie hat Sie gesehen. Ab und zu spricht sie von Ihnen. Sie macht sich Sorgen um Sie. Ich muß ihr von Ihrem Leben und vom Pfarrhaus berichten. Sie ist besorgt, weil Ihr Vater so krank ist.«

»Erstaunlich, daß sie sich an mich erinnert.«

»Ja, weil Sie sie gern hat, und wegen des Fächers. Sie ist von dem Fächer besessen.«

»Warum mißt sie ihm solche Bedeutung bei?«

»Sie sieht ihn als die Quelle des Übels.«

»Dann wundert es mich, daß sie ihn nicht vernichtet.«

Ayesha schüttelte den Kopf. »Nein. Sie glaubt, das darf sie nicht. Das würde den Fluch nicht beseitigen, sagt sie. Der bleibt ewig bestehen.«

»Wie traurig. Ich denke, ich muß jetzt gehen. Lady Harriet wäre es nicht recht, mich hier anzutreffen.«

»Lady Harriet ist nach London gefahren. Sie ist sehr glücklich. Ihr Sohn kommt für einen kurzen Besuch nach England. Er hat hier etwas Geschäftliches zu erledigen. Sie ist überglücklich, daß sie ihn sehen wird, wenn auch nur für eine kleine Weile.«

Mein Herz tat einen Sprung, und meine Lebensgeister erwachten wieder. Ein kurzer Besuch! Ob ich ihn sehen würde?

»Es wird viele Gesellschaften geben. Etliche hochgestellte Persönlichkeiten werden kommen. Die Einladungen sind schon verschickt. Das ist nicht gut für Miss Lucille. Sie wird immer nervös, wenn Leute im Haus sind.«

Ich war gespannt, ob der Indienaufenthalt Fabian verändert hatte. »Ich muß jetzt gehen«, sagte ich.

Ayesha warf einen Blick auf Miss Lucille. »Ja«, sagte sie, »sie schläft jetzt tief. Sie schläft die meiste Zeit.«

»Ich muß meinem Vater vorlesen. Sicher erwartet er mich schon.«

»Ja, kommen Sie! Ich begleite Sie hinaus.«

Sie führte mich durch die Flure des Westflügels, und ich ging rasch nach Hause. Ich hatte den Besuch und das seltsame Gebaren von Miss Lucille schon fast vergessen... weil Fabian nach Hause kam.

An diesem Abend nahm es mit Vater, der seit dem Schlaganfall ohnedies leicht gelähmt war und nicht mehr imstande war, deutlich zu sprechen, eine Wende zum Schlechteren. Der Arzt sagte, er habe nicht mehr viele Wochen zu leben. Ich war die meiste Zeit bei ihm und sah den Tod nahen.

Polly schrieb, wenn etwas passiere, solle ich sofort zu ihr kommen. Wir hätten uns so viel zu sagen. Ich solle nichts überstürzen. Polly war die einzige, die zu denken schien, daß eine Ehe mit Colin Brady nicht das Wünschenswerteste war, das mir widerfahren konnte.

Fabian kam an dem Tag ins große Haus, als Vater starb. Ich war bei meinem Vater, als es mit ihm zu Ende ging. Er hielt meine Hand, und ich sah, daß er in Frieden verschied.

Colin Brady war mir eine große Hilfe. Er übernahm die Verantwortung mitfühlend und tüchtig, und wenn er sich einen Schritt näher am Ziel wähnte, so zeigte er es nicht.

Lady Harriet mißfiel es, daß der Pfarrer ausgerechnet da sterben mußte, während sie die Feier der Heimkehr ihres Sohnes vorbereitete. So sehr ihr die Belange der Pfarrei am Herzen lagen, dieses Ereignis kam ihr zumindest ungelegen. Ich konnte mir vorstellen, wie sie es etwas vorwurfsvoll in ihre Gebete einflocht. Der Allmächtige dort droben hätte etwas mehr Rücksicht nehmen können auf sie, die doch immer unverzagt ihre Pflicht erfülle.

Von Mrs. Janson erfuhr ich, daß Lady Harriet große Festlichkeiten plante, seit sie wußte, daß ihr Sohn nach Hause kam. Lady Geraldine Fitzbrock nebst ihren Eltern sollten als Logiergäste ins große Haus kommen, ein sehr wichtiger Besuch. Die Fitzbrocks waren von so makelloser Abstammung wie Lady Harriet selbst, und es war eindeutig, daß sie Geraldine für Sir Fabian ausersehen hatte.

Ab und zu dachte ich an ihn, aber meistens weilten meine Gedanken in der Vergangenheit. So vieles im Haus erinnerte mich an Vater. Es kam mir nun seltsam still und beinahe abweisend vor, da er nun hinter den geschlossenen Fensterläden des Salons in seinem Sarg lag. Überall gab es etwas, das Erinnerungen weckte: sein Arbeitszimmer mit den von Büchern gesäumten Wänden; die Bücher mit den Lesezeichen an seinen Lieblingsstellen. Ich mußte immer daran denken, wie er seine Brille ge-

sucht hatte, wenn er eine ihm besonders liebgewordene Passage
durchlesen wollte. In einem anderen Zeitalter lebend, hatte er
halbherzig versucht, sich davon loszureißen und sich den Angelegenheiten seiner Pfarrei zuzuwenden. Ich sah seine gerunzelte
Stirn vor mir, wenn er mich betrachtete. Er war tief besorgt um
meine Zukunft gewesen. In seiner Weltfremdheit hatte er geglaubt, ich würde Dougal heiraten. Wie hätte er ihn als Schwie-
gersohn begrüßt! Er sah lange Besuche vor sich, wo sie sich gemeinsam in die Vergangenheit vertiefen würden. Damals war
Dougal ein mit weltlichen Gütern nicht sonderlich gesegneter
junger Mann gewesen – eine überaus sanfte Gelehrtennatur,
ohne ehrgeizige Pläne, ein Mann, aus demselben Holz geschnitzt
wie mein Vater.

Im Rückblick wurde mir klar, wie enttäuscht Vater gewesen sein
mußte, als es nicht so kam, wie er es sich wünschte. Er war nicht
nur eines Schwiegersohnes beraubt, der ihm willkommen gewesen wäre, jetzt machte ihm auch die Zukunft seiner Tochter Sorgen. Daraufhin hatte er gehofft, ich würde Colin Brady heiraten.
Sicher, er war nur die zweite Wahl, dennoch durchaus annehm-
bar.

Hätte ich Dougal nie gekannt und wäre ich eine konventionel-
lere Natur gewesen, dann hätte ich Colin vielleicht geheiratet.
Aber ich war ich und lehnte mich instinktiv gegen eine Heirat
unter solchen Umständen auf.

Fabian kam ins Pfarrhaus, um mich zu besuchen. Er sah ehrlich
bekümmert aus. »Es tut mir so leid«, sagte er.

»Danke. Es kam nicht unerwartet.«

»Nein. Aber erschütternd ist es trotzdem.«

»Es war lieb von dir, vorbeizukommen.«

»Aber das war doch selbstverständlich.«

»Ich hoffe, dein Aufenthalt in Indien war erfolgreich.«

Er hob die Schultern.

»Bleibst du lange hier?« fuhr ich fort.

»Nein. Nur sehr kurz.«

»Ach.«

»Und du, hast du... Pläne?«

»Das muß ich wohl.«

»Wenn wir irgend etwas für dich tun können...«

»Nein, nichts, danke! Mr. Brady ist eine große Hilfe.«

»Davon bin ich überzeugt. Wie ich höre, ist morgen die Beerdigung. Ich werde kommen.«

»Danke.«

Er lächelte mich an, und bald darauf ging er.

Ich war froh, daß er fort war. Er sollte nicht sehen, wie aufgewühlt ich war. Ich wünschte beinahe, er hätte mich nicht besucht.

Die Kirche war voll, als Vater beerdigt wurde. Lady Harriet und Sir Fabian waren in der Bank der Framlings. Ich konnte nur an Vater denken, und dauernd kamen mir lauter Kleinigkeiten in den Sinn. Ein Gefühl der Verlassenheit befiel mich. Nie im Leben hatte ich mich so einsam gefühlt.

Colin Brady war forsch und sachlich. Er führte die Trauergäste ins Pfarrhaus, wir tranken Glühwein und aßen Brote, die Mrs. Janson zurechtgemacht hatte. Eine feierliche Atmosphäre erfüllte das Haus.

Es war nicht mehr mein Heim. Das würde es natürlich bleiben, wenn ich Colin heiratete. Ich mußte mir ernsthaft überlegen, was ich tun sollte.

Das Testament wurde verlesen. Das Wenige, was Vater hinterlassen hatte, gehörte mir. Der Anwalt sagte, es verschaffe mir ein geringes Einkommen – nicht genug, um komfortabel davon zu leben, aber immerhin etwas, auf das ich im Notfall zurückgreifen konnte.

Ich spürte die Erwartung ringsum. Mrs. Janson machte ein prophetisches Gesicht. Sie dachte bestimmt, ich würde Colin Brady heiraten, und im Haushalt würde alles so weitergehen wie bisher. Alle kannten meine Gewohnheiten, sie hatten mich gern und wünschten keine Fremde im Haus.

Am Abend des Begräbnisses sprach Colin mit mir. Ich saß am Fenster und sah auf den Friedhof hinaus, und eine unendliche Traurigkeit erfaßte mich. Ich war am Ende einer Straße angelangt und wußte nicht, wohin ich mich wenden sollte. Vor mir lag der leichte Weg, und alle schoben mich in diese Richtung.

»Ein trauriger Tag«, sagte Colin. »Ich weiß, was Ihr Vater Ihnen bedeutet hat. Ich hatte ihn sehr gern. Er war ein wunderbarer, guter Mensch.«

Ich nickte.

»All die Jahre waren Sie zusammen, wenn man von Ihrer Schulzeit absieht.«

O ja, das war der springende Punkt. Was damals geschehen war, hatte mich verändert. Wäre ich ununterbrochen im Pfarrhaus geblieben, hätte ich wohl anders empfunden. Ich war für kurze Zeit in eine Welt eingetreten, wo die Menschen es toll trieben und dafür büßten; aber dabei war mir aufgegangen, daß das Dasein aus mehr bestand als behaglich von einem Tag zum anderen zu leben, still, ereignislos, fast so, als warte man auf den Tod.

»Es ist ein hartes Los für Sie«, sagte Colin. »Deborah, möchten Sie nicht, daß ich es mit Ihnen teile?«

»Aber das tun Sie doch schon«, erwiderte ich. »Sie haben alles übernommen, und Sie machen es perfekt.«

»Es würde mich nur zu glücklich machen, von nun an für Sie zu sorgen.«

Ich hätte am liebsten gesagt, daß ich keinen besonderen Wert darauf legte, versorgt zu werden. Ich fühlte mich imstande, für mich selbst zu sorgen. Ich wünschte mir das Leben abenteuerlich, aufregend... Ich war nicht auf Behaglichkeit erpicht, so angenehm diese auch sein mochte.

»Die Hochzeit könnte schon bald sein. Lady Harriet meinte, es wäre das Beste.«

»Ich lasse Lady Harriet nicht über mein Leben bestimmen, Colin.«

Er lachte. »Natürlich nicht. Aber sie ist einflußreich, nicht wahr. Ihr Wort wiegt schwer.« Er sah leicht bekümmert drein. »Sie macht sich Sorgen um Sie. Wir alle machen uns Sorgen um Sie.«

»Das brauchen Sie nicht. Sie müssen es schon mir selbst überlassen, für mich zu planen.«

»Aber Sie haben einen schweren Schlag erlitten. Sie sollen wissen, daß Sie nur das eine Wörtchen zu sagen brauchen. Ich will Sie nicht drängen. Dies ist Ihr Heim. Das sollte es immer bleiben.«

»Ach was, Pfarrhäuser sind wie Pächterhütten. Sie werden mit der Arbeit vergeben.«

»Ja, so ist es.« Er sah so ernst aus. Ich wußte, daß er Unschlüssig-
keit haßte, aber ich wußte auch, daß ich ihn niemals heiraten
konnte. Es war nur anständig, es ihm zu sagen.

»Colin, ich muß Ihnen sagen, daß ich Sie nicht heiraten
werde.«

Er machte ein bestürztes Gesicht. .

»Es tut mir leid«, fuhr ich fort. »Ich mag Sie sehr gern ... aber auf
andere Weise.«

»Deborah, haben Sie sich das überlegt? Wo wollen Sie hin?«
Spontan sagte ich: »Ich gehe für eine Weile zu Polly. Ich werde
mit ihr über meine Zukunft sprechen. Sie kennt mich gut. Sie
wird mich beraten.«

»Wenn ich nachdenke, was das Beste für Sie und obendrein eine
glückliche Lösung ist, dann ist es ganz klar, Deborah: Sie müssen
mich heiraten.«

»Das kann ich nicht, Colin. Sie sind lieb und gut und haben viel
für Vater und mich getan. Aber ich kann Sie nicht heiraten.«

»Vielleicht später...«

»Nein, Colin. Bitte, vergessen Sie es!« Er machte ein betroffenes
Gesicht, und ich fügte hinzu: »Ich bin Ihnen aufrichtig dankbar
für alles und dafür, daß Sie mir den Antrag gemacht haben.«

»Sie sind nur momentan verwirrt.«

»Nein«, sagte ich beinahe wütend, denn er schien damit sagen zu
wollen, es sei töricht von mir, ihn abzuweisen. Doch irgendwie
gelang es mir, ihm begreiflich zu machen, daß ich es ernst
meinte.

»Ich möchte mich jetzt gern zurückziehen«, sagte ich. »Es war
ein anstrengender Tag.«

Er erbot sich, ein Mädchen mit heißer Milch zu mir heraufzu-
schicken. Ich wollte protestieren, aber er winkte ab, und die
Milch wurde mir auf das Zimmer gebracht.

Ich saß am Fenster. In der Ferne sah ich die Lichter des großen
Hauses. Ich kam mir einsam und verlassen vor. Dort drüben
ging es gewiß hoch her. Lady Geraldine und Fabian würden zusammen tanzen, reiten, sich unterhalten. Es war Lady Harriets
Wunsch, daß er sie heiratete. Ich war gespannt, ob er es tun
würde. Sicher sah er ein, daß es standesgemäß war.

Ich sagte mir wütend, daß er zu der Sorte Männer zählte, die *standesgemäß* heirateten und ihre Vergnügungen anderswo suchten... bei geringeren Sterblichen, die für eine leichtfertige Ablenkung, nicht aber zum Heiraten gut genug waren. Da sagte ich mir: Ich fahre zu Polly.

Am nächsten Tag sah ich Fabian mit einer jungen Frau vorüberreiten. Ich nahm an, es war Lady Geraldine. Sie war groß und sah gut aus. Sie hatte eine ziemlich laute Stimme, und sie plauderten angeregt miteinander. Ich hörte Fabian lachen.
Ich ging ins Haus und packte ein paar Sachen in eine Reisetasche. Ich wußte nicht, wie lange ich fortbleiben würde, aber bevor ich zurückkehrte, mußte ich mich entscheiden, was ich anfangen wollte.
Bei Polly fand ich den Trost, dessen ich so dringend bedurfte.
Fleur war jetzt fünf Jahre alt, ein aufgewecktes, temperamentvolles Kind. »Immer zu Streichen aufgelegt«, bemerkte Eff liebevoll, und Polly fügte hinzu, sie sei so gerissen wie »eine Wagenladung Affen«.
Fleur begrüßte mich. Polly und Eff hatten beinahe ehrfürchtig von mir gesprochen, wenn sie ihr von mir erzählten, und das tat seine Wirkung. Ich verbrachte viel Zeit mit dem Kind. In einem Antiquariat fand ich einige Bücher, die ich als Kind besessen hatte, und ich fing an, sie zu unterrichten; sie war eine gelehrige Schülerin.
Ich dachte, ich könnte mir bei Polly und Eff ein zufriedenes Leben einrichten. Ich hatte ja mein kleines Einkommen, das hier genügen würde. Ich könnte Fleur unterrichten, und wir wären alle miteinander glücklich.
Polly machte sich Sorgen um mich. »Was wirst du anfangen?« fragte sie.
»Ich habe Zeit, mir etwas zu überlegen, Polly. Ich muß nichts überstürzen.«
»Nein, das ist ein Glück.«
»Ich würde gern eine Weile hierbleiben. Ich bin gern mit Fleur zusammen. Das lenkt mich ab.«
»Gut, aber auf die Dauer ist das kein Leben für eine junge Dame,

die so gebildet ist wie du. Wie willst du hier jemand kennenlernen?«

»Deine Gedanken wandeln auf bekannten Pfaden. Willst du mich etwa verheiraten?«

»Na ja, es ist ein Lotteriespiel, sagt man, aber es besteht die Chance, daß man das große Los zieht... und was besseres kann einem nicht passieren.«

»Da hast du sicher recht, Polly.«

»Es ist wirklich schade um diesen Colin.«

»Ich kann ihn doch nicht heiraten, bloß weil es eine gute Lösung darstellt.«

»Das erwartet ja auch niemand von dir.«

»Doch, alle. Lady Harriet zuallererst, und dann Colin selbst.«

»Ach *die*... Aber überlegen wir mal! Diesen Dougal hast du dir ja wohl aus dem Kopf geschlagen. Das ist mir einer... führt ein Mädchen auf den Gartenweg und zieht dann die Blumen im Nachbargarten vor.«

»Ach Polly!« Ich winkte ab. »Ganz so war es nicht.«

»Wie denn sonst? Geht dich und den Pfarrer besuchen, und dann kommt diese Lavinia daher, macht ihm schöne Augen... und schwuppdiwupp, ist er auf und davon.«

Ich mußte unwillkürlich lachen, was bewies, wie wenig es mich berührte, daß es so gekommen war.

»Er wird den Tag bedauern, an dem er zu seinem Vermögen kam.«

»Vielleicht nicht, Polly. Lavinia ist sehr schön, und – seien wir mal ehrlich – ich bin's nicht.«

»Du bist, wie Gott dich gewollt hat.«

»Sind wir das nicht alle?«

»Und du bist so hübsch wie jede andere. Es gibt Männer, die können diesem Komm-mal-her-Blick nicht widerstehen, und das sind die, vor denen man sich hüten muß. Danke deinem Schicksal, das dich vor diesem Kerl bewahrt hat. Ich würde diesen Dougal keines Blickes mehr würdigen, und wenn er auf allen vieren zurückgekrochen käme.«

»Ein Schauspiel, das uns höchstwahrscheinlich erspart bleiben wird.«

»Er wird bald einsehen, daß er einen Fehler gemacht hat. Er wird sich verfluchen, daß er so ein Trottel gewesen ist, darauf geb' ich dir mein Wort.«

»Lavinia hat sich vielleicht geändert, da sie jetzt ein Kind von ihm hat.«

»Leoparden wechseln ihre Flecken nicht, soviel ich weiß.«

»Lavinia ist kein Leopard.«

»Sie ändert sich so wenig wie eines von diesen Tieren. Denk an meine Worte! Er wird seinen voreiligen Schritt bereuen. Aber wir müssen jetzt an dich denken.«

»Ich bin hier glücklicher, als ich irgendwoanders sein könnte, Polly.«

»Für eine Weile, ja... Aber es muß etwas geschehen.«

»Warten wir's ab, ja?«

Sie nickte.

Die Tage vergingen. Fleur machte mir viel Freude. Wir spielten und lernten zusammen, und wenn sie schlief, saß ich bei Polly und Eff und lauschte ihrem freimütigen Klatsch über die Mieter.

»Wir sehen was vom Leben«, gluckste Eff.

Polly pflichtete ihr bei, aber ich merkte ihr an, daß sie dabei dachte, dies sei nicht das Leben, für das ich geschaffen war.

Dann kam ein Brief von Lady Harriet. Ihr Familienwappen prangte auf dem Couvert, und Eff hoffte, daß der Briefträger es bemerkt hatte. Sie wollte Lady Harriet das nächste Mal erwähnen, wenn sie mit »zweiter Stock Nummer zweiunddreißig« ins Gespräch kam.

Ich starrte einige Sekunden auf den Brief, ehe ich ihn öffnete, und fragte mich, was Lady Harriet mir wohl mitzuteilen hatte.

Meine liebe Deborah!
Ich mache mir große Sorgen um Dich. Der arme Mr. Brady ist sehr betrübt. Ich hoffe nur, Du wirst Deinen übereilten Entschluß nicht bereuen. Das Beste, das Du hättest tun können, wäre gewesen, ihn zu heiraten und in Deinem Pfarrhaus zu bleiben. Ich bin überzeugt, daß Du Deine eigensinnige Haltung mit der Zeit bereuen wirst.

*Doch ich habe Dir einen Vorschlag zu machen. Lavinia ist in
Indien sehr glücklich. Sie hat die kleine Louise, wie du weißt,
und ich teile Dir hocherfreut mit, daß sie soeben wieder einem Kind das Leben geschenkt hat: einem Knaben. Lavinia
möchte gern, daß Du zu ihr kommst, um ihr zur Hand zu gehen. Ich muß sagen, sie hat mich überzeugt, daß das durchaus etwas für sich hat. Ich schicke ohnedies ein Kindermädchen zu ihr. Ich halte nichts davon, daß meine Enkelkinder
von Ausländerinnen aufgezogen werden. Lavinia hat im Augenblick eine Aja, aber ich wünsche, daß sie ein tüchtiges
englisches Kindermädchen bekommt. Ich habe die Richtige
für den Posten gefunden und schicke sie in Bälde hin. Lavinia hat den Wunsch geäußert, daß Du zu ihr kommst, um ihr
Gesellschaft zu leisten, und ich halte das für eine ausgezeichnete Idee. Es würde Lavinia und Dir zugute kommen. Lavinia wünscht, daß ihre Kinder englisch erzogen werden, und
sie glaubt, daß Du sowohl ihre Gesellschafterin sein als auch
ihre Kinder unterrichten könntest.*

*Lavinia und ihr Gatte, der Earl, gedenken in zwei Jahren
nach England zurückzukehren. Ich bin überzeugt, auch Du
wirst finden, daß dies eine ausgezeichnete Gelegenheit für
Dich ist. Ich erwarte Deine baldige Entscheidung. Das Kindermädchen reist Anfang nächsten Monats ab, und es käme
mir sehr gelegen, wenn Ihr zusammen reisen würdet. Damit
bleiben Dir drei Wochen für Deine Vorbereitungen. Ich wäre
Dir dankbar für eine baldige Antwort...*

Ich las nicht weiter. Ich war starr vor Überraschung und ver-
spürte eine kribbelige Erregung. Nach Indien! Bei Lavinia und
den Kindern sein! Ich würde Dougal und Fabian sehen!
Polly kam und sah mich ins Weite starren. »Neuigkeiten?«
fragte sie.
»Ein Brief von Lady Harriet.«
»Mischt sie sich schon wieder ein?«
»So könnte man sagen... aber auf sehr aufregende Weise. Polly,
sie schlägt vor, daß ich nach Indien gehe.«
»Was?«

»Als Gesellschafterin für Lavinia und als Gouvernante für ihre Kinder.«

Polly starrte mich verwundert an.

Ich las ihr den Brief vor. Meine Stimme hatte einen ganz aufgeregten Klang. Mir schien, daß die Framlings stets einen großen Einfluß auf mein Leben hatten. Polly und ich besprachen die Sache stundenlang, aber ich hatte längst entschieden, daß ich gehen würde. Polly erwärmte sich allmählich für die Idee.

»Zuerst war ich völlig von den Socken. Indien! Das ist so weit weg. Aber vielleicht ist es das Beste. Das hier ist kein Leben für dich, so gern wir dich bei uns haben.«

Eff pflichtete Polly bei. Sie meinte zwar, es sei etwas riskant, ins Ausland zu gehen, aber Lavinia war ja auch dorthin gereist und schien es überlebt zu haben.

Ich wollte Lady Harriet bald schreiben, da mir aber ohnedies nur wenig Zeit blieb, hielt ich es für einfacher, zurückzukehren. Ich hatte noch mein Zimmer im Pfarrhaus, und meine meiste Habe war dort. Daher war es das Beste, meine Reisevorbereitungen von dort aus zu treffen. Zwei Tage nach Erhalt des Briefes war ich auf dem Heimweg.

Im Pfarrhaus wartete Mrs. Janson mit einer Neuigkeit auf. Das große Haus war in Trauer.

»Es ist diese Miss Lucille. Sie hatte 'n paar komische Anfälle, und der letzte war zuviel für sie. Da war's aus mit ihr. Ich sag' immer, ein Begräbnis zieht das nächste nach sich.« Sie gefiel sich oft in der Rolle eines alttestamentlichen Sehers. »Zuerst unser guter Pfarrer und dann Miss Lucille. Na ja, es war wohl eine glückliche Erlösung für sie. Wir hatten uns 'ne Hochzeit erhofft, aber ich nehme an, das wär jetzt 'n bißchen überstürzt.«

»Eine Hochzeit?«

»Lady Harriet war unbedingt dafür, daß Fabian und Lady Geraldine heiraten, aber er mußte früher abreisen, als er dachte, nach Indien oder sonstwohin. Ich werd' dir was sagen« – sie betätigte sich abermals als Prophet – »schätze, sie sind sich einig. Sie fährt zu ihm, und dann werden sie im heiligen Bund der Ehe vereint. Du wirst es sehen.«

»So?« sagte ich. »Ich möchte sofort zu Lady Harriet. Sie hat mir vorgeschlagen, zu Lavinia nach Indien zu gehen.«

»Grundgütiger Himmel! Na so was! Ich weiß nicht... Aber wenn die Framlings dort sind...«

Lady Harriet empfing mich sofort. »Meine liebe Deborah, ich habe dich erwartet.«

»Ich dachte, Herkommen geht schneller als Schreiben.«

»Und dein Entschluß?«

»Ich sage ja, Lady Harriet.«

Ein zufriedenes Lächeln breitete sich auf ihrem Gesicht aus. »Ah, ich dachte mir, daß du diesmal vernünftig sein würdest. Es gibt eine Menge Vorbereitungen zu treffen. Leider haben wir einen Trauerfall im Haus. Die gute, arme Miss Lucille. Es war wirklich eine glückliche Erlösung. Wir müssen das Begräbnis arrangieren, doch zunächst wollen wir unser Vorhaben auf den Weg bringen. Ich werde Lavinia augenblicklich schreiben. Sie wird sich freuen, und du wirst Louise bestimmt eine gute Lehrerin sein. Es ist eine Erleichterung für mich zu wissen, in wessen Obhut sie sein wird. Alice Philwright, das Kindermädchen, kommt für ein paar Tage her, und es wäre gut, wenn ihr euch kennenlernen würdet, weil ihr ja zusammen reist. Ich glaube, du bist bei ihr in guter Gesellschaft. Sie ist schon öfter gereist und war bereits Kindermädchen in Frankreich und Italien. Ihr werdet mit dem Schiff nach Alexandria fahren und dort über Land zum nächsten Schiff nach Suez, glaube ich. Aber über die Einzelheiten sprechen wir später. Unterdessen wirst du deine Reisevorbereitungen treffen.«

Sie redete und redete, sichtlich erfreut, daß ich endlich ihren Beschlüssen zustimmte und einsah, wie klug es war, den Plänen, die sie für mich faßte, zu folgen. Es gab kaum etwas, das sie lieber tat, als das Leben anderer zu organisieren.

Ich ging ins Pfarrhaus zurück. Colin war sehr liebenswürdig. Er war mit dem Leben zufrieden. Er war in Vaters Fußstapfen getreten und in der ganzen Pfarrei beliebt. Mein Vater war mehr seiner Schwächen als seiner Tüchtigkeit wegen geliebt worden, Colin strahlte Wohlwollen und Gutmütigkeit aus, und er vermengte Heiterkeit mit Ernst, was einem geistlichen Herrn wohl anstand. Er war wie geschaffen für den Posten. Außerdem bekundete er bereits Interesse an Ellen, der Tochter des Arztes. Sie war einige Jahre älter als er, besaß jedoch alle Eigenschaften, die eine Pfarrersfrau haben sollte, allem voran Lady Harriets Anerkennung. Was konnte passender sein, wenn das einzige, was Colin zu einem idealen Pfarrer fehlte, eine Ehefrau war? Er war offensichtlich auf dem Wege, sich eine zu verschaffen.

Er trug es mir nicht nach, daß ich ihn abgewiesen hatte. Er sagte mir, auf dem Speicher sei genug Platz, um alle meine Sachen unterzubringen, und nach meinem Indienaufenthalt könne ich entscheiden, was ich damit anfangen wolle. Er wolle mir eine gute Ablösung für die Möbel im Haus zahlen, was ihm die Mühe der Anschaffung einer eigenen Einrichtung ersparen und gleichzeitig mir zugute kommen würde. Das schien mir alles recht vernünftig, und ich war Colin dankbar, daß er mir in praktischen Dingen so behilflich war. Ich mußte mich von allen sentimentalen Gefühlen für mein Vaterhaus freimachen und einsehen, daß es so das Beste war.

Meine Aufregung steigerte sich, und ich merkte, daß dies genau das war, was ich brauchte. Ich wollte unbedingt fort. Mein Leben war in einer Sackgasse angelangt. Ich mußte neue Schauplätze erleben, neue Menschen kennenlernen.

Die Zeitungen schrieben zu dieser Zeit sehr viel über den Krieg mit Rußland, der sich seit längerem zusammengebraut hatte und nun tatsächlich ausgebrochen war. Depeschen über die furchtbaren Zustände auf der Krim wurden nach Hause geschickt, und eine gewisse Miss Florence Nightingale hatte sich mit einer Schar Krankenschwestern dorthin begeben. Ich hatte darüber gelesen, und als ich bei Polly war, hatte ich Soldaten auf dem Weg zum Hafen, wo sie sich einschiffen sollten, durch London marschieren sehen. Die Leute jubelten ihnen zu und sangen patriotische Lieder, aber ich war so von der einschneidenden Veränderung meines Schicksals eingenommen, daß ich den Ereignissen weniger Aufmerksamkeit schenkte, als es sonst der Fall gewesen wäre.

Ich ging in die Kirche, als Miss Lucille beerdigt wurde. Colin zelebrierte die Trauerfeier, und ich hielt mich im Hintergrund.

Lady Harriet hätte es womöglich für anmaßend empfunden, wenn ich wie eine Freundin aufgetreten wäre.

Als der Sarg ins Grab gesenkt wurde, gewahrte ich Ayesha, die sehr traurig und verlassen aussah. Ich ging zu ihr und sprach sie an. Sie lächelte und sagte: »Es würde sie freuen, daß Sie gekommen sind. Sie hat oft von Ihnen gesprochen.«

»Ich mußte einfach kommen«, sagte ich. »Obwohl ich sie ganz selten gesehen hatte, habe ich sie nie vergessen.«

»Nein. Und nun ist sie tot. Sie schied gerne von hier, sie glaubte, sie wird mit ihrem Liebsten vereint. Ich hoffe es. Ich hoffe, sie wird das Glück wiederfinden.«

Die Trauergäste zerstreuten sich, und ich kehrte langsam ins Pfarrhaus zurück.

Am nächsten Tag kam ein Diener von Framlings ins Pfarrhaus. Lady Harriet wünschte mich unverzüglich zu sehen. Ich ging sofort zu ihr. »Etwas höchst Unerwartetes ist geschehen«, sagte sie. »Miss Lucille hat dir etwas vermacht.«

»Mir?«

»Ja. Ayesha sagt, daß du sie stets interessiert hast, wenn du zu Lavinia zum Spielen kamst.«

»Ich habe sie seitdem ein-, zweimal gesehen.«

»Sie hat verfügt, daß ein Gegenstand aus ihrem Besitz an dich übergeben wird. Ich habe gesagt, man möge ihn herbringen.« In diesem Moment kam ein Dienstmädchen herein. Sie trug ein Kästchen, das sie auf den Tisch stellte.

»Dies ist der Gegenstand«, sagte Lady Harriet. »Sie hat in ihrem Testament verfügt, daß du ihn bekommst.«

Ich nahm das Kästchen.

»Öffne es!« sagte Lady Harriet.

Ich gehorchte. Der Anblick der Pfauenfedern war eigentlich keine Überraschung für mich. Schon bevor ich das Kästchen öffnete, wußte ich, daß dies Miss Lucilles Vermächtnis an mich sein würde. Ich berührte die schönen blauschillernden Federn, und dabei überlief mich ein Schauder des Widerwillens. Dennoch konnte ich nicht widerstehen, den Fächer herauszunehmen und aufzuklappen. Ich berührte die kleine Feder im Griff und brachte den Smaragd und den Diamanten ans Licht.

Lady Harriet strahlte mich an. »Wie ich höre, ist er ein kleines Vermögen wert«, sagte sie. »Du kannst ihn als deinen Notgroschen betrachten.«

»Danke, Lady Harriet.«

Sie neigte den Kopf. »Miss Lucille war eine etwas sonderbare Dame. Eine Tragödie in ihrer Jugend hat ihr schwer zugesetzt. Ich kann mich mit dem Gedanken trösten, daß ich mich nach Kräften bemüht habe, ihr die beste Pflege angedeihen zu lassen.«

So kehrte ich mit dem Pfauenfedernfächer ins Pfarrhaus zurück.

Ayesha suchte mich auf. Sie war sehr traurig. Sie hatte Miss Lucille viele Jahre umsorgt. Wir gingen im Pfarrhausgarten spazieren, denn sie wollte nicht ins Haus kommen. Ich fragte sie, was sie jetzt zu tun gedenke. Sie sagte, das wolle sie später entscheiden. Miss Lucille habe ihr genug hinterlassen, Geld sei also kein Problem. Vielleicht werde sie nach Indien zurückkehren, sie wisse es noch nicht. Obwohl sie mit Miss Lucilles Tod gerechnet habe, sei sie doch erschüttert. Sie habe die Erlaubnis im großen Haus zu bleiben, bis sie entschieden habe, was sie zu tun gedenke. »Miss Lucille hat immer gesagt, daß Sie den Fächer bekommen sollen«, fuhr sie fort. »Sie fand, es sei die beste Art, über seinen Verbleib zu verfügen, da er ohnehin schon einmal in Ihrem Besitz war.«

»Aber sie dachte doch, daß er Unglück bringt. Ich habe nie verstanden, daß sie ihn nicht vernichtet hat.«

»Weil sie meinte, daß er dann noch mehr Unglück nach sich ziehen würde. Er trug den Fluch. Sie hatte gelitten, also würde er ihr nichts mehr antun. Sie glaubte, daß auch Sie durch Ihre Verbindung zu ihm gelitten haben. Es gab Gerüchte im Haus. Sie hat einiges davon gehört. Sie war erfreut, als sie dachte, Sie würden Mr. Carruthers heiraten, der dann Earl geworden ist. Als er sich mit Lavinia verlobte, war sie überzeugt, daß dies dem Fluch des Fächers zuzuschreiben war. Er hatte zuerst sie ihres Liebsten beraubt und nun Sie. Sie sagte: ›Der Fluch hat sie getroffen, das arme Kind. Sie hat den Preis bezahlt. Sie ist jung. Sie hat noch viele Jahre vor sich. Aber sie hat den Preis bezahlt... Jetzt ist sie von seinem Unheil befreit.‹«

»Das scheint mir nicht sehr logisch gedacht.«

Ayesha berührte leicht meine Hand. »Sie sind keine Träumerin. Sie stehen, wie man so sagt, mit beiden Füßen auf der Erde. Sie werden sehen, daß alles Unsinn ist. Aber in dem Fächer sind Edelsteine. Eines Tages sind Sie vielleicht in Geldnot, dann verkaufen Sie die Steine, und wenn sie fort sind, bleiben nur ein paar Pfauenfedern. Sie sind vernünftig und wissen, daß Miss Lavinias Vermählung mit dem Earl nichts mit dem Fächer zu tun hatte.«

»Natürlich weiß ich das. Es hat mich auch nicht tief getroffen. Ich litt an verletztem Stolz, nicht an gebrochenem Herzen.«

»Und wer weiß, vielleicht sagen Sie in ein paar Jahren: ›Es war gut so.‹ Dann nämlich, wenn Sie das große Glück finden. Wenn Sie daran glauben, wird es kommen. Sie gehen nach Indien. Das Land wird Ihnen sehr fremd sein. Ich werde für Sie beten, damit Ihnen nur Gutes widerfährt.«

Dann erzählte sie eine Weile von Indien und den fremdartigen Dingen, die ich sehen würde. Sie sprach von der Religion, den Gepflogenheiten, den verschiedenen Kasten und den alten Bräuchen. »Die Frauen, oh, sie sind die Sklavinnen der Männer. Es gab eine Zeit, da haben sich die Witwen auf den Scheiterhaufen ihrer Männer verbrannt. Diese Sitte, die man *Sati* nannte, besteht nicht mehr. Der Generalgouverneur hat ein Gesetz dagegen erlassen. Doch das Volk mag es nicht, wenn seine Bräuche geändert werden... schon gar nicht von Ausländern.«

»Ich finde es gut, einen solchen Brauch abzuschaffen.«

»Ja, diesen und das Unwesen der Thug, der heimlichen Mordbanden. Aber es gibt Leute, die sehen nicht, was gut ist, sondern nur die Einmischung in ihre alten Gesetze.«

»Dergleichen bringt ihnen die Zivilisation ins Land. Die wollen sie doch?«

Sie sah mich mit ihren dunklen Augen, in denen Trauer stand, kopfschüttelnd an. »Sie wollen nicht immer, was gut ist. Sie wollen, was ihnen gehört. Oh, Sie werden vieles beobachten, dann werden Sie es besser verstehen... Miss Lavinia wird sich freuen, Sie zu sehen, das weiß ich.«

Wir sprachen weiter über meine Reise und über Indien. Ich sagte, wir müßten uns noch einmal treffen, bevor ich aufbrach.

Die nächste Zeit war mit Reisevorbereitungen ausgefüllt, und ständig schickte Lady Harriet nach mir, um mir Anweisungen zu geben. Einmal ließ sie die Bemerkung fallen, daß Lady Geraldine wohl bald nach Indien abreisen werde, »zu einem bestimmten Zweck«, wie sie listig hinzufügte. Ich verspürte dabei einen leisen zornigen Stich, weil sich alles so entwickelte, wie Lady Harriet es wünschte, und weil selbst Fabian es anscheinend für geboten hielt, ihr zu gehorchen.

Die zwei letzten Abende vor der Abreise in London wollte ich bei Polly und Eff verbringen. Lady Harriet hielt das für eine ausgezeichnete Idee.

Eine Woche vor dem Aufbruch kam Alice Philwright zu den Framlings. Ich wurde ins große Haus zitiert, um sie kennenzulernen. Sie war eine hochgewachsene Frau von ungefähr dreißig Jahren, durchaus keine Schönheit, doch ihr Gesicht verriet Charakter. Sie sah etwas streng und überaus tüchtig aus. Lady Harriet hatte sie persönlich geprüft und war mit dem Ergebnis zufrieden. Zuerst tranken wir mit Lady Harriet Tee, wobei meistens Lady Harriet das Wort führte, die ihre Ansichten über Kindererziehung zum Ausdruck brachte; aber als wir später allein waren, kamen wir uns näher, was für mich, und, so hoffte ich, auch für Alice erfreulich war. Sie erzählte mir, daß sie zu den Frauen gehöre, die auf eine Einmischung in Sachen Kindererziehung keinen Wert legen, und wären es Lady Harriets Kinder gewesen, die ihr anvertraut werden sollten, so würde sie den Posten ohne zu zögern ablehnen. »Ich lasse mir nicht vorschreiben, was ich in der Kinderstube zu tun habe«, erklärte sie. »Und ich habe gemerkt, daß es nicht möglich wäre, den Vorstellungen Ihrer Ladyschaft, die allerdings etwas überholt sein dürften, zuwiderzuhandeln.«

Ich lachte und versicherte ihr, daß es bei Lavinia ganz anders sein und ihr vollkommen freie Hand gelassen würde.

»Hoffentlich kommen wir heil dort an. Der Krieg könnte die Reise etwas beschwerlich machen... Die vielen Truppentransporte, die zur Krim unterwegs sind.«

»Daran habe ich gar nicht gedacht.«

»Wir werden's ja sehen.«

»Freuen Sie sich auf die Reise?«

»Ich freu' mich immer auf neue Kinder. Ich war bislang bei zwei Familien, und es zerreißt einem jedesmal das Herz, wenn man sie verläßt.«

»Ich habe den Kontakt zu meinem Kindermädchen nie verloren«, erklärte ich ihr. »Sie ist meine allerbeste Freundin.« Und ich erzählte ihr von Polly und Eff.

»Sie hat Glück gehabt«, sagte Alice. »Sie wußte, wo sie hin konnte. Kindermädchen und Gouvernanten verbringen ihr Leben bei fremden Familien und können nie eine eigene haben.«

»Es sei denn, sie heiraten.«

»Dann sind sie keine Kindermädchen und Gouvernanten mehr. Es ist schon seltsam. In unserem Beruf verstehen wir Kinder, wir lieben Kinder, wir wären die allerbesten Mütter, aber kaum eine von uns heiratet. Die Männer sind dafür berüchtigt, daß sie diejenigen, die die besten Ehefrauen abgeben würden, links liegen lassen und sich in irgendein flatterhaftes Geschöpf verlieben, weil es im Mondschein hübsch aussieht... und oft bereuen sie es später.«

»Ich sehe, Sie haben eine ziemlich zynische Lebenseinstellung.«

»Die bekommt man mit zunehmendem Alter. Warten Sie's ab!«

»So alt sind Sie doch gar nicht!«

»Dreiunddreißig. Da gehört man eigentlich schon zum alten Eisen. Aber wer weiß, es besteht immer noch eine klitzekleine Chance, daß einer daherkommt und einen nimmt.« Sie lachte, während sie das sagte, und ich war zuversichtlich, daß wir gut miteinander auskommen würden.

Lady Harriet gab uns einen Brief für Lavinia mit, der bestimmt voller Ermahnungen war. Ich machte meine Runde in der Nachbarschaft, um mich zu verabschieden, sagte Ayesha Lebewohl, und dann reisten wir ab.

Polly und Eff begrüßten uns in London herzlich. Alice Philwright sollte die zwei Tage in ihrem Haus wohnen. Sie meinten, es sei ein leichtes, sie unterzubringen. Ich glaube, Polly war insgeheim froh über die Gelegenheit, meine Reisegefährtin in Augenschein nehmen zu können. Sie schienen sich auf Anhieb zu mögen. Alice fühlte sich in der Küche ganz zu Hause und nahm sogar ein Glas gewärmtes Dunkelbier zu sich. Sie erzählte von den Kindern in Frankreich und Italien, und Polly sagte, sie sei froh, daß Alice mich begleite. Und später vertraute sie mir an: »Das ist eine brave, vernünftige Frau. Ich hatte schon Angst, sie schicken dich mit irgendso 'nem flatterhaften Ding los.« Darauf hielt ich ihr entgegen, daß flatterhafte Dinger selten als Kindermädchen tätig waren.

Ich hatte den Pfauenfedernfächer mitgebracht und zeigte ihn Polly. »Den hat Miss Lucille mir vermacht.«

»Hm«, meinte Polly. »Hübsch.« Sie riß Mund und Augen weit auf, als ich ihr die Edelsteine zeigte. »Der muß ja 'ne schöne Stange wert sein.«

»Das nehme ich an, Polly. Lady Harriet meinte, es sei ein Notgroschen. Ich möchte, daß du ihn für mich aufbewahrst. Ich wüßte nicht, wo ich ihn sonst lassen sollte.«

»Ich werde gut auf ihn aufpassen. Ich verwahre ihn an einem sicheren Ort, keine Bange!«

Ich erzählte ihr nicht, daß er angeblich Unglück brachte. Sie hätte sich sowieso darüber lustig gemacht, und ich glaube, insgeheim hatte ich den Wunsch, es zu vergessen.

»Ich wollte, ich könnte mit dir kommen«, sagte sie. »Paß gut auf dich auf! Und hüte dich vor diesem Fabian!«

»Ich nehme nicht an, daß ich viel von ihm zu sehen bekomme. Er wird geschäftlich zu tun haben.«

»Trotzdem. Und denk dran, wir sind immer für dich da.«

»Danke, Polly.«

»Und komm bald zurück!«

»Zwei Jahre sind keine lange Zeit.«

»Ich werd' die Tage zählen.«

Bald darauf schifften wir uns auf der »Oriental Queen« nach Alexandria ein.

Alice und ich standen nebeneinander an Deck, bis das letzte Stückchen England außer Sicht war. Dann begaben wir uns in unsere gemeinsame Kabine. Sie war sehr klein und eng, aber wenigstens hatten wir sie für uns allein. Doch im Augenblick war ich viel zu aufgeregt, um mich mit solchen Kleinigkeiten abzugeben. Wir waren unterwegs ins Abenteuer.

Ich war gespannt, ob die Ehe Lavinia verändert hatte, und welche Überraschungen mich bei der Ankunft erwarten würden. Doch bis dahin war es noch eine Weile hin. Zunächst gab es allerhand zu erleben. Noch keine Stunde nach dem Ablegen wurde die See sehr stürmisch, und so blieb es auf dem ganzen Weg durch den Kanal bis in den Golf von Biskaya. Wir mußten unseren Erkundungsdrang vorerst zügeln, denn es war schon schwierig genug, auf dem Schiff aufrecht zu stehen.

Als wir uns dann später unter die Mitreisenden mischten, fanden wir sie überaus angenehm. Viele kannten sich, da sie diese Schiffsreise schon mehrmals unternommen hatten; dadurch waren wir ein wenig abgesondert. Zudem war es recht ungewöhnlich, daß zwei junge Frauen allein reisten. Zwar war Alice älter als ich, aber sie war doch noch relativ jung. Lady Harriet hätte es bestimmt nicht gebilligt, wenn es sich nicht so gut in ihre Pläne gefügt hätte.

Wie dem auch sei, hier waren wir nun, und binnen weniger Tage erfuhren wir einiges über die Leute an Bord. Zwei Mädchen wollten in der Fremde heiraten. So etwas kam ziemlich häufig vor. Fiona Macrae, eine Schottin, heiratete einen Soldaten, und Jane Egmonts zukünftiger Ehemann war ein Angestellter der Kompanie.

Ich dachte oft an Lady Geraldine, die demnächst diese Reise machen würde, um mit Fabian zusammenzusein. Ich fragte mich, ob ich ihn wohl sehen und wie er sich mir gegenüber verhalten würde. Ob er es guthieß, daß ich kam, um seiner Schwester Gesellschaft zu leisten?

Alice und ich waren natürlich viel zusammen, und sie erzählte ein wenig von sich. Sie war einmal verlobt gewesen. Damals hatte sie noch nicht vorgehabt, Kindermädchen zu werden. Sie hatte bei ihrer Schwester und ihrem Schwager in Hastings gewohnt. Sie war nicht sehr glücklich gewesen; nicht, daß ihre Verwandten nicht nett zu ihr gewesen wären, aber sie war sich wie ein Eindringling vorgekommen. Und dann hatte sie Philip kennengelernt. Philip war Maler. Er war wegen seiner Gesundheit nach Hastings gekommen. Er war schwach auf der Brust, und die Seeluft sollte ihm guttun. Alice begegnete ihm, als er am Ufer saß und die rauhe See zeichnete. Einige Blätter waren ihm fortgeflogen und direkt vor Alices Füßen gelandet; sie hatte sie eingesammelt und ihm zurückgebracht. »Der Wind heulte und zerrte an einem«, sagte sie. »Ich dachte, er müsse verrückt sein, bei so einem Wetter zu arbeiten. Er hatte Skizzen gemacht. Er war froh, daß ich sie eingesammelt hatte, und wir unterhielten uns und verstanden uns gut. Von da an trafen wir uns jeden Tag.« Ihre Augen wurden zärtlich, und sie war wie verwandelt: eine sanfte, feminine Frau. »Wir wollten heiraten. Er sagte mir, daß er nicht gesund sei; er hatte die Schwindsucht. Ich wollte ihn pflegen. Ich war überzeugt, ihn wieder gesund zu kriegen. Er starb einen Monat, bevor die Hochzeit sein sollte. So ist das Leben. Darauf beschloß ich, für andere Menschen zu sorgen, für die Kleinen. Und so wurde ich Kindermädchen. Es sah nicht danach aus, daß ich jemals eigene Kinder haben würde, deshalb mußte ich mich mit fremden begnügen.«

Wir freundeten uns rasch an. Ich erzählte ihr von Colins Heiratsantrag und Lady Harriets Überzeugung, daß es die beste Lösung für mich gewesen wäre und es eigensinnig und töricht von mir war, nicht zugegriffen zu haben.

Alice zog ein Gesicht. »Sie taten recht daran, ihn abzuweisen. Die Ehe dauert lange, und es muß der Richtige sein. Den trifft man vielleicht einmal im Leben. Und ein anderer kommt nicht in Frage.«

Ich erzählte ihr weder von Dougal, der mich fallen ließ, bevor ich Zeit hatte, mich in ihn zu verlieben, noch erwähnte ich Fabian, den ich offenbar nie aus meinen Gedanken verbannen konnte.

Unser erster Zwischenaufenthalt war in Gibraltar. Es war herrlich, wieder festen Boden unter den Füßen zu haben. Ein Ehepaar, Mr. und Mrs. Carling, luden uns ein, mit ihnen an Land zu gehen. Ich glaube, wir zwei alleinreisenden Frauen taten ihnen leid. Wir verbrachten einen schönen Tag mit der Besichtigung des Felsens und der Affen. Es war aufregend, in der Fremde zu sein, doch da die britische Flagge über dem Ort wehte, fühlten wir uns noch wie in einem Stück Heimat.

Die Fahrt durch das Mittelmeer verlief ruhig. Wir saßen an Deck und ließen uns von der milden Sonne bescheinen, und dabei machten wir die Bekanntschaft von Monsieur Lasseur. Ich hatte ihn ein-, zweimal auf dem Schiff gesehen. Er war mittelgroß, mittleren Alters und hatte schwarze Haare und dunkle Augen, die sich stets flink hierhin und dorthin bewegten, als fürchte er, etwas zu verpassen. Er hatte mir jedesmal mit einem freundlichen Lächeln und einer Verbeugung einen guten Morgen oder guten Tag gewünscht. Ich hielt ihn für einen Franzosen.

Als wir in den Hafen von Neapel einliefen und ich mich über die Reling beugte, um die Ankunft zu beobachten – ich war allein und ich wußte nicht genau, wo Alice war –, merkte ich, daß er neben mir stand. »Das Einlaufen in einen Hafen ist ein aufregender Augenblick, nicht wahr, Mademoiselle?«

»Ja«, erwiderte ich. »Ich nehme an, man findet es aufregend, weil alles so neu ist.«

»Ich finde es aufregend, obwohl es für mich nichts Neues ist.«

»Reisen Sie oft auf dieser Strecke?«

»Ja, hin und wieder.«

»Sind Sie auf dem Weg nach Indien?«

»Nein, ich fahre nur bis Suez.«

»Ich glaube, wir müssen von Alexandria aus über Land reisen.«

»Richtig. Es ist ein wenig... unkomfortabel. Macht es Ihnen nichts aus?«

»Für mich ist alles so neu und aufregend, ich glaube, daß ich die Unannehmlichkeiten gar nicht bemerken werde.«

»Und die andere Dame – Ihre Schwester, nehme ich an?«

»O nein.«

»Nein? Dann...«

»Wir reisen zusammen. Wir treten beide eine Stellung in Indien an.«

»Interessant. Darf ich fragen... Oh, ich bin zu neugierig. Aber an Bord hält man sich nicht so streng an die Konventionen. Hier sind wir eher eine große Familie. Ich könnte quasi Ihr Onkel sein... ein älterer Bruder *peut-être*.«

»Eine liebenswürdige Vorstellung.«

»Sie haben noch nicht viele Freunde gewonnen.«

»Die meisten Leute kennen sich anscheinend schon, und Ehepaare zieht es zueinander hin. Ich nehme an, es ist ungewöhnlich, zwei Frauen wie uns allein reisen zu sehen.«

»Ich würde sagen, erquickend. Was ich Sie fragen wollte: Gehen Sie in Neapel an Land?«

»Ich weiß nicht recht...«

»Ich verstehe. Zwei Damen allein. Ich werde jetzt sehr verwegen sein.«

Ich hob die Augenbrauen.

»Wie wäre es, wenn ich Sie beide an Land begleite? Zwei Damen, die allein an Land gehen...« Er hob die Hände und schüttelte ernst den Kopf. »Nein, nein, das ist nicht gut. Dann sagen die Leute: ›Da kommen zwei Damen, die hauen wir übers Ohr.‹ Und vielleicht tun sie noch schlimmere Dinge. Nein, nein! Damen sollten nicht ohne Schutz an Land gehen. Meine liebe junge Dame, ich biete Ihnen meinen Schutz an.«

»Das ist sehr liebenswürdig von Ihnen. Ich werde mit meiner Freundin sprechen.«

»Ich stehe zu Ihren Diensten«, erwiderte er.

In diesem Augenblick erspähte ich Alice. »Alice!« rief ich. »Monsieur Lasseur erbietet sich freundlicherweise, uns an Land zu begleiten.«

Alices Augen weiteten sich vor Freude. »Eine ausgezeichnete Idee! Ich hab' mich schon gefragt, was wir anfangen sollen.«

»Mademoiselle, das Vergnügen ist ganz auf meiner Seite.« Er sah auf die Uhr. »Treffen wir uns in, sagen wir... in fünfzehn Minuten. Ich glaube, bis dahin werden wir das Schiff verlassen können.«

So verbrachten wir den Tag in Neapel in Gesellschaft des galanten Franzosen. Er erzählte uns eine Menge. Er war Witwer und kinderlos. Er hatte Geschäftsverbindungen mit Ägypten und deswegen eine Zeitlang in Suez zu tun.

Es gelang ihm, uns einiges über uns zu entlocken. Er hörte so angespannt zu, als sei, was wir zu erzählen hatten, für ihn von größtem Interesse.

Sein Benehmen war etwas gebieterisch. Er bugsierte uns durch

die Scharen schwätzender Menschen, darunter zahllose kleine
Buben, die bettelten oder uns etwas verkaufen wollten. Er
scheuchte sie alle fort. »Nein, Miss Delany!« sagte er. »Ich sehe,
Sie haben Mitleid mit diesen erbärmlichen verwahrlosten Kindern, aber glauben Sie mir, das sind alles professionelle Bettler.
Ich habe sagen hören, daß sie von leichtgläubigen Touristen sehr
gut leben.«

»Es wäre doch immerhin möglich, daß sie so arm sind, wie sie
aussehen.«

Er machte eine abwehrende Handbewegung. »Glauben Sie mir,
wenn Sie einem etwas geben, haben Sie alle um sich wie die
Geier, und während Sie mit Almosenverteilen beschäftigt sind,
finden etliche kleine Finger den Weg in Ihre Taschen.«

Er heuerte eine von zwei Pferdchen gezogene kleine Droschke
an, und wir ließen uns durch die Stadt kutschieren. Monsieur
Lasseur kannte sich hier offenbar gut aus, und als wir im Schatten des Vesuv fuhren, erzählte er anschaulich von der Bedrohung
durch den Vulkan. Wir wunderten uns, daß die Menschen trotzdem so nahe der Gefahr wohnten.

»Ah«, erwiderte er, »sie sind hier geboren. Wo die Heimat ist,
dort will der Mensch sein, ausgenommen abenteuerlustige junge
Damen, die es ans andere Ende der Welt zieht.«

»Weil ihre Arbeit sie dorthin führt«, hielt Alice ihm entgegen.

»Nach Indien... ins Land der fremdartigen Gewürze und unge-
lösten Rätsel.«

Dann erzählte er vom Vesuv und dem großen Ausbruch, der
Städte wie Pompeji und Herculaneum zerstört hatte. Er führte
uns in ein Restaurant, wo wir im Freien unter fröhlich bunten
Sonnenschirmen saßen und die Vorübergehenden beobachteten.
Ich erzählte ihm vom Pfarrhaus und von Lady Harriet, und daß
ich in Frankreich im Internat war. Alice sprach wenig von sich,
und plötzlich fiel mir auf, daß er sie nicht dazu veranlaßte, mir
jedoch aufmerksam zuhörte. Ich befürchtete, vielleicht zuviel zu
reden, und nahm mir vor, Alice später zu fragen, ob sie auch diesen Eindruck hatte. Schließlich war es Zeit, auf die »Oriental
Queen« zurückzukehren. Hinter uns lag ein sehr vergnüglicher
Tag.

Sobald wir allein waren, fragte ich Alice: »Findest du, daß ich zuviel geredet habe?«

»Er hat dich ja dazu bewogen.«

»Mir ist aufgefallen, daß du kaum etwas von dir erzählt hast.«

»Ich dachte, er wollte nichts von mir hören. Er war mehr an dir interessiert.«

»Ich wüßte gern, ob es ehrliches Interesse war oder nur Höflichkeit.«

»Oh, zweifellos hat ihn sehr gefesselt, was du erzählt hast, und doch...«

»Was?«

»Ach, bloß so eine Idee. Ich weiß nicht recht, ob ich ihm trauen kann.«

»Inwiefern?«

»Ich finde ihn etwas aufdringlich.«

»Ich bin kein einziges Mal auf die Idee gekommen, daß er auch nur im geringsten zu flirten versucht.«

»Nein. Das macht die Sache ja so merkwürdig.«

»Ach Alice, du übertreibst. Für mich ist er nur ein einsamer Mann, der Gesellschaft sucht. Er ist viel auf Reisen. Vermutlich freundet er sich für ein paar Wochen mit Leuten an, und dann vergißt er sie wieder.«

»Hm.« Alice war sehr nachdenklich.

Alsbald kamen wir nach Alexandria, wo wir die »Oriental Queen« verließen, ein Dampfboot bestiegen und auf dem Kanal nach Kairo fuhren. Monsieur Lasseur hatte uns beschrieben, wie die Weiterreise ablaufen würde. Wir würden eine Nacht im Hotel verbringen – höchstwahrscheinlich im »Shepheard«, und von Kairo aus in einer Art Planwagen unsere Reise durch die Wüste nach Suez antreten. Diese Wagen beförderten regelmäßig Leute an Orte, wo sie sich für den nächsten Abschnitt ihrer Reise einschiffen konnten.

Es war aufregend, nach so vielen Tagen auf See wieder auf dem Festland zu sein. Wir ließen uns von der Vornehmheit des Hotels beeindrucken, das mit keinem zu vergleichen war, das wir je gesehen hatten. Es war dunkel und schattig, und Männer in exoti-

schen Gewändern huschten auf leisen Sohlen umher und betrachteten uns eindringlich mit ihren flinken, dunklen Augen.
Monsieur Lasseur erklärte, daß hier ein ständiger Strom von
Reisenden ein- und ausging, die meisten auf dem Weg nach oder
von Indien.

In dem Moment, als wir das Hotel betraten, bemerkte ich einen
Herrn. Er trug europäische Kleidung, und er war groß und breit-
schultrig, wodurch er sofort auffiel. Eine Kutsche hatte uns mit
den anderen Passagieren, die nach Indien unterwegs waren, hierhergebracht, und als wir in die Halle kamen, erhob er sich aus
seinem Sessel und trat an die Rezeption, wo man uns nach unseren Namen fragte und uns unsere Zimmer zuwies.

»Miss Philwright und Miss Delany«, sagte der Empfangschef,
»Ihr Zimmer ist in der ersten Etage. Es ist klein, aber wie Sie sehen, sind wir voll besetzt. Hier ist Ihr Schlüssel.«

Der große Herr stand ganz nahe bei uns. Ich hätte gern gewußt,
was er hier machte, denn er gehörte nicht zu unserer Gesellschaft. Doch Alice zog mich am Arm. »Komm«, sagte sie, »gehen wir schlafen! Wir brechen morgen in aller Frühe auf.«

Trotz meiner Aufregung schlief ich gut. Alice weckte mich sehr
früh am nächsten Morgen und sagte, es sei Zeit zum Aufstehen.

Die Planwagen, mit denen wir die Wüste durchqueren sollten,
wurden von jeweils vier Pferden gezogen, und man sagte uns, es
gebe unterwegs mehrere Karawansereien, wo wir rasten könnten, während die Pferde gewechselt wurden. In jedem Wagen
fuhren sechs Personen. Monsieur Lasseur meinte: »Lassen Sie
uns gemeinsam fahren! Ich muß Sie zwei junge Damen doch im
Auge behalten. Ich weiß aus Erfahrung, wie unkomfortabel
diese Fahrten sein können. Die Kutscher gehen sehr großzügig
mit der Peitsche um, und ihr einziges Ziel scheint zu sein, den
Wagen so schnell wie möglich zur Karawanserei zu bringen. Ich
fürchte, Sie werden die Reise ein wenig strapaziös finden.«

»Wie ich Ihnen schon sagte, Monsieur Lasseur, das ist alles so
neu für uns, daß wir ein bißchen Unbequemlichkeit gern in Kauf
nehmen«, versicherte ich ihm.

Die Fahrt durch Kairo am frühen Morgen werde ich nie vergessen. Die Häuser sahen im Dämmerlicht geheimnisvoll aus. Wir

passierten elegante Moscheen, einen Khedivenpalast und mit Gitterwerk verzierte Häuser, die Dougal erfreut hätten, weil er in den schattenspendenden Mauern den Einfluß der Sarazenen erkannt hätte. Zu dieser frühen Stunde war die Stadt noch nicht zum Leben erwacht. Ich sah nur ein paar Esel, von kleinen barfüßigen Buben geführt. Noch war alles still, aber die Sonne war im Aufgehen begriffen, und im Dämmerlicht wirkte Kairo wie eine verzauberte Stadt aus Tausendundeiner Nacht. Ich konnte mir gut vorstellen, wie die beredte Scheherazade hinter den Toren eines alten Palastes ihren Sultan unterhielt.

Die sechs Passagiere in unserem Wagen waren außer mir Alice, Monsieur Lasseur, Mr. und Mrs. Carling und zu meiner Überraschung der große Herr, der mir im Hotel aufgefallen war. Ich hätte gern gewußt, ob er auch zu dem Schiff wollte, das uns nach Indien bringen würde, oder ob er wie Monsieur Lasseur bereits in Suez am Ziel war.

Bald umgab uns nur noch Wüste. Es war jetzt hell genug, um die sich meilenweit erstreckende Sandfläche zu sehen, die golden im Morgenlicht schimmerte. Ich war fasziniert. Dann hieb der Kutscher mit der Peitsche auf seine Pferde ein, und wir hatten Mühe, auf unseren Sitzen zu bleiben. »Ich sagte Ihnen ja«, ließ sich Monsieur Lasseur vernehmen, »daß es kaum eine komfortable Fahrt werden würde.«

Wir lachten, wenn wir gegeneinander geworfen wurden. Mrs. Carling fand, es sei ein Segen, daß dies nicht lange dauern würde, und Mr. Carling bemerkte, wenn einer eine solche Reise unternehme, müsse er sich auf Unbequemlichkeiten gefaßt machen. Monsieur Lasseur machte uns darauf aufmerksam, daß gewisse Dinge im Leben als Vorfreude und im Rückblick wunderbar seien, aber während man sie erlebe, weniger angenehm, und es erweise sich oft, daß das Reisen zu diesen Dingen gehöre.

Der große Herr lächelte uns wohlwollend zu. Er schien sein Interesse zwischen Monsieur Lasseur und mir zu teilen, und jedesmal, wenn ich aufsah, fand ich seinen Blick ernsthaft auf einen von uns gerichtet.

Die Pferde trabten weiter. »Was passiert, wenn der Wagen umkippt?« fragte ich.

»Was«, ergänzte Mr. Carling, »durchaus im Bereich des Möglichen liegt, wenn es so weitergeht. Ich glaube nicht, daß unserem Kutscher bewußt ist, welcher Tortur er uns aussetzt.«

»Ihm geht es allein darum, eine Fuhre loszuwerden, sein Geld in Empfang zu nehmen und die nächste aufzuladen«, erklärte Monsieur Lasseur.

»Aber ein Unfall würde ihn doch aufhalten«, warf ich ein.

»Oh, er vertraut darauf, daß Allah ihn beschützt.«

»Ich wünschte, ich könnte sein Vertrauen teilen«, sagte Alice.

Wir waren alle erleichtert, als die Pferde anhielten. Die Ärmsten müssen völlig erschöpft gewesen sein. Ganz durchgerüttelt, begrüßten wir die kurze Erholungspause, bevor die Tortur wieder losging.

Als wir ausstiegen, hielt sich der große Herr dicht in unserer Nähe. Es war gegen Mittag, und die Wüstenhitze war enorm. Wir waren gut sechs Stunden unterwegs gewesen und dankbar für das Obdach, auch wenn unser Rastplatz kaum mehr als eine Hütte war. Aber der angrenzende Stall war geräumig. Getränke wurden serviert, zu meiner Freude unter anderem Tee. Es gab auch zu essen, Brot und irgendein undefinierbares Fleisch, das ich dankend ablehnte. Wir sechs, die wir im gleichen Wagen gefahren waren, saßen an einem Tisch. Ich sah sonst niemanden von der Schiffsgesellschaft und nahm an, die Mitreisenden würden später eintreffen, da unser Wagen als einer der ersten Kairo verlassen hatte.

»Wenigstens haben wir den ersten Teil der Fahrt heil überstanden«, sagte Alice.

Der große Herr erwiderte: »Sie ist noch nicht zu Ende.«

»Ich denke nicht, daß es noch schlimmer werden kann«, fuhr Alice mit einer Grimasse fort.

Der Herr hob die Schultern.

»Ich habe von vielen Unfällen auf dieser Strecke gehört«, berichtete Monsieur Lasseur.

»Wie furchtbar«, sagte ich. »Und was geschieht dann?«

»Man wartet, bis die Nachricht überbracht ist und man einen anderen Wagen schickt.«

»Was ist, wenn wir nicht rechtzeitig nach Suez kommen, um das Schiff zu erreichen?«

»Man würde Mittel und Wege finden, Sie dorthin zu schaffen«, sagte der große Herr.

»Wir kennen Ihren Namen noch gar nicht«, sagte ich zu ihm. »Dabei sind wir doch Reisegefährten auf dieser riskanten Fahrt.«

Er lächelte. Er hatte sehr weiße Zähne. »Mein Name ist Tom Keeping.«

»Dann sind Sie Engländer?«

»Hatten Sie das nicht vermutet?«

»Ich war nicht sicher.«

Monsieur Lasseur sagte: »Ich gehe mich erkundigen, wann wir weiterfahren.«

»Ich habe mich bei Ihnen eingeschmuggelt«, meinte Tom Keeping. »Ihre ganze Gruppe kommt aus England, nicht wahr?«

»Ja, wir waren alle zusammen auf dem Schiff.«

»Und Monsieur... Ich habe seinen Namen vergessen, der Franzose.«

»Monsieur Lasseur. Ja, er ist auch mit uns gekommen.«

Monsieur Lasseur kam zurück. »Wir brechen in einer halben Stunde auf.«

»Dann können wir uns ja wieder auf etwas gefaßt machen!« stöhnte Alice.

Die nächste Etappe der Reise war ebenso gefährlich wie die erste. Ich bemerkte, daß ein Fahrweg durch die Wüste führte. Er war wohl durch die Räder der hier ständig durchfahrenden Wagen entstanden, und hätten sich die Kutscher an ihn gehalten, wäre die Fahrt einigermaßen erträglich gewesen. Doch die lebhaften Pferde, zweifellos durch den häufigen Gebrauch der Peitsche aufgebracht, gerieten ständig vom Wege ab in den Sand, der daraufhin in Wolken über den Wagen wehte. Auf der Fahrt zur zweiten Karawanserei befürchtete ich mehrmals, wir würden umkippen, aber wie durch ein Wunder überstanden wir die Tortur, und nach einer endlos scheinenden Reise erreichten wir unser zweites Rasthaus.

Auf dem Weg zur Karawanserei schob Monsieur Lasseur seinen Arm durch meinen und zog mich etwas beiseite. »Das war ja eine schreckliche Rüttelei! Ich fühle mich ganz übel zugerichtet, Sie auch?« Als ich bejahte, fuhr er fort: »Ich denke, ich kann uns ein besseres Gefährt besorgen. Sagen Sie kein Wort! Ich kann die anderen nicht mitnehmen, nur Sie und Miss Philwright.«

Während er sprach, trat Tom Keeping dicht hinter uns.

»Wir können doch die Carlings nicht im Stich lassen, oder?« sagte ich. »Wenn jemand bequemer reisen sollte, dann sie.«

»Lassen Sie mich nur machen!« erwiderte Monsieur Lasseur. »Mir wird schon etwas einfallen.«

Mir war ein wenig unbehaglich zumute, und ich hätte Alice gerne gefragt, was sie davon hielt. Daß wir zwei uns mit Monsieur Lasseur absondern sollten, war noch das wenigste. Wir hatten die ganze Reise mit ihm gemacht und kannten ihn gut. Wie aber sollten wir es den Carlings erklären, die den Strapazen weniger gewachsen waren als wir?

Wir setzten uns, und man brachte uns Erfrischungen. Tom Keeping sagte: »Ich habe eine Flasche Wein dabei. Darf ich Ihnen etwas anbieten?« Ich lehnte ab, Alice und Mrs. Carling ebenso. Wir tranken lieber Tee, auch wenn er nicht sehr gut war. Mr. Carling zögerte zunächst und entschied sich schließlich ebenfalls für Tee. Blieben Monsieur Lasseur und Tom Keeping. Letzterer besorgte ein Tablett mit zwei Gläsern, schenkte den Wein ein und reichte Monsieur Lasseur ein Glas. »Auf eine erfolgreiche Reise!« sagte er und hob das Glas. »Mögen wir alle heil und gesund am Ziel ankommen!«

Wir plauderten eine Weile, dann verließ uns Monsieur Lasseur, nachdem er mir einen verschwörerischen Blick zugeworfen hatte. Mr. und Mrs. Carling waren so müde, daß sie einnickten. In einem kleinen Raum hatten wir Gelegenheit, uns zu waschen und etwas frisch zu machen, bevor wir die nächste Etappe unserer Reise antraten. Ich gab Alice ein Zeichen, mich dorthin zu begleiten. Als die Tür geschlossen war, sagte ich: »Monsieur Lasseur hat etwas vor. Er meint, er kann uns ein besseres Fahrzeug besorgen, aber er kann uns nicht alle mitnehmen.«

»Dann soll er am besten die Carlings mitnehmen. Sie sind älter, und wir halten es besser durch als sie.«

»Das habe ich ihm schon angedeutet, aber er will uns mitnehmen.«

»Es wäre ja ganz schön, bequemer zu reisen, aber wir können die Carlings unmöglich im Stich lassen.«

»Ja, wir werden darauf bestehen, daß er sie mitnimmt.«

»Das wird ihm bestimmt nicht recht sein. Er möchte *dir* beweisen, was für ein findiger Gentleman er ist.«

»Ich glaube, er möchte es selber bequemer haben.«

»Warten wir's ab.«

Wir wuschen uns und machten uns für die Weiterreise bereit. Als wir an den Tisch zurückkehrten, standen Mr. und Mrs. Carling auf und gingen zur Toilette. Es gab natürlich deren zwei, eine für Herren und eine für Damen. Nach einer Weile kehrte Mr. Carling mit Tom Keeping zurück. Ich sah gleich, daß etwas nicht stimmte. Tom Keeping kam rasch an den Tisch, an dem Alice und ich saßen.

»Monsieur Lasseur fühlt sich leider nicht ganz wohl« sagte er. »Scheinbar ist ihm etwas nicht bekommen, das er am letzten Rastplatz zu sich genommen hat. So etwas kommt hin und wieder vor. Er wird leider nicht imstande sein, die Reise mit uns fortzusetzen.«

»Können wir nicht etwas für ihn tun?« fragte Alice.

»Meine Damen, wir müssen den Dampfer erreichen. Soviel ich weiß, hat Monsieur Lasseur in Suez zu tun. Wenn er einen Tag später ankommt, so ist das nicht weiter schlimm. Für uns wäre es katastrophal, wenn wir nach dem Ablegen des Dampfers eintreffen.«

»Können wir denn gar nichts tun?«

»Er ist in guten Händen. Man ist hier an derartige Kalamitäten gewöhnt. Er wird einen späteren Wagen nehmen.«

»Wo ist er jetzt?«

»Neben der Herrentoilette. Dort ist ein kleiner Raum, wo man sich hinlegen kann. Er hat mich gebeten, Ihnen seine besten Wünsche zu übermitteln und Ihnen auszurichten, Sie möchten sich um ihn keine Sorgen machen.«

»Könnten wir ihn vielleicht sehen?« fragte ich.

»Miss Delany, das würde ihm nicht recht sein. Außerdem fährt der Wagen jeden Augenblick ab. Wenn Sie den verpassen, ist im nächsten vielleicht kein Platz.«

Mr. Carling meinte: »Das ist die unkomfortabelste Reise, die ich je unternommen habe.«

»Mach dir nichts draus, Vater«, sagte Mrs. Carling. »Wir sind bis hierher gekommen und werden den Rest auch noch schaffen. Es ist nur noch eine Etappe.«

Mr. Keeping drängte uns zum Aufbruch, und bald darauf ging es im Galopp durch die Wüste.

In Suez warteten wir einen Tag auf die Ankunft der übrigen Wagen. Zu unserer Verwunderung kam Monsieur Lasseur nicht an. Alice und ich machten uns Gedanken über ihn. Seltsam. Wer hätte gedacht, daß so ein gewiefter Reisender etwas essen würde, das ihm nicht bekam? Es wäre begreiflicher gewesen, wenn dies einer von uns beiden zugestoßen wäre.

Der Dampfer der P & O-Schiffahrtsgesellschaft wartete auf uns. Wir gingen an Bord, und Alice und ich richteten uns in unserer kleinen Zweierkabine ein, unendlich erleichtert, daß wir die riskante Fahrt durch die Wüste überstanden hatten. Bald legten wir ab. Monsieur Lasseur war nicht mehr aufgetaucht.

Während der ersten Tage auf See sprachen wir viel über ihn. »Er war sehr aufmerksam zu uns«, sagte ich zu Alice.

»Ich hatte immer das Gefühl, daß eine Absicht dahinter steckte«, meinte sie.

»Nur Freundlichkeit. Es machte ihm sichtlich Freude, zwei wehrlosen Frauen zu helfen, die eigentlich nicht allein hätten reisen sollen.«

»Ich habe ihn nie ganz verstanden, und sein Verschwinden war höchst mysteriös. Tom Keeping schien es allerdings für ganz normal zu halten. Das Essen bekommt einem hier nicht immer, und mit der Hygiene steht es sicher nicht zum besten. Aber ich hätte gedacht, daß er das alles weiß und sich entsprechend vorsieht.«

»Ich glaube, Tom Keeping konnte ihn nicht besonders gut leiden.«

»Das beruhte vielleicht auf Gegenseitigkeit. Wie dem auch sei, Monsieur Lasseur ist verschwunden, und es steht zu bezweifeln, daß wir je wieder von ihm hören werden.«

Dafür sahen wir Tom Keeping jeden Tag. Ich hatte das Gefühl, daß er sich anstelle von Monsieur Lasseur zu unserem Beschützer ernannt hatte.

Das Meer war ruhig und die Reise angenehm; ein Tag nach dem anderen verging, und sie verliefen alle ähnlich. Viele Passagiere von der »Oriental Queen« waren auf dem Dampfer, es war, als hätte lediglich ein Szenenwechsel stattgefunden. Doch wir hatten in Suez einige neue Passagiere aufgenommen, mit denen wir freundliche Worte wechselten, während wir durch das Rote Meer nach Aden fuhren.

Die Hitze war enorm, wir saßen träge an Deck und erholten uns, wie Alice sagte, von den Strapazen, die wir in der Wüste erlitten hatten. Tom Keeping leistete uns oft Gesellschaft, und Alice freundete sich richtig mit ihm an. Er war zu uns beiden sehr aufmerksam, aber mir fiel auf, daß er mich mehr als schutzbedürftiges Objekt betrachtete, während er für Alice große Bewunderung hegte.

Er war ein erfahrener Reisender. Er erzählte uns, daß er die Fahrt von England nach Indien und zurück schon viele Male gemacht habe. »Die meisten Leute, die dorthin gehen, sind Angehörige der Armee oder der Kompanie; ich glaube, letztere sind in der Überzahl.«

»Und Sie gehören zur Kompanie?«

»Ja, Miss Delany. Sobald wir landen, werde ich nach Delhi weiterreisen.«

»Wir werden eine Weile in Bombay bleiben«, sagte Alice zu ihm.

»Aber ich glaube, daß unser Arbeitgeber viel auf Reisen ist, so daß wir auch nach Delhi kommen werden.«

»Das würde mich sehr freuen«, sagte er.

Er wußte natürlich, zu wem wir gingen. Fabian war anscheinend ein guter Bekannter von ihm.

»Sie müssen Indien gut kennen«, meinte Alice.

»Meine liebe Miss Philwright, ich weiß nicht *einen* Nichteinheimischen, der Indien gut kennt. Oft frage ich mich, was in den Köpfen der Einheimischen vorgeht. Ich glaube, das kann keiner ergründen... kein Europäer jedenfalls.«

Er erzählte sehr anschaulich. Er erweckte in uns den Wunsch, das üppige grüne Land zu sehen, die großen Häuser mit den von ausladenden Banyanbäumen beherrschten Rasenflächen, die majestätischen Tamarinden mit den gefiederten Blättern, vor allem aber die Menschen... die gemischtrassischen, die verschiedenen Kasten und ihre Bräuche, die so anders waren als unsere.

»Ich habe das Gefühl, daß uns viele Inder unsere Anwesenheit verübeln«, erklärte er, »wenngleich die vernünftigsten unter ihnen wissen, daß wir Handel und bessere Lebensbedingungen bringen. Aber Eindringlinge sind nie beliebt.«

»Wie tief geht die Ablehnung von Ausländern?«

»Das kann man nicht so genau sagen. Wir haben es mit undurchschaubaren Menschen zu tun. Viele halten sich für zivilisierter, als wir es sind, und mißbilligen das Eindringen unserer Methoden.«

»Und doch dulden sie sie.«

Tom Keeping lächelte gequält. »Manchmal frage ich mich, wie lange noch.«

»Sie meinen, sie könnten die Ausländer hinauswerfen?«

»Es würde ihnen nicht gelingen, aber sie könnten es versuchen.«

»Das wäre schrecklich.«

»Sie drücken es noch milde aus, Miss Delany. Aber was reden wir da! Indien befindet sich fest in den Händen der Kompanie.«

Unsere Zeit in Aden werde ich nie vergessen. Es war nur ein kurzer Aufenthalt von wenigen Stunden, doch Tom Keeping erbot sich, eine kleine Rundfahrt mit uns zu unternehmen.

Wie unheimlich die Stadt wirkte, als wir auf sie zuhielten. Die schwarzen Klippen, die sich steil aus dem Meer erhoben, schienen uns zu drohen. Alice und ich standen an Deck, Tom Keeping war an unserer Seite. »Sieht aus, als führen wir durch die Tore der Hölle«, bemerkte Alice.

»Ist Ihnen so zumute? Wissen Sie, was man von diesem Ort sagt? Daß Kain, der Abel erschlug, hier begraben ist, und daß sich, seit hier so ein berüchtigter Mörder liegt, die Atmosphäre der Stadt gewandelt hat. Sie ist übel.«

»Das glaube ich gern«, sagte ich. »Aber ich könnte mir vorstellen, daß dies auch vorher schon eine ziemlich finstere Stadt war.«

»Davon ist nichts überliefert«, erwiderte Tom Keeping. »Und
ich glaube, die Geschichte ist entstanden, weil der Ort so ab-
schreckend wirkt.«

»Oh, ich glaube, Legenden um Dinge und Ortschaften entste-
hen, weil sie zu passen scheinen«, sagte Alice, die dieses Thema
sehr zu interessieren schien.

Die wenigen Stunden in Aden waren sehr angenehm. Ich war
froh, daß Tom Keeping uns unter seine Fittiche genommen
hatte. Mit Alice ging eine Veränderung vor; sie wirkte verjüngt.
War sie womöglich im Begriff, sich in Tom Keeping zu verlieben?

Sie unterhielten sich viel miteinander, und manchmal kam ich
mir wie ein Störenfried vor. Seltsam. Von Alice hätte ich zualler-
letzt erwartet, daß sie sich im romantischen Sturm erobern ließ.
Vielleicht übertrieb ich. Bloß weil zwei Menschen sich offensichtlich zugetan waren, mußte man daraus noch lange nicht
schließen, daß sie an etwas Endgültiges dachten. Alice war viel
zu vernünftig, um eine Bordfreundschaft ernst zu nehmen, und
ich war überzeugt, daß Tom Keeping ebenso vernünftig war.
Nein, sie waren einfach seelenverwandte Persönlichkeiten, weiter nichts. Sie erschienen mir als die zwei vernünftigsten Menschen, die ich je gekannt hatte, ganz anders als Lavinia und ihr
falscher Comte.

Tom Keeping sagte, er werde sich auf dem Landwege von Bombay nach Delhi begeben. Das Reisen sei nicht einfach in Indien.
Es gebe keine Eisenbahn, daher seien die Fahrten langwierig und
würden nur unternommen, wenn es unbedingt nötig schien. Er
werde mit einer *dâk-ghari* fahren, einer Pferdekutsche, und unterwegs werde es viele Aufenthalte geben, oft in Rasthäusern mit
unzureichendem Komfort.

Die Seereise ging allmählich zu Ende. Es waren lange, warme
und ruhige Tage, als wir das Arabische Meer durchquerten, und
wir vergaßen unsere beengte Kabine, die stürmische See und die
Fahrt durch die Wüste, bei der wir Monsieur Lasseur auf recht
mysteriöse Weise verloren hatten.

Als wir uns unserem Ziel näherten, wurde Alice ein wenig traurig, was ich dem bevorstehenden Abschied von Tom Keeping zu-

schrieb. Er schien nicht melancholisch zu sein, obgleich ich merkte, daß er seine Freundschaft mit uns, insbesondere mit Alice, genossen hatte.

Ich war ganz aufgeregt, weil ich Lavinia – und vielleicht irgendwann Fabian – wiedersehen sollte. Was würde ich Dougal gegenüber empfinden? Wie ich es auch betrachtete, langweilig würde es bestimmt nicht werden.

»Sie werden sicher abgeholt«, meinte Tom Keeping. »So ist denn für uns der Zeitpunkt gekommen, an dem wir Abschied nehmen müsssen.«

»Wie lange bleiben Sie in Bombay?« fragte ich.

»Nur einen Tag. Ich muß augenblicklich Vorkehrungen für meine Weiterreise nach Delhi treffen«, antwortete Tom Keeping nachdenklich.

Alice schwieg.

Es war der letzte Abend. Am nächsten Morgen sollten wir endgültig von Bord gehen. Als wir in unseren Kojen lagen, fragte ich Alice, wie ihr so kurz vor der Ankunft an unserem Reiseziel zumute sei.

»Nun ja«, sagte sie ziemlich wehmütig, »dazu waren wir schließlich aufgebrochen, oder?«

»Ja. Aber die Reise selbst war schon ein Abenteuer!«

»Das ist jetzt vorbei. Nun müssen wir uns unseren Aufgaben widmen.«

»Und wir sind nicht mehr unabhängig.«

»Stimmt. Doch die Arbeit wird uns guttun.«

»Ich möchte wissen, ob wir Tom Keeping wiedersehen werden.«

Alice sagte eine kleine Weile nichts, dann: »Delhi ist sehr weit von Bombay entfernt. Du hast gehört, was er von den beschwerlichen Reisen erzählt hat.«

»Es ist seltsam. Auf Reisen lernt man die Menschen so gut kennen, und dann verschwinden sie.«

»Ich denke«, sagte Alice trocken, »damit muß man sich von Anfang an abfinden. Jetzt sollten wir versuchen zu schlafen. Wir haben einen langen Tag vor uns.«

Arme Alice! Sie hatte begonnen, Tom Keeping liebzugewinnen.

Und er hätte sie vielleicht auch liebgewonnen, wenn sie länger hätten zusammenbleiben können. Aber er mußte an seine Geschäfte denken, und mir kamen Byrons Verse in den Sinn:

> Des Mannes Leben ist des Mannes Lust,
> Wie anders, ach
> Ist doch des Weibes Dasein.

Am nächsten Tag kamen wir in Bombay an.

Sturm kommt auf

Es ging sehr lebhaft zu am nächsten Morgen. Ich hatte mich unterdessen an die Ankunft in Häfen gewöhnt. Die Leute schienen ihre Persönlichkeit zu wechseln, es war, als schlüpften diejenigen, die gute Freunde geworden waren, nun wieder in die Rolle von Fremden. Man stellte fest, daß eine scheinbar vertraute Freundschaft nichts weiter als eine erfreuliche, aber flüchtige Bekanntschaft gewesen war.

Arme Alice! Auch sie wußte das, doch sie war eine tapfere, vernünftige Frau. Sie würde niemals zugeben, daß sie sich innige Gefühle für einen Mann gestattet hatte, den sie vielleicht nie wiedersehen würde.

Und dann standen wir auf dem Kai, auf dem es von Menschen wimmelte. Ein Hafenbeamter trat auf uns zu und erkundigte sich, ob wir Miss Delany und Miss Philwright seien. Wenn ja, dann erwarte uns eine Kutsche, um uns zu unserem Ziel zu bringen.

Einige Schritte hinter ihm stand ein überaus würdevoller Inder mit einem weißen Turban und einem langen blauen Hemd über einer bauschigen weißen Hose. Er ignorierte den Beamten und verneigte sich tief. »Sie Missie Delany?« fragte er.

»Ja«, erwiderte ich eilfertig.

»Ich komme für Sie und Missie Nanny.«

»O ja, ja...«

»Bitte folgen!« Wir gingen mit unserem imposanten Führer, während er zwei Kulis, die offenbar zu seinem Gefolge gehörten, Befehle zurief. »Kuli bringen Gepäck... Missie folgen«, wurde uns mitgeteilt, und wir hatten das Gefühl, wahrhaftig wie angesehene Gäste behandelt zu werden. Eine Kutsche erwartete uns. Sie wurde von zwei Pferden gezogen, die unter Aufsicht eines weiteren Kulis geduldig dastanden.

Vor der Kutsche verließ uns Tom Keeping, nachdem er uns sozusagen abgeliefert hatte. Er hielt Alices Hand ganz fest und schien sie nur ungern loszulassen. Sie lächelte ihn gefaßt an. Je besser ich Alice kennenlernte, um so lieber wurde sie mir.

Unser imposanter Beschützer half uns in die Kutsche; man reichte uns unser Handgepäck und gab uns zu verstehen, das große Gepäck werde in Bälde gebracht. Unser Mann machte einen so zuverlässigen Eindruck, daß wir darauf vertrauten, alles werde schon seine Ordnung haben.

Diese Fahrt ist mir bis heute im Gedächtnis geblieben, wohl weil es mein erster Eindruck von Indien war. Die Hitze knallte auf uns herab. Überall waren lärmende, farbenprächtige Menschen. Dergleichen hatte ich noch nie gesehen. Kleine Buben flitzten über die Straßen. Ich fürchtete, wir würden den einen oder anderen überfahren, doch unser Kutscher wich ihnen geschickt aus; einmal allerdings schrie er etwas, das wie eine Reihe von Flüchen klang. Darauf drehte der Übeltäter sich um und warf ihm einen entsetzten Blick zu, von dem ich nicht sicher war, ob er von seinem knappen Davonkommen oder von den furchtbaren Flüchen herrührte.

Wie farbenfroh die Straßen waren! Die Gebäude flimmerten weiß und prächtig, im Kontrast dazu waren die Nebenstraßen, auf die wir einen flüchtigen Blick erhaschten, mit ihren finsteren kleinen Bruchbuden und auf dem Pflaster hockenden Menschen um so ärmlicher: alte Männer, die nur aus Lumpen und Knochen zu bestehen schienen, kleine Kinder, nackt bis auf ein Lendentuch, die im Rinnstein wühlten... nach etwas Eßbarem, vermutete ich. Später sollte ich erkennen, daß die Pracht, so sehr sie mir imponierte, fast stets vom Schatten entsetzlicher Armut begleitet war. Am liebsten hätte ich angehalten und alles, was ich besaß, einer Mutter mit einem Kind auf dem Arm und einem zweiten an ihrem zerlumpten Rockzipfel gegeben. Unser Kutscher fuhr eilends weiter, es kümmerte ihn nicht, welche Wirkung dies alles auf uns hatte. Ich nahm an, er hatte es schon so oft gesehen, daß er es als normal empfand.

Wir sahen Stände mit Waren, die ich nicht immer zu identifizieren vermochte, und Menschen in unterschiedlichster Kleidung. Später erfuhr ich, daß sie verschiedenen Kasten und Stämmen angehörten: Parsen mit ihren Schirmen, Brahmanen, Tamilen, Afghanen und andere. Überall flitzten die Kulis umher, vermutlich, um zu betteln oder sich durch irgendeine Arbeit ein bißchen Geld zu verdienen. Ich sah weißverschleierte Frauen in schlichte, formlose Gewänder gehüllt, und hier und da solche der niederen Kasten, deren schöne, lange schwarze Haare ihnen auf den Rücken hinabhingen. Sie bewegten sich mit ungeheurer Anmut und ich dachte, um wieviel anziehender sie doch waren als die *Purdah*-Damen in den Frauengemächern, deren Reize, wie ich annahm, ausschließlich ihren Herren vorbehalten waren.

Wir sprachen wenig, da wir beide eifrig die Szenerie ringsum in uns aufnahmen und ja nichts versäumen wollten. Wir fuhren ein Stück weiter, an etlichen schönen Häusern vorüber, und schließlich hielten wir vor einem an. Es war eine höchst beeindruckende Residenz, strahlend weiß, von einer Veranda umgeben, auf der zwei weiße Tische mit Stühlen und grünweißen Sonnenschirmen standen. Mehrere Stufen führten auf die Veranda. Als wir uns näherten, kamen weißgewandete Diener aus dem Haus gelaufen. Aufgeregt schwatzend umringten sie die Kutsche.

Unser prächtiger Kutscher stieg ab, warf einem der Bediensteten die Zügel zu und brachte das Geschwätz mit einer Handbewegung zum Verstummen. Darauf erteilte er Befehle in einer Sprache, die wir nicht verstanden. Man gehorchte ihm unverzüglich, was mich nicht im geringsten wunderte. Wir stiegen hinter ihm die Stufen hinauf. Alice flüsterte mir zu: »Man hat das Gefühl, es müßten gleich Trompeten erschallen – nicht für uns, sondern für ihn.« Ich nickte. Gravitätisch geleitete er uns von der Veranda ins Haus.

Der Temperaturunterschied erschien uns erstaunlich. Im Innern war es fast kühl. Wir befanden uns in einem großen, dämmerigen Raum. Die Fenster waren in tiefe Mauernischen eingelassen, um die Sonnenhitze abzuhalten. An einer Wand war ein großer Fächer befestigt, den man, wie ich später erfuhr, *punkah* nannte. Er wurde von einem Knaben in dem üblichen langen weißen Hemd und der bauschigen Hose in Bewegung gehalten. Ich nahm an, er hatte gefaulenzt, denn bei unserem Näherkommen schwenkte er den *punkah* übereifrig. Unser gebieterischer Begleiter warf ihm einen vernichtenden Blick zu, und ich vermutete, daß zu gegebener Zeit eine Zurechtweisung folgen würde.

»Missie Nanny gehen in die Kinderstube«, sagte unser Gentleman. »Missie Delany kommen zu *Memsahib* Lady Gräfin.«

Alice machte ein verwundertes Gesicht, doch ein Diener bemächtigte sich sogleich der Reisetasche, die sie in der Hand trug, und eilte davon. Alice folgte ihm. Ich blieb zurück. »Sie Missie Delany. Sie kommen«, wurde mir bedeutet. Ich wurde eine Treppe hinaufgeführt. Durch ein Fenster erhaschte ich einen Blick auf einen Innenhof mit einem Teich voller Lotosblumen. Auch dort standen Stühle und ein Tisch mit einem grünweißen Sonnenschirm.

Wir blieben vor einer Tür stehen. Mein Begleiter kratzte daran. »Herein«, sagte eine mir wohlbekannte Stimme.

»Missie angekommen«, sagte mein Führer, und er lächelte zufrieden wie ein Held, der eine fast undurchführbare Aufgabe erfüllt hat. »Ich bringe Missie«, fügte er hinzu.

Und dann stand Lavinia vor mir. »Deborah!« rief sie. Wir umarmten uns. Ich hörte ein selbstzufriedenes Brummen, als die Tür sich hinter uns schloß.

»Ich bin so froh, daß du da bist! Laß dich anschauen! Immer noch dieselbe alte Deborah.«

»Was hattest du erwartet?«

»Genau was ich sehe, und ich bin froh darüber. Ich dachte, du hättest dich vielleicht zu einem fürchterlichen alten Blaustrumpf entwickelt. Ein bißchen neigtest du dazu.«

»Was ich von dir natürlich nie erwartet hätte. Und jetzt laß dich anschauen!«

Sie trat ein paar Schritte zurück, schüttelte ihre prächtigen Haare, die mit einem Band locker zurückgehalten waren, verdrehte die Augen fromm gen Himmel und stellte sich für mich in Positur. Sie war fülliger geworden, aber hübsch wie eh und je. Ich hatte vergessen, wie umwerfend schön sie war. Sie trug ein langes, loses, lavendelfarbenes Nachmittagskleid, das ihr gut stand. Ich hatte das Gefühl, daß sie unser Wiedersehen inszeniert hatte und es aufführte wie ein Bühnenstück, dessen Heldin natürlich sie war.

»Du hast dich kein bißchen verändert«, sagte ich.

»Das will ich hoffen. Ich gebe mir alle Mühe.«

»Indien bekommt dir gut.«

Sie lächelte geziert. »Da bin ich nicht so sicher. In zwei Jahren kehren wir nach Hause zurück. Dougal kann es gar nicht erwarten. Es gefällt ihm hier nicht. Er will nach Hause und irgendeine trockene Materie studieren. Dougal versteht es einfach nicht, sich zu vergnügen.«

»Die Menschen finden nicht immer an denselben Dingen Vergnügen.«

Sie hob die Augen zur Decke, eine alte Gewohnheit. »Typisch Deborah! Du bist gerade fünf Minuten hier, und schon wird das Gespräch philosophisch.«

»Es handelt sich nur um schlichte Tatsachen.«

»Was für dich Schlaukopf schlicht ist, das ist für ein Dummerchen wie mich tiefschürfend. Wie auch immer, Dougal kann es nicht erwarten, heimzukehren.«

»Wo ist er?«

»In Delhi. Sie sind immer irgendwo unterwegs. Die Kompanie beansprucht sie sehr. Ich hab' genug von dem Unternehmen. Fabian ist auch dort.«

»In Delhi? Warum bist du nicht dort?«

»Weil wir in Bombay wohnen und eine Weile hierbleiben wollen. Später ziehen wir vielleicht nach Delhi.«

»Aha.«

»Jetzt erzähl mir von zu Hause!«

»Es ist so wie immer, außer daß mein Vater tot ist.«

»Das hab' ich von Mama gehört. Du hättest den braven Colin Brady heiraten und die Pfarrhaustradition weiterführen sollen. Du warst nicht sehr vernünftig, das heißt, du hast nicht getan, was sie für dich geplant hatte.«

»Ich sehe, du bist über die Pfarrangelegenheiten zu Hause bestens im Bilde.«

»Mama ist eine große Briefeschreiberin. Fabian und ich erhalten regelmäßig unsere Episteln. Eins aber kann sie von dort aus nicht sehen, nämlich ob ihre Anordnungen befolgt werden oder nicht, und das ist ein Segen.«

»Sie hat immer alles arrangiert. Das ist ihre Lebensaufgabe.«

»Sie hat auch meine Heirat arrangiert.« Lavinias Miene verfinsterte sich ein wenig.

»Du bist recht bereitwillig vor den Altar getreten.«

»Damals hielt ich es für richtig, aber jetzt bin ich erwachsen. *Ich* beschließe, was ich tue.«

»Es tut mir leid, wenn es nicht gutgegangen ist.«

»So? Weißt du, er hätte dich heiraten sollen. Ihr wärt gut miteinander ausgekommen. Du hättest Freude an dem Gerede über alte Zeiten gehabt. Das ist genau nach deinem Geschmack. Ich kann mir vorstellen, wie aufgeregt du wärst, wenn jemand einen Topf ausgräbt, den Alexander der Große benutzt hat. Mir wäre es egal, ob Alexander oder Julius Caesar ihn benutzt haben. Für mich wäre es bloß ein alter Topf.«

»Du bist unromantisch.«

Darauf mußte sie lachen. »Ausgerechnet. Ich bin schrecklich romantisch. Es geht mir ausgesprochen rosig... was Romantik betrifft. Oh, ich bin so froh, daß du da bist, Deborah. Es ist wie in alten Zeiten. Es gefällt mir, wenn du mich mißbilligend ansiehst. Dabei komm' ich mir so herrlich verrucht vor.«

»Ich nehme an, du hast... Verehrer?«

»Die hatte ich immer.«

»Mit katastrophalen Folgen.«

»Ich sagte dir bereits, ich bin jetzt erwachsen. In dumme Schwulitäten gerate ich nicht mehr.«

»Ein Glück.«

»Du machst schon wieder so ein vorwurfsvolles Gesicht. Was ist?«

»Du hast nicht nach Fleur gefragt.«

»Das wollte ich gerade. Wie geht's ihr denn?«

»Es geht ihr gut und sie ist glücklich.«

»Fein, und warum bist du dann so mißgestimmt?«

»Weil du zufällig ihre Mutter bist und dir das recht gleichgültig zu sein scheint.«

»Ich muß dich daran erinnern, Miss Delany, daß ich jetzt deine Vorgesetzte bin.«

»Wenn du das so siehst, kehre ich bei der nächsten Gelegenheit nach England zurück.«

Sie brach in Lachen aus. »Das wirst du natürlich nicht tun. Ich laß dich nicht fort. Du wirst immer meine alte Freundin Deborah bleiben.«

»Du warst nicht bei Fleur, bevor du abgereist bist. Hast du sie überhaupt ein einziges Mal gesehen, seit Polly sie zu sich nahm?«

»Die gute Polly wollte nicht, daß ich das Kind durcheinanderbringe. Das hast du selbst gesagt.«

»Du weißt, daß Fabian Bescheid weiß.«

Sie nickte. »Er hat mir eine Standpauke über meine Dummheit gehalten.«

»Hoffentlich dachtest du nicht, ich hätte es ihm erzählt.«

»Er sagte, Polly habe es ihm erzählt, weil er dich in Verdacht hatte. Das schien ihn mehr zu erzürnen als alles andere.«

Ich erzählte ihr, daß Fabian ein Konto für Fleurs Ausbildung eingerichtet hatte.

»Schön. Worüber müssen wir uns dann noch sorgen?«

»Wirst du es Dougal erzählen?«

»Gütiger Himmel, nein! Warum sollte ich?«

»Ich dachte, du möchtest Fleur vielleicht gern sehen und sie bei dir haben – obwohl Polly und Eff das niemals zulassen würden. Oder vielleicht dein Gewissen erleichtern.«

»Gewissen ist etwas, das man zu unterdrücken lernen muß.«

»Ich bin überzeugt, daß du diese Lektion ausgezeichnet gelernt hast.«

»Das ist wieder typisch Deborah. Aber ich mag deine strengen Bemerkungen. Ich bin froh, daß du hier bist. Was ist mit diesem Kindermädchen, das Mama mitgeschickt hat?«

»Wir sind gut miteinander ausgekommen.« Ich fing an, ihr von unserer Reise zu erzählen, der gefährlichen Fahrt durch die Wüste und dem Verschwinden von Monsieur Lasseur. Aber ich merkte bald, daß sie nicht richtig zuhörte. Sie sah dauernd in den Spiegel und befühlte ihr Haar. Da gab ich es auf und fragte: »Was machen die Kinder?«

»Die Kinder?«

»Oh, hast du es vergessen? Du hast zwei ehelich geborene Kinder. Deinen unehelichen Sprößling haben wir schon abgehakt.«

Lavinia warf den Kopf zurück und lachte. »Eine typische Deborah-Bemerkung. Wie ich das liebe! Ich werde dir nicht die Freude machen, dich wegen deiner Unverschämtheit gegenüber deiner Herrin zu entlassen, damit brauchst du gar nicht zu rechnen. Du wurdest von meiner entschlossenen Mama auserwählt, und mein gebieterischer Herr Bruder billigte die Entscheidung... deshalb mußt du bleiben.«

»Dein Bruder?«

»Ja. Eigentlich stammt der Vorschlag von ihm. Er sagte zu mir: ›Du hast dich doch immer gut mit diesem Mädchen aus dem Pfarrhaus verstanden. Es würde dir sicher Spaß machen, sie hier zu haben.‹ Als er das sagte, verstand ich selbst nicht, wieso das nicht mir eingefallen war.« Sie lachte, und ich geriet in eine törichte Hochstimmung. *Er* hatte es vorgeschlagen. Und während er zu Hause war und Lady Geraldine den Hof machte, mußte er mit seiner Mutter darüber gesprochen haben.

Ich hätte gerne nach Lady Geraldine gefragt, fühlte aber, daß dies nicht der richtige Augenblick war. Die im akademischen Sinne keineswegs kluge Lavinia war sehr schlau, wenn es darum ging, die Gefühle eines Menschen für das andere Geschlecht zu entdecken. Deshalb sagte ich nur: »Ach, so war das also?«

»Da es von Mama kommt, ist es wie ein gesetzlicher Erlaß, und Fabians Zustimmung ist wie die Unterschrift des Königs.«

»Du richtest dich bestimmt nicht immer nach dem Rat der beiden.«

»Deswegen ist die Sünde so verlockend für mich. Hätte ich nicht eine so energische Familie, wäre es nicht halb so amüsant. Meine liebe tugendhafte Deborah, die du so anders bist als deine sündige Freundin, ich kann dir gar nicht sagen, was für eine Freude es ist, dich hier zu haben. Wie herrlich, daß der Befehl der Framlings voll und ganz mit meinen Wünschen übereinstimmte. Ich werde jede Menge Spaß haben.«

»Hoffentlich kommt es nicht zu weiteren mißlichen Situationen wie...«

Sie legte den Finger an die Lippen. »Das Thema ist abgeschlossen. Im Ernst, Deborah, ich werde nie vergessen, welche Rolle du dabei gespielt hast. Und dann, ich weiß, hab' ich dir Dougal vor der Nase weggeschnappt.«

»Er hat mir nie gehört, also konntest du ihn mir auch nicht weg-schnappen.«

»Er hätte leicht der deine werden können. Wäre er in Mamas Augen nicht plötzlich bedeutend geworden, würde er wohl noch immer in seinen Büchern stöbern und dir im Schneckentempo den Hof machen. Er wäre wohl noch immer nicht beim Heirats-antrag angelangt. Schnelligkeit ist nicht Dougals Stärke. Er wäre eine bessere Lösung für dich gewesen als der brave Colin Brady, dem du vernünftigerweise einen Korb gegeben hast. Aber ver-nünftig warst du ja immer. Und Dougal wäre ohne seinen großartigen Titel glücklicher geworden. Armer Dougal! Fast könnte er mir leid tun: von seinem Schneckenpfad gejagt, um die Frau zu heiraten, die für ihn die unpassendste auf der Welt ist. Aber es war Mamas Verfügung, und die gleicht den Gesetzen der Meder und Perser, die dir bestimmt geläufig sind.«

Mit einem Mal war ich sehr glücklich, daß ich hier war. Das Le-ben war zu lange fade gewesen. Jetzt wurde ich wieder lebendig. Alles war fremdartig, ein wenig mysteriös – und Fabian hatte vorgeschlagen, daß ich herkommen sollte.

Warum? fragte ich mich. Weil es den Framlings gelegen kam, na-türlich. Lavinia brauchte eine Gesellschafterin, vielleicht eine, die sie vor den Folgen etwaiger kleiner Fehltritte schützte. Deren würde es hier, wo sich mehr Gelegenheit dazu bot als in einem französischen Pensionat, gewiß viele geben. Und ich hatte mich schon einmal als sehr nützlich erwiesen, was Fabian sehr wohl wußte.

Ich fürchtete, Lavinia könne meine Hochstimmung bemerken und mit Fabian in Verbindung bringen, deshalb sagte ich: »Ich möchte gern die Kinder sehen.«

»Deborah hat gesprochen. Ich werde ihrer Laune stattgeben, nur um ihr zu zeigen, wie froh ich bin, sie hier zu haben. Ich bringe dich zur Kinderstube.« Sie ging voran, eine weitere Treppe hinauf. Die Kinderzimmer befanden sich im obersten Stockwerk des Hauses, zwei große Räume mit kleinen, verhan-genen, in Nischen eingelassenen Fenstern. Die schweren Vor-hänge machten die Räume ziemlich dunkel.

Ich hörte Stimmen und vermutete, daß Alice bereits hier war, um mit ihren zukünftigen Schutzbefohlenen Bekanntschaft zu machen.

Lavinia führte mich in ein Zimmer, in dem zwei kleine, mit Moskitonetzen versehene Betten standen. An der Wand war auch hier der unvermeidliche *punkah*. Die Tür zum angrenzenden Zimmer ging auf, und eine kleine dunkelhäutige Frau in einem Sari erschien. Alice war bei ihr. »Das ist Miss Alice Philwright«, stellte ich vor. »Alice, das ist die Gräfin.«

»Guten Tag!« sagte Lavinia freundlich. »Ich bin froh, daß Sie da sind. Haben Sie schon mit den Kindern Bekanntschaft gemacht?«

»Das tue ich stets als erstes«, erwiderte Alice.

Sie gingen in das Zimmer. Die schmächtige dunkelhäutige Frau trat beiseite, um uns vorbeizulassen. Sie wirkte angespannt, sie fürchtete wohl, daß unsere Ankunft ihren Abschied bedeutete. Ich lächelte ihr zu, und sie erwiderte mein Lächeln. Sie schien meine Gedanken lesen zu können und mir dafür zu danken.

Louise war bezaubernd. Sie erinnerte mich ein wenig an Fleur, was nicht verwunderlich war. Sie hatte helle lockige Haare, hübsche blaue Augen und eine reizende kleine Nase; aber ihr fehlte das Tigerhafte, das mir an Lavinia aufgefallen war, als sie noch ein Kind war. Louise war ein hübsches Mädchen, aber keine große Schönheit wie ihre Mutter. Sie war etwas schüchtern und hielt sich dicht bei der Inderin, der sie offenbar sehr zugetan war. Der Knabe hieß Alan und war etwa ein Jahr alt. Er machte gerade seine ersten Schritte und war noch etwas unsicher auf den Beinchen. Alice hob ihn auf, und er musterte sie eindringlich. Er schien sie nicht unsympathisch zu finden.

»Louise wird deine Schülerin sein, Deborah«, sagte Lavinia.

»Guten Tag, Louise!« sagte ich. »Wir werden gemeinsam wunderbare Sachen lernen.« Sie betrachtete mich ernst, und als ich lächelte, lächelte sie zurück. Ich wußte, wir würden gut miteinander auskommen.

Lavinia beobachtete uns etwas ungeduldig. Ihre Kinder taten mir leid. Ihre Anhänglichkeit an die *Aja* war offensichtlich, während Lavinia fast eine Fremde für sie zu sein schien. Ich war gespannt, wie Dougal mit ihnen umging.

Lavinia wollte sich nicht länger in der Kinderstube aufhalten. Sie bestand darauf, daß ich mit ihr kam. »Es gibt so viel zu regeln«, sagte sie. Mit einem strahlenden Lächeln wandte sie sich an Alice. »Ich sehe schon, Sie werden Ihre Sache perfekt machen.«

Alice sah erfreut drein. Sie vermutete wohl – zu Recht –, daß man ihr in der Kinderstube nicht oder nur sehr wenig dreinreden würde.

Ich ging in mein Zimmer, um auszupacken. Eine Heiterkeit ergriff mich, wie ich sie lange Zeit nicht mehr gespürt hatte.

Jeder Tag stellte ein neues Abenteuer dar. Ich fand, für den Anfang seien zwei Stunden Unterricht für Louise genug, und Lavinia stimmte allen meinen Vorschlägen bereitwillig zu. Ich fuhr mit ihr in einer Kutsche durch die Stadt, an der Begräbnisstätte der Parsen vorbei, deren Leichen in der Hitze liegengelassen wurden und von denen die Geier nichts übrigließen als die Knochen. Ich war von so vielem, das ich sah, fasziniert, und wollte es voll und ganz auskosten. Alles war so neu und exotisch.

Gelegentlich begaben Alice und ich uns auf Erkundungsgänge. Wir schlenderten gerne durch die Straßen, die eine unendliche Faszination auf uns ausübten. Wir wurden von allen Seiten von den Bettlern bestürmt, deren Aussehen uns erschreckte und betrübte. Die verkrüppelten Kinder bekümmerten mich noch mehr als die ausgemergelten Männer und Frauen, die ihre Gebrechen zur Schau stellten, um unser Mitgefühl zu wecken und unser Geld zu bekommen. Alice und ich nahmen immer eine bestimmte Summe mit, die wir an die unserer Ansicht nach schlimmsten Fälle verteilten, doch waren wir oftmals gewarnt worden, daß wir, wenn wir beim Almosengeben gesehen wurden, gnadenlos belästigt würden. Wir nahmen es in Kauf und erleichterten unser Gewissen.

Die Fliegen waren eine besondere Plage. Unzählige ließen sich auf den feilgebotenen Waren nieder, auf den weißen Gewändern der verschleierten Frauen, den rosa und gelben Turbanen der würdevollen Herren und – was uns am meisten beunruhigte – auf den Gesichtern der Menschen, die offenbar so daran gewöhnt waren, daß sie die Insekten nicht beachteten.

Wir sahen dem Schlangenbeschwörer zu, der seine traurigen Weisen blies; wir schlenderten durch lauter schmale Straßen, vorbei an Kulis, an Wasserträgern mit ihren Messinggefäßen auf den Schultern, an mit Waren beladenen Eseln. Manchmal hörten wir die Klänge einer ungewohnten Musik, die sich mit den Rufen der Menschen vermischte. Die meisten Geschäfte hatten keine geschlossene Vorderfront, so daß wir die vor uns ausgebreiteten Waren sehen konnten. Die Besitzer taten alles, um uns zum Verweilen und Beschauen zu verlocken. Es gab Lebensmittel, Kupfergeschirr, Seidenstoffe und Schmuck. Über letzterem wachte ein beleibter Mann mit einem prächtigen rosa Turban; er rauchte eine *hukah*, eine Wasserpfeife. Oft trotteten Kühe durch die Straßen, kleine Buben liefen dazwischen umher, meist nackt bis auf einen schmuddeligen Lendenschurz. Wie boshafte Stechmücken schossen sie umher und paßten den richtigen Augenblick ab, um die Unachtsamen zu bestehlen.

Alice und ich kauften sehr schöne Buchara-Seiden, die wir erstaunlich billig fanden. Meine war blau und blaßmauve, Alices war beige. Lavinia hatte gesagt, meine Kleider seien fürchterlich, und es gebe einen sehr guten *durzi*, der die Stoffe geschwind und gekonnt zu einem sehr niedrigen Preis verarbeite. Sie wolle mir helfen, einen Schnitt auszusuchen, der mir gut stand, und der Schneider würde nur zu gern ins Haus kommen. Alle Europäer ließen bei ihm arbeiten, man brauchte ihm nur zu sagen, was man wünschte. Man könne ihm den verlangten Preis ohne die hierzulande übliche Feilscherei bezahlen. Lob bedeute ihm ebensoviel wie Geld.

Überhaupt ließ sich Lavinia meine äußere Erscheinung sehr angelegen sein. Das mußte einen Grund haben. Lavinia hatte immer einen Grund.

Sie verkehrte in Kreisen der Armee und der Handelskompanie, denn diese zwei schienen eng zusammenzugehören. Die Kompanie war mehr als eine bloße Handelsgesellschaft. Sie war ein Teil der Regierung, wie es schien, und die Armee war da, um sie zu unterstützen. Die Kompanie symbolisierte die britischen Interessen in Indien.

Lavinia war zufrieden, und das hatte etwas zu bedeuten. Ich war überzeugt, daß sie einen Liebhaber hatte. Mir war klargeworden, daß Lavinia zu der Sorte Frauen gehörte, die immer einen Liebhaber haben mußten. Bewunderung und das, was sie Liebe nannte, waren lebenswichtig für sie. Sie zog die Männer an, ohne sich darum zu bemühen, und wenn sie sich bemühte, war die Wirkung ungeheuer. Ich hatte Blicke zwischen ihr und einem gewissen Major Pennington Brown aufgefangen. Er war ein Mann Anfang vierzig mit einer mäuschenhaften Frau, die ihn sicher einst wunderbar gefunden hatte. Vielleicht tat sie es heute nicht mehr. Ich fand ihn ziemlich geckenhaft und affektiert, aber er sah ausgesprochen gut aus.

Als ich Lavinia auf ihn ansprach, sagte sie: »Oh, du spionierst wohl schon, wie?«

»Dazu bedurfte es keiner großen Anstrengung. Ich vermute, daß da eine heimliche Liebesaffaire im Gange ist. Ich kenne die Zeichen. Sie haben sich seit den Zeiten deines französischen Comte kaum geändert.«

»Garry ist sehr süß, und er betet mich an.«

Major Pennington Brown war also Garry!

»Seine Frau pflichtet dir gewiß bei.«

»Sie ist ein armes kleines Ding.«

»Der Meinung ist er früher offenbar nicht gewesen. Er muß sie attraktiv gefunden haben, sonst hätte er sie nicht geheiratet.«

»Ihr Vermögen war sehr attraktiv.«

»Ich verstehe. Und du findest ein solches Verhalten ›sehr süß‹?«

»Komm mir nicht mit diesem Ton! Denk daran…«

»Ich bin die Bedienstete. Gut, ich kann ja…«

»Sei still! Ich lasse dich keinesfalls wutschnaubend nach Hause reisen. Ich mag Garry, ob er dir gefällt oder nicht, und warum soll er *mich* nicht attraktiv finden?«

»Sicher, da er bloß auf eine flüchtige Liebesaffaire aus ist.«

»Bloß eine flüchtige Liebesaffaire! Sprich nicht so abfällig über so eine köstliche Sache! Was weißt du denn schon von flüchtigen Liebesaffairen?«

»Nichts, und ich will auch nichts davon wissen.«

»Ach, wir sind ja so tugendhaft, nicht?«

»Ich bin nicht dämlich, falls du das meinst.«

»Bist du doch, wenn du dich weigerst, dich dem wahrhaft großen Vergnügen hinzugeben.« Sie verengte die Augen. »Ich werde
dich eines Tages umstimmen, du wirst schon sehen.«

Jetzt wußte ich, was sie mit mir vorhatte. Sie wollte, daß ich in
ihren gesellschaftlichen Kreisen jemanden fände, mit dem ich
eine flüchtige Liebesaffaire hätte. Sie wollte mit mir kichern und
über unsere Erlebnisse plaudern.

Ihr Freundeskreis gefiel mir nicht; die Leute kamen mir oberflächlich und nicht sehr interessant vor. Aber die Unterrichtsstunden mit Louise machten mir Freude; sie war ein entzückendes Kind und liebte die Bilderbücher, die ich mitgebracht hatte.
Es machte ihr Spaß, wenn ich ihr einfache Geschichten erzählte.
Sobald ich ins Kinderzimmer kam, lief sie mir entgegen und ver-
grub in einer stürmischen Begrüßung ihr Köpfchen in meinem
Rock. Ich hatte das Kind bereits liebgewonnen.

Die *Aja* saß zuweilen dabei und beobachtete uns kopfnickend
und lächelnd. Die gemeinsame Liebe zu Louise hatte ein Band
zwischen uns geknüpft. Einmal traf ich sie im Garten. Ich hatte
das Gefühl, daß sie mir aus dem Haus gefolgt war und einen geeigneten Moment abgepaßt hatte, um mit mir sprechen zu können. Im Garten gab es eine Aussichtslaube, in der ich mich besonders gerne aufhielt. Von hier aus überblickte man eine weite
Rasenfläche mit einem ausladenden Banyanbaum in der Mitte.

Die *Aja* kam zu mir. »Bitte... kann ich mit Ihnen sprechen?«

»Natürlich«, erwiderte ich. »Setzen Sie sich! Ist es nicht wunderschön hier? Dieser herrliche Baum... und das Gras ist so grün.«

»Das macht der viele Regen.«

»Möchten Sie über Louise sprechen?«

Sie nickte.

»Sie ist sehr lerneifrig«, sagte ich. »Es ist eine Freude, sie zu unterrichten. Ein bezauberndes kleines Mädchen.«

»Für mich ist sie... mein einziges Baby.«

»Ja, ich weiß.«

»Und jetzt...«

»Fürchten Sie, daß Sie fortgeschickt werden, weil das Kindermädchen hier ist?«

Sie sah mich mit großen, traurigen Augen an. »Louise ist wie
mein Baby. Ich will sie nicht verlieren.«

Ich drückte ihre Hand. »Ich verstehe.«

»Missie Alice... neue Kinderfrau. Arme *Aja*... nicht mehr.«

»Die Kinder lieben Sie.«

Ein Lächeln huschte über ihr Gesicht, dann kehrte der Kummer zurück. »Man wird mir sagen: ›Geh fort!‹«

»Und das würde Sie sehr traurig machen.«

»Sehr traurig«, bestätigte sie.

»Warum sagen Sie das mir? Meinen Sie, ich kann etwas daran ändern?«

Sie nickte. »*Memsahib* Gräfin haben Sie sehr gern. Hört auf Sie. Sie ist sehr froh, daß Sie gekommen sind. Sagt die ganze Zeit: ›Wo ist Missie Deborah?‹« Sie zeigte auf mich. »Sie hören zu... aber sie nicht. Sie wird sagen: ›Geh fort!‹«

»Ich werde mit ihr sprechen. Ich sage ihr, wie sehr die Kinder Sie lieben, und daß es das Beste ist, wenn Sie bleiben.«

Sie schenkte mir ein strahlendes Lächeln, stand auf, legte die Hände aneinander und neigte den Kopf wie im Gebet. Dann entfernte sie sich anmutig. Diese Frau liebte Louise und Alan von ganzem Herzen. Und all das sollte ihr wegen einer Laune Lady Harriets genommen werden. Lady Harriet wußte nichts von den hiesigen Zuständen und hatte keine Ahnung von der Liebe zwischen einem indischen Kindermädchen und ihren englischen Schutzbefohlenen.

Bei der ersten Gelegenheit sprach ich mit Lavinia. Sie hatte sich hingelegt, bevor sie sich für die abendliche Cocktailstunde mit Freunden zurechtmachte. Ich war bei mehreren derartigen Anlässen zugegen gewesen, und sie hatte mich huldvoll als ihre Freundin aus England vorgestellt. Die Herren, die mich wohl für eine leichte Eroberung hielten, musterten mich, aber der Versuch, mich zu verführen, muß ihnen kaum lohnend erschienen sein; und als sich herausstellte, daß ich die Gouvernante und dank Lavinias Großzügigkeit mit ihnen bekanntgemacht worden war, wurde ich mehr oder weniger höflich ignoriert. Ich suchte diese Zusammenkünfte zu vermeiden, wann immer ich konnte.

Lavinia lag mit Wattebäuschen auf den Augen auf ihrem Bett.

»Lavinia, ich muß mit dir reden.«

»Hat man dir nicht gesagt, daß ich ruhe?«

»Doch, aber ich bin trotzdem gekommen.«

»Ist es wichtig?« Sie nahm den Wattebausch vom rechten Auge und sah mich an.

»Sehr wichtig.«

»Hast du's dir anders überlegt, kommst du heute mit? Schön. Zieh das Mauve aus Buchara-Seide an! Es ist das schönste Kleid, das du hast.«

»Darum geht es nicht. Wie viele Dienstboten beschäftigst du hier?«

»Woher soll ich das wissen! Frag den *Khansamah*! Der müßte es wissen.«

»Es sind so viele, daß es auf einen mehr oder weniger nicht ankommt.«

»Da könntest du recht haben.«

»Ich möchte mit dir über die *Aja* sprechen.«

»Wieso? Sie geht bald.«

»Ich finde, sie sollte nicht gehen.«

»Nanny Philwright möchte sie bestimmt los sein.«

»Sie möchte nicht fort.«

»Hat sie dir das gesagt?«

»Ja. Louise liebt sie.«

»Ach, Kinder lieben alle Leute.«

»Das ist nicht wahr. Hör zu, Lavinia! Die *Aja* ist bei den Kindern, seit Louise auf der Welt ist. Für das Kind verkörpert sie Geborgenheit und Beständigkeit, siehst du das nicht?«

Lavinia setzte eine gelangweilte Miene auf. Sie wollte mit mir über einen gewissen Captain Ferryman sprechen, der Major Pennington Brown entschieden eifersüchtig machte. Aber ich blieb fest. »Lavinia, für dich ist es nicht von Belang, ob die *Aja* hier ist oder nicht.«

»Warum belästigst du mich dann damit?«

»Weil du alles für sie ändern kannst. Sie ist sehr unglücklich.«

»So?«

»Hör zu, Lavinia, ich möchte, daß du etwas für *mich* tust. Laß die Aja bleiben!«

»Ist das alles?«

»Für sie ist es sehr viel.«

»Und für dich?«

»Mir liegt sehr daran, Lavinia. Ich möchte, daß sie glücklich ist. Ich möchte, daß Louise glücklich ist. Wenn die *Aja* fortgeht, werden beide unglücklich sein.«

»Was soll das, Deborah? Was kümmert es dich, ob die Frau geht oder bleibt?«

»Ich weiß, solche Dinge kümmern dich nicht, mich aber schon.«

Sie lachte. »Du bist ein seltsames Wesen, Deborah. Du hast die komischsten Einfälle. Mir ist es egal, was du tust. Behalt die *Aja* wenn du willst, solange es Nanny Philwright nicht stört. Ich will keinen Ärger mit ihr haben. Mama wäre sehr ungehalten; sie hat sie schließlich ausgesucht.«

»Ich kann dir versichern, daß Alice Philwright mir zustimmen wird. Louises Wohl liegt ihr am Herzen.«

»Reich mir den Spiegel! Findest du, ich werde allmählich zu dick?«

»Was dein Äußeres betrifft, bist du schön.«

»Dann ist nur meine Seele schwarz?«

»Nicht richtig schwarz.«

»Strahlend weiß aber auch nicht.«

»Nein. Doch ich glaube, du bist für die Erlösung nicht ganz verloren.«

»Und wenn ich dir deinen Wunsch erfülle, wirst du für mich Fürsprache einlegen, wenn du den Lohn für deine Tugend erntest und ich den Flammen übergeben werde?«

»Das verspreche ich.«

»Gut. Deine Bitte ist gewährt.«

»Darf ich der *Aja* sagen, es ist dein Wunsch, daß sie bleibt?«

»Sag ihr, was du willst.«

Ich gab ihr einen Kuß. »Danke, Lavinia! Du weißt gar nicht, wie glücklich du mich gemacht hast.«

»Dann bleib und unterhalte dich mit mir, bis sie mich ankleiden kommen. Ich möchte dir von Captain Ferryman erzählen. Er sieht wirklich gut aus. Und klug ist er auch. Er hat Witz, wie man so sagt.«

Ich hörte ihr zu und gab die Kommentare, die sie von mir erwartete, bis die Zofe kam, um ihr beim Ankleiden behilflich zu sein. Es war ein geringer Preis für meinen Sieg.

Als ich der *Aja* sagte, es sei keine Rede davon, daß sie fortgeschickt werde, küßte sie mir ehrfürchtig die Hand. Ich entzog sie ihr und murmelte: »Es war nichts... Es ist nur richtig, daß Sie bleiben.« Sie aber sah mich unentwegt mit ihren seelenvollen Augen an.

Später meinte Alice: »Die *Aja* betrachtet dich wie eine Art allmächtige Göttin.« Ich berichtete ihr, was geschehen war. »Ich glaube, du hast ihre ewige Dankbarkeit errungen«, sagte sie.

Louise war ein sehr aufgewecktes Kind. Sie liebte bereitwillig alle, die ihr Zuneigung entgegenbrachten. Sie hatte ihre *Aja* und die Nanny und mich obendrein. Alice war streng, aber gütig; sie war wie geschaffen für diesen Posten und machte ihre Arbeit ausgezeichnet. Auch Alan liebte sie. So klein er auch war, ich unterrichtete ihn bereits. Er mochte die Bilder in den Büchern und konnte schon bestimmte Tiere heraussuchen, die ich ihm zuvor gezeigt hatte.

Louise sang gern. Sie liebte die Kinderreime, die ich ihr beibrachte, und die Melodien von »Schlaf, Kindchen, schlaf!« und »Ringel, Rangel, Rosen« waren oft zu hören.

Es war eine glückliche Kinderstube. Ich war von meiner Aufgabe begeistert und Alice nicht minder. Dennoch ließ mich das Gefühl nicht los, daß dies alles flüchtig und vergänglich war, da immer wieder die Rede davon war, daß wir früher oder später nach Delhi ziehen würden.

»Wir werden die Herren von der Armee wohl hier zurücklassen«, sagte Lavinia bekümmert. Sie genoß die Rivalität zwischen ihrem Captain und ihrem Major. Sie hatte wiederholt versucht, mich in ihren Freundeskreis einzuführen, aber diese Leute interessierten mich so wenig wie ich sie. Das ärgerte Lavinia. »Du machst mich wütend«, sagte sie. »Du gibst dir überhaupt keine Mühe.«

»Soll ich etwa die Augen verdrehen und mit meinem Fächer wedeln wie du?«

»Mit deiner Bleib-mir-vom-Leib-Miene kriegst du nie einen Mann.«

»Im Gegensatz zu dir mit deinem Komm-näher-Gehabe.«

Darauf mußte sie lachen. »Deborah, du bist noch einmal mein Tod. Ich sterbe vor Lachen über dich.«

»Was ich sage, ist wahr.«

»Komm näher ist jedenfalls freundlicher als bleib mir vom Leibe.«

»Dein Benehmen kommt einer Aufforderung an alle und jeden gleich: Liebhaber gesucht. Langes Werben nicht notwendig.«

»Ich weiß nicht, warum ich mich mit dir abgebe.«

»Ich kann ja gehen.«

»Ach, sind wir schon wieder bei diesem leidigen Thema? Na wenn schon. Du amüsierst mich zu sehr, ich laß dich nicht gehen. Ich werde einfach nicht auf dich hören und meine Komm-näher-Miene aufsetzen, wann immer es mir paßt.«

»Ich hatte nichts anderes erwartet.«

So ging das Geplänkel weiter. Kein Zweifel, Lavinia war froh, mich hier zu haben.

Als ich eines Tages ins Schulzimmer kam, war dort die *Aja* mit einem etwa elf-, zwölfjährigen Mädchen, einem auffallend hübschen Kind. Ihre langen schwarzen Haare waren mit einem Silberband zurückgebunden. Ihr hellrosa Sari brachte die glatte dunkle Haut voll zur Geltung. Sie hatte große, leuchtende Augen.

»Missie, dies ist meine Nichte.«

Ich sagte, es freue mich sehr, ihre Bekanntschaft zu machen.

»Sie... Roshanara.«

»Roshanara«, wiederholte ich. »Ein hübscher Name.«

Die *Aja* lächelte und nickte.

»Ist sie bei Ihnen zu Besuch?«

Wieder nickte die *Aja*. »Missie lassen sie bleiben... bei Miss Louise zuhören.«

»Aber natürlich«, sagte ich.

Und während ich mit Louise über den Büchern saß, sah und hörte Roshanara aufmerksam zu.

Roshanara war selbst für ein indisches Mädchen ausnehmend schön. Es war ein Vergnügen, ihre natürliche Anmut zu beobachten. Sie sprach einigermaßen gut Englisch. Sie lernte eifrig, und es war entzückend anzusehen, wie sich ein Lächeln auf ihrem recht ernsten Gesichtchen ausbreitete, wenn sie ein neues Wort beherrschte. Louise hatte es gern, wenn sie bei uns war, und die zwei Unterrichtsstunden gehörten zur erfreulichsten Zeit meines Tagesablaufs.

Ich erfuhr einiges über Roshanara. Ihr Vater war ein begüterter Kaufmann, und sie würde etwas Geld erben, was sich günstig auf ihre Heiratsaussichten auswirkte. Sie war bereits mit einem Jüngling verlobt, der nur wenig älter war als sie. Er war der Sohn des Groß-*Khansamah*, der dem Haushalt in Delhi vorstand.

»Das Haus«, erklärte mir die *Aja*, »wo die großen *Sahibs* wohnen, der *Sahib* von *Memsahib* Gräfin und ihr *Sahib* Bruder.«

Von Lavinia erfuhr ich mehr über dieses Haus. Es gehörte der Kompanie wie die meisten Häuser, die den wichtigen Direktoren der Gesellschaft zur Verfügung gestellt wurden. Das Haus in Delhi war größer als das in Bombay, aber Lavinia fand es hier behaglicher. Sie wollte wohl damit sagen, daß sie hier unbehelligt war von ihrem Ehemann und den kritischen Blicken ihres Bruders.

Roshanara zufolge stand das Haus in Delhi unter dem Kommando des Groß-*Khansamah*, der wahrhaftig ein sehr bedeutender Herr war. Er stand wie der *Khansamah* in Bombay im Dienst der Kompanie, und es war die Pflicht dieser Männer, für das Wohl der Gentlemen aus England zu sorgen, in diesem Fall für Fabian und Dougal.

Der Mann in Delhi war als der Groß-*Khansamah* Nana bekannt. Später fragte ich mich, ob das sein richtiger Name war, oder ob man ihn wegen seines herrischen Auftretens so nannte. Damals hatte ich noch nichts von Nana Sahib gehört, dem Revolutionsführer, der besessen war von seinem Haß auf die Engländer. Im Rückblick scheint es seltsam, daß wir von dem aufkommenden Sturm nichts bemerkten.

Der Groß-*Khansamah* Nana hatte also einen Sohn, und mit diesem Sohn war Roshanara verlobt. Wenn der Haushalt demnächst nach Delhi übersiedelte, sollte die Hochzeit gefeiert werden.

»Freust du dich darauf?« fragte ich Roshanara. Ich sah ihr in die klaren Augen und entdeckte einen Anflug von Furcht, überschattet von Resignation.

»Es muß sein«, sagte sie.

»Du bist zu jung zum Heiraten.«

»Ich habe das richtige Alter zum Heiraten.«

»Und du hast deinen Bräutigam noch nie gesehen?«

»Nein. Ich sehe ihn erst, wenn wir verheiratet sind.«

Armes Kind! dachte ich und wurde von großer Zärtlichkeit für sie ergriffen. Wir waren unterdessen gute Freundinnen geworden. Ich unterhielt mich oft mit ihr und nahm an, daß ihr aus unserer Beziehung Zuversicht erwuchs.

Die *Aja* beobachtete dies glücklich und zufrieden. Sie durfte bei ihren geliebten Kindern bleiben und hatte zudem ihre geliebte Nichte bei sich, die bei »einer sehr klugen Dame« lernte, wie sie sich ausdrückte.

In zwei Jahren sollten wir nach England zurückkehren. Dann würde Louise, vermutlich nach dem Willen von Lady Harriet, eine professionelle Gouvernante bekommen, die ihr alles beibrachte, was eine junge englische Dame wissen mußte. Bis dahin freilich würde meine Betreuung genügen.

Lavinia schickte nach mir. Es war Nachmittag, und Stille lag über dem Haus. Kein Laut war zu hören außer dem Knarren der *punkahs*, wenn die schläfrigen Buben den Mechanismus bedienten. Lavinia lag träge auf ihrem Bett. Ihr grünes Negligé bildete einen bezaubernden Kontrast zu ihrem lohfarbenen Haar. Ich setzte mich auf die Bettkante.

»Wir ziehen nach Delhi«, sagte sie. »Befehl von oben.«

»Oh? Freust du dich?«

Sie zog ein Gesicht. »Nicht richtig. Hier war es in letzter Zeit ganz interessant.«

»Du meinst die Rivalität zwischen dem gutaussehenden Major und dem ehrgeizigen Captain?«

»Ach, ist er ehrgeizig?«

»Ja, er kennt keinen anderen Ehrgeiz, als deinen unübersehbaren Zauber zu genießen.«

»Oh, danke! Ein Kompliment von dir bedeutet sehr viel, denn du
machst nicht oft welche. Du gehörst zu den gräßlich aufrichtigen
Menschen, die um jeden Preis die Wahrheit sagen müssen. Du
bist eine von denen, die lieber durch Feuer und Folter gehen, als
daß sie eine einzige kleine Notlüge aussprechen.«

»Dafür sprichst du sie ohne Bedenken aus.«

»Ich wußte ja, daß du nicht fortfahren würdest, mein Lob zu singen. Im Ernst, Deborah, wir müssen nächste Woche abreisen.«

»Die Frist ist aber sehr kurz.«

»Man hält sie für lang genug, und sie wird mir auch nur wegen
der Kinder eingeräumt. Sonst müßten wir binnen vierundzwan-
zig Stunden auf und davon. Irgend jemand kommt nach Bombay
– Vater, Mutter und drei Kinder. Sie wollen das Haus, also müssen wir nach Delhi, wo wir eigentlich ohnehin sein sollten.«

»Dann brechen wir nächste Woche auf?«

Sie nickte.

»Es wird interessant sein, Delhi kennenzulernen.«

»Dougal ist dort, und Fabian vermutlich auch.«

»Du freust dich sicher, deinen Mann und deinen Bruder wiederzusehen.«

Sie schürzte in leichtem Widerwillen die sinnlichen Lippen.

»Oh«, sagte ich, »ich vermute, du wirst dich dort etwas schickli-
cher benehmen müssen, als du es sonst zu tun pflegst.«

»Kannst du dir vorstellen, daß ich mich schicklich benehme? Ich
werde ich sein. Mich wird niemand ändern. Es ist ein ziemlicher
Aufwand, mitsamt der Kinderstube umzuziehen. Gut, daß die
Aja hier ist. Wir müssen mit diesen elenden *dâk-ghari* fahren.
Die Dinger sind äußerst unkomfortabel.«

»Kommt Roshanara auch mit?« fragte ich.

»Allerdings. Wir dürfen den Groß-*Khansamah* doch nicht beleidigen! Er regiert den Haushalt. Um ihm die Stirn zu bieten,
müßte man schon jemand von Mamas Format sein. Das könnte
Dougal nie. Fabian brächte es allerdings fertig, aber er würde es
für Zeitverschwendung halten.«

»Ich freue mich darauf, mehr von Indien kennenzulernen«, sagte
ich. Und ich dachte dabei: Fabian ist dort. Wie mag er jetzt wohl
sein?

Die Reisevorbereitungen wurden in Windeseile getroffen. Die *Aja* freute sich, daß sie mit uns kommen konnte. Sie sagte mir, sie habe ihr Glück mir zu verdanken. »Das werde ich nie vergessen«, versicherte sie mir ernst.

»Es war doch nichts«, erklärte ich ihr abermals, aber davon wollte sie nichts hören. Sie sei glücklich, sagte sie, weil sie ihre Nichte verheiratet sehen würde. Sie liebte Roshanara zärtlich und war entzückt, weil diese eine gute Partie machte.

Roshanara war weniger zufrieden und wurde von Tag zu Tag ängstlicher. »Ich kenne ihn doch gar nicht«, sagte sie zu mir.

»Ich finde es falsch, jemanden zu heiraten, den man noch nie gesehen hat«, meinte sie.

Sie sah mich mit großen, schicksalsergebenen Augen an. »Es geht allen Mädchen so. Manchmal werden sie glücklich... manchmal nicht.«

»Wie ich höre, ist er ein bedeutender junger Mann.«

»Der Sohn des Groß-*Khansamah* in Delhi«, erklärte sie nicht ohne Stolz. »Der ist ein sehr großer Herr. Man sagt, es ist eine Ehre für mich, seinen Sohn zu heiraten.«

»Er ist ungefähr in deinem Alter. Ihr werdet zusammen erwachsen werden. Das ist vielleicht gut so.«

Sie schauderte leicht. Sie versuchte, sich zu trösten, indem sie sich ein rosiges Bild malte, doch es war ein Bild, an das sie nicht glauben konnte.

Bald darauf waren wir reisefertig. Das Gepäck war schon in Pferdewagen vorausgefahren, gepackt von den Dienstboten nach Anweisungen des *Khansamah* – nicht des großen freilich, wenn auch eines sehr beeindruckenden Herrn. Jetzt waren wir an der Reihe.

Unsere *dâk-ghari* war ein wackeliges Gefährt, das von einem abenteuerlich aussehenden Pferd gezogen wurde. Unsere Reisegesellschaft reiste in mehreren derartigen Vehikeln. Ich fuhr mit Lavinia und einem gewissen Captain Cranly, der vermutlich zu unserem Schutz mitkam. Die Kinder fuhren in einer *dâk* mit Alice, der *Aja* und Roshanara sowie dem wenigen Gepäck, das wir für die Reise benötigten. In einer anderen *dâk* waren unser Messinggeschirr, das wir zum Waschen benutzten, und Matratzen zum Schlafen, falls es in den Rasthäusern, wo wir unterwegs abstiegen, keine Betten gab.

Die Fahrt war interessant, spannend und ungeheuer aufregend, aber wir waren so damit beschäftigt, in der dahinrumpelnden *dâk* unser Gleichgewicht zu halten, daß wir der Landschaft nicht unsere volle Aufmerksamkeit widmen konnten.

Lavinia sehnte sich nach einem *palankin,* worin die Reise sehr viel komfortabler vonstatten gegangen wäre. Ein *palankin,* erklärte sie mir, war eine Art Sänfte mit Innenpolsterung, in der sich der Reisende behaglich zurücklehnen konnte. Die Sänfte war an Stangen aufgehängt, die von vier Männern getragen wurden.

»Ziemlich schwer für die Männer«, bemerkte ich.

»Sie sind es gewöhnt. Ich werde mich weigern, je wieder ohne *palankin* zu reisen.«

Es war eine lange Fahrt. Wir rasteten in etlichen Stationen, die eine starke Ähnlichkeit mit den Karawansereien in der Wüste auf dem Weg von Kairo nach Suez aufwiesen. Wir wurden meistens mit Huhn und Haferbrot verköstigt und bekamen dazu Tee mit Ziegenmilch, der mir nicht besonders schmeckte. Aber Hunger ist bekanntlich der beste Koch, und das traf für die Reise nach Delhi wahrhaftig zu.

Bei jedem Halt begrüßten uns die Kinder, als hätten sie uns monatelang nicht gesehen, was wir sehr lustig fanden. Und eines Tages sahen wir in der Ferne die roten Mauern der schönen Stadt Delhi. Die Fahrt durch die Stadt war ein erhebendes Erlebnis. Meine ersten Eindrücke erfüllten mich mit gespannter Erwartung. Ich wünschte, ich hätte einen Führer gehabt, um mir alle meine Fragen zu beantworten und die imposanten Gebäude zu erklären.

Die ummauerte Stadt stand auf einer Erhebung und bot einen eindrucksvollen Blick über grüne Wälder. Kuppeln, Minaretts und Gärten verliehen ihr etwas Geheimnisvolles, das mich bezauberte. Ich sah die roten Mauern der Festung, des alten Schahdschahanabad. Ich hätte gern mehr über ihre Geschichte gewußt. Unvermittelt dachte ich: Dougal wird seine Freude daran haben. Wir fuhren durch die Stadt, an der großen Moschee

Dschami-Masdschid vorbei, gewiß einer der prächtigsten Bauten Indiens. Ich erhaschte einen Blick auf die Grabmäler der Großmoguln. Ich wußte nicht, was die Zukunft bereithielt, aber ich wußte, ich würde immer froh sein, Indien gesehen zu haben.

Das Haus in Delhi war viel prächtiger als das in Bombay. Wir wurden vom Groß-*Khansamah* empfangen, einem Mann mittleren Alters, der mehr Würde ausstrahlte, als ich es je bei einem Menschen gesehen hatte. Das Haus hätte seins und wir hätten vornehme Gäste sein können, allerdings nicht von seiner hohen Kaste.

Er klatschte in die Hände, und die Diener kamen angelaufen. Er warf einen kritischen Blick auf Roshanara. Mir fiel ein, daß er ihr zukünftiger Schwiegervater war, und ich hoffte um ihretwillen, daß er nicht in zu enger Nachbarschaft mit dem jungen Paar leben würde.

»Willkommen in Delhi!« sagte er, als gehöre ihm die Stadt.

Wir verfielen ihm gegenüber unwillkürlich in einen ehrerbietigen Ton. Ich sah seine Augen mit diesem gewissen Leuchten auf Lavinia ruhen, das ich auch in den Augen anderer Männer beobachtet hatte, wenn sie sie betrachteten. Sie merkte es und ließ es sich gefallen.

Wir wurden in die uns zugewiesenen Zimmer gebracht. Überall sorgten *punkahs* für Kühlung, und mir fiel auf, daß es hier keinen verstohlenen Müßiggang gab. Ich dachte nur an eins: Bald werde ich Dougal sehen... und Fabian.

Alice und die *Aja* brachten die Kinder in ihre Unterkünfte. Von meinem Zimmer blickte ich über die Veranda auf einen stattlichen Pipalbaum mit üppigem grünem Laubwerk. Der Garten, auf den ich hinaussah, war wunderschön. Im Teich schwammen Seerosen und Lotosblumen unter einem hohen, gefiederten Tamarindenbaum.

Es herrschte eine Atmosphäre von Heiterkeit und friedlicher Schönheit. Später sagte ich mir, es war die Ruhe vor dem Sturm, aber damals ahnte ich noch nichts davon.

Nach einer Weile ging ich nachsehen, wie Alice sich mit den Kindern häuslich eingerichtet hatte. Ihre Zimmer waren geräumiger als die in Bombay. Roshanara war auch dort. Sie schauderte in regelmäßigen Abständen.

Ich sagte: »Alles wird gut.« Sie sah mich flehend an, als besäße ich die Macht, ihr zu helfen. »Ich spüre es in den Knochen«, setzte ich lächelnd hinzu.

»Meine Knochen sagen was anderes.«

Ich glaubte, es war der gebieterische Groß-*Khansamah*, der ihr Herz mit Furcht erfüllte, und sagte: »Strenge Väter haben oft sanfte Söhne. Weißt du, sie wurden eisern erzogen und haben vielleicht darunter gelitten. Das macht sie gütig und verständnisvoll.«

Sie hörte aufmerksam zu. Armes Kind! dachte ich. Was für ein trauriges Schicksal, mit einem Fremden vermählt zu werden.

Alice war von der neuen Kinderstube begeistert. Auch sie fand das Leben fremdartig und belebend, doch manchmal bemerkte ich eine Wehmut in ihren Augen und vermutete, daß sie an Tom Keeping dachte. Mir kam ein Gedanke: Er war doch nach Delhi gefahren und arbeitete bei der Kompanie. Vielleicht würden wir ihn bald wiedersehen. Diese Vorstellung machte mich froh. Alice war eine so gute Seele. Sie sollte lieber eigene Kinder haben, statt ihre Zuneigung auf die Sprößlinge anderer Leute zu konzentrieren.

Ich kehrte in mein Zimmer zurück. Lavinia rekelte sich dort in einem Sessel. »Wo bist du gewesen?« fragte sie.

»Ich war in der Kinderstube behilflich.«

»Ich hab' auf dich gewartet.«

Ich entschuldigte mich nicht. Ich ärgerte mich ein wenig über ihr mangelndes Interesse am Wohlergehen der Kinder.

»Wirst du heute abend mit uns essen?«

»Oh, soll ich?«

»Dougal wird da sein. Und Fabian, denke ich ... Es sei denn, sie essen anderswo, das müssen sie oft. Das Geschäft blüht.«

»Ich verstehe. Aber ich bin als Gouvernante hier.«

»Red keinen Unsinn! Sie kennen dich. Dougal sogar ziemlich gut, nehme ich an. Es würde einen Aufschrei geben, wenn man dich wie einen Dienstboten behandelte.«

»Das würde ihnen sicher gar nicht auffallen.«

»Erwarte ja keine Komplimente von mir! Dies ist mein Revier. Ich will dich dabeihaben. Es wird natürlich eine Menge langweilige Gespräche über die Kompanie geben. Du und ich können nebenbei plaudern.«

»Nun, wenn ich einem nützlichen Zweck diene...«

Sie lachte. »Ich wünschte, wir wären in Bombay geblieben.«

»Ich weiß, es paßt dir nicht, daß du den romantischen Major und den ehrgeizigen Captain zurücklassen mußtest.«

Sie schnippte mit den Fingern. »Oh, hier gibt es auch ein Regiment. Schließlich ist dies die wichtige Stadt, in der die meisten Geschäfte abgewickelt werden, hier und in Kalkutta... Aber dann ist mir Delhi doch noch lieber, muß ich sagen.«

»Dann wirst du ja Ersatz für das galante Zweigespann finden.«

»In dieser Beziehung brauchst du dir keine Sorgen zu machen. Was soll ich heute abend anziehen? Das hatte ich dich nämlich fragen wollen.«

Sie plauderte über ihre Kleider, und ich hörte halbherzig zu. Ich dachte nur daran, wie es sein würde, Dougal und Fabian wiederzusehen.

Ich sollte es bald erfahren.

Dougal sah ich zuerst. Ich trat in das Zimmer, das eine Art Vorraum zum Speisezimmer bildete. Dougal stand schon da. Er war gewiß über unsere Ankunft unterrichtet, und ich hatte das Gefühl, daß er auf mich gewartet hatte. Er ergriff meine Hände.

»Deborah! Welche Freude!«

Er war beträchtlich gealtert. Der offene Ausdruck, der sein Interesse an der Welt bekundete, war ihm abhandengekommen. Er hatte eine leichte Furche zwischen den Augen.

»Guten Abend, Dougal. Wie geht es Ihnen?«

Er zögerte nur eine Sekunde. »O danke, gut. Und Ihnen?«

»Auch gut.«

»Ich habe mich gefreut, als ich hörte, daß Sie kommen würden... und es hat mir so leid getan, als ich vom Tod Ihres Vaters erfuhr.«

»Ja. Das war sehr traurig.«

»Ich werde mich immer an unsere Gespräche erinnern.« Seine

Augen nahmen einen wehmütigen Ausdruck an. Es war immer leicht gewesen, Dougals Gedanken zu lesen... oder vielleicht doch nicht immer, denn hatte ich nicht einmal geglaubt, er sei im Begriff, sich in mich zu verlieben? Er hatte mich wirklich gern, aber nicht so, wie ich gedacht hatte.

Und dann kam Fabian herein, und meine Aufmerksamkeit war ganz von ihm in Anspruch genommen. Er blieb breitbeinig stehen und musterte mich. Aber ihn konnte ich nicht durchschauen wie Dougal. Ich sah seine Mundwinkel sich leicht aufwärts kräuseln, als fände er es amüsant, daß ich da war. »Sieh mal an, Deborah Delany. Willkommen in Indien!«

»Danke«, sagte ich.

Er nahm meine Hände und sah mir forschend ins Gesicht. »Ah, immer noch dieselbe Deborah.«

»Hattest du etwas anderes erwartet?«

»Ich hatte gehofft, dich nicht verändert zu finden. Und ich bin zufrieden. Wie war die Reise?«

»Ungeheuer interessant. Ein etwas unkomfortables, aber aufregendes Erlebnis.«

Lavinia war inzwischen auch hereingekommen. Beide Männer wandten sich ihr zu. Sie sah schön aus mit den hochgesteckten Haaren und ihrem leicht durchsichtigen Kleid, das eng anlag und ihre herrliche Figur zur Geltung brachte. Ich fühlte mich sogleich wieder wie ein unscheinbarer Zaunkönig in Gegenwart eines Pfaus. Dougal trat auf sie zu, und sie küßten sich flüchtig. Es war nicht die Begrüßung, die man von Mann und Frau erwartet hätte, die sich mehrere Monate nicht mehr gesehen hatten. Dougal wirkte angespannt.

Lavinia drehte sich zu Fabian um. »Schwesterherz«, sagte er, »du siehst besser aus denn je. Ich nehme an, du bist froh, daß Deborah dir Gesellschaft leistet.«

Lavinia zog einen Flunsch. »Ach, sie kritisiert mich dauernd, nicht wahr, Deborah?«

»Aus gutem Grund, nehme ich an«, meinte Fabian.

»Deborah ist natürlich ein Ausbund an Tugend«, sagte Lavinia spöttisch.

»Hoffen wir, daß du von ihrem Beispiel profitierst«, setzte Fabian hinzu.

»Laßt uns lieber zum Essen hineingehen«, sagte Dougal. »Sonst wird der Groß-*Khansamah* ungehalten.«

»Dann wollen wir noch warten«, sagte Fabian. »Ich finde, hier sollten die Regeln wir machen.«

»Er kann überaus schwierig sein«, hielt Dougal ihm entgegen. Dann wandte er sich zu mir. »Er hat das Personal fest in der Hand.«

»Trotzdem«, widersprach Fabian. »Ich beabsichtige nicht, mir von ihm Vorschriften machen zu lassen. Aber das Essen wird kalt, wenn wir nicht hineingehen. Insofern hat der Groß-*Khansamah* vielleicht recht. Wir wollen doch nicht, daß Deborah einen schlechten Eindruck von uns bekommt, nicht wahr?«

Es war kühl im Speisezimmer – einem großen, salonartigen Raum mit Fenstertüren, die auf einen schönen Rasen mit einem Teich hinausgingen, auf dem die üblichen Seerosen und Lotosblumen prangten. Die Luft war von dem leisen Summen zahlloser Insekten erfüllt. Wenn die Lampen angezündet wurden, mußte man die Vorhänge zuziehen, um die lästigen Kreaturen vom Zimmer fernzuhalten.

»Du mußt uns alles von eurer Reise erzählen«, sagte Fabian. Ich berichtete und schilderte unsere gefährliche Fahrt durch die Wüste.

»Habt ihr euch auf dem Schiff mit anderen Passagieren angefreundet?« erkundigte sich Fabian.

»Ja, mit einem Franzosen. Er war sehr aufmerksam, aber auf der Fahrt durch die Wüste wurde er krank, und wir haben ihn nicht wiedergesehen. Wir haben auch mit jemandem von der Kompanie Bekanntschaft gemacht. Du wirst ihn vielleicht kennen. Einen Mr. Tom Keeping.«

Fabian nickte. »Ich nehme an, er war entgegenkommend?«

»O ja, sehr.«

»Und wie gefällt Ihnen Indien?« fragte Dougal.

»Ich habe bislang sehr wenig gesehen.«

»Hier ist alles ganz anders als in England«, sagte er wehmütig.

Der Groß-*Khansamah* war eingetreten. Er hatte ein hellblaues Hemd über einer bauschigen weißen Hose an, einen weißen Turban und dunkelrote Schuhe, auf die er, wie ich entdeckte, sehr stolz war. Er trug sie mit einer Haltung, die zu verstehen geben sollte, daß sie ein Zeichen seiner hohen Stellung waren.

»Alles zur Zufriedenheit«, sagte er mit einer Stimme, die sich jeden Widerspruch verbat.

Lavinia lächelte ihm wohlwollend zu. »Es ist sehr gut«, versicherte sie ihm, »danke.«

»Und die Sahibs?« fragte er.

Fabian und Dougal sagten ihm, es sei sehr zufriedenstellend. Darauf verneigte er sich und zog sich zurück.

»Er hat wirklich eine hohe Meinung von sich«, murmelte Dougal.

»Warum ist er so bedeutend?« fragte ich.

»Er ist Angestellter der Kompanie. Das ist eine Lebensstellung für ihn. Er betrachtet das Haus als sein Eigentum, und uns, die wir es benutzen, nur als Gäste. Er ist natürlich auch sehr tüchtig. Ich nehme an, daß man ihn deswegen toleriert.«

»Ich glaube, daß mit ihm gut auszukommen ist«, meinte Lavinia.

»Ja, wenn man sich ihm vollkommen unterwirft«, ergänzte Fabian.

»Was du ihm verweigerst«, sagte ich.

»Ich lasse mir von Dienstboten keine Vorschriften machen.«

»Ich glaube nicht, daß er sich als Bediensteten sieht«, sagte Dougal. »In seinen Augen ist er der große Nabob, unser aller Herrscher.«

»Er hat etwas, das mich mißtrauisch macht«, sagte Fabian. »Wenn er zu überheblich wird, werde ich mein möglichstes tun, ihn ablösen zu lassen. So, und was gibt es Neues von zu Hause?«

»Du weißt, daß der Krieg vorüber ist?« fragte ich.

»Das wurde aber auch Zeit.«

»Man hat die Männer von der Krim heimgebracht, und die Krankenschwestern pflegen sie. Sie haben großartige Arbeit geleistet.«

»Dank der unerschrockenen Miss Nightingale.«

»Ja«, sagte ich. »Sie hat schwer kämpfen müssen, bis man auf sie gehört hat.«

»Der Krieg ist vorüber«, sagte Fabian, »und er hat mit einem Sieg für uns geendet – einem Pyrrhussieg, fürchte ich. Die Verluste waren ungeheuer, und ich glaube, die Franzosen und Russen haben noch mehr gelitten als wir. Und dabei waren unsere Verluste sehr groß.«

»Gottlob ist alles vorüber«, sagte Dougal.

»Es hat lange gedauert«, bemerkte Fabian. »Und ich glaube nicht, daß es uns hier viel genützt hat.«

»Du meinst in Indien?«

»Sie beobachten genau, was die Engländer tun, und ich habe bemerkt, daß ihre Haltung sich seit Beginn des Krieges leicht verändert hat.« Er sah stirnrunzelnd in sein Glas.

Lavinia gähnte. »Ich glaube, man kann hier fast so gut einkaufen wie in Bombay.«

Fabian lachte. »Und das ist für dich eine Angelegenheit von höchster Wichtigkeit, die du zweifellos rasch erkundet haben wirst.«

»Warum sollte sich die Haltung wegen eines weit entfernten Krieges ändern?« fragte ich.

Fabian stützte seine Arme auf den Tisch und sah mich eindringlich an. »Die Kompanie hat Indien viel Gutes gebracht... wie wir meinen. Aber es ist nie leicht für ein Land, sich von einem anderen Gepflogenheiten aufprägen zu lassen. Selbst wenn sich in einigen Fällen etwas zum Besseren verändert, bleiben unweigerlich gewisse Ressentiments bestehen.«

»Und die ängstigen dich?«

»Nicht unbedingt«, erwiderte Fabian. »Aber ich meine, wir sollten vorsichtig sein.«

»Ist das einer der Gründe, weshalb das despotische Gehabe des Groß-*Khansamah* toleriert wird?«

»Ich sehe, du hast die Situation sehr rasch erfaßt.«

»Oh, Deborah ist so klug«, sagte Lavinia, »viel klüger als ich.«

»Daß du das einsiehst, zeugt von einer gewissen Beobachtungsgabe«, sagte ihr Bruder. »Es tritt allerdings auch deutlich zutage.«

»Fabian ist immer so garstig zu mir«, schmollte Lavinia.

»Ich sage nur die Wahrheit, liebste Schwester.« Er wandte sich an mich. »Im letzten Jahr hat sich die Situation leicht verändert. Und ich meine, das hat vielleicht etwas mit dem Krim-Krieg zu tun. Die Zeitungen berichteten von den Leiden unserer Männer und der langen Belagerung von Sebastopol. Ich spürte, daß einige Leute das mit einer gewissen Befriedigung lasen.«

»Aber unser Wohlstand hilft doch letztlich auch *ihnen*.«

»Das schon, aber nicht alle Menschen denken so logisch wie du und ich. Ich schätze, einige sind bereit, sich ins eigene Fleisch zu schneiden und ihrem Wohlstand zu schaden, bloß um uns zu demütigen.«

»Das scheint mir eine ziemlich unsinnige Haltung.«

»Wir alle besitzen einen starken Nationalstolz«, warf Dougal ein. »Die meisten von uns schätzen die Unabhängigkeit, und einige fürchten sie zu verlieren, selbst wenn ihre Erhaltung den Verzicht auf bestimmte Annehmlichkeiten bedeutet.«

»Was wäre das Resultat?« fragte ich.

»Nichts, womit wir nicht fertig würden«, sagte Fabian. »Der Stolz kommt hier und da zum Vorschein. Der *Khansamah* dieses Hauses ist maßlos stolz, wie du gesehen hast.«

»Ich finde ihn recht spaßig«, sagte Lavinia.

»Wenn ihr ihn als Herrn des Hauses anerkennt, geht alles gut«, sagte Fabian. »Ich glaube nicht, daß es klug wäre, sich mit ihm anzulegen.«

»Was könnte er tun?«

»Uns das Leben auf hunderterlei Art unbehaglich machen. Das Personal würde ihm gehorchen. Die wachsende Unruhe im Lande ist vermutlich unseren neuen Gesetzen zuzuschreiben. Die Leute fürchten, wir wollen ihnen unsere Gepflogenheiten in einem solchen Maße aufzwingen, daß ihre nationalen Bräuche untergehen.«

»Ist es richtig, so zu handeln?« fragte ich.

Fabian sah mich an und nickte. »Das Unwesen der Mörderbanden, die Witwenverbrennung... das sind Übel, die von den Engländern unterdrückt werden. Du machst so ein erstauntes Gesicht. Ich sehe, du weißt nichts von diesen Dingen. Beides sind verderbte, boshafte und grausame Sitten, die schon längst hätten ausgerottet werden müssen. Wir haben sie gesetzlich verboten.

Viele Inder haben in Furcht vor diesen Praktiken gelebt, verübeln uns jedoch gleichzeitig, daß wir diese zu strafbaren Handlungen erklärt haben. Dougal hat eine Untersuchung darüber angestellt.«

»Das sieht ihm ähnlich«, sagte Lavinia.

Dougal sah nicht zu ihr hin. Er wandte sich an mich. »Es geht um das *Hindustani Thaga*. Wir nennen es das *Thug*-Unwesen. Es ist die Verehrung der Göttin Kali, die die blutrünstigste aller Gottheiten sein muß, die man sich vorstellen kann. Sie verlangt ständig nach Blut. Die den Eid auf sie ablegen, sind professionelle Mörder. Morden gilt als ehrenwerter Beruf.«

»Bestimmt sind sich alle einig, daß es gut ist, dem ein Ende zu machen«, sagte ich.

»Alle, bis auf die *Thug* selbst. Sie sehen es als Einmischung von Fremden in die Sitten des Landes.«

»Die Leute müssen sich schrecklich gefürchtet haben.«

»Es war eine Religionsgemeinschaft. Diejenigen, die den Eid ablegten, lebten von Mord. Es war unwichtig, wen sie ermordeten, wenn sie nur töteten. Sie lebten von der Beute, die sie ihren Opfern abnahmen, doch das Motiv war nicht Raub, sondern die Befriedigung der Göttin. Sie bildeten Banden, schlossen sich Reisenden an, erschlichen sich ihr Vertrauen und paßten den geeigneten Moment ab, um sie zu ermorden.«

»Wie teuflisch!«

»Sie töteten ihre Opfer gewöhnlich durch Erdrosseln.«

»Viele bedienten sich des Stechapfels«, sagte Fabian.

»Das ist ein Rauschmittel«, erklärte Dougal. »Es gedeiht hier in Hülle und Fülle. Die Blätter und Kerne werden in der Medizin verwendet. Die getrockneten Blätter haben einen berauschenden Duft. Man kann die Pflanze auf Anhieb erkennen. Ihr eigentlicher Name ist Datura, aber allgemein nennt man sie Stechapfel. Sie hat einen röhrenförmigen fünfzackigen Kelch mit einer großen, trichterförmigen Blütenkrone und eine stachlige Fruchtkapsel.«

»Typisch Dougal, gleich eine wissenschaftliche Beschreibung zu liefern«, spottete Lavinia.

»Daran ist nichts Wissenschaftliches«, sagte Dougal. »Das kann jeder leicht sehen.«

»Ich wette, ich würde sie nicht erkennen, wenn ich sie sähe«, sagte Lavinia. »Du, Deborah?«

»Ich weiß nicht recht.«

»Da hast du's, Dougal. Du langweilst uns mit deiner Beschreibung. Ich möchte mehr über das Gift hören.«

»Es ist tödlich«, sagte Dougal. »Ein Alkaloid namens Daturin läßt sich daraus destillieren. Manche Einheimischen benutzen es als Rauschmittel. Es versetzt sie in heftige Erregungszustände. Die Welt erscheint ihnen wunderbar, und sie sind fast im Delirium.«

»Und das gefällt ihnen?« fragte ich.

»Und wie«, sagte Dougal. »Sie fühlen sich großartig, solange die Wirkung anhält. Aber ich glaube, danach folgt eine schwere Depression, wie es bei solchen Substanzen üblich ist. Es kann sehr gefährlich und am Ende tödlich sein.«

»Fabian, du sagtest vorhin, diese *Thug* benutzten es, um ihre Opfer zu töten.«

»Es war eine ihrer Methoden«, erwiderte Fabian, »aber ich glaube, meistens haben sie die Leute erdrosselt.«

»Man könnte meinen, die Leute wären sehr erleichtert, daß diesen *Thug* durch Gesetz das Handwerk gelegt wurde.«

Fabian hob die Schultern und blickte zur Decke. »Es kommt darauf an, was wir verkünden, Unabhängigkeit oder bessere Gesetze. Es gibt solche, die immer die erstere wollen. Mit *Sati,* der Witwenverbrennung, ist es dasselbe.«

»*Sati* wurde gleichzeitig mit dem *Thug*-Unwesen verboten«, erklärte Dougal. »Es gibt wirklich eine Menge, wofür sie Lord William Bentinck dankbar sein können. Er war zwanzig Jahre Gouverneur von Madras, danach war er von 1828 bis 1835 Generalgouverneur. Sie wissen, was bei *Sati* geschieht? Wenn ein Mann stirbt, springt seine Ehefrau auf seinen Scheiterhaufen und wird mit seiner Leiche verbrannt.«

»Wie furchtbar!«

»Das fanden wir auch, und Lord William brachte deshalb die Gesetze ein, die *Sati* und das *Thug*-Unwesen verbieten«, erklärte Fabian.

»Es war ein großer Schritt nach vorn«, bemerkte Dougal.

»Wißt ihr«, warf Fabian ein, »ich glaube, daß beides an abgelegenen Orten noch praktiziert wird. Es ist eine Auflehnung gegen die britische Oberhoheit.«

Lavinia gähnte wieder. »Wirklich, das ist ja der reinste Geschichtsunterricht.«

»Aber so fesselnd«, sagte ich.

»Deborah, tu nicht so gebildet! Du machst mich wütend. Du ermunterst sie auch noch. – Ich weiß, was sie jetzt sagen wird. ›Wenn's dir nicht paßt, fahr' ich nach Hause.‹ Dauernd droht sie mir damit, daß sie nach Hause zurückkehrt.«

»Das«, sagte Fabian ernst, »müssen wir unbedingt zu verhindern suchen.«

Ich war plötzlich glücklich. Ich hatte dieselbe Empfindung, die ich zuvor schon verspürt hatte: Es war, als würde ich zum Leben erwachen.

Als ich mich an diesem Abend zurückzog, konnte ich lange nicht einschlafen. Ich mußte an die grausamen Sitten des Landes denken und daran, daß ich mit den zwei Männern unter einem Dach lebte, die mir – ich mußte es mir eingestehen – in meinem Leben am meisten bedeuteten: Dougal und Fabian. Wie verschieden sie waren! Ich war etwas besorgt wegen der Wehmut in Dougals Augen; er war traurig und reuevoll. Es war unschwer zu erkennen, daß seine Ehe eine Enttäuschung für ihn war, und er schien bei mir Trost suchen zu wollen. Ich mußte vorsichtig sein. Fabian dagegen hatte sich kaum verändert. Ich durfte mich nicht zu stark von ihm beeindrucken lassen. Er war ein Framling, und die Framlings änderten sich nicht. Sie würden immer glauben, daß die Welt für sie erschaffen wurde und alle Menschen dazu da sind, ihren Zwecken zu dienen. Vor allem durfte ich nicht vergessen, daß Lady Geraldine möglicherweise bald nach Indien kommen würde, um ihn zu heiraten.

Roshanara wurde unverzüglich vermählt. Wir nahmen nicht an der Zeremonie teil, die nach altem indischen Brauch vollzogen wurde. Asraf, der junge Bräutigam, war etwa zwei Jahre älter als Roshanara, wie ich von der *Aja* erfuhr.

»Die armen Kinder!« sagte Alice. »Ich bete, daß das Leben für die kleine Roshanara und ihren Mann nicht zu schwer wird.«

Wir sahen die geschmückten Kutschen. Es war eine pompöse Angelegenheit, über welche der Groß-*Khansamah* präsidierte. Er sah prächtig aus; in seinem Turban glitzerten Juwelen.

Ich sah Roshanara nach ihrer Vermählung nicht mehr. Sie fuhr mit ihrem Mann zu einer fernen Teeplantage, wo er bei seinem Onkel arbeitete. Ich fragte mich, ob der Onkel wohl auch so imposant war wie Asrafs Vater; aber man konnte sich schwer vorstellen, daß irgend jemand dem Groß-*Khansamah* gleichkam.

Wir lebten uns ein. Wir hatten in den Räumen der Kinder ein Schulzimmer eingerichtet, wo ich ihnen Unterricht erteilte. Roshanara vermißten wir alle. Alan entwickelte sich zu einer richtigen kleinen Persönlichkeit. Die Kinder waren glücklich. Der Umzug hatte sie kaum berührt, waren sie doch mit denen beisammen, die sie liebten und denen sie vertrauten. Alice sagte, es werde gemunkelt, daß ihrer Mutter nicht viel an ihnen liege, und ich erwiderte, daß es nie anders gewesen sei, so daß sie es nicht bemerken würden. Sicher, sie war ihre Mutter, doch Bezeichnungen waren nicht wichtig, und sie konnten mit der *Aja*, Alice und mir zufrieden sein. Wir verkörperten ihre kleine Welt, und nach mehr fragten sie nicht.

Lavinia war, nachdem sie sich eingelebt hatte, doch ganz zufrieden mit dem Umzug. Delhi war eleganter als Bombay. Das Leben gestaltete sich vielfältiger, und natürlich war das Militär zu ihrer Freude hier noch zahlreicher vertreten.

»Mehr gutaussehende Offiziere zur Auswahl«, bemerkte ich sarkastisch.

Sie streckte mir die Zunge heraus. »Eifersüchtig?«

»Nicht im geringsten.«

»Lügnerin.«

Ich zuckte mit den Achseln. »Glaub, was du willst!«

»Arme Deborah, wenn du nur so tun würdest, als ob du sie wundervoll findest, würden sie dich mögen.«

»Das überlasse ich gern dir.«

Sie lachte verstohlen.

Wie gewöhnlich war sie sehr mit ihrem Aussehen und ihrer Garderobe beschäftigt. Sie hatte ein exotisches Parfüm gefunden, das ihr gefiel. Ich war erstaunt, wie wenig ihre Erfahrungen sie verändert hatten. Die unerfreuliche Affaire mit dem falschen Comte war an ihr abgeglitten, sie bereute nichts und war imstande, Fleur zu vergessen, als existiere sie nicht. Aber mich hatte sie auf ihre Art gern. Es machte ihr Spaß, mich zu schockieren, sie liebte meine versteckte Kritik. Wenn ich andeutete, ich werde abreisen, erschrak sie jedesmal. Das gab mir eine Waffe gegen sie in die Hand, die ich ab und zu brauchte. Und trotz allem hatte auch ich sie gern, auch wenn ich ihr Verhalten oft empörend fand.

Wie alle Hausherrinnen der Kompanie besprach sie allmorgendlich die Speisenfolge des Tages mit dem *Khansamah*. Das wunderte mich, denn in Bombay, wo dies ebenfalls ihre Pflicht gewesen wäre, hatte sie sich davor gedrückt. Hier tat sie es regelmäßig. Ich sollte bald entdecken, warum.

Der Groß-*Khansamah* kam mit seinem üblichen Pomp ins Obergeschoß, wo Lavinia ihn in ihrem kleinen Boudoir, das an ihr Schlafzimmer grenzte, empfing. Sie trug dabei ein mit Bändern besetztes Negligé oder ein ähnlich feminines Kleidungsstück, was ich für unklug hielt.

Es schien ihr nicht klar zu sein, daß es sich hier um ein Zeremoniell, ja nahezu ein Ritual handelte. Die Dame des Hauses sollte würdig und korrekt an einem Tisch sitzen, sich die Vorschläge des *Khansamah* aufmerksam anhören, sie zuweilen in Frage stellen, sodann selbst einen Vorschlag machen und dann vielleicht nachgeben oder auf ihrem bestehen; so verlangte es die Etikette.

Lavinia verhielt sich ganz anders. Ich wußte, warum. Der würdevolle *Khansamah* ließ sich nämlich so weit von seinem hohen Podest herab, Lavinia wissen zu lassen, daß er sie schön fand.

Dougal und Fabian waren fast den ganzen Tag außer Haus. Manchmal kamen sie zum Essen, manchmal mußten sie anderswo speisen. Dougal kam öfter als Fabian, der offenbar mehr in das Unternehmen eingespannt war.

Wir hatten wieder einmal zu Abend gegessen. Fabian war nicht bei uns, wir waren nur zu dritt: Dougal, Lavinia und ich. Wir hatten über allgemeine Themen gesprochen, und sobald die Mahlzeit beendet war, sagte Lavinia, sie gehe zu Bett. Damit blieben Dougal und ich allein.

Wir waren im Salon. Die Tageshitze hatte sich gelegt, und die Abendkühle war erquickend. »Der Garten ist so schön im Mondlicht«, sagte Dougal. »Wenn wir die Lampen löschen, können wir die Vorhänge aufziehen und uns an dem Schauspiel erfreuen.« Gesagt, getan. Er hatte recht. Die Szenerie war atemberaubend schön. Ich sah den Teich mit den schwimmenden Blüten, und der Banyanbaum sah im fahlen Licht geheimnisvoll aus. »Wir haben nicht oft Gelegenheit, uns allein zu unterhalten«, sagte Dougal. »Das ist ein seltener Luxus, Deborah.«

»Ich habe das Gefühl, Sie haben Heimweh, Dougal.«

»Ja, ich möchte furchtbar gern nach Hause. Ich bin hier nicht glücklich. Es liegt etwas Böses in der Luft.«

»Empfinden Sie das wirklich?«

»Mir scheint, daß diese Menschen uns ständig beobachten, als ob sie sagen wollten: ›Ihr gehört nicht hierher. Verschwindet!‹«

»Warum kehren Sie nicht heim, bevor die zwei Jahre um sind?«

»Meine Angehörigen stehen seit vielen Jahren mit der Kompanie in Verbindung. Wenn man aus einer solchen Familie kommt, wird von einem erwartet, daß man die Tradition aufrechterhält.«

»Armer Dougal!«

»Ich habe mein Schicksal verdient. Ich habe einen Fehler nach dem anderen gemacht.«

»Das ist bei den meisten von uns genauso.«

»Sie haben keine Fehler gemacht.«

Ich hob die Augenbrauen und lachte. »Doch, bestimmt.«

»Keine wesentlichen. Deborah, es hat keinen Sinn zu vertuschen, was offensichtlich ist. Ich habe den grauenhaftesten Fehler begangen, den ein Mann begehen kann.«

»Wollen Sie wirklich mit mir darüber reden, Dougal?«

»Mit wem denn sonst?«

»Mit Fabian vielleicht.«

»Fabian? Diese Framlings sind zu egozentrisch, um sich mit anderer Leute Problemen zu befassen.«

»Geht es um Ihre Ehe?«

»Lavinia und ich haben absolut nichts gemeinsam.«

Zorn stieg plötzlich in mir auf. Ich dachte: Warum erkennst du das erst jetzt? Es müßte doch von Anfang an klargewesen sein, und warum erzählst du es ausgerechnet mir?

»Ich habe unsere Zusammenkünfte im Pfarrhaus sehr genossen«, fuhr er wehmütig fort.

»Mein Vater auch.«

»Und Sie haben jedes Thema mit Begeisterung aufgegriffen. Ach… Lavinia würde niemals das Leben führen wollen, das ich mir wünsche.«

»Höchstwahrscheinlich. Aber warum haben Sie das nicht früher bedacht?«

»Ich war wie betäubt.«

»O ja, ich weiß.«

Wir verfielen in Schweigen, das nur von dem Geräusch eines riesigen Insekts unterbrochen wurde, das an der offenen Tür vorüberflog. »Es wäre ins Zimmer gekommen, wenn wir die Lampe hätten brennen lassen«, sagte Dougal.

»Es sah sehr schön aus.«

»Hier gibt es so viel Schönes«, erwiderte Dougal. »Schauen Sie sich den Garten an! Ist er nicht herrlich, die Bäume, der Teich, die Blumen. Eine Atmosphäre tiefsten Friedens… aber das täuscht. Alles in diesem Land ist mysteriös. Mich dünkt, daß nichts so ist, wie es scheint. Die Dienstboten, die unsere Befehle befolgen… Ich frage mich oft, was in ihren Köpfen vorgeht. Sie wirken zuweilen beinahe vorwurfsvoll, als hegten sie Ressentiments und gäben uns die Schuld daran. Sehen Sie diesen Garten! Wo können Sie ein friedlicheres Fleckchen sehen, und doch lauern Giftschlangen im Gras. Sie könnten sogar einer Kobra begegnen, die im Gebüsch lauert.«

»Das hört sich an wie der Garten Eden mit der lauernden Schlange«, sagte ich lachend.

»Das ist kein unpassender Vergleich. Sie müssen im Garten vorsichtig sein, Deborah. Diese Schlangen sind überall.«

»Ich habe eine oder zwei gesehen. Sind das die hellgelben?«

»Ja, die gemusterten. Sie haben große ovale Flecken, braun mit weißem Rand. Gehen Sie denen aus dem Weg. Ihr Biß kann tödlich sein.«

»Ich habe sie im Basar sich in den Körben der Schlangenbeschwörer aufrichten sehen.«

»O ja, aber denen wurden die Giftzähne entfernt. Diejenigen, die Sie im Garten finden, haben die Zähne noch.«

»Es macht mich schaudern, daran zu denken, daß hinter dem friedlichen Anblick dieses Gartens so viele Gefahren lauern.«

»Es ist wie ein Spiegel des Lebens. Oft verhüllt große Schönheit eine Leere... und manchmal das Böse.«

Im Halbdunkel sah ich sein trauriges Lächeln. Ich wußte, daß er an Lavinia dachte, und hätte ihn gerne getröstet. Wir saßen einige Minuten schweigend, und so traf Fabian uns an, der plötzlich hereinkam.

»Oh, Verzeihung«, sagte er. »Ich wußte nicht, daß jemand hier ist. Ihr sitzt ja im Dunkeln.«

»Wir wollten die Nachtluft, aber nicht die Insekten«, sagte ich.

»Mir scheint, einige haben trotzdem hereingefunden.« Er setzte sich neben mich.

»Hattest du einen anstrengenden Tag?« fragte ich.

Er hob die Schultern. »Nicht anstrengender als sonst.« Er streckte seine langen Beine aus. »Ihr habt recht«, sagte er. »Es ist sehr friedlich, hier im Dunkeln zu sitzen. Habe ich ein interessantes Gespräch unterbrochen?«

»Wir sprachen von den Gegensätzen hier. Vom Schönen und vom Häßlichen unter seiner Oberfläche. Die schönen Blumen, das grüne Gras und darin die unsichtbaren Giftschlangen, bereit, zum tödlichen Biß anzusetzen.«

»Gefahr lauert überall«, sagte Fabian leichthin. »Aber macht das das Leben nicht aufregend?«

»Ich nehme an, die meisten Menschen würden dir beipflichten«, sagte Dougal.

»Und du?« fragte Fabian mich.

»Ich weiß nicht recht. Das hängt wohl von der Art der Gefahr ab.«

»Und davon, ob du ihr entkommen kannst?« meinte Fabian.

»Das nehme ich an.« Ich stand auf. »Ihr habt sicher etwas Geschäftliches zu besprechen. Gute Nacht!«

»Oh, laßt euch von mir nicht dieses nette Tête-à-tête verderben.«

»Wir haben uns bloß unterhalten«, sagte ich. »Und jetzt gehe ich.«

Fabian begleitete mich zur Tür. »Gute Nacht«, sagte er mit einem rätselhaften Ausdruck in den Augen.

Einige Tage später wurde ich an dieses Gespräch erinnert. Ich war mit Alice und den Kindern im Garten. Die *Aja* war bei uns. Ich sprach mit ihr über Roshanara und fragte, ob sie etwas von ihr gehört habe. Die *Aja* schüttelte den Kopf. »Nein, nein. Sie ist weit weg. Vielleicht sehe ich sie nie wieder.« Sie hob die Hände und wiegte sich sachte hin und her. Ihre Haltung drückte Schicksalsergebenheit aus.

Louise kam zu uns gelaufen. Sie hielt etwas in der Hand. »Was ist das?« fragte ich.

»Hab' ich für dich gepflückt«, sagte sie und reichte mir eine Pflanze, die ich noch nie gesehen hatte.

Die *Aja* war erbleicht. Sie sagte erschrocken: »Ein Stechapfel.«

Was hatte ich über den Stechapfel gehört? Aus ihm wurden Rauschmittel destilliert. Die *Thug* hatten damit ihre Opfer vergiftet. Ich sagte: »Ich habe von dieser Pflanze gehört.« Die *Aja* nickte.

»Wo hat Louise sie denn gefunden?« fragte ich.

Die *Aja* schüttelte den Kopf. »Nicht hier. Das ist unmöglich.«

Louise beobachtete uns ängstlich. Sie war ein aufgewecktes Kind und merkte, daß etwas nicht stimmte.

»Danke, Louise«, sagte ich, »es war lieb von dir, mir die Blume zu bringen.« Ich gab ihr einen Kuß. »Sag, wo hast du sie gefunden?« Sie breitete die Arme aus, als wolle sie den ganzen Garten umfangen. »Hier?« fragte ich, »im Garten?« Sie nickte. Ich sah die *Aja* an. »Zeig's uns«, sagte ich. Ich hielt die Pflanze vorsichtig in der Hand. Sie hatte einen leicht betäubenden Duft.

Louise ging uns voran zu einer kleinen Pforte. Sie war verschlossen, aber ein Kind von Louises Größe konnte darunter durchkriechen, und das tat sie nun.

»Das ist der Garten des Groß-*Khansamah*«, sagte die *Aja* kopfschüttelnd.

»Komm zurück, Louise!« rief ich.

Sie stand auf der anderen Seite der Pforte und sah uns verwundert an.

»Hier hab' ich deine Blume gefunden«, sagte sie und deutete mit der Hand. »Da drüben.«

»Dies ist der Garten des Groß-*Khansamah*«, wiederholte die *Aja*. »Da darfst du nicht hingehen. Der Groß-*Khansamah*... wird sehr böse.« Louise kroch furchtsam zurück. »*Geh da nie wieder hin!*« sagte die *Aja*. Louise klammerte sich wie schutzsuchend an ihren Sari. Alle kannten die Macht des Groß-*Khansamah*.

Ich nahm den Zweig mit nach Hause und verbrannte ihn. Danach wurde mir klar, daß ich ihn hätte behalten und Dougal oder Fabian zeigen sollen. Ich sah Dougal bald darauf und erzählte ihm, was geschehen war.

»Konnten Sie die Pflanze nach meiner Beschreibung identifizieren?« fragte er.

»Nein, nicht so richtig, aber es hätte zutreffen können. Die *Aja* hat sie auf Anhieb erkannt.«

»Der Garten des Groß-*Khansamah* ist sein Privateigentum. Wir können ihm nicht vorschreiben, was er anbauen darf und was nicht. Ich halte es für das klügste, zunächst noch nichts zu sagen. Wir müßten erst nachforschen, weshalb er dergleichen im Garten hat, und es könnte großen Ärger geben, wenn wir ihn daran zu hindern suchten, auf dem ihm von der Kompanie für seinen eigenen Gebrauch zur Verfügung gestellten Stück Land anzubauen, was er will.«

Ich wünschte, ich hätte mit Fabian darüber gesprochen. Er hätte bestimmt ganz anders reagiert. Doch andererseits hatte ich nur die Aussage der *Aja*, daß es sich um die gefürchtete Datura handele, und sie hätte sich ja auch irren können.

An diesem Tag gab es eine große Überraschung für uns, und vielleicht war ich deswegen nicht weiter besorgt wegen der Entdeckung der tödlichen Pflanze im Nachbargarten.

Tom Keeping kam zu Besuch.

Wir begegneten ihm, als Alice und ich gerade mit den Kindern in den Garten wollten. »Miss Philwright, Miss Delany!« rief er, und ein freudiges Lächeln breitete sich auf seinem Gesicht aus.

Alice an meiner Seite erstarrte.

»Ich wußte, daß Sie hier sind«, fuhr er fort. »Welch eine Freude, Sie wiederzusehen! Geht es Ihnen gut? Gefällt es Ihnen hier?«

Ich bejahte, und Alice pflichtete mir bei.

»Ich wußte, daß wir uns eines Tages wiedersehen würden. Dringende Geschäfte haben mich hierhergeführt.«

»Bleiben Sie länger?«

»Das hängt von vielen Dingen ab. Jedenfalls werden wir uns ab und zu sehen.« Er sah Alice an. »Kommen Sie gut zurecht?«

»Ja. Die Kinder und ich verstehen uns gut. Nicht wahr, Louise?«

Louise nickte heftig und sah neugierig zu Tom Keeping auf.

»Ich auch«, sagte Alan.

»Ja«, sagte Alice und zauste ihm das Haar, »du auch, Herzchen.«

»Ich muß unbedingt mit Sir Fabian sprechen«, sagte Tom. »Wie ich höre, soll er heute nachmittag hier sein.«

»Wir wissen nie, wann er kommt«, erklärte ich ihm.

Alice meinte, wir müßten nun in den Garten. Tom Keeping lächelte. »Auf bald, *au revoir!*«

Dougal war erschienen. »Sir Fabian wird bald hier sein. Kommen Sie unterdessen ins Arbeitszimmer, dort können wir die Angelegenheit besprechen.«

Sie verließen uns, und wir gingen in den Garten.

»So eine Überraschung!« sagte ich.

»Ja, aber da er bei der Kompanie beschäftigt ist...« Alices Stimme verlor sich.

»Er ist ein so netter Mann.«

Alice schwieg. Sie sah rosig und verjüngt aus und wirkte ziemlich geistesabwesend. Es wäre wundervoll, dachte ich, wenn er sich etwas aus ihr machte, falls nicht, wäre er freilich besser nicht hergekommen.

Als Fabian kam, schloß er sich mit Dougal und Tom Keeping in seinem Arbeitszimmer ein. Sie erschienen nicht zum Abendessen, sondern ließen sich etwas bringen.

Lavinia und ich waren allein. »Gott sei Dank!« sagte sie. »Ich kann dieses ewige geschäftliche Geschwätz nicht ertragen. Als

ob es nichts anderes auf der Welt gäbe!« Sie plauderte von einem jungen Captain, den sie am Vorabend kennengelernt hatte. »So stattlich, und mit einem völlig unansehnlichen Mädchen verheiratet... wohl wegen ihres Geldes, nehme ich an. Sie versteht überhaupt nicht, etwas aus sich zu machen. Stell dir vor, trotz ihrer dunklen Haut trägt sie Braun!«
Ich konnte mich nicht für derartige Angelegenheiten erwärmen. Meine Gedanken weilten bei Alice und Tom Keeping.

Als wir am nächsten Tag mit den Kindern in den Garten gingen, leistete Tom Keeping uns Gesellschaft. Ich entschuldigte mich und ließ ihn mit Alice allein. Alice sah leicht erschrocken drein, aber ich blieb fest. Ich hätte etwas für die Gräfin zu erledigen, schwindelte ich. Ich konnte mich des Gefühls nicht erwehren, daß Tom Keeping hocherfreut war.
Auf dem Weg ins Haus traf ich Fabian. »Tag«, sagte er. »Hast du zu tun?«
»Eigentlich nicht.«
»Ich möchte mit dir reden.«
»Worüber?«
»Allerlei«, sagte er.
»Wo?«
»In meinem Arbeitszimmer, denke ich.«
Ich war entschlossen, ihm nicht zu zeigen, wie gespannt und erregt ich war. Er schloß die Tür, seine Mundwinkel kräuselten sich aufwärts. Als er mir meinen Stuhl zurechtrückte und ich mich setzte, berührte seine Hand leicht meine Schulter. Er nahm auf einem Stuhl an dem Tisch Platz, der zwischen uns stand.
»Deborah«, sagte er ernst, »du bist ein vernünftiges Mädchen. Ich wünschte, dasselbe könnte ich von meiner Schwester sagen.« Er zögerte. »Wir sind ein wenig beunruhigt.«
»Worüber?«
Er machte eine ausladende Handbewegung. »Über alles.«
»Ich verstehe nicht.«
»Ich wollte, wir würden es selbst ganz verstehen. Tom Keeping hat eine besondere Stellung in der Kompanie. Er ist sehr viel unterwegs. Er behält die Dinge im Auge.«

»Du meinst, er ist eine Art Firmenspion?«

»So würde ich es kaum bezeichnen. Du siehst, in welcher Lage wir hier sind. Es ist schließlich ein fremdes Land. Die Gebräuche sind so anders als bei uns. Da kommt es zwangsläufig zu Reibereien. Wir glauben, die hiesigen Zustände bessern zu können. Die Leute hier halten uns für imperialistische Eroberer. Das sind wir aber nicht. Wir wollen ihr Bestes... vorausgesetzt, es ist auch unser Bestes. Wir haben gute Gesetze für sie gemacht, aber es sind unsere Gesetze, nicht ihre. Sie leisten uns Widerstand. Deswegen ist Tom hier. Knapp fünfzig Kilometer von hier entfernt hat es einen schlimmen Ausbruch des *Thug*-Unwesens gegeben. Eine Gruppe von vier Reisenden ist ermordet worden. Wir erkennen die Methoden. Die Leute hatten keine Feinde... vier unschuldige Männer, die zusammen reisten, um Gesellschaft zu haben. Sie wurden alle in einem Wald in der Nähe eines Gasthauses aufgefunden. Der Wirt sagt aus, daß sie dort abgestiegen waren. Zwei Männer in dem Gasthaus aßen mit den Reisenden. Ein paar Stunden später wurden die vier tot im Wald gefunden. Sie waren an einem Gift gestorben, das man ihnen in ein Getränk getan haben mußte, kurz bevor sie das Gasthaus verließen. Für ihren Tod gab es keinen Grund... außer der Befriedigung der blutrünstigen Kali. Mir scheint, daß dieser alte barbarische Brauch trotz unseres Gesetzes nun wieder auflebt.«

»Wie entsetzlich! Unschuldige Reisende... von Fremden ermordet!«

»Das ist die Handschrift der *Thug*. Ich bin sehr beunruhigt. Es hat in letzter Zeit nicht mehr viele Verstöße gegeben, und wir glaubten schon, wir hätten den Brauch ausgerottet. Jetzt lebt er wieder auf... aus Trotz, und das ist das Beunruhigende daran. Tom stellt Ermittlungen an. Wenn wir die Wurzel des Übels finden, wenn wir die Mörder finden könnten und wüßten, wo sie herkommen, wären wir vielleicht imstande, den üblen Brauch auszulöschen. Wir müssen rasch handeln. Wenn er wieder aufflammt, bedeutet das nicht nur Angst und Schrecken für zahllose Inder, sondern es ist offener Widerstand gegen das britische Gesetz.«

»Was willst du unternehmen?«

»Zweifellos gibt es so etwas wie eine Zentralstelle. Diese Leute halten Versammlungen ab, wilde Zeremonien mit Blutopfern für Kali, seltsamen Schwüren und dergleichen. Wenn wir die Anführer finden und ausrotten könnten, würden wir das Ganze zum Stillstand bringen. Kein vernünftiger Inder wird wünschen, daß der Brauch lebendig bleibt.«

»Aber Dougal hat gesagt, die Leute schätzen ihre Unabhängigkeit mehr als alles andere. Sie wollen keine Verbesserungen, wenn das ihre Unabhängigkeit beeinträchtigt.«

»Ach, Dougal ist ein Träumer. Mit Sentimentalität macht man alles nur noch schlimmer. Wir müssen das Übel ausrotten, wenn wir hier erträgliche Zustände haben wollen, damit wir in diesem Land leben und arbeiten können, den Einheimischen und uns zum Nutzen. Wenn sie das nicht akzeptieren wollen, müssen wir sie dazu zwingen.«

»Glaubst du, daß euch das gelingt?«

»Wir müssen es versuchen.«

»Was wollt ihr tun, wenn ihr die Mörder findet?«

»Sie aufhängen.«

»Wäre das klug? Sie handeln doch aus religiösen Gründen. Die Verehrung der Göttin Kali läßt sie solche Dinge tun.«

»Du bist eine kluge junge Dame, meine liebe Deborah, aber in diesen Dingen bist du... kindisch.«

»Warum redest du dann mit mir darüber?«

»Weil ich meine, daß wir alle gewarnt sein sollen. Keeping gefällt die Entwicklung der Dinge nicht. Er sagt, daß sich heimlich etwas zusammenbraut. Er hat Erfahrung, und er ist beunruhigt.«

»Was kann man da tun?«

»Auf der Hut sein. Beobachten, woher der Wind weht. Es hat aber keinen Zweck, mit Lavinia zu sprechen.«

»Allerdings nicht. Aber warum redest du mit mir darüber?«

»Weil ich erwarte, daß du vernünftig bist.«

»Inwiefern?«

»Sei wachsam! Berichte uns, wenn du etwas beobachtest, das dir merkwürdig vorkommt. Wir durchlaufen eine ungute Phase. Die haben wir von Zeit zu Zeit. Wir müssen uns hüten, beleidigend oder überheblich zu sein, und müssen die Sitten des Landes respektieren.«

»Ausgenommen das *Thug*-Unwesen.«

»Richtig. Wir hoffen jedoch, daß dies ein Einzelfall bleibt. Wenn wir ihn ahnden können, kommt dergleichen vielleicht nicht wieder vor. Bleibt der Fall unaufgeklärt, könnte es freilich weitere geben.«

»Ich verstehe deine Besorgnis. Danke, daß du es mir erzählt hast.«

»Ich nehme an, Tom Keeping wird auch Miss Philwright ins Bild setzen. Er hat große Achtung vor ihr. Er scheint sich sehr für sie zu interessieren.«

»Das war offensichtlich, als wir mit ihm reisten.«

»Und sie... was fühlt sie für ihn?«

»Ich weiß nicht recht. Sie pflegt ihre Gefühle nicht zu zeigen.«

»Ja, solche Frauen gibt es.« Er lächelte mich an.

»Ein solches Verhalten ist oft klug.«

»Ich bin überzeugt, alles was Miss Philwright tut – und auch was du tust –, ist klug. Tom Keeping ist ein feiner Kerl... ein sehr zuverlässiger Mitarbeiter der Kompanie. Ich verdanke ihm sehr viel.«

»Ja, er ist offensichtlich sehr tüchtig.«

»Du hast ihm auch etwas zu verdanken.«

»Du meinst, weil er sich auf dem letzten Abschnitt unserer Reise um uns gekümmert hat?«

»Er hat sich sogar sehr gut um euch gekümmert. Ich glaube nicht, daß dir bewußt ist, wie gut. Weißt du, daß er dich aus einer sehr prekären Situation gerettet hat?«

Ich sah ihn verwundert an. »Ich weiß, daß er sehr freundlich und hilfsbereit war.«

»Wie gut ist deine Menschenkenntnis, Deborah?«

»Du meinst, wie gut ich Leute beurteilen kann? Oh, ziemlich gut, glaube ich.«

»Das mag wohl bei den Leuten zu Hause so sein, mit denen du Kontakt pflegst. Die Helferinnen in der Kirche und beim Gartenbasar und so weiter; wer Ostern die Blumen in der Kirche arrangieren soll, wer den besten Verkaufsstand auf dem Basar bekommen muß, wer ein bißchen eifersüchtig ist, weil der beliebte Hochwürden Brady jemanden zu freundlich angelächelt hat. Übrigens, Brady hat die Tochter des Arztes geheiratet.«

Er sah mich eindringlich an.

»Eine überaus passende Verbindung«, sagte ich. »Ich nehme an, Lady Harriet hat es gebilligt?«

»Ohne ihre Billigung hätte es womöglich keine Hochzeit gegeben.«

»Sicher nicht. Colin Brady ist ein sehr fügsamer Untertan.«

»Das konnte und kann man von dir nicht behaupten.«

»Ich nehme mein Leben lieber selbst in die Hand, du nicht?«

»Allerdings. Aber wir kommen vom Thema ab: dem Grad deiner Menschenkenntnis. Ich will dir etwas sagen, Deborah: Du magst auf deinem schmalen Gebiet eine Expertin sein, aber darüber hinaus bist du eine absolute Ignorantin. Du warst vollkommen von dem charmanten Lasseur eingenommen.«

Ich war bestürzt.

»Er war attraktiv, nicht wahr? Der aufmerksame Franzose. Warst du nicht von ihm beeindruckt?«

»Monsieur Lasseur«, murmelte ich.

»Der, ja. Er war gar kein Franzose.«

»Aber...«

Fabian lachte. »Du warst ein Unschuldslamm, ein Schaf unter Wölfen. Ich meine, es wäre immer gut zu wissen, wann man von seinem Wege abirrt.«

»Du sprichst in Rätseln.«

»Monsieur Lasseur, kein Franzose, sondern ein Herr unbekannter Herkunft, war unterwegs, um arglose Damen zu täuschen, die sich für so klug und allen Wechselfällen des Lebens gewachsen halten, daß sie bereitwillig in seine Falle tappen. Dein Monsieur Lasseur arbeitet als Beschaffer für einen sehr reichen Orientalen, der die traditionellen Vorstellungen seines Landes über die Verwendung von Frauen pflegt... eine Verwendung, die eine junge Dame wie du niemals gutheißen würde. Mit anderen Worten, Monsieur Lasseur hatte dich als interessante Bereicherung für den Harem seines Herrn ausersehen.«

Ich fühlte, wie ich knallrot wurde, und ich sah, daß ihn das sehr amüsierte. »Das glaube ich nicht«, sagte ich.

»Wie dem auch sei, er ist uns kein Unbekannter. Junge Engländerinnen sind sehr begehrt. Es tut mir leid, wenn dich dieses Gespräch schockiert, aber wenn du dich auf eine Reise durch die Weltgeschichte wagst, mußt du wissen, wie es im Leben zugeht. Lasseur reiste von England aus mit dem Schiff. Er war in etwas legaleren Geschäften unterwegs, aber wenn er eine Frau, die reizvoll genug war, den etwas abgestumpften Geschmack seines Herrn zu kitzeln, hätte finden und ihm im Triumph zuführen können, hätte er des großen Mannes Beifall und Dankbarkeit errungen. Ja, und dann sah er dich.«

»Ich glaube kein Wort davon.«

»Du kannst Tom Keeping fragen. Er hat beobachtet, was vorging. Es wäre nicht das erste Mal gewesen, daß eine junge Frau mit Lasseur in der Wüste verschwand und man nichts mehr von ihr hörte. Übrigens, du schuldest auch mir ein wenig Dankbarkeit. Ich habe Tom benachrichtigt, er solle nach euch Ausschau halten, als ihr in Alexandria das Schiff verläßt. Du siehst ja ganz perplex aus.«

Das war ich allerdings. Alles fiel mir wieder ein. Die Begegnung mit Monsieur Lasseur, die Gespräche, das Auftauchen von Tom Keeping. Und Monsieur Lasseur hatte arrangieren wollen, daß wir ohne die anderen weiterreisten. Du lieber Himmel! dachte ich. Es klingt alles ganz plausibel.

Fabian lächelte. Er las meine Gedanken. »Hoffentlich bist du nicht enttäuscht, daß du dem Harem eines Sultans entkommen bist.«

»Enttäuscht wäre in diesem Fall bestimmt der Sultan gewesen. Ich dürfte kaum die Anstrengung wert gewesen sein.«

»Du unterschätzt dich. Ich finde, du bist durchaus großer Anstrengungen wert.« Er erhob sich von seinem Stuhl und kam zu mir herüber. Ich erhob mich ebenfalls. Er legte seine Hände auf meine Schultern. »Ich bin froh, daß Keeping dich gerettet und sicher zu uns gebracht hat«, sagte er ernst.

»Danke.«

»Du wirkst immer noch verwirrt.«

»Ich bin erstaunt über das, was du mir erzählt hast. Es fällt mir wirklich schwer, das zu glauben.«

»Weil du fast dein ganzes Leben in einem Pfarrhaus zugebracht hast, wo man von gewieften Orientalen nichts wußte.«

»Räuberische Geschöpfe gibt es wohl auf der ganzen Welt, nehme ich an.«

»Ja«, sagte er lächelnd, »aber ihre Methoden sind überall verschieden.«

»Ich muß Mr. Keeping sagen, wie dankbar ich ihm bin.«

»Er wird dir erzählen, daß es seine Pflicht war und er auf Befehl handelte.«

»Auf Befehl der Kompanie?«

»Die Kompanie sind immer die, die in ihr arbeiten. Sagen wir also, auf meinen Befehl. Ich bin derjenige, dem du Dankbarkeit zeigen solltest.«

»Wenn es so ist, dann danke ich dir.«

Er neigte den Kopf. »Vielleicht werde ich eines Tages deine Hilfe erbitten.«

»Ich kann mir nicht vorstellen, daß meine schwachen Kräfte dir irgendwie von Nutzen sein können.«

»Du unterschätzt dich schon wieder. Das darfst du nicht. Oft sehen einen die Menschen so, wie man sich selbst einschätzt. Trotz all seiner Fehler hat der scharfsichtige Monsieur Lasseur deinen Wert erkannt. Das könnten andere auch... wenn du sie läßt.«

»Ich muß jetzt zu den Kindern. Um diese Zeit bin ich sonst immer bei ihnen.«

»Willst du Miss Philwright und Tom Keeping ihr Tête-à-tête verderben?«

»Vielleicht sollte ich Alice die Kinder abnehmen. Dann können sie sich leichter unterhalten.«

»Deborah?«

»Ja?«

»Bist du mir ein bißchen dankbar?«

Ich zögerte. Ich fand die Geschichte immer noch unglaublich.

»Vielleicht«, sagte ich.

»Vielleicht! Das ist eine sehr zögernde Äußerung von einer ansonsten so entschlossenen jungen Dame.«

»Ich bin Mr. Keeping natürlich dankbar. Was hat er mit dem Mann gemacht?«

»Ihr habt unterwegs in einem Rasthaus haltgemacht.«

»Ja. Da ist er krank geworden.«

»Natürlich mit Toms Hilfe.«

»Er muß ihm etwas in den Wein getan haben.«

»Sicher. Er hat dem Kerl heimlich ein Mittel ins Glas getan. Er wußte, daß es rasch wirken würde. Dann ging er mit ihm zur Herrentoilette, um zur Hand zu sein, wenn es Lasseur komisch wurde. Er kümmerte sich um ihn, rief den Inhaber des Rasthauses und sorgte dafür, daß Lasseur bleiben konnte, bis er wieder reisefähig war. Bis er genesen war, weiltest du längst in sicherer Entfernung von Suez auf dem Schiff.«

»Was hat er ihm gegeben?«

»Etwas, das die gewünschte Wirkung hatte. Tom hat Erfahrung in solchen Dingen.«

»Vielleicht war es Datura«, sagte ich. »Stechapfel.«

»Ach ja, Dougal hat mit dir darüber gesprochen, nicht?«

»Ja, er hat mir die Pflanze beschrieben. Ich konnte sie aber trotz seiner Beschreibung kaum identifizieren.«

»Hast du sie denn gesehen?«

»Es scheint, der *Khansamah* baut sie in seinem Garten an.«

Fabian verzichtete mit einem Mal auf seine Nonchalance. »Der Groß-*Khansamah!*« sagte er. »In seinem Garten! Aber der Anbau ist verboten... bis auf bestimmte Ausnahmen.«

»Vielleicht handelt es sich um eine von diesen Ausnahmen.«

»Das glaube ich nicht. Woher weißt du davon?«

Ich erzählte ihm, daß Louise mir den Zweig gebracht hatte.

»Großer Gott!« sagte er. »Er baut das Zeug in seinem Garten an!«

»Wirst du mit ihm reden? Die *Aja* war ganz verstört. Louise war unter der Pforte hindurchgekrochen und dachte, sie brächte mir eine hübsche Blume.«

»Das Kind hat es geholt...«, murmelte er. »Ihr habt dem *Khansamah* nichts davon gesagt?«

»Nein.«

»Hast du es sonst jemandem erzählt?«

»Nur Dougal, aber dummerweise hatte ich den Zweig verbrannt und konnte ihn ihm nicht zeigen. Er dachte bestimmt, ich hätte mich geirrt, und er hielt es nicht für geboten, den *Khansamah* zu fragen.«

»Hm. Das wäre heikel, zugegeben. Vielleicht ist es das Beste, das Ganze vorerst geheimzuhalten. Ich möchte mit Tom Keeping darüber sprechen. Vielleicht könntest du hinausgehen und ihm ausrichten, daß ich in meinem Arbeitszimmer bin. Würdest du das tun?«

»Natürlich.«

Ich setzte mich in den Garten und unterhielt mich mit Alice. Tom Keeping war unverzüglich zu Fabian hineingegangen.

Alice war verändert. Ihre Stimme hatte einen jubelnden Klang. Kein Zweifel, Alice war verliebt. Sie meinte, es sei doch seltsam, daß Tom hierhergekommen sei.

»Das ist überhaupt nicht seltsam«, sagte ich. »Er steht im Dienste der Kompanie. Sir Fabian hat mir eben etwas sehr Merkwürdiges erzählt. Ich weiß nicht, ob ich ihm glauben soll.«

Ich berichtete ihr die Sache mit Lasseur. Alice starrte mich verblüfft an. »Es war ja alles sehr sonderbar, nicht? Wie er so plötzlich krank wurde.«

»Es paßt zusammen«, gab ich zu. »Aber die Geschichte kommt mir trotzdem abenteuerlich vor.«

»Wir sind in einem abenteuerlichen Land. Die Sache kommt dir nur unwahrscheinlich vor, weil du englische Maßstäbe anlegst. Ich finde, Tom hat fabelhaft gehandelt, so rasch... und so tüchtig.«

»Ja, ich werde mich bei ihm bedanken müssen.«

»Was wäre passiert, wenn er nicht gewesen wäre!« Sie schauderte. »Es ist zu schrecklich, einfach undenkbar.«

»Sir Fabian sagt, Tom habe auf seinen Befehl gehandelt.«

»Das klingt ganz plausibel.«

»Ja, es wäre möglich.«

Alice hob die Schultern. »Tom war großartig«, sagte sie.

Ich merkte, daß sie sehr von Tom eingenommen war, und fragte mich, wohin das führen würde.

Später plauderten wir in der Kinderstube, nachdem die Kinder schlafen gegangen waren. Alice war gesprächiger als sonst.

»Tom ist offenbar ein fabelhafter Mensch«, sagte ich. »Alle scheinen eine hohe Meinung von ihm zu haben.«

»Er führt ein sehr abenteuerliches Leben. Ich nehme nicht an, daß er lange hierbleibt. Er ist immer unterwegs. Es hat ihn gefreut, uns zu sehen.«

»Es hat ihn gefreut, *dich* zu sehen.«

»Das hat er auch gesagt. Aber dann sagte er etwas Merkwürdiges... wie froh er sei, uns kennengelernt zu haben, aber er finde, es sei zur Zeit nicht gut für uns, hier zu sein. Ich fragte ihn, was er damit meinte, aber er wollte nicht mit der Sprache heraus.«

»Ich habe Sir Fabian von der Entdeckung dieser Pflanze im Garten des *Khansamah* erzählt. Er war sehr beunruhigt.«

»Es liegt etwas in der Luft. Ich glaube, diese Sache mit den *Thug* macht ihnen ziemliche Sorgen.«

»Das ist verständlich. Es ist Widerstand gegen das Gesetz.«

»Tom sagt, er wird voraussichtlich nur ein paar Tage hierbleiben, und er weiß nie, wohin er als nächstes geht.« Sie schwieg eine Weile, dann fuhr sie fort: »Es war wirklich großartig, was er da in der Wüste getan hat.« Sie lächelte stolz. Ich hoffte, daß für sie alles gut werden würde. Sie hatte wirklich ein bißchen Glück verdient.

Sobald ich Tom Keeping sah, dankte ich ihm für das, was er getan hatte.

»Es war mir ein Vergnügen«, sagte er. »Ich wünschte nur, ich hätte den Mann festnehmen lassen können. Aber das ist an solchen Orten nicht so einfach. Ich erkannte ihn auf der Stelle, denn er hat dieselbe Taktik schon öfter angewendet. Einmal war es ein junges Mädchen, das hierhergekommen war, um zu heiraten. Lasseur gehörte zu ihrer Reisegruppe, und sie verschwanden zusammen auf der Fahrt durch die Wüste. Er hatte eine kleine Kutsche besorgt und das Mädchen überzeugt, daß sie den letzten Abschnitt der Reise komfortabler zurücklegen würden, und... sie ward nie mehr gesehen.«

»Ich weiß nicht, was ich Ihnen sagen soll. Es ist so verwirrend. Wenn ich daran denke, was hätte passieren können...«

Er legte seine Hand auf meinen Arm. »Es ist ja nichts passiert. Sir Fabian behagte die Vorstellung nicht, daß zwei Damen unbegleitet reisten, und er trug mir auf, nach Ihnen Ausschau zu halten, da ich in der Nähe war, um den letzten Abschnitt der Reise nach Indien mit Ihnen gemeinsam zurückzulegen. Ich sah sogleich, daß Lasseur wieder denselben Trick anwandte. Es hat mir richtig Spaß gemacht, dem gemeinen Burschen das Handwerk zu legen.«

»Er wird es vermutlich wieder tun.«

»Zweifellos. Ich würde ihn gern bloßstellen, aber das ist eine knifflige Sache. Sein Herr ist, glaube ich, ein Mann von großem Reichtum und Einfluß. Weiß der Himmel, was das für Folgen hätte, wenn sich jemand einem von seinen Männern in den Weg stellte. Es könnte eine internationale Affaire werden. Diskretion war in diesem Fall die klügere Heldentat, und ich mußte mich damit begnügen, Sie sicher ans Ziel zu bringen.«

»Ich danke Ihnen.«

»Sie sollten sich bei Sir Fabian bedanken. Ihre sichere Ankunft war für ihn von großer Wichtigkeit.«

Ich verspürte eine glühende Freude, die lächerlicherweise die Gefahren wert schien, denen ich ausgesetzt gewesen war.

Dann ereignete sich etwas Beunruhigendes. Es war am Nachmittag, zur heißesten Zeit des Tages, als es ganz still im Haus war. Lavinia hatte mich zu sich gebeten. Sie wollte plaudern und mit mir über ein neues Kleid reden, das sie sich anfertigen ließ. Zwar legte sie keinen Wert auf meinen Rat in solchen Dingen, aber sie wollte sich mit mir unterhalten. Um diese Stunde ruhte sie meistens, auch wenn sie nicht schlief, daher nahm ich an, sie allein anzutreffen. Als ich mich ihrer Tür näherte, vernahm ich Stimmen. Die von Lavinia klang aufgebracht und erschrocken. Ich stieß die Tür auf. Einige Sekunden starrte ich verblüfft auf die Szene. Lavinia stand am Bett, ihr Negligé war ihr von den Schultern geglitten. Sie sah verwirrt und furchtsam aus – und der Groß-*Khansamah* war an ihrer Seite. Sein Turban war verrutscht, sein Gesicht verzerrt. Mir schien, er hatte Lavinia überfallen. Seine Augen waren glasig, und er machte einen sonderbaren Eindruck.

Lavinia hingen die Haare lose auf die bloßen Schultern. Ihr Gesicht war stark gerötet. Als sie mich sah, wich die Furcht aus ihren Zügen und machte einer beinahe überheblichen Miene Platz.

»Ich glaube«, sagte sie zu dem *Khansamah,* »es ist besser, wenn Sie jetzt gehen.«

Er bemühte sich verzweifelt, seine Würde wiederherzustellen. Seine Hand fuhr an sein halboffenes Hemd. Er sah mich an und sagte stockend: »Missie kommen, *Memsahib* Gräfin besuchen. Ich gehe.«

»Ja, *Khansamah*«, sagte Lavinia gebieterisch, »Sie sollten jetzt gehen.«

Er verbeugte sich, warf mir einen mißbilligenden Blick zu und entfernte sich.

»Was war denn hier los?« fragte ich.

»Meine liebe Deborah, ich war höchst erstaunt. Der Kerl hat sich eingebildet, ich würde ihm gestatten, mit mir zu schlafen.«

»Lavinia!«

»Mach nicht so ein verblüfftes Gesicht! Er hält sich für besser als jeder von uns.«

»Wie konntest du ihm das erlauben?«

»Ich hab's ihm nicht erlaubt. Ich habe heftigst protestiert.«

»Wieso hat er es dann für möglich gehalten?«

»Er hat eben eine hohe Meinung von sich.«

»Du mußt ihn irgendwie ermutigt haben.«

Sie zog einen Flunsch. »So ist's recht. Gib nur mir die Schuld! Das tust du ja immer.«

»Siehst du denn nicht, wie gefährlich das ist?«

»Gefährlich? Ich wäre schon mit ihm fertig geworden.«

»Du sahst aber ziemlich verängstigt aus, als ich hereinkam.«

»Gerade zur rechten Zeit!« sagte sie theatralisch.

»Du hättest ihn nie so empfangen dürfen, wie du es getan hast. Du hättest zu den täglichen Besprechungen mit ihm nach unten gehen müssen.«

»So ein Unsinn! Ich habe nur getan, was alle Frauen tun. Sie sehen ihren *Khansamah* jeden Vormittag.«

»Der hier ist anders. Du hast dich töricht benommen. Du hast mit ihm geflirtet. Er muß angenommen haben, daß er bei dir Erfolg haben würde. Das wäre ihm nie in den Sinn gekommen, wenn du dich schicklich verhalten hättest, wie es die anderen tun. Welcher Frau würde es schon einfallen, die Bediensteten zu solchen Ideen zu ermutigen?«

»Das habe ich nicht getan.«

»Hast du doch. Ich hab's gesehen. Empfängst ihn im Negligé, lächelnd, aufgeschlossen für seine Komplimente. Da dachte er natürlich, er würde bei dir leichtes Spiel haben.«

»Aber er ist ein Dienstbote. Das sollte er bedenken.«

»Nicht, wenn du dich wie eine Schlampe aufführst.«

»Sei vorsichtig, Deborah!«

»Du bist es, die vorsichtig sein muß. Wenn du nicht willst, daß ich offen spreche, ist es sinnlos, daß wir weiterreden.«

»Ich dachte, du würdest Mitgefühl zeigen.«

»Lavinia, bist du dir denn über die Lage hier nicht im klaren? Tom Keeping ist deswegen hier. Es sind Unruhen im Gange – und du schaffst eine solche Situation mit diesem Mann!«

»Ich hab' sie nicht geschaffen. Das war er. Ich hab' ihn nicht in mein Zimmer gebeten.«

»Nein. Aber du hast ihm dein Interesse bekundet.«

»Ich habe nie ein Wort gesagt.«

»Blicke sagen soviel wie Worte. Du bist noch genauso schlimm wie auf der Schule.«

»Oh, willst du das alles wieder aufwärmen?«

»Allerdings, als Beispiel für deine Torheit. Das hier ist fast genauso schlimm.«

Sie hob die Augenbrauen. »Wirklich, Deborah, du nimmst dir allerhand heraus, bloß weil ich freundlich zu dir war.«

»Wenn dir meine Art nicht paßt...«

»Ich weiß, dann fährst du nach Hause. Zurück in dieses langweilige alte Pfarrhaus. Das denkst du dir so. Von wegen. Du kannst Colin Brady nicht heiraten, weil er schon verheiratet ist.«

»Ich hatte nie die Absicht, ihn zu heiraten. Aber ich will nicht hier sein, wenn ich nicht erwünscht bin.«

»Fabian würde dich niemals gehen lassen.«

Ich errötete leicht. Sie sah es und lachte. »Er ist sehr an dir interessiert, aber täusche dich nicht! *Dich* würde er niemals heiraten. Fabian ist kein bißchen besser als ich... Du solltest trotzdem ihm gegenüber nicht so distanziert sein.«

Ich schickte mich an zu gehen, doch sie rief kläglich: »Deborah, warte! Ich war so froh, als du vorhin hereinkamst. Ich glaube, der *Khansamah* kann sehr rigoros werden. Ich hatte wirklich ein bißchen Angst, er würde mich vergewaltigen.«

»Ich will nichts mehr hören, Lavinia. Was geschehen ist, war hauptsächlich deine Schuld. Ich finde, du solltest etwas mehr Verantwortungsgefühl haben. Ich denke, er war berauscht. Er baut Datura in seinem Garten an. Das würde seine Zudringlichkeit erklären, denn ich glaube, nicht einmal er würde es in normalem Zustand wagen, so weit zu gehen.«

»Und was wirst du jetzt tun? Dougal erzählen, was für eine schreckliche Frau er hat? Erspar dir die Mühe! Das weiß er schon. Sag ihm, er ist so ein fader Tropf, und deshalb brauche ich etwas Zerstreuung.«

»Natürlich werde ich es Dougal nicht erzählen.«

»Ich weiß. Du erzählst es Fabian. Deborah, um Himmels willen, tu das nicht!«

»Ich meine, es sollte vielleicht erwähnt werden. Es ist unerträglich... wie der Mensch einfach so in dein Schlafzimmer kommt.«

»Ich bin eben unwiderstehlich.«

»Und voller versteckter Verheißungen.«

»Deborah, bitte sag Fabian nichts davon!«

Nach kurzem Schweigen sagte ich: »Ich glaube, es könnte wichtig sein im Hinblick auf...«

»Ach, sei nicht so tiefschürfend! Er ist ein Mann wie jeder andere. Sie sind alle gleich, wenn du ihnen auch nur den kleinen Finger reichst.«

»Dann hör auf damit – obwohl, in deinem Fall dürften es beide Hände gewesen sein.«

»Ich versprech's, Deborah, ich versprech's. Ich will brav sein... nur, erzähl Fabian nichts!«

Schließlich stimmte ich zu, obwohl mir dabei etwas unbehaglich zumute war, denn ich hatte das Gefühl, der Umstand, daß ein Mitglied des indischen Personals ein Verhältnis mit der Dame des Hauses in Betracht zog, war bezeichnend für die augenblickliche Situation.

Zwei Tage später wurde dann die Schreckensnachricht überbracht. Ich hatte den *Khansamah* in der Zwischenzeit nur einmal gesehen. Er war würdevoll wie eh und je. Er neigte den Kopf zu dem herkömmlichen Gruß und ließ sich nicht anmerken, ob er sich an die Szene in Lavinias Schlafzimmer und an die Rolle, die ich dabei gespielt hatte, erinnerte.

Lavinia berichtete, als er kam, um seine tägliche Aufwartung zu machen und die Speisenfolge des Tages mit ihr zu besprechen, habe sie ihn im Tageskleid in ihrem Salon empfangen. Es sei ruhig vonstatten gegangen, ohne jede Anspielung auf das, was vorgefallen war. »Du hättest mich sehen sollen«, sagte sie. »Du wärst stolz auf mich gewesen. Ich habe nur über das Essen gesprochen, er hat Vorschläge gemacht, und ich sagte: ›Ja, *Khansamah,* das überlasse ich ganz Ihnen.‹ Genau, wie es bestimmt die würdevollsten Damen tun. Das war alles.«

»Er wird sich darüber klar sein, daß er ein Benehmen an den Tag gelegt hat, das nicht geduldet werden kann«, sagte ich. »Er wird sich natürlich nicht entschuldigen. Das wäre zuviel verlangt. Außerdem war es hauptsächlich deine Schuld. Er hat beschlossen, zu tun, als wäre nichts gewesen, und das ist schließlich die beste Art, damit fertig zu werden.«

Ein junger Mann kam zu uns. Er war weit geritten und ziemlich erschöpft, und er wollte unverzüglich zum Groß-*Khansamah.* Wir erfuhren alsbald, daß die überbrachte Nachricht vom Bruder des *Khansamah* kam. Der Sohn des Groß-*Khansamah,* Asraf, der kürzlich mit Roshanara vermählt worden war, war tot. Er war ermordet worden.

Der Groß-*Khansamah* schloß sich in seinem Zimmer ein und trauerte. Düsterkeit senkte sich über das Haus. Fabian war zutiefst beunruhigt. Tom Keeping und Dougal waren lange mit Fabian im Arbeitszimmer. Sie erschienen nicht zum Abendessen, worauf ihnen wie bei anderer Gelegenheit etwas ins Arbeitszimmer gebracht wurde.

Lavinia und ich saßen allein beim Essen. Wir sprachen wie alle im Haus über Asrafs Tod. »Er war so jung«, sagte ich. »Er und Roshanara haben erst vor kurzem geheiratet. Wer konnte ihn umbringen wollen?«

Sogar Lavinia war erschüttert. »Der arme *Khansamah!* Es ist ein schwerer Schlag für ihn. Sein einziger Sohn!«

»Es ist furchtbar«, sagte ich. Der Mann tat mir leid, obwohl er in meiner Phantasie zu einer finsteren Gestalt geworden war.

Lavinia wollte sich früh zurückziehen und ging in ihr Zimmer. Mir war nicht nach Schlafen zumute. Ich war sehr beunruhigt. Was würde aus Roshanara werden? Das arme Kind, sie war noch so jung!

Ich saß im Dunkeln im Salon, die Vorhänge zurückgezogen, so daß ich die Schönheit des vom Mondlicht erhellten Gartens betrachten konnte. Gerade als ich daran dachte, schlafen zu gehen, ging die Tür auf, und Fabian kam herein. »Guten Abend«, sagte er. »Du bist noch auf? Wo ist Lavinia?«

»Sie ist zu Bett gegangen.«

»Und du sitzt hier allein?«

»Ja. Es ist alles so beunruhigend.«

Er schloß die Tür. »Da stimme ich dir zu«, sagte er. »Sehr beunruhigend. Für Asrafs Ermordung muß es einen Grund geben.«

»Vielleicht waren es die *Thug*. Sie morden ohne Grund.«

Er schwieg eine Weile, dann sagte er: »Nein, ich glaube nicht, daß es die *Thug* waren, aber es könnte mit ihnen zusammenhängen.«

»Du meinst, jemand hat nicht nur um des Tötens willen gemordet, sondern aus einem ganz bestimmten Grund?«

Er setzte sich mir gegenüber. »Wir müssen unbedingt herausfinden, was vorgeht. Ich habe mit Dougal und Tom über die Möglichkeit gesprochen, Lavinia und dich mit den Kindern von hier fortzubringen.«

»Fort! Du meinst...«

»Ich wäre froher.« Er lächelte etwas sarkastisch. »Ich meine nicht eigentlich froher, ich meine erleichtert.«

»Ich glaube nicht, daß Lavinia gehen würde.«

»Lavinia? Sie geht, wann und wohin man ihr sagt.«

»Mir würde es nicht passen, hierhin und dorthin geschickt zu werden wie ein Päckchen.«

»Bitte, mach keine Schwierigkeiten! Es ist ohnehin schon schwer genug, eine Entscheidung zu treffen, also mach du die Lage nicht noch schlimmer!«

»Es ist bloß, daß man gern selbst mitbestimmen möchte, was mit einem geschieht.«

»Du hast keine Ahnung, was hier vorgeht, und willst trotzdem Entscheidungen treffen. Frauen und Kinder sollten nicht hier sein.«

»Du hattest keine Einwände, daß Lavinia hierherkam. Die Kinder sind hier geboren.«

»Sie kam mit ihrem Mann. Ich hatte keinen Einfluß darauf, wo die Kinder geboren wurden. Ich stelle nur fest, es ist ungelegen, daß sie und ihr hier seid. Ich mache mir Vorwürfe, daß ich dich und Miss Philwright hergeholt habe.«

»*Du* hast uns nicht hergeholt.«

»Es war mein Vorschlag.«

»Warum?«

»Ich dachte, du könntest Lavinia vielleicht beeinflussen. Und ich glaube, ich sagte dir schon oder habe zumindest angedeutet, daß ich auch den Nutzen erwog, den ich aus deiner Gegenwart ziehen würde.«

»Weil du mit deiner Mutter der Ansicht bist, daß die Kinder unbedingt eine englische Gouvernante und ein englisches Kindermädchen brauchen.«

»Aber natürlich...«

»Und jetzt bereust du es.«

»Nur aus einem einzigen Grunde. Die Situation hier gefällt mir nicht, und ich halte es für besser, nicht zu viele Frauen und Kinder dabeizuhaben.«

»Deine Besorgnis ehrt mich.«

Er sagte mit einer Spur Sarkasmus: »Du weißt den wahren Grund, weshalb ich dein Kommen arrangiert habe: Weil ich mir selbst eine kleine Freude machen wollte.«

»Es überrascht mich, daß du denkst, ich könnte dir dazu verhelfen.«

»Das kann dich nicht überraschen. Du weißt, wie ich diese prickelnden Gespräche genieße. Außerdem wollte ich dich von dem gräßlichen Colin Brady wegholen.«

»Ich denke, er gilt als devoter Framlingscher Untertan.«

»Um so mehr ein Grund für mich, ihn nicht zu mögen. Ich wollte dich sehen, deshalb habe ich dein Kommen arrangiert. Außerdem, was hättest du zu Hause angefangen? Im Pfarrhaus konntest du nicht bleiben, ohne Brady zu heiraten. Wo wärst du geblieben?«

»Wo ich war. Bei meinem alten Kindermädchen.«

»Ach ja, die gute Frau. Ich wollte dich hierhaben, das war alles. Obwohl ich dir gleichgültig bin, habe ich dich gern, Deborah.«

Ich hoffte, ich ließ mir meine Freude nicht anmerken. Er war unverbesserlich. Er mußte wissen, daß ich mich niemals auf eine flüchtige Liebesaffaire mit ihm einlassen würde, aber er gab nicht auf.

Ich wechselte das Thema. »Was beunruhigt dich so?«

»Asrafs Ermordung. Warum wurde er umgebracht? Er war fast noch ein Junge. Warum? Das müssen wir herausfinden, und zwar schnell. Es war ein einzelner Mord. Die *Thug* begehen stets mehrere. Das Blut eines einzigen Unschuldigen würde Kali nicht lange zufriedenstellen. So sehr ich weitere solche Vorkommnisse verabscheuen würde, sie wären verständlicher als dieser mysteriöse Mord. Er hängt mit unserem Haus zusammen. Ich habe das Gefühl, das hat etwas zu bedeuten.«

»Kannst du den *Khansamah* befragen?«

Er schüttelte den Kopf. »Das könnte gefährlich sein. Wir müssen herausfinden, was vorgeht. Warum wurde Asraf ermordet? Wir müssen wissen, ob es ein Ritualmord war oder ob die Tötung aus einem anderen Grund geschah. Tom ist sofort abgereist, um Ermittlungen anzustellen. Vielleicht wissen wir mehr, wenn er zurückkommt.«

»Das ist alles sehr geheimnisvoll.«

»Es gibt viele Geheimnisse in diesem Land. Deborah, ich denke, ich sollte dich warnen. Ich werde möglicherweise ganz kurzfristig beschließen, daß ihr abreisen müßt. Ich hätte euch längst fortschicken sollen, doch das Reisen kann sich als gefährlicher erweisen als hierzubleiben. Es könnte notwendig werden, daß ihr hier in Indien in eine andere Stadt zieht. Aber vorher müssen wir wissen, was dieser Mord zu bedeuten hat. Es hängt so viel davon ab, was dahinter steckt.« Er schwieg eine Weile, dann sagte er: »Wie friedlich es da draußen aussieht...« Weiter kam er nicht. Ich stand plötzlich auf. Was würde Lavinia wohl denken, wenn sie herunterkäme und mich in dem dunklen Zimmer mit ihrem Bruder fände?

»Gute Nacht«, sagte ich.

Er lachte. »Du glaubst, hier mit mir allein zu sein, ist ein wenig... unziemlich?«

Wieder hatte er meine Gedanken gelesen, was mich jedesmal überraschte und verwirrte.

»Oh... gewiß nicht.«

»Nein? Vielleicht bist du gar nicht ganz so konventionell, wie ich es mir manchmal vorstelle. Du hast eine sehr riskante Reise hinter dir. Du bist unter großen Gefahren durch die Wüste gefahren, da ist es kaum wahrscheinlich, daß du dich vor mir fürchtest, bloß weil wir allein in einem dunklen Zimmer sind.«

»Was für eine Idee!« sagte ich leichthin.

»Ja, nicht wahr? Bleib noch ein Weilchen, Deborah!«

»Ich bin sehr müde. Ich denke, ich sollte zu Bett gehen.«

»Mach dir nicht zu große Sorgen über das, was ich dir gesagt habe! Ich kann mich irren. Vielleicht gibt es eine logische Antwort auf alles... eine Kette von Zufällen und dergleichen mehr. Aber man muß es herausfinden und sich auf alles gefaßt machen.«

»Natürlich.«

»Ich wäre sehr unglücklich, wenn du fort müßtest.«

»Es ist lieb von dir, daß du das sagst.«

»Es ist die reine Wahrheit. Ich wollte, du wärst nicht so ängstlich.«

»Ich habe keine Angst vor dir.«

»Vielleicht vor dir selbst?«

»Ich muß jetzt gehen.«

Er küßte mir die Hand. »Deborah, du weißt, daß ich dich sehr gern habe.«

»Danke!«

»Bedank dich nicht für etwas, wofür ich nichts kann! Bleib noch! Laß uns reden! Hören wir auf, uns auszuweichen, ja?«

»Von ausweichen habe ich nichts gemerkt.«

»Das hat sich zwischen uns aufgerichtet. Du hast den Samen ge-

legt, und es ist gewuchert wie Unkraut. Ich weiß, womit es angefangen hat. Es war diese Geschichte in Frankreich. Sie hat dich
mehr geprägt als Lavinia. Du kamst zu dem Schluß, daß alle
Männer Lügner und Betrüger sind, und hast dir in den Kopf gesetzt, dich niemals belügen oder betrügen zu lassen.«

»Du redest von etwas, wovon du absolut nichts verstehst.«

»Dann gib mir die Chance zu lernen. Ich werde dein bescheide-
ner Schüler sein.«

»Du wirst niemals bescheiden sein und dich auch nicht von mir
belehren lassen. Darum sage ich gute Nacht. Ich werde beherzigen, was du mir gesagt hast, und jeden Moment zur Abreise bereit sein.«

»Ich hoffe, daß es nicht dazu kommt.«

»Ich werde dennoch vorbereitet sein.«

»Mußt du wirklich schon gehen?«

»Ja. Gute Nacht!«

Ich stieg in Hochstimmung die Treppe hinauf. Ich wünschte, ich
hätte es selbst glauben können, als ich mir einredete, er wäre mir
gleichgültig.

Alice zeigte mir einen Brief, den Tom Keeping für sie hinterlassen hatte. Er rechne damit, bald zurückzukehren, und hoffe bis
dahin auf eine Antwort von ihr. Er bitte sie, ihn zu heiraten. Er
wisse, daß sie keine übereilte Antwort geben wolle und Zeit zum
Überlegen brauche. Sie kennen sich zwar erst kurze Zeit, aber er
sei sich sicher, daß er sie heiraten wolle.

Die Zeiten sind etwas unruhig, schrieb er. *Ich werde noch einige Jahre hierbleiben, nehme ich an. Du würdest mit mir auf
Reisen gehen. Es könnte manchmal gefährlich werden, und
wir würden gelegentlich getrennt sein. Ich möchte, daß Du
das alles bedenkst. Ich hielt es für besser zu schreiben, denn
ich wollte mich nicht von meinen Gefühlen so weit forttragen
lassen, daß ich die Schwierigkeiten beschönige. Alles wird anders sein als das, was Du gewöhnt warst. Aber ich liebe
Dich, Alice, und wenn Du Dir etwas aus mir machst, bin ich
der glücklichste Mensch auf Erden.*

Ich war zutiefst gerührt. Es war vielleicht kein überschwenglicher Liebesbrief, aber er zeugte von großer Aufrichtigkeit. Ich sah Alice an und brauchte nicht zu fragen, wie ihre Antwort lauten würde. »Nie hätte ich geglaubt, daß mir so etwas geschehen könnte«, sagte sie. »Ich hätte nicht einen Moment gedacht, daß mich einer heiraten will... und dazu noch einer wie Tom. Ich glaube, ich träume.«

Die gute Alice! Sie wirkte tatsächlich verwirrt, aber unglaublich glücklich. »O Alice«, sagte ich. »Es ist wundervoll! Eine herrliche Romanze.«

»Daß das ausgerechnet mir passiert! Ich kann's noch gar nicht fassen. Glaubst du, er meint es wirklich ernst?«

»Aber natürlich. Ich freu' mich so für dich.«

»Ich kann ihn jetzt noch nicht heiraten.«

»Warum nicht?«

»Und meine Stellung hier? Die Gräfin...«

»Die Gräfin würde sich keinen Deut um dich kümmern, wenn es ihr gerade in den Kram paßte. Natürlich mußt du ihn heiraten. Du mußt dieses wunderbare Leben beginnen, sobald du kannst.«

»Und die Kinder?«

»Sie haben in der *Aja* eine gute Kinderfrau und in mir eine ausgezeichnete Gouvernante.«

»Ach Deborah, wir waren so gute Freundinnen!«

»Warum die Vergangenheitsform? Wir *sind* gute Freundinnen. Wir werden es immer bleiben.«

Sie sah mich etwas wehmütig an, und ich vermutete, daß sie wie alle Verliebten – jedenfalls so selbstlose – andere in demselben Glückszustand sehen wollte, insbesondere mich. »Ich wünschte...« begann sie ziemlich betrübt. Ich wußte, was sie sagen wollte, und fuhr rasch fort: »Du wünschst, daß Tom bald zurückkommt, und fragst dich, wann ihr heiraten könnt.«

»Ich wünschte, daß auch du jemanden fändest...«

»Oh«, sagte ich leichthin, »es laufen nicht genug von Tom Keepings Sorte herum. Nur die vom Glück Begünstigten erwischen einen.«

Sie runzelte die Stirn. »Ich laß dich ungern allein.«

»Meine liebe Alice, mach dir um mich keine Sorgen! Mit Hilfe der *Aja* werde ich mit den Kindern bestens zurechtkommen.«

»Das habe ich nicht gemeint, Deborah. Wir stehen uns sehr nahe, ich kann also offen mit dir reden. Was hältst du von Fabian Framling?«

»Oh... ein interessanter Mensch. Sehr von seiner Bedeutung überzeugt.«

»Was bedeutet er dir?«

»Ich glaube, dasselbe wie allen anderen. Er scheint hier sehr einflußreich zu sein.«

»Das war nicht ganz, was ich meinte.«

»Was hast du dann gemeint?«

»Ich glaube, du bist ihm nicht gleichgültig.«

»Ihm ist nichts gleichgültig, was hier vorgeht.«

»Du weißt, was ich meine und worauf er aus ist.«

»Auf eine Verführung?«

»Ja, an so etwas denke ich.«

»Und ich denke, daß ihm das bei jeder einigermaßen jungen Frau in den Sinn kommt.«

»Das ist es ja, was ich befürchte. Es wäre nicht klug, zu tief für ihn zu empfinden.«

»Keine Sorge. Ich kenne ihn sehr gut.«

»Wollte diese Lady Soundso nicht herkommen, um ihn zu heiraten?«

»Ich könnte mir vorstellen, daß das alles wegen der Unruhen hier aufgeschoben wurde.«

»Aber irgendwann wird die Hochzeit stattfinden.«

»Ich denke, es ist Lady Harriets Wille – und der wird gewöhnlich von allen erfüllt.«

»Ich verstehe. Ich wünschte, du könntest mitkommen, wenn wir fortgehen.«

»Ich glaube nicht, daß Tom die Flitterwochen mit einer dritten Person teilen möchte.«

»Ich hoffe nur, daß du zurechtkommst. Du bist natürlich sehr vernünftig. Es gefällt mir nicht, daß du hierbleibst, bei der Gräfin, die so leichtsinnig und selbstsüchtig ist... und was ihren Mann betrifft, ich glaube, der ist halb in dich verliebt.«

»Mach dir keine Sorgen! Dougal wird immer nur halb verliebt sein, niemals ganz.«

»Die Situation gefällt mir ganz und gar nicht. Laß dich von niemandem überrumpeln!«

»Danke! Als zukünftige Ehefrau meinst du wohl, dich um deine weniger erfahrenen und anfälligeren Geschlechtsgenossinnen kümmern zu müssen. Ach Alice, sei doch einfach glücklich! Denn ich bin glücklich für dich.«

Lavinia war amüsiert, als sie hörte, daß Tom und Alice heiraten wollten. »Wer hätte das von ihr gedacht! Sie schien mir die geborene alte Jungfer. Offen gesagt, ich verstehe nicht, was er an ihr findet. Sie ist doch recht *unansehnlich*.«

»Manche Menschen verfügen eben über mehr als wehende Haarmähnen und eine tigerhafte Erscheinung. Alice ist hochintelligent.«

»Was ich nicht bin, wie du zu verstehen gibst.«

»Niemand könnte dich unansehnlich nennen.«

»Aber auch nicht intelligent?«

»Dein Benehmen läßt jedenfalls darauf schließen, daß es mit dieser wertvollen Veranlagung bei dir eher dürftig bestellt ist.«

»Ach, sei still! Ich finde es jedenfalls komisch: Nanny Alice und Tom Keeping. Und was wird aus den Kindern? Mama wird wütend sein. Sie hat Alice Philwright hierhergeschickt, damit sie sich um die Kinder kümmert, und nicht, damit sie sich einen Mann sucht.«

»Die Angelegenheit fällt nicht mehr in den Zuständigkeitsbereich deiner Mutter. Sie mag über das große Haus herrschen, aber nicht über ganz Indien.«

»Sie wird sich schrecklich aufregen. Ich bin gespannt, ob sie ein neues englisches Kindermädchen schickt.«

»Das nehme ich nicht an. Schließlich bleibt ihr ja nicht mehr sehr lange hier, nicht wahr?«

»Danke, daß du mich an diese freudige Tatsache erinnerst.«

»Auf dem Landsitz der Carruthers wirst du vielleicht nicht so viel männliche Bewunderung genießen wie hier.«

»Nein. Da magst du recht haben. Und Mama ist dort nicht so weit weg. Vielleicht überrede ich Dougal doch, hierzubleiben.«

»Ich glaube, er sehnt sich nach Hause.«

»Nach den trockenen alten Büchern, die er hier nicht bekommen kann. Geschieht ihm recht.«

»So eine pflichtbewußte Gattin«, murmelte ich, und sie lachte. Fabian reagierte mit Überraschung auf die Neuigkeit. Wir saßen beim Abendessen, als die Angelegenheit zur Sprache kam. »Ich dachte, Keeping wäre ein eingefleischter Junggeselle«, sagte er.

»Manche Männer sind es so lange, bis sie eine finden, an denen ihnen wirklich liegt«, entgegnete ich.

Er warf mir einen amüsierten Blick zu.

»Niemand konnte erstaunter sein als ich«, sagte Lavinia. »Ich dachte, Leute wie Nanny Philwright würden niemals heiraten. Sie widmen ihr ganzes Leben ihren Schutzbefohlenen und leben am Ende in einem Häuschen, von einem dankbaren Schützling für sie erbaut, der dann die Nanny jedes Jahr zu Weihnachten und an ihrem Geburtstag besucht und dafür sorgt, daß es ihr bis ans Ende ihrer Tage gutgeht.«

»Ich bin kein bißchen überrascht«, sagte ich. »Sie sind ein prächtiges Paar. Schon bei ihrer ersten Begegnung sah ich die Harmonie zwischen ihnen.«

»Auf der Fahrt durch die Wüste«, sagte Fabian. Er lächelte mich vielsagend an, womit er mich daran erinnerte, daß Tom Keeping mich auf seine Anordnung hin vor einem schrecklichen Schicksal bewahrt hatte.

»Wir verlieren unsere Nanny«, sagte Lavinia. »Das ist zu dumm.«

»Die *Aja* ist sehr gut«, hielt ich ihr entgegen, »und ich werde mich weiterhin um die Kinder kümmern wie bisher. Aber es ist trotzdem traurig für uns alle, daß Alice fortgeht.«

»Sie wird uns sicher von Zeit zu Zeit mit Tom besuchen«, meinte Dougal.

»Dann gibt es ein fröhliches Wiedersehen«, fügte Fabian hinzu.

»Ich freue mich sehr für Alice«, sagte ich. »Sie ist einer der besten Menschen, die ich je gekannt habe.«

»Dann«, sagte Fabian, »laßt uns auf die beiden trinken!« Er hob sein Glas. »Auf alle Liebenden… wo sie auch sein mögen!«

Der Aufstand

Asrafs Leichnam wurde zu seinem Vater gebracht und in dem Haus aufgebahrt, das dem Groß-*Khansamah* als Wohnung diente. Der Tote sollte auf traditionelle Weise bestattet werden, das hieß, der Leichnam sollte auf einen Holzkarren geladen und zu einer bestimmten Stelle gebracht werden, wo man ihn verbrennen würde.

Roshanara war mitgekommen. Sie stand unter der Aufsicht ihres Schwiegervaters. Ich wollte sie sehen und mit ihr sprechen. Ich wollte wissen, wie es um ihre Zukunft bestellt war.

Das sollte ich bald erfahren. Die *Aja* kam zu mir und zupfte mich am Ärmel, womit sie zu verstehen gab, daß sie mich allein sprechen wolle.

»Was ist passiert?« fragte ich.

Sie ging mit mir in den Garten zu der Laube zwischen dem hohen Gras und den Sträuchern. Dort kam selten jemand vorbei, hieß es doch, in dem hohen Gras wimmele es von Schlangen. Die *Aja* sagte: »Wir müssen vorsichtig sein, sehr vorsichtig. Folgen Sie mir bitte!«

In der Laube wartete Roshanara. Wir sahen uns ein paar Sekunden an, dann lag sie in meinen Armen. »O Missie... Missie...« sagte sie. »So gut... so gütig.«

Ich hielt sie auf Armeslänge von mir und betrachtete sie. Ihr Aussehen erschreckte mich. Sie war nicht mehr das Kind, das sich neben Louise gesetzt hatte und meinem Unterricht gefolgt war. Sie sah älter aus und war dünner geworden. Besonders aber beunruhigte mich ihre verängstigte Miene.

»Nun bist du also Witwe, Roshanara«, sagte ich.

Sie sah mich kummervoll an.

»Es tut mir so leid«, fuhr ich fort. »Es ist schrecklich. Ihr wart erst so kurz verheiratet. Wie traurig, daß du deinen Mann verloren hast.«

Sie schüttelte den Kopf und sagte nichts, doch ihr verschreckter Blick ließ mich nicht los.

»Er wurde ermordet«, sagte ich. »Es war so sinnlos. War es ein Feind?«

»Er hat nichts getan, Missie. Er starb wegen der Tat eines anderen.«

»Möchtest du darüber sprechen?«

Sie schüttelte den Kopf. Dann kniete sie plötzlich zu meinen Füßen und klammerte sich an meinen Rock. »Helfen Sie mir, Missie! Lassen Sie mich nicht verbrennen!«

Ich sah die *Aja* an, die nickte. »Sag's ihr, Roshanara! Sag's der Missie!«

Roshanara schaute mich an. »Es gibt eine Bestattung... auf dem Scheiterhaufen. Ich muß mich in die Flammen werfen.«

»Nein!« sagte ich.

»Der Groß-*Khansamah* sagt ja. Er sagt, es ist die Pflicht der Witwe.«

»Nein, nein, das ist *Sati*. Das ist unter der britischen Oberhoheit nicht mehr erlaubt.«

»Der Groß-*Khansamah* sagt, es ist unser Brauch. Er will den Brauch der Fremden nicht.«

»Es ist verboten«, sagte ich. »Du brauchst dich nur zu weigern. Niemand kann dich zwingen. Du hast das Gesetz auf deiner Seite.«

»Der Groß-*Khansamah* sagt...«

»Dies hat nichts mit dem Groß-*Khansamah* zu tun.«

»Asraf war sein Sohn.«

»Das tut nichts zur Sache. Es verstößt gegen das Gesetz. Es wird nicht geschehen, dafür werden wir sorgen. Überlaß das mir!«

Roshanaras erschreckte Miene machte Zuversicht Platz. Ich war etwas erschüttert, daß sie so auf meine Macht vertraute. Ich wollte rasch handeln, wußte aber nicht recht, wie ich vorgehen sollte. Diese Angelegenheit war zu schwerwiegend, als daß ich sie allein bewältigen konnte. Ich mußte mich mit Fabian oder Dougal beraten. Lieber mit Fabian. Dougal würde zwar überaus mitfühlend sein, aber es mangelte ihm an Entschlußkraft. Fabian wußte sicher, was am besten zu tun war.

»Ich muß gehen«, sagte ich. »Was wirst du tun, Roshanara?«

»Sie geht wieder ins Haus des Groß-*Khansamah*«, erwiderte die *Aja*. »Er darf nicht wissen, daß sie mit Ihnen gesprochen hat. Ich bringe sie zurück.«

»Ich werde dir bestimmt bald sagen können, was du tun mußt«, sagte ich.

Ich ging sogleich zu Fabian. Zum Glück war er in seinem Arbeitszimmer. Er erhob sich und bekundete seine Freude, mich zu sehen. Ich ärgerte mich über mein Hochgefühl, wo ich mich doch mit einer so schrecklichen Situation befassen mußte.

»Ich muß mit dir reden«, sagte ich.

»Das freut mich. Was gibt's?«

»Es geht um Roshanara. Ich habe eben mit ihr gesprochen. Das arme Kind ist außer sich vor Angst. Der Groß-*Khansamah* will sie zwingen, auf Asrafs Scheiterhaufen zu steigen.«

»Was? Unmöglich!«

»Es ist der Befehl des Schwiegervaters. Was sollen wir tun?«

»Es verhindern, würde ich sagen.«

»Das wäre im Hinblick auf das Gesetz nicht schwierig, oder?«

»Es wäre nicht schwierig, aber unter Umständen gefährlich provozierend. Wir sind auf beunruhigende Dinge gestoßen, und meiner Meinung nach ist die Situation äußerst brenzlig. Wir müssen mit größter Vorsicht handeln.«

»Aber im Falle eines Verstoßes gegen das Gesetz…«

»Deborah«, sagte er ernst, »kann ich mich auf deine Diskretion verlassen?«

»Natürlich.«

»Sprich nicht mit meiner Schwester darüber oder mit sonst jemandem. Wenn Tom Keeping zurückkehrt, wird er Miss Philwright sicher informieren. Sie ist ein vernünftiges Mädchen, sonst hätte Tom sich nicht in sie verliebt.«

»Ich habe Roshanara versprochen, daß wir etwas unternehmen.«

»Das werden wir auch. Wir lassen diese Abscheulichkeit nicht zu, da kannst du ganz beruhigt sein. Aber wir haben gewisse Entdeckungen gemacht. Aufruhr liegt in der Luft. Es bedarf sehr wenig, um einen Funken an das Pulverfaß zu bringen, und wenn es dazu kommt, wird es eine Riesenexplosion geben. Etwas ist schiefgegangen. Die Kompanie hatte nie die Absicht, sich die Inder zu unterwerfen. Wir haben das Los der Leute hier in vieler Hinsicht verbessert, doch sind uns dabei offenbar Fehler unterlaufen. Ich denke, sie haben unseren Einfluß als zu stark empfunden. Das Volk hält seine Kultur für bedroht und sieht seine überkommenen Gebräuche unterdrückt.«

»Die Leute müssen doch einsehen, daß sie ohne diese widerwärtigen Gepflogenheiten wie *Sati* und das *Thug*-Unwesen besser daran sind.«

»Vielleicht. Aber es gibt immer welche, die sich wehren. Unter Lord Dalhousie haben wir den Punjab und Pegu annektiert. Im Augenblick wachsen hier in Delhi die Unruhen wegen des abgesetzten Bahadur Schah, und Dalhousie droht nun, die alteingesessene Mogulenfamilie aus Delhi zu vertreiben.«

»Warum?«

Fabian hob die Schultern. »Wir überwachen den Anführer, Nana Sahib, der die erste Gelegenheit ergreifen wird, um das Volk gegen uns aufzuwiegeln. Unsere Lage ist prekär. Ich sage dir das, damit du erkennst, daß wir mit äußerster Vorsicht handeln müssen.«

»Aber was machen wir mit Roshanara?«

»Der Unsinn muß unbedingt verhindert werden. Aber wir müssen behutsam vorgehen. Wir haben einiges über den Groß-*Khansamah* in Erfahrung gebracht. Es scheint, wir haben Ärger im eigenen Haus.«

»Das überrascht mich nicht. Kannst du ihm nicht kündigen?«

»Auf gar keinen Fall. Das würde unverzüglich eine Rebellion auslösen, und weiß der Himmel, wie das enden würde. Er ist nicht nur *Khansamah*. Er hat diese Stellung angetreten, weil dieses Haus oft von hohen Angestellten der Kompanie besucht wird.«

»Du meinst, er ist ein Spion?«

»Oh, mehr als das. Er ist ein Rädelsführer. Er haßt die Engländer. Er ist ein Anhänger von Nana Sahib, der uns aus dem Land haben will.«

»Er nennt sich ja auch Nana, der Groß-*Khansamah* Nana. Ich habe gehört, daß er so genannt wird.«

»Ob er den Namen nach dem Anführer angenommen hat oder ob er ihn zu Recht führt, weiß ich nicht. Ich weiß nur, daß wir Entdeckungen über ihn gemacht haben und aufgrund seiner Stellung mit äußerster Vorsicht handeln müssen.«

»Was für Entdeckungen?«

»Er baut tatsächlich Datura im Garten an. Weil wir das *Thug*-Unwesen verboten haben, lehnt er sich gegen das Gesetz auf. Keeping hatte einen Verdacht und hat jetzt Beweise erbracht. Der Groß-*Khansamah* unterstützt jene, die das *Thug*-Unwesen wiederaufleben lassen wollen. Die Reisenden, die man im Wald fand, wurden vergiftet, und wir glauben, daß das Gift vom Groß-*Khansamah* kam; denn ein Verwandter eines der ermordeten Reisenden nahm Rache, indem er Asraf umbrachte.«

»Der arme Asraf wurde also das Opfer einer Rache!«

»An seinem eigenen Vater. Asraf war der einzige Sohn des Groß-*Khansamah*; schlimmer konnte man ihn kaum treffen. Du siehst, wir haben die Saat des Verrats im eigenen Haus.«

»Aber was können wir wegen Roshanara unternehmen?«

»Wir werden die Sache verhindern, aber diskret. Am Scheiterhaufen einzuschreiten, wäre die größte Torheit und könnte augenblicklich einen Skandal auslösen. Ich bin sicher, wir hätten sofort den Aufruhr hier im Haus. Das müssen wir vermeiden. Wenn Keeping zurückkommt, werde ich mit ihm besprechen, ob es geboten ist, dich, Lavinia und die Kinder von Delhi fortzubringen.«

»Erwartest du Schwierigkeiten in Delhi?«

»Delhi ist eine wichtige Stadt. Wenn es zu Unruhen kommt, dann ist Delhi bestimmt das Zentrum.«

»Sag mir, was schlägst du wegen Roshanara vor?«

»Im Augenblick scheint es mir das Beste, sie aus der Stadt zu schmuggeln.«

»Ist das möglich?«

»Wir müssen es möglich machen. Die Kompanie besitzt mehrere Häuser an den verschiedensten Orten. Dort können Leute eine Weile unterschlüpfen. Wir müssen natürlich sehr vorsichtig sein.

Tom wird wohl heute abend zurückkehren. Er kommt und geht so oft, daß es kaum auffallen wird, wenn er gleich wieder verschwindet. Wann soll die Bestattung sein?«

»In zwei Tagen, glaube ich.«

»Dann müssen wir unverzüglich handeln. Halte dich bereit! Ich brauche vielleicht deine Hilfe. Und denk dran: kein Wort zu irgendwem!«

»Ich werde es beherzigen«, sagte ich.

Er lächelte und beugte sich zu mir. Ich dachte schon, er würde mich küssen, aber er tat es nicht. Er muß wohl den plötzlichen Schrecken in meinen Augen gesehen haben. Ich mußte meine Gefühle verbergen. Alice hatte bereits etwas gemerkt. Ich durfte es sonst niemanden merken lassen... schon gar nicht Fabian.

Die Ereignisse jenes Tages sind mir noch frisch im Gedächtnis. Sobald ich konnte, suchte ich die *Aja* auf. »Alles wird gut«, sagte ich zu ihr. »Aber wir müssen vorsichtig sein. Wir dürfen durch nichts verraten, was wir vorhaben.«

Sie nickte ernst.

»Sir Fabian sorgt dafür, daß alles in Ordnung kommt. Sie müssen genau tun, was man Ihnen sagt, und dürfen zu niemandem ein Sterbenswörtchen verlauten lassen.«

Sie nickte wieder. »Jetzt gleich?«

»Wenn wir soweit sind, gebe ich Ihnen Bescheid. Unterdessen müssen Sie so tun, als wäre nichts gewesen.«

Das würde sie ganz bestimmt tun, schon aus Angst davor, was ihr zustoßen könnte, falls der Groß-*Khansamah* entdeckte, daß sie an einem Komplott zur Untergrabung seiner Autorität beteiligt war.

Am Abend traf Tom Keeping ein. Fabian bestellte Dougal und mich ins Arbeitszimmer und sagte, Miss Philwright solle ebenfalls kommen, denn vielleicht werde ihre Hilfe benötigt.

Tom wußte natürlich schon, daß Alice seinen Antrag angenommen hatte. Zufriedenheit mischte sich in seine besorgte Miene, die der allgemeinen Lage zuzuschreiben war.

»Setzt euch!« sagte Fabian. »Sie auch, Miss Philwright. Sie haben gehört, was hier vorgeht?« Er sah Alice fragend an.

Alice nickte.

»Wir müssen das Mädchen aus dem Haus schaffen. Tom wird das in die Hand nehmen. Die Kompanie besitzt mehrere kleine Häuser im Lande, wohin ihre Angehörigen gehen können, falls es notwendig werden sollte, sich zu verstecken. Die Häuser werden als Gästehäuser geführt. Wer sich verstecken muß, kann als Durchreisender auftreten und fällt so kaum auf. Tom, erläutere deinen Plan!«

»Wir bringen das Mädchen außer Gefahr«, sagte Tom. »Wir könnten uns natürlich auf das Gesetz berufen und die Zeremonie verbieten lassen. Das würde ich normalerweise vorschlagen. Aber angesichts der gegenwärtigen brisanten Situation halten wir dies nicht für klug.«

Fabian sagte: »Ich glaube, Miss Delany und Miss Philwright sind sich der wachsenden Spannung unter den Einheimischen bewußt. Unsere Gegner verbreiten Gerüchte unter den indischen Soldaten, daß die Kugeln, die sie in unserem Auftrag verwenden, mit Rinder- und Schweinetalg gefettet sind, den sie ja für unrein halten. Sie glauben, wir unterdrücken ihre alten Bräuche, indem wir sie verächtlich machen. In Barrackpur wurden mehrere Brände gelegt. Entschuldige, Tom, wenn ich abschweife, aber ich halte es für wichtig, daß die jungen Damen den Ernst der Situation erfassen und verstehen, warum wir so verstohlen vorgehen müssen. Es gab bereits Ansätze von Rebellion, die wir unterdrücken konnten, aber überall kursieren Gerüchte, die unser Ansehen untergraben. Jetzt fahr du fort, Tom!«

»Wir haben den *Khansamah* in Verdacht. Er ist ein Mann, der fähig scheint, Menschen anzuführen. Wegen seiner Anwesenheit im Haus müssen wir mit größter Vorsicht vorgehen. Sir Fabian und ich sind zu dem Schluß gekommen, daß wir uns, bis wir Näheres über seine Absichten wissen, zunächst mehr auf die Rettung des Mädchens konzentrieren müssen als darauf, daß der Gerechtigkeit Genüge getan wird. Unser Plan ist daher, Roshanara in Sicherheit zu bringen.«

»Wie?« fragte Dougal.

»Indem wir sie von hier fortschaffen.«

»Man wird euch sehen.«

»Nicht, wenn sie nach Einbruch der Dunkelheit geht.«

»Man wird sie im Hause des Groß-*Khansamah* vermissen«, warf ich ein.

»Wir hoffen, daß man sie in ihrem Zimmer allein läßt, damit sie sich dem Kummer über den Verlust ihres Mannes hingeben kann. Der Tradition gemäß soll sie ihre letzte Nacht auf Erden bei Meditation und Gebet verbringen. Man wird sie daher nicht stören. Sie muß sich aus dem Haus des *Khansamah* schleichen, darf aber nicht bei uns gesehen werden. Sie wird in die Laube gehen.«

»Im Gras ringsum wimmelt es von Schlangen«, sagte Dougal. »Ich kann euch sagen, einige davon sind lebensgefährlich.«

»Ich weiß, wie sehr du dich für die verschiedenen Arten interessierst, Dougal«, sagte Fabian ungeduldig, »aber jetzt ist keine Zeit, darüber zu diskutieren.«

»Ich meine doch nur, es ist gefährlich, dorthin zu gehen.«

»Die Gefahr ist gering im Vergleich zu dem, was uns bevorsteht, wenn wir nicht handeln. Fahr fort, Tom!«

»Wir müssen Roshanara verkleiden«, sagte Tom. »Dabei werden die Damen helfen. Ich habe eine Perücke hier, die ihr Aussehen verwandeln wird.« Er öffnete eine kleine Tasche und holte eine hellbraune Perücke hervor. Sie war aus Menschenhaar und sah sehr echt aus.

»Die wird sie gründlich verändern«, bemerkte ich.

»Etwas Gesichtspuder könnte ihre Haut aufhellen«, meinte Alice.

»Lavinia hat Unmengen Tiegel und Flaschen auf ihrem Ankleidetisch«, sagte ich. »Ich werde sie fragen.«

»Nein«, sagte Fabian, »frag sie nicht! Nimm, was ihr braucht!«

»Sie wird die Sachen vermissen.«

»Du mußt eben so vorgehen, daß sie nichts vermißt. Ihr braucht die Sachen nur für kurze Zeit und könnt sie zurückstellen, ehe ihr auffällt, daß etwas fehlt. Meint ihr wirklich, ihr könnt ihr Äußeres so verändern, daß sie einigermaßen europäisch aussieht?«

»Ich glaube schon«, sagte ich. »Wir können es jedenfalls versuchen.«

»Der Plan ist«, fuhr nun Tom fort, »daß Roshanara um Mitternacht kommt. Sie darf keinesfalls in dieses Haus. Die Dienstboten haben scharfe Ohren und Augen und sind stets wachsam, und zur Zeit ganz besonders. Sie muß sich in die Laube begeben.«

»Trotz der Schlangen«, fügte Fabian mit einem Blick auf Dougal hinzu.

»Dort«, ergriff Tom wieder das Wort, »wird sie Kleider anziehen, die Sie ihr besorgen… in europäischem Stil. Ihr Aussehen muß vollkommen verändert sein. Roshanara und ich werden dann unverzüglich aufbrechen. Ich bringe sie in ein Haus am Stadtrand. Mr. und Mrs. Sheldrake kommen dorthin. Sheldrake gehört zur Kompanie. Seine Frau wird uns behilflich sein. Roshanara wird sich als ihre Tochter ausgeben. Mrs. Sheldrake und das Mädchen können in einem *palankin* reisen… das Mädchen ist angeblich krank. Dann sind wir vor zu vielen Fragen sicher, denn niemand wird ihr zu nahe kommen wollen, aus Angst, sich eine ansteckende Krankheit zuzuziehen. So schaffen wir sie sicher in ein Haus, wo sie bleiben kann, bis wir die Situation überblicken.«

»Alice und ich werden unser Bestes tun, um sie zu verkleiden«, versicherte ich.

»Wir müssen nur etwas finden, das ihr paßt«, sagte Alice. »Sie ist so zierlich.«

»Jedes Kleidungsstück ist geeignet«, meinte Fabian. »Sie wird die meiste Zeit im *palankin* sein, außer ganz am Anfang.«

»Und ich denke, das ist der gefährlichste Teil«, sagte ich. Ich wandte mich an Alice: »Wo finden wir die Kleider für sie?«
Alice musterte mich. »Du bist sehr schlank, wenn auch größer als das Mädchen. Wir könnten ein Kleid von dir unten abschneiden.«

»Das ist die Lösung.« Tom sah Alice stolz an, weil der Vorschlag von ihr gekommen war.

»Und nicht vergessen«, sagte Fabian, »meine Schwester darf nicht eingeweiht werden. Sie wäre imstande, etwas auszuplaudern.«

»Als erstes müssen wir Roshanara verständigen«, sagte Tom.

»Ich werde sofort mit der *Aja* sprechen«, erbot ich mich.

»Ich möchte nicht, daß eine Einheimische eingeweiht wird«, sagte Fabian.

Ich sah ihn entrüstet an. »Die *Aja* wünscht ebenso wie wir, daß es klappt. Sie ist Roshanaras Tante. Sie hat sie aufgezogen. Sie wird alles tun, um sie zu retten. Wir können uns absolut auf ihre Diskretion verlassen.«

»Es ist ein Fehler, jemandem absolut zu trauen.«

Warum konnte ich nie mit ihm zusammensein, ohne daß mich diese Streitlust überkam? Dies war nicht die rechte Zeit dafür. Wir mußten all unsere Anstrengungen darauf konzentrieren, daß der Plan funktionierte.

Kaum hatte ich das Haus verlassen, als ich der *Aja* begegnete. Ich schlug ihr vor, in die Laube zu gehen, wo wir reden konnten. Fabian hatte recht. Man durfte nicht zu vertrauensselig sein, und war ich auch sicher, daß es viele Dienstboten gab, die über Roshanaras Verbrennung traurig sein würden, so wußte doch niemand, wie weit der Zorn des *Khansamah* gehen würde; zudem waren einige vielleicht von dem patriotischen Wunsch beseelt, die Engländer aus Indien zu vertreiben und ihren Gesetzen zu trotzen.

Ich erzählte der *Aja*, was wir vorhatten. Roshanara würde erfahren, was sie zu tun hatte, sobald sie in die Laube kam. Wir würden es ihr sagen, während wir sie anzogen. Es war rührend, die Hoffnung in den Augen der *Aja* zu sehen. Sie glaubte, Roshanaras Überlebenschancen seien meiner göttinnengleichen Macht zuzuschreiben. Ich wollte ihr erklären, daß es Fabian und Tom Keeping waren, die den Plan ausgearbeitet hatten.

Sie hörte mir aufmerksam zu. Roshanara sollte um Mitternacht in die Laube kommen, wenn im Hause des Groß-*Khansamah* alles still war. Dies war möglich, weil alle sich in ihren Zimmern aufhalten würden, um in der Nacht vor der Bestattung zu beten. Alice und ich wollten die Sachen, die wir für Roshanaras Verwandlung benötigten, tagsüber in die Laube bringen. Unsere große Sorge war, wir könnten irgendwie verraten, daß wir etwas Ungewöhnliches vorhatten.

Offenbar verrieten wir uns nicht, denn alles verlief glatt. Alice und ich zogen Roshanara an. Das arme Kind zitterte vor Angst. Sie konnte nicht glauben, daß irgend jemand sich den Befehlen des Groß-*Khansamah* zu widersetzen vermochte, doch gleichzeitig hatte sie großes Vertrauen zu mir.

Schließlich war sie fertig hergerichtet. Sie war nicht wiederzuerkennen. Das abgeschnittene Kleid schlotterte etwas, aber es sah nicht ganz unmöglich aus, und die hellbraune Perücke verwandelte sie vollkommen. Sie wirkte wie eine Eurasierin. Ihre anmutigen Bewegungen und ihre auffallenden dunklen Augen ließen sich freilich nicht kaschieren.

Wie erfolgreich unser Plan war, erfuhr ich, als ein paar Tage später ein Schreiben von Tom Keeping überbracht wurde.

> *Alles in Ordnung.*
> *Fracht wird heute nacht sicher aus der Stadt gebracht.*

Wir hatten Roshanara gerettet.

Als Roshanaras Verschwinden am nächsten Tag bekannt wurde, gab es einen großen Tumult.

Der *Khansamah* sagte nichts, aber ich merkte, daß er eine mörderische Wut hatte. Sein Wunsch war gewesen, daß der alte *Sati*-Brauch getreulich ausgeführt würde. Er wollte den Engländern trotzen, eine Haltung, die sich offenbar im ganzen Lande breitmachte.

Die *Aja* berichtete mir, daß eine große Befragung stattgefunden hatte. Sie war besonders gründlich ausgefragt worden. Was wußte sie? Sie mußte doch eine Ahnung haben. Hatte das Mädchen sich auf eigene Faust davongemacht? Man würde sie finden, keine Bange! Sie sollte im Feuer sterben, wenn man sie fand, und ihr würde nicht die Ehre zuteil werden, ein Opfer für ihren Mann und ihr Land zu bringen. Aber sterben sollte sie, wegen Ungehorsams gegenüber dem *Khansamah* und Verrats an ihrem Land.

Die arme Roshanara! Ich hoffte, sie war ihrem furchtbaren Schwiegervater auf immer entkommen.

Lavinia war auf Fabians Anweisung hin über dies alles in Unwissenheit gelassen worden, aber jetzt erfuhr sie von Roshanaras Flucht. Der Grund dafür war durchgesickert, und alle sprachen davon. »Das arme Mädchen«, sagte sie. »Hast du gewußt, daß sie auf den Scheiterhaufen steigen sollte?«

»Es war einst ein alter Brauch.«

»Aber jetzt nicht mehr.«

»Nein. Gottlob hat man dem ein Ende gemacht.«

»Aber sie tun es immer noch. Der Groß-*Khansamah* wollte es aus Achtung vor seinem Sohn. Er scheint etwas verstimmt, daß seinem Wunsch nicht gehorcht wurde.«

»Geschieht ihm recht.«

»Er befolgt nur den alten Brauch.«

»Ich möchte wissen, ob er bereit wäre, wegen eines alten Brauchs ins Feuer zu springen.«

»Natürlich nicht. Roshanara ist noch mal davongekommen. Wie hat sie das nur geschafft? Ich hätte nie gedacht, daß sie den Mut dazu hat.«

»Wenn man mit dem Tod konfrontiert wird, findet man die Kraft, alles mögliche zu tun.«

»Woher weißt du das? Du warst nie mit dem Tod konfrontiert.«

»Da hast du recht. Keiner von uns weiß, wie er sich unter bestimmten Umständen verhalten würde.«

»Du philosophierst schon wieder! Typisch Deborah. Der Groß-*Khansamah* hat alle ausgefragt. Er will herausfinden, wer seinem Befehl zuwidergehandelt hat.«

»Hat er dir das gesagt?«

»Er doch nicht! Er ist jetzt sehr würdevoll, seit ich ihn in die Schranken gewiesen habe.«

»Wenn ich mich recht erinnere, hast du nichts dergleichen getan. Die Angelegenheit wurde beendet, als ich hereinkam und dich rettete.«

»Deborah, die Retterin! Weil du es einmal bei diesem langweiligen, blöden Comte getan hast, bildest du dir ein, du tust es andauernd.«

»Ich bin froh, daß er jetzt der ›langweilige blöde Comte‹ ist. Er war ja einmal so wunderbar.«

»Jedenfalls hat sich der *Khansamah* in letzter Zeit sehr gut benommen.«

»Das nennst du sehr gut? Wenn er seine Schwiegertochter zwingen will, sich zu verbrennen?«

»Ich sprach von seinem Umgang mit mir.«

»Natürlich. Du verschwendest nie einen Gedanken an etwas, das dich nicht betrifft.«

Lavinia lachte. »Ich mag die Art, wie du mich behandelst. Ich weiß nicht, warum. Mama hätte dich längst wegen deiner Unverschämtheit entlassen.«

»Aber du bist nicht Mama, und wenn ich entlassen werde, werde ich unverzüglich abreisen.«

»Schon wieder eingeschnappt! Natürlich will ich, daß du bleibst. Du bist meine beste Freundin, Deborah. Mach nicht so ein prüdes Gesicht!«

»Ich bin nicht prüde. Ich mißbillige nur deine sogenannten Vergnügungen mit dem anderen Geschlecht, die einst schlimme Folgen hatten, an die du dich erinnern solltest.«

»Sind wir wieder bei diesem Thema!«

»Ja... und hüte dich vor dem *Khansamah*. Er ist vielleicht nicht, was du denkst.«

»Oh, er ist immer höflich zu mir. Er ist jetzt recht unterwürfig.«

»Ich würde ihm nicht trauen.«

»Du würdest nicht mal deiner jungfräulichen Tante trauen, die viermal täglich in die Kirche geht und jeden Abend eine Stunde an ihrem Bett kniet und betet.«

»Ich habe keine solche jungfräuliche Tante.«

»Du könntest selbst eine sein – bloß daß du keine Verwandten hast, deren Tante du wärst. Deshalb willst du mir deine prüde Anständigkeit aufzwingen.«

»Ich sage dir...«

»Ich geh' nach Hause!« äffte sie mich nach. »O nein, das wirst du nicht tun. Wo war ich stehengeblieben? Ach ja, wie der Groß-*Khansamah* zu mir ist. Er ist sehr lieb, wirklich. Weißt du, daß er mir neulich ein Geschenk gemacht hat? Ich weiß, weshalb. Um mich für seinen Ausbruch um Verzeihung zu bitten. Natürlich verzeihe ich ihm. Er hat mich halt so sehr bewundert.«

»Ich glaube, du hättest dich ihm hingegeben, wenn ich nicht hereingekommen wäre.«

»Meine Tugend verlieren! Das wäre ein Erlebnis gewesen!«

»Du hast so wenig Tugend, daß du ihren Verlust kaum bemerken würdest.«

»Ach, halt den Mund! Sieh dir lieber das Geschenk an, das der Groß-*Khansamah* mir gemacht hat.« Sie holte eine Schachtel aus dem Schubfach.

»Du meinst, du hast ein Geschenk angenommen... von ihm?«

»Natürlich habe ich es angenommen. Man muß Geschenke in dem Sinne annehmen, wie sie gemacht werden. Es wäre unhöflich, es nicht zu tun.«

Sie öffnete die Schachtel und nahm den Inhalt heraus. Sie hielt ihn sich vors Gesicht und äugte kokett darüber hinweg.

Ich starrte entsetzt auf einen Pfauenfedernfächer.

Die folgenden Wochen waren von wachsender Spannung gekennzeichnet. In bestimmten Regionen des Landes war offene Rebellion ausgebrochen, doch vorerst konnte sie noch unter Kontrolle gehalten werden.

Anfang März des Jahres 1857 wurden Alice und Tom Keeping vermählt. Es war eine schlichte Trauung, an der ich mit Dougal, Lavinia und Fabian teilnahm, der anschließend sofort abreiste. Er habe für die Kompanie dringende Geschäfte zu erledigen, sagte er, und müsse mit der Armee Verbindung halten. Er begebe sich in den Punjab, wo bislang alles ruhig war.

Dougal blieb in Delhi, und ich hatte mehrmals Gelegenheit, mit ihm zu sprechen. Er sagte, er würde gern außer Landes gehen. Überall flamme Rebellion auf, und die Reise an die Küste könne sich als sehr gefahrvoll erweisen. Wenn die Kinder nicht wären, würde er es für ratsam halten, es zu versuchen. Doch er und Fabian seien sich einig, daß wir in Delhi schließlich noch am sichersten seien, denn hier seien die meisten Armeeangehörigen stationiert.

Ich hatte viel über den Pfauenfedernfächer nachgedacht, den der Groß-*Khansamah* Lavinia zum Geschenk gemacht hatte. Ich konnte mich des Gefühls nicht erwehren, daß eine unheilvolle

Botschaft dahintersteckte. Ich schalt mich deswegen. Es war eine geringfügige Angelegenheit im Vergleich zu der drohenden Unsicherheit, die wie eine Wolke über uns hing. Fächer aus Pfauenfedern waren in den Basaren und auf den Märkten eine ganz gewöhnliche Ware. Sicher, sie wurden vornehmlich von Ausländern gekauft, die nichts von ihrer Wirkung wußten... wie immer diese sein mochte. Aber was hatte es zu bedeuten, daß der *Khansamah* Lavinia einen solchen Fächer geschenkt hatte? Sie glaubte, er sei als Entschuldigung für sein Benehmen gedacht, aber Lavinia glaubte ja immer, was sie glauben wollte.

Ich fragte Dougal nach Pfauenfedernfächern. Er interessierte sich sehr für alte Bräuche und hatte vielleicht gehört, daß solche Fächer Unglück bringen sollten. Er wußte nichts darüber, aber gründlich, wie Dougal war, ließ er es sich angelegen sein, es herauszufinden. Da er gewußt hatte, daß er eines Tages nach Indien mußte, hatte er es als seine Pflicht betrachtet, soviel wie möglich über das Land zu erfahren, und er hatte mehrere Bücher aus England mitgebracht. Er konnte mir jedoch nicht viel sagen, entdeckte aber, daß es einen Aberglauben im Zusammenhang mit Pfauenfedern gab, und daß diese in einigen Regionen als Unglücksbringer galten. Ich sagte ihm, daß ich einen besaß, den mir Miss Lucille Framling hinterlassen hatte, die fest an seinen bösen Einfluß glaubte.

»Komisch, daß es ihr Wunsch war, ihn Ihnen zu vermachen«, sagte er.

Ich erzählte ihm von dem Vorfall, als ich den Fächer kurz an mich genommen hatte. Er lächelte und sagte: »Ich glaube, die Dame war etwas verwirrt.«

»Ja, sie hatte eine große Tragödie erlebt. Ihr Geliebter wurde ermordet, und sie meinte, das sei alles dem Fächer zuzuschreiben.«

»Das ist natürlich purer Unsinn.«

Ich erzählte ihm nicht, daß der *Khansamah* Lavinia einen solchen Fächer geschenkt hatte. Was würde er wohl sagen, wenn er wüßte, daß sie sich einen kleinen Flirt mit dem Mann erlaubt hatte? Manchmal dachte ich allerdings, es sei ihm gleichgültig, was Lavinia tat.

»Es geht auf die Sage von Argus zurück, dessen Augen in den Pfauenschwanz gesteckt wurden. Manche Leute glauben, daß Argus Rache nehmen will, und daß die dunklen Flecken Augen sind, die alles sehen... nicht nur das Sichtbare, sondern auch Gedanken. Viele Menschen hierzulande haben nie Pfauenfedern im Haus.«

»So denken gewiß nicht alle. Manche finden wohl, daß die Fächer hübsche Geschenke sind. Sie sind wirklich sehr schön.«

»Womöglich läßt sie dies in den Augen der Abergläubischen um so übler erscheinen.«

Ich versuchte, die Geschichte mit dem Fächer zu vergessen. Es gab weiß Gott Wichtigeres, das mir Sorgen bereitete.

Von Alice erhielt ich einen Brief. Sie war sehr glücklich. Sie schrieb:

Tom ist wundervoll. Er ist sehr gespannt, was als nächstes geschieht. Ich glaube, die Gefahr der Situation ist ihm bewußter als den meisten anderen, denn seine Arbeit führt ihn durchs ganze Land. Seine Arbeit ist so aufregend, und es ist wunderbar, ihm dabei helfen zu können. Es wird Dich freuen zu hören, daß die Fracht in guten Händen ist. Ich freue mich darauf, Dich bald einmal wiederzusehen. Vielleicht kehren wir nach Delhi zurück. Tom weiß nie sicher, wohin seine Arbeit ihn führen wird, und im Augenblick ist alles etwas ungewiß. Es wäre herrlich, wenn wir uns über alles ausführlich unterhalten könnten.

Ich las ihren Brief mit großer Freude. Welch wundervolle Wendung hatte Alices Leben genommen!

Die Wochen vergingen in Ungewißheit, die Gerüchte verdichteten sich. Der April war vergangen, und es war Mai geworden. Lord Canning versicherte den indischen Truppen in einer Proklamation, daß ihre Patronen nicht mit Schweine- oder Rindertalg gefettet seien, aber ich glaube, seine Beteuerung wurde mit Skepsis aufgenommen.

Dougal wurde abberufen. Er ging zögernd. »Ich lasse euch nicht

gern allein hier«, sagte er. »Major Cummings wird ein Auge auf
das Haus haben. Ihr müßt tun, was immer er euch sagt.« Lavinia
kam das recht gelegen. Sie hatte eine Schwäche für Major Cummings.

An dem Tag, an dem Dougal abreiste, kehrte Fabian zurück. Er
bat mich in sein Arbeitszimmer. Er war sehr ernst. »Mit Lavinia
kann ich nicht reden«, sagte er. »Sie hat kein Verantwortungsgefühl. Ich kann dir gar nicht sagen, wie besorgniserregend dies alles ist, Deborah. Mir scheint, du bist der einzige vernünftige
Mensch hier, seit Alice Philwright fort ist. Leider; denn sie ist
eine sehr praktische Frau.«

»Was ist passiert?«

»In der Kompanie und der Armee herrscht schreckliche Besorgnis. Es war ein Fehler, den Fürsten von Delhi abzusetzen. Der
alte Bahadur Schah war ziemlich harmlos. Ein noch größerer
Fehler war es, die Familie von ihrem Stammsitz vertreiben zu
wollen. Wir haben so manche Schlacht mit den indischen Truppen gewonnen. Jetzt sagen sie sich: ›Wer hat denn diese Schlachten gewonnen? Es sind die Soldaten, die die Schlachten gewinnen, nicht die Befehlshaber. Was wir für die Engländer tun
konnten, können wir auch für uns tun.‹ Sie sind gegen uns, Deborah... und sie sind Teil unserer Armee.«

»Glaubst du wirklich, sie würden sich erheben?«

»Einige ja. Die Sikhs sind loyal... bis jetzt. Ich glaube, sie sehen,
welche Vorteile wir ihnen gebracht haben, und ihr Land liegt ihnen so sehr am Herzen, daß sie wünschen, wir mögen so weitermachen. Aber diesen ungestümen Nationalismus können wir
nicht aufhalten. Ich mache mir Sorgen um dich, Lavinia und die
Kinder. Ich wünschte, ich könnte euch nach Hause schicken.«

»Das wäre aber bestimmt nicht einfach.«

»Alles andere als einfach. Wenn wir euch aus Delhi herausbekä-
men, wohin solltet ihr dann gehen? Man weiß nie, wo die Re-
volte ausbricht. Wir schicken euch womöglich in die Katastrophe. Hier in Delhi dagegen sind wir wenigstens gut vertreten.«

»Es gibt bestimmt wichtigere Sorgen als uns.«

»Durchaus nicht«, sagte er. »Ich wünschte bei Gott, du wärst
nicht hergekommen. Ich wollte, ich könnte hierbleiben. Ich

möchte die Dinge hier im Auge behalten. Aber ich kann nicht. Deborah, du wirst für dich und Lavinia entscheiden müssen.«

»Hast du mit Lavinia gesprochen?«

»Ich habe es versucht. Es macht nicht viel Eindruck auf sie. Sie sieht die Gefahr nicht. Es gefällt mir nicht, euch hier bei diesem *Khansamah* zu lassen. Wenn ich ihn bloß loswerden könnte! Ich bin überzeugt, daß er für den Ausbruch des *Thug*-Unwesens verantwortlich ist. Er sieht es als Geste des Widerstands gegen uns. Er ist gegen die Gesetze, weil *wir* sie erlassen haben. Aber jemand hat sich an *ihm* gerächt; denn die Ermordung des jungen Asraf war die Rache der Familie eines der Opfer. Jetzt argwöhnt er vielleicht, daß wir hinter dem Komplott von Roshanaras Verschwinden stehen. Ich möchte, daß du dich bereithältst, jeden Augenblick abzureisen.«

»Ist gut.«

»Es gibt vielleicht keine lange Vorwarnung. Ich würde so gern in Delhi bleiben, aber ich muß heute abend fort.«

»Mach dir keine Sorgen um uns! Ich werde bereit sein.«

»Die Kinder...«

»Das schaffe ich schon. Ich sage ihnen, es sei ein neues Spiel. Dann komme ich leicht mit ihnen zurecht.«

»Ich bin sicher, daß du mit allem fertig wirst. Manchmal danke ich Gott, daß du hier bist, und manchmal verfluche ich mich, weil ich dich hergeholt habe.«

Ich lächelte ihn an. »Bitte, tu das nicht!« sagte ich. »Unser Gespräch war... aufschlußreich.«

Er sah mich einen Moment fest an, und plötzlich legte er seine Arme um mich und drückte mich an sich. Da fühlte ich, daß alles der Mühe wert war.

Als er fort war, nahm ein schreckliches Gefühl der Verlassenheit von mir Besitz. Eine besondere Stille schien in der Luft zu liegen, eine Spannung, als lauere etwas Furchtbares, bereit, hervorzuspringen und uns zu vernichten.

Es war am frühen Abend. Die Kinder lagen schon im Bett. Eine Cousine der *Aja* war gekommen, um ihr bei der Versorgung der Kinder zur Hand zu gehen, ein stilles, sanftes Mädchen, das Louise und Alan bereits liebgewonnen hatten.

Es klopfte leise an der Tür. Ich ging öffnen. Es war die *Aja*.
»Ist etwas passiert?« rief ich erschrocken.
Sie legte die Finger an die Lippen und trat ins Zimmer. »Ich möchte, daß Sie meinen Bruder sehen. Er muß Sie sprechen.«
»Warum?«
»Er möchte Ihnen danken.« Sie senkte die Stimme. »Für Roshanaras Rettung.«
»Das ist nicht nötig.«
»Doch, sehr nötig.«
Ich wußte, wie leicht man Gefühle verletzen konnte, deshalb sagte ich: »Ich werde morgen zu Hause sein. Vielleicht kann er dann kommen.«
»Er kommt nicht. Er sagt, Sie sollen zu ihm gehen.«
»Wann?«
»Jetzt.«
»Die Kinder...«
»Sie sind in guter Obhut.«
Ich wußte, sie hatte ihrer kleinen Cousine aufgetragen, auf sie aufzupassen.
»Es ist sehr wichtig«, sagte sie und fügte geheimnisvoll hinzu: »Für den Plan.« Ich war sehr verwundert, und sie fuhr fort: »Kommen Sie! Gehen Sie in die Laube! Warten Sie dort!«
Ich war sehr neugierig, auch spürte ich eine Dringlichkeit in ihrem Gebaren, und weil ich wußte, daß ich auf alle möglichen ungewöhnlichen Vorkommnisse gefaßt sein mußte, ging ich auf ihren Vorschlag ein.
Ich sah nach den Kindern. Louise schlief friedlich, und die Cousine der *Aja* saß an Alans Bett. »Ich passe auf«, sagte sie.
Ich lief eilends zu der Laube. Die *Aja* war schon da. Sie öffnete eine Schachtel und nahm einen blauen Sari heraus, den sie mich anzulegen bat. Es wurde immer mysteriöser, aber eingedenk Fabians Warnungen und der Gefahr, in der wir lebten, fügte ich mich. Sie gab mir ein schalähnliches Stück Stoff, das ich mir um den Kopf wand. »Gehen wir!« sagte sie.
Wir verließen den Garten und eilten alsbald durch die Straßen. Ich kannte den Weg gut. Wir waren in der Nähe des Basars. Wir kamen an ein Haus. Es war mir schon früher aufgefallen, weil

ein prächtiger Mangobaum davorstand. Er war jetzt in voller Blüte.

»Dies ist das Haus von meinem Bruder«, sagte die *Aja*. »Er ist Holzschnitzer.«

Der Bruder kam heraus, um uns zu begrüßen. Er verbeugte sich zweimal und führte uns ins Innere. Er zog einen Perlenvorhang beiseite und bat uns in einen Raum voll geschnitzter Holzmöbel.

»Salar sehr glücklich«, sagte er. »Möchte danken für Roshanara…« Er schüttelte den Kopf und hatte Tränen in den Augen. »Sie ist jetzt in Sicherheit. Sie ist glücklich. Sie sagt, Missie Deborah ist eine große Dame.«

»Ach, es war nichts«, beteuerte ich. »Wir hätten es keinesfalls zugelassen. Es verstößt gegen das Gesetz.«

»Salar… er möchte Dienst erweisen. Er möchte sagen, es ist nicht gut im großen Haus. Bleiben ist nicht gut.«

»Ja«, sagte ich, »überall sind Unruhen.«

»Nicht gut«, fuhr er nickend fort. »Salar möchte sagen vielen Dank.«

»Denken Sie nicht mehr daran! Wir hatten Roshanara gern. Wir konnten nicht geschehen lassen, was man mit ihr vorhatte. Wir haben nur getan, was wir konnten.«

Die *Aja* sagte: »Mein Bruder versteht nicht. Er sagt, Sie müssen aus dem großen Haus. Es ist nicht gut.«

»Ich weiß. Wir gehen, sobald wir können.«

»Mein Bruder sagt, Sie sollen am besten zurück übers Meer gehen.«

»Sagen Sie ihm, wir werden es tun, sobald sich die Gelegenheit bietet.«

Sie besprachen sich, wobei Salar den Kopf schüttelte und die *Aja* nickte. »Er sagt, er wird Ihnen helfen«, erklärte sie.

»Bitte, danken Sie ihm vielmals, und sagen Sie ihm, ich werde seine Güte nicht vergessen.«

»Er ist in Ihrer Schuld. Er schuldet nicht gerne. Er möchte bezahlen.«

»Davon bin ich überzeugt, und ich weiß es zu würdigen. Sagen Sie ihm, wenn ich seine Hilfe brauche, werde ich ihn darum bitten.«

Bald darauf wurden wir aus dem Haus geleitet. Salar fühlte sich sichtlich erleichtert, hatte er mir doch seine tiefe Dankbarkeit bekundet.

Wenige Tage später hörte ich, daß in ganz Meerut Brandstiftungen stattfanden und daß dort der Aufstand ausgebrochen war. Die Spannung im Hause wuchs. Der Groß-*Khansamah* hatte in den letzten Wochen noch an Bedeutung gewonnen. Er stolzierte durch das Haus, als sei er wahrhaftig unser aller Herr und Meister. Ich hatte große Angst. Was würde er tun?

Ich sprach mit Lavinia. »Lavinia, hast du keine Angst?« fragte ich sie.

»Wovor?«

»Merkst du denn überhaupt nicht, was um dich vorgeht?«

»Ach, das viele Gerede meinst du? Geredet wird immer.«

»Du weißt, daß Fabian und Dougal sich unseretwegen Sorgen machen?«

»Das brauchen sie nicht. Major Cummings ist hier, um uns zu beschützen. Er sagt, er paßt auf mich auf.«

»Was ist mit den Kindern?«

»Alles in Ordnung. Sie sind ja nur Kinder. Sie wissen nichts von all den Gerüchten. Außerdem kümmerst du dich um sie, und die *Aja* ist auch noch da.«

»Lavinia, du hast anscheinend keine Ahnung, was hier vorgeht. Die Lage ist äußerst gespannt.«

»Ich sage dir, uns wird nichts geschehen. Dafür wird nicht zuletzt der *Khansamah* sorgen.«

»Er ist gegen uns.«

»Er ist nicht gegen mich. Wir verstehen uns. Übrigens ist er einer meiner größten Bewunderer.«

»Ich staune über dich, Lavinia.«

»Recht so, staune nur immerzu! Das erwarte ich von dir.«

Ich sah, es hatte keinen Sinn zu versuchen, sie über den Ernst der Lage aufzuklären.

Schon am nächsten Abend kam die *Aja* in mein Zimmer. Sie sagte: »Wir müssen fort, jetzt gleich. Ich bringe die Kinder in die Laube. Kommen Sie dorthin, so schnell Sie können!«

Ich merkte ihr an, daß sie sich einer unmittelbar drohenden Gefahr bewußt war. Die Dringlichkeit ihrer Stimme überzeugte mich davon, daß ich ihr unverzüglich gehorchen mußte, ohne Fragen zu stellen.

»Ich gehe, die Gräfin holen.«

»Rasch! Es ist keine Zeit zu verlieren.«

»Die Kinder sind im Bett.«

»Macht nichts. Ich halte sie ruhig. Wir bringen sie fort. Es muß schnell gehen. Wir haben keine Zeit.«

»Warum...?«

»Nicht jetzt. Kommen Sie nur mit!«

Ich lief in Lavinias Zimmer. Zum Glück war sie allein. Sie saß vor dem Spiegel und kämmte ihr Haar.

»Lavinia, wir müssen auf der Stelle fort.«

»Wohin?«

»In die Laube.«

»Wozu?«

»Hör zu, für Erklärungen ist keine Zeit. Ich weiß es selbst noch nicht. Ich weiß nur, daß es wichtig ist. Die Kinder werden auch dort sein.«

»Aber wozu denn nur?«

»Keine Fragen. Komm!«

»Ich bin nicht angezogen.«

»Egal.«

»Ich laß mich nicht so herumkommandieren.«

»Lavinia, die *Aja* wird außer sich sein. Versprich mir, daß du sofort kommst! Und laß niemanden wissen, wo du hingehst.«

»Wirklich, Deborah.«

»Hör mal, du mußt doch ahnen, in welcher Gefahr wir uns befinden.«

Sie machte ein leicht erschrockenes Gesicht. Selbst sie muß etwas von der veränderten Atmosphäre gespürt haben.

»Gut, ich komme«, sagte sie.

»Ich gehe voraus. Die *Aja* wird sich wundern, wo ich so lange bleibe. Und vergiß nicht, erzähl *keiner Menschenseele,* wohin du gehst! Und sieh zu, daß du nicht gesehen wirst! Das ist sehr wichtig.«

Ich ging über die Hintertreppe hinunter. Ich erreichte den Garten, ohne jemandem zu begegnen, und eilte über die Grasfläche zur Laube.

Die *Aja* war mit den Kindern schon dort. Panische Angst sprach aus ihren Augen. »Wir müssen gehen, schnell!« flüsterte sie. »Warten ist gefährlich.«

Louise sagte: »Wir spielen ein neues Spiel, Deborah. Wir spielen verstecken, nicht wahr, *Aja?*«

»Ja, ja, jetzt verstecken wir uns. Kommt!«

»Ich muß auf die Gräfin warten«, sagte ich.

»Nicht warten!«

»Sie wird herkommen und nicht wissen, was sie tun soll.«

»Wir müssen die Kinder jetzt fortbringen. Sie kommen mit.«

»Ich muß warten.«

»Wir können nicht. Nicht warten!«

»Wo gehen Sie hin?«

»Zu meinem Bruder.«

»Zu Salar?«

Sie nickte. »Er hat gesagt, wenn die Zeit kommt, mußt du hier sein, mit Missie, mit den Kindern. Die Zeit ist gekommen. Wir müssen gehen.«

»Nehmen Sie die Kinder mit! Ich bringe die Gräfin dorthin. Ich habe ihr gesagt, daß ich hier auf sie warte.«

Die *Aja* schüttelte den Kopf. »Nein. Das ist schlecht. Schlecht... nicht gut.«

Sie hatte die Kinder in Umhänge gehüllt, so daß ich sie kaum sehen konnte. Sie drückte mir die Schachtel, die sie mit in die Laube gebracht hatte, in die Hand. »Das ziehen Sie an«, sagte sie. »Den Kopf bedecken. Dann sehen Sie aus wie eine Inderin, ein klein wenig. Kommen Sie! Nicht warten!«

Ich hüllte mich in den Sari und zog den Schal über den Kopf.

»Deborah, du siehst aber komisch aus«, sagte Louise.

»Wir gehen jetzt. Ich nehme die Kinder. Sie kommen zu meinem Bruder. Wir wollen das für Sie tun.«

»Sobald die Gräfin kommt, bringe ich sie hin. Es kann nicht mehr lange dauern. Ich glaube, daß sie sich endlich der Gefahr bewußt ist.«

»Sagen Sie ihr, sie soll den Kopf bedecken, einen Schal anziehen...«

Indem sie Alan an der Hand nahm und Louise befahl, dicht bei ihr zu bleiben, verließ die *Aja* eilends die Laube.

Die Stille wurde nur von den Insekten gestört, deren Geräusche mir inzwischen vertraut waren. Ich konnte meinen eigenen Herzschlag hören. Ich war mir darüber im klaren, daß die *Aja* mehr über die Gefahr wußte als ich, und ich sah, daß diese akuter war denn je. Ich kam mir verlassen und hilflos vor. Sobald ich die Kinder hatte gehen lassen, war ich überzeugt, daß ich sie hätte begleiten müssen. Sie waren mir anvertraut, aber wie hätte ich Lavinia zurücklassen können? Lavinias Torheit hatte mein Leben schon einmal stark berührt. Jetzt würde es wieder so sein. Wäre sie doch nur gleich mit mir gekommen! Ich ging zum Eingang der Laube und beobachtete ungeduldig die Haustür. Und dann... plötzlich hörte ich undeutliche Rufe. Ich sah dunkle Gestalten am Fenster. Anscheinend drang das gesamte Personal in die oberen Räume ein. Mein Herz hämmerte, meine Kehle war wie ausgedörrt. Ich flüsterte unentwegt: »Lavinia, Lavinia, wo bist du? Warum kommst du nicht?«

Nichts wünschte ich sehnlicher, als sie verstohlen durch das Gras zur Laube schleichen zu sehen.

Aber sie kam nicht.

Ich wußte instinktiv, daß ich mich umgehend zu dem Haus mit dem Mangobaum aufmachen sollte. Ich kannte den Weg dorthin. Ich war viele Male an dem Haus vorbeigekommen. Geh! Geh! sagte mein Verstand. Aber ich konnte nicht ohne Lavinia gehen. Was, wenn sie zur Laube käme, und ich wäre nicht mehr da? Wohin würde sie gehen? Was würde sie tun? Sie wußte ja nichts von der Zuflucht in Salars Haus. Ich mußte auf Lavinia warten.

Ich wußte nicht, wie lange ich wartete. Ich konnte Lavinias Fenster sehen. Einige Lampen waren angezündet. Dann sah ich den *Khansamah* an ihrem Fenster. Er war in ihrem Zimmer! Eine Sekunde später war er verschwunden, und ich fragte mich, ob ich mich nicht doch geirrt hatte.

Ich stand zitternd da und wußte nicht, was ich tun sollte. Ich be-

tete um Erleuchtung. Geh! Geh jetzt! sagte meine innere Stimme.
Aber ich konnte nicht gehen, solange Lavinia noch im Haus
war.

Es mußte eine Stunde später gewesen sein. Die Nacht war heiß,
aber mich schauderte. Ich hörte Singen, den Gesang von Betrun-
kenen. Es kam aus den unteren Räumen des Hauses.

Ich ahnte, daß etwas Furchtbares im Haus geschehen sein
mußte. Ich hätte so schnell fortlaufen sollen, wie ich konnte, fort
zu Salars Haus, wo die *Aja* und die Kinder auf mich warteten.
Aber ich konnte nicht.

»Lavinia«, hörte ich mich flüstern. »Wo bist du? Warum
kommst du nicht?«

Das Warten war unerträglich. Ich hielt es nicht mehr aus. Ich
wußte, daß ich ins Haus gehen und sie suchen mußte. Es war natürlich töricht. Die *Aja* hatte gewußt, daß wir unbedingt fort
mußten. Sie hatte uns gerade noch rechtzeitig gewarnt. Aber wie
konnte ich Lavinia hier zurücklassen?

Ich sagte mir, daß es meine Pflicht sei, bei den Kindern zu sein.
Sie brauchten mich jetzt. Aber waren sie nicht mit der *Aja* bei deren Bruder in Sicherheit?

Ich wußte, was ich zu tun hatte. Ich mußte Lavinia finden. Ich
konnte nicht ohne sie weggehen. Sie hätte natürlich mit mir
kommen sollen; es war töricht von ihr. Sie war immer töricht gewesen. Aber ich hatte sie trotzdem gern. Mir schien, als wäre
mein Leben irgendwie mit ihrem verbunden, und ich konnte sie
jetzt nicht im Stich lassen.

Ich stand vor dem Haus. Ich drückte mich an die Mauer und
lauschte. Aus den Dienstbotenquartieren drangen lärmende Ju-
bellaute. Sicher war der *Khansamah* dort. Aber wo war Lavinia?
Sie hatte gesagt, sie würde kommen. Worauf wartete sie?

Die Haustür war offen. Ich trat in das Vestibül. Jetzt konnte ich
die Rufe und das Gelächter deutlicher hören. Sie waren sehr aus-
gelassen. Es war die Ausgelassenheit von Berauschten, dessen
war ich sicher.

Leise schlich ich die Treppe hinauf; ich fürchtete, der *Khansamah* könne jeden Moment auftauchen. Glücklicherweise schien
dieser Teil des Hauses jedoch verlassen zu sein.

Die Tür zu Lavinias Zimmer stand weit offen. Ich schlich den Flur entlang und blieb dort stehen. Der Anblick, der sich mir bot, hat sich meinem Gedächtnis auf ewig eingeprägt. Unordnung... und Entsetzen. Die Wände des Zimmers waren mit Blut bespritzt. Und über das Bett gespreizt lag Lavinias nackter Leichnam. Ihre Haltung hatte etwas Obszönes, und mir war klar, daß man sie absichtlich so hingelegt hatte. Ihre Augen waren weit aufgerissen und starrten vor Entsetzen. Ihr herrliches Haar war von Blut verklebt, und zu ihren Füßen war der blutbespritzte Pfauenfedernfächer ausgebreitet. Da wußte ich: Dies hatte der *Khansamah* getan.

Mir wurde übel, ich fühlte mich einer Ohnmacht nahe. Man hatte Lavinia die Kehle durchschnitten.

Lavinia war tot. Die Schönheit, die ihr Stolz gewesen, von der sie besessen war, die sie zu dem gemacht hatte, was sie war, diese Schönheit hatte sie am Ende vernichtet.

Ich wußte instinktiv, daß dies die Rache des Groß-*Khansamah* war, weil sie ihn ermutigt und dann zurückgewiesen hatte. Sie hatte das in seinen Augen größte Verbrechen begangen: die Beleidigung seiner Würde. Er wollte sein verlorenes Ansehen rächen; das Geschenk des Pfauenfedernfächers war eine Warnung gewesen.

Ein paar Sekunden nahm ich nichts wahr als das Entsetzen. Lavinia, Lavinia! Warum bist du nicht gekommen? Warum hast du gezögert? Du hast dich selbst vernichtet.

Wie soll ich es den Kindern beibringen? fragte ich mich, als sei dies das Wichtigste auf der Welt.

Die Kinder! Ich mußte zu ihnen und mich um sie kümmern. Ich mußte dieses Haus des Todes augenblicklich verlassen. Wenn man mich entdeckte, würde ich dasselbe Schicksal erleiden wie Lavinia. Die Kinder brauchten mich jetzt.

Ich kehrte mich von der Schreckensszene ab und schlich die Treppe hinunter. Ich hatte Glück, denn niemand erschien. Schon war ich aus der Tür und rannte über die Grasfläche.

Die Nachtluft ernüchterte mich. Ich ging in die Laube und gestattete mir ein paar Minuten, um wieder zu Atem zu kommen. Ich mußte zu den Kindern. Um zu ihnen zu gelangen, mußte ich

durch die Straßen. Ich ahnte, was in jedem Haus geschah, in dem
Europäer wohnten. Der Aufruhr hatte allen Ernstes begonnen.
Was wir all die Wochen befürchtet hatten, war eingetreten, und
es war viel schlimmer als alles, was ich mir vorgestellt hatte.

Auf den Straßen begegnete ich nur wenigen Menschen. Ich war
dankbar für den Schal und den Sari. Ich ging etwas gebückt,
denn meine Größe hätte mich verraten können.

Der Weg schien endlos zu sein. Ich sah mehrere blutige Leichen
auf der Straße liegen, alles Europäer. An jeder Ecke rechnete ich
damit, auf jemanden zu treffen, der mich als Angehörige der ver-
haßten Rasse erkannte. Ich hatte in dieser Nacht großes Glück,
das wurde mir später klar.

Ich erreichte Salars Haus. Die *Aja* umarmte mich. »Ich habe mir
Sorgen gemacht.«

»*Aja*«, stammelte ich. »Sie haben sie umgebracht. Sie ist tot.«

Die *Aja* nickte. »Sie hätte mitkommen sollen.«

»O ja, ja. Sie wollte es nicht glauben. Es war furchtbar. Blut…
das ganze Zimmer voll Blut.«

»Denken Sie an die Kinder!« sagte sie.

»Wo sind sie?«

»Sie schlafen jetzt.«

»*Aja*, was sollen wir nun tun?«

Sie sagte resigniert: »Wir warten. Sie ruhen jetzt; für eine Weile
sind Sie sicher. Mein Bruder ist froh. Er hat die Schuld bezahlt.«

Sie brachte mich in die Werkstatt. Überall waren geschnitzte
Holzgegenstände verstreut. Die Luft roch nach Holz. Ich bemerkte ein Fenster, das auf einen Innenhof hinausging.

»So«, sagte die *Aja*. »Da draußen ist der Hof. Salars Hof. Niemand wird Sie sehen.«

Sie brachte mich in eine kleine fensterlose Kammer neben der
Werkstatt. Die Kinder lagen tief schlafend auf einem Strohlager.
Daneben lag auf der Erde noch eine Strohmatte.

»Sie schlafen hier«, sagte die *Aja* und zeigte auf die Matte. »Sie
ruhen jetzt. Fühlen sich sehr schlimm.«

Schlimm? O ja. Ich versuchte verzweifelt, nicht an die Szene zu
denken und wußte doch, daß ich sie niemals würde vergessen
können.

Ich legte mich auf die Matte. Ich sah alles wieder vor mir. Das einst so hübsche Zimmer in eine höllische Schreckensszene verwandelt. Blut, überall Blut, und Lavinias Leichnam über das Bett gespreizt, ihre üppige Schönheit für immer dahin.

Ich dachte an unsere erste Begegnung, an die gemeinsame Schulzeit. Lavinia, die so sehr ein Teil meines Lebens war.

Und nun... War sie nicht mehr.

Was hätte ich tun können, um sie zu retten? Ich hätte ihr die Notwendigkeit, fortzulaufen, viel dringlicher klarmachen, hätte ihr die Gefahr begreiflich machen sollen. Aber wer konnte Lavinia zu etwas bewegen, was sie nicht wollte?

Mein Gesicht war naß von Tränen. Das Weinen half ein wenig. Es wirkte besänftigend.

Ach, Lavinia. Lavinia... tot.

Eins der Kinder rührte sich im Schlaf, wie um mich zu erinnern, daß es meine Pflicht sei, mich zu beruhigen, mich nicht meinem Kummer anheimzugeben und für sie zu sorgen wie für meine eigenen Kinder.

Ich habe mich oft gefragt, wie der Holzschnitzer Salar es zustande brachte, uns all die Wochen in seinem Haus versteckt zu halten. Es war eine erstaunliche Leistung.

Das Haus war nicht groß. Er lebte allein, denn er war unverheiratet. Er fertigte seine Holzschnitzereien an und bot sie dann Geschäften an, die sie ihm abkauften. Ich erfuhr von der *Aja* ein wenig über ihn. Er hing sehr an seiner Nichte Roshanara. Er liebte das Mädchen über alles und würde nie vergessen, daß wir ihr das Leben gerettet hatten. Er war jetzt froh, weil er seine Schuld zurückzahlen konnte – und mehr als das. Drei Leben für eins. Das freute ihn. Aber noch hatte er uns nicht gerettet. Nur der erste Teil des Unternehmens war ausgeführt. Die Schuld würde in seinen Augen nicht eher getilgt sein, als bis wir uns wieder frei auf der Straße bewegen konnten.

Noch in der Nacht unserer Flucht kehrte die *Aja* in das Haus zurück. Sie wollte nicht in Verdacht geraten, denn das hätte den *Khansamah* auf die Spur Salars führen können, und dann wäre es mit uns allen zu Ende gewesen.

Ihre Rückkehr hatte etwas Gutes: Die *Aja* konnte mich über die Vorgänge im Haus auf dem laufenden halten und sich auf den Straßen ein Bild von der allgemeinen Lage machen.

Es war sehr schwer, die Kinder bei Laune zu halten und all ihre Fragen zu beantworten. Der kleine Innenhof war von hohen Mauern umschlossen, aber zum Himmel hin war er offen, weshalb die Kinder wenigstens an diesem Ort frische Luft genießen konnten. Wir wollten es nicht riskieren, daß sie gesehen wurden. Die *Aja* kaufte ihnen weite Hosen und Kasacks, so daß sie wie Einheimische gekleidet waren; aber ihre blonden Haare verrieten sie. Wir spielten mit dem Gedanken, sie schwarz zu färben, bezweifelten jedoch, daß es uns zufriedenstellend gelänge. In jedem Fall hatten wir Angst, sie in den Garten oder auf die Straße zu lassen. Längst konnten wir nicht mehr vorgeben, dies sei nur ein Versteckspiel. Dafür war Louise zu klug.

Ich erklärte ihr: »Wir müssen uns hier eine Weile verstecken, weil böse Männer uns finden wollen.«

Ihre Augen weiteten sich. »Was für böse Männer?«

»Böse Männer eben.«

»Der Groß-*Khansamah*?«

Wieviel weiß sie? fragte ich mich. Ich hatte oft über die Mischung aus Unschuld und Scharfsinn gestaunt, die Kinder an den Tag legen. Ich beschloß, ihr die Wahrheit zu sagen. »Ja.«

Sie sah mich ernsthaft an. »Er kann uns nicht leiden«, sagte sie, »das weiß ich.«

»Woher weißt du das?«

Sie nickte nur. »Ich weiß es eben.«

»Darum müssen wir eine Weile hierbleiben, bis…«

»Bis er fort ist?«

»Ja.«

»Wo ist meine Mama?« fragte Alan.

Louise sah mich eindringlich an, und da wußte ich, daß ich es ihnen sagen mußte. »Eure Mama ist fortgegangen.«

»Wann kommt sie zurück?« fragte Louise.

»Hm, sie ist sehr weit fortgegangen.«

»Heim nach England?« fragte Louise.

»Nein, noch weiter.«

»Etwas Weiteres gibt es nicht«, sagte Louise ernst.

»Doch. Den Himmel.«

»Ist sie dorthin gegangen?«

»Ja.«

»Wie lange bleibt sie fort?« fragte Alan.

»Wenn die Menschen in den Himmel gehen, bleiben sie meistens sehr lange.«

»Ist sie bei den Engeln?« fragte Louise.

»Ich bin ein Engel«, sagte Alan.

»Du bist kein Engel«, sagte Louise. »Du hast keine Flügel. Du bist bloß ein kleiner Junge.«

»Ich bin Deborahs Engel«, sagte er. »Nicht wahr, Deborah?«

Ich umarmte ihn und sagte ja, er sei mein Engel. Ich war den Tränen nahe, und Louise beobachtete mich scharf. Sie war ein sehr ernstes Mädchen, und ich glaube, sie nahm nicht alles für bare Münze, was man ihr erzählte.

»*Du* gehst nicht fort, nicht wahr?« sagte sie.

Ich schüttelte den Kopf und sagte, wenn es an mir läge, würde ich niemals fortgehen.

Die Tage verstrichen. Jeden Morgen beim Aufwachen fragte ich mich, ob dies mein letzter Tag auf Erden sein würde, und jeden Abend, wenn ich auf meinem Strohsack lag, fragte ich mich, ob ich den nächsten Tag erleben würde.

Ich versuchte, den Unterricht fortzusetzen. Ich erfand neue Spiele. Wir spielten Ratespiele, und ich bemühte mich ständig, Variationen zu alten Spielen zu ersinnen. Alan war oft gereizt. Er wollte in den Garten hinaus. Es war schwer, es ihm zu erklären. Louise begriff, glaube ich, daß wir uns in Gefahr befanden; sie war sehr verständig.

Oft kam die *Aja*. Es war ganz natürlich, daß sie ihren Bruder besuchte. Sie brachte Neuigkeiten. Die indischen Soldaten hatten ihre britischen Offiziere ermordet und regieren nun die Armee; sie waren in Delhi. Bahadur Schah war wieder eingesetzt worden. Alle mußten dem Fürsten Ehre erweisen. Die Engländer waren aus Delhi vertrieben worden. Jene, die noch auf den Straßen angetroffen wurden, verjagte man auf der Stelle. Indien gehörte jetzt den Indern. Der große Nana Sahib, der denselben Namen

trug wie unser Groß-*Khansamah,* marschierte durch die nord-
westlichen Provinzen und predigte Rebellion und die Notwendigkeit, das Joch der Fremden abzuschütteln. Auch in Lahore
und Peshawar war es zu Aufständen gekommen. Bald würde
auch der letzte Engländer Indien verlassen, sagte Salar.

Ich glaubte nicht, daß meine Landsleute sich so einfach fortschicken ließen, und ich schien damit recht zu haben; denn bald
darauf hörten wir, daß Sir John Lawrence die Sikh bewaffnet
und mit ihrer Hilfe die Macht der indischen Truppen geschmä-
lert hatte. Der Punjab blieb den Engländern treu ergeben, und es
ging das Gerücht, daß Sir John Lawrence eine Armee zur Unterstützung Delhis schickte.

Wir befanden uns in akuter Gefahr. Alle Männer, Frauen oder
Kinder europäischer Herkunft, die auf der Straße angetroffen
wurden, wurden augenblicklich getötet.

Ich ging vollkommen in der Sorge für die Kinder auf. Ich mußte
sie bei Laune und mich selbst beschäftigt halten. Meine ganze
Aufmerksamkeit galt ihnen; es war die einzige Möglichkeit, die
furchtbare Erinnerung zu verbannen.

Ich wünschte, ich hätte es nie gesehen. Die Nachricht, daß Lavinia getötet worden sei wie Tausende anderer, hätte mich tief erschüttert, aber daß ich gesehen hatte, wie sie gestorben war, das
war mehr, als ich glaubte ertragen zu können.

Die Kinder waren ein Segen. Sie verhielten sich unter den gegebe-
nen Umständen sehr brav. Manchmal klammerte sich Louise,
anscheinend ohne erkennbaren Grund, an mir fest. Ich verstand.
Sie war alt genug, um zu begreifen, daß wir gefährliche Zeiten
durchlebten. Sie klammerte sich an mich und an die *Aja.* Sie war
sehr verstört, wenn die Kinderfrau nicht bei uns war.

Zur *Aja* und ihrem Bruder hatte ich volles Vertrauen; die Treue
der *Aja* und Salars Rechtschaffenheit waren beispielhaft für uns
alle.

Ich fragte mich die ganze Zeit, wo Fabian und Dougal sein
mochten. Wie war es ihnen bei diesem Blutbad ergangen? Ich
nahm an, daß zumindest Fabian irgendwo mitten im Getümmel
steckte. Ich sehnte mich nach einem Lebenszeichen von ihm.
Wenn ich nachts auf meinem Strohsack lag, dachte ich an ihn,

und weil das Leben so ungewiß war und der Tod jederzeit hinter allen Türen lauerte, gestand ich mir meine wahren Gefühle ein. Ich hatte Sehnsucht nach ihm. Die Zeiten, die ich mit ihm zusammen war, waren die Glanzpunkte in meinem Leben gewesen. Gern dachte ich an die kindische Episode, als er mich als Baby gesehen und als sein eigenes betrachtet hatte. Er hätte mich für immer dort behalten sollen. Wie anders wäre mein Leben dann verlaufen! Ich dachte daran, wie er damals auf dem Sofa ausgestreckt lag und Lavinia mit einem Becher Wein vor ihm kniete, während ich ihm mit Miss Lucilles Pfauenfedernfächer Luft zufächelte.

Dann sprangen meine Gedanken zu der furchtbaren Szene, jenem Anblick der blutbefleckten Federn des Fächers, den der *Khansamah* Lavinia geschenkt hatte. Seltsam, daß es noch einen zweiten indischen Fächer gab, der mich verfolgte. Lavinia hatte geglaubt, der *Khansamah* wolle ihr mit dem Geschenk seine Zerknirschung bekunden. Wie ahnungslos sie war! Der Fächer bedeutete, daß ihr Unheil bevorstand, Rache, weil sie den *Khansamah* beleidigt hatte.

Ich mußte mich an etwas klammern, um diese Erinnerung auszulöschen. Fabian würde uns retten, sagte ich mir. Ich betete, daß er noch am Leben sein und ich ihn bald wiedersehen würde.

Ich mußte nun der Wahrheit ins Gesicht sehen. Er bedeutete mir mehr als ich mir einzugestehen wagte, aber was hatte es jetzt noch für einen Sinn, mich selbst zu täuschen? Warum gab ich nicht zu, daß ich von ihm besessen war? Es war so, seit wir Kinder waren: Ich liebte ihn. Ich war doch immer ein vernünftiges Mädchen gewesen. Das hatte sogar Lady Harriet zugegeben. Hatte sie mich nicht nach Frankreich auf die Schule geschickt – die mein Vater niemals hätte bezahlen können –, damit ich mich um Lavinia kümmerte?

Und ich *hatte* mich um sie gekümmert. Ich hatte sie durch eine prekäre Situation manövriert, die sie um ihre Heiratsaussichten hätte bringen können. Zwar ahnte Lady Harriet nichts davon, aber wenn sie es gewußt hätte, würde sie mein Handeln bestimmt gebilligt haben.

Ich war ein vernünftiges Mädchen. Ich mußte weiterhin vernünftig bleiben. Bloß weil ich überreizt war, bloß weil ich etwas unvorstellbar Schreckliches gesehen hatte, durfte ich nicht die Nerven verlieren.

Die *Aja* kam mit Neuigkeiten. Die Engländer marschierten Richtung Delhi, und in der Stadt herrschte große Bestürzung.

Wir warteten. Würde sich das Leben jetzt ändern? Die Wochen vergingen. Es mußte gewiß bald etwas geschehen.

An einem heißen Junitag wurde der Versuch unternommen, die Stadttore zu stürmen. Vielleicht würde Delhi eingenommen. Dann würde ich vielleicht Fabian sehen.

Doch es sollte nicht sein. Das Volk erhob sich, entschlossen, die Stadt zu halten. Die Inder waren gut ausgebildete und tapfere Soldaten, und sie kämpften kein bißchen weniger mutig und geschickt, weil sie sich nun für ihr eigenes Land schlugen.

Es war eine bittere Enttäuschung, als der Versuch scheiterte. Aber das war natürlich nicht das Ende.

Es folgten weitere Wochen des Wartens und der Mutmaßungen, und wieder fragte ich mich jeden Tag, ob es unser letzter sei.

Wir waren im Mai in Salars Haus gekommen. Erst im September wurde Delhi von den Sikh und den Engländern erobert.

Es war aber immer noch gefährlich, hinauszugehen. In den Straßen wurde gekämpft, und alle Nichtinder wurden auf der Stelle erschossen.

Doch es gab wieder Hoffnung. Bald mußte etwas geschehen. Louise spürte es. »Kommt meine Mutter jetzt zurück?« fragte sie.

»Nein, Louise. Sie kann nicht wiederkommen.«

»Und mein Vater?«

»Vielleicht.«

»Und mein Onkel?«

»Ich weiß es nicht. Sie werden kommen, wenn sie können. Sie wollen sich doch überzeugen, daß wir in Sicherheit sind.«

»Gehen wir dann fort von hier?«

»Ja.«

»Auf einem großen Schiff? Nach Hause?«

Es tat wohl, sie von England als von zu Hause sprechen zu hören; dabei hatte sie es nie gesehen. Trotzdem bedeutete es die Heimat für sie.

»Ja«, sagte ich, »eines Tages...«

»Bald?«

»Schon möglich.«

Sie nickte lächelnd.

Und wir warteten.

Eines Tages, es war am späten Nachmittag, kam die *Aja*. »Wir verlassen alle das Haus«, sagte sie. »Der *Khansamah* sagt, es ist nicht mehr sicher. Er sagt, die Feinde kommen. Soldaten, englische Soldaten. Er sagt, sie töten uns.«

»*Sie* würden sie bestimmt nicht töten.«

»Der *Khansamah* sagt...«

»Wo ist er denn?«

»Ich weiß nicht. Er sagt, alle gehen. Alle gehen woanders hin.«

Sie blieb den ganzen Tag und die folgende Nacht im Haus ihres Bruders. Wir warteten gespannt auf Neuigkeiten.

Am nächsten Tag ging sie aus. Sie fand es nach wie vor zu gefährlich für mich und die Kinder, uns auf die Straße zu wagen. Immer noch wurden Europäer getötet, denn obwohl die britische Armee die Stadt eingenommen hatte, gab es noch Rebellennester.

Als sie zurückkam, sagte sie: »Ich habe Sir Fabian gesehen. Er ist im Haus.«

Ich war sprachlos, aber sie mußte gemerkt haben, daß Jubel in mir aufstieg. »Sie haben ihn gesehen? Haben Sie mit ihm gesprochen?«

Sie nickte. »Ich war bei ihm. Er sagte: ›Wo sind Missie Deborah und die Kinder? Wo ist *Memsahib* Gräfin?‹«

»Sie... haben Sie es ihm gesagt?«

Sie schüttelte den Kopf. »Ich habe Angst vor dem *Khansamah*. Er beobachtet mich. Ich glaube, er weiß es.« Sie fing an zu zittern. »Ich glaube, er beobachtet mich.«

»Aber wo ist er?«

Sie zögerte. »Hab' ihn nicht gesehen, aber ich glaube, er beobachtet mich. Ich glaube, er folgt mir. Hab's nicht gesehen, aber ich weiß es.«

»Er kann uns jetzt nichts mehr tun. Er ist nicht mehr im Haus. Was haben Sie zu Sir Fabian gesagt?«

»Ich sagte ihm, die Gräfin ist tot, aber Sie und die Kinder sind in Sicherheit. Er sagte: ›Wo? Wo?‹ Aber ich hab's nicht gesagt. Ich fürchte, daß der *Khansamah* hierher kommt. Ich fürchte, er beobachtet mich. Ich sagte: ›Ich bring' Missie Deborah zu Ihnen.‹ Er sagte: ›Ja, ja.‹ Und dann bin ich weggerannt.«

»Ich muß zu ihm«, sagte ich.

»Nicht am Tag. Warten Sie, bis es Nacht ist.«

Ich weiß nicht, wie der Tag verging. Ich schwebte wie auf Wolken. Dann befielen mich Schuldgefühle. Rings um mich waren Tod und Zerstörung. Wie konnte ich solchen Jubel verspüren, während ich noch um Lavinia trauerte und um alle, die mit ihr gestorben waren?

Endlich war es Abend. »Ziehen Sie den Sari an!« sagte die *Aja*. »Am besten bedecken Sie den Kopf. Dann kommen Sie.«

Ich eilte mit der *Aja* durch die Straßen, dachte an nichts als an das bevorstehende Wiedersehen und war doch voll Angst, daß es nicht dazu kommen könnte. An jeder Biegung erwartete ich einen Mörder.

Ich hatte das unheimliche Gefühl, daß wir verfolgt wurden. Ein leichter Schritt... ein hastiger Blick über die Schulter. Nichts. Nur meine Einbildung nahm unglaubliche Formen an nach all den Greueln, die sich in den letzten Wochen ereignet hatten. Ich mußte die nächsten Minuten überleben! Ich mußte Fabian wiedersehen!

Und dann waren wir im Garten. »Ich warte in der Laube auf Sie«, sagte die *Aja*.

Ich ging geschwind über die Grasfläche. Hinter mehreren Fenstern brannte Licht im Haus. Am liebsten hätte ich gerufen: Fabian, ich bin hier, Fabian!

Neben dem Haus war eine Gruppe blühender Sträucher. Als ich an ihnen vorüberging, vernahm ich hinter mir ein Geräusch. Ich drehte mich abrupt um und wurde von Entsetzen gepackt. Ich blickte in die mordgierigen Augen des Groß-*Khansamah*.

»Missie Deborah«, sagte er leise.

»Was... was tun Sie hier?«

»Mein Heim«, sagte er.

»Nicht mehr. Sie haben die verraten, die Ihnen vertrauten.«

»Sie sind sehr kühn, Missie Deborah. Sie gehen fort... Sie nehmen die Kinder... verstecken sich. Ich weiß, wo Sie waren. Ich töte die *Aja*... aber Sie zuerst.«

Ich schrie um Hilfe, als er mich ansprang. Ich sah das Messer in seiner erhobenen Hand. Ich schrie wieder und stieß ihn mit aller Kraft von mir. Er taumelte etwas zurück, fand aber sogleich sein Gleichgewicht wieder und kam näher. Diese Sekunden schienen wie eine Ewigkeit. Wenn ich daran zurückdenke, erstaunt es mich noch immer, wieviel einem in solchen Augenblicken durch den Kopf gehen kann. Mein erster Gedanke war: Hat die *Aja* mich verraten? Hat sie mich deswegen hierhergebracht? Nein. Das hätte sie niemals getan. Sie liebte die Kinder. Sie hatte mich gern wegen dem, was ich für Roshanara getan hatte. Es war ein schäbiger Gedanke. In diesen schrecklichen Augenblicken glaubte ich, dies sei mein Ende. Ich werde Fabian nie wiedersehen, dachte ich. Und wer wird sich um die Kinder kümmern? Dann gab es einen betäubenden Knall. Der *Khansamah* warf die Arme in die Luft. Ich hörte das Messer auf die Erde fallen; er wankte wie trunken, bevor er zu meinen Füßen niedersank. Fabian kam auf mich zu, eine rauchende Pistole in der Hand. »Deborah!«

Ich war einer Ohnmacht nahe. Ich dachte, ich müsse tot sein oder träumen. Er nahm mich in seine Arme und drückte mich fest an sich. Ich zitterte. Ich hörte ihn murmeln: »Ist alles in Ordnung? Gott sei Dank! Du bist unversehrt.«

»Fabian«, flüsterte ich. »Fabian...« Die Wiederholung seines Namens brachte mir Erleichterung.

»Gehen wir hinein... fort von hier!«

»Er ist tot«, murmelte ich.

»Ja, er ist tot.«

»Du hast mich gerettet.«

»Gerade noch. Dieser alte Schuft. Das ist seine verdiente Strafe. Sag mir... Ich hab' so viel an dich gedacht... alptraumhafte Gedanken. Du zitterst ja. Komm ins Haus! Hab keine Angst! Sie sind alle fort... Es gibt so viel zu sagen.« Er führte mich hinein. Es war still im Haus. »Ich sehe nach, ob ich etwas Brandy oder dergleichen finde«, sagte er.

Ein britischer Soldat in Uniform kam ins Vestibül. »Können Sie nachsehen, ob Sie irgendwo Brandy finden, Jim?« sagte Fabian. »Draußen hat es einen gräßlichen Unfall gegeben. Schaffen Sie die Leiche fort, ja? Es ist ein alter Schurke, der früher hier gearbeitet hat. Er wollte Miss Delany erstechen.«

»Jawohl, Sir«, sagte der Mann. Er ließ sich offenbar durch keinen Befehl aus der Ruhe bringen.

Wir gingen in den Salon, der fast nicht wiederzuerkennen war, und kurz darauf kehrte der Mann, der Jim hieß, mit einer Flasche Brandy und zwei Gläsern zurück.

Fabian schenkte ein. »Trink das!« sagte er. »Dann fühlst du dich besser.«

Ich nahm das Glas mit zitternden Händen. »Dieser Mann...« begann ich.

»Denk nicht mehr an ihn! Es hieß, entweder du oder er. Also mußte er dran glauben. Er hat uns eine Menge Ärger bereitet.«

»Lavinia...«, sagte ich. Und ich erzählte ihm alles.

Er war zutiefst erschüttert. »Meine arme, törichte Schwester. Sie war unbelehrbar, nicht?« Er trank einen Schluck Brandy und starrte vor sich hin. Er hatte sie gerngehabt, auch wenn er ihr Verhalten mißbilligte, und hatte ihr meistens liebevolle Achtung entgegengebracht. Ihr Tod war ein furchtbarer Schlag für ihn.

»Es war dieser Mann«, sagte ich, und dann sprudelte es aus mir heraus, was ich gesehen hatte. »Der Pfauenfedernfächer lag zu ihren Füßen. Er war blutbespritzt. Den muß *er* dort hingelegt haben.«

Fabian legte seinen Arm um mich und hielt mich an sich gedrückt. So trösteten wir einander. »Ich habe sie gerächt«, sagte er schließlich. »Ich bin froh, daß ich es war. Wir waren seit einiger Zeit hinter ihm her. Er war einer der Rädelsführer. Hielt sich selbst für einen Nana Sahib. Gottlob haben wir ihn erwischt! Bald wird alles vorüber sein, Deborah. Aber es gibt noch viel zu tun. Wir werden das alles hinter uns lassen, sobald wir aus diesem Schlamassel heraus sind.«

Ich erzählte von den Kindern, von Salar und seiner Werkstatt, und daß er uns die ganze Zeit beherbergt hatte.

»Ein guter Mensch. Er soll belohnt werden.«

»Er will keine Belohnung«, sagte ich. »Er will seine Schuld be-gleichen für das, was wir für Roshanara getan haben.«

»Ja. Das verstehe ich.«

»Was hat der *Khansamah* hier gewollt?« fragte ich.

»Er war vermutlich hinter mir her. Er hat in der Umgebung des Hauses gelauert, nehme ich an. Wir haben zwar viel Militär hier, aber es wird immer noch aus dem Hinterhalt geschossen. Wir müssen sehr vorsichtig sein.«

»Und Dougal? Wo ist Dougal?«

»Ich habe seit einiger Zeit nichts von ihm gehört. Ich vermute, er ist in Lucknow. Alice und Tom dürften auch dort sein.«

Ich schauderte. »Wenn nur schon alles vorbei wäre!«

»Es geht vorüber«, versicherte er mir. »Aber noch besteht große Gefahr. Du mußt zu Salar zurück. Bislang wart ihr dort sicher. Die Kinder müssen dort bleiben. Geht es ihnen gut?«

»Sie sind unruhig, aber sonst fehlt ihnen nichts. Ich kann dir gar nicht sagen, was ich der *Aja* und ihrem Bruder verdanke. Und das alles haben sie wegen Roshanara getan.«

»Diesen Coup haben wir dem alten Teufel gründlich verdorben. Es ist tröstlich zu wissen, daß er sich jetzt nicht mehr rächen kann. Ich habe unentwegt an dich gedacht, Deborah ... an euch alle.«

»Und ich an dich ... und Dougal, Alice und Tom.«

»Ich werde Himmel und Hölle in Bewegung setzen, um euch so bald wie möglich nach Hause zu bringen. Obwohl wir unsere Streitkräfte hier haben, wird es weitere Unruhen geben. Mir wäre viel wohler zumute, dich und die Kinder außer Landes zu wissen. Leider sind wir nicht in Bombay. Von dort wäre es viel-leicht möglich, fortzukommen. Doch von hier aus müßtet ihr das Land durchqueren, und weiß der Himmel, was euch dabei alles zustoßen könnte. Vorerst bleibt ihr am besten noch ein paar Tage bei Salar, dann sehen wir weiter.«

Ich konnte nicht mehr klar denken. Das Wichtigste war, daß er lebte, daß wir beisammen waren, daß er so gerührt und erfreut war, mich zu sehen, und daß er mir das Leben gerettet hatte. Un-ter solchen Umständen geht einem der Tod vielleicht nicht so nahe wie sonst. Ein Mensch war vor meinen Augen erschossen worden, und ich spürte nur eine matte Erschütterung, die von einem ungeheuren Glücksgefühl erdrückt wurde.

Fabian brachte mich zur Laube, in der die *Aja* wartete. Sie hatte den Schuß gehört und war hinausgeschlichen, um zu sehen, was passiert war. Sie hatte zuerst befürchtet, ich sei womöglich getötet worden. Gewiß war sie erleichtert, als sie den Toten sah, hatte sie doch selbst lange Zeit in Furcht vor ihm gelebt. Er war überheblich, grausam und sadistisch gewesen.

Die *Aja* war erfreut, mich unversehrt zu sehen, aber sie war sehr besorgt, als Fabian sagte, er wolle uns zu Salars Haus begleiten. Er dürfe nicht mit uns gesehen werden, sagte sie. Wer wüßte, wer uns beobachtete? Fabian fand ihren Einwand berechtigt, daher richteten wir es so ein, daß sie und ich vorausgingen, Fabian uns aber aus sicherer Entfernung bewachte, die Pistole schußbereit, falls er uns zu Hilfe eilen müßte.

Den Rest der Nacht lag ich nachdenklich auf meinem Strohsack.

Das Leben hatte sich verändert. Die Straßen von Delhi waren sicherer geworden, auch wenn es immer wieder Ausbrüche von Gewalt gab. Nana Sahib war besiegt, doch der Aufruhr war keineswegs erstickt, wenngleich die Engländer einen Erfolg nach dem anderen erzielten. Es würde noch eine Zeit dauern, aber am Ende würde die Ordnung wiederhergestellt sein. Ich konnte ausgehen, aber ich ging nie weit. Fabian hielt sich noch im Haus auf, und wir sahen uns immer wieder. Wir sprachen sehr viel über die gegenwärtige Lage. Er verlor kein Wort über die Zukunft. Später erkannte ich, daß er es deswegen nicht tat, weil er damals nicht glaubte, daß es für uns eine Zukunft geben würde. Seine große Sorge war es, uns außer Landes zu schaffen. Er zog ständig Erkundigungen ein, wie sicher es für uns sei, an die Küste zu reisen.

Ich konnte jetzt zwar ungefährdet in unser Haus gehen, aber Fabian wollte nicht, daß ich es zu oft tat. Er meinte, einige von den Männern des *Khansamah* könnten sich in der Nähe aufhalten und sich in den Kopf setzen, den Tod ihres Anführers zu rächen, und zu diesem Zweck würden sie jeden töten, der mit dem Haus in Verbindung stand. Ich sollte bei Salar bleiben, bis sich irgend etwas arrangieren ließ, um uns aus dem Land zu schaffen.

Fabian sagte, dies sei vermutlich das Ende der Kompanie. Man habe erkannt, daß eine Handelsgesellschaft nicht geeignet war, ein Land zu regieren, dies nämlich habe die Kompanie sozusagen mit Hilfe der Armee getan, allerdings nicht sehr zufriedenstellend. Sie werde wohl demnächst durch eine andere Regierungsform ersetzt werden.

»Du meinst, wir werden unseren Einfluß in Indien aufrechterhalten?«

»Ganz gewiß. Aber es wird eine neue Gesetzgebung geben, davon bin ich überzeugt.«

Ich liebte diese Unterhaltungen mit ihm. Wir kamen uns sehr nahe. Er war mir ein großer Trost, denn die Greuel, die ich hatte mitansehen müssen, hatten mich nachhaltig verändert. Nie würde ich den Anblick von Lavinia vergessen, wie sie über das Bett gespreizt lag. Nie würde mich die Erinnerung an den Pfauenfedernfächer loslassen. Ich würde immer an Lavinias entsetzten Blick denken. Ich dachte so oft an sie, die in einer Traumwelt gelebt hatte, wo sie stets die von galanten Rittern bewunderte schöne Sirene war. Was hatte sie gedacht, als sie sich der entsetzlichen Realität gegenübersah? Die Antwort lag vielleicht in ihrem wild starrenden Blick. Oft sprach ich ihren Namen laut vor mich hin.

»Lavinia, Lavinia! Warum wolltest du nicht mitkommen, als ich dich bat? Warum hast du gezögert? Konntest du wirklich glauben, daß der Groß-*Khansamah* dein ergebener Sklave war, daß dir kein Leid geschehen könne, solange er da war?« O arme, irregeleitete Lavinia!

Fabian war über das Geschehen zutiefst erschüttert gewesen, aber er war Realist. Sie war tot. Nichts konnte sie zurückbringen. Ihr Tod war in gewisser Weise eine Folge ihrer Torheit. Wir mußten jetzt an die Kinder denken.

Das neue Jahr brachte das Ende des Aufstands in Bengalen und in den meisten Regionen Mittelindiens. Bahadur Schah, der letzte der Moguln, war des Verrats bezichtigt und überführt und nach Burma verbannt worden. Langsam kehrte wieder Ordnung ein. Ich dachte viel an Dougal, Alice und Tom. Sie mußten noch in Lucknow sein, denn wir hatten nichts mehr von ihnen gehört. Ich war sehr besorgt.

Das Leben wurde erträglicher. Wir wohnten noch bei Salar, aber wir waren jetzt freier und mußten unsere Identität nicht mehr geheimhalten. Unsere Leute hatten in Delhi wieder das Kommando übernommen. Wir hatten nichts von den Sikh zu befürchten, die der britischen Oberhoheit stets treu ergeben waren, da sie erkannten, welchen Nutzen sie durch uns hatten.

Ich brachte die Kinder nicht ins Haus zurück, denn ich fürchtete, das würde Erinnerungen wecken und Fragen nach ihrer Mutter auslösen. Dafür kam Fabian zu Salar. Die Kinder freuten sich, ihn zu sehen, und bekundeten ihm scheu ihre Zuneigung.

Er hatte sich verändert. Er war ernster geworden. Was mit Lavinia geschehen war, hatte ihn tiefer berührt, als mir zunächst klar war. Zudem hatte er bei den Unruhen mehrere Freunde und Kollegen verloren. Unsere Gespräche waren sehr sachlich, und wir unterhielten uns viel über die Vorgänge im Lande. Wortgeplänkel gab es keine mehr. Ich fühlte, daß unsere Beziehung, so tief sie jetzt auch sein mochte, sich ändern mußte, wenn wieder normale Zustände einkehrten. Die Umstände hatten uns einander zwar nahegebracht, aber vielleicht nur oberflächlich. Ein Gefühl von Vergänglichkeit befiel mich. Oft dachte ich: Ich werde nie wieder dieselbe sein wie früher. Wiederholt sagte ich mir, ich dürfe meiner neuen Beziehung mit Fabian nicht zu viel Bedeutung beimessen, denn wir führten beide kein normales Leben.

Das Jahr schritt fort. Ich erwartete jeden Moment die Aufforderung zum Aufbruch.

Dann war es soweit. Ich sollte mich in zwei Tagen mit den Kindern nach Bombay aufmachen. Die *Aja* wollte bei ihrem Bruder bleiben. Ich konnte mich einer Gruppe Frauen und Kinder anschließen.

»So«, sagte ich verzagt, »ich soll also allein reisen.«

»Ich begleite euch bis Bombay«, sagte Fabian. »Ich kann nicht verantworten, daß ihr die Reise, die sich als höchst gefährlich erweisen könnte, ohne mich macht.«

Mein Herz hüpfte vor Freude, während ich mich gleichzeitig wegen meiner Torheit schalt.

Es war traurig, der *Aja* Lebewohl zu sagen. Salar dagegen frohlockte. Er hatte seine Schuld beglichen. Die *Aja* war ruhig, die Kinder waren still. Es schien eine schwere Trennung für sie zu sein, vielleicht ihr erster echter Schmerz.

Die Reise nach Bombay erscheint mir noch heute unwirklich. Wir fuhren in einer *dâk-ghari,* und ich wußte, daß wir uns in einem solchen, von einem einzigen struppigen Pferd gezogenen Vehikel auf eine recht unkomfortable Fahrt gefaßt machen mußten. So traurig die Kinder auch über den Abschied von der *Aja* waren, so froh waren sie, der Beengtheit von Salars Haus zu entkommen. »Wir fahren heim«, erklärte Louise Alan, und der Kleine vergaß seinen Kummer über die Trennung von seiner geliebten *Aja* soweit, daß er auf- und niederhopste und »Heim, heim!« sang. Das Wort besaß eine Zauberkraft.

Wir waren sehr früh am Morgen aufgebrochen. Ich fuhr mit den Kindern im Wagen, und Fabian ritt mit einem halben Dutzend bewaffneter Männer neben uns her. Es dauerte nicht lange, bis sich neue Leute dazugesellten, und als wir Delhi hinter uns ließen, hatte sich unsere Gruppe beträchtlich vermehrt, um Frauen und Kinder in *dâk-gharis* wie wir und um noch mehr Bewaffnete. Die lange Reise begann.

Wir wußten, daß der Aufstand keineswegs vorüber war und wir von feindlichen Einheimischen angegriffen werden konnten. Daß wir Frauen und Kinder und ältere Leute waren, würde uns nichts nützen. Dies war ein Krieg gegen eine Hautfarbe, nicht gegen einzelne Personen. Es war rührend, wie alle bemüht waren, sich gegenseitig zu helfen. Wenn jemand krank wurde oder ein kleiner Unfall passierte, gaben alle ohne Ausnahme, was sie konnten. Es verblüffte mich, daß das Bewußtsein einer drohenden Gefahr sich so positiv auf die Menschen auswirkte.

Dann und wann machten wir halt, um zu essen und zu rasten oder die Pferde zu wechseln. Wir übernachteten aber nicht. Alle drängte es weiter. Wir wußten, daß wir erst auf dem Schiff in Sicherheit sein würden.

Jeder Halt war ein kurzes Entkommen aus dem heftigen Ruckeln der *dâk-gharis.* Hier und da erhaschten wir ein paar Stündchen Schlaf. Den Kindern fielen meist bei Sonnenuntergang die Augen zu, so daß sie die Nacht durchschliefen.

Fabians Gegenwart war mir ein Trost. Solange er da war, war ich sicher, daß wir unbehelligt durchkommen würden. So gesehen, wünschte ich, die Reise möge nie enden, und ich fand sie trotz der Unbequemlichkeit belebend. Wenn wir Bombay erreichten, würde Fabian nach Delhi zurückkehren, und uns würde das Schiff davontragen. Wir würden in Sicherheit sein, aber er kehrte zurück in die Gefahr. Oft fragte ich mich, was wohl aus Tom, Alice und Dougal geworden war.

Während einer kurzen Rast schlenderten Fabian und ich wie gewöhnlich ein wenig abseits und unterhielten uns.

»Sobald ihr auf dem Schiff seid, ist alles gut«, sagte er. »Ihr müßt natürlich von Suez nach Alexandria über Land reisen, aber du kennst die Probleme ja. Ihr seid eine große Gruppe, und du wirst dich nicht mehr so leicht von liebenswürdigen Fremden vom Schlage eines Monsieur Lasseur betören lassen.«

»Nein. Ich weiß jetzt Bescheid.«

»Wirst du zu Hause bei den Kindern bleiben?«

»Lady Harriet wird sie bei sich haben wollen.«

»Natürlich. Aber du wirst auch bei ihnen sein. Du kannst sie nicht im Stich lassen. Sie haben ihre Mutter und ihre *Aja* verloren. Sie hängen an dir. Du verkörperst Geborgenheit für sie. Du mußt im großen Haus bei ihnen bleiben. Ich habe es meiner Mutter geschrieben.«

»Glaubst du, daß der Brief sie erreicht?«

»Ich habe ihn einem unserer Leute mitgegeben, der vor zwei Wochen abgereist ist. Ich habe ihr mitgeteilt, daß du mit den Kindern kommst und es mein Wunsch ist, daß du bei ihnen bleibst, bis ich nach Hause komme.«

»Wann wird das sein?«

Er hob die Schultern. »Wer weiß? Aber du mußt bei ihnen sein. Meine Mutter ist vielleicht etwas... furchteinflößend, aber nur am Anfang. Die Kinder brauchen dich, du mußt ihnen helfen, ihre Großmutter zu verstehen. Die Ärmsten haben durch ihre Erlebnisse genug gelitten.«

»Es scheint sie nicht nachteilig beeinflußt zu haben. Ich glaube, Kinder nehmen alles schnell als gegeben hin.«

»Vermissen sie ihre Mutter?«

»Sie glauben, sie sei im Himmel.«

»Sie werden sich trotzdem Gedanken machen.«

»Es ist soviel geschehen, und Lavinia hat sich nie viel um sie gekümmert. Sie stand ihnen nicht sehr nahe.«

»Vielleicht ist das nachträglich gut.«

»Sie vermissen natürlich die *Aja*.«

»Um so mehr wenden sie sich dir zu. Du siehst, Deborah, du darfst sie nicht verlassen. Ich habe es meiner Mutter erklärt.«

»Du willst, daß ich im großen Haus bleibe... als eine Art Gouvernante.«

»Du bist eine Freundin der Familie. Wenn ich nach Hause komme, sehen wir weiter. Bis dahin möchte ich, daß du für ihr Wohlbefinden sorgst. Versprich es mir!«

Ich versprach es.

»Noch etwas«, fuhr er fort. »Ich habe meiner Mutter von dem anderen Kind erzählt.«

»Von Fleur?«

»Ja. Ich dachte, sie sollte es erfahren.«

»Aber Polly und ihre Schwester...«

»Ich weiß. Sie haben sehr gut für sie gesorgt. Aber was, wenn ihnen etwas zustößt? Fleur sollte von Rechts wegen bei ihrer Familie sein.«

»Dann weiß es Lady Harriet jetzt. Was glaubst du, was sie tun wird?«

»Sie wird vermutlich versuchen, das Kind zu sich zu holen.«

»O nein!«

Ich konnte mir die Auseinandersetzung zwischen Polly und Eff einerseits und Lady Harriet andererseits vorstellen, das Aufeinandertreffen zweier mächtiger Parteien. Ich fragte mich, welche stärker sein würde.

»Ich hoffe nur...« begann ich.

»Meine Mutter wird entscheiden, wie mit dem Kind verfahren wird. Jedenfalls wissen wir, daß Fleur ein Zuhause haben wird, was auch immer geschieht.«

Ich sagte matt: »Vermutlich hast du recht. Aber Polly und ihre Schwester werden Fleur niemals hergeben.«

»Es wird zu einem Kampf kommen, und ich bin nicht sicher,

welche Seite siegen wird. Meine Mutter ist eine sehr resolute Frau.«

»Das sind Eff und Polly auch.«

»Es wird ein Kampf der Titanen.« Er lachte, und ich lachte mit ihm. Ich fühlte mich mit einemmal geborgen, ohne Angst.

Diese Nacht werde ich nie vergessen: die Wagenreihe, die grasenden Pferde, die warme, linde Luft, das Summen der Insekten... und Fabian an meiner Seite. Ich wünschte mir, sie solle nie zu Ende gehen. Es war absurd, aber ich hatte es nicht eilig, nach Bombay zu gelangen.

Fabian und ich redeten noch öfter miteinander, und manchmal schwiegen wir. Aber es bestand eine starke Verbindung zwischen uns. Mehr denn je war ich überzeugt, daß mein Leben mit dem der Framlings verknüpft war. Manchmal sprachen wir von der Vergangenheit. »Du hast gedacht, du könntest dir nehmen, was du wolltest«, sagte ich, »einschließlich anderer Leute Kinder.«

»Vermutlich.«

»Vielleicht denkst du das heute noch.«

»Alte Gewohnheiten sind beständig.«

Ich dachte an den Pfauenfedernfächer, aber ich redete nicht von ihm. Das Grübeln darüber brachte die Erinnerung zurück, die nie ganz vergehen würde: Lavinia auf dem blutigen Bett, den Fächer zu ihren Füßen.

Ich mußte das alles hinter mich bringen und für die Zukunft leben. Ich hatte eine große Aufgabe zu erfüllen. Ich mußte die Kinder nach Hause bringen und ihnen mein Leben widmen, bis Fabian zurückkehrte.

Schließlich waren wir in Bombay. Ich sah die vertrauten Gebäude, deren weiße Mauern in der Sonne leuchteten, das Meer, das Tor nach Indien, wie man es nannte. Jetzt sollten wir dieses Tor auf dem Heimweg passieren.

Wir mußten ein paar Tage auf das Schiff warten, ehe wir uns einschiffen konnten. Fabian kam mit an Bord und half uns, uns einzurichten. Ich teilte eine kleine Kabine mit den Kindern. Es blieb nicht viel Zeit. Bald waren wir zum Ablegen bereit.

Fabian nahm Abschied von den Kindern und ermahnte sie, mir in allem zu gehorchen. Sie hörten ernsthaft zu.

Dann nahm er meine Hände. »Lebwohl, Deborah!« sagte er.
»Ich komme nach Hause, sobald ich kann.« Er lächelte mich an.
»Wir haben viel zu besprechen und werden dann viel Zeit dafür
haben.«

»Ja«, erwiderte ich.

Er küßte mich zweimal, einmal auf jede Wange. »Paß gut auf
dich auf!« sagte er.

»Du auch!« gab ich zurück.

Und das war alles. Ich reiste mit den Kindern aus Indien ab und
ließ Fabian in dem von Zwistigkeiten zerrissenen Land zurück.

ENGLAND

Heimkehr

Von der Reise ist mir nicht viel in Erinnerung geblieben. Sie wird wohl so ereignisreich gewesen sein wie die meisten derartigen Reisen, aber nach dem, was wir hinter uns hatten, schien das alles belanglos.

Ich hatte mich um die Kinder zu kümmern. Überall wimmelte es von Kindern, sie mußten ständig beaufsichtigt werden. Das ist auf einem Schiff nicht so einfach.

Unter den erwachsenen Passagieren herrschte eine angespannte Stimmung. Viele hatten den Ehemann oder Verwandte in Indien zurückgelassen und fragten sich, wie es ihm oder ihnen ergehen mochte. Wir hatten keinerlei Nachrichten; wir waren eine kleine Schar Flüchtlinge aus einem fremden Land.

Die Kinder waren natürlich begeistert von allem, was sie sahen, und die Schiffsbesatzung hatte sie gerne um sich. Ich sah Louise mit Gleichaltrigen an Deck; sie wurden von den Seeleuten auf Delphine und fliegende Fische aufmerksam gemacht. Als ein Wal gesichtet wurde, gab es eine große Aufregung.

Die unvermeidlichen Stürme hielten uns in den Kabinen fest, und die Kinder kreischten vor Lachen, wenn sie nicht aufrecht stehen konnten und Gegenstände durch die Kabine kullerten. Alles war neu und aufregend für sie, und am Ende würden sie an diesem wunderbaren Ort, der Heimat hieß, ankommen. Mir war nicht recht klar, was sie sich davon erwarteten. Hoffentlich würden sie nicht enttäuscht sein.

Wir kamen in Suez an. Ich freute mich nicht gerade auf die Durchquerung der Wüste, aber für die Kinder war es ungeheuer spannend. Sie schien die Unbequemlichkeit der Wagen und die

Wildheit der Zugpferde nicht zu bekümmern. Sie waren begeistert, wenn wir in einer Karawanserei haltmachten. Louise erklärte Alan alles ganz genau, während beide vor Aufregung zappelten.

Ich sah alles wieder vor mir: die Reise mit Alice, unsere Bekanntschaft mit Monsieur Lasseur, dann das Auftauchen von Tom Keeping und das mysteriöse Verschwinden des angeblichen Franzosen. Ich schauderte bei dem Gedanken, wo ich hingeraten wäre, wenn Tom Keeping nicht auf Fabians Anweisung hin eingegriffen hätte. Fabian! Mein ganzes Denken führte immer wieder zu ihm.

Schließlich erreichten wir Southampton.

»Ist das die Heimat?« fragte Louise.

»Ja«, sagte ich bewegt, »das ist die Heimat.«

Wie seltsam wirkte England im Gegensatz zu jenem Land des strahlenden Sonnenscheins, der oftmals drückenden Hitze, der Lotosblumen, Banyanbäume und der dunkelhäutigen, sich auf leisen Sohlen bewegenden Menschen mit ihren sanften, melodischen Stimmen.

Es war April, als wir ankamen, eine reizvolle Jahreszeit für die Rückkehr nach England, mit den knospenden Bäumen und den eben erblühenden Frühlingsblumen, dem sachten Regen, der Sonne, die warm, aber nicht heiß war, nicht grimmig, sondern mild und ein wenig scheu, da sie sich so oft hinter den Wolken versteckte. Die Kinder machten vor Aufregung große Augen. Sie hatten sich die Heimat wohl als eine Art Mekka vorgestellt, das gelobte Land, in dem alles wunderbar sein würde.

Wir kehrten in einem Gasthaus ein, von wo ich sogleich Lady Harriet verständigen ließ, daß ich mit den Kindern angekommen sei. Dort erfuhren wir die neueste Nachricht: Sir Colin Campbell hatte Lucknow befreit. In der Heimat herrschte großer Jubel. Man glaubte, daß der Aufstand nun niedergeschlagen werde.

In dem Gasthaus machte man großes Aufhebens um uns. Wir hatten den entsetzlichen Aufstand durchgemacht und überlebt. Die Leute konnten gar nicht genug für uns tun. Ich mußte freilich an die denken, die ich zurückgelassen hatte. Wie erging es Fabian? War die Befreiung Lucknows für Alice, Tom und Dougal rechtzeitig gekommen?

Lady Harriet hatte nie lange gezögert. Sobald sie meine Nachricht erhielt, schickte sie eine Kutsche, die uns nach Hause brachte. Und dann fuhren wir über die englischen Landstraßen, vorbei an Feldern, die wie adrette grüne Vierecke aussahen, an Wäldern, Bächen und Flüssen. Die Kinder waren hingerissen. Louise saß ganz still, während Alan seinen Drang, auf- und abzuhopsen, nicht zügeln konnte.

Dann kamen das vertraute Dorf, der Anger, der Pfarrhof, das große Haus, die Stätten meiner Kindheit. Wie mochte es Colin Brady ergehen? Gewiß war er nach wie vor Lady Harriets ergebener Diener.

Ich beobachtete die Kinder, als wir uns dem großen Haus näherten. Es sah prächtig aus im blassen Sonnenlicht: erhaben, mächtig und herzzerreißend schön. »Ist dies unser Zuhause?« fragte Louise.

»Ja«, sagte ich. »Bald wirst du deine Großmutter sehen.« Ich mußte Alan zurückhalten, der fast aus der Kutsche gesprungen wäre. Dann ging es die Auffahrt hinauf. So viele Erinnerungen bestürmten mich. Lavinia... o nein. Ich konnte den Gedanken nicht ertragen, wie ich sie das letzte Mal gesehen hatte. Fabian... auch an ihn wagte ich nicht zu denken. Vielleicht hatte ich wilde Träume gehabt. Jetzt, im Angesicht dieses prächtigen Ziegelbaus, da ich Lady Harriet bald sehen würde, wußte ich, wie absurd meine Träume gewesen waren. Er würde zurückkehren, und alles würde sein wie immer, außer daß ich, das unansehnliche Mädchen vom Pfarrhaus, nun einen guten Posten als Gouvernante von Lady Harriets Enkelkindern bekleiden würde: ein braves, vernünftiges Mädchen, das sich seiner Stellung bewußt war. Das wünschte und erwartete Lady Harriet, und Lady Harriet bekam immer, was sie sich wünschte.

Die Kutsche hielt an. Ein Dienstmädchen erschien. Jane? Dolly? Bet? Ich konnte mich nicht auf ihren Namen besinnen, aber ich kannte sie und sie mich. »Oh, Miss Delany, Sie und die Kinder möchten bitte sofort zu Lady Harriet kommen.« Die Kinder konnten es kaum erwarten auszusteigen.

Dann ging es durch die vertraute Halle mit der hohen gewölbten Decke und den Waffen an den Wänden, Waffen, mit denen lange verblichene Framlings das Haus gegen Angreifer verteidigt hatten, die Treppe hinauf in den Salon, wo Lady Harriet uns erwartete.

»Sie sind da, Lady Harriet.«

Sie erhob sich. Sie sah stattlich und ehrfurchtgebietend aus wie immer. Ihre Wangen zeigten eine leichte Röte, und ihre Augen leuchteten beim Anblick der Kinder auf. Sie umklammerten meine Hände fester. »Das ist eure Großmutter, Kinder«, sagte ich.

Kinder und Großmutter starrten sich an. Ich glaube, Lady Harriet war vom Anblick ihrer Enkel tief bewegt, und sicher dachte sie an Lavinia. Ich war froh, daß sie von den Umständen ihres Todes nichts wußte. Von Fabian würde sie es nie erfahren und von mir ebensowenig. So viele Menschen waren während des Aufstandes umgekommen. Dieses Schicksal hätte jeden von uns treffen können.

Sie sah mich an. »Guten Tag, Deborah!« sagte sie. »Willkommen daheim! Und du bist Louise?«

Louise nickte.

»Ich bin Alan«, sagte der Junge. »Dies ist unser Heim, ja?«

Sah ich sie kurz blinzeln, als fürchte sie, ihre Tränen zu verraten? Ihre Stimme stockte leicht, als sie sagte: »Ja, mein liebes Kind, du bist heimgekommen.« Dann war sie plötzlich wieder die alte Lady Harriet. »Wie geht es dir, Deborah? Du siehst gut aus. Sir Fabian hat mir geschrieben, daß du dich sehr vernünftig verhalten hast. Du warst ja immer ein vernünftiges Mädchen. Dein Zimmer liegt neben dem der Kinder. Vorläufig ist es zweifellos so am besten für sie. Du mußt mir bald von deinen Erlebnissen erzählen. Und nun, Louise, komm her, mein Liebes!« Zögernd ließ Louise meine Hand los. »Mein liebes Kind«, fuhr Lady Harriet fort, »wie groß du bist! Ich bin deine Großmama. Ich werde für euch sorgen.« Louise sah ängstlich zu mir auf. »Miss Delany... Deborah bleibt auch hier. Wir werden alle beisammen sein. Und ihr bekommt noch ein Kindermädchen, ein englisches, wie Miss Philwright.« Ihre Augen nahmen einen leicht kriti-

schen Blick an. Wie konnte Nanny Philwright so pflichtvergessen sein zu heiraten und die Framling-Kinder im Stich zu lassen!
Sie war immer noch die alte Lady Harriet. Sie hatte sich nicht
verändert, wenngleich ich eine leichte Rührung bei ihr wahrgenommen hatte. Aber die bezog sich natürlich nur auf die Familie
Framling. Außenstehende waren von ihr ausgeschlossen.

Beide Kinder betrachteten sie verwundert. Ich glaube, Lady Harriet war tief bewegt. Vielleicht fürchtete sie zu zeigen, wie gerührt sie war, denn sie wurde brüsk und geschäftig.

»Die Kinder möchten sicher etwas essen«, sagte sie. »Wie wäre
es mit Brühe, Milch, Brot und Butter? Was hältst du davon, Deborah?«

Ich hielt es für ein Zeichen ihrer Bewegung, daß sie mich nach
meiner Meinung fragte.

»Mögt ihr das?« fragte ich die Kinder.

Louise sagte ja bitte, und Alan nickte ernst.

»Fein«, sagte Lady Harriet. »Es wird euch auf eure Zimmer geschickt. Ich zeige sie euch jetzt. Ich habe die alte Kinderstube herrichten lassen.«

Wir gingen die Treppe zur alten Kinderstube hinauf, und unterwegs wies Lady Harriet einen Dienstboten an, die Stärkungen zu
holen.

Die Räume waren hell und luftig. Ich erinnerte mich an die alten
Zeiten, als ich hierhergekommen war, um mit Lavinia zu spielen. Dann sah ich sie wieder vor mir, wie ich sie zuletzt gesehen
hatte, und eine entsetzliche Untergangsstimmung befiel mich. In
diesen Räumen hatte Fabian seine unumschränkte Herrschaft
ausgeübt, angeblich sogar über seine Mutter. Er war das verhätschelte Söhnchen gewesen, dessen Marotten nachgegeben werden mußte, auch wenn das bedeutete, ein Baby von seiner Familie zu trennen.

Hier waren so viele Erinnerungen. Am liebsten wäre ich auf der
Stelle fortgelaufen. Ich würde in diesem Haus nie etwas anderes
sein als eine Außenseiterin, die Pfarrerstochter, nicht gut genug
für die Framlingsche Gesellschaft, außer, wenn sie ihr nützen
konnte.

»Ich lasse euch jetzt allein, damit ihr auspacken könnt«, sagte
Lady Harriet.

Ich hatte das Gefühl, daß sie fort wollte, da sie es nicht ertrug, in diesem Raum zu sein, wo ihre verstorbene Tochter als Kind gewohnt und gespielt hatte, wie es von nun an ihre Enkelkinder tun würden. Konnte sie tatsächlich von Rührung übermannt sein? Ich war sicher, daß sie dies niemals zugeben würde.

Schließlich war sie fort, und ich blieb mit den Kindern allein. »Ist sie die Königin?« fragte Louise.

Das war ein denkwürdiger Tag. Ich führte die Kinder durch das Haus und den Garten. Sie fanden alles wundervoll. Wir begegneten einigen Bediensteten, die ihre Freude, Kinder im Haus zu haben, nicht verhehlen konnten.

Ich dachte, die beiden werden mit der Zeit hier glücklich sein. Sie klammerten sich etwas fester an mich als vorher; die Veränderung in ihrem Leben machte sie wohl etwas beklommen, und sie hatten offensichtlich großen Respekt vor ihrer ehrfurchtgebietenden Großmutter.

Das Essen wurde auf einem Tablett heraufgeschickt. Hernach wurde ich in Lady Harriets Salon gebeten. »Setz dich, Deborah! Ich habe dir so viel zu sagen. Ich weiß, du hast viel durchgemacht. Sir Fabian hat mir berichtet, wie du dich um die Kinder gekümmert und sie in dieser furchtbaren Zeit in Sicherheit gebracht hast, wofür wir dir beide überaus dankbar sind. Sir Fabian wünscht, daß du bei den Kindern bleibst, zumindest bis zu seiner Rückkehr, was, wie er hofft, in nicht allzu ferner Zukunft sein wird. Louise und Alan sind nun wohlbehalten hier, aber da ist ja noch das andere Kind. Ich weiß davon und welche Rolle du dabei gespielt hast. Es war eine unerfreuliche Geschichte, aber wir wollen nicht dabei verweilen. Mein Sohn hat mir alles erzählt, und ich war bei den Leuten, die das Kind aufgenommen haben. Diese furchtbare Gegend, wo sie wohnen! Ich hatte nach ihnen geschickt, aber sie haben meine Bitte rüde ignoriert, deshalb suchte ich sie auf. Es ist sehr bedauerlich, daß das Kind bei ihnen ist.«

»Ich muß Ihnen sagen, Lady Harriet, sie waren wunderbar zu uns. Ich weiß nicht, was wir ohne sie getan hätten.«

»Ich mache dir keinen Vorwurf, Deborah. Deine Rolle in der

Angelegenheit war lobenswert. Dein Kindermädchen ist eine freimütige Person.« Ich glaubte eine widerwillige Bewunderung für eine Frau zu erkennen, die ihr selbst nicht unähnlich war.

»Was sie getan hat, ist bewundernswert. Aber wir müssen jetzt an das Kind denken. So unerfreulich die Umstände ihrer Geburt auch waren, sie ist *meine* Enkelin und muß hier in Framling aufwachsen.«

»Lady Harriet, sie haben für Fleur gesorgt, seit sie ein Baby war. Sie lieben sie wie ihr eigenes Kind. Sie werden sie niemals fortlassen.«

»Wir werden uns darum kümmern müssen«, sagte Lady Harriet fest. »Sir Fabian meint, sie sollte hier bei ihren Halbgeschwistern sein.«

»Sie werden sie niemals weggeben.«

»Sie ist eine Framling, und ich bin ihre Großmutter. Ich habe meine Rechte.«

»Es wäre nicht gut für die Kleine, sie unvermittelt fortzuholen.«

»Mit der Zeit werden wir ihnen Vernunft beibringen.«

»Aber, Lady Harriet, was Ihnen vernünftig scheint, muß für die beiden noch lange nicht vernünftig sein.«

Sie sah mich erstaunt an, weil ich eine solche Äußerung wagte. Ich zuckte nicht zurück. Ich hatte beschlossen – genau wie bei Lavinia –, mich nicht von ihr bevormunden zu lassen. Wenn ihr mein Verhalten mißfiel, würde ich ihr einfach klarmachen, daß ich nur hier war, weil ich die Kinder nicht im Stich lassen wollte. Ich war zur Zeit für Lady Harriet von größerem Nutzen als sie für mich, und das verschaffte mir einen Vorteil. Meine Stellung war nicht die einer gewöhnlichen Gouvernante.

»Wir werden sehen«, sagte sie mit drohender Stimme. Dann fügte sie hinzu: »Ich möchte, daß du diese Frauen aufsuchst.«

»Das habe ich ohnehin vor. Ich habe Polly sehr lieb, und ihre Schwester und Fleur ebenso.«

»Dann solltest du so bald wie möglich hinfahren.«

»Das ist meine Absicht.«

Sie nickte. »Erkläre ihnen, welche Vorteile das Kind hier haben würde. Du solltest ihnen begreiflich machen, was es bedeutet, daß ich die Großmutter bin.«

»Sie werden das tun, was für das Kind das Beste ist.«

»Ah. Dann kannst du sie zur Vernunft bringen.«

»Ich weiß nicht, wie sie reagieren werden, Lady Harriet.«

»Ich verlasse mich auf dich, Deborah.« Sie bedachte mich mit einem Lächeln. Ein Vorschußlohn dafür, daß ich ihr uneheliches Enkelkind in den Schoß der Familie zurückbringe, dachte ich. Aber so leicht würde das nicht sein. Ich kannte Polly und Eff. Sie würden ebenso resolut sein wie Lady Harriet.

»Nun«, fuhr sie fort, »da Louise und Alan hier sind, ist ihre Zukunft gesichert.«

»Und ihr Vater?« fragte ich. »Wenn er zurückkommt, hat er vielleicht Pläne mit ihnen.«

»O nein.« Sie lachte. »Er wird gar nichts tun. Er wird einsehen, daß sie es bei mir besser haben.«

»Gibt es Neuigkeiten...«

»Wir haben sehr wenig gehört. Er war bei diesem Kindermädchen und ihrem Mann in Lucknow.« Sie schnaubte, um ihre Mißbilligung zum Ausdruck zu bringen. »Sie waren alle in Sicherheit, soviel ist uns bekannt. Aber die Greueltaten halten noch an. Diese gemeinen Leute! Töten die, die so viel für sie getan haben. *Englische* Männer, Frauen und kleine Kinder, von Einheimischen ermordet! Sie werden ihre gerechte Strafe erhalten, keine Sorge.«

»Ich bin froh, daß sie in Sicherheit sind«, sagte ich.

Lady Harriet nickte. »Nun, Deborah, das war ein langer Tag für dich... und für mich auch. Ich sage nun gute Nacht. Die Kinder schlafen wohl schon.«

»O ja, sie waren sehr müde.«

»Es tut mir leid, daß du Kindermädchen spielen mußt, aber die Kleinen sind so an dich gewöhnt, und fürs erste ist es das Beste. Zu viele Veränderungen auf einmal tun ihnen sicher nicht gut. Aber demnächst möchte ich eine gute Nanny einstellen.«

»Ich denke, daß sie vorerst bei mir am besten aufgehoben sind. Ich habe mich während der Reise und auch vorher um sie gekümmert. Sie vermissen ihre indische Kinderfrau sehr.«

Ein mißbilligender Blick. »Wir werden ein gutes englisches Kindermädchen haben, und damit ist die Sache erledigt. Gute Nacht, Deborah!«

»Gute Nacht, Lady Harriet!«

Es war ein eigenartiges Gefühl, wieder in diesem Haus zu sein, wahrhaftig unter seinem Dach zu wohnen. Ich ging in mein Zimmer. Die Bettlaken waren sehr sauber und kühl, der Raum war luftig und wirkte ein wenig streng. So viele Erinnerungen. Jenseits des Gartens lagen der Anger, die Kirche, das Pfarrhaus... die Stätten meiner Kindheit.

Ich dachte an meinen Vater. Ich sah ihn vom Pfarrhaus zur Kirche gehen, das Gebetbuch unter dem Arm, die feinen Haare vom Wind zerzaust, mit den Gedanken weit fort, höchstwahrscheinlich im alten Griechenland.

Obwohl ich nicht müde war, fiel ich, sobald ich zwischen den kühlen, sauberen Laken lag, in tiefen Schlaf; die körperliche wie emotionale Erschöpfung war zu groß gewesen.

Den folgenden Tag verbrachte ich mit den Kindern. Ich ging mit ihnen über den alten Kirchhof. Ich sah Colin Brady mit seiner Frau. Sie hatten jetzt ein kleines Baby. Ellen Brady, die Arzttochter, jetzt Colins Frau, bestand darauf, daß ich ins Pfarrhaus kam, wo sie mich mit einem Glas Holunderwein bewirtete. Colin gesellte sich zu uns. Die Kinder saßen still dabei. Ich dachte, daß *ich* jetzt dort sitzen und Gästen *meinen* Holunderwein anbieten könnte. Nein, das wäre nichts für mich gewesen. Ich bezweifelte jedoch nicht, daß Lady Harriet es immer noch für töricht von mir hielt, diese Ehe ausgeschlagen zu haben.

»Wir haben an Sie gedacht, als wir die Nachrichten hörten, nicht wahr, Ellen?« sagte Colin.

Ellen bestätigte es.

»All die schrecklichen Dinge. Wie konnten sie nur! Es muß wirklich furchtbar gewesen sein.«

Das Hausmädchen war mit den Kindern hinausgegangen, um ihnen den Garten zu zeigen, so konnten wir offen sprechen.

»Und Miss Lavinia. Wie furchtbar, so zu sterben, und so jung!«

Ich pflichtete ihnen bei und dachte: Ihr habt ja keine Ahnung, wie sie starb! Ihr könnt euch dergleichen niemals vorstellen.

Als ich ins Dorf ging, sprachen die Leute mich an. Ladenbesitzer kamen aus ihren Geschäften, als ich vorüberkam. »Oh, es freut mich, daß Sie zurück sind, Miss Deborah. Es muß furchtbar ge-

wesen sein...« Sie interessierten sich für die Kinder. »Wie schön,
die Kleinen in Framling zu haben. Lady Harriet wird sich
freuen.«

Das tat sie zweifellos. Ich wußte, daß sie um Lavinia trauerte. Sie
hatte ihre Kinder wirklich gern – und nun übertrug sie diese
Liebe auf ihre Enkelkinder. Ich wußte aber auch, daß es aus den
gleichen Gründen wegen Fleur zu einem heftigen Kampf kommen würde. Ich dachte sehr oft daran, und sobald sich die Kinder so weit eingewöhnt hatten, daß sie ein paar Tage ohne mich
auskamen, schrieb ich Polly, um ihr meinen Besuch anzukündi-
gen.

Lady Harriet kam gelegentlich in die Kinderstube. Ich ermun-
terte die Kinder, mit ihr zu sprechen, aber sie wichen mir nicht
von der Seite, wenn sie zugegen war. Sie drängte sich ihnen nicht
auf. Das war nicht Lady Harriets Art. Aber ich sah, wie sie sich
freute, wenn Louise sie ansprach. Alan wich ihrem Blick noch
aus und ließ von der Hopserei ab.

»Die Kinder scheinen mir sehr still«, sagte sie einmal zu mir, als
sie zu Bett gegangen waren.

»Es ist alles noch so neu für sie«, erklärte ich. »Sie haben so viele
Veränderungen durchgemacht. Aber mit der Zeit werden sie
sich eingewöhnen.«

»Sie müssen unbedingt reiten lernen.«

Das sei eine ausgezeichnete Idee, meinte ich.

»Ich werde mit der Einstellung des Kindermädchens noch etwas
warten.«

Ich sagte, ich hielte auch das für eine gute Idee. »Lassen wir sie
sich erst an die neuen Gesichter gewöhnen!«

Sie nickte beifällig. »Die Nachrichten werden besser«, sagte sie.
»General Roberts wirkt Wunder. Er zeigt diesen furchtbaren
Leuten, wer die Herren sind, und Sir John Lawrence verdient
nach allgemeiner Ansicht großes Lob für die Rolle, die er dabei
gespielt hat. Es scheint, daß die Lage allmählich wieder mehr
oder weniger normal wird... so weit sie in einem solchen Land
überhaupt normal sein kann. Es ist gut möglich, daß wir Sir Fabian und den Vater der Kinder eher daheim haben werden, als
ich gehofft hatte.«

»Das wird eine große Erleichterung für Sie sein, Lady Harriet.«

»O ja. Und dann werden natürlich die Hochzeitsglocken läuten. Lady Geraldine hat lange genug gewartet.«

Ich konnte sie nicht ansehen, weil ich dabei womöglich etwas verraten hätte.

»Sobald Sir Fabian zu Hause ist, wird es keinen Aufschub mehr geben«, fuhr sie fort. »Das ist das letzte, was er sich wünschen würde.« Sie lächelte nachsichtig. »Er ist leider sehr ungeduldig. Das war er immer. Wenn er etwas will, will er es gleich. Daher bin ich sicher, daß wir bald eine Hochzeit haben werden.«

Dies kam mir jetzt so selbstverständlich vor. Zu Hause sah alles anders aus. Als wir in Indien waren, als wir von Delhi nach Bombay reisten, hatte ich vielleicht unmögliche Träume gehegt. Hier konnte ich mir vergegenwärtigen, wie töricht ich gewesen war.

Ich erhielt eine überschwenglich liebevolle Antwort von Polly:

Ich renne singend durchs ganze Haus. Eff sagt, ich mache sie wahnsinnig. Ich bin einfach so glücklich, daß Du heil und gesund und wieder zu Hause bist. Wir erwarten Dich. Also komm, so schnell Du kannst!

Die Zeitungen brachten gute Nachrichten. Der Aufstand wurde rasch beendet, und dicke Schlagzeilen verkündeten den Sieg. General Roberts und Sir John Lawrence waren die Helden. Es wurde viel über die loyalen Sikh und die verräterischen indischen Truppen geschrieben. Nun würde alles gut werden. Den Bösen hatte man es heimgezahlt, und die Gerechten triumphierten.

Alte Männer saßen am Dorfteich und besprachen die Befreiung von Lucknow. Sie ließen Namen wie Bundelkhund und Jhansi fallen. Sie hatten den schurkischen Nana Sahib besiegt und über seinen Verbündeten Tantia Topi triumphiert. Sie hatten die Aufständischen in die Schranken gewiesen.

Frieden lag in der Luft. Wir hatten Frühling; das leise Summen der Insekten vermischte sich mit dem Klappern der Heckenscheren. Dies war die Heimat.

Und ich machte mich auf den Weg zu Polly. Ich sagte den Kindern, daß ich nur ein paar Tage fort sein würde. Sie hatten eine große Zuneigung zu dem Stubenmädchen Molly gefaßt, und ich wußte, daß sie bei ihr in guten Händen waren. Sie würde sie nachmittags auf ein Stündchen zur Großmutter in den Salon bringen. Dies war zu einem Ritual geworden, das sie akzeptierten, und allmählich hatten sie auch nicht mehr so große Ehrfurcht vor ihr. Ich konnte sie ohne weiteres allein lassen.

Polly erwartete mich am Bahnhof. Ihre Augen füllten sich mit Tränen, als sie mich sah, und wir hielten uns ein paar Sekunden umschlungen. Dann wurde sie nüchtern. »Eff ist zu Hause geblieben. Sie wird das Wasser am Kochen haben, wenn wir kommen. Meine Güte, bin ich froh, dich zu sehen! Laß dich anschauen! Nicht schlecht. Ich hatte solche Angst... du da draußen in dem Schlamassel. Da stehen einem ja die Haare zu Berge. Als wir hörten, daß du zurück bist, da hättest du uns mal sehen sollen, mich, Eff und Fleur. O ja, sie erinnert sich an dich. Ehrlich gesagt, Eff ist manchmal 'n bißchen eifersüchtig. So ist sie nun mal. Ach, ist das schön, dich zu sehen! Wie gesagt, ich bin singend durchs ganze Haus gerannt, Eff ist fast die Wände hochgegangen. So, steig ein!«

In der Droschke sprachen wir wenig. Und dann waren wir vor dem lieben, vertrauten Haus. Die Tür flog auf, und da standen Eff und Fleur. Eff war dieselbe wie immer, Fleur aber war viel mehr gewachsen, als ich erwartet hatte: ein schönes, dunkelhaariges Mädchen, das seine Arme um meinen Hals schlang und mir einen Kuß gab.

»Wollen wir den ganzen Abend hier herumstehen?« fragte Eff. »Ich hab's Wasser am Kochen. Und es gibt Milchbrötchen zum Tee. Die muß ich noch rösten. Wagte nicht anzufangen, bevor ihr da seid. Wir wollen sie doch nicht vertrocknet, oder?«

Und dann saßen wir in der Küche, anfangs noch zu bewegt, um viel zu sprechen, aber so glücklich, beisammen zu sein.

Ich müsse die Gouvernante kennenlernen. »Mrs. Childers ist 'ne richtige Dame«, wurde mir gesagt. »Und in der Welt rumgekommen«, ergänzte Polly. »Sie ist sehr gewissenhaft, und sie ist gern hier. Kein affektiertes Getue. Sie hat Fleur einfach gern, und meine Güte, Fleur ist ganz vernarrt in sie. Ein kluges Kind ist sie. Geschichte, Erdkunde und Französisch, hättest du das gedacht? Fleur hat 'ne natürliche Begabung dafür. Du solltest die zwei mal französisch parlieren hören. Da kringeln Eff und ich uns jedesmal, was, Eff?«

»Du vielleicht«, sagte Eff. »Ich versteh' Französisch, und es ist überhaupt nicht zum Lachen. Es ist ganz richtig, daß Fleur französisch spricht, weil's die meisten Damen tun, und weil sie mal eine Dame sein wird.«

Mrs. Childers erwies sich als sehr sympathische Frau. Ich schätzte sie auf Ende Dreißig; sie war Witwe und hatte Kinder sehr gern. Sie sei offensichtlich in der Welt herumgekommen, meinte Eff, habe aber »keine Allüren«. Sie sehe den Tatsachen ins Auge. Sie spielten, wie Polly sagte, nicht die großen Damen, sondern behandelten sie wie ihresgleichen, ob es ihr passe oder nicht.

Mrs. Childers paßte es offenbar sehr. Sie erzählte mir, sie sei hier glücklich und habe Fleur sehr gern. Jeden Morgen ging sie mit Fleur in den Park. Sie betrachteten Blumen und dergleichen, erklärte Eff. Das nenne sich Botanik.

Eff ging häufig zum Einkaufen auf den Markt, so hatte ich Gelegenheit, mich mit Polly allein zu unterhalten. Sie kam alsbald auf Lady Harriets Besuch zu sprechen. »Hat die doch tatsächlich nach mir geschickt. ›Kommen Sie bitte unverzüglich nach Framling.‹ Was glaubt die denn, wer sie ist? Da müßte sie sich schon selbst herbemühen, hab' ich gesagt... nicht zu ihr, aber zu Eff. Dann kommt sie. Du hättest sie sehen sollen! Ich hätte sie ja in die Küche geführt, aber Eff wollte sie im Salon haben. Sie würde Fleur mitnehmen, hat sie gesagt. ›Wenn Sie das glauben‹, sag' ich, ›dann haben Sie sich aber geirrt. Hier ist Fleurs Heim, und hier bleibt sie.‹ Sie fing an uns zu erzählen, wieviel mehr sie für sie tun könnte. Das könnten wir genauso, hab' ich ihr gesagt. Weißt du eigentlich, daß dieses Haus jetzt uns gehört? Ja, wir haben's gekauft und sind drauf und dran, das nebenan auch zu übernehmen. Eff spricht davon, daß wir uns irgendwann in ein kleines Nest auf dem Land zurückziehen.«

»Auf dem Land! Du, Polly? Aber du liebst London doch.«

»Ach weißt du, wenn man's langsam zu was bringt, ist es was anderes. Eff hat immer gern 'n bißchen was Grünes um sich gehabt. Außerdem soll's ja nicht jetzt sein, erst später. Aber was ich damit sagen will, wir können ohne Hilfe Ihrer Ladyschaft für Fleur sorgen. Und wie steht's mit dir? Lebst du dort... bei dieser Frau?«

»Die Kinder sind dort, Polly, Louise und Alan. Du würdest sie liebhaben.«

»Wenn sie halb so nett sind wie ihre Schwester, bestimmt. Sie sind sicher froh, daß sie dich haben, aber es kann dir doch kaum Spaß machen, bei Ihrer Ladyschaft im Haus zu wohnen.«

»Ich komm' schon zurecht. Sie hat die Kinder gern, und sie weiß, daß sie mich brauchen. Ich war während der ganzen furchtbaren Zeit in Indien bei ihnen.«

Polly nickte. »Du weißt ja, wenn du's bei ihr nicht aushältst, kannst du jederzeit hierherkommen. Das würden wir ganz gut hinkriegen. Die Mieten gehen regelmäßig ein, und seit wir nun unser eigenes Haus haben, geht's uns richtig gut. Glaub mir, es war mühsam, es zu kriegen, und eine Weile waren wir knapp bei Kasse. Dabei fällt mir ein... ich hätte es dir längst sagen sollen. Ich mußte es tun. Du verstehst es bestimmt.«

»Was, Polly?«

»Fleur war krank.«

»Davon hast du mir nichts geschrieben.«

»Warum dich beunruhigen, wo du doch so weit weg warst. Du hättest ja doch nichts tun können. Eine Zeitlang stand es auf Messers Schneide.«

»O Polly, ist das wahr?«

»Hm. Es war was im Hals. Es hätte ihr Ende sein können, wenn sie diese Operation nicht gehabt hätte.«

»Das ist ja schrecklich, Polly. Und ich habe nichts davon gewußt!«

»Dr. Clement hat uns von diesem tüchtigen Chirurgen erzählt. Er meinte, das wäre der einzige, der sie retten könnte. Du liebe Güte, er war einer aus diesem vornehmen Ärzteviertel in der Harley Street, und es hat 'ne Stange gekostet, ihn zu kriegen. Wir mußten das Geld auftreiben. Wir hatten gerade das Haus gekauft. Wäre es früher gewesen, hätten wir das Geld nehmen und das Haus sein lassen können. Aber da standen wir, und die Kasse war so gut wie leer. Gut, wir hatten jetzt das Haus, aber das hätte uns nicht viel bedeutet, wenn wir Fleur verloren hätten.«

Ich sah sie entsetzt an, aber sie schüttelte den Kopf und lächelte. »Ist ja alles gutgegangen. Der Arzt hat gute Arbeit geleistet, Fleur ist vollkommen geheilt. Ich sag' dir, was wir getan haben. Erinnerst du dich an den Fächer, den dir die alte Dame vermacht hat?«

Ich nickte.

»Da waren ein paar Edelsteine drin.«

»Ja, Polly, ja.«

»Ich bin damit zum Juwelier gegangen, und er sagte, die Klunker wären 'n Haufen Geld wert.« Sie sah mich entschuldigend an. »Ich hab' zu Eff gesagt: ›Das würde Deborah tun, wenn sie hier wäre.‹ Sie hat mir zugestimmt. Wir brauchten das Geld schnell. Ich mußte mich auf der Stelle entscheiden. Hier waren die Steine, und da war die liebe kleine Fleur... Ich hab' den Fächer zum Juwelier gebracht, und er hat die Steine gekauft, ganz vorsichtig hat er sie rausgenommen. Das hat Fleur das Leben gerettet. Es ist sogar was übriggeblieben, und davon sind wir mit ihr an die See gefahren, Eff und ich. Das war eine schöne Zeit. Du hättest sehen sollen, wie ihre Backen langsam wieder Farbe gekriegt haben. Verstehst du...«

»Natürlich verstehe ich, Polly. Ich bin froh... ich bin ja so froh.«

»Ich hab' gewußt, daß du dich freuen würdest. Was sind schon 'n paar Klunker verglichen mit dem Leben eines Kindes, hm? Und ich will dir was sagen. Der Juwelier ist sehr sorgsam mit dem Fächer umgegangen, der sieht genauso aus wie vorher. Ich hab' ihn gut verwahrt. Warte, ich hol' ihn.«

Ich saß ganz erschüttert da, als sie ihn brachte. Ich konnte nie an Pfauenfedern denken, ohne den schrecklichen blutbefleckten Fächer zu Lavinias Füßen liegen zu sehen.

Polly stand vor mir und öffnete stolz den Fächer. Er sah kaum anders aus als vorher; die Stelle, wo sich die Steine befunden hatten, war sorgfältig verdeckt.

»Da!« sagte Polly. »Ein hübsches Stück. Ich werde nie vergessen, was er für Fleur bedeutet hat.«

Sobald ich zurück war, wollte Lady Harriet wissen, was ich erreicht hatte. »Sie sind fest entschlossen«, sagte ich. »Sie werden Fleur niemals hergeben.«

»Aber hast du denn nicht auf die Vorteile hingewiesen, die sie bei mir hätte?«

»Sie meinen, daß sie es bei ihnen besser hat. Sie haben eine Gouvernante, müssen Sie wissen.«

»Das weiß ich. Was eine *gute* Gouvernante in so einem Haus ausrichten soll, kann ich mir allerdings nicht vorstellen.«

»Sie scheint eine sehr gescheite Frau zu sein, und sie hat Fleur sehr gern.«

»Papperlapapp!« sagte Lady Harriet. »Man muß sie zur Vernunft bringen. Ich kann meine Rechte geltend machen, mußt du wissen.«

»Die Umstände sind ziemlich ungewöhnlich.«

»Wie meinst du das? Fleur ist mein Enkelkind.«

»Aber Sie haben erst vor kurzem von ihrer Existenz erfahren.«

»Na und? Ich weiß, daß sie mein Enkelkind ist. Ich habe ein Anrecht auf sie.«

»Sie meinen, Sie würden vor Gericht gehen?«

»Ich werde alles tun, was nötig ist, um mein Enkelkind in meinen Besitz zu bringen.«

»Das würde bedeuten, daß die Umstände der Geburt des Kindes ans Licht kämen.«

»Na und?«

»Wäre Ihnen das recht?«

»Wenn es notwendig ist, dann muß es eben sein.«

»Aber wenn Sie vor Gericht gehen, kommt die Sache an die Öffentlichkeit. Das wäre nicht gut für Fleur.«

Sie zögerte einen Moment. Dann sagte sie: »Ich bin fest entschlossen, das Kind zu bekommen.«

Es lag eine gewisse Ironie darin. Bei ihrer Geburt war Fleur von ihrer Mutter nicht gewünscht worden, und wir hatten große Mühe, ein Zuhause für sie zu finden, und jetzt gab es zwei starke Parteien – die eine entschlossen, sie zu bekommen, die andere, sie zu behalten. Ich fragte mich, welche siegen würde.

Die Zeit verstrich. Louise und Alan wuchsen zu Framling-Kindern heran. Sie erhielten zu ihrem Entzücken Reitunterricht und verbrachten jeden Morgen mit dem Stallmeister eine halbe Stunde auf der Koppel. Lady Harriet sah ihnen vom Fenster aus mit großem Wohlgefallen zu.

Das Kindermädchen kam. Ich schätzte sie auf Mitte Vierzig, und sie betreute bereits seit über fünfundzwanzig Jahren Kinder. Lady Harriet war mit ihr zufrieden. Sie habe bei einer herzoglichen Familie gearbeitet, erklärte mir Lady Harriet – zwar nur bei einem jüngeren Sohn, dennoch herzoglicher Abkunft. »Sie wird dir die beschwerlichen Pflichten abnehmen«, sagte sie. »Du kannst dich von nun an auf die Schulstube beschränken.«

Die Kinder akzeptierten Nanny Morton. Da sie über die Gabe verfügte, mit strenger Hand zu walten und gleichzeitig den Eindruck zu erwecken, ein allmächtiges Wesen zu sein, das ihnen Schutz vor der Welt bot, gehörte sie alsbald zu ihrem alltäglichen Leben. Sie gab ihnen das Gefühl, das für junge Menschen so ungeheuer wichtig ist: geborgen zu sein.

Hin und wieder erwähnten sie ihre Mutter und die *Aja*, aber das geschah immer seltener. Das große Haus war nun ihr Heim. Sie liebten die Weitläufigkeit des geheimnisvollen und inzwischen dennoch vertrauten Gebäudes, sie liebten ihre Reitstunden und hatten eine gewisse Zuneigung zu ihrer ehrfurchtgebietenden Großmutter gefaßt. Sie waren dankbar, wenn sie, was selten geschah, von ihr gelobt wurden; zudem hatten sie Nanny Morton und mich.

Lady Harriet sprach oft von Lady Geraldine. »Im Westflügel müßten Renovierungsarbeiten vorgenommen werden«, erklärte sie mir. »Aber ich unternehme vorerst nichts. Vielleicht wünscht Lady Geraldine ja alles zu verändern, wenn sie kommt.« Und dann: »Lady Geraldine ist eine ausgezeichnete Reiterin. Ich nehme an, daß sie die Stallungen erweitern möchte.« Lady Geraldine pflegte regelmäßig im Gespräch aufzutauchen, und im Laufe der Zeit tat sie dies immer häufiger. »Gewiß gibt es jetzt nichts mehr, das Sir Fabian noch in Indien hält«, sagte Lady Harriet. »Ich bin sicher, daß er bald zu Hause sein wird. Ich werde Lady Geraldine einladen, damit sie hier ist, wenn er kommt. Das wird eine hübsche Überraschung für ihn. Louise und Alan sollten die Kinderstube jetzt noch kräftig ausnutzen. Wer weiß, über kurz oder lang werden sie sie vielleicht teilen müssen.«

»Sie meinen, mit Fleur...«

»Ja, mit Fleur und, wenn Sir Fabian sich vermählt...« Sie kicherte leise. »Lady Geraldines Verwandtschaft ist für ihre Fruchtbarkeit bekannt. Sie haben alle große Familien.«

Sie wurde immer aufgeregter, weil sie glaubte, daß Fabian nicht mehr lange fortbleiben könne.

Dann kam Dougal nach Hause.

Wir waren in der Schulstube beim Unterricht, als er eintraf. Er hatte sich nicht angekündigt. Lady Harriet kam mit ihm herein. Bevor sie erschien, hörte ich sie sagen: »Sie haben gerade bei Deborah Unterricht. Du erinnerst dich an Deborah, das nette, vernünftige Mädchen vom Pfarrhaus?«

Als ob sie ihn hätte erinnern müssen! Wir waren gut befreundet, ich hatte ihn in Indien gesehen, und er wußte, daß ich mich der Kinder angenommen hatte. Aber über die Beziehungen von Untergebenen war Lady Harriet nie so recht im Bilde.

Er kam herein und blieb lächelnd stehen, den Blick auf mich gerichtet, bevor er zu den Kindern wanderte.

Ich stand auf. Lady Harriet sagte: »Kinder, euer Papa ist da.«

Louise sagte: »Tag, Papa!«

Alan schwieg.

»Tag, Kinder!« sagte Dougal. »Guten Tag, Deborah! Wie geht's?«

»Sehr gut. Und Ihnen?«

Er nickte nur und sah mich an. »Es ist so lange her.«

»Wir haben von Lucknow gehört. Es muß furchtbar gewesen sein.«

»Es war für uns alle schrecklich«, sagte Dougal.

»Ich denke, die Kinder können mit dem Unterricht Schluß machen«, meinte Lady Harriet, »und da dies ein ganz besonderer Tag ist, gehen wir in meinen Salon.«

Die beiden ließen ihre Bücher liegen, und ich klappte sie zu und räumte sie weg.

»Ihr wollt doch sicher bei eurem Papa sein«, sagte Lady Harriet.

»Ja, Großmama«, erwiderte Louise brav.

Dougal sah mich an. »Wir unterhalten uns später«, sagte er. Ich war allein in der Schulstube. Trotz allem, was vorher geschehen war, war ich nur die Gouvernante.

Die Kinder schienen nicht besonders begeistert, ihren Vater zu sehen; Lady Harriet aber war entzückt, zumal er die Nachricht mitbrachte, daß Fabian bald nach Hause käme.

»Wir haben gute Nachrichten aus Indien«, eröffnete sie mir. »Mein Sohn wird bald auf dem Heimweg sein. Die Hochzeit findet unverzüglich statt. Ohne diese gräßlichen Ereignisse in Indien wären sie längst verheiratet. Ich überlege schon, was für ein Kleid ich anziehen werde. Ich habe meine Rolle als Mutter des Bräutigams zu spielen. Lizzie Carter arbeitet zwar gut, aber ziemlich langsam. Louise wird eine reizende Brautjungfer und Alan ein herziger kleiner Page sein. Es macht mir immer Spaß, eine Hochzeit zu planen. Ich erinnere mich an die von Lavinia...« Die Stimme versagte ihr kurz. »Armer Dougal«, fuhr sie brüsk fort, »ohne sie ist er verloren.«

Ich hatte nie etwas von seiner Abhängigkeit von Lavinia bemerkt, aber das sagte ich nicht. Die Erwähnung Lavinias war für mich ebenso schmerzlich wie für Lady Harriet.

Dougal wollte sich einige Tage in Framling aufhalten und sich dann zu seinen Gütern begeben. Er nutzte die nächste Gelegenheit, um mit mir zu reden. »Es ist wundervoll, Sie zu sehen, Deborah. Zeitweilig dachte ich schon, ich würde niemanden wiedersehen. Was haben wir alles erlebt! Manchmal glaube ich, ich werde nie mehr derselbe sein wie zuvor.«

»Ich denke, so ergeht es uns allen.«

»Ich verlasse die Handelsgesellschaft. Ich hatte es ohnehin vor. Es wird sich einiges ändern. Man ist allgemein der Ansicht, daß dies das Ende der Ostindischen Kompanie in ihrer jetzigen Form ist. Sie wird in den Besitz des Staates übergehen. Ich beabsichtige, meine Anteile einem Cousin zu übertragen.«

»Was haben Sie vor?«

»Was ich schon immer tun wollte: forschen.«

»Und die Kinder?«

Er machte ein überrraschtes Gesicht. »Oh, sie bleiben bei ihrer Großmutter.«

»Das ist natürlich Lady Harriets Wunsch.«

»Es scheint mir das Vernünftigste. Sie hat das große Haus, die Räumlichkeiten für die Kinder, alles, was Kinder brauchen, und sie ist entschlossen, sie bei sich zu behalten. Ach, es tut so gut, mit Ihnen zusammenzusein, Deborah. Sie haben mir gefehlt. Ich denke oft an die Tage im Pfarrhaus zurück. Erinnern Sie sich noch?«

»Natürlich.«

»Ihr Vater war ein sehr interessanter Mann.«

Wir beobachteten die Kinder auf ihren Ponys, und in diesem Augenblick kam Alan vorüber. Er ritt, ohne die Zügel zu halten. Der Stallknecht war an seiner Seite.

»Guck mal, Deborah!« rief er. »Ohne Zügel!«

Ich klatschte in die Hände, und er lachte übermütig.

»Die Kinder haben Sie sehr gern«, sagte Dougal.

»Wir sind uns in dem Versteck sehr nahegekommen. Ich glaube, beide waren sich der Gefahr bewußt.«

»Welch ein Glück, daß Sie das alles überstanden haben!«

»Waren Sie bei Tom und Alice?«

»Ja, in Lucknow. Es war wirklich furchtbar. Wir wußten nie, was im nächsten Moment passieren würde. Ich kann Ihnen gar nicht sagen, wie das war, als Campbells Truppen die Stadt einnahmen. Es war ein harter Kampf. Sie haben gefochten wie Teufelskerle.«

»Werden Tom und Alice nach Hause kommen?«

»Vorläufig nicht, nehme ich an. Dort geht es drunter und drüber. Alle rechnen mit großen Veränderungen. Tom wird gebraucht und bleibt bestimmt noch eine Weile dort. Aber er hat Alice bei sich. Die beiden verstehen sich glänzend. Fabian wird jedoch bald zu Hause sein. Ich weiß nicht, wie das alles enden soll. Er will sich mit Leuten in London treffen. Alles ist im Fluß. In der Kompanie wird es einschneidende Veränderungen geben, und ich weiß nicht, wie weit dies alles Fabian berührt.«

»Oder Tom Keeping.«

»Tom wird zurechtkommen. Er hat Glück gehabt. Alice ist ein großartiger Mensch.« Er sah ein wenig wehmütig drein. »Man stelle sich vor, sie kannten sich erst so kurze Zeit, und schon war es um sie geschehen. Sie scheinen füreinander geschaffen.«

»Das kommt zuweilen vor.«

»Bei den Glücklichen. Wir übrigen…« Er verfiel in Schweigen, dann fuhr er fort: »Wir sollten uns nichts vormachen, nicht? Wir kennen uns zu gut. Deborah, ich habe alles verpfuscht. Ich bin ein Gestrandeter. Ein Mann mit zwei Kindern. Manchmal denke ich, ich bin ein Fremder für sie.«

»Das ließe sich rasch beheben.«

»Die beiden haben Sie so gern, Deborah.«

»Ich verkörpere wohl so eine Art Fels für sie, Sicherheit und Geborgenheit.«

»Das verstehe ich. Sie strahlen so eine Kraft aus, Deborah. Ich denke oft an die alten Zeiten. Wir waren damals gute Freunde. Wir haben interessante Gespräche geführt… wichtige Gespräche, und weil wir an den gleichen Dingen Freude hatten, genossen wir sie um so mehr. Wünschen Sie manchmal, Sie könnten die Zeit zurückdrehen, es anders machen, die Zustände ändern?«

»Ich denke, das wünscht sich jeder ab und zu.«

»Meine Ehe war nicht glücklich. Sie war eine regelrechte Katastrophe. Sie müssen verstehen, Lavinia war so schön. Ich war von ihrer Schönheit geblendet. Sie war für mich wie Venus, die dem Meer entsteigt.«

»Ich weiß, wie sehr Sie die Schönheit verehren. Man sieht es an Ihren Augen, wenn Sie eine Statue oder ein herrliches Gemälde betrachten.«

»Für mich war Lavinia das schönste Geschöpf, das ich je gesehen habe. Sie schien mich zu mögen, und Lady Harriet war so entschlossen…«

»O ja. Sie wurden über Nacht sehr begehrenswert.«

»Leider. Nun, sie ist tot, und die Kinder sind da.«

»Ihnen sollte Ihre Hauptsorge gelten.«

»Sie werden wohl hier aufwachsen. Sie sind wohlauf und glücklich. Ich bin etwas besorgt wegen des Framlingschen Einflusses. Sie könnten Lady Harriets Wertvorstellungen übernehmen. Ich bin froh, daß Sie bei ihnen sind, Deborah.«

»Ich habe sie sehr lieb.«

»Das sehe ich. Aber wenn Fabian zurückkehrt... Ich glaube, er wird sich bald mit Lady Geraldine Fitzbrock vermählen. Sie sind zwar noch nicht offiziell verlobt, aber das wird nachgeholt, und da Lady Harriet eine rasche Hochzeit wünscht... Es wird zwar noch etwas dauern, bis Fabian Kinder hat, aber dann gehört die Kinderstube ihnen, und wenn sie nach ihm geraten, werden sie die meinen bald beherrschen.«

Die Erwähnung von Fabians Heirat machte mich sehr niedergeschlagen. Ich hoffte, ich ließ es mir nicht anmerken.

Dougal fuhr fort: »Ich wünschte, ich könnte sie fortbringen... in ein eigenes Heim.«

»Das haben Sie doch, oder?«

»Ein weitläufiger alter Kasten, mehr eine Festung als ein Wohnhaus. Das wäre kein rechtes Zuhause für die Kinder, Deborah.«

»Vielleicht ließe sich Ihr Besitz umgestalten.«

»Mit einer Familie vielleicht...«

»Sie haben alles noch vor sich.«

»Ja. Es ist nicht zu spät, nicht wahr? Deborah...« Er lächelte mich an.

Ich dachte entgeistert: Er wird mich bitten, ihn zu heiraten, wie Vater es vor Jahren von ihm erwartet hat. Er meint, das wäre eine Lösung. Ich bin seinen Kindern bereits eine Ersatzmutter gewesen, und er weiß, daß ich viele Interessen mit ihm teile. Ich bin nicht schön, wahrlich keine Venus, die dem Meer entsteigt, aber ich habe andere Vorzüge. Wie Lady Harriet sagen würde, ich bin ein vernünftiges Mädchen.

Just in diesem Augenblick kamen die Kinder angelaufen. Die Reitstunde war vorüber. Die Ablenkung kam mir gelegen. Louise sagte, ohne ihren Vater anzusehen: »Deborah, ich bin heute gesprungen. Hast du's gesehen?«

»Ja. Das hast du sehr gut gemacht.«

»Ja? Jim hat gesagt, es wird immer höher.«

»Bis in den Himmel«, sagte Alan. »Hast du mich auch gesehen?«

»Ja«, versicherte ich ihm. »Wir haben beide zugeschaut, euer Vater und ich.«

»Du warst sehr gut«, sagte Dougal zu ihm.

Alan lächelte ihn an und hopste auf und ab.

»Laß das, Alan«, sagte Louise. Sie sah Dougal entschuldigend an. »Immer hopst er.«

»Weil er sich freut«, sagte ich.

»Wart's nur ab, bis *ich* mit meinem Pferd springe«, rief Alan.

»Sicher, wir werden dir zusehen«, sagte ich, und an Dougal gewandt: »Nicht wahr?«

»Du auch?« Alan sah seinen Vater zweifelnd an. »Du und Deborah?«

»Aber ja«, erwiderte ich.

Alan hopste wieder, und wir lachten. Dann gingen wir ins Haus. Alan lief voraus und drehte sich alle paar Sekunden zu uns um, während Louise recht ernst zwischen uns ging.

Fabian war auf dem Heimweg. Er befand sich auf hoher See und würde in etwa einer Woche bei uns sein. Lady Harriet war aufgeregter, als ich sie je gesehen hatte. Sie gab sich mir gegenüber sehr gesprächig. »Ich habe beschlossen, Lady Geraldine vorerst nicht herzubitten. Er wird ihr zuviel Aufmerksamkeit widmen, und da ich meinen Sohn so lange nicht gesehen habe, möchte ich ihn für mich allein haben. Außerdem ist es romantischer für ihn, wenn er zu ihr geht. Er soll in ihrem Elternhaus um sie anhalten. Wenn er kommt, wird alles anders. Der Unsinn mit dem Kind bei diesen zwei Frauen wird aufhören. Fleur kommt in ihr rechtmäßiges Heim.«

»Sie wird bestimmt selbst ein Wörtchen über ihre Zukunft mitreden wollen.«

»Sie ist doch noch ein Kind! Was fällt dir ein, Deborah!«

»Mir ist eingefallen, daß ich mir über meine Position klarwerden muß.«

»Deine Position? Wie meinst du das?«

»Lady Geraldine möchte vielleicht Veränderungen vornehmen.«

»In der Kinderstube? Ich bin die Herrin dieses Hauses und gedenke es auch zu bleiben. Außerdem unterrichtest du die Kinder vorzüglich, und *ich* bin mit ihren Leistungen zufrieden. Louise macht bewundernswerte Fortschritte. Du hast eine Begabung fürs Unterrichten. *Meine* Gouvernante war von meiner frühesten Kindheit bis zu meiner Einführung in die Gesellschaft bei mir.«

Damit war für sie die Sache erledigt. Aber nicht für mich. Ich konnte nicht bleiben. Schon gar nicht, wenn Fabian Lady Geraldine heiratete. Ich wußte, daß ich lächerliche Träume gehabt hatte. Das war wohl die Wirkung jener Tage in Indien, die mir heute wie ein unwirklicher Alptraum erschienen. Hier im großen Haus erkannte ich, wie unmöglich diese Träume gewesen waren.

Die Framlings blieben die Framlings. Sie würden sich niemals ändern. Sie betrachteten uns übrige als Spielfiguren, die sie herumschieben konnten, wie es ihnen gefiel.

Während Lady Harriet in dieser Woche in einem Glückszustand herumging, den ich zuvor nie bei ihr wahrgenommen hatte, wurde ich immer niedergeschlagener. Ich wollte nicht hier sein, wenn er nach Hause kam. Ich konnte nicht in den allgemeinen Jubel über Fabians bevorstehende standesgemäße Verehelichung einstimmen. Und Fabian *wollte* standesgemäß heiraten, davon war ich überzeugt. Er war sich der Familienverpflichtungen ebenso bewußt wie seine Mutter. Ich hatte mich nicht getäuscht, als ich eine Anziehungskraft zwischen uns zu erkennen meinte. Die hatte es immer gegeben, auf seiner Seite wie auf meiner. Ich wußte, daß er mich begehrte, aber von Heirat würde nie die Rede sein. Ich hatte von verblichenen Framlings flüstern hören, ihrem ausschweifenden Leben und ihren romantischen Abenteuern, die nichts mit Heirat zu tun hatten. Standesgemäß heiraten, das war alles, was von ihnen erwartet wurde.

Aber das war kein Leben für mich. Ich war zu ernsthaft; Lady Harriet hätte gesagt: zu vernünftig.

Dougal sah ich oft. Er bat mich nicht, ihn zu heiraten, aber ich wußte, daß er sich die Frage durch den Kopf gehen ließ. Er wagte nicht, mich geradeheraus zu bitten, aus Furcht, ich würde ihn zurückweisen. Dougal war kein Mann von schnellen Entschlüssen. Er würde stets schwanken; andere würden ihm die Entscheidungen abnehmen müssen.

Hätte ich ihm das kleine bißchen Ermutigung zukommen lassen, auf das er wartete, so würde er mich gefragt haben. Warum wollte er mich? Weil ich für ihn eine gewisse Geborgenheit verkörperte, ebenso wie für seine Kinder. Ich würde die Ersatzmutter sein, eine Rolle, in der ich mich bereits bewährt hatte.

Es wäre bequem und klug, zweifellos. Mich erwartete ein friedliches Leben mit Dougal: ruhig, angenehm, mit einem rücksichtsvollen, fürsorglichen Gatten. Und die Kinder würden bei uns aufwachsen. Wir würden zusammen forschen. Ich könnte eine Menge lernen. Wir würden uns für die Altertümer der Welt begeistern, uns für Bücher und Kunst interessieren. Vielleicht würde ich wie er.

Er sah mich als das Gegenteil von Lavinia. Aber nie würde er die einmalige Schönheit vergessen, die er auf den ersten Blick bewundert hatte. Alle würden sagen, ich sollte froh sein über eine solche Gelegenheit. Willst du dein ganzes Leben im Dienste der Framlings verbringen? würden sie fragen. Und Lady Geraldine? Würde sie spüren, was ihr Ehemann für mich empfand? Das könnte zu einer brisanten, unmöglichen Situation führen.

Ich mußte fort. Wohin? Ich hatte etwas Geld, gerade genug, um ein recht karges, trostloses Dasein zu fristen. Wie töricht von mir, mich von allem abzuwenden, was Dougal mir bot.

Und Fabian würde in wenigen Tagen heimkehren. Ich konnte es nicht ertragen, anwesend zu sein, wenn er kam. Deshalb sagte ich zu Lady Harriet: »Ich möchte gern Polly wieder besuchen.«

»Fein«, erwiderte Lady Harriet, »das ist keine schlechte Idee. Du kannst ihnen sagen, daß Sir Fabian bald nach Hause kommen und ihrem Starrsinn ein Ende machen wird. Sie können Fleur ebensogut freiwillig herausgeben. Sag ihnen, wir sind nicht vergeßlich und werden ihnen lohnen, was sie getan haben.«

Ich unterließ die Bemerkung, daß sie dies in ihrem Entschluß nur bestärken würde, falls dergleichen überhaupt vonnöten war, denn wer hätte Lady Harriet solche Dinge zu erklären vermocht?

Ich war froh, wieder bei Polly zu sein. Ich fühlte mich in meine Kindheit zurückversetzt, als sie meine kleinen Wehwehchen gelindert hatte. Sie merkte bald, daß mich etwas bedrückte. Auf ihre geschickte Art bewerkstelligte sie es, daß wir im Salon allein waren. Wir saßen auf den steifen, unbenutzten Sesseln mit den adretten Schondeckchen über den Rückenlehnen. Die Schusterpalme stand auf dem Korbtisch in der Fensternische, und auf dem Kaminsims tickte die Uhr, die Pollys und Effs Vater einst so geliebt hatte. »Was ist mit dir?« fragte sie.

»Ach nichts, Polly.«

»Von wegen. Ich weiß, wenn mit dir was nicht stimmt.«

»Sir Fabian kommt nach Hause.«

»Wird aber auch Zeit, meine ich.«

Ich schwieg.

»Komm«, sagte sie, »erzähl schon! Du weißt doch, deiner alten Polly kannst du alles sagen.«

»Ich komme mir ziemlich dämlich vor. Ich bin so dumm gewesen. Ach Polly, wenn du dir nur vorstellen könntest, wie das in Indien war. Wir wußten nie, ob die nächste Minute nicht unsere letzte sein würde. Das hinterläßt Spuren.«

»Jetzt sag mir, welche Spuren es bei dir hinterlassen hat.«

»Also, er war dort, und all die anderen Leute auch, aber es war, als wäre ich mit ihm allein gewesen. Er hat mir das Leben gerettet, Polly. Er hat vor meinen Augen einen Mann erschossen, der mich erstechen wollte.«

Sie nickte bedächtig. »Ich verstehe. Er schien dir so was wie ein Held zu sein, ja? Du hast ja immer für ihn geschwärmt. Mich kannst du nicht täuschen.«

»Polly, ich muß einfach fort. Weißt du, er kommt nach Hause, und dann heiratet er.«

»Was?«

»Lady Harriet trifft schon die Vorbereitungen. Es ist Lady Geraldine Fitzbrock.«

»Ein toller Name, um damit ins Bett zu gehen!«

»Sie wird Lady Geraldine Framling. Ich kann nicht dort bleiben. Sie wird mich nicht haben wollen.«

»Bestimmt nicht, wenn sie sieht, daß er in dich verschossen ist.«

»Es war nur eine vorübergehende Schwärmerei, Polly. Er wird mich vergessen, wenn ich nicht da bin.«

»Dann verschwindest du am besten von dort. Hier ist immer Platz für dich.«

»Da ist noch etwas, Polly. Lady Harriet sagt, er wird etwas wegen Fleur unternehmen.«

»Was soll das heißen?«

»Sie sagt, sie werden auf ihrem Recht beharren. Sie ist schließlich die Großmutter.«

»Großmutter, daß ich nicht lache! Fleur gehört zu uns. Wir haben sie aufgezogen. Niemand wird sie uns wegnehmen.«

»Wenn sie vor Gericht geht... All ihr Geld und die Tatsache, daß Fleur aus ihrem Fleisch und Blut ist...«

»Das laß' ich nicht zu. Eff auch nicht. Die wollen doch wohl nicht, daß das alles vor Gericht gezerrt wird, Madam Lavinias Affaire in Frankreich und alles.«

»Das willst du doch auch nicht, Polly. Du wirst doch nicht wollen, daß Fleur mit alledem konfrontiert wird.«

Polly schwieg ausnahmsweise. »Oh, dazu wird es nicht kommen«, sagte sie schließlich.

»Sie ist fest entschlossen. Und sie ist es gewöhnt, ihren Willen durchzusetzen.«

»Hier ist eine, die sie daran hindern wird. Aber wir haben von dir gesprochen. Weißt du, du mußt dir diesen Fabian aus dem Kopf schlagen. Der andere, na ja, der ist vielleicht gar nicht so schlecht.«

»Meinst du Dougal?«

»Ja. Der ist zwar 'n bißchen dusselig, aber du liebst seine Kinder.«

»Wir waren gute Freunde. Ich hatte ihn sehr gern. Aber dann tauchte Lavinia auf. Sie war so schön, Polly. Ich glaube, das hat in gewisser Weise ihr Leben zerstört. Sie konnte keiner Bewunderung widerstehen. Sie brauchte sie von jedermann, und am Ende hat es sie das Leben gekostet.«

Ich erzählte die ganze Geschichte. Alles wurde wieder lebendig, Roshanara, der Groß-*Khansamah,* seine Besprechungen mit Lavinia in ihrem Boudoir, dann die letzte, furchtbare Szene. »Sie lag auf dem Bett, Polly. Sie hatte seine Würde verletzt und mußte dafür bezahlen. Er schenkte ihr einen Pfauenfedernfächer. Sie glaubte, er tat es aus Zerknirschung. Aber es war ein Vorzeichen des Todes. Und da lag sie mit dem blutbefleckten Fächer zu ihren Füßen.«

»Das ist ja unglaublich!«

»Weißt du, es gibt eine Legende, daß Pfauenfedern Unglück bringen. Du erinnerst dich an Miss Lucille und ihren Fächer?«

»Allerdings. Und ich hab' Grund, für ihn dankbar zu sein. Er hat Fleur das Leben gerettet.«

»Aber der Erwerb der Edelsteine hat Miss Lucilles Geliebten das Leben gekostet.«

»Die Kerle hätten ihn auch so erwischt.«

»Aber Lucille glaubte, es war der Unglück bringende Fächer.«

»Sie war übergeschnappt.«

»Ich weiß, sie war nicht ganz richtig im Kopf, aber das schien eine Folge dessen, was ihr zugestoßen ist.«

»Du solltest dir die Hirngespinste von wegen Fächern lieber aus dem Kopf schlagen.«

»Aber es bedeutet den Leuten etwas, Polly. Sie sind ein fremdartiges Volk, sie sind nicht wie wir. Dougal hat eine Legende über Pfauenfedern gefunden. Der *Khansamah* muß daran geglaubt haben, denn er hat Lavinia den Fächer geschenkt und ihn ihr, als er sie tötete, zu Füßen gelegt. Es war eine Art Ritual.«

»Sollen sie doch glauben, was sie wollen! Ein Büschel Federn ist für mich ein Büschel Federn, und ich sehe nicht, was dich daran ängstigen könnte.«

»Polly, ich habe diesen Fächer. Einmal dachten mein Vater und andere, Dougal würde um meine Hand anhalten. Alle fanden, es wäre gut für mich. Als er Lavinia sah, wollte er nichts mehr von mir wissen. Es war, als wäre er behext. Er vergaß alles, was er für mich empfunden hatte. Siehst du, jetzt ist es wie eine Wiederholung.«

»Ich glaub' allmählich, du hast nicht mehr alle Tassen im Schrank. Was hat das alles mit dem Fächer zu tun?«

»Polly, ich glaube, ich werde nie Glück in der Liebe haben, weil ich den Fächer an mich genommen habe. Er war kurze Zeit in

meinem Besitz. So sah es Miss Lucille, und es scheint, als ob...
verstehst du?«

»Nein, ich versteh' überhaupt nichts. Du bist ja nicht ganz bei
dir. Ich hatte dich immer für so vernünftig gehalten.«

»In Indien geschehen seltsame Dinge.«

»Aber du bist nicht mehr dort. Also hören wir auf mit diesem
Unsinn! Ich finde, dieser Fächer hat uns nur Gutes gebracht.
Wenn du dir die kleine Fleur jetzt ansiehst, und wenn man bedenkt, wie sie damals aussah... Ich zittere immer noch, wenn ich
daran denke. Du willst also diesen Dougal nicht heiraten?«

»Er hat mich ja noch gar nicht gefragt, Polly.«

»Scheint so, als ob er bloß auf 'nen Schubs in die richtige Richtung wartet.«

»Ich werde ihm diesen Schubs nicht geben.«

»Du würdest einen tollen Titel haben. Ich hab' ja nie viel davon
gehalten, aber viele Leute legen großen Wert auf so was.«

»Deswegen würde ich nicht heiraten, Polly.«

»Natürlich nicht. Aber er scheint ein ganz netter Bursche zu sein.
Der braucht bloß 'nen kleinen Stoß. Und dann die Kinder. Die
hätten dich bestimmt gern als Mama.«

»Vermutlich, aber aus diesem Grund heiratet man nicht.«

»Du denkst immer noch an den ollen Fächer. Du glaubst, er
bringt dir Unglück, und nichts klappt richtig, solange er dir gehört. Paß auf, geh mal in die Küche! Ich muß dir was zeigen. Ich
komm' gleich nach.«

Ich ging in die Küche. Es war warm, denn das Feuer brannte immer; es heizte den Herd, und der Kessel hing stets am Kamin-
vorsprung. Kurz darauf kam Polly mit dem Kasten, der den
Pfauenfedernfächer enthielt. Sie nahm ihn heraus und entfaltete
ihn. »Hübsch«, sagte sie. Dann ging sie zum Feuer und warf den
Fächer mitten hinein. Die Federn brannten sogleich lichterloh,
ihr dunkles Blau vermischte sich mit dem Rot der Flammen. Mit
weit offenem Mund sah ich zu, wie der Fächer sich auflöste.
Nichts blieb übrig als das verkohlte Gestell.

Ich drehte mich entsetzt zu Polly um. Sie sah mich halb furchtsam, halb triumphierend an. Sie war nicht ganz sicher, wie ich
reagieren würde.

»Polly!«

Sie machte ein trotziges Gesicht. »So«, sagte sie. »Der ist hin. Der macht uns keinen Kummer mehr. Du warst ja allmählich ganz besessen von diesem Fächer. Du hast erwartet, daß alles schiefgeht, und wenn man's erwartet, dann geht's manchmal wirklich schief. Jetzt ist Schluß damit. Wir bestimmen unser Leben selbst. Mit 'nem Büschel Federn hat das nichts zu tun.«

Ich war mit Mrs. Childers und Fleur im Park gewesen. Als wir zurückkehrten, kam Polly in die Diele geeilt, Eff dicht hinterdrein. Polly wirkte besorgt, Eff aber rief aufgeregt: »Du hast Besuch, Deborah«, und mit überkippender Stimme fügte sie ehrfürchtig hinzu: »Im Salon.«

»Wer...?« begann ich.

»Geh rein und sieh nach!« sagte Polly.

Ich ging hinein. Da stand er, lächelnd, und der Salon kam mir kleiner und weniger steif vor. »Deborah!« Er trat auf mich zu und ergriff meine Hände. Er sah mich ein paar Sekunden an, dann drückte er mich an sich. Kurz darauf ließ er mich los, hielt mich etwas von sich und betrachtete mich. »Warum bist du fortgegangen? Ausgerechnet, als ich nach Hause kam.«

»Ich... ich dachte, du wolltest mit deiner Familie zusammensein.«

Er lachte, ein fröhliches Lachen mit einem leicht spöttischen Unterton. »Du weißt, ich will mehr mit dir zusammensein als mit sonst irgend jemand.«

Da dachte ich: Es ist wundervoll. Es kümmert mich nicht, was nachher geschieht, *jetzt* ist es wundervoll. »Ich war nicht sicher...« begann ich.

»Ich hätte nicht gedacht, daß du so dumm sein kannst, Deborah. Du wußtest, daß ich komme, und bist fortgegangen.«

Ich versuchte, mich zu beruhigen. »Bist du wegen... Fleur gekommen? Du willst sie fortholen.«

»Was um alles in der Welt ist nur in dich gefahren? Hast du alles vergessen? Das letzte Mal, als wir zusammen waren, erinnerst du dich... die vielen Menschen ringsum, als wir allein sein wollten. Als ich heimkam, war das erste, was ich sagte: ›Wo ist Deborah? Warum ist sie nicht bei den Kindern?‹ Und meine Mutter eröffnete mir, daß du in London bist. Ich sagte: ›Aber sie sollte doch hier sein.‹ Ich hatte erwartet, dich bei meiner Rückkehr im großen Haus zu sehen.«

»Ich hatte keine Ahnung, daß du *mich* sehen wolltest.«
Er sah mich ungläubig an. »Deborah, was ist los mit dir?«
Ich sagte langsam: »Ich bin nach Hause gekommen. Hier ist alles anders. Mir scheint jetzt, daß ich in Indien in einer anderen Welt gelebt habe, wo alles geschehen konnte. Hier ist es ... wie es immer war.«

»Was macht es für einen Unterschied, wo wir sind? Wir sind *wir*, oder? Wir wissen, was wir wollen. Ich weiß es zumindest. Und ich will dich.«

»Hast du dir überlegt...«

»Ich brauche nicht zu überlegen. Warum bist du so abweisend? So warst du nicht, als wir das letzte Mal zusammen waren.«

»Ich sagte dir doch, hier ist alles anders. Wie ist es in Indien gewesen?«

»Chaotisch.«

»Alice und Tom...?«

»Befinden sich im Zustand der Glückseligkeit; ein ganz wunderbares Beispiel für die Freuden des Ehelebens.«
Ich lächelte.

»Aha«, sagte er, »jetzt bist du dir schon wieder ähnlicher. Was hast du nur? Wir reden wie Fremde miteinander. Ich komme heim, um dich zu heiraten, und du benimmst dich, als wären wir uns eben erst vorgestellt worden.«

»Um *mich* zu heiraten! Aber...«

»Du wirst doch nicht etwa Einwände erheben, oder? Du kennst mich. Ich lasse sie einfach nicht gelten.«

»Und Lady Geraldine?«

»Der geht es gut, glaube ich.«

»Aber deine Mutter plante doch...«

»Was plante sie?«

»Die Hochzeit.«

»*Unsere* Hochzeit.«

»Deine und Lady Geraldines Hochzeit. Deine Mutter hat schon alles arrangiert.«

»Ich plane meine Hochzeit selbst.«

»Aber Lady Geraldine...«

»Was hat meine Mutter dir gesagt?«

»Daß du heimkommst, um sie zu heiraten.«

Er lachte. »Oh, das beabsichtigt sie seit einiger Zeit. Sie hat nur vergessen, es mit mir zu besprechen, das ist alles.«

»Aber sie wird furchtbar wütend sein.«

»Meine Mutter wird mir beipflichten. Das tut sie immer. Ich glaube allerdings, ich bin der einzige Mensch, dessen Meinung sie berücksichtigt. Hör auf, an meine Mutter zu denken, und denk an mich! Du heiratest schließlich nicht sie.«

»Ich kann das alles nicht glauben.«

»Du wirst doch nicht etwa sagen: ›Das kommt so plötzlich, mein Herr‹, wie es angeblich so viele wohlerzogene Damen tun?«

»Aber Fabian, es *ist* plötzlich...«

»Ich habe gedacht, es ist selbstverständlich. Wie es in Indien mit uns war... Hast du das vergessen?«

»Ich vergesse nichts, was dort geschah.«

»Wir haben das alles zusammen durchlebt, nicht? Ich habe mir Vorwürfe gemacht, weil ich dich dorthin geholt hatte. Aber jetzt sind wir hier, zusammen hier. Ich meine, die Zeit dort hat uns viel über uns gelehrt, mich über dich und dich über mich. Sie hat uns gelehrt, daß eine besondere Bindung zwischen uns besteht, die mit jedem Tag stärker wird. Sie wird niemals zerbrechen, Deborah. Wir bleiben für immer zusammen.«

»Fabian, ich finde, du gehst zu schnell vor.«

»Ich finde, ich bin unentschuldbar langsam vorgegangen. Du wirst mich doch nicht zurückweisen? Du müßtest allerdings wissen, daß ich Zurückweisungen nicht anerkenne. Ich sollte dich auf der Stelle entführen und vor den Traualtar schleppen.«

»Du meinst wirklich, daß du *mich* heiraten willst?«

»Gütiger Himmel! Habe ich das nicht deutlich genug gesagt?«

»Es ist dir doch klar, daß das alles andere als standesgemäß ist.«

»Wenn ich es als standesgemäß empfinde, haben es alle anderen auch als standesgemäß zu empfinden.«

»Lady Harriet wird es niemals dulden.«

»Lady Harriet wird akzeptieren, was ich wünsche. Sie weiß es schon. Ich war wütend, als ich zurückkam und feststellte, daß du nicht da warst. Ich sagte: ›Ich werde Deborah heiraten, und es wird keinen Aufschub geben.‹«

»Sie war bestimmt sehr erzürnt.«

»Nur leicht erstaunt.«

Ich schüttelte den Kopf.

Er sagte: »Du enttäuschst mich, Deborah. Hast du alles vergessen? Die Nacht, als du wieder zu unserem Haus kamst...« Abermals schüttelte ich den Kopf, und er fuhr fort: »Der schreckliche Augenblick, als ich fürchtete, ich könnte zu spät kommen. Du hast ja keine Ahnung, was ich durchgemacht habe. In den wenigen Sekunden habe ich ein ganzes Leben durchlebt. Hast du die gefährliche Reise nach Bombay vergessen? Ich war so niedergeschlagen, als du abgereist warst, und ich gelobte mir, daß wir von dem Augenblick an, in dem ich all das hinter mir hätte, zusammensein und uns nie mehr trennen würden. Deborah, hast du es vergessen? Habe ich mich nicht schon für dich entschieden, als du ein Baby warst? ›Es ist meins‹, habe ich gesagt, und so ist es seither gewesen.«

Ich war wie betäubt vor Glück. Ich konnte nicht fassen, daß es wahr war. Er hielt mich fest. Ich fühlte mich beschützt vor Lady Harriets Zorn, vor Lady Geraldines Enttäuschung und der schrecklichen Angst, aufzuwachen und festzustellen, daß ich geträumt hatte. Denk nicht an das, was kommt! ermahnte ich mich. Lebe im Augenblick! Dies ist das größte Glück, das du je erleben kannst.

Fabian hatte solche Bedenken nicht. Ich wußte natürlich, ihm würden niemals Zweifel kommen, daß er haben konnte, was er sich wünschte. »So«, sagte er, »wenn wir zurückkehren, wird es keinen Aufschub geben. Es wird die rascheste Hochzeit in der Familiengeschichte der Framlings sein. Keine weiteren Proteste mehr... bitte!«

»Wenn es wahr ist, wenn du es ehrlich meinst, wenn du es wirklich ehrlich meinst, dann...«

»Dann?«

»Dann ist das Leben wundervoll.«

Wir riefen Polly und Eff und eröffneten ihnen die Neuigkeit.
»So, du wirst also heiraten«, sagte Polly. Sie wirkte wahrhaftig
etwas aggressiv. Ich sah das Glitzern in ihren Augen. Sie war sich
immer noch etwas unsicher, ob ihr kleines Lämmchen nicht von
dem großen bösen Wolf verschlungen würde.

Er wußte, wie sie über ihn dachte, und seine Augen blitzten amüsiert. »Bald werden Sie auf unserer Hochzeit tanzen«, sagte er zu
ihr.

»Die Tage, wo ich getanzt hab', sind vorbei«, versetzte Polly
kurz angebunden.

»Aber bei so einem Anlaß könnten sie vielleicht wieder aufleben«, meinte er.

Effs Augen leuchteten. Ich sah sie schon ihr Kleid auswählen.
»Es ist für eine Hochzeit, eine ganz besondere. *Sir* Fabian Framling. Er heiratet eine gute Freundin von uns«, konnte ich sie zu
den Mietern sagen hören. »Also das wird wohl eine von den
ganz großen Hochzeiten. Polly und ich sind eingeladen. So eine
liebe alte Freundin.«

Polly war weniger euphorisch. Sie traute den Männern nicht,
und ihr Argwohn gegen Fabian war zu tief verwurzelt, um durch
einen Heiratsantrag zerstreut zu werden. Ich konnte ihre Be-
fürchtungen belächeln und glücklich sein.

Fabian wollte ein paar Tage in London bleiben, danach würden
wir zusammen zurückkehren. Er hatte sich ein Zimmer in einem
Hotel genommen. Eff war erleichtert. Sie hatte schon geglaubt,
ihn unterbringen zu müssen, aber sie hatte in ihren Häusern
nicht ein einziges freies Zimmer, das eines adeligen Herrn würdig gewesen wäre, obwohl es ihr großes Prestige eingebracht
hätte, wenn sie hätte sagen können: »Als *Sir* Fabian bei uns lo-
gierte...«

Noch am selben Tag gingen Fabian und ich zum Juwelier, um einen Ring zu kaufen, ein schönes Stück, mit einem in Diamanten
gefaßten Smaragd. Als ich ihn an meinem Finger hatte, war ich
glücklicher als je in meinem Leben, denn der Ring schien die Verbindung zu besiegeln und der Welt zu verkünden, daß ich Fabian
heiraten würde.

Ich wollte glücklich sein. Ich glaubte, die Schreckensbilder vergessen zu können, die sich während des Aufstands in mein Gedächtnis eingeprägt hatten. Ich wurde von Fabian geliebt, inniger, zärtlicher, als ich es je für möglich gehalten hatte. Und irgendwie verband ich in Gedanken mein Glück mit der Vernichtung des Pfauenfedernfächers.

Ich wußte, es war lächerlich, reine Phantasterei. Vielleicht war ich zu lange in Indien gewesen, wo der Mystizismus stärker blühte, als es in der prosaischen Luft Englands möglich war. Mich konnte keine Schuld treffen. Ich hatte den Fächer nicht vernichtet, das hatte Polly für mich besorgt. Und ihr hatte er nicht gehört, somit war sie nicht betroffen. Ich schloß die Augen und sah die schönen blauen Federn in Flammen aufgehen. Es war eine lächerliche Einbildung gewesen. Ich hatte zugelassen, daß der Fächer von meiner Phantasie Besitz ergriff: Im Unterbewußtsein hatte ich ihn mit magischen Eigenschaften ausgestattet, und so hatte er anscheinend mein Leben beeinflußt.

Aber das war nun vorbei. Ich fühlte mich befreit. Ich wollte jeden Augenblick, der vor mir lag, voll auskosten. Es würde Schwierigkeiten zu bestehen geben. Das konnte ich der Zukunft überlassen. In diesem Augenblick, diesem wunderbaren Augenblick, wollte ich leben, mit der Wonne, zu lieben und geliebt zu werden.

Fabian und ich saßen im Garten gegenüber dem Haus und unterhielten uns. Plötzlich sagte er: »Da wäre noch die Sache mit dem Kind.«

»Sie werden Fleur niemals hergeben«, erklärte ich ihm.

»Sie kann nicht hierbleiben.«

»Fabian, man kann Menschen nicht benutzen, solange sie nützlich sind, und sie, wenn man glaubt, sie haben ihren Zweck erfüllt, einfach beiseite schieben.«

»Ich habe eine Idee. Sie könnten mit Fleur zu uns kommen.«

»Polly und Eff?«

»Hör zu! Auf unserem Besitz stehen mehrere Häuser leer. Sie könnten eins davon beziehen, und das Kind wäre in unserer Nähe. Fleur könnte eine Weile sozusagen zwischen beiden Häusern leben. Dann kommt die Zeit, wo sie auf eine Schule muß.

Und eines Tages können beide Häuser, das mit den beiden Frauen *und* das große Haus, ihr Heim sein.«

»Sie haben hier ihre eigenen Häuser. Sie wollen gewiß nicht aufs Land ziehen.«

»Sie wollen doch das Beste für Fleur, und in deiner Nähe würden sie auch sein. Ich glaube, man könnte sie überreden, und du bist diejenige, die es bestimmt kann.«

»Ich bin nicht sicher, daß sie einwilligen oder es auch nur in Erwägung ziehen.«

»Du schaffst das schon. Du wirst sie überreden.«

»Sie sind unabhängig.«

»Das Haus in London ist ihr Eigentum, nicht? Sie könnten es verkaufen und bei uns ein eigenes erwerben.«

»Und der Preis?«

»Der ließe sich ihren Möglichkeiten anpassen. Sie können das Haus auch umsonst bekommen.«

»Damit würden sie niemals einverstanden sein. Sie würden sich verpflichtet fühlen.«

»Dann sollen sie es kaufen, zu dem Preis, den sie bezahlen können. Es ist ganz einfach.«

»Du kennst Polly und Eff nicht.«

»Nein, aber ich kenne dich, und ich bin sicher, daß du sie überzeugen kannst.«

Ich sprach zuerst mit Polly. »Wo denkst du hin!« sagte sie. »Dieses Haus aufgeben, um in ein leerstehendes von denen zu ziehen! Wir wollen keine Almosen von denen.«

»Es ist kein Almosen. Ihr würdet absolut unabhängig von ihnen sein. Ihr könntet dieses Haus verkaufen und von dem Erlös das andere erwerben.«

»Kommt überhaupt nicht in Frage.«

»Du wärst in meiner Nähe, Polly. Wäre das nicht herrlich?« Sie nickte.

»Und Fleur hätte alles, was die Framlings ihr bieten können.«

»Das weiß ich. Das hat mir manchmal Sorgen gemacht. Ich hab' mit Eff darüber gesprochen.«

»Ihr habt ihr ein Heim gegeben, als sie es brauchte. Ihr habt ihr

Liebe gegeben. Das war großartig, Polly. Aber sie wird zur Schule gehen müssen. Die Familie Framling wird ein gutes Polster für sie darstellen.«

»Glaub ja nicht, daß Eff und ich uns das nicht überlegt hätten!«

»Warum sprichst du nicht mit Eff?«

Polly wägte die Vorteile ab. Sie und Eff wollten selbstverständlich das Beste für Fleur. Das war ihnen wichtiger als alles andere; und ich sah Polly an, daß ihr die Vorstellung, in meiner Nähe zu sein, behagte. Sie dachte wohl, ich könnte ein paar gute Ratschläge gebrauchen, wenn ich mit diesem Menschen verheiratet war.

Sie schwankte. Eff hatte gesagt, sie sei einiger Mieter langsam überdrüssig; zum Beispiel hatte sie eine Menge Ärger mit »zweiter Stock Nummer achtundzwanzig«.

Ich sagte: »Polly, es wäre wundervoll für mich.«

»Ich spreche mit Eff«, sagte Polly, »aber sie wird nicht wollen.«

»Du könntest sie überreden.«

»Oh, ich weiß, sie will das Beste für Fleur, und ich sehe ein, daß es dort ein bißchen anders wäre als hier…«

»Überleg es dir, Polly… ernsthaft!«

Später sagte ich zu Fabian: »Ich glaube, es könnte klappen.«

Fabian und ich fuhren zusammen zurück. Ich wappnete mich für die Begegnung mit Lady Harriet.

Ich war erstaunt, wie liebenswürdig sie mich empfing. Ihre Haltung hatte sich geändert. Ich hatte das Haus als Gouvernante ihrer Enkelkinder verlassen; nun kehrte ich als Verlobte ihres geliebten Sohnes zurück.

Ob sie sich wohl fragte, was Fabian einfiel, sich an das unansehnliche Mädchen vom Pfarrhaus wegzuwerfen – zumal doch *ihre* Wahl auf eine andere gefallen war?

Ich erinnerte mich des lange zurückliegenden Vorfalls, als er mich als Baby in dieses Haus gebracht und verkündet hatte, ich sei sein Kind. Lady Harriet hatte darauf bestanden, daß der Laune ihres Sohnes nachgegeben wurde. Jetzt lag vielleicht eine ähnliche Situation vor.

Lächelnd besprach sie die Hochzeit mit uns. »Jeder Aufschub

wäre sinnlos«, sagte sie. »Ich finde schon lange, Fabian, daß es für dich Zeit zum Heiraten ist. Aber du, Deborah, kannst nicht von hier aus zum Altar geführt werden, das wäre höchst unziemlich. Eine Braut soll am Tag vor der Hochzeit nicht unter demselben Dach wie ihr Bräutigam wohnen. Du ziehst am besten solange ins Pfarrhaus. Das ist durchaus schicklich, es war ja einst dein Zuhause. Schade, daß Colin Brady dich nicht statt deines Vaters zum Altar führen kann. Er wäre dazu am besten geeignet. Aber er muß den Gottesdienst halten, also wird der Doktor dich führen müssen. Das paßt ausgezeichnet, da seine Tochter ja jetzt im Pfarrhaus lebt. Er ist nach Colin der geeignetste.«

Lady Geraldine wurde nur ein einziges Mal erwähnt. »Ein nettes Mädchen... aber ein bißchen zu sehr aufs Reiten versessen. Sie verbringt den größten Teil des Tages im Sattel. Ich glaube, davon bekommt man eine komische Figur, und andere Interessen könnten dabei ins Hintertreffen geraten.«

Sie machte keinerlei Andeutung, daß sie enttäuscht sei. Ich lernte eine neue Seite von Lady Harriet kennen. Ihre Liebe zu ihrem Sohn war so tief wie diejenige, die sie für Lavinia empfunden hatte, und vielleicht noch tiefer, denn Fabian war in ihren Augen vollkommen. Obwohl sie selten von ihrer Tochter sprach, bedeutete dies nicht, daß sie sie vergessen hatte. Sie ging oft in Lavinias früheres Zimmer und verweilte dort lange, und wenn sie herauskam, war sie sichtlich bedrückt. Was Fabian betraf, so konnte der nichts Unrechtes tun. Er war *ihr* Sohn und daher ein vollkommener Mensch. Fabian hatte mich auserwählt, und weil ich seine Wahl war, war ich wunderbarerweise auch die ihre geworden.

Ich konnte an eine solche Kehrtwendung nicht glauben, bis ich begann, Lady Harriet zu verstehen. Sie mußte selbstverständlich immer recht behalten, daher paßte sie klugerweise ihre Ansichten stets an das Unvermeidliche an und glaubte dann selbst, daß sie dies die ganze Zeit gewünscht hatte. Ich erwärmte mich mehr und mehr für sie, weil wir beide denselben Menschen liebten, der uns mehr bedeutete als jeder andere. Sie erkannte dies, und das knüpfte schnell ein Band zwischen uns.

Die Geschichte schien sich zu wiederholen. Ich hörte ein Gespräch mit an und lauschte schamlos, wie ich es einst bei anderer Gelegenheit getan hatte. Hier, in diesem Garten, hatte ich jene Bemerkung vernommen, daß ich das unansehnliche Kind vom Pfarrhaus sei. Das hatte mich tiefer berührt, als mir seinerzeit bewußt war. Nun saß Lady Harriet mit dem Arzt und seiner Gattin im Salon. Der Arzt erhielt von Lady Harriet seine Anweisungen für seine Rolle bei der Trauungszeremonie. Ihre volltönende, gebieterische Stimme drang zu mir heraus: »Ich hatte Deborah von jeher für Fabian im Sinn, und ich bin so glücklich, daß sich alles so ergeben hat, wie ich es plante. Sie versteht sich so gut mit den Kindern, und sie ist ein so *vernünftiges* Mädchen.«

Die Sonne schien auf den Teich, die Seerosen waren zauberhaft. Ein weißer Schmetterling ließ sich auf einer der Blüten nieder. Er verweilte einen Moment und verschwand wieder.

Ich war glücklicher, als ich es je für möglich gehalten hätte. Fabian liebte mich. Polly und Eff würden bald in der Nähe sein, davon war ich überzeugt, und mit ihnen Fleur. Die Bedenken, die meine gestrenge Schwiegermutter in mir hervorgerufen hatte, waren verstummt; mehr noch, ich hatte Verständnis für sie, das sich in Zuneigung verwandelte.

Fabian würde an meiner Seite sein. Es würde ein gutes Leben werden.